Stephan Hähnel
Der Teufels Heizer

STEPHAN HÄHNEL, 1961 in Berlin geboren, ist Schriftsteller und Kinderbuchautor. Er gilt als »Meister des schwarzen Humors«, ist Initiator des Berliner Krimimarathons und hat ihn vier Jahre lang geleitet. Im Jaron Verlag veröffentlichte er bereits zwei Krimis um den eigenwilligen Ermittler Morgenstern und verfasste einen Titel der Reihe »Es geschah in Berlin« (»Geschwisterliebe«).

Stephan Hähnel

Der Teufels Heizer

Kriminalroman

Jaron Verlag

1. Auflage 2025
Jaron Verlag GmbH, Erdmannstr. 6, 10827 Berlin
info@jaron-verlag.de
www.jaron-verlag.de
© 2025 Jaron Verlag GmbH, Berlin
Alle Rechte vorbehalten. Jede Verwertung des Werks und
aller seiner Teile ist nur mit Zustimmung des Verlags erlaubt.
Das gilt insbesondere für Vervielfältigungen, Übersetzungen,
Mikroverfilmungen und die Einspeicherung und Verarbeitung
in elektronischen Medien.
Umschlaggestaltung: typografie.berlin, Berlin, unter Verwendung
eines Fotos von smartexplorate über Pixabay
Satz: Prill Partners | producing, Barcelona
Lithografie: Bild1Druck GmbH, Berlin
Druck und Bindung: CPI books GmbH, Leck

ISBN 978-3-89773-883-6

Prolog
Donnerstag, 3. Mai 1945

Die Frau war jünger. Zwei, drei Jahre. Anfang dreißig, schätzte er. Wie er befand sie sich auf der Flucht. Auch sie hatte nichts mehr zu verlieren. Die Frau wirkte erschrocken, desillusioniert, aber nicht ängstlich.

Plötzlich stand sie auf der Lichtung, kaum vier Meter von ihm entfernt, und starrte ihn an. Zeugen waren das Letzte, was er gebrauchen konnte. Offiziell sollte er von diesem Tag an als verschollen gelten.

Routiniert entsicherte er die Waffe, zielte auf ihr Gesicht, zögerte. Er dachte nach. Wäre es möglich? Ein Neuanfang? Mit einem fremden Menschen? War das die Lösung? Ein verwegener Gedanke. Eine verzweifelte Eingebung. Als Paar würden sie kaum auffallen. Gemeinsam ist man weniger verdächtig.

Ein tiefes, brummendes Dröhnen näherte sich unaufhaltsam, begleitet von einem metallischen Rasseln. Der Mann schaute nervös in Richtung des Waldes. M4-Sherman-Panzer. Die Amerikaner fuhren die Landstraße in Richtung Schwerin hinauf.

Viel Zeit zum Nachdenken blieb nicht. Abwägend betrachtete er die Frau. Sie hielt seinem Blick stand. Er sicherte die Waffe und warf sie weg.

Der Mann streckte die Hand aus.

»Du willst leben? Lass es uns gemeinsam versuchen.«

Teil 1

Dienstag, 3. August 1976

Utz Brunner wusste sofort, dass es ein Schuss war, der ihn geweckt hatte. Zweifelsfrei keine Fehlzündung eines Autos, das die schmale Straße von Bern nach Lützeflüh entlangschlich. Um einen verspäteten Silvesterböller handelte es sich ebenfalls nicht. Eine Jagdwaffe hörte sich anders an. Die Patentjagd im Kanton Bern hatte zwar gerade begonnen, erlaubte aber nur bis zwei Stunden nach Sonnenuntergang die Schussabgabe auf Wildschweine. Brunner besaß eine Lizenz und hätte allein am Klang des Schusses ein Jagdgewehr erkannt. Kein Zweifel, es war eine Pistole. Ein trockener, harter, kompromissloser Ton. Nicht einmal besonders laut.

Die Nähe beunruhigte ihn. Der Schuss war kaum einhundert Meter entfernt abgegeben worden. Er überlegte kurz und ließ sich die Umgebung durch den Kopf gehen. Zempbauers Stallung, entschied er. Langsam richtete sich Brunner auf und betrachtete die Frau, die nur halb zugedeckt auf der anderen Bettseite lag. Sie schien nichts mitbekommen zu haben und schniefte leise vor sich hin. Dunja Petrović war für seine medizinische Betreuung gebucht worden. Sie stammte aus einem hinterwäldlerischen Kaff in Jugoslawien, sprach nur gebrochen Deutsch und hatte das Arbeiten wahrlich nicht erfunden. Empathie stand nicht in ihrem Arbeitsvertrag. Brunner war für die Gleichgültigkeit, mit der sie seiner Krankheit begegnete, überaus dankbar. Mitleid war ihm zuwider. Er gewährte auch keines. Hatte er nie. Abgesehen davon besaß die unscheinbare Vierzigjährige üppige weibliche Formen und zeigte sich offen für zusätzliche Dienstleistungen. Für Sex fühlte er sich zu alt, aber wenn es ihn danach verlangte, durfte er Hand bei ihr anlegen. Die verheiratete Frau, Mutter von drei Kindern, die aus einem winzigen Dorf unweit von Dubrovnik kam, war warm, weich und unkompliziert. Ein Agreement zum gegenseitigen Vorteil. Er musste die Nacht nicht mehr allein verbringen. Dunja verdreifachte ihren Verdienst, steuerfrei. Günstiger ging es nicht.

Dass er von allen möglichen Krebsarten den vermeintlich aggressivsten bekommen hatte, empfand er als Ironie des Schicksals. Bauchspeicheldrüsenkrebs. Erst hatte er es für einen albernen Scherz seines Arztes gehalten, aber weitere Untersuchungen im Universitätsspital Bern ließen keinen Zweifel zu. Metastasen durchzogen gnadenlos seinen Körper. Die bittere Erkenntnis: Nicht alles, was von allein kommt, geht auch wieder von allein. Die üblichen Therapien wurden als wirkungslos ausgeschlossen. Für ganzheitliche Alternativen fehlte ihm der Glaube.

Utz Brunner war vierundsiebzig, sein Körper für schwere Eingriffe zu verbraucht. Die Laster – Rauchen und Trinken – hatten ihren Tribut gefordert. Er akzeptierte das, beschloss jedoch schon beim Verkünden der Diagnose, daran auch künftig nichts mehr zu ändern. Zu spät hatte er sich medizinisch durchchecken lassen. Die Konsequenzen nahm er unbeeindruckt zur Kenntnis. Konjunktive waren etwas für Träumer oder Feiglinge. Sein Arzt schätzte drei Monate, vielleicht weniger. Dank pharmazeutischer Fortschritte könne er die Schmerzen bis zum Schluss einschränken. Genug Zeit, um persönliche Angelegenheiten zu klären.

»Zählt die Auswahl eines Grabsteins dazu?«, hatte Brunner mit giftigem Lächeln gefragt und ergänzt: »Die passende Inschrift hätte ich schon: Lach nicht. Du bist der Nächste!«

Die Frau schnarchte, nicht allzu laut, aber gleichmäßig. Dunja schwor auf Baldriantee vor dem Schlafengehen. Offensichtlich wirkte das Zeug wie auf der Packung versprochen. Er selbst besaß einen flachen Schlaf. Vertrauen hatte nie zu seinen Stärken gehört, Misstrauen schon. Wenn sein Körper aufschreckte, gab es einen guten Grund. Ein Schuss war ein guter Grund. Brunner wandte den Blick von den kräftigen Schenkeln der Frau ab und lauschte. Es war ruhig, nichts Ungewöhnliches zu hören. Vorsichtig erhob er sich, schlüpfte in seine Latschen und schlurfte ans Fenster. Es war eine warme Sommernacht, die Fensterflügel standen weit offen. Durch den schmalen Spalt der Gardinen betrachtete er die Stallungen am Rande seines Grundstücks. Die hatte Alois Zempbauer vor fünfundzwanzig Jahren gegen seinen ausdrücklichen Willen direkt an der Grundstücksgrenze bauen lassen.

»Willst du den Garanten deines Erfolgs verklagen?«, hatte Zempbauer lachend gefragt, sich dann, ohne eine Antwort abzuwarten, umgedreht und war weggegangen. Nein, Freundschaft verband die beiden nicht. Nicht einmal annähernd. Eher die Notwendigkeit, einander zu dulden. Seit Ende des Kriegs hüteten Alois Zempbauer und Utz Brunner das gleiche dunkle Geheimnis. Deshalb hatte er trotz seiner Wut damals nichts gegen die illegale Errichtung der Stallungen unternommen. Juristische Aufmerksamkeit war das Letzte, was er nach dem Krieg gebraucht hätte. Auch störten ihn die Bauten nicht wirklich. Nur war Kleinbeigeben nie sein Ding gewesen.

Sein griesgrämiger Nachbar liebte Pferde. Besonders die alten Rassen. Ardenner, Noriker, Schwarzwälder Fuchs. Allesamt Kaltblüter. Eine Familie besaß er nicht. Die meiste Zeit verbrachte Zempbauer mit den Vierbeinern. Pferde achtete er definitiv mehr als Menschen.

Angestrengt starrte Brunner zur Grundstücksgrenze. In den Stallungen brannte Licht. Lange Schatten bedeckten den Auslauf. Verwundert schaute er auf seine Uhr. Obwohl es eine warme Nacht war, fröstelte ihn. Möglicherweise Nebenwirkungen der Medikamente. Die Zeiger standen auf kurz nach drei. Um diese Zeit schliefen auch Kaltblüter. Keine der Stuten war trächtig. Gestern hatten sie noch friedlich auf der Weide gegrast. Unwahrscheinlich, dass eines der Tiere plötzlich erkrankt war. Aus dem obersten Schubfach seines Nachtschränkchens nahm Brunner einen Feldstecher. Dunja drehte sich auf die Seite, schmatzte ein wenig und schlief weiter. Einen Moment wartete er, dann richtete er das Fernglas auf das Stalltor. Einer der Flügel stand offen und bewegte sich leicht. Der Wind spielte mit ihm. Alles wirkte verlassen. Nachdenklich setzte er das Fernglas ab. Etwas stimmte nicht. Was immer geschehen war, es konnte nichts Gutes bedeuten.

Utz Brunner beschloss, auf seinen Bauch zu hören. Fakten waren das Fundament der Wahrheit, Instinkt der Kraftstoff seines Erfolgs. Sein Leben lang hatte er abwägen müssen: Sicherheit oder Risiko? Schon als junger Mann vermochte er das Gleichgewicht zwischen beiden Prinzipien perfekt auszuloten. Es war eine seiner Stärken zu wissen, wann er welchem Impuls nachgeben musste. Dass er auf ein erfolgreiches Leben zurückblicken konnte, verdankte er dieser Fähigkeit. Und die riet ihm in dieser Nacht, dem Grund des Schusses nachzugehen.

Mittwoch, 8. September 1976

Kommissar Horst Kräuming nannte es unverhohlen Strafversetzung. Kriminalrat Hein Tröger, Referatsleiter beim Bundeskriminalamt und verantwortlich für den Kampf gegen international organisierte Rauschgiftdelikte, umschrieb es nordisch knapp mit Arschrettung. Kräuming hatte in einem unbedachten Moment dem renommierten Bundestagsabgeordneten Ullrich Brunkau mehrere deftige Ohrfeigen verpasst, völlig berechtigt, wie er fand.

Kriminalbeamte des BKA hatten den Abgeordneten bei einem Routineeinsatz gegen den organisierten Rauschgifthandel im Zimmer einer Prostituierten angetroffen. »In keiner eindeutig geschlechtsverkehrrelevanten, praktizierenden Stellung«, wurde später im Protokoll ergänzt.

Brunkaus Besuch im Erotiktempel Crazy Sexy, dem ersten offiziellen Puff im Frankfurter Bahnhofsviertel, wurde als Missverständnis abgetan. Die Chefetage nannte es »glaubhaft«, dass der CDU-Politiker sich im Rahmen der Neufassung künftiger Prostituiertengesetze über typische Kiezprobleme vor Ort erkundigen wollte. Dass der Kerl eine bitterlich weinende Minderjährige quer auf dem Schoß liegen hatte und ihr lustvoll den blanken Allerwertesten mit einem Holzlineal versohlte, als wäre er ein gestrenger Lehrer, wurde geflissentlich übergangen. Kräumings Ohrfeigen nicht.

Das Mädchen war drogenabhängig und bereit, für den nächsten Schuss die skurrilen Vorlieben des Kunden zu ertragen. In den fünf Jahren beim BKA hatte Kräuming weitaus schlimmere Dinge gesehen. Die Situation eskalierte erst, als er den Ausweis des Freiers prüfte und feststellte, dass es sich um ein Mitglied des Bundestages handelte. Seine laxe Bemerkung, er freue sich außerordentlich, einen Repräsentanten des Volkes kennenzulernen, auch wenn dieser eine moralische Null sei, veranlasste Brunkau, ihm unverhohlen zu drohen. Mit einem Höchstmaß an Überheblichkeit verwies er darauf, dass er als Abgeordneter des Bundestages Immunität genieße. Sollte über seine Freizeitgestaltung eine Andeutung an die Öffentlichkeit gelangen, würde das das Ende von Kräumings Karriere bedeuten. Der quittierte diese Drohung mit einem süffisanten Lächeln, was Brunkau umso mehr reizte. Selbst die folgenden Schimpftiraden, er sei ein dummer, arroganter Junge, noch feucht hinter den Ohren, der sich um seinen Kram kümmern solle, steckte der junge Kommissar problemlos weg. Als aber der Politiker das völlig verstörte Mädchen fest am Arm packte und mit erhobener Hand aufforderte, gefälligst auszusagen, dass sie ihn mit ihrem Alter angelogen habe, schritt er ein. Es kam zu einem kurzen Gerangel, in dessen Folge Kräuming dem Abgeordneten drei schallende Ohrfeigen verpasste. *Rechts, links, rechts. Zweimal Vorhand, einmal Rückhand,* hatte er in seiner Stellungnahme vermerkt. Eindeutig eine Kurzschlussreaktion. Für einen Beamten inakzeptabel, aber in jenem Moment hatte Kräuming seine Reaktion durchaus als wohltuend empfunden.

Ihn wegen dieses Vergehens mit sofortiger Wirkung vom Dienst suspendieren zu wollen, war komplett überzogen. Sicher, er hatte die Beherrschung verloren, aber das war nur der vorgeschobene Grund. Kräuming hatte Feinde in der Führungsetage des BKA, die in seinem Aussetzer eine gute Gelegenheit sahen, ihn schnellstmöglich loszuwerden.

Trögers Andeutung, die Ehefrau des Politikers als Zeugin befragen zu wollen, verhinderte das Schlimmste. Zähneknirschend ruderte der sich unantastbar gebende Abgeordnete zurück. Er verspürte kein Interesse, seine Ehe einem Stresstest zu unterziehen.

Um ein Disziplinarverfahren kam Kräuming dennoch nicht herum. Tröger hielt es daher für angebracht, seinen Schützling vorerst aus der Schusslinie zu nehmen. Ein Freigeist wie Kräuming, der kein Blatt vor den Mund nahm, auf Äußerlichkeiten wenig Wert legte und Hierarchien als überholt ansah, hatte in den zumeist konservativen Reihen des BKA nicht den allerbesten Stand. Die Gruppe jener, die Kräuming mit Misstrauen begegneten, wuchs stetig. Die Liste seiner tatsächlichen und angeblichen Verstöße gegen das polizeiliche Regelwerk ebenfalls. Ginge es nach der Mehrheit der Führungsetage, dürfte Kommissar Kräuming den Rest seiner Dienstzeit in verstaubten Archiven verrotten. Tröger hatte das Dilemma erkannt.

»Wir können es uns nicht leisten, gute Kriminalisten zu verlieren«, hatte er in ihrem letzten Gespräch gesagt und ihn von oben bis unten kopfschüttelnd betrachtet. »Horst, Sie sind ein begabter junger Mann. Ihre Erfolgsquote ist beachtlich, Ihre Arroganz allerdings auch. Dummerweise haben Sie sich selbst in diese Situation gebracht. Ich missbillige den Versuch, Sie kaltzustellen. Aber offensichtlich muss man Sie vor sich selbst schützen. Ich bin Pragmatiker, Politik ist mir zuwider.«

Anfänglich hatte Kräuming das Hamburger Sie, bei dem man mit Vornamen angesprochen und gesiezt wird, als Unhöflichkeit verstanden, aber sein norddeutscher Vorgesetzter duzte grundsätzlich niemanden. Für Kriminalrat Tröger war dies das Höchstmaß an persönlicher Vertrautheit, das zu zeigen er gewillt war, machte es doch ausreichend die Distanz des Ranghöheren deutlich. Aus Respekt hatte Kräuming es schließlich akzeptiert und sich damit getröstet, es sei immer noch besser als das Münchner Du, bei dem man mit Nachnamen und du angesprochen wurde. »Horst, Sie Arschloch« klang definitiv freundlicher als »Kräuming, du Arschloch«.

»Ich habe ein bisschen meine Beziehungen spielen lassen und einen Gefallen eingefordert. Das LKA in Berlin erwartet Sie. Ich leihe Sie eine Weile aus. Die können momentan jede Hilfe gebrauchen. Seit die vier Terroristinnen ausgebrochen sind, brennt da die Luft. Bis auf Weiteres werden Sie dort eingesetzt. Horst, versauen Sie es nicht wieder!«

Gemeint war der peinliche Ausbruch von vier Mitgliedern der RAF und der Bewegung 7. Juni, die sich Anfang Juli ihren Weg aus dem Frauengefängnis in die Freiheit aus Bettlaken zusammengeknotet hatten. Die spektakuläre Aktion hatte eine beträchtliche Justizkrise ausgelöst, und die sozialliberale Koalition war kurz vor der Bundestagswahl im Nerv getroffen. Für die Opposition ein Grund zum Feiern. Für die Berliner Polizei eine Katastrophe. Trotz aller Bemühungen blieben die Terroristinnen unauffindbar.

Tröger war ein harter Knochen, ein Polizist der alten Schule, geradlinig und eigentlich unsentimental. Dass er Kräuming nicht wie eine heiße Kartoffel fallen ließ, lag jedoch auch daran, dass dieser ihn an seinen Sohn erinnerte. Kaum volljährig, war der mit seinem Motorrad nachts gegen einen falsch geparkten, unbeleuchteten

Hänger gerast. Genickbruch. Leiden musste er nicht. Sein Sohn wäre heute genauso alt wie Kräuming.

Egal, wie man es formulierte, strafversetzt oder Arschrettung, Lust auf die eingemauerte Stadt verspürte der Fünfunddreißigjährige nicht.

Hinter den Feldern der Magdeburger Börde stieg unaufhaltsam die Sonne auf. Bis zum Grenzübergang Dreilinden waren es keine hundert Kilometer mehr. Checkpoint Bravo nannten ihn die Alliierten. Wie schon so oft würde er in der Wartezone ausharren, bis die Grenzer endlich gewillt waren, ihn in Augenschein zu nehmen. Das Transitabkommen hatte das Reisen zwischen West-Berlin und dem Bundesgebiet zwar erleichtert, der sogenannte antifaschistische Schutzwall blieb dennoch ein kolonnenbildendes Ungetüm. Es gab Tage, da schaltete so mancher Fahrer den Motor aus und schob sein Auto im Rhythmus der Befindlichkeiten machtbesessener Ostbeamter Meter für Meter in Richtung Grenze.

Kräuming fuhr auf der Autobahn langsamer als vorgeschrieben, weniger aus Angst, auf der Transitstrecke in eine Radarfalle zu geraten, als vielmehr wegen jener Abneigung, die ihn mit West-Berlin verband.

Zum dritten Mal hatte er die Kassette gedreht und den Klängen von Pink Floyds *Wish You Were Here* gelauscht. Die Musik passte vorzüglich zu seiner Stimmung.

Vor zehn Jahren hatte er der eingemauerten Stadt den Rücken gekehrt, einer tragischen Liebe wegen. Rita. Für immer, hatte er sich geschworen.

Ob es daran lag, dass er den Grenzoffizier zu ausdauernd fixierte, lange Haare grundsätzlich Misstrauen auslösten oder das nervige Quietschen des Keilriemens als subversives Indiz gedeutet wurde – Fahrzeug und Person wurden an diesem Morgen genauer unter die Lupe genommen. Ein strenger, oft geübter Fingerzeig des Schirmmützenträgers deutete auf einen Stellplatz neben dem Abfertigungsgebäude. Dort parkte Kräuming seinen geliebten Buckelvolvo, einen PV444E Jahrgang 1954.

Am Vorabend hatten Freunde ihm empfohlen, möglichst nicht

in den frühen Morgenstunden an der Grenze einzutreffen. Die Verstimmung der DDR-Oberen über die zuletzt wieder angestiegene Anzahl der Ausschleusungen, wie es im Jargon der Staatssicherheit hieß, war ausführlich im *Neuen Deutschland*, dem Propagandablatt der SED, besprochen worden. Vier Wochen vor der Bundestagswahl wurde unverhohlen mit der Aussetzung des Transitabkommens gedroht und mit umfassenderen Kontrollen.

Die Erfahrung besagte, der beste Zeitpunkt, um problemlos die Grenze zu passieren, sei gegen dreizehn Uhr, kurz nach dem Mittagessen. Satte Beamte sind träge Beamte. Kräuming hatte nichts darauf gegeben, zumal er sich um neun Uhr im Landeskriminalamt melden sollte. Zwar wäre es vernünftig gewesen, einen Tag früher anzureisen, aber sein Bedürfnis nach der Mauerstadt tendierte gegen null. Wiesbaden verließ er um Mitternacht, bummelte vor sich hin und haderte mit seinem Schicksal.

Wie von ihm gefordert, parkte er den betagten Volvo im festgelegten Bereich und stieg aufreizend langsam aus. Er zupfte sein ausgewaschenes T-Shirt zurecht, zog seinen Parka an, steckte lässig die Daumen in die Jeans und grinste amüsiert den Zöllner an.

»Nett, dass Sie sich Zeit für mich nehmen«, sagte er. Eine Antwort blieb aus.

Normalerweise wurde nur eine Passkontrolle vorgenommen. Aber heute bestand offensichtlich ein hinreichender Verdachtsgrund, dass ein Missbrauch der Transitwege vorlag. Möglichst gleichgültig beobachtete Kräuming die Inaugenscheinnahme seines Volvos. Der Zollbeamte schlurfte strengen Blickes um den Wagen herum und gab sich Mühe, sein Missfallen durch monotone Grunzlaute zum Ausdruck zu bringen. Zuweilen trat er dicht an das Fahrzeug heran, betrachtete einen Aufkleber skeptisch und schüttelte den Kopf. Er schien mit dem Gedanken zu spielen, die vom Rost geplagte Karosse in ihre Bestandteile zu zerlegen. Die Sticker, ein Sammelsurium von Friedensplaketten gegen den Vietnamkrieg, Aufrufe zu Kernkraftprotesten – *Atomkraft? Nein danke!* –, Rolling-Stones-Piktogrammen und buddhistischen Symbolen, löste zwar keine Begeisterung bei dem Oberleutnant aus, aber zu beanstanden fand er nichts. Dem gestrengen Beamten schien allein die Gleichgültigkeit, mit der das Auto behandelt wurde, verdächtig zu sein. Seine Blicke waren unmissverständlich. Der Besitzer des Fahrzeugs erinnerte ihn an jene langhaarigen Gammler, wie sie vor der Gedächtniskirche herumlungerten und Passanten nach Münzen anschnorrten. Die Berliner Abendschau berichtete regelmäßig darüber. Zwar war Westfernsehenschauen den Beamten untersagt, aber den Klassenfeind zu kennen, war schließlich auch wichtig. »Grund der Einreise?«

»Schwarzwälder Kirschtorte mit Schlagsahne.«

Die Augen des Oberleutnants verengten sich. Er verschränkte die Hände auf dem Rücken, zog die Luft tief ein und wippte bedrohlich auf den Schuhspitzen. Ein bewährtes Ritual, um sich Respekt zu verschaffen.

»Führerschein und Personalausweis!«

»Die haben Ihre Kollegen schon kontrolliert.«

»Interessiert mich nicht!«

»Es interessiert Sie nicht, was Ihre Kollegen machen?«

»Junger Mann, werden Sie nicht pampig. Ich kann auch anders!«

Kräuming nickte scheinbar beeindruckt.

»Anders? Freundlicher vielleicht?«

Da eine Antwort ausblieb und die Sehschlitze noch enger wurden, zog er das Gewünschte aus der Parkatasche und reichte es mit spitzen Fingern dem Offizier.

»Ehrlich gesagt, ich will überhaupt nicht nach West-Berlin. Mein Chef zwingt mich. Ist so eine Erziehungsmaßnahme. Können Sie da irgendwas machen? Einreise verweigern oder so?«

»Witzbold, was? Ich frag Sie noch mal. Ihr Grund?«

»Es verlangt mich nach Schwarzwälder Kirschtorte mit Schlagsahne. Ich gedenke, dem Café Kranzler einen Besuch abzustatten. Verstehen Sie? Ich bin ein Süßschnabel. Erblich vorbelastet, mütterlicherseits.«

Ein erneutes energisches Wippen auf den Zehenspitzen. Hände auf den Rücken. Bedächtiges Abmarschieren der anderen Fahrzeugseite.

»Haben Sie etwas zu verzollen?«

»Nicht, dass ich wüsste.«

»Sind Sie im Besitz von Drogen?«

Amüsiert schaute Kräuming erst in die eine, dann in die andere Richtung, bevor er demonstrativ mit dem Finger wackelte. »Genosse, das will ich jetzt nicht gehört haben. Meines Wissens sind Drogen in der DDR verboten.«

Einen Moment Schweigen. Ungläubiger Blick. Schnappatmung. Die Gesichtsfärbung versprach nichts Gutes.

»Kofferraum öffnen!«

Die Stimme des Zöllners überschlug sich beinah. Umständlich suchte Kräuming in den Taschen seines Parkas und in der Hose den Autoschlüssel. Nachdem er alle Möglichkeiten mehrfach geprüft und mimisch sein Unverständnis über die Tücken des Objekts zur Kenntnis gegeben hatte, schlug er sich abrupt mit der flachen Hand gegen die Stirn.

»Wird das heute noch was? Hab nicht den ganzen Tag Zeit.«

»Ist mir jetzt echt peinlich. Hätte ich doch gleich draufkommen können.« Kräuming lachte albern. »Der Schlingel steckt noch im Zündschloss.«

Zwei graue Seesäcke und eine heruntergekommene Wildlederumhängetasche mit Fransen ruhten wenig später auf einem der Zolltische.

»Junger Mann, ich fordere Sie letztmalig auf, Ihre Taschen auszuräumen!«

»Mach ich nicht. Tut mir echt leid. Die hat meine Mutter gepackt. Die Sachen krieg ich da nie wieder rein. Ich insistiere. Machen Sie das. Oder schicken Sie mich wieder zurück. Wie schon erwähnt, ich will sowieso nicht nach West-Berlin. Außerdem, im Ein- und Auspacken verfügen Sie garantiert über mehr Erfahrung als ich.«

Acht Stunden später deutete eine ihn despektierlich musternde Verwaltungsangestellte namens Fräulein Elfriede Stürmer wortlos auf die gepolsterte Tür des Leiters des LKA 1 – Delikte am Menschen. Vorher allerdings hatte Kräuming eine gefühlte Ewigkeit den Flur ausgemessen und die Namensschilder der einzelnen Büros studiert. Ihren Namen und den Titel »Fräulein« hatte er amüsiert zur Kenntnis genommen. Obwohl Genscher als Bundesinnenminister schon vor vier Jahren die von vielen Frauen als diskriminierend empfundene Anrede kurzerhand per Anweisung gestrichen hatte, schien das in Berlin nicht angekommen zu sein. Die hagere Fünfzigjährige, die wahrscheinlich schon zu Zeiten des Reichskriminalpolizeiamtes beeindruckende Türen bewachen durfte, befahl in einem prächtigen Kasernenton inklusive Fingerzeigs: »Sie dürfen eintreten! Kriminaldirektor Voigt hat jetzt Zeit für Sie.«

Kräuming, der den Fluchtplan des Gebäudes studierte, drehte sich langsam um, streckte sich ausgiebig, als sei er müde aus dem Bett gestiegen, und fragte ungläubig: »Fräulein, Sie meinen jetzt sofort?«

»Ja!«

»Kein Zweifel?«

Das grimmige Gesicht des Vorzimmerdrachens bemühte sich, eine Nuance Verachtung anzudeuten, was aber nur zu einem verkniffenen Lächeln führte.

Gemessenen Schrittes betrat Kräuming ihr Büro, blieb stehen, schaute sich aufmerksam um und deutete in Richtung der beeindruckenden, wenn auch in die Jahre gekommenen bräunlichen Tür. Es gab zwar nur die eine, dennoch fragte er: »Da hinein?«

Ungehalten marschierte Fräulein Stürmer an ihm vorbei und öffnete sie energisch. Nur mit Mühe unterdrückte Kräuming den Impuls, seine Dankbarkeit mittels eines militärischen Grußes zum Ausdruck zu bringen.

Das Büro von Kriminaldirektor Fritz Voigt wirkte geräumig und durchdacht. Die altehrwürdigen Regale schienen strammzustehen, und jede Kleinigkeit war nach ästhetischen, weniger nach praktischen Gesichtspunkten sortiert. An der gegenüberliegenden Wand Kunstdrucke, die das historische Berlin zeigten. Perfekt gezeichnet und überaus langweilig. Vor einem aufgeräumten, stattlichen Schreibtisch befand sich ein weniger großzügiger Tisch mit vier Stühlen. Ein sorgfältig arrangiertes Blumengesteck stand auf einem Deckchen und wirkte etwas albern. Eindeutig die Handschrift Fräulein Stürmers, entschied Kräuming.

Nachdem Voigt mit krauser Stirn ein amtliches Schreiben zu Ende gelesen hatte, ließ er es auf den Tisch fallen. Missmutig stand er auf, und statt Kräuming die Hand zu reichen, drehte er sich um und starrte durch das Fenster auf die Keithstraße. Als würde ein nicht näher definierbarer Schmerz ihn dazu zwingen, durch die Zähne zu atmen, entgegnete er mit deutlichem Missfallen: »Tugenden wie Pünktlichkeit, Fleiß und Ordnung mögen beim Bundeskriminalamt in Wiesbaden aus der Mode gekommen sein. Hier im Landeskriminalamt Berlin gelten sie noch. Ich hatte Sie heute Vormittag um neun Uhr erwartet.«

Kräuming betrachtete den Mann, den er auf Mitte fünfzig schätzte, und strich sich die Haare aus dem Gesicht. Einen Augenblick lang dachte er an die mahnenden Worte Trögers: Versauen Sie es nicht wieder. Er biss sich auf die Lippen. Es half nicht.

»Höflichkeit gehört ebenfalls dazu«, antwortete er. »Wir wollen doch nicht die beste aller deutschen Tugenden so leichtfertig unter den Tisch fallen lassen, oder? Einen schönen Guten Tag! Ein Zöllner an der Grenze ...«

Voigt hob die linke Hand und fixierte mit strengem Blick sein Gegenüber. Er versuchte nicht, es zu verbergen: Was er sah, gefiel ihm nicht.

»Hein Tröger hat mich schon vor Ihnen gewarnt. Überaus intelligent, scharfer analytischer Verstand, ausgeprägtes Talent für die operative Fallanalyse, neuer Technik gegenüber aufgeschlossen. Elektronische Datenverarbeitung, Computer und derartiges. Andererseits: selbstverliebt, überheblich, jemand, der Regeln nach eigenem Belieben interpretiert. Um Ausreden nie verlegen. Darauf bedacht, immer das letzte Wort zu haben. Keine Ahnung, warum der Kriminalrat sich für Sie einsetzt. Sie sind Persona non grata beim BKA. Trifft es das?«

Der Leiter des LKA 1 schien regelmäßig Sport zu treiben, Leichtathletik wahrscheinlich. Der klassische Läufertyp, Langstrecke oder Hindernislauf, schätzte Kräuming. Ausdauernd, zäh, aufs Siegen versessen.

»Im Prinzip schon«, antwortete er und nickte. »Ein, zwei Kleinigkeiten würde ich gerne ergänzen: Angst vor großen Türen ist ihm fremd, und für ein leckeres Tortenstück würde er glatt den Führer verraten.«

Er hatte erwartet, dass seine Bemerkung Verärgerung oder zumindest ein Kopfschütteln provozieren würde. Aber nichts dergleichen geschah. Kriminaldirektor Voigt zuckte nicht einmal mit den Augenbrauen.

»Ihre Aufgabe in Wiesbaden bestand darin, sich um die zunehmende Kriminalität im Rauschgiftmilieu zu kümmern. Glaubt man den Aussagen Trögers, hatten Sie beachtlichen Erfolg. Immerhin ist es Ihnen gelungen, die Chefs zweier rivalisierender Mafia-Banden hinter Gitter zu bringen. Sie haben die beiden Herren dazu gebracht, gegeneinander auszusagen. Beeindruckend. Angesichts Ihres Auftretens frage ich mich allerdings, wie Ihnen das gelungen ist.«

»Niemand kann meinem legendären Charme auf Dauer widerstehen«, schlüpfte es über Kräumings Lippen, verbunden mit ein paar übermütigen Augenaufschlägen und einem entwaffnenden Lächeln.

Voigt schüttelte gleichgültig den Kopf und setzte sich wieder an seinen Schreibtisch. »Für Spielchen habe ich keine Zeit. Es gibt Wichtigeres zu tun. Warum Tröger seine Hand über Sie hält, ist mir ein Rätsel. Und um es unmissverständlich zu sagen, ich schulde dem alten Sturkopf einen Gefallen. Und glauben Sie mir, die Betonung liegt auf *einen*. Schlaflose Nächte werde ich Ihretwegen garantiert nicht haben. Verstehen Sie? Wichtigtuer brauchen wir hier nicht.«

Voigt nahm das amtliche Schreiben wieder in die Hand und überflog es erneut. »Wissen Sie, warum ich nicht unter schlaflosen Nächten leide? Oder Magengeschwüren? Oder einer Depression, wie es jetzt modern ist? Man nennt es Lotuseffekt. Man lässt alles an sich abperlen, was einem nicht nutzt. Heute zum Beispiel ... Unser geliebter Polizeipräsident erinnert nachdrücklich daran, dass wir uns energischer um die zeitnahe Erfassung von Daten zur Personenfahndung bemühen sollen. Hübner reagiert damit auf eine Beschwerde Ihres BKA. Mit solchen Problemen darf ich mich herumschlagen, abgesehen von vier ausgebüxten Terroristinnen, die unauffindbar sind. Glauben Sie mir, ich habe keine Zeit, ein Trotzköpfchen an die Hand zu nehmen.«

Kräuming kannte das Problem. Die Zusammenarbeit zwischen dem Bundeskriminalamt und den Landeskriminalämtern war suboptimal. Kompetenzgerangel, Befindlichkeiten, alberner Lokalpatriotismus. Jedes Bundesland bestand auf eigenen Strukturen und verbat sich jegliche Einmischung. Ein Flickenteppich der Unvernunft. Da Voigt aber nicht nach seiner Meinung gefragt hatte, verkniff er sich einen Kommentar. Außerdem knabberte er noch an dem Begriff Trotzköpfchen.

»Tragen Sie eine Waffe?«

»Ich besitze zwar eine, die fristet ihr Dasein aber im Panzerschrank in Wiesbaden. Ich bin mit dem Auto gekommen. Bekanntermaßen mögen die Zonis es nicht, wenn man bewaffnet durchs sozialistische Ländle fährt. Bisher habe ich keine gebraucht, und zugegebenermaßen bin ich kein Freund davon. Pazifist aus Überzeugung. Wenn Sie es wünschen, kann ich das gute Stück aber gerne einfliegen lassen.«

»Da bin ich aber froh«, sagte Voigt, ließ allerdings offen, ob er die sichere Verwahrung oder Kräumings Einstellung zu Waffen meinte. Die Vorstellung eines bewaffneten Langhaarigen schien ihm nicht zu behagen.

»Haben Sie schon eine Bleibe?«
»Ich schlaf bei Tante Fanny.«
Voigt schaute ihn fragend an. »Tante Fanny?«
»Franziska Kohlheim ist die Schwester meiner Mutter.«
»Brillante Schauspielerin.«
Kräuming nickte. »Sie ist zu Filmaufnahmen unterwegs.«
»Melden Sie sich morgen pünktlich um acht Uhr im Zimmer 131. Vorerst werden Sie in der Zentralstelle Risikobewertung von individualgefährdeten Personen eingesetzt. Dort wird man sich um Sie kümmern. Eine Waffe brauchen Sie da nicht. Und, Kräuming, da Ihnen Höflichkeit so wichtig ist: willkommen in Berlin! Machen Sie Ihren Job gut, und tun Sie uns beiden einen Gefallen: Gehen Sie mir aus dem Weg.«

»Dit gloob ick nich! Se wollen hier wohnen?«
Der Portier machte keinen Hehl daraus, dass er das gutbürgerliche Gründerzeithaus mit seinen verspielten Jugendstilelementen direkt am Prachtboulevard Kurfürstendamm für die falsche Adresse hielt. Er schaute Kräuming fassungslos an, als sei er einer der Passagiere der dritten Klasse, der auf der Titanic gleich nach dem Eisbergrammen in völligem Verkennen seines Standes um einen First-Class-Platz im Rettungsboot bittet. Einerseits lag das an den beiden Seesäcken, die vor der Portierloge lagen, andererseits an der unangemessenen Garderobe, wie sie Bewohner dieses Hauses niemals zu tragen pflegten. Erneut überflog er die Zeilen. Briefkopf und Unterschrift ließen keinen Zweifel an der Echtheit zu.

»Ich bin der Neffe von Tante Fanny. Solange sie in Marrakesch zu Filmaufnahmen weilt, darf ich hier domizilieren. Und wenn es Sie beruhigt, ich bin Polizist!«

Kräuming legte eine Kunstpause ein und flüsterte verschwörerisch: »BKA! Verdeckte Ermittlung. Das darf aber niemand erfahren.«

Locker aus der Hüfte zog er seinen Dienstausweis hervor, gewährte kurz einen Blick und ließ ihn wieder in der Tasche verschwinden.

»Werter Herr, wie darf ich Sie anreden?«

Der Portier schaute ihn verwundert an. »Alfons.«

»Vor- oder Nachname?«

Erst jetzt schien der Mann in der Loge zu begreifen, dass er nicht ernst genommen wurde. Erbost zog er die rechte Augenbraue hoch, nahm den Ersatzschlüssel aus dem Panzerschrank und schob ihn über den Tresen.

»Dritte Etage links. Nehmen Se'n Aufzug.« Pikiert setzte er sich wieder auf seinen Stuhl, um sich der Zeitung zuzuwenden.

Kräuming schulterte einen Seesack, klemmte den anderen unter den Arm, und in die freie Hand nahm er die abgewetzte Fransentasche. Der verschnörkelte und bedrückend schmale Fahrstuhl aus der Gründerzeit zwang ihn, alles übereinanderzustapeln und sich in die kleine Kabine hineinzudrängen. Obwohl er und sein Gepäck nicht übermäßig schwer waren, federte der Aufzug bedrohlich. *Maximal zwei Personen*, las er. Eine Mengenangabe für Seesäcke war nicht vermerkt.

Die Idee, in Charlottenburg zu wohnen, kaum fünf Minuten vom Café Kranzler entfernt, verdankte er seiner Mutter. Noch bevor sie mit ihm darüber gesprochen hatte, war alles in die Wege geleitet.

»Tante Fanny freut sich außerordentlich, dir zu helfen. Die Wohnung ist frei. Sie ist für einen Monat zu Filmaufnahmen in Marrakesch. Das Angebot kannst du unmöglich ablehnen!«

Tante Fanny war das Nesthäkchen der Familie. Verzogen, exzentrisch, eine begnadete Künstlerin. Der Eindruck, den sie hinterlassen hatte, ließ sich in einem Wort zusammenfassen: durchgeknallt. Bis zu ihrer Rückkehr sollte ihn entweder Wiesbaden rehabilitiert oder er eine andere Bleibe gefunden haben. Mehr als einen Abend würde er seine Tante nicht ertragen.

Mit etwas Mühe gelang es ihm, die beiden Innentüren der Aufzugskabine zu schließen und den Knopf zu drücken. Der Portier beobachtete misstrauisch jede seiner Bewegungen und schüttelte demonstrativ den Kopf. Zeit für ein Lied, fand Kräuming und begann, laut zu singen.

»Hab ne Tante aus Marokko ...«

Die Wohnung war riesig und modern eingerichtet. Knallbunte Tapeten mit psychedelischen Mustern, massive, deckenhohe Schrankwände, Sideboards und Kommoden. Mitten im Zimmer ein hochfloriger Flokati-Teppich, flankiert von spacigen Cocktailsesseln und einer überdimensionalen chromblitzenden Bogenlampe. An den Wänden Bilder von Andy Warhol: Marilyn Monroe, eine Banane und Mao. Alles in grell leuchtenden Farben.

Die Fliesen in der Küche strahlten abwechselnd in Petrolblau und Lila. Ein paar orangefarbene Küchengeräte verrieten, dass hier dennoch gekocht wurde.

Das Bad begrüßte ihn mit einer knallig grünen Badewanne, Blumenaufklebern auf den orangenen Kacheln und einem riesigen kitschigen Muschelwaschbecken. Sogar ein Bidet hatte sich Tante Fanny einbauen lassen.

Das Gästezimmer befand sich gegenüber. Es war deutlich schlichter, wirkte aber durchaus gemütlich. Dankbar ließ er sich auf das Bett fallen. Kein guter erster Tag, fasste er in Gedanken zusammen. Müde schloss er die Augen.

Neben dem Fernseher im Wohnzimmer hatte er eine Minibar aus rotem Kunststoff entdeckt, die ein wenig einem Schirmständer glich, aber überaus einladend gefüllt war. Der würde er sich später zuwenden. Erschöpft schlief er ein.

Die Frau bewegte den rechten Zeigefinger, krümmte ihn, streckte ihn, krümmte ihn erneut. Ein schlichter Vorgang. Kaum ein Muskel, kaum eine Sehne schien sich zu bewegen. Die Frau wusste, dass das nicht stimmte. Am Zeigefinger endeten zahlreiche Sehnen, die Muskeln entstammten, deren Ursprung im Bereich des Ellenbogens oder des Unterarms lagen. Kontrahierten sie, ließ sich der Finger beugen, strecken, albern oder streng hin und her wackeln. Die Beugesehnen, die den Finger sich krümmen ließen, befanden sich in der Handfläche. Zwei schlichte Muskeln, der oberflächliche und der tiefe Fingerbeuger. Die Frau betrachtete ihre Hand nachdenklich. Sie fragte sich, wie oft sich der rechte Zeigefinger krümmen ließ, bis er den Dienst verweigerte. Sie schaute auf die Uhr. Stoisch drehte der Sekundenzeiger seine Runden. Nur sein leises Ticken war zu hören. Eine Weile beobachtete sie ihn. Eine Stunde Zeit blieb noch. Vom Tisch nahm sie einen abgegriffenen Rosenkranz und ließ die Perlen durch die Finger gleiten. An Gott glaubte sie schon lange nicht mehr. Aber die monotone Bewegung beruhigte sie. Flüsternd begann sie zu zählen.

Für sein Alter war Dr. Heinrich Sellmann ausgesprochen fit. Mit sechsundsiebzig Jahren schwamm er regelmäßig im Tegeler See. Er war stolz darauf, selbst jüngere Männer hinter sich zu lassen, besonders auf langen Strecken. Wenn möglich, hielt er sich mit seinem Fahrrad in Form.

In den vergangenen Tagen hatte es ausgiebig geregnet. Der Juni dagegen war extrem warm und trocken gewesen. Der heißeste in Europa seit der Erfassung der Wetterdaten. Eine Hitzewelle, die vor allem Landwirte beklagten. Felder waren komplett vertrocknet, die Ernteausfälle existenzbedrohend.

Dr. Sellmann liebte die Wärme, aber dass der Sommer zu Ende ging, störte ihn nicht. Mit Freude hatte er wieder seine obligatorischen Radtouren durch den Tegeler Forst aufgenommen. Dank einer eigens für ihn angefertigten Fußprothese schaffte er die Runde um den zweitgrößten Berliner See in knapp unter einer Stunde. Aber seitdem die Knie schmerzten, ging er es gemächlicher an und genoss es, gemütlich durch den Tegeler Forst zu fahren. Er liebte die Gegend, vor allem ihre Ruhe in den kälteren Monaten. Am Nachmittag hatten sich die Wolken bedrohlich zusammengeschoben. Als er schon beschließen wollte, das Training ausfallen zu lassen, riss der Himmel auf, und die Sonne zeigte sich. An diesem Abend fuhr er auf seiner Lieblingsstrecke, vorbei an der Dicken Marie, dem vermutlich ältesten Berliner Baum. Energisch drehte er die geplante Runde und hielt anschließend an der Alten Waldschänke.

Er kam etwas später an als erwartet. Während er sein Fahrrad am Zaun der urkundlich belegt ältesten Gaststätte Berlins anschloss, diagnostizierte er dringenden Trainingsbedarf. Sellmann setzte sich an seinen Lieblingstisch im Biergarten und bestellte sein obligatorisches Schultheiss. Angeregt plauschte er mit dem Kellner über die Frage, ob es Hertha BSC in diesem Jahr wohl gelänge, an Borussia Mönchengladbach vorbeizuziehen und Deutscher Meister zu werden. Er war optimistisch, der Kellner nicht.

Gegen neunzehn Uhr fünfzehn begab sich Sellmann auf den Rückweg und ärgerte sich darüber, dass ihm die einsetzende Dämmerung mehr und mehr die Sicht nahm.

Zuerst erkannte er nur die Konturen einer Person am Wegrand, die ihm signalisierte, dass er anhalten solle. Obwohl eine innere Stimme ihn warnte, bremste er ab und stieg vom Fahrrad.

»Kann ich Ihnen behilflich sein?«

»Dr. Heinrich Sellmann?«

Verwundert betrachtete er die sportlich gekleidete Person. Erst jetzt wurde ihm klar, dass es sich um eine Frau handelte. Sicher, er war kein Unbekannter in Tegel, und allein die Anzahl seiner früheren Patienten war beachtlich, aber die Frau, die er auf Anfang dreißig schätzte, hatte er noch nie gesehen. Er besaß ein ausgezeichnetes Personengedächtnis. Auch hörte er einen Akzent heraus, den er mit Französisch in Verbindung brachte. Die Frau hatte etwas Lauerndes. Sie fixierte ihn unnachgiebig.

»Kennen wir uns?«, erkundigte er sich höflich, merkte dabei aber, dass seine Stimme weniger fest klang als sonst.

»Sind Sie Dr. Heinrich Sellmann, der bis Mai 1945 in Sachsenhausen praktiziert hat?«

Das Lächeln wich aus seinem Gesicht. Er versuchte, das Fahrrad an der jungen Frau vorbeizuschieben. Sie packte den Lenker und hielt ihn trotz ihrer geringen Größe mit erstaunlicher Kraft fest.

»Lassen Sie mich zufrieden!«

Sie zog eine Pistole aus der Innenseite der Jacke und zielte auf seinen Kopf. Mit einer Handbewegung gab sie ihm zu verstehen, dass er das Fahrrad an einen der Bäume lehnen sollte.

»Was wollen Sie?«

»Für alles, was wir tun, müssen wir Verantwortung übernehmen. Schuld verjährt nicht. Heute ist Ihr jüngster Tag!«

Sellmann spürte, wie ihm der Schweiß über den Rücken lief. Sein Atem beschleunigte sich. Panisch schaute er sich um. Es waren weder Hundebesitzer zu sehen, die durch den Wald spazierten, noch Läufer, die ihre Kondition verbessern wollten. Um diese Uhrzeit waren sie allein im Tegeler Forst. Die Frau zog ein schmales Seil aus der Tasche.

»Drehen Sie sich um! Hände auf den Rücken.«

Er spürte die Waffe in seinem Nacken. Geduldig wartete er auf eine Gelegenheit, die Unbekannte zu überwältigen. Sellmann wusste sich gut in Form, und die Frau war erheblich kleiner als er. Aber seine Hoffnung, sie würde einen Fehler begehen, wurde enttäuscht. Mit der freien Hand fesselte sie geschickt seine Hände.

»Sie gehen voraus.«

Bis zur Dicken Marie waren es nur wenige Schritte. Sellmann wusste, dass die Stieleiche, die angeblich im Jahre 1107 an der Großen Malche ihre Wurzeln ins Erdreich getrieben hatte, ihren Namen den Gebrüdern Alexander und Wilhelm von Humboldt verdankte. Eine Anspielung auf die wohlbeleibte Köchin im Schloss Tegel. Dass er sich jetzt daran erinnerte, wunderte ihn. Langsam ging er in die Richtung, in die sie gewiesen hatte. Er überlegte, ob er fliehen könnte. Die Prothese würde ihn kaum hindern. Vorsichtig schaute er über die Schulter. Ein paar Meter in den Wald, und die Dunkelheit würde ihn schlucken.

»Denken Sie nicht einmal daran! Ich bin schneller als Sie!«

Er verwarf den Gedanken. »Ich habe Geld. Sagen Sie mir, wie viel Sie wollen!«

Sie lachte bitter. »Knien Sie sich hin!«

Als er zögerte, trat sie ihm kraftvoll in die rechte Kniekehle, sodass er das Gleichgewicht verlor und zu Boden ging. Ein stechender Schmerz durchzuckte seinen Körper. Er richtete sich auf und tat, was sie verlangte. Er spürte den Lauf der Pistole in seinem Nacken.

»Geben Sie mir einen Namen!«

Erstaunt drehte er den Kopf und schaute die Frau an. Sie hielt ihm Fotos hin, alte Schwarz-Weiß-Aufnahmen. Es war zu dunkel, um genau zu erkennen, was sie zeigten. Kurz darauf schaltete sie eine Taschenlampe ein. Ein junger Mann in einer dunklen Uniform lächelte stolz. Die Rangabzeichen waren unscharf, aber die Gesichtszüge erkannte er sofort. Da wusste Dr. Heinrich Sellmann, dass ihn die Vergangenheit eingeholt hatte.

Donnerstag, 9. September 1976

Der Beamte, der Kräuming auf dem Flur abfing, nuschelte etwas von einer Leiche. »Genickschuss, möglicherweise eine Hinrichtung. Außerdem hat der Tote Geld im Mund. Alles deutet auf Mafiamethoden hin. Sie sollen sich das anschauen.« Kräuming sagte dazu nichts.

Sein Kopf brummte. Die Kombination Zigaretten und Tante Fannys Bar hatten ihm mehr zugesetzt als erwartet. Einige Positionen ihrer persönlichen Hitliste, inklusive Mixanweisungen, waren abgehakt. »Sonnenschein« – Fanta mit Eierlikör – hatte sich nicht als überzeugender Einstand erwiesen. Der Wechsel zu »Asbach-Cola« – das traf eher seinen Geschmack. Drei davon. Eindeutig zwei zu viel. Es folgte »Jambosala mit Sekt«. Das Gelage beendete er mit einem »Großen Laubfrosch« – Blue Curaçao mit Orangensaft.

Keine gute Idee, wie er sich nun reumütig eingestand.

Seit der italoamerikanische Schriftsteller Mario Puzo den Bestseller *Der Pate* geschrieben hatte und der Film mit Marlon Brando als Don Vito Corleone über die Kinoleinwände geflimmert war, glaubten sogar einige Kriminalbeamte, jeden rituell angehauchten Mord der Mafia zuschreiben zu können. Zwar herrschten in Deutschland keine amerikanischen Verhältnisse, und verfestigte Mafiastrukturen ließen sich nicht nachweisen, aber die Bemühungen des organisierten Verbrechens, Fuß zu fassen, wurden durchaus mit Sorge beobachtet.

Dass man ihn zurate zog, zauberte Kräuming ein Lächeln auf die Lippen, warum also gleich Zweifel äußern. Er notierte sich die wichtigsten Angaben. Dicke Marie, Schwarzer Weg und Tegel. Zufrieden stieg er in seinen Volvo, zündete sich eine Zigarette an und beschloss, den Tag als einen guten zu betrachten.

Der Tote lag in einer Senke, kaum zwanzig Meter entfernt von der altehrwürdigen Eiche. Der Kopf schien verdreht. Die stumpfen Augen starrten in die grauen Wolken. Noch regnete es nicht, aber die

Hektik deutete darauf hin, dass die Spurensicherung jeden Moment damit rechnete. Ein Beamter schoss mit ernster Miene Fotos aus allen möglichen Positionen. Bei seinen Bemühungen erinnerte er eher an einen Künstler als an einen sachlich agierenden Polizisten. Nur sein distanzierter Gesichtsausdruck verriet, dass es sich um eine Leiche und nicht um ein aufwendig arrangiertes Kunstobjekt handelte.

Der Tote lag auf der rechten Seite, die Arme waren auf dem Rücken fixiert, die Beine nach hinten abgewinkelt. Die Verschmutzungen der Hose verrieten: Der Mann hatte gekniet, als er starb. Ein paar Geldscheine, die zusammengeknüllt in seinem Mund steckten, verstärkten die Annahme einer Hinrichtung.

Kräuming zeigte kurz seinen BKA-Ausweis und tauchte unter der Absperrung hindurch. Aufmerksam beobachtete er die Arbeit der Berliner Kollegen. Die Spurensicherung erfasste konzentriert alles, was ihnen hilfreich schien. Zwar hatte er schon bei der Mordkommission Mönchengladbach und später auch beim BKA Leichen gesehen, das abrupte Ende eines Lebens machte ihn dennoch jedes Mal nachdenklich. In den letzten Jahren hatte er vor allem mit Junkies zu tun gehabt, die sich den goldenen Schuss gesetzt hatten oder an unreinem Heroin zugrunde gegangen waren.

Zwischen den Beamten stand ein Mann, der mit seiner grau melierten Haarpracht eher einem balladenträllernden Musikpoeten glich als einem Rechtsmediziner. Affektiert hielt er ein kleines Diktiergerät in der Hand und formulierte seine Erkenntnisse akkurat in die Stenorette. »Der Täter stand hinter seinem Opfer. Einen Kampf gab es offensichtlich nicht.«

Der Mann sprach perfekt Deutsch mit deutlich erkennbarem spanischem Akzent. Die Betonung der letzten oder vorletzten Silbe klang etwas albern, passte aber vorzüglich zu seiner exzentrischen Erscheinung.

»Sie müssen Horst Kräuming sein.«

Er drehte sich um. Vor ihm stand ein wohlgenährter Beamter mit tränenden Augen und roter Nase, der im Werbefernsehen ein perfektes Schnupfenopfer abgegeben hätte, das ein Linderung versprechendes Heilmittel anpries. Ohne die Antwort abzuwarten, schnäuzte er in ein frisch gebügeltes Taschentuch, knüllte es achtlos zusammen und ließ es in der Jacketttasche verschwinden.

»Noch ist es nicht einmal Herbst. Und mich plagt eine Erkältung. Ich reiche Ihnen lieber nicht die Hand. Kriminalhauptkommissar Waldemar Gotzkofski. Ich bin der verantwortliche Ermittler in dem Fall. Ich hoffe, Sie bringen Licht ins Dunkel.«

»Ist mein erster Arbeitstag beim LKA. Ehrlich gesagt habe ich keine Ahnung, wie ich zu dieser Ehre komme.«

»Ich habe um fachliche Unterstützung gebeten. Jemand, der sich mit derartigen Dingen auskennt«, erwiderte Gotzkofski und deutete auf die Geldscheine. »Der Chef hat dem entsprochen.«

»Voigt? Der Leiter des LKA 1?«

Gotzkofski nickte. Dass Kräuming einen halben Kopf größer war, irritierte ihn. Da er zu einem Mitarbeiter nicht andauernd aufschauen wollte, drehte er sich zur Seite und beobachtete die Arbeit der Spurensicherung.

»So kurz vor der Bundestagswahl sind diverse Kollegen wegen der Terrorismusbedrohung anderweitig eingesetzt. Obwohl wir Berliner nicht mal wählen dürfen. Das Viermächteabkommen verbietet das. Die Angst vor Anschlägen oder Entführungen ist gerade groß. Ehrlich gesagt habe ich gar nicht mehr damit gerechnet, einen Mordfall zu bekommen. Meine Begeisterung hält sich in Grenzen, in zwei Monaten gehe ich in Pension. Abgesehen davon brauche ich jemanden, der mir den symbolischen Schnickschnack erklärt, Sie haben doch Mafiaerfahrung, oder?«

Hüstelnd zog er das Taschentuch erneut aus dem Jackett und faltete es auseinander. »Ein Geschenk meiner Frau zum fünfzigsten Geburtstag. Ein bis zwei muss ich täglich einsauen, sonst ist sie beleidigt.«

Kräuming amüsierte die Erklärung.

»Können Sie mir sagen, wer der Herr mit den Gummihandschuhen ist?« Er deutete in Richtung des Gerichtsmediziners, der sich einen Holzspachtel von einem Mitarbeiter reichen ließ und vorsichtig die Zähne des Toten aufhebelte, um die Banknoten unbeschädigt herausziehen zu können. Als er sie nun betrachtete, nahm sein Gesicht einen verblüfften Ausdruck an. Er schaute in ihre Richtung.

»Elmar von Kirchau, hinter vorgehaltener Hand auch ehrfurchtsvoll der Maestro genannt. Relativ neu bei uns. Kam vor zwei Jahren aus Bolivien. Die Eltern sind vor den Nazis ins Exil geflohen und haben sich in Lateinamerika niedergelassen. Der Mann war Professor an der Universität in La Paz, eine Kapazität auf dem Gebiet der Pathologie, zuweilen etwas unorthodoxe Methoden. Nach dem Tod seiner Frau ist er hier in Berlin gestrandet. ALS, Amyotrophe Lateralsklerose, eine Nervenerkrankung mit degenerativem Muskelschwund, furchtbare Sache. Ihr konnte niemand helfen. Von Kirchau hat seine Professur zurückgegeben und Bolivien den Rücken gekehrt. Ich schätze, eine Art selbstauferlegtes Exil. Kommen Sie mit! Schauen wir uns an, was der Maestro gefunden hat.«

Es waren vier Banknoten. Von Kirchau betrachtete jede aufmerksam von beiden Seiten. »Fünf, zehn, zwanzig und fünfzig Pfund Sterling«, murmelte er erstaunt. »Ausgegeben 1934, 1935 und 1936. Seid ihr noch gültig?«, fragte er argwöhnisch, ohne eine Antwort zu erwarten. Er ließ die Banknoten in eine Beweismitteltüte fallen und reichte sie Gotzkofski, der sie kritisch betrachtete.

»Das gefällt mir gar nicht. Geldscheine im Mund? Was soll das bedeuten? Ist das eine Botschaft? Hat der Kerl sich kaufen lassen? Hat er Geheimnisse verraten? Ist das eine Anzahlung für den Bestatter? Ich hasse Rätsel. Mir reicht schon am Wochenende *Das klingende Sonntagsrätsel mit Hans Rosenthal*. Meine Frau liebt ...«

Gotzkofski beendete den Satz nicht. Er übergab die Tüte mit den Banknoten einem Mitarbeiter der Spurensicherung und suchte stattdessen einen halbwegs trockenen Zipfel seines Taschentuches, um sich erneut zu schnäuzen.

»Das Seil könnte weiterhelfen«, bemerkte von Kirchau und deutete auf die gefesselten Hände. »Den Knoten nennt man Mastwurf oder Webleinstek. Ein typischer Seglerknoten. Ist hier mit zwei Schlägen gesichert.« An seinen Assistenten gewandt wies er an: »Das Seil verbleibt an der Leiche. Wir entfernen das erst bei der Obduktion. Die Spusi hat zugestimmt. Die schauen sich das später genauer an.«

Seufzend beugte er sich vor, murmelte etwas Unflätiges auf Spanisch und untersuchte aufmerksam das Einschussloch im Nacken.

»Die Waffe ist aus kurzer Entfernung abgefeuert worden. Schmauchspuren und Brandverletzungen auf der Haut.«

Abschätzend betrachtete er Kräuming. Ein erfreutes Lächeln huschte über sein Gesicht. »Wie groß sind Sie?«

Kräuming schaute erst von Kirchau und dann dessen Assistenten erstaunt an. »Morgens oder abends?«

Diesmal war es an dem Gerichtsmediziner, verwundert zu sein.
»Gibt es da einen Unterschied?«
»Hängt von der Anzahl verbaler Nackenschläge ab. Ich schätze, angesichts der frühen Stunde ein Meter dreiundachtzig.«
Zufrieden mit der Antwort deutete von Kirchau auf den Boden. Wortlos zog sein Assistent eine Beweismitteltüte aus der Tasche und breitete sie auf dem feuchten Laub aus.
»Knien Sie sich bitte hin. Ich will eine These prüfen.«
»Ist das Ihr Ernst?«
»Wenn ich bitten darf, es dient einem guten Zweck.« Kriminalhauptkommissar Gotzkofski verkniff sich mit Mühe ein Grinsen und vollführte eine einladende Geste. Da Kräuming keine Anstalten machte, der Aufforderung Folge zu leisten, zog von Kirchau die buschige rechte Augenbraue hoch, murmelte etwas Unverständliches auf Spanisch und säuselte mit honigsüßer Stimme: »Junger Mann, zieren Sie sich nicht wie eine Jungfrau!«

Kräuming, der eine unorthodoxe Arbeitsweise durchaus zu schätzen wusste, tat ihm kopfschüttelnd den Gefallen. Einen Augenblick hatte er das Gefühl, nicht nur von den amüsierten Kollegen der Spurensicherung beobachtet zu werden. Seiner Intuition gehorchend starrte er in den Wald. Bevor er etwas erkennen konnte, wurde sein Kopf aber mit Nachdruck in die richtige Position gebracht.

»Stillhalten!«

Von Kirchau stellte sich hinter Kräuming, streckte den Arm aus, zielte mit dem Finger auf den Nacken und simulierte mit einem Plopp den Schuss.

»Ich glaube, unser Täter war einer von der Gattung Gartenzwerg, heißt, groß war er nicht. Genaueres verrät uns der Schusskanal bei der Obduktion.«

Erneut zielte der Gerichtsmediziner mit dem Finger auf Kräumings Nacken und bewegte ihn auf und ab.

»Wir sind hier fertig. Kannst du die Sachen ins Auto bringen?«, bat er seinen Mitarbeiter, der dem Wunsch kommentarlos nachkam. Sobald der verschwunden war, bemerkte Gotzkofski: »Sehr gesprächig ist dein Kollege aber nicht.«

»Eine nicht hoch genug einzuschätzende Eigenschaft. Deswegen arbeite ich so gern mit ihm.«

»Seit wann hast du denn wieder einen Assi?«, fragte von Kirchau.
»Er ist nicht mein Assistent. Ein Kollege vom BKA. Er ist mir zugeteilt worden. Bis auf Weiteres.« Er schniefte leidend, bevor er weitersprach. »Spezialist für Ritualmorde.«
»Das ist Lichtjahre von der Wahrheit entfernt«, widersprach Kräuming, der immer noch kniete und prüfend seinen Nacken auf Unversehrtheit abtastete.
»Wissen wir eigentlich, um wen es sich handelt?«, fragte Gotzkofski, ohne auf die Bemerkung einzugehen.
»Dr. Heinrich Sellmann.« Von Kirchau zeigte auf eine Tüte, in der sich eine Brieftasche befand. Gleichzeitig zog er routiniert die Gummihandschuhe aus und warf sie in eine Mülltüte. Energisch winkte er zwei Beamten zu sich.
»Leiche einpacken und ab damit in die Pathologie. Und Herr Bisauf-Weiteres, Sie können wieder aufstehen.«
Kräuming, der das Grinsen der Kollegen spürte, versuchte, sich nichts anmerken zu lassen, und erhob sich, soweit es überhaupt möglich war, würdevoll. Aufmerksam schaute er in die Richtung, aus der er glaubte, beobachtet worden zu sein, entdeckte aber nichts Ungewöhnliches im Unterholz.
»Das mit dem Spezialisten für Ritualmorde kann ich so nicht bestätigen. Mir ist es nur gelungen, Mitglieder des organisierten Verbrechens hinter Gitter zu bringen.«
Weder Gotzkofski noch den Gerichtsmediziner schien das zu interessieren. Da niemand auf seinen Einwand einging, zuckte Kräuming mit den Schultern und fasste kurz das Naheliegende zusammen: »Ausgeraubt wurde der Doktor offensichtlich nicht.«
»Sieht so aus«, bestätigte von Kirchau.
»Ist schon abzusehen, wann die Leiche obduziert wird? Wir brauchen den genauen Todeszeitpunkt, die Todesursache, das Übliche«, sagte Gotzkofski und versuchte vergeblich, einen Hustenanfall zu unterdrücken.
»Fürs Erste lässt sich sagen: Länger als einen Tag liegt der Tote nicht hier. Abgesehen davon, mit der Erkältung gehörst du ins Bett.«
Gotzkofski machte eine resignierende Geste, als verstünde er selbst nicht, was er hier tat. Ja, Bettruhe wäre dringend angeraten.

Um das zu unterstreichen, gedachte er, laut zu niesen, aber der Versuch scheiterte schon im Ansatz.

»Morgen sind wir alle schlauer«, versprach von Kirchau.

»Ist recht. Die Leiche läuft ja nicht weg.«

Einen Augenblick fand Kräuming den Gedanken eines möglichen Fluchtversuchs des Toten faszinierend, verwarf ihn aber und erinnerte sich daran, warum er hinzugebeten worden war. Er wies in Richtung der abtransportierten Leiche und fällte sein Urteil.

»Geldscheine im Mund? Britische Banknoten aus den Dreißigern? Genickschuss? Ich glaube kaum, dass die Mafia dafür verantwortlich ist.«

»Keine Mafia? Wunderbar!«, stellte Gotzkofski erleichtert fest und zog fröstelnd den Kopf ein.

»Sieht mir eher nach einer psychologisch-pathologischen Sauerei aus«, sagte Kräuming beiläufig.

Den alten Kommissar schauderte es sichtlich, während von Kirchau den jungen BKA-Kollegen skeptisch ansah.

»Sie meinen, das ist die Handschrift eines Psychopathen? Gehe ich richtig in der Annahme, der Täter will der Polizei etwas mitteilen? Traumatische Kindheit. Dysfunktionale körperlich-geistige Konstitution. Rache, um den Vaterkomplex zu überwinden? Krankhaft wahnhafte Liebe zur Mutter. Weitere Leichen folgen? Meinen Sie so etwas in der Art?«

Bevor Kräuming antworten konnte, klopfte ihm der Gerichtsmediziner freundlich auf die Schulter, wie einem treuen Ackergaul, der die nächste Zeit damit verbringen wird, den Boden eines Feldes umzupflügen. »Klingt ausgesprochen vielversprechend. Viel Spaß die Herren!«

Mit einer müden Handbewegung winkte Gotzkofski ab.

»Junger Mann, vorsichtig mit Spekulationen. Ich halte es für denkbar, dass die Geldscheine nur eine Ablenkung sein sollen. Verrätseln, um uns in die falsche Richtung zu leiten. Wäre nicht das erste Mal. Glauben Sie mir, es wird alles nicht so heiß gegessen, wie es gekocht wird. Bisher wissen wir so gut wie gar nichts.«

Während die Leiche ihren Weg zur Obduktion in die Invalidenstraße antrat, informierte sie der Chef der Spurensicherung Bernd Hämmerling über einen wichtigen Fund.

»Neben der Leiche haben wir eine Patronenhülse entdeckt und wenige Meter vom Tatort entfernt ein Fahrrad. Was sollen wir damit machen?«

Für Kräumings launige Bemerkung: »Beides eintüten!«, zeigte der bullige Beamte keinerlei Verständnis. Er strich sich über die roten Haarstoppeln im Nacken und verdrehte die Augen.

»Wer hat denn die Leiche gefunden?«, erkundigte sich Gotzkofski, um weitere Albernheiten zu unterbinden.

»Pinscherelli!«, rief ein betagter Polizist, der hinter der Absperrung stand und grinsend über seinen Schnauzer strich. »Oder wie es amtlich korrekt heißt: Frau Elisabetta Scheuneburg. Die Züchterin vom gleichnamigen Rehpinscher-Welpenhof. Wegen Pinscherelli gibt es ständig Anzeigen. Lärmbelästigung, mangelnde Hygiene, Angriff kläffender Kampfmaschinen.«

»Haben Sie die Adresse?«

»Können Sie gar nicht verfehlen, geradeaus, erster Weg bis zur Straße, dann links. Gehen Sie bis zum Ende. Das Haus ist nicht zu übersehen. Ich mahne zur Vorsicht, die Frau ist gemeingefährlich. Pinscherelli hat mal beim Verteidigen ihrer Lieblinge einem Spaziergänger in die Hand gebissen, weil er mit einer Zeitung nach ihren Hunden geschlagen hat. Die eigenwillige Dame und ihre Tölen sind nicht sonderlich beliebt in der Gegend. Wenn Sie die befragen wollen, machen Sie besser einen Umweg und kaufen vorher eine Tüte Leckerlis beim Fleischer. Wenn die Pinscher Sie lieben, liebt Pinscherelli Sie garantiert auch.«

Kräuming hatte den Tipp des schnauzbärtigen Polizisten beherzigt und ein halbes Dutzend Schweineohren gekauft. Zwar hatte Kriminalhauptkommissar Gotzkofski auf sein Angebot, die Befragung zu übernehmen, einen Moment gezögert und die Anweisung des Chefs des LKA 1 – bis auf Weiteres! – mit abwägendem Kopfwippen auf Auslegbarkeit geprüft. Doch angesichts der triefenden Nase, seines schweren Kopfes und seiner allgemeinen Mattigkeit hatte er schließlich entschieden, dass die neue Verstärkung dieser Aufgabe gewachsen sei.

Das Haus, in dem Elisabetta Scheuneburg ihre Hundezucht betrieb, verdiente den Namen kaum. Aufmerksam und misstrauisch betrachtete Kräuming das Gebäude. Es war aus alten Mauersteinen zusammengestückelt worden, entweder im Krieg oder kurz danach. Der Putz war großflächig abgefallen. Das Dach wirkte wenig vertrauenerweckend. Die verwitterten Holzfenster waren schon beim Einbau alt gewesen. Neben den gepflegten Häusern in der Nachbarschaft wirkte die Bruchbude wie ein Irrtum. Als Kräuming den Klingelknopf bediente, wunderte er sich fast, dass die betagte Konstruktion tatsächlich funktionierte. Sofort setzte infernalisches Gekläffe ein. Kurz darauf öffnete sich die Wohnungstür. Eine verhärmte Frau in einer selbstgestrickten Hose und einem ebenfalls von groben Stricknadeln gefertigten Poncho betrachtete ihn abschätzend. Ein Rudel hochbeiniger, magerer Pinscher stürmte auf ihn zu. Auch wenn das Gartentor robust und die Welle der rotbraunschwarzen, kläffenden und zähnefletschenden Minimonster nur seinen Waden gefährlich werden konnte, trat er erschrocken einen Schritt zurück.

»Kommissar Kräuming, Kriminalpolizei«, stellte er sich schnell vor und hielt statt seines BKA-Ausweises die Tüte Schweineohren hoch. »Ich würde gerne mit Ihnen sprechen.«

Um sein Anliegen zu unterstreichen, zog er ein prachtvoll blaugeädertes Ohr aus der Tüte und wedelte damit in der Luft herum. Augenblicklich wurde es ruhig, und Elisabetta betrachtete ihn skeptisch.

»Sie haben den Toten im Tegeler Forst gefunden? Es dauert nicht lange, aber ein paar Fragen müsste ich Ihnen stellen.«

»Sind dit frische?«

»Gerade vom Fleischer geholt.«

»Eijentlich möjen meene Babys die lieber, wenn se'n paar Tage inne Sonne jereift sind. Schmecken würzijer. Na ejal! Werfen Se eens übern Zaun.«

Kräuming tat, wie ihm geheißen. Augenblicklich stürzte sich das Rudel auf das Ohr, wobei zwei Pinscher gleichzeitig beherzt zuschnappten und wie verrückt daran zerrten. Die anderen attackierten die balgenden Widersacher, die daraufhin vor Angst das Weite suchten. Schließlich wollte es der Zufall, dass einem abseitsstehenden zitternden Rehpinscher, der vorbeugend einen rotkarierten Hundemantel gegen Kälte trug, das Ohr vor die Füße fiel. Auch wenn der rosige Lauschlappen halb so groß war wie er selbst, suchte der

Bemantelte sein Heil in der Flucht in den hinteren Teil des Gartens. Die kläffende Meute stürmte hinterher, und Kräuming wünschte dem Mutigen viel Erfolg.

»Komm' Se rin. Ick hab jerade Tee jekocht. Eijene Ernte aus'm Jarten.«

Kleine Hunde mögen nur übersichtliche Pfützen machen, dennoch verzog Kräuming das Gesicht, als er sich den Mineralgehalt bepieselter Kräuter vorstellte. Schnell folgte er der alten Dame ins Haus, wobei er den hinteren Teil des Grundstücks im Blick behielt. Offensichtlich hatte das Ohr erneut den Besitzer gewechselt, denn der Zitternde mit dem roten Wärmeschutz leckte sich die Wunden und gab jammernde Geräusche von sich.

»Ich bin nur hier, um Sie kurz über die Umstände zu befragen, wie Sie die Leiche aufgefunden haben.«

Elisabetta Scheuneburg räumte einen Sessel frei, auf den sich Kräuming setzen sollte, nahm ihm die Tüte mit den restlichen Ohren ab und verzog sich in die Küche, um den angedrohten Tee zu holen.

Es roch streng nach Ammoniak. Offensichtlich liefen einige der Viecher zuweilen aus. Kräuming schaute sich berufsbedingt um. Jede Wohnung verriet Details über seine Bewohner. Zeig mir, wie du wohnst, und ich sage dir, wer du bist. An diesem Wohnzimmer stimmte etwas nicht. Anfangs dachte er, es liege an der spärlichen Einrichtung und dem diversen Hundespielzeug auf dem Boden. Dann erkannte er, dass es der Farbton des Zimmers war, der ihn verwirrte. Egal ob Sofa, Sessel oder Teppich, alles besaß die gleiche rotbraunschwarze Tönung. Erst da begriff er, dass es Hundehaare waren, die die Zeit verfilzt hatte. Den Würgereiz zu unterdrücken, gelang Kräuming gerade noch, bevor Pinscherelli, wie er sie in Gedanken längst ebenfalls nannte, wieder aus der Küche kam.

»Danke, ich vertrage Kräutertee überhaupt nicht«, beeilte er sich zu erklären. »Davon bekomme ich immer Hautausschlag. Pusteln und rote Flecken.«

Ihr Schulterzucken beruhigte ihn. Er war sich sicher, in diesen vier Wänden würde er sogar auf reines Wasser allergisch reagieren.

»Können Sie mir kurz beschreiben, wie Sie die Leiche gefunden haben?«

»Woll'n Se sich nich setzen?«

»Ich habe es im Kreuz und stehe lieber«, log er erneut, ohne mit der Wimper zu zucken.

»Ick bin wie immer jeden Morjen mit meene Babys spazieren jejangen. Hunde brauchen täglich Ausloof. Dit ist jut für ihre Jesamtkondition. Auch wenn se kleen sind, tief in se drin schlummert noch imma der Wolf.«

Kräuming war sich absolut sicher, dass dem so war. Inständig hoffte er, dass das Schweineohr noch eine Weile allen Knabberbemühungen trotzen würde.

»Als ick heute um sieben Uhr anne Dicke Marie vorbeikam, seh ick dit Fahrrad an eem Baum lehnen. Ick kieck ma um. Aber weit und breit nüscht zu sehen. Ick hab sofort erkannt, dass dit'n teures Modell is. Meene Babys mögen Fahrradfahrer überhaupt nich und rejen sich immer mächtich uff, wenn se eenem bejegnen. Zu groß, zu schnell und für so zarte Wesen natürlich ne jefährliche Bedrohung. Dit sehen aber die wenigsten ein. Meene Lieblinge sind zwar kleen, aber mutig, und wehe, ihnen kommt eener quer. Der kann wat erleben! Dit sag ick Sie!«

»Sie haben also das Fahrrad gefunden. Und weiter?«

»Na, ick habe mir jewundert, dit so een wertvolles Stück mutterseelenalleene im Walde steht. Da dacht ick mir, vielleicht muss der Besitzer ma pinkeln, ick meene austreten. Als aber nach na janzen Weile keener kam, hab ick laut jerufen. Hallo, hab ick gerufen. Een paar Mal. Und dann hat Attila plötzlich anjeschlagen.«

Völlig unerwartet begann Elisabetta die Meldung des Hundes nachzuahmen.

»Da wusste ick, wat Schreckliches is jeschehen. Und dann hab ick die Leiche entdeckt. Meine Babys waren janz uffjeregt. Na, die sehen ja ooch nich jeden Tach een Toten.«

Kräuming versuchte, verständnisvoll zu nicken.

»Daraufhin haben Sie die Polizei informiert?«

»Nee, hab ick nich. Mit de Beamten hab ick dit nich so. Außerdem, der Tote war doch Dr. Heinrich Sellmann, der Arzt. Den kennt jeder hier. Ick hab die Frau Doktor anjerufen, die Ilse, und die hat dann die Bullen informiert. Ick meene die Polizei.«

Die Vorstellung, die Nachricht über den Tod eines geliebten Menschen von Pinscherelli übermittelt zu bekommen, machte Kräuming

einen Augenblick sprachlos. Dann fragte er: »Ist Ihnen vielleicht etwas Ungewöhnliches aufgefallen? Ich meine auf dem Weg zum Fundort. Sind Ihnen Personen begegnet?« Pinscherelli schüttelte den Kopf. »Bronson hat sich een bisschen komisch verhalten. Als hätta ne Spur jefunden. Der issa een Stück jefolgt, aber naja, er is nich jerade der Mutigste. Mehr als zehn Meter entfernt der sich nie von mir.«
»Bronson ist der mit dem roten Mantel, der so zittert?«
»Jenau, der Arme ist hochsensibel und kann mit Druck janz schlecht umjehn.«
»Ich verstehe«, erwiderte Kräuming. »In welche Richtung hat Bronson denn die Spur verfolgt?«
»Zum Tegeler Schlossjarten wollta.«

Mehr gab es nicht zu fragen. Dem Hinweis, dass der Mörder möglicherweise in Richtung Alt-Tegel verschwunden war, würde er nachgehen. Offensichtlich war der Täter im Dunkeln durch den Wald gegangen, womöglich mit einer Taschenlampe, was die These eines geplanten Mordes stützte. Erleichtert, keine weiteren Fragen mehr zu haben, bedankte er sich und war im Begriff zu gehen. Pinscherelli machte keine Anstalten, ihn zu begleiten. Zufrieden saß sie im Sessel und nippte an ihrem Kräutertee. »Wenn Se die Tür öffnen, halten Se Attila, dem großen Hochbeinijen mit dem zerfetzten Ohr, Ihre Hand hin. Wenna merkt, dit von Ihnen dit Schweineohr kam, tuta Ihnen ooch nischt. Hunde riechen, ob Menschen ihnen wohljesonnen sind.«

Kräuming war sich nicht sicher, ob die Rehpinscherbande das genau so sah. Vorsichtig öffnete er die Tür. Keine zähnefletschende Bestie weit und breit zu sehen. Erleichtert atmete er durch. Bis zum Tor waren es fünf Meter. Auch wenn es für einen Kriminalkommissar unangemessen war – ein kurzer Sprint, und er befand sich wieder auf sicherem Terrain. Seine sportliche Einlage schien von den Wadenbeißern unbemerkt geblieben zu sein. Keine der kläffenden Miniaturausgaben interessierte sich für ihn. Erleichtert zog er eine halbvolle Schachtel Atika aus seinem Parka, zündete sich eine Zigarette an und inhalierte tief. *Aromatischer Würztabak und im Rauch nikotinarm*, versprach der Anbieter. *Es war schon immer etwas teurer, einen besonderen Geschmack zu haben.* Er rauchte das Kraut, weil es leicht war und weniger krebsfördernde Stoffe enthielt. Dummerweise kompensierte er das dadurch, dass er öfter zur Schachtel griff.

Einer der Vorhänge bewegte sich. Elisabetta Scheuneburg hatte seine sportliche Einlage beobachtet. Aber das war Kräuming egal. Er stieg in den Volvo, und obwohl er rauchte, glaubte er nach Pinscherpipi zu riechen. Am liebsten hätte er einen Abstecher in Tante Fannys Wohnung gemacht, um ausgiebig zu duschen. Ärgerlicherweise aber wartete sein verschnupfter Chef im Büro auf ihn.

Es begann zu regnen, große Tropfen, und es wurden mehr. Er startete den Volvo und schaltete die Scheibenwischer an, die quietschend über die Frontscheibe glitten.

Am Abend würde er der Polizeigewerkschaft schreiben und sich erkundigen, ob es ein Formular gab, um einen Ekelzuschlag oder eine Erschwerniszulage bei drohenden Gesundheitsschäden zu beantragen.

Es roch nach Kamille, Minze und Thymian in dem kleinen Büro. Gotzkofski saß mit einem Handtuch über dem Kopf an seinem Schreibtisch und inhalierte Kräutersud. Als Kräuming den Raum betrat, wies er müde auf den freien Platz gegenüber.

Das Büro war nicht allzu groß, aber liebevoll eingerichtet. Ein paar Pflanzen auf dem Fensterbrett und den Aktenschränken waren zu beachtlichen Ungetümen gewuchert. Soweit Kräuming es überblickte, füllten die offenen Regale Fachliteratur und mehrere Jahrgänge Telefonbücher. An der Wand hing eine überdimensionale Karte, die die Grenzen der einzelnen Sektoren aufzeigte. Auch der Grenzverlauf nach Ost-Berlin und zur DDR war breit eingezeichnet. Daneben ein Abrisskalender, auf eine bunte Pappe geklebt, die eine Landschaft zeigte. Das Meisterwerk einer Kinderhand. Enkel gibt es auch, stellte Kräuming fest.

Neben der Tür hingen eine Wandtafel, auf der Amtliches zur Kenntnis gegeben wurde, und ein aktueller Fahndungsaufruf nach anarchistischen Gewalttätern, der um Aufmerksamkeit bat.

»Auch wenn es nicht so aussieht, ich höre Ihnen zu. Bitte, was haben Sie in Erfahrung gebracht?«

Kräuming berichtete, dass die Leiche am frühen Morgen kurz nach sieben Uhr entdeckt worden war und dass möglicherweise der

Fluchtweg des Mörders bekannt sei. Erstaunt hob der alte Kommissar das Handtuch und schaute sein Gegenüber aufmerksam an.

»Was macht Sie da so sicher?«

»Pinschernasen können nicht irren. Bronson hat die Spur entdeckt und ist ihr gefolgt. Höchstwahrscheinlich ist der Täter durch den Wald am Humboldt-Schloss vorbei in Richtung Alt-Tegel gelaufen.«

»Wenn Sie den Zeugen Bronson als vertrauenswürdig einschätzen, sollten wir dem nachgehen«, sagte Gotzkofski und zog ohne hinzuschauen schnaufend ein abgegriffenes Telefonverzeichnis aus dem Schubfach. Er war im Begriff, es über den Tisch zu schieben, überlegte es sich aber doch anders.

»Sobald ich fertig bin, rede ich mit Hämmerling. Die Spurensicherung kann sich darum kümmern.«

»Wäre es nicht besser, Sie würden nach Hause gehen?«

»Hat mir Fräulein Stürmer auch geraten. Ich muss aber noch eine Pressemeldung verfassen, sonst wird uns wieder Vertuschung unterstellt. Die Geier von der schreibenden Zunft bekommen aber nur das Nötigste. Keinen Namen. Keine Details.«

»Besteht sie wirklich auf dem Fräulein?«

»Ich habe sie mal darauf angesprochen. Zitat: ›Nur eine Hochzeit beendet mein Fräuleindasein und nicht die Anweisung von dem gelben Pullunderträger.‹«

Ein ausdauerndes Stöhnen, als wäre der Prozess des Ablebens eingeleitet, folgte.

»Gibt es eine Blumensorte, die Sie für Ihre Beerdigung bevorzugen?«

Langsam zog der alte Kriminalkommissar das Handtuch vom Kopf. Sein Gesicht glänzte vom Dampf und war rot von der Wärme. Die Kräuter hatten ihm gutgetan. Erleichtert atmete er durch die Nase, stand auf und hängte das feuchte Tuch über die Heizung.

»Auf keinen Fall verlasse ich das Büro vorzeitig. Sie kennen meine Frau nicht. Lehrerin. Pädagogisches Urgestein. Widerspruch sinnlos. Wenn die mich in die Finger bekommt, gibt es kein Erbarmen. Ab in die Kiste. Drei Decken übereinander. Schwitzkur. Zwiebelsaft trinken. Heißen Kartoffelwickel auf der Brust. Literweise Bronchialtee bis zum Abwinken. Das könnte ihr so passen.«

Die Hausmittel erinnerten Kräuming an seine Mutter. Er grinste.

»Lachen Sie nicht! Meine Frau ist die beste der Welt, nur wenn sie zur Krankenschwester mutiert, könnte ich sie auf den Mond schießen. Kräuming, außerdem habe ich Sie ja zur Unterstützung zugeteilt bekommen. Zwar nur bis auf Weiteres, dennoch, statt hier den Doktor zu markieren, machen Sie sich lieber nützlich.«

Er schob einen Zettel mit einer Adresse über den Tisch.

»Gegen zweiundzwanzig Uhr wurde Dr. Sellmann von seiner Frau als vermisst gemeldet. Das wurde von dem diensthabenden Beamten wie üblich in solchen Fällen vermerkt, mehr nicht. Zu früh, um eine Suche zu veranlassen. In der Jackentasche des Toten hat von Kirchau diese handschriftliche Rechnung gefunden. Auf dem Beleg steht ›Alte Waldschänke‹. Die ist nicht weit vom Tatort. Reden Sie mal mit dem Personal. Vielleicht ist denen etwas aufgefallen. Es könnte Zeugen geben, die den Schuss gehört haben.«

»Ich komme doch gerade von dort.«

»Junger Mann, das Leben ist hart und ungerecht. Kleiner Trost: Ist eine hübsche Gegend, und Sie haben junge Beine. In der Zwischenzeit kümmere ich mich darum, mehr über den Toten zu erfahren. Es reicht, wenn Sie morgen früh berichten.«

Die Vernissage würde in der Presse als »Ereignis« beschrieben werden. Die meisten der Gäste waren hochkarätig und kannten einander. Eine bunte Mischung wichtiger Vertreter aus Wirtschaft, Politik und Kultur. Dem Kunsthändler Arne Pütz war es gelungen, zehn der vielversprechendsten Talente der Kunstszene zusammenzubringen und ihnen in der Villa Knut im Norden Hannovers eine umfassende Präsentation ihrer Werke zu ermöglichen. Tatsächlich handelte es sich bei dem alten Gebäude um eine ehemalige Domäne der Evangelisch-lutherischen Landeskirche, die Ende der Fünfzigerjahre aufgegeben worden war. Den Namen Villa Knut hatte das Gehöft in Erinnerung an das letzte in der Stallung gehaltene Schwein, ein Düppeler Weideschwein, erhalten. Das zum Maskottchen aufgestiegene Tier erreichte ein beachtliches Schweinealter von neunzehn Jahren, bevor es an Altersschwäche starb. Pütz erwarb das Gebäude, restaurierte es aufwendig und schenkte der Stadt Hannover eine Galerie, die weit über die Grenzen Niedersachsens geachtet wurde.

Die anwesenden Maler, die sich zumeist selbst als Kunstwerke gerierten, waren alle in Gespräche verwickelt. Pütz war sich sicher, dass die meisten Ausstellungsstücke einen Käufer finden würden. Einigen Künstlern war es sogar gelungen, Arbeiten zu verkaufen, die sie noch gar nicht begonnen hatten. Es war seiner Reputation zu verdanken, dass Vertreter der Schule der Neuen Prächtigkeit auf Jünger der Pop Art trafen, mit abstrakten Konzepten konkurrierten und sich öffentlichkeitswirksam mit Schubfach- oder Zuordnungsverweigerern stritten. Zufrieden beobachtete er das Geschehen. Wichtige Kunstkritiker waren zugegen. Ein Heer von Fotografen suchte nach dem spektakulärsten Motiv. Über die Ausstellung würde in Superlativen berichtet werden. Besonders angetan hatte es den Journalisten die blinde Künstlerin Petita Libutzia mit ihren Streichelkammern, unförmigen Gebilden, in deren Inneren sich Fühlflächen befanden. Eine Kunst für Finger und Hände, die sich dem Auge entzog.

»Gratuliere! Wie immer ein Festival der Sinne.«

Pütz drehte sich um. Er hatte Konrad Dersch erwartet. Freude, den bulligen Hamburger Bauunternehmer zu sehen, empfand er allerdings nicht. Sechs Stunden früher hatte Dersch ihn angerufen und ihn mit unverhohlenem Ärger in der Stimme angeblafft: »Mir ist zu Ohren gekommen, dass du den Zahlungsverpflichtungen nicht nachkommst.«

Pütz hatte sich erklären wollen, war aber sofort unterbrochen worden.

»Nicht am Telefon. Ich komme persönlich vorbei.«

Obwohl er ausdrücklich darauf hingewiesen hatte, dass er am Abend eine wichtige Kunstausstellung eröffnen würde, bestand Dersch auf einem sofortigen Gespräch.

Auch wenn seine Begeisterung, den Bauunternehmer zu sehen, gegen null tendierte, tat Pütz erfreut und stieß artig lächelnd mit dem ihm entgegengehaltenen Champagnerglas an.

»Beeindruckende Vernissage! Wirklich!« Dersch ließ seinen Blick durch den Raum schweifen.

»Wenn Verwandtschaft und Freunde dich loben, sei auf der Hut, pflegte mein ehrwürdiger Vater zu sagen. Entweder sie wollen dir nicht wehtun, oder sie wollen etwas von dir.«

Dersch lachte schallend und ließ die Hand auf Pütz' Schulter krachen.

»Ich bin nicht hier, um dir wehzutun. Ich will auch nichts von dir, jedenfalls nichts, was wir nicht schon besprochen haben.«

Aufmerksam schaute er sich um und wippte mit dem Kopf. »Eine äußerst illustre Gesellschaft! Freunde?«

Der Unterton war eindeutig. Pütz wusste, dass er auf der Hut sein musste. Mit Dersch war nicht zu spaßen.

»Seit wann interessierst du dich denn für moderne Kunst?«

Dersch tat beleidigt. »Höre ich da aufkommenden Unmut? Zugegeben, ich habe eine eher konservative Vorstellung von Kunst. Die Manifestation von Hässlichkeit und die Propagierung mangelnden Talents habe ich nie verstanden. Entartet würde ich die Bilder nicht nennen. Aber Kunst?« Er hob entschuldigend die Hände. »Sicher, über Geschmack lässt sich vortrefflich streiten. Jedem der seine! Persönlich bevorzuge ich die alten Meister.«

Pütz schaute sich nervös um und hoffte, dass niemand von den geladenen Gästen oder der Presse dem Gespräch lauschte. Noch waren die Vertreter der Medien von den Streichelkammern und ihrer Schöpferin beeindruckt. Auf keines der Blitzlichter reagierte sie. Unnahbar wie Justitia persönlich schaute Petita Libutzia über die Horde der Neugierigen hinweg, zog genüsslich an einer Langpfeife und beantwortete Fragen mit kryptischen Metaphern.

Nachdem Dersch sein leeres Glas einem vorbeieilenden Kellner in die Hand gedrückt hatte, neigte er sich vor. »Ich vermisse Signora Loretta Tedesco. Einen derartigen Rummel lässt sie sich doch normalerweise nicht entgehen. Die Presse ist da. Fotos mit Künstlern. Eine vorzügliche Gelegenheit, sich im Glamour zu präsentieren. Muss man sich Sorgen machen?«

»Loretta Pütz. Wie dir bekannt ist, sind wir seit über dreißig Jahren verheiratet. Meine Frau fühlt sich unpässlich.«

»An deiner Stelle hätte ich ihren Namen angenommen. Arne Tedesco. Klingt bedeutender. Na egal! Plagt sie etwas Ernstes?«

Pütz ärgerte sich, ließ sich aber nichts anmerken. Dass seine Frau Dersch nicht ausstehen konnte, hatte seine Gründe. Sie bezeichnete ihn als »pezzo di merda«, als Stück Scheiße, nur auf seinen Vorteil bedacht. Allein die Ankündigung, Dersch werde zur Ausstellungseröffnung kommen, hatte sie beschließen lassen, Migräne zu haben. Eine Flut derber Flüche folgte, die erst endete, als ihr das abfällige »maledetto stronzo«, verfluchtes Arschloch, formvollendet über die Lippen gekommen war. Ob damit ihr Mann gemeint war oder Dersch, ließ sie offen. Fluchen konnte Loretta wie keine Zweite, obwohl sie aus einem gutbürgerlichen Hause stammte. Es folgte das übliche bühnenreife Türknallen. Das verächtliche Schweigen würde vermutlich bis zum folgenden Abend anhalten. Pütz gab nichts darauf. Lorettas Verachtung hatte ihren Grund in der Unverfrorenheit, mit der sich Dersch sein Schweigen am Ende des Krieges mit einem Teil des Familienschmucks der Tedescos hatte bezahlen lassen. Ihres künftigen Erbes. Die Sorge, dass der angesehene Name Tedesco in der Öffentlichkeit beschmutzt werden könnte, ließ ihren Vater klein beigeben. Angst macht großzügig. Eine Erfahrung, die sie ihrem »padre« nie hatte verzeihen können. Mit diesem Ganoven Dersch aber in einem Raum die gleiche Luft zu atmen, war für die stolze Neapolitanerin ein Ding der Unmöglichkeit.

»Ich fürchte, die Ankündigung deines Besuches ist meiner geliebten Gattin auf den Magen geschlagen. Wieder einmal.«

Dersch verzog enttäuscht das Gesicht. »Sehr bedauerlich. Zumindest können wir dann in Ruhe reden.«

Resignierend deutete Pütz auf eine kleine Tür, hinter der sich ein Nebenraum verbarg.

Als er am Telefon angekündigt hatte, die Zahlungen an die inoffizielle Gruppe Liberales 76 einzustellen, wusste Pütz schon im selben Moment, dass das ein Fehler war. Kopf hinter der losen Vereinigung unzufriedener konservativer und wirtschaftsliberaler Politiker war Paul Bittler, Mitglied des Berliner Abgeordnetenhauses, der die besten Aussichten besaß, nach der kommenden Bundestagswahl einen wichtigen Posten in Bonn zu bekleiden. Kennengelernt hatte er den FDP-Mann bei einer Tagung der Hanseatischen Unternehmer vor zwei Jahren. Dersch hatte eingeladen, besser gesagt: Pütz zum Gespräch zitiert.

»Um es vorsichtig auszudrücken«, hatte Bittler beim anschließenden Abendessen im kleinen Kreis formuliert, »es gibt Mitglieder der FDP, die mit der Anbiederung an die SPD erhebliche Probleme haben. Sie wollen die Sozialpolitik Schmidts nicht mehr mittragen.

Wir sind zwar eine Partei, die der Freiheit des Einzelnen höchste Priorität zumisst und ihn, wenn möglich, vor zu viel staatlicher Bevormundung schützt, aber nicht wenige sind der Meinung, dass wir im Schatten des übermächtigen sozialdemokratischen Koalitionspartners dahinvegetieren. Wirtschafts- beziehungsweise marktliberale Grundsätze bleiben zunehmend auf der Strecke. Noch halten wir unsere Stammwählerschaft. Weitere vier Jahre sozialliberaler Koalition werden aber mit Sicherheit nicht schadlos an uns vorbeigehen. Innerhalb der Gruppe teilen wir diese Bedenken. Daran etwas zu ändern, ist das Ziel von Liberales 76.«

Das Gerücht, es gäbe Mitglieder der FDP, die bei der nächsten Wahl lieber CDU wählen würden, als der eigenen Partei ihre Stimme zu geben, geisterte regelmäßig durch die Presse. Die Umfragewerte waren stabil, aber nicht berauschend. Der Kampf um die Zweitstimme, die über die Verteilung der Sitze im Deutschen Bundestag entschied, war im vollen Gange. Hatte bei der letzten Wahl die SPD noch aufgerufen, die Zweitstimme der FDP zu geben, so bedurfte es diesmal der eigenen Stärkung. Auf Stimmen zu verzichten, konnten sich die Genossen nicht mehr leisten.

An jenem Abend war Pütz tatsächlich überrascht gewesen. Eine Rebellion gegen Genscher und die Parteiführung der FDP? Ungläubig hatte er gefragt: »Verstehe ich das richtig, Sie wollen einen Kurswechsel in den eigenen Reihen befördern? Nicht mehr mit Schmidt, sondern Rechtsschwenk, marsch in Richtung Kohl?«

Bittler hatte nicht direkt darauf geantwortet, sondern stattdessen die Stimmung im Land bemüht. »Glaubt man den Umfragen, dann bin ich sicher, die CDU wird die Wahlen zwar gewinnen, aber zur absoluten Mehrheit wird es nicht reichen.«

Natürlich hatte Pütz die Tragweite sofort begriffen. Sollte die sozialliberale Regierung abgewählt werden, war das der ideale Zeitpunkt, um innerparteilich aufzuräumen. Hatte Bittler recht, wäre die FDP das alles entscheidende Zünglein an der Waage. Er war interessiert gewesen. Ein Fehler, wie er heute wusste.

Die Tür führte in eine kleine Bibliothek, die als Büro verwendet wurde. Ein prächtiger Schreibtisch aus der Gründerzeit dominierte den Raum. Dahinter ein wuchtiger, mit Holzschnitzereien verzierter Sessel, wie Herrscher ihn bevorzugen. In der Mitte standen moderne

Polstermöbel, die zwar teuer aussahen, aber nicht mit dem historischen Ambiente harmonierten.

Dersch nahm auf dem Sofa Platz. Beeindruckt schaute er sich um.

»Arne, das muss man dir lassen, deinen Geschmack für Antiquitäten hast du dir offensichtlich erhalten. Der Schreibtisch würde sich vorzüglich in meinem Büro machen. Ein Erinnerungsstück aus deiner Zeit in Italien?«

Pütz schaute Dersch genervt an. »Du hast dir ja wohl kaum die Mühe gemacht herzukommen, um mit mir über die alten Zeiten oder über meine Einrichtung zu plaudern. Tu mir den Gefallen und erspar mir das alberne Vorgeplänkel.«

Dersch grinste herablassend.

»Gut, reden wir Klartext. Unser gemeinsamer Freund ist stinksauer. Bittler sieht das Vorhaben Regierungswechsel ernsthaft gefährdet. Selbstredend übertreibt er. Aber ich verstehe ihn schon. Wir haben ein Versprechen abgegeben. Und ich stehe zu meinem Wort. Es ist ein Vertrag, der für Auslegungen keinen Spielraum lässt und den infrage zu stellen ernste Konsequenzen hat.«

Pütz erblasste.

»Die Absprache war eindeutig. Du verkaufst dem Schweizer Kunst zu völlig überhöhten Preisen. Alois Zempbauer zahlt, ohne zu murren. Du zeichnest für die notwendigen Dokumente verantwortlich. Die Gelder des generösen Eidgenossen spendest du an Liberales. Das Verfahren verhindert unangenehme Fragen von Seiten des Finanzamts. Korrigiere mich, wenn ich mich irre.«

»Letztmalig wurde im Juli Geld aus der Schweiz überwiesen. Anfangs dachte ich, es gäbe ein technisches Problem. Das war aber ein Irrtum. Zempbauer ist telefonisch nicht erreichbar. Auf Telegramme reagiert er ebenfalls nicht.«

Pütz stand auf und holte einen Stapel Papiere vom Schreibtisch. Alle trugen denselben Vermerk: »Kann nicht zugestellt werden!«

Dersch schob die Schreiben ungläubig auseinander und überflog sie.

»Ich fürchte, unser Schweizer Goldesel hat sich aus dem Staub gemacht.«

Ein paar Sekunden dachte Dersch nach. Dann schüttelte er den Kopf. »Von den dreihunderttausend D-Mark hat er den überwiegenden Teil schon gezahlt. Das wäre doch absurd. Warum sollte er das tun?«

Ratlos zog Pütz die Schultern hoch und setzte sich wieder.

»Ich kümmere mich darum. Nächste Woche bin ich zu Verhandlungen in der Schweiz. Wohnungsbau in Winterthur, öffentlich gefördert, garantiert lukrativ. Im Anschluss daran werde ich unserem säumigen Zahler einen Besuch abstatten. Bin gespannt, was er dazu zu sagen hat. Inzwischen überweist du wie vereinbart die überfälligen Beträge.«

»Das kannst du vergessen. Keine Zahlungseingänge, keine weiteren Spenden an diesen FDP-Heini.«

Innerhalb des Bruchteils einer Sekunde änderte sich Derschs Gesichtsausdruck. Er lehnte sich zurück und fixierte Pütz mit kalten Augen.

»Arne, wenn ich sage, ich kümmere mich darum, dann kannst du dich darauf verlassen. Um ein Missverständnis auszuschließen: Das mit den finanziellen Transaktionen an Liberales 76 ist keine Bitte. Ich erwarte in dieser Angelegenheit deine Unterstützung. Und du wirst sie mir gewähren. Sollte mir Bittler bis Ende der Woche weiterhin die Ohren volljammern, rede ich mit meinen Kontakten beim BKA. Glaube mir, die Jungs werden begeistert sein, wenn ich ihnen von deinem früheren Engagement in Italien berichte.«

Freitag, 10. September 1976

Von Tante Fannys Wohnung bis zum Büro in der Keithstraße war es eine gemütliche Fahrt, die Kräuming in gut zehn Minuten mit seinem Buckelvolvo zurücklegte. Da er nicht zu früh im Büro erscheinen wollte, kurvte er neugierig durch die Gegend. In einer der Seitenstraßen entdeckte er die Bäckerei Schmonke. Ein kleiner Familienbetrieb, der klassische feste Schrippen buk und keine künstlich aufgeblähten Backlinge. Überzeugend war auch das beeindruckende Sortiment an Fettgebäck. Er entschied sich für Spritzkuchen. Eine wesentliche Erkenntnis seines Lebens: Den Tag mit einer süßen Sünde beginnen, fördert Zufriedenheitshormone und buddhistische Gelassenheit. Zwar nahm er sich vor, die kleinen Dickmacher mit einer Tasse Kaffee zu genießen, aber noch bevor er wieder in seinen Volvo stieg, unterlag er schon dem inneren Schweinehund.

Kaum hatte er das LKA betreten und war die Treppe zum ersten Stock hinaufgegangen, versperrte ihm Voigts Quasisekretärin den Weg. Kurz und energisch informierte ihn Fräulein Stürmer darüber, dass seine Person im Beratungsraum erwünscht sei. Dabei schaute sie ihn irritiert an und deutete auf seinen rechten Mundwinkel. Kräuming verstand, unterließ es aber, mit der Zungenspitze den Krümel zu entfernen. Stattdessen öffnete er die Tüte und hielt sie ihr einladend hin.

»Spritzkuchen! Superlecker! Kann ich echt empfehlen. Zaubert garantiert jedem ein Lächeln ins Gesicht.«

Das Lächeln blieb aus. Fräulein Stürmer drehte sich, ohne eine Regung zu zeigen, um und verschwand energischen Schrittes in ihrem Büro. Kräuming zuckte mit den Schultern. Seine Zunge schnellte heraus und begab sich auf eine Dreihundertsechzig-Grad-Wanderung rund um den Mund.

Gotzkofski hatte auf einer personell überschaubaren Mordkommission bestanden. Zehn Kollegen fürs Erste. Weniger ist mehr, hatte er aus tiefster Überzeugung Kriminaldirektor Voigt zur Kenntnis gegeben und jede Diskussion mit einem anhaltenden Hustenanfall ins frisch gebügelte und auf Maß gefaltete Taschentuch beendet. Weitere Beamte könnten ja bei Bedarf hinzugezogen werden. Dem Leiter des LKA 1 blieb nur, gleichmütig abzuwinken und dem Wunsch zu entsprechen.

Erste Wahl war Helmut Schley. Ein Meter neunzig groß, schlank, drahtig. Ein schlaksiger Kollege Anfang vierzig, der zwar jeden Morgen frisch rasiert zur Arbeit kam, aber schon kurz nach der Mittagspause Andeutungen eines Vollbartes aufwies. Schleys Haarwuchs wirkte auf Frauen überwiegend bedrohlich. Das lag nicht nur an seinen buschigen Augenbrauen und dem dunklen Brusthaar, das trotz des zugeknöpften Hemdes unbändig aus dem Kragen quoll, sondern insbesondere an den behaarten Händen, die wie Marionetten aus den zu kurz geratenen Hemdsärmeln hingen. Der ewige Junggeselle war vor wenigen Jahren vom Verfassungsschutz gekommen und arbeitete seitdem erfolgreich bei der Kriminalpolizei. Ein analytisches Gehirn mit guten Kontakten zu ehemaligen Kollegen befreundeter Dienste.

Mit Alexander Lott hatte Gotzkofski schon einmal zusammengearbeitet. Voigt hatte ihn der Mordkommission zugeteilt und das vorsichtig angesprochene Bedenken mit einem bedrohlichen Räuspern schon im Ansatz unterbunden. Körperlich ein Schwergewicht und im hohen Maße eigensinnig, hatte sich Lott den Ruf erworben, die Beweglichkeit einer Betonplatte zu besitzen. Begeistert über die Entscheidung war Gotzkofski nicht. Auf eine Diskussion mit dem Leiter des LKA 1 verzichtete er aber lieber. Die knapp zwei Monate bis zur Pension würde er den Eigenbrötler noch ertragen. Zwar war Lott ein erfahrener Kriminalbeamter, wirkte aber in seiner ganzen Art eher wie ein Buchhalter. Das lag auch daran, dass er täglich in einem grau melierten Anzug zur Arbeit erschien. Das Gerücht, dass er beim Herrenausstatter im Sommerschlussverkauf auf das Angebot »Nimm drei, zahl zwei« eingegangen war, hielt sich seit Jahren. Lott brachte grundsätzlich nichts so schnell aus der Ruhe. War er der Meinung, dass eine Spur vielversprechend sei, selbst wenn alle anderen sie für unwichtig erachteten, ging er dieser stur nach. Oft ohne Erfolg. Nicht nur deswegen sahen einige den Mittfünfziger als Querulanten, sondern auch weil sein gefürchteter Lieblingssatz: »Ist es wichtig, ist es wichtig« jede Ermittlung stocken lassen konnte. Zweifeln aus Prinzip nannte Lott das. Dickkopf war noch die freundlichste Umschreibung. Wenn es aber jemanden gab, der Unmengen von Unterlagen sichten konnte, dann war er es. Ein konzentriert arbeitender Kollege mit einer seltenen Fähigkeit: Egal, wie viele Gesichter wie undeutlich auf einem Foto oder in Filmaufnahmen zu sehen waren, er identifizierte in kürzester Zeit eine gesuchte Person mit verblüffender Sicherheit. Diese Befähigung hatte ihm den Ruf eines Super-Erkenners eingebracht. Beide sollten Gotzkofski zuarbeiten und die anstehenden Aufgaben auf die anderen Kollegen der Mordkommission verteilen.

Der Beratungsraum wirkte nüchtern, um nicht zu sagen nackig. Ein großer Tisch, darauf zwei Kannen Kaffee und Tee. Ein paar leere Stellwände warteten auf ihre Benutzung. Über der Eingangstür hing eine Uhr, deren Sekundenzeiger unangenehm tickte.

Kräuming wurde kurz vorgestellt. Die beiden Kollegen reichten ihm die Hand, nannten ihre Namen und ließen sich nicht anmerken, ob sie seine Anwesenheit begrüßten, ablehnten oder es ihnen schlicht egal war. Er nahm Platz auf dem einzig freien Stuhl, zog eine Tasse zu sich heran und hatte Glück, gleich die Kaffeekanne zu erwischen.

»Spritzkuchen?«, fragte er höflich und hielt die Tüte über den Tisch.

Da niemand Interesse zeigte, zuckte er nur mit den Schultern. Innerlich freute er sich, dass keiner der Anwesenden Appetit auf fettiges Gebäck hatte.

»Auf Anweisung des Chefs wird mich der Kollege vom BKA bis auf Weiteres unterstützen«, erklärte Gotzkofski schniefend und tupfte vorsichtig mit einem inzwischen zerknitterten Taschentuch an den entzündeten Nasenlöchern herum. »Kommissar Kräuming ist ausschließlich mir unterstellt und bekommt Aufträge direkt von mir. Er ist kein offizielles Mitglied der Mordkommission.«

Erstaunt schaute ihn Kräuming an, verkniff sich aber eine Bemerkung.

Ruhig und routiniert fasste Gotzkofski anschließend alle bisherigen Erkenntnisse zusammen und verteilte erste Aufgaben.

Schley hörte aufmerksam zu. Seine Gruppe sollte den Hintergrund des Ermordeten durchleuchten und den seines direkten Umfelds. Familie, Freunde, ehemalige Kollegen. Gab es Spannungen, Probleme, zwischenmenschliche Dramen? Lott hatte zu prüfen, ob ähnlich gelagerte Fälle registriert waren. Außerdem zeichnete er für den Kontakt zu den einzelnen Fachabteilungen verantwortlich. Es galt nicht nur den Überblick zu behalten, sondern gegebenenfalls Druck zu machen und säumige Berichte einzufordern. Zu seinen Aufgaben gehörte auch, den Hinweisen aus der Bevölkerung nachzugehen. In einer beeindruckend schnörkligen Handschrift notierte Lott stichpunktartig alles in einer altbackenen Kladde.

Mit einem Hustenanfall und einer Wir-sind-fertig-und-jetzt-keine-Fragen-mehr-Geste beendete der Leiter der Mordkommission die Beratung. Schley und Lott gingen an die Arbeit. Sie wussten, was zu tun war. Die Maschinerie setzte sich in Bewegung. Gotzkofski trank seine Tasse mit Kräutertee aus und schaute auf die Uhr.

»Der Maestro erwartet uns. Zweiundfünfzig Tage bis zur Pension«, seufzte er und erhob sich schwerfällig. »Irgendwie übersteh ich das hier auch noch. Kommen Sie, junger Mann, die Pathologie ruft.«

Kräuming grinste. Gelassen harrte er der Dinge, die da kommen würden. Sein Gastspiel, wie er seinen Berlin-Aufenthalt inzwischen ironisch nannte, begann langsam interessant zu werden.

Gotzkofski schlurfte mit hängenden Schultern und leidendem Gesichtsausdruck über den Flur des LKA. Er schaute prüfend auf seine Uhr, stöhnte einen perfekten Ton der Desillusionierung und deutete in Richtung Treppe. »Glücklicherweise ist die Leiche schon obduziert. Der Maestro meint, es wäre dennoch gut, wenn wir uns in der Pathologie treffen. Mir bleibt aber auch nichts erspart.«

Kräuming ging vor, blieb aber nach einigen Stufen stehen und schaute seinen Chef erstaunt an.

»Die Todesursache ist doch zweifelsfrei der Genickschuss«, murmelte Gotzkofski, dem der erstaunte Blick des jungen BKA-Beamten nicht entgangen war. »Der Bericht hätte auch gereicht – oder ein Telefonat.«

Voigt hatte offensichtlich Gotzkofskis Stimme gehört, trat aus seinem Büro, studierte ein Schreiben, schaute kurz auf und grüßte knapp, wobei sich Kräuming nicht sicher war, ob die Höflichkeit ihn mit einbezog. »Staatsanwältin Reichert ist der Fall übertragen worden.«

Gotzkofski stöhnte auf. »Liselotte Reichert?«

Auf die ausbleibende Begeisterung reagierte Voigt nicht, ergänzte aber: »Bis morgen möchte die Frau Staatsanwältin einen ersten Überblick über den Fall haben. Neun Uhr.«

Ohne ein weiteres Wort verschwand er wieder in seinem Büro. Das Schließen der Tür überließ er Fräulein Stürmer, die ihrem Namen alle Ehre machte und hinter dem Schreibtisch hervorsauste.

Kräuming schaute den verschnupften Chef der Mordkommission fragend an.

»Liselotte Reichert? Gibt es da Probleme?«

»Verwenden Sie niemals das E-Wort in der Nähe der Staatsanwältin. Ich garantiere, Sie werden unangespitzt in den Boden gerammt.«

»E-Wort?«

»Emanze. Sie benimmt sich zwar so und sieht aus wie die Reinkarnation von Bertolt Brecht, will aber nicht so genannt werden. Sollten Sie je die Gelegenheit haben, mit ihr in einem Raum zu sein, kommen Sie niemals auf den Gedanken, ihr in den Mantel zu helfen, ihr einen Stuhl unter den Arsch zu schieben oder ihr die Tür zu öffnen.«

»Aha! Gut zu wissen.«

»Na, dann schauen wir mal, was der Maestro zum Elend der Welt beizutragen hat.«

Gemeinsam mit Gotzkofski betrat Kräuming die Pathologie des Krankenhauses Moabit. An Orten wie diesen störte ihn weniger der Geruch, der den Tod überlagern sollte – scharfe Reinigungsmittel, kopfschmerzfördernde Chlorverbindungen und stechend riechendes Formalin –, als vielmehr die bedrückende Stille. Hier war das nicht anders. Andererseits hätte er singende oder summende Pathologen, die Penny McLeans aktuellen Hit *Lady Bump* zum Besten gaben, als unpassend empfunden. Die Vorstellung, eines Tages selbst auf einem Seziertisch zu liegen und fachmännisch begutachtet zu werden, jagte Kräuming einen Schauer über den Rücken. Er hatte in seiner kurzen

Laufbahn als Kriminalbeamter freiwillig an einigen Obduktionen teilgenommen. Auch wenn die Toten Namen und Biografien besaßen – für ihn wirkten sie alle gleich. Wie hoffnungsleere Hüllen.

Sobald er mit Gotzkofski den Untersuchungsraum betrat, bedurfte es nur eines Blickes, und er wusste, Dr. von Kirchau hatte nicht nur schlechte Laune, sondern auch wenig erbauliche Nachrichten.

Die Leiche lag auf dem Obduktionstisch. Am großen Zeh des linken Fußes baumelte ein Zettel. Teile des rechten Fußes fehlten. Der Rest des Körpers war abgedeckt. Von Kirchau fiel Kräumings interessierter Blick auf.

»Minoramputation, also kleine Amputation. Vorfußanteile wurden entfernt. Alle Zehen und die Mittelfußknochen. Unfall oder möglicherweise eine Kriegsverletzung.«

Von Kirchau klappte das Laken bis zum Bauchnabel zurück, betrachtete kurz die Leiche und zog die bereitliegenden Gummihandschuhe an.

»Kommen wir gleich zum Wesentlichen.«

Er nahm den linken Arm des Toten und drehte ihn so, dass in der Achsel eine längliche Narbe zu erkennen war.

»Es könnte sein, dass vor uns ein ehemaliger SS-Mann liegt. An dieser Stelle«, er deutete auf eine Narbe unterhalb der Achsel, »befindet sich üblicherweise bei den Herrenmenschen die eintätowierte Blutgruppe. Offensichtlich hat sich der Herr Doktor nach dem Krieg die verräterischen Buchstaben entfernen lassen. Der Schnitt ist allerdings ungewöhnlich lang geraten.«

Kräuming vermochte Körpersprache zu verstehen, und hier zeigte jemand deutlich seine Abneigung.

»Ich wollte, dass Ihr euch das anschaut. Nichts bringt mich mehr auf die Palme als diese verdammten Nazis. Hängt mit der Familiengeschichte zusammen. Der Bruder meines Vaters war ein sogenannter Bibelforscher, auch bekannt als Zeugen Jehovas. Onkel Bruno. Ein bisschen quer im Kopf, aber in Summe ein lieber Mensch. Er wollte Deutschland nicht verlassen. Wird schon nicht so schlimm, hat er geglaubt, und Gott halte die Hand über ihn. Das sahen die Herrenmenschen anders. 1943 soll er im Elektrozaun des KZ Sachsenhausen den Tod gefunden haben. Angeblich Selbstmord. Keiner in meiner Familie hat das jemals geglaubt.«

Er verzog das Gesicht. »Also gut, kommen wir zu den allgemeinen Erkenntnissen: männliche Leiche. Dr. Heinrich Sellmann. Bestätigt durch die Angaben im Ausweis und der Ehefrau Ilse Sellmann. Am 15. Mai 1900 in München-Unterschleißheim geboren. Sechsundsiebzig Jahre alt. Ermordet am 8. September 1976. Todeszeitpunkt circa neunzehn Uhr dreißig. Plus minus eine Stunde. Dr. Sellmann wurde durch einen einzelnen Schuss in den Nacken getötet. Aufgesetzter Lauf. Um die Einschusswunde verbranntes Hautgewebe mit Schmauchspuren. Zertrümmerte Wirbel, Axis und C3. Durchtrennung der Spinalnerven und des Rückenmarkkanals. Kampfspuren gibt es keine. Der Tod trat sofort ein. Der Einschusswinkel deutet wie erwartet auf einen kleinen Täter hin. Größe der Person: knapp ein Meter sechzig.«

Von Kirchau deckte die Leiche wieder zu, zog die Handschuhe aus und nahm vom Nebentisch eine Mappe.

»Hämmerling war vorhin hier, und als er hörte, dass ihr zu mir unterwegs seid, hat er mich gebeten, euch den Bericht der Spurensicherung zu übergeben.«

»Der Kollege macht sich das aber sehr einfach«, knurrte Gotzkofski und überflog die Seiten. »Hat er noch etwas dazu gesagt?«

»Es gehört zwar nicht zum Aufgabengebiet eines Gerichtsmediziners, aber Hämmerling war so freundlich, meine Neugier zu befriedigen. Ist noch nicht amtlich, aber er meint, dass es sich bei der verwendeten Waffe mit hoher Wahrscheinlichkeit um das Modell Walter P38 handelt. Kaliber 9 mm Parabellum. Die Annahme begründet er mit der gefundenen Patronenhülse. Die Kriminaltechnik hat den eingeprägten Bodenstempel einer Firma und einem Jahr zuordnen können. P25 steht für den Hersteller Metallwarenfabrik Treuenbrietzen GmbH, Werk Sebaldushof. Und die 41 verrät das Jahr. Übrigens war das die Standard-Ordonanzpistole der Wehrmacht. Auch sehr beliebt bei der Gestapo und der SS. Deutschland verwendet zwar in der Bundeswehr Nachfolger dieses Typs, aufgrund der Munition ist sich Hämmerling aber ziemlich sicher, dass es sich bei der Mordwaffe um ein Modell aus den Kriegstagen handelt.«

Gotzkofski seufzte hörbar. »Das ist nicht gut! Gar nicht gut!«

Einen Augenblick zögerte von Kirchau verwundert, bevor er weitersprach. »Das ist noch nicht alles. Hämmerling meint, die Geldscheine im Mund des Toten sind womöglich Blüten aus der Nazizeit.«

»Falschgeld?«, stöhnte Gotzkofski.

Elmar von Kirchau nickte. »Hämmerlings Worte. Steht alles in seinem Bericht.«

»Das wird ja immer besser. Kann es nicht ein schlichter Mordfall sein? Familiendrama oder ein Erbschaftsdelikt? Klare Spurenlage. Zeugen ohne Widersprüche. Ein umfassendes Geständnis. Verdammt, dieser Fall versaut mir noch meine mühsam erarbeitete Reputation.«

»Vielleicht hilft das ja weiter«, ergänzte von Kirchau, der sich irritiert an Kräuming wandte. »Während des Zweiten Weltkrieges gab es eine Operation oder Aktion Bernhard. Wenn ich das richtig in Erinnerung habe, wurden im KZ Sachsenhausen massenhaft britische Pfundnoten gefälscht.«

Gotzkofski reagierte nicht auf den Hinweis und tupfte stattdessen vorsichtig seine Nase trocken. Die Information war wichtig, ahnte Kräuming, auch wenn er noch nie von einer derartigen Aktion gehört hatte.

»Es ist zwar überaus freundlich, dem Kollegen Hämmerling einen Gefallen zu tun, und ich will nicht päpstlicher sein als der Papst, aber künftig bitte ich dich, derlei Großzügigkeit zu unterlassen. Fragen, die mit der Spurensicherung zu tun haben, muss die Spurensicherung auch selbst beantworten. Ich rede später mit dem Kollegen.«

Auch wenn der Gerichtsmediziner bemüht war, sich den Ärger über die Zurechtweisung nicht anmerken zu lassen, verriet doch ein unkontrolliertes Blinzeln der Augen, dass ihn die Details beschäftigten. Bevor Kräuming fragen konnte, deutete der Maestro auf das Laken.

»Narbe in der Achsel, Munition aus den Kriegstagen, Falschgeld möglicherweise aus dem KZ, dazu das passende Alter des Toten. Für mich deutet das auf eine zweifelhafte Vergangenheit hin.«

Nach dem Besuch im Gerichtsmedizinischen Institut, über den Gotzkofski kein Wort mehr verlor, stand als Nächstes die Befragung der Witwe Sellmann an. Dass seine Anwesenheit erwünscht war, freute

Kräuming. Schnell merkte er allerdings, dass die Gründe rein pragmatische waren. Zum einen hatte niemand in der Mordkommission Zeit, sich um ihn zu kümmern. Zum anderen ließ sich der Hauptkommissar gerne fahren, auch wenn er nur hörbar leidend in den betagten Buckelvolvo stieg. Abgesehen davon bot eine Autofahrt eine gute Gelegenheit, die Aussagen der Belegschaft der Alten Waldschänke durchzugehen.

Während Gotzkofski sich Kräumings Erkenntnisse anhörte, beäugte er mit unverhohlener Ablehnung das Innere des Wagens. Ein Autoradio mit Kassettenteil Marke Becker Mexico Olympia Stereo war nachträglich eingebaut worden und zeugte von wenig Sachkenntnis des Bastlers. Der Aschenbecher drohte überzuquellen. Im Fußbereich lagen eine leere Bäckertüte, diverse Krümel einer Streuselschnecke und eine verbogene 7Up-Dose. Bemüht unauffällig schob der alte Kommissar die Hinterlassenschaften mit dem Fuß in die äußerste Ecke. Kräuming entging das nicht, aber er hatte weder Lust, in Anwesenheit Gotzkofskis das Wageninnere aufzuräumen, noch sich für seine gepflegte Unordnung zu entschuldigen.

»Glaubt man dem Kellner der Alten Waldschänke, war Dr. Sellmann ein gern gesehener Stammgast«, erzählte Kräuming munter, während der Leiter der Mordkommission besorgt durch die geteilte Rückscheibe einen Lkw beobachtete, der unverhältnismäßig dicht aufgefahren war. Die Geschwindigkeitsbegrenzung auf dem Lützowufer schien den Fahrer nicht sonderlich zu interessieren. Kräuming, dem der Drängler ebenfalls nicht entgangen war, ging grinsend vom Gas und fuhr fünf Kilometer pro Stunde weniger als vorgeschrieben. Im Rückspiegel konnte er die Schimpftiraden des Fahrers verfolgen, aber der Abstand vergrößerte sich wieder. Zufrieden, den Kerl in seine Schranken gewiesen zu haben, berichtete er weiter. »Umsatzträchtig war der Doktor nicht. Meist bestellte er nur ein Bier. Wenn das Wetter es zuließ, kehrte er regelmäßig mittwochs ein. Am Tag der Ermordung war das auch so. Sellmann hat für eine Stunde im Biergarten gesessen, mit dem Kellner über Fußball philosophiert und einen halben Liter Schultheiss geschlürft. Etwas Ungewöhnliches ist weder der Bedienung noch den anderen Angestellten aufgefallen. Der Doktor war wie immer. Freundlich, zu Späßen aufgelegt, ein Mann von Welt. Diese Aussage bezieht sich auf die Höhe des

Trinkgeldes. Kurz nach neunzehn Uhr ist er aufs Rad gestiegen und losgeradelt. Einen Schuss hat niemand von der Belegschaft gehört.« Gotzkofski schien zufrieden zu sein. Die restliche Fahrt über schwieg er und hing seinen Gedanken nach. Kaum, dass sie angekommen waren, erinnerte er Kräuming daran, dass polizeiliche Berichte das Rückgrat jeder Ermittlung waren.

Der Putz der Villa in der Gabrielenstraße in Tegel war erst vor Kurzem weiß getüncht worden. Mit seinem von Säulen eingefassten großzügigen Balkon und der verspielten Brüstung erinnerte das zweistöckige Gebäude an die Architektur der alten Kaiserbäder an der Ostsee. Die Fensterläden zur Straßenseite waren geschlossen. Gotzkofski drückte auf den Klingelknopf. Kurz darauf öffnete sich die Tür, und eine schlanke, elegant gekleidete Dame schaute sie skeptisch an. Sie trug keine Trauerkleidung, ihre Garderobe wirkte dennoch angemessen. Ihre sorgsam toupierten Haare, für die sie einiges an Zeit aufgebracht haben musste, gaben ihr etwas Statuenhaftes. Kräuming kam nicht umhin festzustellen, dass Ilse Sellmann trotz ihres Alters eine aparte Frau war.

»Guten Tag! Ich habe Sie erwartet.«

Ohne ein weiteres Wort ging sie voraus ins Wohnzimmer, setzte sich in die Mitte des Sofas und überließ es den Beamten, die Situation nicht peinlich werden zu lassen. Nachdem beide artig ihr Bedauern über den Tod ihres Mannes geäußert hatten, nahm Gotzkofski auf dem angebotenen Sessel Platz. Umständlich fingerte er aus seiner Hosentasche ein unbenutztes, akkurat gefaltetes Taschentuch. Obwohl es nicht einmal Mitte September war, hatte Ilse Sellmann die Heizung etwas aufgedreht. Gotzkofskis Nasenschleimhaut reagierte auf die Wärme mit stärkerer Durchblutung. Er musste sich beeilen, der Tropfenbildung entgegenzuwirken.

Das Wohnzimmer war geschmackvoll eingerichtet. Durchweg neue und gediegene Möbel. Eine Wand war vollständig mit einem Bücherregal verkleidet. Hochwertige Kunst- und Architekturbände reihten sich ohne erkennbares Prinzip aneinander. Davor eine gewaltige Ledercouch und zwei einladende Sessel, offensichtlich Designerstücke. Schlicht, praktisch, gemütlich. Skandinavische Schule, schätzte Kräuming. Das Besondere des Raums bestand aber darin, dass er einen fantastischen Blick in den äußerst gepflegten Garten gewährte. Bewundernd schob Kräuming die Stores zur Seite. Links war ein Wintergarten zu sehen, an dem wilder Wein hochkletterte. Auf der anderen Seite befand sich ein von verschiedenen Klematis umrankter Flachbau, in dem er die Gartengeräte vermutete. Den Rest der Fläche nahm ein durchdachter Staudengarten ein. Ein romantisches Blütengärtchen, das von Frühling bis Herbst zum Verweilen einlud.

»Es macht bestimmt viel Mühe, sich so ein kleines Paradies zu schaffen«, bemerkte er mit ernst gemeinter Bewunderung und zog den Vorhang wieder zu.

»Das ist das Werk meines Mannes. Er liebte die Natur. Ich bin lediglich die Nutznießerin.«

Ilse Sellmanns Antwort klang freundlich, dennoch spürte Kräuming die Anspannung dahinter. Ihre Antworten waren genau überlegt. Er schaute sich aufmerksam im Zimmer um. Wenige Fotos auf dem Kaminsims bestätigten seine Beobachtung, was die Attraktivität der Gastgeberin betraf. In jungen Jahren war sie eine beachtliche Schönheit gewesen. Dr. Sellmann beeindruckte ebenfalls mit seinem guten Aussehen und einem stolz zur Schau gestellten Selbstbewusstsein. Fotos von Eltern, Kindern oder gar Enkeln gab es keine. Ein schönes Paar, fand Kräuming und beobachtete aus den Augenwinkeln die frisch verwitwete Frau. Seine Neugier missfiel ihr sichtlich. Mit forschen Fragen würden sie hier nicht vorankommen. Einfühlungsvermögen war geboten. Wollten sie etwas erfahren, mussten sie besonnen vorgehen.

Mit einer einladenden Handbewegung forderte Gotzkofski Kräuming auf, das Gespräch zu beginnen. Überrascht setzte der sich in den freien Sessel Frau Sellmann gegenüber. Eigentlich hatte er erwartet, dass er nur ein kluges Gesicht machen sollte. Stattdessen volles Vertrauen. Die strapazierte Nase allein konnte kaum der Grund für Gotzkofskis Großzügigkeit sein, ihm die Befragung zu überlassen. War das ein Test oder pure Bequemlichkeit? Kräuming sollte es recht sein.

»Frau Sellmann, der Tod Ihres Mannes ist, man kann es nicht anders sagen, ungewöhnlich. Es kommt nicht jeden Tag vor, dass jemand mit einem Nackenschuss getötet wird. Können Sie sich einen Reim darauf machen?«

59

Ihre Reaktion verriet, dass sie erwartet hatte, von dem dienstälteren Kriminalbeamten befragt zu werden. Aber der kämpfte gegen seine Erkältung an und versuchte, einen Hustenanfall zu unterdrücken. Sie atmete tief durch und schaute Kräuming mit dunklen Augen durchdringend an.

»Ist es nicht Aufgabe der Kriminalpolizei, das herauszufinden?«

Er nickte, ging aber auf den Vorwurf nicht ein und stellte die nächste Frage: »Im Mund Ihres Mannes wurden Banknoten gefunden. Britische Pfund. Haben Sie dafür eine Erklärung?«

Statt einer Antwort Kopfschütteln.

Zu schnell, fand Kräuming, zu kontrolliert. Dass es sich um Falschgeld handelte, verschwieg er. Ebenso, dass sie die Narbe unter der Achsel ihres Mannes entdeckt hatten. »War Ihr Mann schon immer Arzt?«

Sie schaute ihn fragend an.

»Ich meine, praktizierte Ihr Mann schon als Arzt vor 1945?«

»Warum wollen Sie das wissen?«

»Es gibt Hinweise, dass Dr. Sellmann Mitglied der SS war. Entspricht das den Tatsachen?«

Ihr Gesichtsausdruck verdüsterte sich. Es dauerte einen Moment, bevor sie die Fassung wiederfand.

»Mein Mann war Truppenarzt und zuständig für das SS-Wachpersonal des KZ Sachsenhausen. Voraussetzung für den Posten war die Mitgliedschaft in diesem Verein. Die Umstände zwangen ihn, der Allgemeinen SS beizutreten. Das sagt nichts darüber aus, wie er zu diesen Leuten stand. Sie sind zu jung, um das zu verstehen.«

Kräuming spürte, wie sich innerlich Wut aufbaute. Die Mär vom menschlichen SS-Mann gehörte zum Standard der Geschichtsklitterung. Daran hatte auch die 68er-Bewegung mit ihren Bemühungen um Aufklärung und Entnazifizierung nichts ändern können.

»Gab es innerhalb der Familie Streit oder Feinde?«

»Wenn Sie glauben, dass jemand aus der Verwandtschaft den Mord begangen hat, dann täuschen Sie sich gewaltig. Wir haben keine Kinder. Kontakt zu anderen Familienmitgliedern pflegen wir nicht.«

»Und Außenstehende? Nachbarn? Ehemalige Kollegen?«

»Nicht, dass ich wüsste. Heinrich hat seinen Lebensabend genossen. Mein Mann war allgemein sehr beliebt und geachtet. Neider gab es sicherlich. Feinde, nein.«

Die Antwort klang auffällig energisch, fand Kräuming.

»Ist Ihnen in der letzten Zeit etwas Ungewöhnliches aufgefallen. Hat sich Ihr Mann anders verhalten? Wirkte er gestresst oder besorgt?«

»Nein, nichts dergleichen. Mein Mann war ein prinzipientreuer Mensch mit klaren Regeln und durchorganisiertem Tagesablauf. Durch und durch ausgeglichen. Er war guter Stimmung, wenn er aufwachte, und zufrieden, wenn er schlafen ging.«

»Dr. Sellmann ist nach unserem Erkenntnisstand am Mittwoch gegen neunzehn Uhr dreißig erschossen worden. Können Sie mir sagen, wo Sie sich zu diesem Zeitpunkt befanden?«

Fassungslos starrte Ilse Sellmann erst ihn und dann Gotzkofski an. Der hob nur müde beide Hände, was sowohl ›Ich kann es nicht ändern‹ bedeuten als auch entschuldigend gemeint sein konnte.

»Ich war beim Friseur. Mitte des Monats lass ich mir immer die Haare machen. Siebzehn Uhr. Schneiden, waschen, färben, ab und an Dauerwelle. Das dauert seine Zeit. Wenn Sie mich verdächtigen, dann lassen Sie sich das bestätigen. Friseursalon Constance, Alt-Tegel. Kurz vor der Kirche. Die Inhaberin persönlich kümmert sich regelmäßig um meine Haare. Ich bin sicher, für Sie hat sie garantiert einen Termin frei.«

»Entschuldigen Sie, gnädige Frau. Wir müssen Sie das fragen. Das gehört zu den unangenehmen Routineaufgaben eines Kriminalbeamten«, mischte sich Gotzkofski ins Gespräch. Inzwischen hatte er sich an die Wärme gewöhnt, und es schien ihm sinnvoll, die nächsten Fragen zu stellen.

Kräuming ließ sich die Antworten durch den Kopf gehen. Etwas störte ihn an dem Gespräch. Zu kontrolliert, zu wenig echte Emotionen. Keine Tränen. Vorgespieltes Bedauern. Die Frau hatte gerade ihren Mann verloren.

Gotzkofski zögerte, bevor er die nächste Frage stellte. »Was für ein Mensch war Ihr Gatte?«

Sie wendete den Blick ab und starrte durch das Fenster in den Garten. »Ich habe ihn geliebt. Das muss reichen.«

Die Antwort verblüffte nicht nur den Kriminalhauptkommissar, wie ein kurzer Blickwechsel mit Kräuming bestätigte. Aber bevor er nachhaken konnte, ergänzte sie: »Mir geht es nicht gut. Gehen Sie jetzt bitte!«

Das Gespräch war beendet.

Zurück im Büro erwartete sie auf dem Schreibtisch ein Zettel, der beide nachdrücklich aufforderte, den Leiter des LKA 1 aufzusuchen. Das Wort *sofort* war dick unterstrichen.

Kaum hatten sie dessen Büro betreten, deutete Voigt auf eine Zeitung. »Beliebter Arzt im Tegeler Forst ermordet«. Energisch tippte er auf die Fotos. Der *Berlin-Blick* zeigte Kräuming, wie er auf dem Boden kniete. Hinter ihm stand der Gerichtsmediziner Elmar von Kirchau und zielte mit dem Finger auf seinen Nacken. Auf anderen Fotos war die Leiche zu sehen. Eine Vergrößerung zeigte sogar Geldscheine im Mund des Toten. Kräuming erinnerte sich an sein Gefühl, am Tatort beobachtet worden zu sein. Sein Instinkt hatte ihn nicht getäuscht. Künftig würde er mehr darauf hören müssen.

»Haben Sie davon nichts mitbekommen? Die Arbeit der Polizei wird ständig angefeindet. Und Sie spielen das Opfer?«

»Ich wollte unbedingt auf Seite eins!«, entschlüpfte es Kräumings Lippen.

Verärgert warf Voigt die Zeitung auf den Schreibtisch. »Bedarf es denn heutzutage der GSG 9, um einen Tatort abzusichern? Die Kollegen der Schutzpolizei sind damit offenkundig überfordert.« Entrüstet deutete er auf die Schlagzeile: »Neue Ermittlungsmethoden der Berliner Polizei. Wurde das Opfer hingerichtet? Kripo ratlos!«

Er schnaufte kurz und strich sich das Haar nach hinten. »Ärgerlich, aber nicht mehr zu ändern. Hat das Einfluss auf die Ermittlungen?«

Auf die Frage konnte Gotzkofski beim besten Willen nicht antworten. Stattdessen setzte er sich auf einen freien Platz, zog die Zeitung zu sich herüber und studierte den Artikel. Als eine Reaktion ausblieb, fragte Voigt: »Steht dabei, von wem die Fotos sind?«

»Thorsten Hinze. Fotograf und Journalist in einer Person.«

Voigt verzog angewidert die Mundwinkel. »Ist das nicht der, der ständig schreibt, dass Homosexuelle von der Polizei diskriminiert würden? Wenn es nach dem geht, würden wir den 175er sofort abschaffen. Als gäbe es keine anderen Probleme.«

Paragraf 175, umgangssprachlich Schwulen-Paragraf genannt, ein Überbleibsel aus der Nazizeit, war erst 1973 entschärft worden, galt aber abgeschwächt noch immer. Jetzt war Homosexualität immerhin keine »Unzucht« mehr, und man gestand Jugendlichen mit sechzehn die Reife zu, sich frei und selbstbestimmt für einen Sexualpartner zu entscheiden. Das galt allerdings nur für gemischtgeschlechtliche Paare und Frauen. Männer, die Männer liebten, mussten bis zu ihrem achtzehnten Lebensjahr warten. Die Sorge, sie könnten durch den sexuellen Kontakt zu einem volljährigen Mann einen bleibenden Schaden erleiden, war noch immer weit verbreitet.

»Vielleicht haben wir Glück und wurden bei der Arbeit beobachtet«, bemerkte Kräuming und deutete auf die Zuschauer hinter der Absperrung. »Wäre nicht das erste Mal, dass sich ein Täter an seiner Gräueltat nachträglich berauschen will oder die mediale Aufmerksamkeit genießt.«

»Gute Idee«, bemerkte Gotzkofski. »Reden Sie mit dem Journalisten. Möglicherweise sind Sie ja Hinzes Typ. Ich könnte mir vorstellen, dass er eher gewillt ist, mit jemandem zu sprechen, der nicht wie ein typischer Polizeibeamter daherkommt.«

Voigt schaute Gotzkofski verblüfft an, nahm den Gedanken aber widerwillig auf. »Wir benötigen die Fotos vom Tatort. Alle. Und machen Sie dem warmen Bruder klar, dass derartige Berichte absolut nicht hilfreich sind.«

Verärgert setzte er sich auf seinen Platz und beobachtete Gotzkofski, der den Artikel stoisch zu Ende las.

Kräuming staunte über die Wortwahl. Berlin gab sich weltoffen und sonnte sich im Glanz der neuen Toleranz. Andersartig zu sein war wieder modern, ein Hauch der Zwanzigerjahre schien zurückgekehrt zu sein. Ein frisches Selbstbewusstsein war in der ganzen Stadt zu spüren. Der Tuntenball in der Neuen Welt bekam mehr Aufmerksamkeit in den Medien als der verstaubte jährliche Presseball. Romy Haag mit ihrer Travestieshow lag nicht nur der Boulevard zu Füßen. Stars wie David Bowie oder Iggy Pop hatten West-Berlin für sich entdeckt, in einer Zeit, in der die Frontstadt wirtschaftlich ums Überleben kämpfte. Banken verlegten ihre Zentralen. Firmen wanderten ab. Wer konnte, zog weg. Da half keine Zitterprämie, wie die Berlinzulage spöttisch genannt wurde. Aber in den Amtsstuben mickerte die Toleranz. Frauen bei der Mordkommission? Fehlanzeige! Ausschließlich Männer, und hetero mussten sie sein. Beim BKA war es kaum anders.

»Melden Sie sich in der Redaktion, und vereinbaren Sie einen Termin«, wies Gotzkofski Kräuming an und bekam einen Hustenanfall, der ihm die Farbe ins Gesicht trieb. Mit belegter Stimme krächzte er: »Treten Sie Hinze ordentlich auf die Füße.«

Als keine Reaktion kam, fragte Voigt ungehalten: »Hören Sie überhaupt zu?«

»Jawohl! Fotos besorgen! Warmem Bruder auf die Hühneraugen treten. Wird erledigt! Schwule Journalisten sollten grundsätzlich mit einem auf dem Kopf stehenden rosa Dreieck auf dem Ärmel markiert werden. Da weiß der anständige Bürger doch gleich, mit wem er es zu tun hat«, rief Kräuming, streckte den Arm zum Gruß in die Luft und schlug die Hacken militärisch zusammen.

Getroffen schaute Voigt wütend auf.

»Wie kommen Sie dazu, mir Nazinähe zu unterstellen? Verlassen Sie mein Büro! Machen Sie, dass Sie rauskommen!«

»Wo bleibt denn Ihre Contenance? Heute früh vergessen, den Lotuseffekt aufzutragen?«

Voigts Sessel krachte samt Jackett, das über der Lehne hing, auf den Boden. Es fehlte nicht viel, und er wäre hinter dem Schreibtisch hervorgestürmt.

»Ich glaube, wir gehen jetzt besser.« Gotzkofski stand auf, faltete die Zeitung zusammen und schob Kräuming zur Tür. Sobald sie auf dem Flur waren, schaute er ihn durchdringend an und sagte mit gedämpfter Stimme. »Alle Achtung! Sie haben ja ein riesiges Talent, sich unbeliebt zu machen. Glauben Sie ernsthaft, Zyniker verbessern die Welt? Ihr loses Mundwerk wird Sie eines Tages zu Fall bringen. Sie haben nicht viele Freunde beim BKA und erst recht nicht bei uns.«

Er zögerte einen Augenblick. »Wussten Sie, dass Ihr Referatsleiter Tröger Voigt einmal das Leben gerettet hat?«

Den ganzen Nachmittag über hatte es geregnet. Die Temperaturen begannen, herbstlich zu werden. Der Frau war es recht. Sie liebte Regen. Dankbar schaute sie in die Wolken und ließ die Tropfen übers Gesicht rinnen.

Eins, zwei, drei, vier ...
In wenigen Minuten würde es dunkel sein. Langsam spazierte sie am Ufer des Schäfersees entlang. Sorgfältig zählte sie ihre Schritte ... fünf, sechs, sieben ...
Es half, quälende Erinnerungen zu verdrängen. Gedanken, die sie den ganzen Tag nicht unterdrücken konnte, quälten sie. Zählen lenkte ab, meistens. Nur nicht jetzt. Immer wieder die gleichen Bilder.
Sie stand vor einer getünchten Wand. Dicht an dicht Urkunden gereiht. Sie zählte sie. Zwanzig in einer Reihe. Fünfzehn Reihen. Dreihundert vergilbte Blätter in schlichten Rahmen hinter dünnem Glas. Auf jeder stand deutlich lesbar *Sterbeurkunde*. Die klare Botschaft. Endgültig. In den vorgegebenen Zeilen, mit Maschine geschrieben, blasse Buchstaben. Schlicht, sachlich, passend zur deutschen Wesensart. Standesamt Sachsenhausen. Es folgten Beruf, Name und Adresse von Menschen, die ihr fremd waren. Tag und Zeitpunkt des Todes. Todesursache. Das war's. Ende eines Lebens. Gestempelt mit dem Reichsadler und beglaubigt. Der Standesbeamte. Kaum lesbar die Unterschrift. Auf jeder einzelnen Urkunde. Die ganze Wand voll. Es war nur ein Bruchteil von denen, die im Archiv lagerten. Sie kannte den schnörkellosen Schriftzug. Er ähnelte dem, der auf der Eheurkunde ihrer Eltern stand. Die Unterschrift ihres Vaters. Standesbeamter im KZ Sachsenhausen.
Die Frau schaute auf das kleine Gewässer. Sie wollte diese Erinnerungen nicht. Fast verschlang die Dämmerung das gegenüberliegende Ufer. Es waren große Tropfen, die Blasen schlugen. Sie zählte die Kreise auf dem See. Zu viele, um sie zu erfassen. Sie schüttelte den Kopf. Zu viel! Zu viel! Zu viel! Winzige Wellen auf dem Wasser, die sich überlagerten. Ein einziges Chaos.
Der See verdankte seinen Namen einer Schäferei, wusste sie. In einem der Bücher, die ihr der Vormieter hinterlassen hatte, stand einiges darüber. Früher grasten Schafe rund um die Wiesen am See.
Eins, zwei, drei ...
War es an der Zeit, sie zu scheren, wurden sie im Wasser gewaschen, um die Wolle zu reinigen. Im Zweiten Weltkrieg zerstörten Fliegerbomben das Gehöft. Ein Neubau schien sich nicht zu lohnen, und so wurden die verbliebenen Schafe geschlachtet und verspeist.

Vier, fünf, sechs ...

Erneut dachte sie an die Wand, an die Urkunden mit der Unterschrift. Vor zwei Jahren hatte sie das KZ Sachsenhausen besucht. Sie war nicht gefasst gewesen auf den Anblick. Denk an etwas anderes, beschwor sich die Frau.

Sie setzte sich auf eine Bank, wippte ein bisschen mit dem Oberkörper und schaute auf ihre Füße. Sie ließ sie baumeln. Langsam, kontrolliert. Zähle! Zählen hilft.

Neun, zehn, elf ...

Sie zwang sich, tief einzuatmen. Regen tut gut. Er spült die Erinnerungen weg. Sie schloss die Augen. Regentropfen liefen über ihr Gesicht.

Vierzehn, fünfzehn, sechzehn ...

Sie stand vor einer getünchten Wand. Dicht an dicht Urkunden gereiht.

Sonnabend, 11. September 1976

Bei einem Mord wurde rund um die Uhr und am Wochenende gearbeitet. Niemand der Kollegen kam auf die Idee, über die anfallenden Überstunden zu klagen. Alle persönlichen Termine wurden der Suche nach dem Mörder geopfert. Polizist war man rund um die Uhr. Nur einmal hatte es eine Ausnahme von der Regel gegeben. Einem jungen Kollegen wurde von seiner Zukünftigen Liebesentzug angedroht, sollte er es wagen, den Hochzeitstermin zu verlegen. Kriminaldirektor Voigt hatte ein Einsehen. Die Trauung musste nicht verschoben werden. Die Hochzeitsreise fand allerdings erst drei Monate später statt. Ob der junge Kollege deswegen darben musste, war nicht überliefert.

Kräumings Auftrag für den Vormittag lautete, medizinische Fachzeitschriften nach Artikeln von Dr. Sellmann zu durchforsten. Ob er das als Strafarbeit für seinen Fauxpas in Voigts Büro am Vortag verstehen sollte oder ob es nur Bestandteil der üblichen Ermittlungsarbeit war – seine Begeisterung hielt sich in Grenzen. Lott hatte drei Kisten der letzten zehn Jahrgänge auf seinen Schreibtisch gewuchtet, mit der Bemerkung: »Das dürfte eine Weile dauern. Viel Spaß!«

Mit Entsetzen hatte Kräuming ein paar Zeitschriften in die Hand genommen. *Deutsches Ärzteblatt, Medizinhistorisches Journal, Arzneimittelbrief.* Unwillig entschloss er sich, mit der Ausgabe 7/1975 von *Die Schwester. Zeitschrift für Pflegeberufe* zu beginnen. Er überflog Artikel über Hygieneplanung, Zwangsernährung im Alter und Epidemieprophylaxe. Die Monate August und September folgten. Von oder über Dr. Sellmann fand er zwar keinen Beitrag, dennoch betrachtete er zufrieden die Liste jener Schwestern, von denen er sich gerne am Wochenende pflegen lassen würde. Um dreizehn Uhr beschloss er, seinen knurrenden Magen zu beruhigen. Ohne Mampf kein Kampf! Ohne Verpflegung keine Bewegung! Das galt nicht nur fürs Marschieren, sondern auch fürs Umblättern.

Als Kräuming gestärkt durch zwei Buletten und eine beachtliche Portion Pommes rot-weiß zurückkehrte, fand er einen handschriftlichen Zettel auf dem Schreibtisch. »Erwarte Sie im Beratungsraum!« Es war dreizehn Uhr fünfzehn. Ein gemeinsames Mittagessen aller Kollegen schloss er aus.

Tatsächlich fand er die Mitglieder der Mordkommission ernst dreinblickend um den Beratungstisch vereint. Gotzkofski deutete auf einen freien Platz und sprach gleichzeitig weiter: »Ich habe schlechte Nachricht zu verkünden. Staatsanwältin Reichert will eng mit uns zusammenarbeiten.«

Ein allgemeines Murmeln verriet, dass niemand am Tisch davon begeistert war.

»Mit anderen Worten, sie gedenkt uns auf die Finger zu schauen«, fluchte Lott. »Das kann ja heiter werden.«

Eine theatralische Geste Gotzkofskis folgte, begleitet von einem beeindruckenden Seufzer.

»Darüber müssen wir nicht diskutieren. Erfahrungsgemäß wird sie an den meisten Dienstberatungen nicht teilnehmen, sondern nur dann, wenn ihr Terminplan es zulässt.«

Trotzdem war die Stimmung im Keller.

»Glaubt mir, ich bin genauso wenig begeistert. Ich hatte heute früh schon das Vergnügen. Staatsanwältin Reichert möchte, dass wir in alle Richtungen ermitteln. Sellmann gehört zu den gutsituierten Bürgern. Wem nutzt sein Tod? Gab es Leidenschaften, die uns nicht bekannt sind? Eine Liebschaft, Spielsucht, Pferderennen? Könnte es eine Zufallsbegegnung gewesen sein, die tödlich endete? Bevor wir nichts Genaueres wissen, erwarte ich, dass sich jeder an die Vorgaben der Staatsanwaltschaft hält.«

Gotzkofski strich sich prüfend über die Stirn. Er fühlte sich unwohl, wie jeder in der Mordkommission sah. Für jeden erkennbar hatte er Fieber.

»Ich teile die Einschätzung der Staatsanwaltschaft. Es ist denkbar, dass jemand die Lebensgeschichte Dr. Sellmanns kennt und versucht, uns auf eine falsche Fährte zu führen. Solange wir das nicht ausschließen können, gehen wir das gesamte Programm durch.«

Er verteilte ein paar Fotos vom Tatort, zog gleichzeitig sein Taschentuch heraus, das inzwischen zu einem Klumpen mutiert war, suchte sich eine freie Ecke und schnaubte hinein. Mit der freien Hand wies er auf die Bilder.

»Bei seiner Hinrichtung hat Dr. Sellmann gekniet. Wie man an dem Dreck in seinem Gesicht sieht, ist er darauf gefallen. Der Mann lag aber auf dem Rücken, als er gefunden wurde. Das könnte ein Indiz dafür sein, dass der Täter sein Opfer kannte.«

Schley reichte die Fotos weiter. Sein Blick verriet, dass ihn Gotzkofskis Schlussfolgerung nicht sonderlich überzeugte. Kräuming fand die Behauptung zumindest gewagt. Da niemand sich dazu äußerte, tat er es. »Glaubt man der Einschätzung der Spurensicherung und der Gerichtsmedizin, deutet einiges darauf hin, dass das Motiv in der Vergangenheit liegt. Sollte man nicht eher in dieser Richtung den Schwerpunkt setzen? Sicher, die Leiche wurde umgedreht, aber ob sich daraus eine wie auch immer geartete persönliche Beziehung konstruieren lässt, halte ich für fraglich.«

Die Mitglieder der Mordkommission schauten den unbekannten Kollegen neugierig an. Leidend atmete Gotzkofski durch. Der Gedanke schien ihm zu missfallen. Widerwillig antwortete er: »Hatte ich vergessen zu erwähnen. Kommissar Kräuming. Für die, die es noch nicht wissen, bis auf Weiteres vom BKA ausgeliehen.« Schulmeisterlich wandte er sich direkt an ihn. »Das schließt eine Beziehungstat nicht aus. Wäre Dr. Sellmann dem Täter gleichgültig gewesen, dann hätte er sich garantiert nicht die Mühe gemacht, ihn umzudrehen. Das ist ein klares Indiz dafür, dass sich beide kannten.«

Er zögerte einen Moment, um dem Gedanken Zeit zu geben, sich zu setzen. »Es bleibt dabei. Es wird in alle Richtungen ermittelt.«

»Was mich wundert«, bemerkte einer der Kollegen, der mit Lott zusammenarbeitete, »Dr. Sellmann wird nicht zufällig erschossen. Ihm wird aufgelauert. Er muss sein Fahrrad abstellen. Dem Opfer werden die Hände gefesselt. Beide gehen ein Stück. Der Täter zwingt ihn, sich hinzuknien. Vielleicht haben sie sogar eine Weile miteinander gesprochen. Die Waffe wird im Nacken aufgesetzt. Ein einziger Schuss wird gezielt abgegeben. Eindeutig eine Hinrichtung. Der Tote wird auf den Rücken gedreht. Ihm werden englische Pfund in den Mund gestopft. Das geht nur, wenn man den Körper umdreht. Für mich sieht das so aus, als ob sich der Mörder Zeit gelassen hat. Entweder er ist besonders kaltblütig oder erschreckend gleichgültig.«

»Oder er will uns damit etwas sagen.«

Alle zehn Mitglieder der Mordkommission schauten Kräuming erneut schweigend an. Niemand widersprach. Dass das Vorgehen des Mörders unüblich war, lag auf der Hand.

»Ich halte es für denkbar, dass der Täter uns auf etwas hinweisen will. Falschgeld im Mund. Genickschuss wie bei den Nazis. Narbe unter der Achsel. Zweifelhafte Vergangenheit. Nicht gerade die übliche Handschrift eines Mörders. Vielleicht ist das ja nur der Anfang.«

Gotzkofski hob beide Hände, um die Diskussion schon im Ansatz zu unterbinden.

»Kollege Kräuming! Ihre Vorliebe für gestörte Serientäter in allen Ehren, aber bisher haben wir nur einen Toten, und die vorliegenden Erkenntnisse sind, um es vorsichtig auszudrücken, übersichtlich. Ich weiß nicht, wie ihr Jungs vom BKA das üblicherweise handhabt, aber wir beim Berliner LKA neigen dazu, uns erst auf die Fakten zu konzentrieren und darauf basierend fundierte Theorien aufzustellen.«

Auch wenn der Leiter der Mordkommission es nicht direkt gesagt hatte, der Hinweis, erst einmal zuzuhören und zu schweigen, saß.

»Verstehe!«, murmelte Kräuming. »Ich dachte, es soll in alle Richtungen ermittelt werden.«

Auf die Bemerkung reagierte Gotzkofski nicht. Er steckte sein Taschentuch wieder ein und überflog seine Notizen. Offensichtlich gab es nichts mehr zu sagen.

»Jeder weiß, was zu tun ist. Wir sehen uns morgen früh. Ich verabschiede mich für heute.«

Kräuming tat dem Leiter der Mordkommission den Gefallen, ihn zum zweiten Mal in dieser Woche mit seinem Buckelvolvo zu fahren. Zwar war es nicht seine Absicht gewesen, das Wageninnere des Kriminalhauptkommissars wegen auszumisten, aber Gotzkofski nahm es wohlwollend zur Kenntnis. Er schien die nunmehr passable Ordnung als Erfolg seines kritischen Blickes bei der ersten Fahrt zu interpretieren. Zufrieden lehnte er sich zurück und schloss die

Augen. Da Kräuming auf keinen Fall künftig der Privatchauffeur Gotzkofskis sein wollte, überlegte er ernsthaft, ob er den Wagen in den nächsten Tagen als defekt deklarieren sollte. Zumindest würde er das Innere wieder mit der bewährten Grundunordnung gestalten, um die pädagogischen Bemühungen seines Chefs zu unterwandern. Zwanzig Minuten später weckte Kräuming den Leiter der Mordkommission.

Gotzkofski wohnte in der Hufeisensiedlung in Britz. Einen Augenblick schaute er sich orientierungslos um. Das dreihundertfünfzig Meter lange, hufeisenförmige Gebäude galt als Ikone des sozialen Wohnungsbaus. Ein Meisterwerk des Architekten Bruno Taut. Als Gotzkofski begriff, dass der Wagen direkt vor seiner Haustür stand, stieg er aus.

»Tun Sie mir bitte einen Gefallen«, gab Gotzkofski müde von sich und legte dabei flehentlich die Hände aneinander. »Halten Sie sich künftig etwas bedeckt. Sie mögen ja ein guter Polizist sein. Soweit mir aber bekannt ist, können Sie nur auf zwei magere Jahre Erfahrung bei der Mordkommission Mönchengladbach verweisen. Bescheidenheit schadet nicht. Kümmern Sie sich um das, was ich Ihnen sage. Prüfen Sie die medizinischen Zeitschriften. Und lassen Sie sich von Fräulein Stürmer die aktuellen Dienstvorschriften aushändigen. Ein bisschen Hintergrundwissen, wie wir das hier in Berlin handhaben, kann nicht schaden. Von mir aus machen Sie dann Feierabend für heute. Die Vorschriften können Sie auch in Ruhe zu Hause studieren. Es reicht, wenn Sie Montag früh wieder ins Büro kommen.« Mit Schwung schloss er die Wagentür und wartete, bis der Volvo losfuhr.

Den Vorschlag, Feierabend zu machen, begrüßte Kräuming. Dem Auftrag, Dienstvorschriften zu pauken, dagegen gedachte er mit Ignoranz zu begegnen.

Wie gewünscht hatte Dunja den Weinbrand in den Kaffee gegossen und im Arbeitszimmer serviert. Es war nicht an ihr, Vernunft walten zu lassen. Zwar hatte der Arzt dringend empfohlen, auf jeglichen Alkohol zu verzichten, weil sonst in Kombination mit den Medikamenten unvorhersehbare Komplikationen auftreten konnten, aber Utz Brunner gab auf dessen Geschwätz nichts. Auch wenn er seit

Tagen schlecht geschlafen hatte und müde war, er musste nachdenken. Deshalb brauchte er etwas Stärkeres als nur Koffein, um sich zu konzentrieren. Glücklicherweise hatten ihn die Berner Kriminalbeamten nach Zempbauers Ermordung nur kurz befragt und sich mit seiner Aussage zufriedengegeben, er habe dank der starken Krebsmedikamente wie ein Murmeltier geschlafen. Seit über einem Monat bemühten sich die Beamten darum, Licht in den mysteriösen Fall zu bringen. Glaubte er der Presse, war die Suche nach dem Mörder bisher ergebnislos geblieben. Selbstverständlich würden die Ermittler auch Zempbauers Vergangenheit durchleuchten. Sobald das geschah, musste Brunner mit weiteren Fragen rechnen. Daran hatten weder er noch sein Rechtsanwalt Zweifel. Um unnötigen Spekulationen von Anfang an den Nährboden zu entziehen, hatte er bei der Befragung freimütig auf seine geschäftliche Zusammenarbeit mit Alois Zempbauer hingewiesen.

Sobald Dunja sein Arbeitszimmer verlassen hatte, öffnete er das oberste Schubfach seines Schreibtischs und holte ein in Leder gebundenes und mit Goldschrift geprägtes Buch heraus. Festschrift zum achtzigsten Jubiläum der Bank Brunner & Lenz. Es war die Chronik der Privatbank, die sein Urgroßvater 1886 gegründet hatte. Glaubte man den Überlieferungen, war die Gründung einer eigenen Bank für den damaligen Textilfabrikanten und Maschinenbauer Gotthard Brunner eine Trotzreaktion auf die Unverschämtheit eidgenössischer Geldhäuser gewesen. Nach seinem Empfinden zahlten sie ihren Geschäftskunden zu geringe Zinsen. Abgesehen davon hatten sie von Börsengeschäften so viel Ahnung wie die Sau vom Wettnageln. Er wollte sein Geld verwahrt wissen und nicht als Spekulationsmasse eingesetzt sehen. Zwar blieb die neu gegründete Bank ohne Beachtung und der Erfolg der Unternehmung aus, allerdings war Fehler zugeben zu können keine seiner besonderen Stärken. Glücklicherweise gehörten Textilmaschinen der Firma Brunner zu den solidesten auf dem Markt, sodass die Verluste in einem vertretbaren Bereich blieben.

In seiner ersten Ehe, die Gotthard nur zwei Jahre vergönnt war, hatte ihm seine geliebte Frau Auguste einen Jungen geschenkt. Gleich nach der Geburt war sie an einer Herzschwäche gestorben,

und es oblag dem Trauernden, dem Kind einen Namen zu geben. Aus seiner Wut auf Gott, der seine Gebete nicht erhört hatte, und als Reminiszenz an Goethes Schauspiel nannte er ihn kurzerhand Götz. Von Stund an hielt er es wie jener Reichsritter und fluchte, sobald er einen gekreuzigten Jesus sah: »Er kann mich im Arsche lecken.«
Fünf Jahre später heiratete das Berner Urgestein die unscheinbare Hedwig Lenz oder genauer gesagt: das Vermögen ihrer Familie. Eine Verbindung aus Vernunft, die über Nacht aus der Brunner'schen Trotzburg die angesehene Privatbank Brunner & Lenz machte. Kinder waren ihnen nicht vergönnt. So übernahm der einzige Sohn, Götz Brunner, ein studierter Bankier, 1904 die Bank. Galt das Geldhaus bis dahin schon als überaus vertrauenswürdig, wuchs es in den folgenden Jahren zu einer der renommiertesten Privatbanken der Schweiz heran. Nicht nur garantierte das im Jahr 1934 vom Gesetzgeber beschlossene Bankgeheimnis Verschwiegenheit. Der Inhaber haftete auch unbeschränkt mit seinem gesamten Vermögen. Brunner & Lenz war eines der ersten Geldhäuser, die schon kurz vor dem Ersten Weltkrieg Nummernkonten einführten, um ihre Kunden vor unberechenbaren Gesetzen zu schützen. Man agierte grundsätzlich konservativ, verschwiegen und stellte Sicherheit über Risiko. So war das Haus unter Götz Brunners Regie zu einer international geachteten Bank geworden.

Zwar half er nach der Machtergreifung der Nazis jüdischen Kunden, ihr Vermögen vor deren Zugriff zu bewahren, doch das hatte wenig mit Menschenliebe zu tun. Es ging schlicht niemanden etwas an, fand er, wie viel an Geld der Einzelne besaß oder woher es stammte. Götz Brunner führte die Bank solide bis zur Übergabe an seinen Sohn Utz im Jahr 1943. Leicht fiel dem Alten das nicht, aber seine angegriffene Gesundheit zwang ihn dazu. Zwei Herzinfarkte waren Warnung genug. Einen weiteren würde er nicht überleben, hatte der Arzt gedroht.

Utz Brunner betrachtete das Foto, das den Moment festhielt, als sein Vater ihm mit festem Händedruck und ernstem Gesicht vor allen Mitarbeitern die Verantwortung für das Bankhaus übertrug. Ein stolzer Mann, der seinen Lebensabend genießen wollte und sich aus den Geschäften künftig herauszuhalten gedachte. Es sei denn, der Sohn käme mit der Bitte um Hilfe zu ihm. Es gab allerdings keinen Grund, den Rat des Alten einzuholen, und drei Monate später war Götz Brunner tot. Der dritte Herzinfarkt. Die Ruhe hatte ihm nicht gutgetan. Nachdenklich blätterte Utz Brunner durch die Seiten, betrachtete die Fotos aus vergangenen Zeiten, das beeindruckende Gebäude in der Berner Bundesgasse, die aufwendig eingerichteten Arbeitsräume, endlose Reihen von Schließfächern, seriös wirkende, freundlich blickende Mitarbeiter sowie die in Ölfarben glorifizierten Bankdirektoren. Fotos mit händeschüttelnden Vertretern der Stadt wechselten sich mit lächelnden Prominenten ab, deren Vermögen man verwaltete. Die Festschrift hatte Utz Brunner selbst verfasst, eine Erfolgsgeschichte, die ihresgleichen suchte.

Er nahm die Tasse und nippte an dem Kaffee. Inzwischen war er nur noch lauwarm, aber das störte ihn nicht. Behutsam legte er das Buch zurück in das Schubfach. Müde schaute er aus dem Fenster auf die Wiesen, die Fichten und jenen Weg, den der Mörder in der Nacht entlanggekommen sein musste. Niemand wusste besser als Utz Brunner, dass nur ein Teil der Wahrheit zwischen den ledernen Buchdeckeln zu finden war. Wer immer Alois Zempbauer ermordet hatte, wusste Dinge, die ihm und seinem Lebenswerk gefährlich werden konnten. Vorsichtig strich er sich über den Bauch. Die Schmerzen setzten wieder ein. Er verzog das Gesicht zu einer Grimasse. Sein Lebenswerk? Lebenslüge traf es besser. Bei dem Gedanken schüttelte er nachdenklich den Kopf.

Vor zehn Jahren war Horst Kräuming nicht zu Ritas Beerdigung gegangen. Damals konnte er es nicht. Sie hätte es auch nicht gewollt. Derartige Rituale waren für sie nur lächerliche Rührseligkeit. Rita war fest davon überzeugt, nur wer sich schuldig fühlt, spricht mit einem Grabstein. Kräuming fühlte sich schuldig.

Ihrer war schlicht. Ein Liegestein aus rotem Granit ohne Verzierung. Granitrot war ihre Lieblingsfarbe. Leise las er ihren Namen, die zwei Daten, die Anfang und Ende eines Lebens beschrieben. Als wäre das wichtig. Mehr verriet der Stein nicht.

Der Friedhof Grunewald-Forst galt den meisten Berlinern als idyllischer Ort, obwohl er den Beinamen Friedhof der Namenlosen oder Selbstmörderfriedhof trug. Rita hätte es gefallen. Ihre ungewöhnliche Bezeichnung verdankte die ehemalige Waldlichtung einem Knick der Havel, an dem zuweilen Wasserleichen von der Strömung ans Ufer getrieben worden waren. Handelte es sich um Selbstmörder, verweigerten bis ins 19. Jahrhundert die christlichen Kirchen die Beerdigung auf ihren Friedhöfen. Suizidenten galten als Todsünder. Am Oberförster des Grunewalds war es, Gnade walten zu lassen. Die Angehörigen durften ihre Toten im Wald bestatten, um einen Ort des Gedenkens zu haben. Inzwischen war das idyllische Gelände den Westberlinern längst zu einer begehrten Begräbnisstätte geworden. Dass eine Drogentote hier ihre letzte Ruhe gefunden hatte, war der Unversöhnlichkeit ihrer Eltern zu verdanken. Sie schämten sich für die missratene Tochter. Ein Platz im Familiengrab blieb ihr verwehrt. Sie hätte es auch nicht gewollt.

»Hallo Rita!«

Kräuming überlegte, was er sagen könnte. Außer Vorwürfen, von denen er nicht wusste, ob sie ihr oder doch ihm galten, fiel ihm nichts ein. Behutsam legte er einen Strauß weißer Gladiolen vor den Stein.

»Ich weiß, du mochtest die roten. Tut mir leid, die gab es aber nicht.«

Verlegen schaute er sich um. Er war allein. Nur am Ende des Weges sah er eine alte Frau, die mit ihrer leeren Gießkanne in der Hand Richtung Ausgang schlurfte.

»Ich weiß nicht, wie lange ich in Berlin sein werde. Na ja, und wenn ich schon hier bin, da dachte ich, schau mal vorbei. Wahrscheinlich würdest du jetzt die Nase rümpfen. Das mochte ich sehr. Die kleinen Fältchen. Natürlich bräuchte ich nicht hier zu sein. Aber irgendwie schulde ich es dir oder mir oder wem auch immer. Du würdest es alberne Gefühlsduselei nennen.«

Die Schrift des Grabsteins war bemoost, das Grab von Efeu bedeckt. Niemand kümmerte sich darum. Kräuming hockte sich hin und kratzte mit dem Fingernagel die Rillen entlang. Es ging schwerer, als er erwartet hatte. Er beließ es bei ihrem Vornamen.

»Bist du jemals auf die Idee gekommen, dass auch ein Teil von mir gestorben ist? Deine grandiose unermessliche Wut gegen alles, gegen dich, gegen mich, gegen ...«, er zögerte, »... diese ganze verlogene Mistwelt. ›Leben ist so unendlich viel schwerer als tot sein.‹ Deine verdammten Worte! Ja, der Tod ist leicht. Alle Probleme vergessen, keine Verantwortung mehr, Enttäuschungen, ade. Rita, ich wollte dir helfen, verstehst du? Ich wusste nicht mehr weiter. All die gebrochenen Versprechen, die Lügen, du hast mich sogar beklaut für den nächsten Schuss. Ich war verzweifelt. Ich dachte, wenn du mich vermisst, kommst du zur Besinnung. Stattdessen hast du … Es war kein beschissener Unfall! Auch wenn alle das glauben wollen. Mir machst du nichts vor. Du wolltest nicht mehr und hast es dir leicht gemacht. Der finale Schuss, und die Welt geht einem am Arsch vorbei. Und so ganz nebenbei hast du mir die Schuld zugeschoben.«

Du hast mich verlassen. Ich bin tot. Lebe damit!

»Das ist nicht fair, Rita. Verdammt nicht fair.«

Wütend stand Kräuming auf. »Ich hätte nicht herkommen sollen.« Ohne sich umzudrehen, verließ er den Friedhof. Erst als er in seinem Volvo saß und die Havelchaussee Richtung Schwanenwerder entlangfuhr, konnte er die Tränen nicht mehr zurückhalten. Mit aller Kraft trat er auf die Bremse. Er zerrte am Lenkrad, als wollte er es aus der Verankerung reißen, und schlug mit geballten Fäusten darauf. Unartikulierte Töne drangen aus seinem Mund. Leben ist so unendlich viel schwerer als tot sein.

Sonntag, 12. September 1976

»Dafür, dass Sie nicht möchten, dass Menschen wie ich mit Ihnen in Verbindung gebracht werden, ist das hier ja wohl der ungeeignetste Platz, den man sich vorstellen kann.«

Konrad Dersch blickte sich verärgert um. Das Brauhaus Bönnsch war um diese Zeit schon ausgesprochen gut besucht. Einige Gäste schauten sich das Ambiente der Gaststätte an und verzogen sich dann auf die Terrasse, um Mittag zu essen und ein Bönnsch zu trinken, wie das Bier in Bonn hieß. Als er niemanden entdeckte, der ihm bekannt vorkam oder wie ein Journalist wirkte, setzte er sich.

»Was gibt es denn so Wichtiges, dass wir uns unbedingt sofort treffen müssen?«

Paul Bittler schob, ohne ein Wort zu sagen, den *Berlin-Blick* über den Tisch und deutete auf eine Textpassage. *Beliebter Arzt im Tegeler Forst ermordet.*

Neugierig überflog Dersch den Artikel. Die Berliner Boulevardzeitung gehörte nicht zu seiner täglichen Lektüre. An der Stelle, an der darüber berichtet wurde, dass dem Toten Geld in den Mund gestopft worden war, schaute er Bittler fragend an.

»Alte britische Pfundnoten! Falschgeld!«

»Das ist tatsächlich eine Neuigkeit. Davon steht nichts in der Zeitung.«

»Meine Quelle hat mir das gesteckt. Bei dem Toten handelt es sich um Dr. Heinrich Sellmann. Er wurde per Genickschuss hingerichtet. Ich kenne mich mit krimineller Symbolik nicht aus. Aber ich halte es für möglich, dass das eine Warnung sein soll. Oder können Sie diesem Blödsinn eine andere Bedeutung geben?«

»Ihre Quelle?«

»Ein Mitglied der FDP-Ortsgruppe Berlin-Schöneberg. Wir sind Freunde im Geiste, rein politisch gesehen. Gestern war Parteiversammlung. Ein bisschen Werbung machen. Sobald die Wahl erledigt ist, bestimmt das Berliner Abgeordnetenhaus seine Bundestagsabgeordneten. Ich bin zwar als Abgeordneter gesetzt, aber trotzdem ist ein gutes Ergebnis für mich wichtig. Ich habe über die schwierige Situation der Partei gesprochen. Anschließend hat er mir von dem Mord erzählt.«

Dersch betrachtete die Fotos, die mit einem Teleobjektiv aufgenommen worden sein mussten. Trotz der ungünstigen Lichtverhältnisse waren sie gelungen. Die Leiche war gut zu erkennen. Eine Aufnahme zeigte, dass etwas in seinem Mund steckte.

»Ist es sicher, dass es sich um Blüten handelt?«

»Verdammt, ich habe das aus erster Hand. Was machen wir denn, wenn die Kripo jetzt in unsere Richtung ermittelt?«

Dersch strich nachdenklich über die Zeitung. Von Bittlers Nervosität ließ er sich nicht anstecken.

»Dr. Heinrich Sellmann ist mir kein Begriff«, erwiderte er schließlich. »Ich sehe nicht, was das mit uns zu tun hat.«

Nochmals überflog er den Artikel und schüttelte ratlos den Kopf.

»Keine Ahnung, ob das etwas bedeutet. Kann Ihre Quelle Ihnen nicht flüstern, gegen wen sich die Ermittlungen richten? Ich denke, so kurz vor Ultimo ist es wichtig, dass wir, was derartige Sachen angeht, nicht überrascht werden.«

»Keine Chance! Ich werde doch nicht meine Kontakte verbrennen, nur damit Sie Ihre Neugier befriedigen können.«

Derschs Gesicht verhärtete sich schlagartig. Er schaute sich kurz um. Niemand beobachtete sie.

»Bittler, lassen Sie das Rumgemotze. Sie haben reichlich Geld für Ihre Intervention erhalten. Klären Sie das mit Ihrem Parteifreund. Und ziehen Sie, wie abgesprochen, weiterhin im Hintergrund Fäden. In drei Wochen ist Bundestagswahl. Wir sind nah dran. Genscher mag auf den Wahlkampfveranstaltungen seine Treue zur SPD erklären, abgerechnet wird nach dem Auszählen der Stimmen. Ich hoffe, bis dahin haben Sie genug Ihrer Parteifreunde auf unsere Seite gezogen. Verlieren Sie jetzt bloß nicht die Nerven.«

Freundlich winkte Bittler der Kellnerin zu, die gelangweilt an der Küchenluke stand und auf eine Bestellung der Gäste wartete. Wieder einmal wunderte sich Dersch über die Fähigkeit des Politikers, von einem zum anderen Moment die Maske des Lächelns aufzusetzen.

»Sind die fehlenden Spendengelder inzwischen eingegangen?«

Bittler grinste. »Pütz hat das per Blitzüberweisung erledigt. Respekt! Als Geldeintreiber sind Sie unübertroffen.«

Bevor Dersch darauf antworten konnte, trat die etwas zu grell geschminkte Kellnerin an ihren Tisch. Lächelnd neigte sie sich leicht nach vorn, um ihre weiblichen Argumente trinkgeldfördernd einzubringen. Dersch schob die Zeitung unauffällig zur Seite und betrachtete die bebende Auslage mit unverhohlenem Interesse.

»Runde Bönnsch, die Herren? Nicht dass Sie noch zu Rosinen werden. Heute ist Ähzezupp Tagesangebot. Kann ich empfehlen. Wie wär's? Stärkung gefällig?«

Dersch schüttelte bedauernd den Kopf und bestellte einen Kaffee. Auf Erbsensuppe verspürte er keinen Appetit. Bittler verlangte ein kleines Wasser ohne Sprudel. Die Kellnerin zuckte die Schultern, trottete seufzend Richtung Tresen und kehrte wenig später mit den gewünschten Getränken zurück. »Nur quatschen hält den Laden nicht am Laufen«, murrte sie.

Sobald sie wieder allein waren, schaute Dersch Bittler ernst an. »Noch einmal machen Sie nicht so einen Aufstand.«

»Wenn Sie nicht zahlen, sehe ich mich nicht verpflichtet ...«

»Überlegen Sie sich genau, was Sie sagen. Die Herren, die Ihnen vertrauen, verstehen keinen Spaß.«

»Wollen Sie mir drohen?«

Sorgfältig faltete Dersch die Zeitung zusammen. Ohne Bittler eines Blickes zu würdigen, antwortete er: »Ich sag mal so: Wenn Helmut Schmidt mit Hilfe der FDP wieder Kanzler wird, frage ich mich ernsthaft, ob wir in den falschen Mann investiert haben. Ob es dann eine politische Zukunft für Sie gibt, scheint mir sehr fraglich. Machen Sie das, was Sie am besten können. Reden Sie mit Ihresgleichen und sorgen Sie für Wechselstimmung! Inzwischen werde ich ein paar Anrufe tätigen. Die Sache mit dem Falschgeld müssen wir im Blick behalten.«

Paul Bittler tat gleichgültig. Er griff nach seinem Glas, aber das Zittern seiner Hand verriet, wie ernst er die Drohung nahm.

Die Holzperlen des Rosenkranzes fassten sich warm an. Die Frau hatte gehofft, durch die Monotonie der Bewegung Ruhe zu finden. Eine Hoffnung, die sich nicht erfüllte. Sie ging von einem Ende des

Zimmers zum anderen und wusste nicht, ob sie sich auf die Perlen oder die Schritte konzentrieren sollte. Alles Zählen half nichts. Verzweifelt starrte sie auf den Rosenkranz. Seit Stunden schob sie die kleinen Holzperlen mit dem Daumen über den Zeigefinger. Sie fand keine Ruhe. Wütend warf sie ihn auf den Boden. Er rutschte ein Stück über die Dielen. Erschrocken schaute sie ihm hinterher, bückte sich und hob ihn wieder auf. Dann ging sie erschöpft in die Knie und legte sich auf den Holzboden. Verzweifelt starrte sie an die Decke.

Ist das meine Hölle, Mutter? Ich kann nicht vergessen. Ich kann nicht vergeben. Hast du nichts von seinen Verbrechen gewusst? Hast du es möglicherweise gar nicht wissen wollen? Warum hast du mir erzählt, er wäre im Krieg gefallen? Er war nie an der Front. Er hat die ganze Zeit im KZ gearbeitet. Erst in Dachau, dann in Sachsenhausen. Er ist ein Verbrecher. Er ist ein Kriegsverbrecher. Er ist ein Mörder! Er ist ein Massenmörder! Er war des Teufels Heizer. Mutter, hast du wirklich nichts davon gewusst? Wenn er nach Hause kam, hast du nicht den Schmerz in seiner Kleidung gerochen, den beißenden Gestank verbrannten Menschenfleisches? War er stolz auf seine Arbeit? Hat sie ihn erfüllt? Wie war das damals? Hast du ihm morgens Stullen eingepackt, wenn er zum Dienst ins Lager ging, um die Verbrennungskommandos anzutreiben? Hast du ihm einen Apfel in Stücke geschnitten, damit er zwischen dem Unterschreiben zweier Sterbeurkunden etwas Gesundes zu sich nehmen konnte? Hast du nachts das Streicheln seiner Hände geliebt, jener Hände, die tagsüber gemordet haben? Wie war das, als ihr mich gezeugt habt? Hat er nach Tod geschmeckt? Mutter, ist das meine Hölle?

Sie stand auf. Die Holzperlen des Rosenkranzes fühlten sich warm an. Sie schob sie über den Zeigefinger.

Ist das meine Hölle? Mutter!

Zähle! Zählen hilft.

Montag, 13. September 1976

Als Kräuming am Montag um Punkt acht Uhr den Flur entlanglief und die Tür zum Büro öffnete, hörte er schon den Apparat klingeln. Etwas müde fragte er sich ernsthaft, ob er überhaupt berechtigt sei, einen Anruf entgegenzunehmen.
»Einen wunderschönen guten Morgen! Bis-auf-Weiteres-Kräuming am Apparat. Alles, was Sie sagen, werden Sie mit Sicherheit zu einem späteren Zeitpunkt wiederholen müssen! Sollten Sie dennoch das Bedürfnis verspüren, Mitteilungen abzusondern, fassen Sie sich kurz und strapazieren Sie meine Geduld nicht im Übermaß. Sprechen Sie jetzt! Piep!«
Gerne hätte er sich den Spaß erlaubt, aber eine innere Stimme riet ihm, sich nur mit seinem Namen, Dienstrang und dem Hinweis auf das Büro des Kriminalhauptkommissars zu melden. Es gelang nicht. Bei Kräum... war Schluss.
Gotzkofski meldete sich ungehalten und deutlich leidend. Er sei krank und liege im Bett. Anweisung seiner Frau und die des Arztes. Beide kollaborierten schamlos miteinander. Als gälte es, das zu unterstreichen, hustete er ein mittleres Stakkato und zog zum Finale die Nase hoch. Es folgten einige geflüsterte Details über die eheliche Ungeheuerlichkeit und ein paar Arbeitsanweisungen.
Kräuming lauschte amüsiert. Er fragte sich, ob der angedrohte Liebesentzug oder die Ankündigung, sich direkt an Kripo-Voigt, wie Gotzkofskis Frau den Chef des LKA 1 despektierlich bezeichnete, den verschnupften Kriminalhauptkommissar zur Einsicht gezwungen hatte.
Trotz aller Widerstände war es ihr gelungen, sich mit der Forderung eines Arztbesuches durchzusetzen. Dessen Diagnose: schwerer grippaler Infekt, akute Reizung der Schleimhaut von Nase und Nebenhöhlen, des Rachens sowie der Bronchien. Gefahr einer Lungenentzündung. Bettruhe, Lutschtabletten, Einreiben mit Tiger Balm.
In Gedanken stellte Kräuming sich die Situation vor. Unverhoh-

lene Freude bei der besorgten Lehrerin, deutlich sichtbare Verzweiflung beim gestandenen Kriminaler. Steter Tropfen höhlt den Stein, pädagogische Ausdauer männliches Widerstandsvermögen.
»Kräuming, machen Sie mir keinen Ärger. Spätestens Mittwoch bin ich wieder im Büro. Dr. Sellmann hat meines Wissens in München studiert. Schauen Sie doch mal, ob Sie nicht einen seiner Kommilitonen ausfindig machen können. Kümmern Sie sich bitte um alles, was mit dem universitären Umfeld zu tun hat. Vielleicht stolpern Sie ja über eine Ungereimtheit. Ich meine, wenn Sie mit dem Durchforsten der medizinischen Zeitschriften fertig sind. Und denken Sie an die Dienstvorschriften. Das ist eine Menge Holz. Die Kollegen der Mordkommission haben zu tun. Schley und Lott kümmern sich um alles andere. Das muss Sie nicht weiter interessieren.«

Knurrend nahm Gotzkofski Kräuming das Versprechen ab, niemandem von der Erpressung seiner Angetrauten zu erzählen.

Nach dem Anruf ließ sich Kräuming auf seinem Schreibtischstuhl nieder und analysierte die Situation. Gotzkofski war dienstunfähig. Keiner der Kollegen der Mordkommission interessierte sich für den Neuen. Schley und Lott gingen ihren Aufgaben nach. Kripo-Voigt hatte persönlich angewiesen, ihm aus dem Weg zu gehen. Die perfekte Rezeptur für einen gelungenen Tag.

Motiviert schaute er sich um und zündete sich eine Zigarette an. Auf dem Schreibtisch ihm gegenüber lagen einige Mappen aufgestapelt. Die ersten Zuarbeiten. Bedächtig zog er sie zu sich heran und drehte den Stapel um. Er würde die Berichte in der Reihenfolge lesen, wie sie eingegangen waren. Definitiv interessanter als die Artikel der Götter in Weiß. In der ersten Mappe fand er den Lebenslauf von Dr. Heinrich Sellmann. Aufmerksam studierte er die Biografie.

1900 in München-Unterschleißheim geboren. Keine Geschwister. Vater Allgemeinmediziner in Stadt Dachau. Mutter Hausfrau. Schule, Abitur, Sanitäter im Ersten Weltkrieg. Kriegsverletzung am rechten Fuß. Granatsplitter während der Schlacht an der Matz. Medizinstudium an der Ludwig-Maximilians-Universität München. Mitarbeit in der Arztpraxis in Dachau. Dezember 1935 Hochzeit mit Ilse Sellmann, geborene Möller. Keine Kinder. Eintritt in die NSDAP im September 1936, eine Woche später in die Allgemeine SS.

Anerkennung des Reservedienstgrades SS-Hauptsturmführer. Im selben Monat Umzug nach Oranienburg bei Berlin. Praktizierte als Truppenarzt für SS-Angehörige des KZ Sachsenhausens bis zum Untergang des Dritten Reiches. Kurz nach Kriegsende Rückkehr des Ehepaares nach Dachau zu seinen Eltern. Festnahme und Internierung im Internierungslager Dachau. Oktober 1947 Entlassung. 1948 Umzug nach Berlin-Tegel. Dort eröffnete er im selben Jahr eine eigene Praxis. Keine Strafakte.

Kräuming schaute sich den Bericht erneut aufmerksam an. Auffällig war, dass Sellmanns Eintritt in die NSDAP und in die Allgemeine SS zeitlich dicht beieinanderlagen, sie schienen mit seiner Tätigkeit in Oranienburg zusammenzuhängen. Für den Toten sprach, dass er, glaubte man den Unterlagen, niemals eine Funktion in der Partei bekleidet hatte. Gleiches galt für die SS-Zugehörigkeit. Schley hatte noch vermerkt, dass die Angaben aus einer Selbstauskunft von Dr. Sellmann aus dem Jahr 1947 stammten und somit fraglich waren. Einiges konnte bewusst verschwiegen worden sein, anderes geschönt. Akten waren heutzutage in den seltensten Fällen vollständig.

Dachau, Oranienburg – beides Städte mit einer unrühmlichen Vergangenheit. Dennoch, der Lebenslauf war kein ungewöhnlicher. Zufall? Gehörte Dr. Sellmann zu den vielen Mitläufern, die das Schweigen vorzogen, um nicht aufzufallen? Oder verbarg sich mehr hinter der freundlichen Fassade des Tegeler Arztes? Ilse Sellmann hatte auf die Frage, was für ein Mensch ihr Mann war, salomonisch erklärt: »Ich habe ihn geliebt! Das muss reichen.«

»Reicht nicht!«, murmelte Kräuming trotzig, während sich die Bürotür öffnete.

»Mir reicht das auch nicht!«, nahm der Chef der Spurensicherung Hämmerling den Ball auf, hielt einen Bericht hoch und strahlte über das ganze Gesicht.

»Ist Gotzkofski nicht da? Ich dachte, die neuesten Erkenntnisse bring ich dem alten Murrkopf lieber persönlich vorbei.«

»Kommt heute auch nicht mehr ins Büro.« Kräuming zögerte kurz und ergänzte mit fester Stimme: »Um den Papierkram kümmere ich mich.«

Mit großer Selbstverständlichkeit wies er auf seinen Schreibtisch, als wäre der Bericht der Spurensicherung seit Tagen überfällig. Verwundert schob Hämmerling ihm ein halbbeschriebenes Blatt Papier über den Tisch.

»Das mit dem Falschgeld ist dem Alten ja schon sauer aufgestoßen. Das hier wird ihm noch weniger gefallen. Ist zwar nicht abschließend, aber schon jetzt äußerst interessant. Zusammengefasst lässt sich sagen, das Seil, mit dem Dr. Sellmann gefesselt wurde, ist gebraucht. Starker Faserabrieb. Bergsteigerzubehör. Heute früh war einer der Jungs vom Deutschen Alpenverein, Sektion Berlin bei mir im Labor.«

»Berlin hat Berge?«

»Berge weniger. Eher ausgewachsene Hügel. Das heißt aber nicht, dass der Spreeathener nicht überall in der Welt herumklettert. Erst im Juli ist auf dem Berliner Höhenweg in den Zillertaler Alpen das Friesenberghaus feierlich eingeweiht worden. Unser Regierender Klaus Schütz sollte den Festakt durchführen. Konnte er aber nicht. Er musste die Teilnahme absagen, weil gegen ihn der x-te Misstrauensantrag der CDU lief, wegen des ganzen Baufilzes. Pech für Schütz! Oder Glück! An dem Tag war es in den Bergen arschkalt, und dazu gab es massig Schnee.«

»Was hatte denn der Schluchtenjodler vom Alpenverein Interessantes beizutragen?«

»Er meint, dass es sich bei dem Seil um eine Reepschnur handelt, mit der Bergsteiger zum Beispiel eine sogenannte Prusikschlinge knoten. Wird als Hilfe verwendet, um sich bei Überhängen am Hauptseil hochzuarbeiten. Hat nichts mit Segeln zu tun, wie der Maestro vermutet hat. Der Mastwurf-Knoten wird beim Segeln und Klettern verwendet. Aber eine derartige Reepschnur ist dem Mann absolut unbekannt.«

»Was meint er mit unbekannt?«

»Na, so ein Fabrikat ist ihm nie untergekommen. Das heißt, solche Seile werden nicht in Deutschland oder Europa produziert, vertrieben, geschweige denn versteigert.«

»Versteigert?«

»War nur ein Scherz. Na egal, jedenfalls helfen uns die Jungs vom Alpenverein und wollen ein bisschen herumfragen. Das dauert ärgerlicherweise leider einige Tage.«

Für einen Spurensicherer schien Bernd Hämmerling ein feiner

Kerl zu sein. Detailversessen mit der Fähigkeit, das Ganze im Blick zu behalten. Und er hatte den Schalk im Nacken.

Hämmerling grinste und deutete auf den leeren Stuhl.

»Eigentlich sollte Gotzkofski nur noch verstaubte Akten sichten. Gnadenbrot quasi, bis zur Pension. Schon erstaunlich, dass sie ihm auf seine letzten Tage noch einen Mordfall zugeteilt haben.«

»Ich dachte, der Fall ist ihm aufgrund mangelnder Personaldecke übertragen worden?«

Hämmerling gluckste.

»Ist wohl eher ein Abschiedsgeschenk. Löst er den Fall, kann er sich eine weitere Kerbe ins Holz schnitzen, und wenn nicht, kam ärgerlicherweise die Pensionierung dazwischen. Früher galt er als Terrier, einer mit Biss. Ist allerdings schon eine Weile her.«

Sobald Kräuming wieder allein war, nahm er den Bericht der Spurensicherung und schob ihn unter die anderen Mappen. Die fachlichen Ausführungen der Berliner Gipfelstürmer würde er später studieren. Er dachte einen Augenblick über Hämmerlings Bemerkung nach. Sicherlich, Gotzkofski war etwas wunderlich und seine Vorliebe für Regelwerke nervtötend. Ernst nahm den künftigen Pensionär offensichtlich kaum einer der Kollegen. Sich noch einmal wichtig fühlen dürfen. Na, wenn das kein schönes Abschiedsgeschenk war!

Kräuming überlegte, was er als Nächstes machen könnte. Medizinische Zeitschriften durchzublättern schloss er sofort aus. Dr. Sellmann hatte an der Ludwig-Maximilians-Universität München studiert. Er schaute auf die Uhr. Es war zu früh, um dort anzurufen und um Kopien der Studentenverzeichnisse zu bitten. Darum würde er sich später kümmern. Noch weniger gedachte er, sich mit amtlichen Leitfäden über die richtige Vorgehensweise bei Verbrechen zu beschäftigen.

»In alle Richtungen ermitteln!«, hatte die Staatsanwältin angewiesen. Er überlegte kurz. Der Gerichtsmediziner hatte von der Aktion Bernhard gesprochen, einer Geheimaktion der Nazis. Davon hatte er nie gehört. Vielleicht konnte ihm jemand von der Freien Universität Berlin helfen. Er stand auf, nahm das Telefonbuch aus dem Regal und suchte die Nummer. Es dauerte eine Weile, bis man ihm die richtige Ansprechpartnerin nannte: Prof. Dr. Andrea Grabes.

Die Pressekonferenz der Staatsanwaltschaft fand um zehn Uhr statt. Liselotte Reichert hatte es aufgrund der Vielzahl von Anfragen für sinnvoll erachtet, direkt zu informieren, um gegebenenfalls gleich auf Fragen reagieren zu können.

Unter den üblichen Verdächtigen, Journalisten, die über das Kriminalgeschehen in Berlin berichteten, befand sich auch Rechtsanwalt Gnatzke. Er hatte sich in die hintere Reihe gesetzt und verhielt sich still.

Thorsten Hinze als Vertreter des *Berlin-Blick* war das nicht entgangen. Walter Gnatzke gehörte zu den renommierten Anwälten der Stadt, die nur einen ausgewählten Kreis gutbetuchter Mandanten vertrat. Zumeist ging es um Strafverfahren im Zusammenhang mit Betrugsvorwürfen im Bausektor und der Verschwendung öffentlicher Gelder. Letztmalig hatte er den Anwalt bei einer Anhörung der Steglitzer-Kreisel-Affäre gesehen. Die Staatsanwaltschaft hatte Ermittlungen gegen die in Insolvenz gegangene Bauträgergesellschaft eingeleitet. Der Verdacht des Betrugs konnte aber nicht erhärtet werden. Ein Jahr später wurden die Akten geschlossen und die Bürgschaft des Senats in Höhe von 42 Millionen Mark abgeschrieben. Der Bausenator Heinz Striek trat zurück. Damit war der Skandal beendet.

Hinze war verwundert, hier auf Gnatzke zu treffen. Immerhin ging es um Mord und nicht um wirtschaftliche Grenzfälle.

Staatsanwältin Reichert begrüßte die Anwesenden in einem Konferenzraum. Nachdem sie Kriminaldirektor Voigt vorgestellt hatte, der stellvertretend für den erkrankten Kriminalhauptkommissar Gotzkofski eingesprungen war, informierte sie nüchtern über die bisher bekannten Fakten.

»Am Mittwoch, dem 8. September, gegen neunzehn Uhr dreißig wurde Herrn Dr. Heinrich Sellmann nach einem Besuch der Alten Waldschänke im Tegeler Forst von einer bisher unbekannten Person in der Nähe des Naturdenkmals Dicke Marie aufgelauert. Zu diesem Zeitpunkt befand er sich mit seinem Fahrrad auf dem Heimweg. Es kam zu einem Tötungsdelikt. Dr. Heinrich Sellmann wurde erschossen. Die Leiche wurde am Folgetag von einer Spaziergängerin gefunden. Daraufhin erfolgte eine sofortige Sperrung des Tatorts. Den Kollegen der Spurensicherung gelang es, verschiedene Beweismittel sicherzustellen. Darunter Fingerabdrücke und die Patronenhülse. Aufgrund ermittlungstechnischer Überlegungen kann ich Ihnen darüber hinaus leider keine weiteren Angaben machen.«

Kriminaldirektor Voigt ergänzte kurz: »Eine konkrete Spur gibt es derzeit nicht. Über ein Motiv kann momentan nur spekuliert werden.«

Kaum gab es die Möglichkeit, Fragen zu stellen, begann Hinze ohne Aufforderung, die Punkte seiner Liste abzuarbeiten. »*Blick-Berlin*. Kurze Frage an die Staatsanwaltschaft: Handelt es sich bei diesem Mord um eine Hinrichtung?«

»Davon gehen wir aus. Es gibt Indizien, die darauf hindeuten.«

»Meinen Sie damit, dass das Opfer knien musste und per Genickschuss erschossen wurde?«

»Wie gesagt, es gibt einige Indizien, die das vermuten lassen.«

»Der Tote hatte Geldscheine im Mund. Können Sie uns dazu etwas sagen?«

Ein Blickwechsel zwischen Voigt und Reichert machte deutlich, dass ihnen die Fragen nicht gefielen.

»Vielleicht auch, um welche Währung es sich handelt?«, hakte Hinze nach.

»Aus ermittlungstechnischen Gründen kann ich Ihnen dazu keine Angaben machen.«

»Gehen Sie von einem symbolischen Akt aus?«

»Aus ermittlungstechnischen Gründen kann ich Ihnen auch dazu keine Angaben machen.«

»Halten Sie es für möglich, dass Dr. Sellmann in Machenschaften krimineller Kreise verstrickt war?«

»Herr Hinze, wenn Sie sich lächerlich machen wollen, dann veröffentlichen Sie Ihre Spekulationen«, mischte sich Voigt ein. »Wir haben einen Kriminalfall zu lösen und nicht den Auftrag, für eine bestmögliche Unterhaltung Ihrer Leserklientel zu sorgen.«

Einige der Kollegen lachten.

Unbeeindruckt davon murmelte Hinze, während er sich Notizen machte: »Also keine Verbindung zu kriminellen Kreisen.«

Andere Journalisten stellten Fragen, deren Beantwortung ebenfalls vage blieb.

»Gestatten Sie mir, noch einen Punkt anzusprechen«, formulierte Hinze bewusst nuanciert.

»Wenn es Ihre letzte Frage ist«, erwiderte die Staatsanwältin, bemüht, sich ihre Abneigung nicht anmerken zu lassen, und bereute ihre Entscheidung im selben Moment.

»War Dr. Heinrich Sellmann Arzt im KZ Sachsenhausen?«

»Das werde ich weder bestätigen noch dementieren. Ich möchte aber an Ihre journalistische Verantwortung appellieren und Sie bitten, nur über Ergebnisse der Ermittlungen zu berichten, die wir freigegeben haben, und auf Spekulationen zu verzichten.«

Hinze stand auf und schaute den Rechtsanwalt Gnatzke lauernd an, dem sichtlich missfiel, welche Richtung die Pressekonferenz genommen hatte. Aufmerksamkeit war das Letzte, was er gebrauchen konnte. Die Neugierde eines Journalisten des *Berlin-Blick* zu wecken, war gefährlich. Gnatzke ärgerte sich, Derschs Wunsch entsprochen zu haben. Es war ein Fehler gewesen, hierherzukommen.

Nachdenklich starrte Kräuming durch das Bürofenster auf die Keithstraße. Passanten hetzten aneinander vorbei. Autofahrer suchten nach Parkplätzen. Ein paar Männer von der Stadtreinigung fegten den Bürgersteig. Alles, was an Informationen vorlag, hatte er gelesen.

Lott hatte die Ergebnisse aus dem Labor mit der Behauptung, der Fall sei als dringlich einzustufen, früher erhalten als üblich. Die erste Auswertung klang vielversprechend. Die Spurensicherung hatte am Lenker des Fahrrads eine Vielzahl von Fingerabdrücken sichergestellt. Die gleichen Papillarmuster wurden auf der Patronenhülse nachgewiesen, die neben der Leiche gefunden worden war. Doch trotz aller Dringlichkeit – etwas Geduld war angesagt, um die Funde mit den Karteien abzugleichen.

Kräuming ahnte bereits, dass die Suche ergebnislos sein würde. Interessant schien ihm die Aussage, dass die gefundenen Abdrücke auffällig klein waren. Von Kirchaus Andeutung, dass der Täter aus der Gartenzwergfraktion stammen könnte, schien sich zu bestätigen.

Unklar dagegen blieb weiterhin die Herkunft der Reepschnur, mit der die Leiche gefesselt worden war. Dass sie von Kletterern verwendet wurde, war ein wichtiger Hinweis, der die Suche beträchtlich einschränken dürfte.

Die Kriminaltechnik hatte die Kleidung des Opfers unter die Lupe genommen und diverse Faserreste sichergestellt. Ob sie weiterhelfen würden, war fraglich. Sellmann war erschossen worden. Nichts deutete darauf hin, dass Täter und Opfer vorher miteinander gekämpft hatten.

Die Untersuchung der Strecke zwischen dem Tatort und dem Schloss Tegel auf mögliche weitere Spuren war für den Nachmittag geplant. Gotzkofskis Anfrage, die fünfhundert Meter zentimeterweise abzusuchen, hatte keine Begeisterungsstürme ausgelöst. Es war nur ein kleiner Strohhalm, nach dem die Polizei hier griff. Da sich Rehpinschernasen aber bekanntermaßen dicht am Boden aufhielten, und obwohl er dem zittrigen Etwas wenig zutraute, gedachte Kräuming sich in diesem speziellen Fall auf den Zeugen Bronson zu verlassen. Frühestens morgen würden Ergebnisse vorliegen.

Er schaute auf die Uhr. Zeit für ein bisschen Geschichtsunterricht. Einen Augenblick überlegte er, ob er Gotzkofski über sein Vorhaben, sich mit Dr. Andrea Grabes zu treffen, informieren sollte. Er entschied sich dagegen. Eine Professorin der Freien Universität gehörte zwar beim besten Willen nicht zu Dr. Sellmanns universitärem Umfeld, aber Kräuming beschloss, das nicht so eng zu sehen.

Er mochte Dahlem, eine der wohlhabendsten Gegenden Berlins, nicht sonderlich. Die Nähe zum Botanischen Garten glich das aus. Kräuming war hoch erfreut, als die Professorin vorschlug, sich noch am selben Nachmittag im Café des Victoria-Hauses zu treffen, das sich im Untergeschoss des Gewächshauskomplexes befand. Es war mit dessen Vergrößerung 1969 eingerichtet worden.

Da sich der Regen am Morgen verzogen hatte und der Spätsommer sich von seiner schönsten Seite zeigte, erwartete ihn Frau Dr. Grabes auf der oberen Terrasse, die einen fantastischen Blick in den Garten bot. Derartige Aussichten liebte er. Wann immer es möglich war, wählte er einen Platz, von dem aus der Blick in die Ferne schweifen konnte. Es half ihm beim Denken.

An der Brüstung saß eine blonde Frau und nippte an einer Tasse Kaffee. Sie nahm ihn in Augenschein. Ein leichtes Nicken genügte, und Kräuming wusste, sie war seine Gesprächspartnerin.

Die Professorin trug einen Nadelstreifen-Hosenanzug mit einer weißen Schluppenbluse, dazu eine schlichte Kette mit einer antiken Münze. Der Haarschnitt erinnerte ihn ein wenig an Mireille Mathieu.

Da ihr Gesicht aber etwas länger wirkte, empfand er die Frisur als ausgesprochen reizvoll. Gepflegtes Äußeres, geschmackvoll und ansprechend gekleidet, Spezialistin für die Zeit des Nationalsozialismus. Das Gespräch versprach anregend zu werden.

Beim Versuch, das Alter einer Frau zu schätzen, lag Kräuming regelmäßig daneben. Dennoch war er überzeugt, dass die Professorin älter war als er. Fünf, vielleicht sogar zehn Jahre.

Erfreut stellte er sich vor, und um seine Wichtigkeit zu unterstreichen, zeigte er seinen BKA-Ausweis. Im selben Moment begriff er, wie lächerlich das war. Kaum hatte er Platz genommen, stand ein Kellner neben dem Tisch, um ihnen die Speisekarte zu reichen.

»Ein großer Kaffee genügt, schwarz.«

Kräuming schaute in den Garten, der kaskadenförmig angelegt war. Für Mitte September wirkte er ausgesprochen frisch. Einen Augenblick lang staunte er, wie prachtvoll die Rosen blühten. Als hätte sie seine Verwunderung gespürt, erklärte Andrea Grabes mit ruhiger Stimme: »Comte de Chambord, eine wunderschöne historische Strauchrose. Gehört zur Gattung der Portland-Rosen, wird aber auch als alte Rose oder englische Rose kategorisiert. Im Spätsommer duftet sie wundervoll. Sollten Sie nachher Zeit haben, empfehle ich Ihnen, lassen Sie sich das nicht entgehen.«

»Sie kennen sich mit Rosen aus?«

Ein Lächeln huschte über ihr Gesicht.

»Ich war eine halbe Stunde früher da und hatte Gelegenheit, die Schautafel zu lesen. Fotografisches Gedächtnis. Für Historiker ein unschätzbarer Vorteil. Aber über Rosen wollten wir, glaube ich, nicht sprechen.«

»Nein, ich ermittle in einem Mordfall, der mir Kopfzerbrechen bereitet«, behauptete Kräuming und bezichtigte sich in Gedanken selbst der maßlosen Übertreibung. »Ich hoffe, Sie können Licht ins Dunkel bringen.«

Kräuming griff in seine Umhängetasche und nahm die Beweismitteltüte mit dem Falschgeld heraus. Er schob sie über den Tisch.

»Was können Sie mir zu der Aktion Bernhard sagen?«

Interessiert nahm Prof. Grabes die Tüte, hielt sie hoch und betrachtete die einzelnen Banknoten.

»Darf ich?«

Seine einladende Handbewegung genügte. Vorsichtig schob sie ihre Tasse zur Seite, zog die Scheine heraus und legte sie vor sich auf den Tisch. Sie nahm die Fünf-Pfund-Note in die Hand, befühlte das Papier, knickte es leicht, lauschte auf seinen Klang, betrachtete die einzelnen Details genau und schien zu bedauern, dass sie keine Lupe dabeihatte.

»Die sind echt falsch«, bemerkte Kräuming albern, löste aber keine Reaktion aus.

Ohne ihn anzuschauen, begann Dr. Grabes zu reden. »Mit der Aktion oder Operation Bernhard wird eine Geldfälschungsaktion des Sicherheitsdienstes im Reichssicherheitshauptamt bezeichnet. Historiker benutzen bevorzugt den Begriff Unternehmen Bernhard, weil es vom Aufbau her einer Firma gleichkam und wirtschaftliche Aspekte bediente. Bis heute handelt es sich um die größte Geldfälscheraktion der Geschichte. Ziel der Nazis war es, durch eine bestmögliche massenhafte Fälschung der Pfundnoten beträchtlichen ökonomischen Schaden in England zu provozieren. Hitler persönlich hat das Vorhaben abgesegnet. Geplant war, die Banknoten über der Insel abzuwerfen.«

Sorgsam legte sie die Fünf-Pfund-Note zurück, um sich den nächsthöheren Wert anzuschauen.

»Im KZ Sachsenhausen wurden eigens dafür jüdische Häftlinge aus verschiedenen Lagern mit drucktechnischen Fachkenntnissen zusammengezogen, die von 1942 bis 1945 vorwiegend britische Pfundnoten fälschen mussten. Die Blüten waren so perfekt, dass selbst Banken nicht in der Lage waren, sie vom Original zu unterscheiden. Zumal sie nach dem Druck nachbereitet wurden, als wären sie schon eine Weile in Benutzung.«

Mit der Fingerspitze prüfte sie ein paar Einstiche.

»Sehen Sie die Löcher hier? Die wurden mit Absicht hineingestochen. Aufmerksame Zeitgenossen sollten glauben, die Pfundnoten seien mit einer Sicherheitsnadel im Jackeninneren befestigt worden. Ein bewährtes Verfahren, um sein Geld vor Langfingern zu schützen.«

Bewundernd lauschte Kräuming den Ausführungen. Er hörte der Professorin gerne zu. Ihn faszinierte nicht nur, was sie sagte, sondern auch der Klang ihrer Stimme. Er studierte ihr Gesicht und bemerkte sympathische Lachfalten um ihre Augen. Ihre Blicke trafen sich. Es dauerte jenen winzigen Augenblick länger, der aus Aufmerksamkeit Interesse werden lässt. Grabes lächelte zurück, dezent, aber sie lächelte, auch jenen winzigen Moment zu lang.

»Sie haben doch sicher Kästners *Emil und die Detektive* gelesen. Der kleine Emil hatte sein Geld ebenfalls mit einer Sicherheitsnadel in der Innenseite der Jacke befestigt. Dann ist er eingeschlafen, und als er wieder aufwachte, waren die Scheine weg.«

Kräuming nickte schmunzelnd. Er kannte das Buch.

»Allerdings sind diese Löcher hier an der falschen Stelle.«

Sie neigte sich über den Tisch und zeigte Kräuming den durchlöcherten Bereich. Er sah die drei Einstiche, aber mehr noch war es der Duft, der von der Historikerin ausging, den er wahrnahm.

»Ein kleiner Sabotageakt der Häftlinge. Kein Brite würde durch das eigene Wappen stechen. Dafür sind die Briten viel zu patriotisch. Es war eine der wenigen Möglichkeiten, auf die Fälschung aufmerksam zu machen. Die Idee, die Banknoten über England abzuwerfen, gaben die Nazis 1943 wieder auf. Das Geld wurde für andere Projekte verwendet. Gleich nach dem Krieg rief die Bank of England alle Pfundnoten ab fünf Pfund zurück. Jede Banknote, ob echt oder falsch, wurde vernichtet. Wie viele davon vorher auf ausländische Konten eingezahlt worden waren, konnte nie geklärt werden.«

»Das heißt, England blieb das Schicksal einer Inflation erspart. Und wozu wurden die Blüten dann verwendet?«

»Ein Teil diente hochrangigen SS-Offizieren zur Finanzierung ihrer Flucht. Andere tauschten die Nazis gegen Devisen ein, um illegale Kunstschätze zu bezahlen. Die Druckplatten und das meiste Falschgeld wurden im Toplitzsee in der Steiermark versenkt. Als Taucher 1959 einen Teil davon bargen, war man über einige Scheine ziemlich erstaunt.«

»Weil sie so perfekt waren?«

»Eben nicht. Sie waren von minderwertiger Qualität. Es gab drei Kategorien. A-, B- und C-Noten. Als A-Kategorie galten jene gefälschten Scheine, die auch von Banken akzeptiert wurden. Ein Teil der geborgenen Scheine entsprach jedoch der Kategorie C. Bis heute kann sich niemand darauf einen Reim machen.«

»Ich bin beeindruckt!«, bekannte Kräuming, wobei er das ›beeindruckt‹ so betonte, dass es erneut ein Lächeln provozierte.

»Von meinem Fachwissen?«
»Auch davon!«
Sie zog ihre Tasse wieder an sich heran und legte die Hände darum. Er schob die Geldscheine zurück in die Tüte.
»Was ist seinerzeit mit den Gefangenen geschehen?«
»Sie hatten Glück. Kurz vor Kriegsende übernahm das Rote Kreuz das Sonderkommando im KZ Ebensee. Fast alle der einhundertvierundvierzig jüdischen Häftlinge überlebten. Ein Wunder, war ihr Tod doch von Anfang an beschlossene Sache. Zeugen mochte die SS nicht. Insbesondere nicht in diesem Fall.«
Sie deutete auf die Beweismitteltüte.
»Ich würde mich nicht wundern, wenn diese Scheine ihre eigene Geschichte hätten. Mit Sicherheit stammen sie nicht aus dem kleinen See im Salzkammergut. Dafür sind sie zu gut erhalten.«
So sehr Kräuming auch überlegte, ihm fiel keine vernünftige Frage mehr ein.
»Danke, dass Sie sich Zeit für mich genommen haben. Und sollte Ihnen noch etwas einfallen, Anruf genügt.«
»Ich wäre Ihnen ebenfalls sehr dankbar, wenn Sie mich auf dem Laufenden hielten.«
Sie notierte die Nummer ihres Büros und ihre Privatnummer auf einer Serviette und reichte sie Kräuming.
»Ich bin ausgesprochen neugierig zu erfahren, welchen Weg diese Blüten gegangen sind.«

Die Verhandlungen in Winterthur verliefen zäher als erwartet. Zwar war es Konrad Dersch gelungen, die Angebote seiner Schweizer Kontrahenten einzusehen, aber dass er deren Preise unterbot, überzeugte das Konsortium noch nicht. Der geplante Neubau von Wohnungen im Umfeld der Stadt stieß auf den energischen Widerstand der Bevölkerung. Bürgerinitiativen hatten sich gegründet. Von Mitspracherecht war die Rede und von einem massiven Eingriff in die Natur. Dass ein Teil der Arbeiten nicht durch die heimischen Unternehmen, sondern durch die deutsche Dersch-Gruppe übernommen werden sollte, wurde in den Schweizer Medien stark kritisiert. Nichts, was dem Hamburger Bauunternehmer ernsthaft Sorgen bereitete, aber ohne Zweifel würde es zu einer Verzögerung führen. Den Zuschlag würde er dennoch erhalten. Längst wusste er eine Mehrheit auf seiner Seite – dank der großzügigen Schmiergelder, die er investiert hatte. Er konnte warten.

Sein Vorschlag, die Bürger bei der Planung pro forma mit einzubeziehen, um die Stimmung für das Vorhaben in eine weniger konfrontative Richtung zu drehen, fand allgemeine Anerkennung. Man einigte sich, einen Plan auszuarbeiten, Presse und Bevölkerung mit einzubinden und die Vorbereitungen unter der Hand weiterzuführen.

Um vierzehn Uhr war Dersch schlecht gelaunt in den Zug nach Bern gestiegen. Grund für seine Verstimmung waren die beunruhigenden Nachrichten seines Rechtsanwalts, der ihn über die Pressekonferenz am Morgen informiert hatte. Zwar war Gnatzke aus Prinzip übervorsichtig, aber sein Hinweis, unnötig Blicke auf sich gezogen zu haben, schmeckte Dersch genauso wenig. Missmutig hatte er am Hauptbahnhof in Bern bei einem lokalen Autovermieter den bestellten Wagen übernommen und war die dreißig Kilometer nach Lützeflüh gefahren. Kurz vor siebzehn Uhr stand er vor Zempbauers Anwesen und starrte ungläubig auf das blau-weiße Siegel der Kantonspolizei Bern.

»Der Zempbauer Alois ist ermordet worden.«

Erschrocken drehte er sich um.

»Drüben im Stall, bei seinen Pferden.«

Vor ihm stand ein etwas einfältig wirkender junger Mann, der sich verlegen über die Bartstoppeln strich.

»Die Pferde sind alle schon weg. Verkauft. Ich habe mich um die Viecher gekümmert. Sogar nach seinem Tod. Nur bezahlt hat mir keiner was dafür.«

Erst da begriff Dersch, dass nicht Zempbauers Sturheit, sondern ein Verbrechen schuld an den ausbleibenden Zahlungen war.

»Wissen Sie, was passiert ist?«, fragte er.

»Ich war ja nicht dabei. Aber in der Zeitung hat gestanden, dass er erschossen worden ist. Von hinten.«

Der Mann neigte den Kopf und deutete mit dem Finger auf den Nacken.

»Ich muss meinen Besen holen. Den habe ich vergessen. Ist ein guter Besen. Ein Geschenk. Den braucht ja jetzt keiner mehr. Alois war mein Freund.«

Dersch griff in die Hosentasche und zog einen Schein heraus, den er als Wechselgeld von der Autovermietung bekommen hatte. Er steckte ihn in die Brusttasche des verdutzten Mannes. »Mein Freund war er auch. Eine Frage habe ich noch: Hatte der Tote etwas im Mund?«

Der Mann überlegte und zuckte dann mit den Schultern. »Ich weiß nicht. Seine Zunge?«

Dienstag, 14. September 1976

Seit Monaten übernahm Olaf Müller zumeist die Spätschicht in der Tankstelle auf der Lohmühleninsel. Die kleine langgezogene Insel am Ende des Landwehrkanals mit Zugang zur Spree bildete die innerdeutsche Grenze zwischen Kreuzberg und Alt-Treptow. Von seiner Wohnung bis zur Arbeitsstelle brauchte er fünfzehn Minuten.

Den Job hatte er nur deswegen erhalten, weil es kaum jemanden gab, der bereit war, zu so später Stunde in dieser gottverlassenen Gegend für einen derart geringen Lohn zu arbeiten, und dabei noch vertrauenerweckend wirkte. Ihm war es recht. Es ersparte ihm nervige Abende mit seiner Frau Gerda, die in der letzten Zeit zunehmend aufmüpfig wurde. Erst vor ein paar Tagen musste er ihr eine Backpfeife verpassen, weil sie vergessen hatte, seine Zigarillos mitzubringen. Statt sich sofort auf den Weg zu machen, hatte sie versucht, sich damit herauszureden, sie habe Angst, zu so später Stunde die Wohnung zu verlassen. Wütend war er selbst gegangen und hatte gedroht, ihr den kommenden Wochenendausflug mit ihrer dämlichen Schwester nach Sankt Peter-Ording zu streichen.

Der Dienst zog sich in die Länge. Der letzte Kunde stammte aus Bielefeld und erklärte, er interessiere sich für Architektur und freue sich außerordentlich, die älteste Tankstelle Berlins kennenzulernen. Müller nannte unbeeindruckt den zu zahlenden Preis und erkundigte sich kurz angebunden, ob es noch was sein solle. Dem war nicht so. Der Mann machte vor der Tür ein paar Fotos und fuhr dann weg. Punkt zweiundzwanzig Uhr schloss Müller den Verkaufsraum ab und verspürte das Bedürfnis nach einem Feierabendbier. Er beschloss, einen Abstecher in die Kneipe Zum letzten Taler zu machen. Nach vier Pils und ermüdenden Gesprächen über Politik begab er sich auf den Heimweg.

Kreuzberg war ihm zuwider, ein vergessener Bezirk, von drei Seiten von der Mauer umschlossen. Spöttische Zungen nannten die Gegend den Hinterhof Berlins. In den maroden Altbauten rund um das Kottbusser Tor lebte inzwischen der Abschaum. Versponnene Linksautonome, die *Keine Macht für Niemand* propagierten, selbst ernannte Künstler, die der Popkultur frönten und vor wenigen Jahrzehnten als entartet klassifiziert worden wären, sowie Wehrdienstverweigerer aus dem ganzen Bundesgebiet. Elende Feiglinge, die man unter Adolf ohne lange Diskussion an die Wand gestellt hätte. Überall asoziales Gesocks, weltfremde Aussteiger, die auf Kosten anderer lebten, von Rauschgift gezeichnete Freaks, die Passanten um Kleingeld anbettelten, und neuerdings Kanaken und ihre Familien. In den Straßen schwarzäugige Kinder, die kein Wort Deutsch sprachen und stattdessen obszöne Gesten machten, wenn er sie aufforderte zu verschwinden. Einer hatte ihn angespuckt, andere mit Dreck nach ihm geworfen. Müller hasste seinen Kiez. Aber hierher hatte es ihn nach dem Krieg verschlagen.

Schwerfällig schleppte er sich die Treppe hinauf und öffnete die Tür. Er legte sorgfältig seine Arbeitstasche auf die Kommode, zog die Schuhe aus und stellte sie an ihren angestammten Platz. Akkurat richtete Müller die Spitzen aus, als würde jeden Moment ein Offizier beim Fahnenappell seinen kritischen Blick auf sie richten. Zufrieden begab er sich ins Wohnzimmer. Auf dem Clubtisch lag die Tageszeitung. Gerda hatte sie ihm dort hingelegt. Um diese Zeit schlief sie schon. Ihm war es recht. Auf dumme Fragen verzichtete er gerne. Stöhnend ließ er sich in den Sessel fallen. Der *Berlin-Blick* war wieder einmal zu spät ausgetragen worden. Das dritte Mal in dieser Woche. Was sollte er am Abend mit einer Zeitung, die vom Vortag berichtete? Morgen musste er erneut in die Spätschicht. Zumindest ausschlafen war ihm vergönnt. Gerda wäre dann schon weg. Müde streckte er sich. Er gähnte laut und unbeherrscht. Neugierig nahm er die Zeitung und betrachtete genüsslich das Seite-eins-Girl. »Tagesmädchen Viola« stand über dem Foto mit einer drallen Blondine. Nackt, nur mit weißen Handschuhen und einer knappen Schürze bekleidet, brachte sie aufreizend einen Garderobenständer mit Holzpolitur zum Glänzen. Darunter der schlüpfrige Spruch: »Mit ein bisschen Mühe wird auch das älteste Stück aufpoliert.« Das blonde Luder war genau nach seinem Geschmack. Jung, griffig, lüstern. Das ganze Gegenteil seiner Alten. Seufzend strich er mit dem Daumen über die Schönheit. Er war müde. Ob es das Bier war oder sein

Alter, es war an der Zeit, ins Bett zu gehen. Die Zeitung legte er zu den anderen zurück auf den Tisch. Auch diese würde er nicht lesen. Einzig das Kreuzworträtsel würde er noch ausfüllen, nicht weil es ihm Spaß machte, sondern weil Gerda es gerne tat. Er stand auf und schlurfte in Richtung Schlafzimmer. Als er das Licht ausschalten wollte, klingelte das Telefon. Er erstarrte. Müller wusste, Anrufe zu so später Stunde bedeuteten schlechte Nachrichten. Zögernd nahm er den Hörer ab. Entgegen seiner Gewohnheit meldete er sich mit seinem Namen. Es dauerte einen Moment, bevor eine ruhige Stimme antwortete. »Dersch am Apparat. Ich rufe dich aus Frankfurt an. Es gibt Probleme in der Schweiz.«

Es gab zwei Gründe, die Historikerin schon am folgenden Tag anzurufen. Der erste war, dass es Kräuming danach verlangte, ihre Stimme zu hören. Der wichtigere war, dass er mit Dr. Sellmanns Karriere als Arzt so seine Probleme hatte. Kräuming fiel niemand anderer ein, der über ausreichende Kompetenz verfügte, um seine Fragen zu beantworten.

Außerdem hatte Lott ihn schlecht gelaunt daran erinnert, dass er kein offizielles Mitglied der Mordkommission sei und, solange er nichts anderes höre, die täglichen Beratungen über den Fall für ihn tabu seien. Anweisung von Gotzkofski. Angeblich hätte er seine Aufgaben. Erst hatte sich Kräuming aufregen wollen, dann aber entschieden, dass sich das nicht lohnte. Die Informationen der Mordkommission landeten auf Gotzkofskis Schreibtisch und somit auch auf seinem.

Etwas aufgeregt nahm er den Telefonhörer und wählte Andrea Grabes' Privatnummer. Nach dem fünften Klingeln meldete sich eine verschlafene Stimme.

»Ja?«

»Lust auf einen telefonischen Kaffeeplausch?«, fragte er und bekannte, bevor sie zu antworten vermochte: »Frau Dr. Grabes, ohne Ihre Hilfe bin ich verloren.« Erst dann nannte er seinen Namen.

Sie lachte.

»Herr Kommissar, wie kann ich denn behilflich sein?«

»Mediziner in der NS-Zeit.«

Er hörte sie tief durchatmen.

»Ein Kurzreferat wäre ausreichend. Dr. Sellmann gehörte der Allgemeinen SS an und war Truppenarzt im KZ Sachsenhausen. Ich vermag das nicht einzuordnen. Zumal er eine Beinprothese hatte. Minoramputation, eine kleine Amputation. Ein Souvenir aus dem Ersten Weltkrieg.«

Am anderen Ende der Leitung war es einen Augenblick lang still. »Geben Sie mir eine Viertelstunde. Ich bin noch im ...« Sie beendete den Satz nicht. »Ohne einen Morgenkaffee werde ich unleidlich.«

Sobald sie aufgelegt hatte, schnupperte Kräuming am Hörer. Der roch nach nichts. Schlafanzug oder Nachthemd, notierte er auf den Zettel, der vor ihm lag, strich aber sofort die beiden Worte durch. Du bist unterkuschelt, stellte er fest und entschied auf Pyjama, einfarbig, Satin und anspruchsvolle Knopfleiste.

Noch vor Ablauf der Frist klingelte das Telefon. Nach dem zweiten Klingeln nahm er den Hörer ab und meldete sich mit einem kurzen »Jo!«. Mit Mühe gelang es ihm, die Beantwortung der Frage, mit wie vielen Knöpfen die Kategorie »Erotisch« in Zumutung wechselte, auf später zu verschieben.

»Ärzte und die NS-Zeit sind ein schwieriges Thema. Die deutsche Ärzteschaft war überproportional nationalsozialistisch geprägt. Schon zur Machtergreifung Hitlers 1933 waren fast die Hälfte aller Ärzte in der NSDAP. Der Glaube, dass es nur einige gewissenlose Doktoren in dieser Zeit gab, ist zwar weit verbreitet, stimmt aber nicht. Heute interessieren sich leider die wenigsten für die dunkelsten Jahre der Medizingeschichte. Die meisten Menschen schauen ehrfurchtsvoll auf zu ihren Halbgöttern in Weiß. An ihnen zu zweifeln, ist Blasphemie. Josef Mengele mit seiner Zwillingsforschung ist vielen ein Begriff. Aber dessen Perversion wird gern als Einzelfall abgetan. Dass im KZ Dachau Häftlinge zu Versuchen in einer Unterdruckkammer herangezogen wurden, weiß kaum jemand. In Buchenwald wurde mit Fleckfieber experimentiert und Impfstoffe gegen Typhus, Cholera oder Malaria getestet. In Natzweiler suchten Ärzte Gegenmittel für chemische Kampfstoffe wie Senfgas oder Phosgen. Freiwillige für derartige Tests findet man nicht. Im KZ Sachsenhausen gab es die Schuhprüfstrecke. Häftlinge wurden zu Materialtests für Lederersatzstoffe eingesetzt, das sogenannte Schuhläufer-Kommando. Auftraggeber waren renommierte Firmen wie Salamander, Fagus, UHU und die I.G. Farben. SS-Hauptsturmführer Heinz Baumkötter gehörte zu diesen verbrecherischen Medizinern. Er war von August 1942 bis Kriegsende Erster Lagerarzt im KZ Sachsenhausen. Die Frage, wie man U-Boot-Besatzungen mit Hilfe von Drogen tagelang wachhalten konnte, ließ sich nach seiner Überzeugung vorzüglich mit dem Testen von neuen Schuhsohlen verknüpfen. Häftlinge, die täglich eine Marathonstrecke auf unterschiedlichsten Materialien bewältigen mussten, waren seiner Meinung nach ideal, um Versuche mit Kokain oder Pervitin durchzuführen.«

Kräuming hörte, wie sie einen Schluck Kaffee trank.

»Dr. Sellmann scheint sich derartiger Verbrechen nicht schuldig gemacht zu haben. Jedenfalls ist mir der Name nicht bekannt. Es kann durchaus sein, dass er nur der Truppenarzt für die SS-Totenkopfwachmannschaften gewesen ist. Möglicherweise war sein Eintritt in die NSDAP und in die SS nur dem Zeitgeist geschuldet. Zumindest wurde Dr. Sellmann in keinem der Sachsenhausen-Prozesse angeklagt, weder in der Sowjetischen Besatzungszone noch in Köln oder bei kleineren Gerichtsverhandlungen.«

»Das deckt sich mit der Aussage seiner Frau. Sie beteuert seine Unschuld.«

Kräuming überflog seine Notizen.

»Eine Frage habe ich noch. Hatten SS-Ärzte auch eine Blutgruppentätowierung?«

Sie überlegte einen Augenblick.

»Normalerweise war das ein Kennzeichen der Mitglieder der SS-Verfügungstruppe, der SS-Totenkopfverbände und später des größten Teils der Waffen-SS. Die Tätowierung diente der eindeutigen Zuordnung von Blutgruppen, um Verletzten schneller die passende Infusion geben zu können und Fehler zu vermeiden. Warum fragen Sie?«

»Wir nehmen an, Dr. Sellmann wurde nach dem Krieg eine derartige Tätowierung aus der Achsel entfernt.«

Eine Weile hörte er nur ihren Atem.

»Sagten Sie nicht, er trug eine Fußprothese wegen einer Verletzung aus dem Ersten Weltkrieg?«

Kräuming brummte zustimmend.

»Bei meinen Forschungen ist mir nie ein SS-Arzt mit einer Blutgruppentätowierung begegnet. Abgesehen davon, mit einer Fußprothese blieb ihm nur der Eintritt in die Allgemeine SS. Und die besaßen derartige Kennzeichen nicht.«
Ob die Information wichtig war, vermochte Kräuming nicht einzuschätzen. »Eigenartig. Keine Ahnung, was den Kerl dazu getrieben hat, sich seine Blutgruppe stechen zu lassen. Vielleicht hat er eine Wette verloren, im Suff sich selbst zugefügt, patriotischer Größenwahn oder einfach nur mitgemacht, um nicht aufzufallen.«
Er hörte, wie Andrea Grabes etwas kaute.
»Naschen Sie Kekse?«
»Vor mir steht ein Teller mit Kokosmakronen, Haselnussplätzchen und Linzer Kipferl. Das perfekte Frühstück. Überaus lecker! Mögen Sie Kekse?«
Er zögerte einen Augenblick. »Ich verweigere die Aussage. Konzentrieren wir uns doch bitte wieder auf das Wesentliche.«
Sie kicherte.
»Sind die Kipferl mit süßer Schokolade oder mit Zartbitterglasur überzogen?«
»Tut mir leid. Es handelt sich um ein Geheimrezept meiner Großmutter. Kein Kommentar. Zurück zum Thema.«
»Sie sind echt gemein!«, moserte Kräuming.
Grabes lachte kurz, bevor sie weitersprach.
»Tatsächlich wurden Mediziner nach dem Krieg kaum zur Rechenschaft gezogen. Von den zwanzig SS-Ärzten, die wegen Versuchen an Menschen überhaupt vor dem Nürnberger Ärzteprozess standen, wurden sieben zum Tode verurteilt, fünf erhielten eine lebenslängliche Strafe, vier weitere milde Haftstrafen, und der Rest wurde freigesprochen. Die Haftstrafen wurden 1956 wieder aufgehoben. Bis heute enden alle Versuche, Ärzte, die in KZs oder in den sogenannten Euthanasieheilstätten arbeiteten, zur Verantwortung zu ziehen, zumeist mit Freisprüchen. Der Grund dafür ist regelmäßig: ›Dem Angeklagten mangelt es an Bewusstsein der Rechtswidrigkeit seiner Taten.‹ Gerne wird auch auf Verhandlungsunfähigkeit plädiert. Die deutsche Justiz ist bekannt dafür, die Schuld der Täter zu verharmlosen und den Opfern Übertreibung zu unterstellen. Abgesehen davon ist die Fähigkeit zur Selbstkritik in den

Reihen der Ärzteschaft nur rudimentär ausgebildet. Kein Wunder, von drei Präsidenten der Bundesärztekammer ist erwiesen, dass sie Mitglieder der SA oder der SS waren. Einen kritischen Blick auf die Vergangenheit darf man da nicht erwarten.«

Kräuming stöhnte auf. »Kommt mir bekannt vor. Bis vor kurzem haben sich beim BKA auch noch alte Kameraden freundschaftlich auf die Schulter geklopft und sich gegenseitig Posten zugeschoben. Offiziell gilt die Behörde als bereinigt. Zumindest wurden jene ehemaligen SS-Männer entlassen, denen schuldhaftes Verhalten in der NS-Zeit nachgewiesen werden konnte. Das war aber nur die Spitze des Eisberges. Für viele der Kollegen gilt noch heute, Gesinnung ist kein Verbrechen, zumindest wenn sie nicht links ist.«

»Davon müssen Sie mir bei Gelegenheit erzählen.«

»Sie bitten mich um ein Rendezvous?«

Sie zögerte mit der Antwort.

»Ich ersuche Sie um ...«, es folgte ein Moment des Schweigens, »Hintergrundinformationen. Für mich sind Sie als Vertreter des Staates sozusagen ...«, erneute Pause, »von rein wissenschaftlichem Interesse.«

Nach dem Telefonat schaute Kräuming auf sein Notizblatt. Neben den sachlichen Informationen stand dort der Begriff Knopfleiste und dahinter mehrfach umkreist, Anzahl: sieben. Bis dahin war es prickelnd, darüber hinaus wurde es Arbeit.

Das Gesicht der Historikerin war ihm gut gelungen. Die Kette mit der antiken Münze auch. Dass er ihr allerdings Zimtschnecken als Ohrringe gezeichnet hatte, wunderte ihn schon.

Nachdem Kräuming am offenen Fenster eine Zigarette geraucht und über Dr. Sellmanns akademische Vergangenheit nachgedacht hatte, setzte er sich wieder an seinen Schreibtisch. Es gab zwei Möglichkeiten: Entweder der Mörder kannte sein Opfer und seine Gewohnheiten persönlich. Familie, Freunde, Nachbarn, sonstige Bekannte, die üblichen Verdächtigen. Oder jemand hatte ihn lange genug beobachtet und wusste, dass der ehemalige Tegeler Arzt ein Gewohnheitsmensch war. Es bedurfte Zeit und Disziplin, um den Tagesablauf zu erfassen und die Bewegungsmuster zu erkennen. Die Wahrscheinlichkeit, dass Zeugen etwas Ungewöhnliches beobachtet hatten, war groß. Kräuming dachte kurz an Gotzkofski, entschied sich aber, seine Überlegungen vorerst für sich zu behalten. Glaubte er den Berichten der Mordkommission, war die Suche nach Zeugen bisher erfolglos geblieben. Dass jemand aus Dr. Sellmanns Nähe den Mord begangen hatte, schloss Kräuming aus. Auch Gotzkofskis Einwand, der Täter könne die Tat bewusst verrätselt haben, um von sich abzulenken, schien ihm wenig plausibel. Er war sich sicher, das Motiv lag verschüttet in der Vergangenheit. Wer immer den Tegeler Arzt ermordet hatte, wollte, dass die Polizei darüber stolperte. Alles war perfekt geplant. Zeit, Ort, die Reepschnur, die Hinrichtung, die Waffe, selbst die Patronenhülse mit der Prägung des Jahres 41.

Kräuming schüttelte nachdenklich den Kopf. Etwas passte nicht. Ein akribisch durchdachter und kaltblütig durchgeführter Mord einerseits und die unfassbare Ignoranz gegenüber hinterlassenen Spuren. War es dem Täter egal, erwischt zu werden? Oder war er sich so sicher, dass niemand ihm auf die Schliche kommen würde? Die Fingerabdrücke befanden sich nicht in der Kartei. Die Überprüfung hatte keinen Treffer geliefert. Polizeidienstlich nie in Erscheinung getreten, folgerte Kräuming. Sein erstes Verbrechen, sein erster Mord, der erste Genickschuss. Bei dem Gedanken zögerte er. Unbewusst hatte er der Hinrichtung eine Ziffer gegeben. War es der erste Mord? Folgte ein weiterer? Weitere? Unsicher blätterte Kräuming durch die Akte, studierte die Tatortfotos, las die Aussage des Berliner Alpenvereins über die Reepschnur, betrachtete die Fingerabdrücke, die auf dem Fahrradlenker und der Patronenhülse gesichert worden waren. Der Täter hatte keine Handschuhe getragen oder sich die Mühe gemacht, sie zu verwischen. Kräuming nahm aus der Tüte mit dem Falschgeld eine Banknote heraus und strich mit dem Finger über die winzigen Löcher, auf die ihn die Historikerin hingewiesen hatte.

Unter Lebensgefahr hatte ein Häftling durch die Britannia, die weibliche Personifikation Großbritanniens, gestochen. Ein mutiges Zeichen. Ein trotziger Hinweis. Wäre die Sabotage aufgefallen, sie wäre mit dem Tod bestraft worden. Andererseits gehörte die Ermordung der Häftlinge zum Kalkül der SS. Ihr Überleben war nie vorgesehen. Der Plan, England mittels gefälschter Banknoten in die Knie zu zwingen, hätte niemals ans Licht kommen dürfen. Jeder in der Fälscherwerkstatt wusste das.

Kräuming versuchte, sich die Situation vorzustellen. Drei Löcher,

um auf den gigantischen Betrug hinzudeuten. Mit dem unvermeidlichen Tod vor Augen verliert Angst ihre Macht. War das so? Hoffnung ist ein trügerischer Strohhalm. Kräuming legte den Schein zurück auf den Tisch. Irgendetwas will uns der Mörder mitteilen. Da war er wieder, dieser Gedanke, den Gotzkofski so lächerlich fand. Besorgt betrachtete er die ausgebreiteten Unterlagen.
»Du hast gerade erst angefangen. Habe ich recht?«

Schley hörte sich die Theorie Kräumings an. Er reagierte mit einem Schulterzucken, bezeichnete die Überlegungen als extrem dünnes Eis und verwies auf Gotzkofski. Lott hielt es sogar für angebracht, daran zu erinnern, dass das LKA nicht zum ersten Mal einen Mordfall löse.

»Vorsichtig, eins nach dem anderen! Hektik ist ein schlechter Berater«, belehrte er Kräuming wie einen Schuljungen. »Berliner Kriminalbeamte gibt's schon eine ganze Weile. Uns muss man die Welt nicht erklären. Wir drehen nicht den lieben langen Tag nur Däumchen. Um Sie zu beruhigen, eine Anfrage nach ähnlichen Fällen bei Ihren Kollegen im BKA und bei Interpol habe ich schon vor Tagen veranlasst.«

»Darauf sind Sie ganz allein gekommen?«

»Gehört zu meinen Aufgaben. Soweit ich mich erinnern kann, ist die Ihrige, medizinische Fachzeitschriften durchzusehen«, konterte Lott.

»Wäre es nicht sinnvoll gewesen, mich über die Anfrage beim BKA in Kenntnis zu setzen?«

»Ich glaube, ich habe was an den Ohren. Sie informieren? Korrigieren Sie mich, aber soweit mir bekannt ist, sind Sie zur Aushilfe hier. Verfallsdatum: demnächst!«

Kräuming hob die Hände, trat einen Schritt zurück und betrachtete die beiden Kommissare, die keinen Hehl aus ihrer Abneigung machten. Es brachte nichts zu diskutieren. Kompetenzgerangel zwischen dem Bundesamt und den Landesämtern kannte er zu Genüge. Oft genug hatte er sich über die provinziellen Befindlichkeiten geärgert. Abgesehen davon hatte Lott recht. Er war nur eine Hilfskraft, für einige Zeit vom BKA ausgeliehen. Dass er sich mit dem Fall beschäftigte, wurde weder erwartet, noch war es gewollt.

Kurz darauf saß er in seinem Buckelvolvo und fingerte wütend aus dem Handschuhfach eine neue Schachtel Atika und eine Kassette. Was soll's, dachte er. Dann eben ohne euch. Er schob die Kassette ins Fach, drückte auf Start und drehte die Lautstärke seines Autoradios auf Maximum. Zufrieden steckte er sich eine Zigarette an und kurbelte das Fenster herunter. Black Sabbaths *Paranoid* klang wuchtig aus den Lautsprechern. Ein Passant schaute ihn im Vorbeigehen streng an. Kräuming liebte vorwurfsvolle Blicke. Grinsend fuhr er los.

Normalerweise stöberte Utz Brunner nicht in den Sachen anderer Menschen herum. Warum er es jetzt tat, hätte er nicht sagen können.

Dunjas Portemonnaie lag auf dem Küchenschrank. Er wollte es ihr noch hinterhertragen, aber das Aufjaulen des Motors ihres kleinen Fiats verriet, dass sie im Begriff war, den Hof zu verlassen. Ungehalten betrachtete er die unscheinbare, abgegriffene, aus braunem Leder gefertigte Frauengeldbörse. Einer der beiden metallenen Clipverschlüsse war abgebrochen. Stattdessen hielt ein Haargummi in der Mitte das antiquierte Stück zusammen. Spätestens wenn sie an der Kasse stand, um den Einkauf zu bezahlen, würde sie es merken. Brunner schaute auf die Uhr. Fünfzehn Minuten dauerte die Fahrt bis zur Coop-Markthalle. Zehn, um die Einkaufsliste abzuarbeiten. Eine weitere Viertelstunde, um die Strecke zurückzufahren. Während er die verlorene Zeit berechnete, zog er den Gummi ab und öffnete die Geldbörse.

Der Fünfzig-Franken-Schein, den er ihr zum Einkaufen gegeben hatte, steckte gemeinsam mit einem Dutzend Münzen im Hauptfach. Daneben ein paar Gutscheine aus der Zeitung und ein Kinderzahn, wahrscheinlich von ihrer Jüngsten. Er war schon im Begriff, die Börse wieder zu schließen, als er ein weiteres schmales Fach entdeckte. Obwohl es schien, als sei es leer, entdeckte er ein kleines quadratisches Foto. Es zeigte Dunjas Familie, die fein angezogen einem Dorffest beiwohnte. Alle lächelten. Dunja strahlte verliebt. Neben ihr ein stolzer bärtiger Riese von einem Mann und davor drei Kinder. Zwei Söhne, die um den besten Platz rangelten, und eine kleinere Tochter, die keck den Kopf schief hielt und deren Zungenspitze zu sehen war.

Auf den Fotos seiner Familie schauten alle stets ernst und unnahbar. Brunner erinnerte sich mit Widerwillen an die gestellten Aufnahmen. Jedem wurde sein Platz zugewiesen. Ein Bein vor. Kinn leicht erhoben. Ernster Blick. Utz Brunner betrachtete lange das kleine viereckige Foto. Zum ersten Mal wurde ihm bewusst, dass er wenig über seine Krankenpflegerin wusste. Weder kannte er den Namen ihres Mannes noch den der Kinder.

Brunner hätte gerne selbst Kinder gehabt. Er war sich zwar nicht sicher, ob er ein guter Vater gewesen wäre, aber er hätte sich Mühe gegeben. Die Natur hatte entschieden, die Familienchronik nach seinem Ableben zu schließen. Den Vorwurf des Versagens hatte sein Vater Götz nie direkt ausgesprochen, aber selbst noch auf dem Totenbett konnte er in seinen Augen bittere Enttäuschung lesen.

Dachte Brunner an seine Kindheit, erinnerte er sich an Lieblosigkeit, Disziplin, unbedingten Gehorsam und die Erwartung, das Vermächtnis der Familie fortzuführen. Bankier in dritter Generation. In jenem Moment, als er das Licht der Welt erblickt hatte, war sein Lebensweg vorgezeichnet. Eigene Wünsche wurden als unreife Spinnerei abgetan. Im Hause Brunner galten Diskussionen als neumodische Marotten. Getan wurde, was das Familienoberhaupt bestimmte. Unterstützung von seiner Mutter erhielt er ebenfalls nicht. Sie gehorchte klaglos dem Diktat ihres Gatten und ordnete sich unter. Einzig ihre Liebe zu Büchern, besonders Gedichtbänden, hielt sie davon ab, schwermütig zu werden. Eine Zeitlang hatte sie selbst Verse verfasst, jedoch schnell eingesehen, dass ihr kein Talent in die Wiege gelegt worden war. Er konnte den Worten beseelter Dichter nichts abgewinnen. Und je älter er wurde, desto größer wurde auch der Abstand zur Mutter. Beschwerte er sich doch einmal über die Strenge seines Vaters, schaute sie ihn nur lächelnd an und strich beruhigend durch sein Haar. Der Vater wisse, was gut für ihn sei. Später würde er es begreifen. Utz war ein einsichtiges Kind. Er widersprach nicht. Er schwieg. Er duldete. Er wartete.

Nach dem Abitur absolvierte er ein Studium der Ökonomie in Linz, das er mit summa cum laude abschloss, um anschließend in der Privatbank Brunner & Lenz zu arbeiten. Sein Vater maß dem Abschluss wenig Bedeutung bei und steckte ihn, ohne Rücksprache zu halten, in die Postabteilung. Eine Woche diente er als Botengänger zwischen den einzelnen Abteilungen. Die Angestellten behandelten ihn höflich, grinsten aber hinter seinem Rücken und nannten ihn des Alten Dienstboten. Nach Ansicht des Vaters war das der beste Weg, alle Bereiche des Bankhauses kennenzulernen. Weitere Aufgaben folgten, die ebenfalls weniger Qualifizierte hätten erledigen können. Nach einem Jahr gab es kein Büro der Bank, in das er nicht hineingeschnuppert hatte. Er gab sich Mühe, war überdurchschnittlich fleißig, und dennoch behandelte sein Vater ihn wie einen beliebigen Angestellten, distanziert, streng und mit einer Zurückhaltung, als wäre er nicht seinesgleichen. Gab es nichts zu beanstanden, war das Lob genug. Es dauerte Jahre, bis sein Vater ihm halbwegs angemessene Aufgaben anvertraute.

Utz Brunner erinnerte sich an ein Gespräch nach einem entspannten Abendessen. Er verwies auf seinen Studienabschluss, hob seine Qualifikation hervor, seine inzwischen gesammelte Erfahrung und bat darum, künftig mehr Verantwortung übernehmen zu dürfen. Die Antwort fiel kühl und abweisend aus. Wenn ihn nach Verantwortung verlange, solle er einen Sohn zeugen.

Zu jenem Zeitpunkt war er sieben Jahre verheiratet, eine von den Eltern arrangierte Ehe, in der Liebe formal erklärt, aber nicht gelebt wurde. Bei dem Abendessen kam es zwischen Vater und Sohn zum Streit. Das war im Sommer 1940 und er achtunddreißig Jahre alt. Unverhohlen drohte er, nach Deutschland zu gehen und sich eine eigene Zukunft aufzubauen. Fähige Leute könnten dort Karriere machen. Die Deutschen nähmen ihn mit Kusshand. Eine Weile hatte sein Vater geschwiegen und ihn durchdringend angeschaut, bevor er ungewöhnlich deutlich seine Worte wählte: »Wir fragen nicht, woher unsere Kunden ihr Geld haben, welcher politischen Gesinnung sie sind, welchen Glauben sie als den einzig wahren betrachten oder ob sie Dreck am Stecken haben. Wir sind dem Geld, nicht der Moral verpflichtet. Wenn du dich aber mit den Nazis gemein machst, enterbe ich dich. Und was die Verantwortung in meiner Bank angeht: Ich bestimme, wann du reif dafür bist. Ende der Diskussion.«

Beleidigt war er aufgesprungen und hatte sich wütend auf den Heimweg begeben. An jenem Abend war er fest entschlossen gewesen, sich das nicht bieten zu lassen. Dann sollte der Alte ihn doch enterben. Bei seinem Talent würde er sich problemlos eine erfolgreiche Zukunft in Berlin, München oder Nürnberg aufbauen.

Utz Brunner war nicht der Einzige, der den Blick auf Deutschland richtete. Er kannte einen ehemaligen Mitarbeiter der Abteilung Faktura, dem sein Vater wegen seiner nationalen Gesinnung gekündigt hatte und der Ende des Monats die Schweiz verlassen wollte. Alois Zempbauer. Nicht unbedingt ein sympathischer Mensch, aber geradlinig. Ein fleißiger, korrekter Mitarbeiter. Letzte Woche hatte der Gefeuerte ihn um ein wohlwollendes Zeugnis gebeten, um sich dem Freiwilligenverband der SS anschließen zu können. Zempbauer hatte mit leuchtenden Augen von einer goldenen nationalen Zukunft schwadroniert. Außerdem hasste er das »dreckige Bolschewistenpack«. Ohne Kenntnis des Vaters hatte Utz das gewünschte Zeugnis ausgestellt, unterschrieben und gestempelt. Brunner war sich sicher, er brauchte Zempbauer nur anzusprechen, und die Türen nach Deutschland würden sich auch für ihn öffnen.

Eine schlaflose Nacht später verwarf er den Gedanken, sich den Nazis anzudienen. Der kurze Anflug von Aufmüpfigkeit war verflogen, die Zweifel gewichtiger.

Tatsächlich wurden nach jenem Streit die Aufgaben umfassender und herausfordernder. Er erledigte die Obliegenheiten des Vaters, ohne zu murren. Achtung wurde ihm zuteil, und der Erfolg stellte sich ein. Es gab zunehmend Kunden, die Vermögensangelegenheiten lieber mit dem Sohn als mit dem Senior der Bank beredeten. Selbst sein Vater, der ihn lange misstrauisch beobachtet hatte, kam nicht umhin, ihm ein gewisses Talent im Umgang mit Kunden und finanziellen Angelegenheiten zu bescheinigen. Nur der Wunsch nach einem Erben erfüllte sich nicht.

Ein Jahr nach dem Streit trennte er sich von seiner ersten Frau und wurde zum stellvertretenden Bankdirektor ernannt. Die Idee einer Scheidung hatte sein Vater lanciert. Eines Morgens lag auf seinem Schreibtisch ein Zeitungsartikel, der sich mit den rechtlichen Bestimmungen für Ehescheidung beschäftigte. Kinderlosigkeit war zwar kein akzeptierter Grund, eine Ehe zu beenden, aber gegenseitiges Einverständnis, verbunden mit einer großzügigen Abfindung, führte auch zum Ziel. Von seiner zweiten Frau, die aus bürgerlichem Hause stammte, trennte Utz Brunner sich nach drei Jahren.

Die dritte und letzte Frau, die Tochter eines geschickten, wenn auch unbedeutenden Juweliers aus Zürich, brachte einen illegitimen Sohn in die Ehe mit. Als auch sie im Verlauf zweier Jahre nicht schwanger wurde, bestätigte ein Arzt seine Zeugungsunfähigkeit. Als Jugendlicher hatte er einige Wochen unter Ohrenmüggeli gelitten. Die späte Erkrankung mit Mumps war der Grund seiner Unfruchtbarkeit. Da Liebe nie sein Problem gewesen war, trennte er sich auch von der Juweliersstochter.

Zwar lag die Verantwortung für die Kinderlosigkeit bei ihm, aber die Vorstellung, dass das Vermögen der Familie Brunner nach seinem Tod auf drei ungeliebte Ehefrauen übergehen würde, ärgerte ihn außerordentlich. Ein Brunner war dem Geld, nicht der Moral verpflichtet.

Der Gedanke, das beträchtliche Vermögen lieber einer unscheinbaren Frau aus einem Dorf in der Nähe von Dubrovnik zu überschreiben, die alles für ihre Kinder und ihren Mann tat, kam ihm, als er nachts vor Schmerzen kaum atmen konnte. Dunja hatte sich ohne zu zögern an seinen Rücken gelegt, ihn mit ihren kräftigen Armen umschlungen und leise Lieder gesungen, die Kinder in den Schlaf wiegen sollten und die er nicht verstand. Es half, und zum ersten Mal in seinem Leben empfand er echte Zuneigung, die er mit Worten nicht zu beschreiben vermochte. Natürlich wusste er, Liebe war das nicht, aber seit jener Nacht geisterte die Idee in seinem Kopf herum. Warum nicht sein Leben mit einem Skandal beenden?

Brunner steckte das Bild wieder ins Fach und legte das Portemonnaie auf den Küchenschrank. Mit einem Paukenschlag abtreten, dachte er erneut. Mit einem handfesten, die blasierte Gesellschaft zutiefst erschütternden Skandal. Die Idee gefiel ihm. Aber einfach nur sein Geld verschenken, das ging nicht. In den Medien würde man ihn als senil oder sogar dement bezeichnen, und Dunja würde man des Diebstahls und Betrugs bezichtigen. Er schloss die Augen und lauschte in sich hinein. Er dachte an Zempbauer, den entlassenen Mitarbeiter der Abteilung Faktura und späteren Grundstücksnachbarn. »Wie wäre es, wenn ich reinen Tisch machen würde?«

Zufrieden lag Kräuming in der knallig grünen Badewanne und schlürfte einen selbstgemachten Batida de Coco. Im Supermarkt um die Ecke hatte er eine prachtvolle Kokosnuss im Angebot bekommen. Wie in Tante Fannys Rezeptbuch empfohlen, hatte er das frische Fruchtfleisch geraspelt und mit dem ebenfalls in der Frucht vorhandenen Kokoswasser vermischt. Dazu gezuckerte Kondensmilch und Cachaça. Batida de Coco war Punkt fünf der Tante-Fanny-Mixgetränke-Karte. Der Drink war ideal dazu geeignet, entspannt den Tag ausklingen zu lassen. Mit den Zehen und einem Waschlappen blockierte er den Überlauf der Wanne und lauschte den Klängen aus dem Telefunken Bajazzo Radio, das er im Schrank gefunden hatte. Nazareth, *Love Hurts* – Liebe tut weh.

Unterm Strich waren die ersten Tage besser verlaufen, als er es hätte erwarten dürfen. Die Kollegen nahmen ihn zwar nicht ernst, aber das beruhte auf Gegenseitigkeit. Der Chef des LKA 1 mochte ihn nicht. Ebenfalls keine neue Erfahrung. Sein Verdacht, es mit einem Serientäter zu tun zu haben, wurde als Hirngespinst abgetan. Auch das war nicht überraschend. Zugegebenermaßen war es mehr eine Ahnung, ein Gefühl. Dünnes Eis – da hatte Schley schon recht. Es ist nur ein Gastspiel. Niemand erwartet etwas von dir. Du musst nur ein paar Wochen durchhalten.

Auf Drängen seiner Mutter war er vor zwölf Jahren als Dreiundzwanzigjähriger nach West-Berlin gezogen. Ihm war es recht gewesen. Wusste er doch von der Vorliebe der Vorväter, als gemeine Soldaten beim Ausführen schlichter Befehle kurz vor Ende eines Krieges zu fallen.

Sein Vater starb in den letzten Kriegstagen bei der Schlacht um die Seelower Höhen. Im Brief des verantwortlichen Leutnants stand, er sei heldenhaft bei der Überbringung einer wichtigen Nachricht gefallen. »Essenfassen verzögert sich.« Ein Orden dafür sollte später posthum verliehen werden. Wahrscheinlich aus Zeitgründen. Dass er durch den Beschuss eigener Truppen zu Tode kam, erfuhr die Familie nach dem Krieg. Seinem Großvater war das Glück ebenfalls nicht hold gewesen. Keine zwei Monate vor Ende des Ersten Weltkrieges traf ihn ein tödliches Projektil. Glaubte man den Erzählungen der Großmutter, wurde er beim Morgenappell von einem ungeschickten Scharfschützen getroffen, kurz bevor die letzte Verteidigungslinie, die Siegfriedstellung, von britischen Divisionen durchbrochen wurde. Der Schuss galt nicht ihm, sondern seinem Vorgesetzten. Dieser hatte vor dem Großvater gestanden, um eine angemessene Kleiderordnung für das kommende Gemetzel abzunehmen, getreu der Überzeugung, mit sauber gewichsten Stiefeln stirbt es sich ehrenhafter. Die Kugel hatte nur sachte den Hals des Offiziers gestreift, um anschließend das fünfundzwanzig Jahre alte Hirn des Hamburger Gefreiten auf den Gesichtern der hinter ihm Stehenden zu verteilen. Seinem Großvater wurde ein Orden für das Strammstehen versagt, weil man beim besten Willen kein heldenhaftes Verhalten erkennen konnte.

Angeblich war es allen anderen Ehemännern der Familie ähnlich ergangen. Offensichtlich eine familiäre Tradition, erst einen Sohn zu zeugen und anschließend aus nichtigen Gründen zu fallen. Eine Unsitte, die seit Generationen wie ein Fluch auf der Familie lastete. Kein Mann wurde älter als fünfunddreißig, und jeder der Familienväter hinterließ eine junge trauernde Witwe mit einem kleinen Sohn.

Die Antwort auf diese Vorliebe des Schicksals, den Kräuming'schen Stammbaum zu beschneiden, konnte nur Wehrdienstverweigerung oder Polizeidienst lauten. Horst Kräumings Einwand, niemals zu heiraten, um dem Fluch damit ein Schnippchen zu schlagen, wurde von seiner Mutter als Albernheit abgetan. Also entschied er sich für Berlin, die eingemauerte Stadt, in der niemand Dienst an der Waffe, geschweige denn Ersatzdienst leisten musste.

Er schrieb sich an der Freien Universität für ein Studium der Betriebswirtschaft ein, das ihn kein bisschen interessierte und an dem er nur sporadisch teilnahm.

Im Sommer 1965 war er Rita zum ersten Mal begegnet. Neunzehn Jahre. Kunststudentin. Zart, hübsch, neugierig, ein Blumenkind, eine Verweigerin alles spießig Bürgerlichen, eine Rebellin, politisch engagiert, ungeduldig, ihrer Zeit weit voraus. Er hatte an der Kunsthochschule als Aktmodell sein bescheidenes Einkommen aufstocken wollen.

»Natürlicher junger feingliedriger Mann für 60 Minuten mit einer Pause gesucht«, stand in der Zeitung. Fürs Stillhalten Geld verdienen? Gute Idee, dachte er damals, bis er in Ritas Augen sah.

Jetzt, wo er im warmen Badedas-Schaumbad lag, musste er daran denken, wie er sich eine Stunde lang auf die Wirkung einer kalten

Dusche konzentriert hatte. Seine Ernsthaftigkeit brachte ihm Lob ein. Es gäbe selten Modelle, die über einen solch langen Zeitraum stillhalten konnten. Wäre schön, wenn er öfters Zeit hätte. Hatte er. Nach der dritten Sitzung traute er sich, sie anzusprechen. »Ich habe Karten für das Rolling-Stones-Konzert in der Waldbühne.« Rita war begeistert.

Das Konzert der damals härtesten Band der Welt war ein Witz, dennoch beängstigend, ein unartikulierter Schrei gegen die verkrustete Gesellschaft. Nach einer halben Stunde hatten sich die Stones zurückgezogen. Aus Protest und Wut wurde die Waldbühne regelrecht zerlegt. Er hatte Angst, dass Rita etwas zustoßen könnte. Sie aber hatte alles fasziniert und mit stoischer Ruhe beobachtet. Bänke wurden aus den Verankerungen gerissen, Absperrungen zu Barrikaden aufgehäuft, sogar Laternen umgeknickt. Die massenhaft ausgelegten *Bravo*-Hefte gingen in Flammen auf. Eine vierstündige Schlacht tobte zwischen Jugendlichen und der Polizei. Berittene Beamte wurden von ihren Pferden gezerrt. Es war die Kraft, die Wut, die Auflehnung gegen das Bestehende, die Rita faszinierte. Einen gewaltbereiten Mob sah sie nicht. »Spürst du das? Diese Energie?«, hatte sie geflüstert. »Eine neue Zeit wird kommen, ehrlicher, unbändiger, freier.«

In dieser Nacht liebten sie sich das erste Mal. Wild, hemmungslos, voller Zuversicht. Sie rauchte Joints. Er nicht. Beide waren glücklich. Zwei Jahre lang. Politisch änderte sich nichts. Zwar begann die Studentenbewegung in den USA, ihre Forderungen nach Meinungsfreiheit an den Universitäten durchzusetzen, aber Deutschland blieb unerträglich muffig. Der Ablehnung der Gesellschaft, sich zu ändern, setzte Rita die Verweigerung, vernünftig zu sein, entgegen. Geduld aufzubringen, war für sie ein Ding der Unmöglichkeit. Das Gift der Enttäuschung sickerte in sie ein. Alkohol, exzessives Leben, schließlich Rauschgift. Erst LSD, dann Berliner Tinke, eine berüchtigte Opiat-Aufschwemmung, zum Schluss hartes Heroin. Es wird dich umbringen, hatte er prophezeit, als er nicht mehr konnte und die Tür hinter sich schloss. Ein letzter verzweifelter Versuch, sie zu retten.

Eine Woche später klingelte einer ihrer Fixerfreunde an seiner Tür, um ihm ein paar Zeichnungen zu verkaufen, auf denen Kräumings

Name stand. Ungelenke Skizzen, hastig hingekritzelt, eine Mischung aus Verzweiflung, Wut und Sehnsucht. Zitternd hatte der Kerl herumgestammelt: »Rita hat'n Abgang gemacht ... die Augen auf null gestellt ... ist mit Fackelzug und Fahnenappell über den Styx gerudert, um ihrem Schöpfer gegenüberzutreten. Für ein bisschen Kohle überlass ich dir die Zeichnungen. Muss ja nicht viel sein.«

Er gab dem Kerl ein paar Scheine, wissend, dass es für den nächsten Schuss reichen würde.

Ein halbes Jahr später begannen die Studentenunruhen in Berlin. Kräuming wandte der Stadt den Rücken zu. Wenn er nicht wie seine Altvorderen in einem albernen Krieg sterben wollte, blieb ihm nur noch die Möglichkeit, Polizist zu werden. Mit Mühe und Glück schloss er sein Studium ab, durfte sich Betriebswirt nennen und wusste, dass er diesem Beruf nie nachgehen würde. Rita war der Grund, warum er sich beim BKA dem Kampf gegen das Rauschgift verschrieben hatte.

Beinah ein Jahrzehnt war es nun her, dass er sich geschworen hatte, nie wieder einen Fuß in die verhasste Stadt zu setzen. Und jetzt war er wieder auf dieser Insel gestrandet, auf unabsehbare Zeit, und sollte zusehen, wie andere einen Mörder jagten.

Kräuming trank seinen Batida de Coco aus und stellte das Glas auf den Boden. Er dachte an Andrea Grabes und versuchte, sich an den Duft zu erinnern, der sie umgab. Müde schloss er die Augen. Es wäre interessant zu erfahren, welchen Weg diese Blüten gegangen sind, hatte die Historikerin gesagt. Recht hatte sie. Genau das war die Frage.

Zur gleichen Zeit lauschte Konrad Dersch dem Klavierkonzert Nr. 12 von Wolfgang Amadeus Mozart bei einem Glas Cognac. Die Schallplatte war ein Geschenk zu seinem neunundsechzigsten Geburtstag. Zufrieden saß er im ledernen Sessel, zog genüsslich an seiner Pfeife und beobachtete durch das Fenster die vorbeifahrenden Schiffe auf der Elbe. Er hätte sich schon längst auf sein Altenteil zurückziehen können, aber das war nicht seine Art. Dersch verstand sich als Macher und Unternehmer, einer, der etwas bewirkte. Die Reise in die Schweiz hatte ihm mehr zugesetzt, als er zugeben wollte. Zempbauers Tod kam unerwartet und hatte ihn schockiert. Er musste seine Kräfte sammeln, um mit der nötigen Ruhe und Konzentration die Fragen anzugehen. Mozart und Remy Martin Louis XIII., der ein Vermögen gekostet hatte, halfen beim Denken.

Die Villa am Falkensteiner Ufer gehörte der Familie Dersch seit 1933. Ihr Vorbesitzer, ein Hamburger Jude, war nach Amerika ausgewandert und hatte das Haus Derschs Vater, einem renommierten Bauunternehmer, verkauft. Der Vertrag war noch vor jener Zeit der Arisierung datiert, in der Grundstücke jüdischen Eigentümern einfach per Gesetz entzogen wurden. Ob der ehemalige Reeder aus Weitsicht oder Angst Deutschland verlassen hatte, interessierte Dersch nicht. Wichtig war, dass die Forderungen amerikanischer Anwälte ins Leere liefen, weil der Verkauf der exklusiven Immobilie rechtlich als freiwillig angesehen wurde. Dass der Kaufpreis lächerlich gering gewesen war, spielte keine Rolle.

Versonnen begann Dersch, mit der Pfeife zum Klavierkonzert zu dirigieren. Er verstand zwar nichts von der Leichtigkeit, mit der Alfred Brendel selbst schwierigste Stellen meisterte, aber dass der Pianist Österreicher war, erfüllte ihn mit Stolz. Als die Tür aufging, legte er den Zeigefinger über die Lippen und deutete mit der freien Hand auf den Sessel ihm gegenüber. Verzückt lauschte er dem Schlussrondeau. Pütz verkniff sich die Begrüßung und starrte irritiert den Mann an, der sich anscheinend unbeschwert der Musik hingab. Ungehalten nahm er die Flasche Cognac und goss sich einen Doppelten ein.

»Kannst du bitte mit der Albernheit aufhören. Du wolltest mich dringend sprechen. Hier bin ich!«

Dersch zog die rechte Augenbraue hoch. »Arne, ich dachte, du bist ein Kunstliebhaber.«

»Wir wissen beide, dass du von Kunst keine Ahnung hast. Du könntest nicht mal die Berliner Philharmoniker von einem Schulorchester unterscheiden.«

Gleichgültig zuckte Dersch mit den Schultern und prostete ihm zu. Ein paar Klavierklänge buhlten noch kurz um Aufmerksamkeit, gefolgt von einem Knacken, das das Ende der Rille verriet. Erleichtert beobachtete Pütz, wie der Plattenspieler zum Stillstand kam.

»Was ich zu berichten habe, wird dir nicht gefallen«, kündigte Dersch mit ernster Miene an. »Alois Zempbauer ist tot. Er wurde Anfang August in der Schweiz ermordet. Genickschuss.«

Pütz verschluckte sich fast an seinem Cognac. »Deswegen keine Zahlungen. Weißt du Näheres?«

»Ein bisschen mehr Ehrfurcht, bitte. Die Flasche hat 900 Mark gekostet. Glaubt man den eidgenössischen Zeitungen, scheinen die Berner Kriminalbeamten keine heiße Spur zu haben.«

Pütz studierte erstaunt das Etikett und fragte, ohne den Blick abzuwenden: »Müssen wir uns Sorgen machen?«

»Vor vier Tagen wurde ein gewisser Dr. Heinrich Sellmann in Berlin ebenfalls mit einem Genickschuss hingerichtet.«

Pütz schüttelte nachdenklich den Kopf.

»Sellmann? Sagt mir nichts.«

»Ehemaliger Truppenarzt für die Wachmannschaften des KZ Sachsenhausen. Müller kann sich an ihn erinnern. Der Mann war keine große Nummer.«

»Meinst du, die Morde hängen miteinander zusammen?«

»Einiges spricht dafür. Beide mit Genickschuss hingerichtet. Bei Dr. Sellmann wurden gefälschte britische Banknoten im Mund gefunden. Bei Zempbauer angeblich nicht.«

Einen Augenblick schwiegen beide.

»Verdammt!« Pütz schob das Glas auf den Schreibtisch. »Macht jemand Jagd auf uns?«

»Schwer zu sagen. Aber ausschließen können wir es nicht. Wenn ja, sind die Fragen, warum und wer?«

»Und was bedeutet Zempbauers Tod für Liberales 76?«

Ein tiefes Einatmen verriet, dass Dersch weitere schlechte Nachrichten hatte. »Bittler ist nervös und droht, uns die Freundschaft zu kündigen. Ich habe vorhin mit ihm telefoniert.«

»Wir hätten diesen FDP-Heini nie in die Details einweihen dürfen«, fluchte Pütz. »Ich hatte dich gewarnt. Das ist keine Geschichte, die man stolz am Kaminfeuer erzählt. Der Mann ist Politiker.«

»Den interessiert nicht die Bohne, woher das Geld kommt. Abgesehen davon, Mitschuld ist die beste Garantie für Verschwiegenheit. Wissen wir doch beide.«

Konrad Dersch zog aus der Schublade eine Tasche, in der sich ein Spritzbesteck befand, und legte es auf die Tischplatte. »Bittler will unter allen Umständen die Karriereleiter nach oben steigen. Sicher, er ist nicht aus dem gleichen Holz geschnitzt wie unsere Generation.

Das bedeutet für uns, es ist an der Zeit, ihn an seine Loyalität zu erinnern.«

Aus einem kleinen Kühlschrank holte er ein angefangenes Fläschchen, auf dem Insulin stand.

»Vielleicht sollte Müller sich um ihn kümmern«, schlug Pütz vor und beobachtete, wie Dersch eine Nadel aufsetzte und die Flüssigkeit aufzog.

»Arne, unterschätz Bittlers Wichtigkeit nicht. Der Kerl ist zwar ein Judas, aber er tanzt nach unserer Pfeife. Es gibt etliche Mitglieder bei den Liberalen, für die er die Hoffnung auf Änderung verkörpert, parteipolitisch wie auch persönlich.«

»Der Mann ist ein Witz! Ich begreife nicht, warum du dem traust«, sagte Pütz ungehalten.

Gleichgültig zog Dersch das Hemd aus der Hose und presste mit Daumen und Zeigefinger eine Bauchfalte zusammen.

»Das ist das Problem mit euch Kunstkennern. Ein winziger Makel, und das gesamte Werk steht zur Disposition. Hier geht es aber nicht um Perfektion. Hier zählen nur schnöde Interessen.«

Ohne eine Regung zu zeigen, spritzte er sich die Dosis, stopfte das Hemd zurück in die Hose und räumte alles wieder weg.

»Arne, in zweieinhalb Wochen ist Bundestagswahl. Später wird kein Hahn danach krähen, wie der Wechsel zustande gekommen ist.«

Pütz winkte ab. Politische Intrigen waren ihm zuwider. Er hielt die heimliche Unterstützung von Liberales 76 inzwischen für eine verdammte Geldverschwendung. Die beiden letzten Raten, die er ohne Zufluss aus der Schweiz vorgestreckt hatte, musste er als Verlust verbuchen. Ob das politische Engagement der inoffiziellen Gruppe erfolgreich sein würde, stand auch in den Sternen. Dersch schien seine Gedanken lesen zu können.

»Betrachten wir die Dinge nüchtern. Mit wenig viel bewegen. Nehmen wir zum Beispiel die Wahl in Niedersachsen Anfang des Jahres. Laut dem Wählerwillen gab es eine Stimme Mehrheit für die alte SPD/FDP-Koalition. Alles deutete auf vier Jahre weiter so. Die Herren Sozis wähnten sich am rettenden Ufer. Bittler hat zum richtigen Zeitpunkt mit unzufriedenen FDPlern gesprochen. Zwei glaubten dem Versprechen, künftig nicht mehr in der zweiten Reihe herumdümpeln zu müssen. Dem Dritten war die Zusage wichtig, dass seine unrühmliche Vergangenheit im Dunkeln bleibt. Dank Bittler gaben die drei bei der geheimen Abstimmung ihre Stimme Ernst Albrecht, und nun haben wir eine CDU/FDP-Koalition.« Dersch lachte. »Das Schöne an der Demokratie ist der Faktor Mensch. Die Abgeordneten sind selbstverständlich nur ihrem Gewissen verpflichtet. Niemand weiß, wer die drei sind, die gegen die Linie ihrer Fraktion gestimmt haben. Nur wir. Wir wissen, wem wir Dank schulden.« Pütz verstand. »Gibt es eine Sauerei, an der du nicht beteiligt bist?« »Ich bin ein großer Fan der Demokratie und liebe geheime Abstimmungen! Regierungswechsel in Niedersachsen! Perfekt! Die Bundesratsmehrheit futsch, Helmut Schmidt angeschlagen. Und wie von selbst mehren sich die Stimmen in der FDP, die einen Wechsel nach der Bundestagswahl befürworten.« Dersch grinste. »In den richtigen Händen ist Demokratie ein scharfes Schwert. Bittler ist ein aalglatter Karrierist. Effektiv und hilfreich. Und ihm graust es vor Bedeutungslosigkeit. Jetzt kommst du ins Spiel. Seine größte Sorge ist es, gesellschaftlich nicht beachtet zu werden. Kommendes Wochenende ist der Empfang in der italienischen Botschaft anlässlich der Akkreditierung des neuen Ambasciatore. Deine Beziehungen sind gefragt. Veranlasse doch bitte, dass unser Freund von der Gästeliste des künftigen Botschafters gestrichen wird. Ich lasse Bittler wissen, dass wir dafür verantwortlich sind. Ich bin sicher, er wird die Warnung verstehen.«

Die Frau passte so gar nicht in die Runde der Feierwütigen. Sie stand steif neben der Eingangstür und beobachtete mit starrem Blick das andere Ende des Gastraums.

Edgar Fendler saß mit seiner Frau Marianne an einem rustikalen Tisch in der Jägerstube und aß genüsslich Leberkäs mit Brezn. Obwohl es erst Mitte September war, genoss er die Eröffnung des Oktoberfestes Im Weißen Röss'l in Berlin-Lichterfelde sichtlich. Mit blau-weißen Bändern geschmückt und dem tänzelnden Pferd im Wappen erinnerte ihn das Lokal an seine Heimat.

Seit der Tegernseer Kunstschütze und Kapellmeister Franz Moar jun. das Röss'l 1938 eröffnet hatte, verzauberte es seine Gäste, ob waschechte Berliner oder Zugezogene, mit uriger bayerischer Gemütlichkeit.

Die Frau wusste, dass Edgar Fendler heute seinen vierundsechzigsten Geburtstag feierte. Seine Freude war fast kindlich. Er strahlte, war glücklich, unbefangen. Es schmerzte sie, ihn so zu sehen. Sie musste alle Kraft aufwenden, um ihren Hass im Zaum zu halten und nicht die Kontrolle zu verlieren. So viel Lebensfreude verdiente er nicht. Aber die Frau war sich sicher, dass es sein letzter Geburtstag sein würde.

Die Stimmung im Weißen Röss'l war auf dem Höhepunkt, der Lärm fast unerträglich. Zwei Kellnerinnen in strammen Dirndln stemmten die Krüge und verteilten sie an die Durstigen. Ab und an hob Edgar Fendler seinen Humpen Bier hoch und schwang ihn im Rhythmus der Musik hin und her. Marianne Fendler stocherte lustlos in einem Paar Münchner Weißwürstl mit süßem Senf herum. Offensichtlich konnte sie weder dem urigen Mahl noch der rustikalen Idylle etwas abgewinnen. Ohne einen Bissen verzehrt zu haben, schob sie den Teller schließlich ihrem Mann zu. Der schlang die weiße Masse gierig in sich hinein. Die Frau an der Tür wusste, dass sie knapp vier Jahre jünger war als Edgar.

Marianne Fendler horchte interessiert auf, als der Mann an der Hammondorgel den aktuellen Hit *Anita* von Costa Cordalis zu singen begann. Sie hakte sich bei Edgar ein und versuchte, sich von seiner guten Laune anstecken zu lassen. Beide schunkelten albern mit den anderen Gästen und brüllten so laut wie möglich den Text mit: *Ich fand sie irgendwo, allein in Mexiko. Anita.*

Marianne schaute, nun doch von der guten Stimmung angesteckt, durch die Kneipe. Plötzlich trafen sich die Blicke beider Frauen. Es war nur der Bruchteil einer Sekunde. Marianne war, als hätte sie ein bekanntes Gesicht gesehen, von dem sie nur gerade nicht wusste, woher sie es kannte. Vergeblich versuchte sie, sich zu erinnern. Als der Mann an der Orgel den Refrain durch die Schankstube schmetterte »Musikanten herbei, spielt ein Lied für uns zwei. Bei Musik und bei Wein, woll'n wir heut' glücklich sein«, hielt es keinen der Gäste mehr auf den Stühlen, und ein kollektives Grölen ließ das Röss'l beben. Marianne blickte misstrauisch in die Richtung, in der sie glaubte, das vertraute Gesicht entdeckt zu haben. Es war weg. Prüfend schaute sie sich um, aber es blieb unauffindbar. Dann schwappte die Stimmung über ihr zusammen, und sie brüllte wie alle anderen auch: »Anita!«

Mittwoch, 15. September 1976

Das Aufjaulen der Turbinen weckte sie. Ihr Kopf schmerzte. Sobald sich die Frau bewegte, zog ein pochendes Stechen die rechte Kopfhälfte hoch. Schlimmer war, dass sie in Gedanken immer noch die angetrunkene Menge »Anita!« grölen hörte. Sie hatte am Vorabend eindeutig zu viel Lambrusco getrunken in der Hoffnung, den albernen Ohrwurm loszuwerden. Stöhnend zog sich ihr Körper zusammen und lag wie ein Embryo unter der Decke. Es würde nichts bringen. Sie wusste es.

Die Wohnung im dritten Stock in der Residenzstraße, direkt unter dem Dach, war alles andere als großzügig. Zwei Zimmer, Küche, eine Waschnische, die Toilette eine halbe Treppe tiefer. Aber das störte sie nicht. Dass sie in der Einflugschneise des Flughafens Tegel lag, war eher das Problem. Anfänglich drohte der Lärm sie verrückt zu machen. Ständig hatte sie die Flugzeuge gezählt. Nicht einmal Ohropax brachte die erwünschte Linderung. Inzwischen gelang es ihr, den Lärm auszublenden. Selbst das Vibrieren der Gläser im Schrank störte sie nicht mehr. Nur wenn Kopfschmerzen sie quälten, verfluchte sie die Nähe zum Flughafen.

Die Miete für die Wohnung war günstig und, wichtiger noch, niemand im Haus interessierte sich für sie. Ein Brummen, das bedrohlich näherkam, veranlasste die Frau nun, sich die Ohren zuzuhalten. Ein sinnloser Versuch. Der pochende Schmerz hinter der rechten Schläfe erinnerte sie daran, dass sie Alkohol schlecht vertrug. Der Lambrusco war ein Geschenk des kleinen Italieners gewesen, der an der Ecke ein Restaurant eröffnet hatte, Bella Biscotti. Vollmundig versprach er, die beste Pasta der Stadt mit der raffiniertesten Soße alla Mamma anzubieten. Seine Spaghetti mit Meeresfrüchten waren tatsächlich unübertroffen.

Wochenlang hatte die Flasche im Schrank gestanden. In der vergangenen Nacht hatte die Frau sich an ihr festgehalten und in der Dunkelheit an die Wand gegenüber gestarrt. Sie konnte nicht genau erkennen, was da hing, aber zu jedem Foto gab es einen Namen. Nur unter dem letzten Bild klebte kein Zettel. Sie wusste alles über diesen Mann, der so gern bayerisch rustikal speiste. Und dank Dr. Heinrich Sellmann wusste sie nun auch, wohin er sich verkrochen hatte. Der Doktor hatte um sein Leben gefleht, nicht begriffen, wie wichtig sein Tod war. Alles muss ausgeglichen werden, hatte sie ihm erklärt. Wie eine Bilanz. Er hatte es nicht verstanden.

Vorsichtig massierte sie ihre Schläfen. Sellmanns letzte Worte waren nicht an sie gerichtet gewesen. »Und vergib uns unsere Schuld, wie auch wir vergeben unseren Schuldigern.« Die Frau lachte bitter. Der Ruf nach Vergebung war nichts anderes als das ängstliche Winseln der Schuldigen. Schuld wird durch Schuld getilgt. Nur so ließ sich das Gleichgewicht wiederherstellen.

Müde starrte sie die Wand an. Alle Notizen kannte sie auswendig. Die neuen ebenso wie die bereits vergilbten. Auch die Zeitungsartikel. Auf dem Boden stapelten sich Unterlagen. Prozessakten, Abschriften handschriftlicher Zeugnisse, Kopien aus den Archiven. Die Dokumente hatte sie wieder und wieder kritisch geprüft, bis es keine Zweifel mehr gab.

Langsam richtete sich die Frau auf und setzte sich auf die Bettkante. Versteckt in dem Schrank vor ihr lag ein alter Koffer. Sie hätte ihn niemals öffnen dürfen.

Vorsichtig strich sie sich mit den Fingern die Stirn entlang, um den Schmerz zu beruhigen. Es bewirkte das Gegenteil. Er nahm stetig zu.

Eine Boeing 747 donnerte über das Dach. Sie beugte sich aufstöhnend nach vorn, zu ruckartig, der Kopf schien zu explodieren. Übelkeit stieg in ihr auf. Langsam erhob sie sich und schlich zur Waschnische am Ende des Flurs. Wasser würde helfen. Sie drehte den Hahn auf und wartete, bis es ausreichend kühl war. Mehrmals spülte sie ihr Gesicht, formte dann die Hände zu einer Art Schale und trank gierig. Sie schaute in den Spiegel. Ungläubig lächelte sie der Fremden zu, die schrecklich aussah und dennoch ihre Gesichtszüge besaß. Bin ich das?

Eine weitere Maschine überflog das Dach. Eine britische BAC 1-11, ein zweistrahliges Passagierflugzeug. Sie erkannte die Flugzeuge schon an den Geräuschen ihrer Triebwerke. Sie verzog das Gesicht zu einer schmerzverzerrten Grimasse. Ohne Tabletten würde sie den Tag nicht überstehen.

Im Küchenschrank wusste sie einen Schuhkarton, auf dem »Verbandszeug« stand, eine Hinterlassenschaft des Vormieters. Glücklicherweise hatte er ihr nicht nur die Möbel überlassen, sondern auch die gesamte Ausstattung. Sie fand eine Packung Pyramidon. Hilft gegen Fieber, Kater und Kopfschmerz, versprach der Beipackzettel. Einen Moment lang glaubte sie gelesen zu haben, dass das Zeug im Verdacht stand, krebserregend zu sein. Und wenn schon. Um sicherzugehen, schluckte sie gleich zwei Tabletten.

Die Wohnung hatte sie zufällig über einen Aushang beim Bäcker entdeckt. Der Bewohner wollte ins Altenheim ziehen und suchte einen Nachmieter. Einzige Bedingung: Möbel und Hausrat sollten übernommen werden. Ohne lange zu überlegen, hatte sie eingewilligt. Sie hatte dem Alten versprochen, sich um alle amtlichen Formalitäten zu kümmern und sich der Pflanzen anzunehmen, die noch von seiner lieben Frau stammten. Gleichzeitig wusste sie, sie würde keines ihrer Versprechen einhalten. Manchmal störte sie der vertrocknete Gummibaum, der vor dem Fenster stand und ihr das Licht nahm. Aber sie brachte es nicht übers Herz, ihn zu entsorgen.

Langsam wirkte das Pyramidon. Sie kochte sich einen kräftigen türkischen Kaffee und setzte sich auf einen Stuhl. Aufmerksam betrachtete sie die Wand gegenüber. Ein Wirrwarr von Notizen und Fotos, deren Geheimnis nur sie kannte. Auf dem Tisch lag der Rosenkranz, ein Erbstück ihrer Großmutter aus Bayern. Eine schlichte Gebetskette. Das Einzige, was sie von ihr besaß. Neunundfünfzig Holzperlen auf eine Schnur gefädelt. Wie oft mochte sie die gezählt haben? Erneut starrte sie die Wand an. Vier, flüsterte sie. Noch vier.

Vom U-Bahnhof Alt-Tegel bis zur Dicken Marie waren es knapp zwei Kilometer, wenn man den Weg über die Sechserbrücke nahm. Ihren Namen hatte die Tegeler Hafenbrücke aus jener Zeit, als Nutzer einen Brückenzoll, den sogenannten »Sechser«, für die Überquerung zahlen mussten.

Kräuming hatte die Stelle aufgesucht, von der aus Hinze ihn in misslicher Lage fotografiert hatte. Er fand nichts, was ihm weiterhalf, aber der Fotograf hatte einiges an Umweg in Kauf genommen, um unauffällig hinter den abgesperrten Bereich zu gelangen. Unweigerlich dachte er an seinen Chef beim BKA.

»Horst, wenn Sie sich ein Bild machen wollen, machen Sie sich selbst eins. Vom Hörensagen und Hörensehen wird man nicht schlauer.«

Hein Tröger war ein Meister der Plattitüden.

»Um erfolgreich zu sein, braucht es ein gerüttelt Maß an Neugier und die Fähigkeit, Fantasie mit der Realität in Einklang zu bringen.« Das war das Erste, was der Referatsleiter an Weisheiten vermitteln zu müssen glaubte. Kräuming grinste, als er daran dachte. Dennoch hatte er nie das Gefühl gehabt, belehrt zu werden. Es waren gutgemeinte Ratschläge. Vater-Sohn-Ratschläge.

Nachdem Kräuming den Wald verlassen hatte, klingelte er entlang des Wegs an allen Häusern, an denen Dr. Sellmann mit seinem Fahrrad vorbeigekommen sein musste.

Ein ermüdendes und erfolgloses Unterfangen. Die meisten wiesen darauf hin, dass sie in den letzten Tagen schon besucht worden waren, von so einem großen, behaarten, düsteren Typen. Schley, dachte Kräuming. Dass er erneut mögliche Zeugen befragte, würde dem garantiert nicht gefallen.

Weder war den Nachbarn Ungewöhnliches aufgefallen, noch konnte jemand Erhellendes über den Arzt beitragen. Nett war der Doktor, aufmerksam, sportlich, einer der Honoratioren von Tegel. Über seine Vergangenheit vor 1945 wusste niemand etwas zu berichten.

Der letzte Versuch war ein kleiner Garten mit einem bescheidenen Häuschen. Ein älterer Herr gab sich alle Mühe vorzutäuschen, er sei intensiv damit beschäftigt, die Blumenrabatten von unnützen Gewächsen zu befreien. Ein Blick genügte Kräuming, um einschätzen zu können, dass das unnötig war. Der Garten wirkte wie geleckt.

Typen wie er mit langen Haaren und komischen Jacken wurden in der Gegend als artfremd wahrgenommen und standen automatisch unter Verdacht, Beobachtung inklusive. Man weiß ja nie. Der sich fleißig gebende Herr war wachsam und neugierig. Die ideale Kombination für ein erhellendes Gespräch. Getreu der Tröger'schen Überzeugung, jeder Polizist müsse drei Gesichter beherrschen, bemühte Kräuming das freundlich lächelnde, kurz, das Türöffner-Gesicht.

Das Tür-bleibt-zu-Gesicht war streng und konsequent, gegebenenfalls mit einer Nuance Aggressivität verstärkt. Du willst an mir vorbei? Nur über meine Leiche!

Vielleicht das wichtigste, weil effektivste, war das Wenn-du-mir-hilfst-helf-ich-dir-Gesicht. Es war das anspruchsvollste und ließ sich gut mit Erzählst-du-mir-was-erzähl-ich-dir-was kombinieren. Das war hier nicht notwendig. Der fleißige Vorgartengärtner gehörte zur Gattung der Neugierigen. Kräuming trat direkt an das kleine Gartentor.

Eröffnung: strahlendes Lächeln.
Kontaktanbahnung: sachlich-freundliche Begrüßung.
Wichtigkeit vorgeben: Ausweis vom BKA hochhalten.
Beruhigungspille: nicht von meinem Äußeren täuschen lassen.
Neugier steigern: Ich bin undercover hier.
Um etwas Zeit bitten: Haben Sie eine Minute?
Komplizenschaft besiegeln: Ich brauche Ihre Hilfe!
Gefahren abklären: vorsichtshalber nach Hunden fragen.
Sicherheit vermitteln: Tor hinter sich schließen.
Verbrüderung: kräftiger Händedruck.

»Hat mein Kollege schon mit Ihnen gesprochen? So ein großer Haariger?«

Der Mann schüttelte den Kopf und schob seine Brille nach oben. »Ich unterstütze ab und an die ältere Dame im Haus. Eine Literaturfreundschaft aus der Bibliothek. Sie ist nicht mehr gut zu Fuß. Ab und an kaufe ich für sie ein oder bringe ihr neue Bücher vorbei. Zwei-, dreimal die Woche. Dann schau ich auch gleich nach dem Garten.«

»Offensichtlich liest Ihre Schmöker-Bekannte gern und viel.«

Der Mann schmunzelte über die Wortwahl, nickte und bat seinen Gast in die Küche.

Zwei Stunden später verließ Kräuming das Haus und ballte siegessicher die Faust.

Auch wenn die Informationen des freundlichen alten Herrn von erheblicher Brisanz waren – bevor er ins LKA zurückkehren wollte, beschloss Kräuming, seinen Studienfreund Ole Hedin zu besuchen. Für den war ein Dienst an der Waffe seinerzeit ebenfalls nicht in Frage gekommen. Ole hatte aber aus Überzeugung den harten Weg gewählt und nicht nur den Wehrdienst verweigert, sondern auch den Ersatzdienst abgelehnt. Dafür steckte ihn ein Richter zwei Jahre in den Knast. Die staatlichen Ambitionen, seinen Willen zu brechen, scheiterten aber ausgerechnet an den Mithäftlingen, harten Jungs, die definitiv mehr auf dem Kerbholz hatten. Ole half ihnen, Beschwerden und Eingaben zu Papier zu bringen sowie ihre verbrieften Rechte durchzusetzen. Das schützte ihn vor der Willkür der Beamten, die es auf eine Konfrontation mit den kriminellen Schwergewichten nicht ankommen lassen wollten. Erst nach seiner Entlassung hatte er als Wohnsitz West-Berlin gewählt. Ole war ein Prinzipienmensch.

Im Telefonbuch gab es zwar ein gutes Dutzend Einträge mit dem Namen Hedin, aber ein Ole befand sich nicht darunter. Einer Eingebung folgend schaute er ins Branchenbuch und entdeckte die halbseitige Anzeige eines internationalen Recherchebüros, dessen Inhaber Ole Hedin hieß. Schon zu ihrer Studentenzeit hatte Ole gern mit dem Francis-Bacon-Zitat *Wissen ist Macht* kokettiert und behauptet, mit dem Verkauf von Informationen könne man unendlich reich werden. Die sehr freie Interpretation des Bacon'schen Gedankens, der darauf zielte, den Menschen in einen höheren Stand seines Daseins zu bringen, hatte gefruchtet. Ein erster bescheidener Erfolg war Ole vor zehn Jahren gelungen, als er weltweit Wissenschaftlern Listen über Neupublikationen zum Thema Bambus gegen ein kleines Entgelt zusammenstellte und per Post versendete. Ole beherrschte vier Fremdsprachen perfekt, was ihm achtundsiebzig Abonnenten einbrachte, die regelmäßig zahlten. Neben seiner Muttersprache Deutsch waren das Englisch, Französisch, Spanisch und Arabisch. Aufwand und Nutzen standen in keinem Verhältnis, aber er vertraute Bacon. Offensichtlich hatte sich das ausgezahlt. Die Anzeige im Branchenbuch warb mit dem Slogan, die Nummer eins auf dem Markt zu sein.

»Ihr seriöser Marktführer für Informationen. Ansprechpartner für Medien, Politik und Wirtschaft. Bei Bedarf auch vertraulich. Warum lange suchen? Einfach Hedin buchen!«

Die Adresse verriet, dass sich das Recherchebüro am Westhafenkanal befand.

Kräumings Erstaunen war beträchtlich, als er feststellte, dass es sich um eine riesige Lagerhalle handelte. Das Backsteingebäude mit seinen vergitterten Fenstern war in den Zwanzigerjahren erbaut worden. Er schätzte es auf circa hundert Meter Länge und vierzig Meter Breite.

Hinter dem modernen Eingangstresen stand eine junge Frau, die ihn mit einem Lächeln begrüßte, als würden sie sich schon eine Ewigkeit kennen. Bevor sie ihre Begrüßungsformel herunterspulen konnte, hielt Kräuming ihr seinen BKA-Ausweis unter die Nase.

»Ole und ich sind alte Freunde. Mein Besuch ist privat, und ich möchte ihn gerne überraschen.«

Unbeeindruckt von dem amtlichen Dokument riss sie von einem Block einen Lageplan ab und zeichnete in die rechte obere Ecke, die mit »Oles Island« bezeichnet war, ein Kreuz. In der Art einer Reiseführerin erklärte sie routiniert: »Gehen Sie an der *Deutschlandhalle* vorbei, überqueren Sie den Äquator, die Wiege der Menschheit lassen Sie links liegen, das Café Uns Uwe auch, und wenn Sie die Freiheitsstatue sehen, sind Sie fast am Ziel.« Grinsend betrachtete Kräuming den Plan der Lagerhalle und folgte dem aufgezeigten Weg.

Schon nach wenigen Metern begriff er, dass Ole in den letzten Jahren überaus fleißig gewesen sein musste, denn das Backsteingemäuer war vollgestellt mit Regalen, in denen unendlich viele Ordner und Archivkästen mit kryptischen Nummern standen. An diversen Schreibtischen saßen Studenten, die Berge von Unterlagen sichteten. Andere tippten an Terminals fleißig auf den Tastaturen herum. Die Stimmung war gut, wenn auch konzentriert. Wissen ist Macht, dachte Kräuming und verspürte ein unerklärliches Gefühl des Unwohlseins.

Die Freiheitsstatue, die grob aus verrostetem Schrott zusammengeschweißt war, hatte zwar Ähnlichkeit mit der in New York, aber statt einer Fackel hielt sie ein Eis hoch und statt der »Tabula ansata«, der wellenförmigen Inschrifttafel, ein Schild mit der Aufschrift: »Sperrzone! Lebensgefahr! Es wird ohne Anruf sofort scharf geschossen!« Auf dem Boden eine weiße, durchgängige Linie, verziert mit einigen roten Flecken. Ein paar Meter davon entfernt saß hinter einem Bildschirm ein beeindruckender Riese, dessen wilde Haarpracht und der nicht weniger respektable Bart an einen Wikinger erinnerten. Sobald Kräuming die Linie überschritten hatte, hob Ole Hedin den Kopf. »Na, Herr Kommissar, heute schon einen der bösen Jungs gefangen?«

Kräuming schüttelte bedauernd den Kopf, drückte die dargebotene Hand und wurde ordentlich durchgeschüttelt. Von allen Menschen, die er kannte, war Ole der Einzige, der es verstand, ohne Zögern ein Gespräch weiterzuführen, selbst wenn die letzte Begegnung Jahre her war. Niemals gab es einen Vorwurf. Im Gegenzug erwartete er, dass man sein Schweigen auch nicht als Freundschaftskündigung oder Unhöflichkeit ansah.

»Sieht so aus, als hättest du die wahrscheinlich umfassendste Sammlung von Artikeln über Bambus der ganzen Welt.«

Ole lachte. Ein schallendes, dröhnendes Lachen, das guttat.

»Mit Bambus hat das Unternehmen nur noch gemeinsam, dass es mindestens genauso schnell wächst. Bei aller gebotenen Bescheidenheit wäre das allerdings grandios untertrieben.«

»Was genau machst du hier eigentlich?«

»Ich betreibe den größten Schaukasten der Welt.«

Stolz zeigte er auf ein Gerät mit Bildschirm, Tastatur und einem an einem Kabel hängenden Kästchen mit drei Tasten. Der Xerox-Alto-Rechner musste ein Vermögen gekostet haben. Kräuming war beeindruckt.

»Alles, was jemals über jemanden oder etwas geschrieben wurde, weiß diese Kiste. Ein paar Tasten drücken, ein Klick auf die Maus, und über jede Kleinigkeit, die jemals publiziert wurde, kann ich Auskunft erteilen. Fein säuberlich sortiert. Vorausgesetzt, die Presse hat darüber berichtet. Wir sind mit drei Tagen Verzögerung tagesaktuell. Und momentan arbeiten wir gerade die beginnenden Fünfzigerjahre auf. Wir bewegen uns quasi rückwärts in der Zeit. Egal ob du etwas über Unternehmen, Institutionen oder Vereine wissen willst, Hedin liefert es. Du brauchst Informationen über Politiker, Künstler, Sportler, von mir aus auch Richter, Verbrecher oder andere öffentliche Personen? Einfach Hedin fragen! Die Kiste ist unglaublich.«

»Ole, ich will nichts kaufen.«

»Gib mir einen Namen. Zier dich nicht.«

Kräuming überlegte. Er dachte an Dr. Heinrich Sellmann und die nervige Recherche nach seiner Vergangenheit. Dann sagte er aber nach einigem Zögern: »Prof. Dr. Andrea Grabes. Historikerin an der FU. Kannst du mir zu ihr etwas sagen?«

»Blond, wohlproportionierte Einmetervierundsiebzig, seit fünf Jahren vierzig Lenze alt. Intelligent, engagiert, alleinstehend«, kam es wie ein Pistolenschuss aus Oles Mund. »Kategorie himmlisch!«

Seit Kräuming ihn kannte, teilte Hedin Frauen in drei Gruppen ein. Himmlisch, inspirierend, nicht in diesem Leben.

»Du kennst sie?«

Ein breites Grinsen huschte über Oles Gesicht.

»Kennst du sie näher?«

»Ich weiß, dass sie einen kleinen runden Leberfleck hinter dem rechten Ohrläppchen hat.«

»Ach, doch so gut?«

»Horst, deine Naivität ist immer wieder erfrischend. Natürlich weiß ich das nicht. Woher denn? Aber ich gebe zu, die Frau ist nicht nur faszinierend, sondern im hohen Maße respekteinflößend. Der hübsche Finger in der Wunde, wider das Vergessen. Was genau willst du wissen?«

»Etwas über ihre Arbeit, ihre Vita, vielleicht ein paar Zeitungsartikel.«

»Ihre private Telefonnummer auch?«

»Du kennst ihre Telefonnummer?«

»Nicht nur ihre. Alle aktuellen Telefonbücher sind erfasst. Gib mir eine Nummer, und ich sage dir, wessen Anschluss sich dahinter verbirgt. Ist dein Interesse privat oder beruflich?«

»Eine Zusammenfassung würde mir reichen.«

»Also persönlich.«

Kräuming verdrehte die Augen.

»Wenn es eine Bullenanfrage ist, muss ich meine Leistungen berechnen. Ich habe hungrige Mäuler zu stopfen.« Energisch deutete er in die Richtung, in der seine Mitarbeiter die Presse durchforsteten und katalogisierten.

»Kannst du mir helfen, ja oder nein?«

»Habe ich dir jemals nicht geholfen?«

Mit dem Zeigefinger drückte er auf die Tastatur. Der Bildschirm erwachte. Weiße futuristische Buchstaben auf schwarzem Hintergrund erschienen nacheinander.

Hallo Ole!
Schön, dass du wieder da bist.
Was kann ich für dich tun?

Flink tippte er mit den Zeigefingern einen Befehl ein. Ein Kästchen öffnete sich. Er gab den Namen ein. Grabes, Andrea. Dann drückte er schwungvoll die Entertaste. Eine Sanduhr erschien und drehte sich langsam im Kreis.

»Das mit Rita tut mir leid. Sie war ein lieber Mensch. Was du getan hast, war richtig. Ich meine, sie zu verlassen. Ich mach dir da keinen Vorwurf. Du warst ihre beste Chance, aus dem Teufelskreis der Drogen herauszukommen. Schade, dass es schiefgegangen ist.«

Kräuming wusste nicht, was er antworten sollte. Es lag nicht der Hauch eines Vorwurfs in Oles Worten. Auch erwartete dieser keine Reaktion. Das Thema war abgeschlossen. Stattdessen betrachtete er die Eieruhr.

»Woher wusstest du eigentlich, dass ich wieder in Berlin bin?«

»Holzauge, sei wachsam! Dank einer persönlichen Überwachungsliste, die an jedem Arbeitsplatz ausliegt, entgeht mir keine Aktivität meiner Freunde. Nichts. Wenn einer der mir nahestehenden Menschen in einer Publikation erscheint, ist mir die sofort vorzulegen. Als Belohnung gibt es Kinogutscheine. Sehr begehrt. So entgeht mir kaum etwas. Auch nicht dein Erfolg gegen die Mafia. Davon musst du mir mal bei Gelegenheit erzählen. Übrigens, für den Artikel über die Quasi-Hinrichtung im Tegeler Forst habe ich sogar zwei Gutscheine springen lassen.«

»Du spionierst mir nach?«

»Ich interessiere mich für das Leben meiner Freunde. Wie gesagt, das Recherchebüro sammelt alles, was öffentlich zugänglich ist. Mit Spionage hat das nichts zu tun. Allerdings kommt es schon mal vor, dass die Jungs mit den Schlapphüten meine Dienste in Anspruch nehmen. Dein Arbeitgeber in Wiesbaden fragt auch des Öfteren an. Falls es dich beruhigt, in Privatleben schnüffle ich nicht herum.

Wir leben in den Siebzigern. Mach dir nichts vor. Künftig ist kein Mensch mehr geheim.«

»Ach ja?«

Fast ehrfurchtsvoll deutete Ole auf den Xerox-Rechner. »Das hier ist die Zukunft. Das wird alles verändern. Das sind Wissensmonster. Ich weiß nicht, ob ich mich darauf freuen oder ob ich sie fürchten soll.«

Er betrachtete die Eieruhr und die Prozentzahl, die darunter stand. »Die Suche nach der Historikerin dauert noch ungefähr dreißig Minuten. Inzwischen könntest du mir doch erzählen, was dich zurück nach Berlin getrieben hat. Kaffee schwarz ohne Zucker, richtig?«

»Hat dir das auch die Kiste geflüstert?«

»Wir haben uns mal eine Studentenbude geteilt. Schon vergessen?«

Eine halbe Stunde später hämmerte der Nadeldrucker langsam, aber stetig Buchstaben auf gelbes Leporellopapier. Siebzehn Seiten. Neunpunktschrift. Eine Liste der Zeitungsartikel und Meldungen, die Auskunft über die Professorin gaben. Kräuming überflog die Zeilen, die überwiegend auf ihre Tätigkeit als Gutachterin bei NS-Prozessen verwies. Es waren internationale Publikationen darunter, amerikanische Zeitungen, aber auch israelische und französische Blätter. Selbst Einträge, die versuchten, für kyrillische Buchstaben lateinische Entsprechungen zu finden, waren aufgelistet. Die Daten waren chronologisch sortiert. Vermerke zu linksextremistischen Manifesten waren genauso erfasst wie revisionistische Hetzschriften, Forschungsartikel und Interviews. Zum Schluss folgte ein Lebenslauf und fett gedruckt: Ende.

Ole hatte recht, Andrea Grabes war eine beachtliche Persönlichkeit, und glaubte man den erfassten Schlagzeilen, eine geradlinige obendrein. Dass er nie von ihr gehört hatte, war Kräuming peinlich. Wie die meisten Bundesbürger hatte auch er sich nicht für das dunkelste Kapitel von Deutschlands Geschichte interessiert. Augenblicklich gelobte er Besserung.

»Kann ich dich noch um einen weiteren Gefallen bitten?«

Statt nach Kaffee roch es kräftig nach Kamillentee, als Kräuming die Bürotür öffnete. Gotzkofski saß zusammengesunken auf seinem

Stuhl und verzichtete auf eine Begrüßung. Stattdessen schaute er auf die Uhr und schüttelte den Kopf.

»Offiziell bin ich nicht hier. Besuch beim Arzt. Wenn meine Frau herausbekommt, dass ich im Büro sitze, darf ich garantiert hundertmal aufschreiben: Wer krank ist, gehört ins Bett! Aber Sie lassen mir ja keine andere Wahl. Ich dachte, ich hätte klar und deutlich gesagt, dass Sie sich um die publizistische Vergangenheit Dr. Sellmanns kümmern sollen.«

Ein Hustenanfall unterbrach die Standpauke, und Kräuming nutzte die Gelegenheit, schnell ein paar Zeichnungen auf dem Schreibtisch auszubreiten.

»Ganz ruhig und nicht aufregen. Heute ist Ihr Glückstag. Ich hatte ein sehr erhellendes Gespräch mit einem Bibliotheken-Romeo.«

Gotzkofski schaute Kräuming irritiert an. Er verstand kein Wort.

»Ich hatte Gelegenheit, ein ausführliches Gespräch mit einem verliebten älteren Herrn zu führen, der sich rührig um eine gehbehinderte Dame und ihren unkrautfreien Garten kümmert. Ihm ist eine junge Frau aufgefallen, die in den Tagen vor dem Mord mehrfach am Haus des Doktors vorbeigegangen ist.«

Zufrieden deutete Kräuming auf die Zeichnungen und wartete darauf, dass Gotzkofski den Hustenanfall überstand.

»Der Opa beschrieb die Frau als eher klein, dabei kräftig und höchstens Mitte dreißig. Sportlicher Typ. Dunkle kurze Haare. Jeans, Militärjacke, schweres Schuhwerk, wie von der Armee. Nachdem sie ihn bemerkt hätte, sei sie jedoch nicht wieder aufgetaucht.«

»Eine Frau?«, fragte Gotzkofski ungläubig.

»Gartenzwergfraktion, kleine Fingerabdrücke und die detaillierte Beschreibung des Nachbarn – kombiniere: weibliches Wesen. Und es gibt noch eine Beobachtung, die uns weiterhelfen könnte. Die Frau hat vor sich hingezählt.«

»Sie nehmen mich doch auf den Arm.«

»Das ist noch nicht alles. Der Bibliotheken-Romeo glaubt, einen französischen Akzent vernommen zu haben.«

Deutlich erkennbar arbeitete es hinter Gotzkofskis Stirn ob der neuen Erkenntnisse. Nach einer Weile schüttelte er bedenklich den Kopf.

»Nachbarn befragen ist doch Schleys Aufgabe. Haben Sie sich mit dem Kollegen ...« Er beendete den Satz nicht. Stattdessen betrachtete er erstaunt die Bilder.

»Sind die Zeichnungen von Ihnen?«

»Wenn das mit dem Polizeidienst nicht funktionieren sollte, setze ich mich vor die Gedächtniskirche und verdiene meine Miete mit dem Anfertigen von Porträts spendierfreudiger Touristen.«

Prustend unterdrückte Gotzkofski einen erneuten Hustenreiz und schaute sein Gegenüber verständnislos an. »Sie können nicht einfach durch die Gegend wandern, und niemand weiß, wo Sie sind! Ihre Aufgabe war es, medizinische Fachblätter nach Dr. Sellmann durchzusehen.«

Kräuming reagierte nicht auf den Vorwurf und berichtete ungerührt weiter: »Am U-Bahnhof Alt-Tegel konnte ein Fahrkartenverkäufer anhand der Zeichnung bestätigen, dass er der Frau in dem betreffenden Zeitraum eine Fahrkarte verkauft hat. Er ist sich ziemlich sicher. Und auch er glaubt, einen französischen Akzent herausgehört zu haben.«

»Kann er es nun bestätigen oder ist er sich nur ziemlich sicher?«

»Genau in der Reihenfolge.«

Gotzkofski holte den ausgefallenen Hustenanfall nach, wahrscheinlich, um nicht übermäßig beeindruckt zu wirken. Die U6 war zwar nicht die kürzeste U-Bahn-Strecke Berlins, die Umsteigemöglichkeiten vielfältig, aber sie gab zumindest eine Richtung vor. Mit unverkennbarer Bewunderung betrachtete er die Skizzen. Kräumings Argumente waren stichhaltig. Sie suchten eine junge Frau, ein erster Anfangsverdacht. Das Phantombild, das möglicherweise einen Treffer am U-Bahnhof Alt-Tegel erbracht hatte, ließ Gotzkofski auf dem Tisch liegen. Die anderen Zeichnungen packte er in die Akte. Sobald Kriminaldirektor Voigt grünes Licht gab, konnte die Suche losgehen.

»Noch etwas, was ich wissen sollte?«

»Ich hatte ein äußerst aufschlussreiches Gespräch mit Prof. Dr. Andrea Grabes von der FU, die Aktion Bernhard betreffend. Die Blüten stammen aus der Fälscherwerkstatt im KZ Sachsenhausen. Steht alles in meinem künftigen Bericht. Sieht so aus, als müssten wir tiefer graben.«

»Die Andrea Grabes? Na, da haben Sie uns ja ein Ei gelegt.« Verwundert schaute Kräuming seinen Chef an.

»Die Dame hat sich als Gutachterin einen Namen in Prozessen gegen Naziverbrecher gemacht. Einige ihrer Expertisen haben dazu geführt, dass die Angeklagten überhaupt erst zur Rechenschaft gezogen werden konnten«, sagte Gotzkofski. »Die einen charakterisieren sie als engagiert, andere als verbissen. Das hat ihr den Namen ›Frau Dr. Gnadenlos‹ eingebracht.«

»Ist der Grund für ihr Engagement bekannt?«

Gotzkofski zog die Schultern hoch. »Ich habe mal in der Zeitung gelesen, dass ihr Vater ebenfalls Historiker war. Professorenfamilie. Hat kurz vor Ende des Krieges Selbstmord begangen.«

»Zumindest haben wir mit dem Hinweis auf die Aktion Bernhard einen wichtigen Ansatzpunkt«, fasste Kräuming zusammen.

»Nicht gut! Gar nicht gut! Ich hatte gehofft, dieser Nazimist bliebe mir erspart.«

Bevor Gotzkofski etwas ergänzen konnte, hob Kräuming die Hand.

»Und was die medizinische Lektüre angeht, das habe ich nebenbei miterledigt.«

Er zog aus seiner Umhängetasche ein gelbes Blatt Papier, auf dem drei kurze Vermerke standen, die sich mit dem Tegeler Arzt oder seiner Praxis beschäftigten. Daran angeheftet die kopierten Zeitungsartikel. Der erste zeigte eine Übersicht aus dem Jahr 1957, in der nach Fachgebieten die einzelnen Ärzte in Tegel aufgelistet wurden. Dr. Sellmann war der Rubrik Allgemeinmediziner zugeordnet. Ein Kurzartikel von 1972 beschäftigte sich mit der Frage der Zweckmäßigkeit rollender mobiler Einheiten zur Gesundheitsvorsorge der Berliner Bevölkerung. Der Tegeler Arzt wurde mit den Worten zitiert: »Zu teuer! Zu anfällig! Von den Berlinern kaum genutzt. Ein Desaster für den Steuerzahler. Vom Institut für Sozialmedizin durchaus eine gute Idee, allein Brandts unfähige Sozialdemokraten haben mit ihren überzogenen Vorgaben den Karren an den Baum gefahren.«

Sozialdemokrat, schlussfolgerte Kräuming, war Dr. Sellmann garantiert nicht.

Die dritte Mitteilung lag erst drei Jahre zurück. »Die Praxis von

Dr. Heinrich Sellmann wird mit sofortiger Wirkung durch Frau Dr. Diana Dosse übernommen.« Es folgten die neuen Öffnungszeiten und der Hinweis, dass sich für die Patienten nichts ändern würde.

Gotzkofski starrte verblüfft auf den Ausdruck, fuhr mit dem Finger über die Löcher an den Rändern und wusste nicht, was er sagen sollte.

»Bis auf die kritische Meinungsäußerung über die modernen Untersuchungszentren auf Rädern gibt es keine Wortmeldungen zu aktuellen Themen. Auch fachlich hat sich Dr. Sellmann nie ausgelassen. Entweder hatte er keine Meinung zu diesen Fragen, oder er mied prinzipiell Publikationen, möglicherweise, um seinen Namen nicht der breiten Öffentlichkeit bekannt zu machen.«

»Ist das vom BKA?«, erkundigte sich Gotzkofski.

»Indirekt«, antwortete Kräuming ausweichend. Sein Freund Ole Hedin hatte auch schon der Behörde in Wiesbaden zugearbeitet.

»Das passt doch wunderbar zu dem, was Ilse Sellmann ausgesagt hat. Der Doktor hat als Truppenarzt der SS-Wachmannschaften praktiziert. Nicht unbedingt ein Lebensabschnitt, auf den man stolz hinweisen möchte.«

»Gibt es noch etwas, über das Sie mich informieren wollen?«

»Hätte ich fast vergessen: Ich habe im Friseursalon Constance das Alibi von Frau Sellmann überprüft. Es wurde bestätigt. Zum Mordzeitpunkt wurde der Ansatz nachgefärbt. Aschblond.«

Gotzkofski stand auf, schaute Kräuming kritisch an und empfahl mit Nachdruck: »Für Sie wird's auch Zeit, durchstufen zu lassen. Ein bisschen erinnern Sie mich an Günter Netzer. Sie wissen schon, Mittelfeldspieler der Königlichen von Real Madrid.«

Kräumings breites Grinsen verriet, dass er dem Wunsch bestimmt nicht nachkommen würde.

»Ihr Fleiß in allen Ehren. Aber stimmen Sie sich künftig mit Schley und Lott über die nächsten Schritte ab. Wir sind hier nicht bei *Wünsch dir was*. Sie können nicht einfach losspazieren und nach Gutdünken ermitteln. Und niemand hat eine Ahnung, wo Sie sich herumtreiben. Halten Sie mich auf dem Laufenden. Wenn Sie nicht anrufen, denkt meine Frau, ich bin entbehrlich. Mindestens zweimal am Tag melden Sie sich, egal, ob Sie etwas herausgefunden haben oder nicht. Das ist eine absolut verbindliche Dienstanweisung,

Kollege Kräuming! Ich muss zurück ins Bett. Mir ist kalt, der Kopf brummt, und Fieber habe ich auch.«

Er hielt das Phantombild hoch und war im Begriff zu gehen.

»Ich gebe Voigt Bescheid. Oder wollen Sie das auch noch übernehmen?«

Gotzkofskis Frage ging in einem erneuten Hustenanfall unter.

»Kleine Sünden bestraft der liebe Gott sofort!«, kommentierte Kräuming mit unverhohlener Schadenfreude. Statt einer Antwort zog sein Chef eine Zeitung aus der Aktentasche und warf sie auf den Tisch.

»Übrigens, es lohnt sich zuweilen, den *Berlin-Blick* zu lesen. Dr. Sellmann wird heute Nachmittag beerdigt. Die Staatsanwaltschaft hat die Leiche freigegeben. Und der Maestro sah auch keine Einwände. Da Sie ja jetzt nichts mehr zu tun haben, schauen Sie da mal vorbei. Ach ja, und haben Sie eigentlich schon mit diesem Journalisten wegen der Fotos gesprochen?«

»Ich warte noch immer auf seinen Rückruf.«

Kräuming zog die sorgsam gefaltete Zeitung zu sich heran und studierte die kleine schwarzumrandete Anzeige.

»Scheint so, als könne es die liebe Gattin nicht erwarten, ihren Mann so schnell wie möglich unter der Erde zu sehen«, murmelte er, während sein Chef die Tür schloss.

Noch während Gotzkofski alle notwendigen Schritte für die Suche nach der Unbekannten einleitete, stürmte Kräuming das Büro jenes Beamten, der die Fotos am Tatort gemacht hatte. Statt einer Begrüßung rief er: »Kollege Bork! Ich brauch dringend Ihre Hilfe. Dr. Sellmann wird beerdigt. In einer Stunde. Ist zwar nicht sehr wahrscheinlich, aber vielleicht schaut die Täterin ja kurz vorbei. Wir müssen zum Friedhof Tegel fahren.«

»Sie suchen nach einer Frau?«

»Sehen Sie! Kurze Wege sind oft die schnellsten. Dass es sich um eine Täterin handelt, ist sowas von taufrisch, taufrischer geht's gar nicht.«

Rudolf Bork schüttelte bedauernd den Kopf, legte den Pinsel zum Reinigen der Fotolinsen in ein eigens dafür vorgesehenes Kästchen und verstaute ein beachtliches Objektiv im Fotokoffer.

»Ohne offizielle Weisung passiert gar nichts.«
»Gotzkofski hat das angewiesen.«
»Davon ist mir nichts bekannt.«
Bork nahm den Hörer in die Hand.
»Gotzkofski ist nicht mehr im Haus. Wenn, dann müssen Sie Voigt anrufen.«
Kopfschüttelnd legte Bork wieder auf und war im Begriff, mit dem Finger an seine Stirn zu tippen.
»So läuft das nicht bei uns.«
»Entweder Sie begleiten mich, oder ich borge mir Ihre Fotoausrüstung.«
Die Antwort kam prompt und klang hochgradig beleidigt.
»Kommt überhaupt nicht in Frage.«
»Möglicherweise war die Verdächtige am Tatort, als Sie und die Spusi dort Ihrer Arbeit nachgingen. Ach übrigens, haben Sie Fotos von den Schaulustigen gemacht?«
»Bilder von den Gaffern verkneife ich mir.«
»Das habe ich befürchtet. Schade, dass Sie nur Augen für den Toten hatten.«
»Das ist mein Job! Wenn jemand Fotos von einer Leiche macht, bin meist ich das.«
Ungeduldig schaute Kräuming auf die Uhr, dann auf den Koffer und klimperte albern mit den Augen.
»Kollege, Sie sind absolut der Beste Ihres Fachs. Einfach grandios. Ein verkanntes Genie. Ich liebe Ihre Fotos. Kein Schnickschnack. Der Fokus liegt perfekt auf dem Detail. Nichts lenkt das Auge ab. Und dennoch, dieses Spiel mit dem Licht im Wechsel mit dem Schatten. Ein Traum für jede Leiche. Einsame Spitze! Bitte, bitte, bitte! Machen Sie einmal eine Ausnahme.«
»Einschleimen bringt nichts. Ich bin für die Technik verantwortlich.«
Dass jemand seine Fotoausrüstung nutzen wollte, streifte verdächtig den Tatbestand der körperlichen Misshandlung. Wahrscheinlich hätte sich Bork statt von der Technik eher von einer Niere getrennt oder auf einen kleinen Finger verzichtet.
Kräuming gab nicht auf.
»Mögen Sie Kuchen? Ich kenne einen vorzüglichen Bäcker.«

»Sie wollen mich mit Kuchen bestechen?«

Verlegen zog Kräuming die Schultern hoch. Bork schüttelte verständnislos den Kopf.

»Sie wollen mir also nicht helfen, den Fall zu lösen?«

»Mir sind die Hände gebunden. Gotzkofski ist nicht da. Hämmerling kommt erst am späten Nachmittag wieder. Und unser aller Chef ruf ich nicht an. Tut mir leid. Ohne Auftrag keine Fotos. Dafür gibt es eine klare Dienstanweisung.«

Verzweifelt raufte sich Kräuming die Haare.

»Sie wollen meine Unterstützung? Dann reden Sie doch mit Voigt. Der kann das veranlassen.«

»Verdammt! Ich habe keine Zeit für diesen Amtswegquatsch. Ich brauche Ihre Hilfe jetzt sofort.«

Erneutes, nachdrückliches Kopfschütteln.

»Wenn man es rein rechtlich betrachtet, gehört die Ausrüstung der ganzen Behörde. Im Prinzip allen Mitarbeitern, somit auch mir. Ich bin sicher, unsere Chefs sehen das genauso.«

Bork lehnte sich zurück und verschränkte die Arme.

»Kräuming, Sie gehören nicht zum LKA. Besorgen Sie sich doch aus Wiesbaden eine Ausrüstung. Oder tuschen Ihre Kollegen dort Aquarelle von den Opfern?«

»Nur für eine Stunde. Versprochen.«

Blitzschnell griff Kräuming nach dem Fotokoffer. Bork reagierte ebenso schnell. Beide zogen am Schulterriemen.

»Noch nie davon gehört? Alles mit F verborgt man nicht! Füller, Frau, Fotoapparat«, belehrte Bork seinen Widersacher, konnte sich ein Grinsen aber kaum verkneifen.

»Zwingen Sie mich nicht, Sie zu erschießen«, knurrte Kräuming.

»Ihre Waffe langweilt sich in Wiesbaden. Das weiß jeder hier.«

»Ich brauche die Fotoausrüstung!«

»Sie geben wohl nie auf, oder?«

Kräuming schüttelte energisch den Kopf. Bork atmete tief durch.

»Eine Stunde. Keine Minute länger. Und wenn etwas zu Schaden kommt, haften Sie dafür.« Er zögerte einen Augenblick. »Steht das Angebot mit dem Kuchen noch?«

Kräuming grinste breit. Er deutete auf die Fotoausrüstung. »Nur wenn Sie mir zeigen, wie ich mit dem Zeug umgehen muss.«

Dr. Sellmanns Beerdigung fand in aller Stille auf dem Friedhof Tegel statt. Ilse Sellmann hatte ausdrücklich darum gebeten, diesem letzten Wunsch ihres Mannes zu entsprechen und von persönlichen Beileidsbekundungen Abstand zu nehmen. Auf einen Pfarrer oder einen Trauerredner verzichtete sie ebenfalls.

Kräuming stand gut hundert Meter entfernt hinter einem der Grabsteine und beobachtete die schlichte Zeremonie durch ein Teleobjektiv. Bisher hatte sich die Verdächtige noch nicht blicken lassen. Vier Mitarbeiter des Friedhofs trugen den Sarg zu einer ausgehobenen Grabstelle. Nach einem Augenblick des Innehaltens wurde er in die Grube herabgelassen. Ilse Sellmann warf einen Blumenstrauß ins Loch. Erneut ein Moment der Andacht. Trotz ihres Wunsches waren mehrere Trauersträuße und Kränze geschickt worden, die man an der Grabstelle angeordnet hatte. Langsam ging sie an den aufgereihten Beileidsbekundungen vorbei. Plötzlich blieb sie abrupt stehen. Entsetzt starrte sie auf eine der Schleifen und schaute sich erschrocken um. Dann ging sie schnellen Schrittes den Weg Richtung Ausgang.

Kräuming hatte einige Male unbeholfen den Auslöser seiner Kamera betätigt. Als er sicher sein konnte, dass Ilse Sellmann außer Sichtweite war, ging er zum Grab, nickte den Friedhofsarbeitern kurz zu und betrachtete die Kränze. Es waren die üblichen Bekundungen. *Für immer unvergessen. Abschied in Dankbarkeit. In stillem Gedenken.* Einige der Patienten hatten es sich nicht nehmen lassen, den Verlust ihres ehemaligen Arztes zu bedauern. Ein Kranz fiel aus dem Rahmen. Er war schmucklos, nur geziert von einer weißen Trauerschleife. *In Erinnerung an unseren Kameraden. Unsere Ehre heißt Treue.*

»Können Sie mir sagen, wer diesen Kranz gebracht hat?«

Die Männer schauten sich fragend an. Schulterzucken. Man ließ sich nicht stören.

Kräuming zog seinen Ausweis aus der Tasche.

»Bundeskriminalamt. Muss ich Sie erst ins Büro zitieren, damit Sie die Zähne auseinanderkriegen?«

Einer bemühte sich nun doch, den Kranz anzuschauen. Erstaunt zog er die Stirn kraus.

»Den hab ick hier nich hinjestellt. Der muss später jekommen sein. An so'n Müll könnt ick mir erinnern.« Beleidigt ging er wieder an seine Arbeit und half, das Grab zuzuschütten.

Der Wahlspruch der SS als letzter Gruß? Hatte ihn Ilse Sellmann angelogen? Offensichtlich fühlten sich ein paar alte Kameraden doch verpflichtet, dem Truppenarzt von Oranienburg ihre zweifelhafte Ehre zu erweisen. Andererseits war ihre Reaktion eindeutig gewesen. Pure Abscheu. Aber ganz klar auch Angst. Kräuming bückte sich und zog die Schleife ab. Mit etwas Glück ließ sich herausfinden, wo die Aufschrift gedruckt worden war.

Kräuming verstand nicht, warum es noch immer Menschen gab, die dieser verbrecherischen Vergangenheit nachtrauerten oder sie schönredeten. Niemand konnte sich heute damit herausreden, nichts zu wissen. Seine Mutter hatte jahrelang gebetsmühlenartig behauptet, keines der Verbrechen jener Zeit wäre ihr damals bekannt gewesen. So etwas hätte sie sich niemals vorstellen können. Er glaubte ihr. Aber heute zweifelte sie nicht mehr daran. Sie schämte sich, der nationalsozialistischen Idee auf den Leim gegangen zu sein. Ihr Mann, sein Vater, hatte deswegen ins Gras beißen müssen. Manchmal dachte Kräuming über die Frage nach, wie er sich in jener Zeit verhalten hätte. Eine klare Antwort darauf blieb er sich schuldig.

Eine Stunde später bat Kräuming Schley und Lott in den Beratungsraum. Auch wenn sie es gewohnt waren, ihre Gedanken hinter starren Mienen zu verbergen, diesmal gelang es beiden nur unzulänglich. Mit Verwunderung folgten sie Kräumings Ausführungen und ließen sich auf den letzten Stand seiner Ermittlung bringen. Anweisung von Gotzkofski, hatte er behauptet.

Lott betrachtete angewidert die Grabschleife und notierte verbissen jedes Detail in seiner Kladde. Der unrasiert wirkende Riese nahm die neuesten Informationen mit offenem Mund zur Kenntnis. Er starrte regungslos auf die Anweisung Voigts, der schnellstmöglich eine nichtöffentliche Fahndung nach der Unbekannten an alle Dienststellen durchgestellt haben wollte. Aber mehr als das wunderte beide Kräumings Behauptung, Gotzkofski erwarte, sie hätten sich mit dem Kollegen Bis-auf-Weiteres abzustimmen.

Natürlich war sich Kräuming bewusst, dass er die Anweisung, er möge sich mit Lott und Schley abstimmen, äußerst frei und einseitig interpretiert hatte. Aber Gotzkofski lag im Bett und musste den Pflegewahn seiner Gattin ertragen.

Als Kräuming um achtzehn Uhr auf die Keithstraße trat und die frische Luft tief einatmete, entschied er, dass der Aufenthalt im LKA Berlin auch seine guten Seiten hatte. Er dachte an Andrea Grabes und nahm sich vor, sie morgen anzurufen und die Frage zu stellen: Kann man gefälschte britische Banknoten käuflich erwerben? Er lächelte bei dem Gedanken, als er in die Kurfürstenstraße einbog. Den Mann, der sich scheinbar interessiert die Schaufensterauslagen anschaute und ihm mit einigem Abstand folgte, bemerkte er nicht.

Der Prospekt warb mit weißem Strand, blauem Himmel, türkisfarbenem Meer und geräumigen Überwasserbungalows in der Lagune. Eine braun gebrannte Schönheit mit einer Blüte im krausen Haar kredenzte lächelnd einen exotischen Drink. »Malediven« stand einladend auf dem Hochglanzprospekt. »Fernwehparadies für Kenner«.

»Glauben Sie ernsthaft, Sie können mich *damit* beeindrucken?«, fragte Detlef Römer und ließ den Prospekt missmutig auf den Tisch fallen. »Bittler, zur Erinnerung, ich bin kein unerfahrener Hinterbänkler. Noch habe ich zwar nicht den angemessenen Posten in der Regierung, der mir zusteht, aber das ändert sich garantiert in der nächsten Legislaturperiode. Dafür habe ich sehr hart gearbeitet. Man wird meine internationalen Kontakte zu würdigen wissen.«

Abwägend lehnte sich Paul Bittler zurück und nahm den Prospekt vom Tisch. Er blätterte enttäuscht darin, und ohne sein Gegenüber anzuschauen, entgegnete er: »Ja, Ihre Bemühungen, die wirtschaftliche Zusammenarbeit mit den lateinamerikanischen Staaten zu vertiefen, hat Ihnen einiges an Respekt nicht nur in unserer Partei eingebracht. Dank Ihnen sind die Handelsbeziehungen mit diesen Ländern auf ein völlig neues Niveau gehoben worden. Wachstumsraten, die beeindrucken. Sie haben absolut recht, es ist an der Zeit, diese Leistung zu würdigen.«

Bittler zögerte einen Augenblick. Scheinbar enttäuscht legte er den Prospekt wieder auf die Tischplatte und schob ihn langsam hinüber.

»Das Problem ist nur, niemand wird sich an Ihre Verdienste erinnern, wenn bekannt wird, dass auf Ihren Reisen Ihre Sekretärin die

Aufgaben Ihrer Frau vollumfänglich übernommen hat. Man wird drei Kinder und eine betrogene Gattin bemitleiden und notgedrungen einem weniger Kompetenten das Vertrauen aussprechen. Menschen können furchtbar nachtragend sein.«

Römer erblasste. Es arbeitete in seinem Kopf. Er stand auf, bemüht, Haltung zu wahren, und zog sein Jackett zurecht.

»Das ist eine infame Unterstellung!«

»Caracas, Hacienda Floresta, Frühstück für zwei Personen aufs Zimmer. Zwei Spiegeleier, wahrscheinlich zur körperlichen Stärkung. Valparaíso, Hilton Garden. Es gibt ein paar aufschlussreiche delikate Fotos. Hübsch, die Kleine. Wenn sie nur halb so gut tippen kann ... Sie kommen leider nicht so gut weg. Unvorteilhaft der Bauchansatz. Als Mann verstehe ich durchaus, dass Ihre knusprige Sekretärin Vorzüge aufweist, mit der eine in die Jahre gekommene liebende Mutter nicht mithalten kann. Ein Mann ist so alt, wie er sich fühlt, eine Frau so alt, wie sie sich anfühlt. Ein dummer, wenn auch nachvollziehbarer Spruch. Rio de Janeiro, das Copacabana. Soll ich weiter aufzählen?«

»Sie sind ein elendes Schwein!«

Ohne darauf zu reagieren, wies Bittler auf den leeren Stuhl.

»Reden wir vernünftig miteinander. Ich bin sicher, es gibt eine Lösung im gegenseitigen Interesse. Sie stimmen im richtigen Moment für einen Regierungswechsel, und niemand erfährt von Ihren kleinen Eskapaden. Unterstützen Sie mich, und ich verspreche Ihnen, die Anerkennung Ihrer Leistungen in Lateinamerika wird in einer CDU-FDP-Koalition hinreichend gewürdigt werden. Abgesehen davon bin ich mir absolut sicher, Ihre Sekretärin wird die Malediven lieben.«

Teil 2

Donnerstag, 3. Mai 1945

Nur mühsam gelang es Johannes Kellerhof, seinen Atem zu beruhigen. Vorsichtig schaute er sich um. Niemand war ihm gefolgt. Er war allein. Die Lichtung lag einladend vor ihm. Ein paar gewaltige Birken standen am Rande eines Weihers. Im Wasser spiegelte sich das zarte Grün der Baumwipfel vor einem blauen Himmel und malerischen Wolken. Das perfekte Motiv für einen Landschaftsmaler, dachte er unwillkürlich.

Vor dem Schilf hatte der Wind den Blütenstaub der Kiefern zu gelben Flächen zusammengetrieben. Der Ruf eines Blesshuhns war zu hören. Ein krächzendes, wenig melodisches »Krök« verriet, dass es ein Weibchen war. Durch das hohe Gras führte ein Wildpfad. Dem würde er folgen. Aufmerksam lauschte er.

Leise hörte Kellerhof noch den Motor des amerikanischen Jeeps. »Es ist vorbei«, flüsterte er sich zu, und obwohl er auf der Flucht war, verspürte er Erleichterung.

Niemand vom Kommandanturstab hatte sie gewarnt. Unter den kümmerlichen Resten der Wachmannschaft war Panik ausgebrochen, als die Amerikaner auf dem Hügel erschienen waren. Kaum wahrnehmbar waren einzelne Freudenschreie der Häftlinge zu hören gewesen.

Hier war sie nun, die Endstation. Eine kleine Landstraße mit Kopfsteinpflaster zwischen zwei Feldern. Hinter der Ortschaft Crivitz hatte für ihn das Tausendjährige Reich zu bestehen aufgehört. Alles war verloren. Jeder war sich selbst der Nächste.

Johannes Kellerhof fröstelte. Die Nacht war unangenehm kalt gewesen. Kaum fünf Grad. Möglicherweise die Vorboten der Eisheiligen. Laut Befehl hatte er seit vier Uhr früh zu prüfen gehabt, ob die eingeteilten Wachmannschaften auf ihren Posten standen. Erneut hatten einige der Wachmänner die Dunkelheit genutzt, um sich heimlich abzusetzen. Ab und zu waren Schüsse zu hören gewesen. Ob die eigenen Leute auf flüchtende Kameraden oder auf verzweifelte Häftlinge geschossen hatten, war unklar. Derartigen Vorfällen war er nicht nachgegangen. Es war nicht mehr wichtig. Stärker als die feuchtkalten Nachtstunden und das Jammern der KZ-Insassen hatte ihn die Frage beschäftigt, wie es für ihn weitergehen sollte.

Am 21. April 1945 war hektisch der Befehl *Sonneburg* ausgegeben worden. Sofortige Auflösung des KZ Sachsenhausen. Der Marschbefehl: Schwerin. Vom Osten her rückten die Russen vor. Die Amerikaner näherten sich von Westen. Der Korridor, der ihnen blieb, war schmal, die wenigen Befehle, die sie erreichten, widersprüchlich. Seit Tagen irrten sie umher. Unter den SS-Mannschaften machte das Gerücht die Runde, KZ-Kommandant Anton Kaindl habe sich aus dem Staub gemacht, um sich ins Ausland abzusetzen. Andere glaubten zu wissen, der Lagerkommandant sei an Geheimverhandlungen beteiligt. Die Häftlinge dienten als Verhandlungsmasse, ein letzter Trumpf, um die Amerikaner von einem Waffenstillstand zu überzeugen. Würde es einen separaten Friedensschluss mit den Westalliierten geben, die Russen wären noch aufzuhalten. Das Blatt würde sich wenden. Dummes Geschwätz der Fanatiker. Verzweifeltes Wunschdenken. Der Krieg war längst verloren, Adolf Hitler seit drei Tagen tot. Suizid, flüsterte man hinter vorgehaltener Hand. Offensichtlich glaubte nicht einmal der Führer mehr den eigenen Durchhalteparolen. Der Großdeutsche Rundfunk hatte in seiner letzten Sendung pathetisch darüber informiert: »Wir grüßen alle Deutschen und gedenken des tapferen deutschen Soldatentums, zu Lande, zu Wasser und in der Luft. Der Führer ist tot, es lebe das Reich.« Danach: Funkstille.

Kellerhof hielt sich heraus aus derartigen Spekulationen und äußerte sich nicht. Zweifel galten als Wehrkraftzersetzung. Das Misstrauen untereinander war fast körperlich spürbar, die Bereitschaft zu denunzieren weit verbreitet.

Nur langsam begann es an diesem Morgen, wärmer zu werden. In der Sonne ließ es sich aushalten. Abermals schaute er sich aufmerksam um. Es war ruhig.

Von allen Jahreszeiten war ihm der Frühling die liebste. Lenzzeit. Hoffnungszeit. Zeit für einen Neubeginn. Selbst in diesem Moment nahm er das frische Grün der Sträucher wahr. Zwei Schmetterlinge, Kohlweißlinge, tanzten über die Wiese. Ein Buchfink schmetterte laut und durchdringend seinen Gesang. Die Sonnenstrahlen spiegelten sich im Morgentau. Ein Ort zum Träumen. Als Kind hatte er gerne sein Ohr an die Birkenstämme gelegt, um dem Glucksen und Rauschen der Säfte zu lauschen, die in die Kronen stiegen. Ungehalten verdrängte er die Erinnerung. Die Zeit arbeitete gegen ihn.

Hier musste es enden, auf einer Waldlichtung, unweit der kleinen Stadt Crivitz, die sich stolz als Erste in Mecklenburg judenfrei hatte nennen dürfen.

Weit entfernt klang das tödliche Rattern eines deutschen Maschinengewehres. MG 42. Die SS-Wachmänner aus dem KZ nannten es zynisch Knochensäge, Singende Säge oder Hitlergeige. Kurze, zornige Feuerstöße. Einige Unbelehrbare schienen noch immer nicht begriffen zu haben. Es war vorbei.

Aufmerksam suchte Kellerhof die Ränder der Lichtung ab. Als er nichts Ungewöhnliches feststellen konnte, begann er hektisch, sich umzuziehen. Er musste schleunigst die Uniform loswerden. Würde man ihn damit aufgreifen, alles wäre zu Ende. Seit Tagen war ihm klar, dass seine einzige Chance darin bestand, sich abzusetzen. Viele Kameraden waren längst desertiert, Gelegenheiten zur Flucht hatte es etliche gegeben. Warum er keine davon wahrgenommen hatte, war ihm jetzt ein Rätsel. War es Angst? Pflichtbewusstsein? Dummheit? Er stellte den Rucksack auf einen umgestürzten Baumstamm, öffnete ihn und betrachtete die heruntergekommene Zivilkleidung. Er würde wie ein Flüchtling aussehen, wie sie zu Tausenden aus Schlesien und Pommern kamen, vertrieben von den Russen, getrieben von der Angst vor Vergeltung.

Eilig schlüpfte er in eine abgetragene Hose und knöpfte das verblichene Hemd zu. Zu spät bemerkte er, dass er ein Knopfloch zu tief angesetzt hatte und den Kragen nicht schließen konnte. Er würde seine Unachtsamkeit später korrigieren. Rasch rollte er die Hose und die Uniformjacke zusammen. Kurz der Gedanke, ob es besser wäre, die Schulterstücke und Kragenspiegel abzutrennen und sie im Boden zu verscharren. SS-Hauptscharführer. Drei Wochen vorher hatte ihm Lagerkommandant Kaindl vor versammelter Mannschaft für seine außergewöhnlich effektive Arbeit gedankt. Ein schnelles Händeschütteln. Sieg Heil! Für Führer, Volk und Vaterland. Das war's. Weitermachen!

Ein Geräusch schreckte ihn auf. Blitzschnell zog Kellerhof eine Pistole aus dem Rucksack. Kaum vier Meter entfernt trat eine Frau aus dem Gebüsch. Verblüfft betrachtete sie ihn. Die Frau trug eine graue Uniform mit einer Art Hosenrock und Lederstiefel. Sie war etwas jünger als er. Anfang dreißig. Zeugen waren das Letzte, was SS-Hauptscharführer Kellerhof gebrauchen konnte. Offiziell sollte er von diesem Tag an als vermisst gelten. Routiniert entsicherte er die Waffe, zielte auf ihr Gesicht, zögerte.

»Fünf Minuten lang hatte ich ernsthaft gehofft, eine Zukunft zu haben.«

Ihre Stimme war fest und beherrscht. Kellerhof starrte sie an. Sie wirkte erschrocken, desillusioniert, aber nicht ängstlich. Auch sie war bis zum Schluss dabeigeblieben. Die Kleidung schlicht, autoritär und pragmatisch. Er kannte derartige Uniformen.

»Ravensbrück?«

Sie nickte. »Wachmannschaft. Hundeführerin. Wenn sie mich erwischen ...«

Langsam ließ Kellerhof die Waffe sinken und sicherte sie.

Er hatte davon gehört, dass auch das KZ Ravensbrück aufgelöst worden war. Ziel der Märsche: ebenfalls der Nordwesten Deutschlands. Offensichtlich hatten sich die Kolonnen inzwischen vereint.

Er ließ das Uniformbündel fallen und schob es mit dem rechten Fuß unter einen umgestürzten Baumstamm. Er dachte an den gelblichen Umschlag in seinem Rucksack, in dem er wichtige Papiere wusste. Der Neuanfang. Ein anderes, ein unbelastetes Leben. Erneut betrachtete Kellerhof die Frau abschätzend. Auch sie hatte nichts mehr zu verlieren. Wie er hatte sie den Visionen des Führers blindlings vertraut. Ein Irrtum, den zu korrigieren nicht mehr möglich war. Gedanken schossen ihm durch den Kopf. Alles hinter sich lassen. Neu beginnen ...

Die Vergangenheit vergessen. Fünf Minuten lang hatte ich ernsthaft gehofft, eine Zukunft zu haben.

Wäre es vorstellbar? Ein Paar würde kaum auffallen. Gemeinsam ist man weniger verdächtig. Zeit zum Nachdenken blieb nicht.

Ein tiefes, brummendes Dröhnen nährte sich unaufhaltsam, begleitet von einem metallischen Rasseln. Der Mann schaute nervös in Richtung des Waldes. M4-Sherman-Panzer. Die Amerikaner fuhren die Landstraße hinauf. Abwägend betrachtete er die Waffe, dann warf er sie in den Weiher.

»Du brauchst dringend andere Sachen.« Johannes Kellerhof streckte die Hand aus. »Du willst leben? Lass es uns gemeinsam versuchen.«

Donnerstag, 16. September 1976

Obwohl Kräuming in den letzten Tagen mehrfach in der *Blick-Redaktion* angerufen und mit Nachdruck um einen Rückruf gebeten hatte, hielt es der Journalist Torsten Hinze erst jetzt für angemessen, sich zu melden. Keine Entschuldigung, nur der Verweis auf immens viel Arbeit. »Sie wissen ja, die Presse ruht nie.«
Kräuming reagierte nicht darauf. Er bat stattdessen höflich um einen zeitnahen Termin. Es gehe um die Mordsache Dr. Sellmann. Die Kriminalpolizei brauche seine Unterstützung. Es kam die erwartbare Reaktion, man könne keine Quellen verraten, und die Freiheit des Journalismus sei unantastbar und ähnliche Floskeln.
»Selbstverständlich«, antwortete Kräuming im Brustton tiefster Überzeugung, verbunden mit einem deutlich erkennbaren Beleidigtsein. »Es geht nur um Ihre Landschaftsaufnahmen im Tegeler Forst vor einer Woche. Wir vermuten, dass der Täter auf einem Ihrer Fotos zu sehen ist. Ich möchte nur kurz einen Blick darauf werfen.«
Das Schweigen am anderen Ende der Leitung verriet, dass die Bitte unerwartet kam. Die Neugier war geweckt.
»Im Gegenzug geben Sie mir dafür ein paar Informationen zu dem Fall, exklusiv.«
»Herr Hinze, Sie können die üblichen Fragen stellen, die ich gegebenenfalls wohlwollend beantworte. Extrawurst ist nicht. Abgesehen davon schulden Sie mir ein wenig Entgegenkommen, nachdem Sie mich in einer solch unschmeichelhaften Pose fotografiert haben. Kniend im Dreck, von einem Zeigefinger bedroht.«
Hinze lachte selbstgefällig. »Ein sensationelles Foto. Hat viel Beachtung gefunden.«
»Meine Begeisterung hält sich in Grenzen. Und ersparen Sie mir jetzt, die große Runde zu fahren. Mein Chef redet mit Ihrem, und Ihr Chef redet mit dem Chef meines Chefs, der dann wieder mit dem Chef Ihres Chefs redet. Ich will nur gucken. Mehr nicht.«

»Sie wissen, wie der Täter aussieht?«

Kräuming antwortete nicht auf die Frage. Wenn es etwas gab, was Journalisten hellhörig machte, dann war es die Aussicht auf Neuigkeiten.

»Elf Uhr im Wilhelm Höck!«, bestimmte Kräuming und legte auf.

Die ehrwürdige Traditionskneipe Wilhelm Höck 1892 befand sich unweit der Deutschen Oper in Charlottenburg. Kräuming parkte seinen Buckelvolvo in einer Seitenstraße und ließ sich Zeit, die wenigen Meter bis zur Kneipe zu gehen. Hinze stand in einer modischen Cordhose mit überdimensionaler Schnalle, gewagtem Schlag und einem Tweedsakko mit extrabreitem Revers am Straßenrand. Er zog ein Gesicht, als hätte der Wirt nach seinem Ausweis gefragt und ihn, da er den nicht mithatte, der Restauration verwiesen. Sobald er Kräuming gewahr wurde, schaute er missbilligend auf seine Uhr und zog divenhaft die rechte Augenbraue hoch.

Hinze erinnerte Kräuming an einen Bademeister, der klein von Statur, aber mit geschwollener Brust am Beckenrand entlanggockelte und mit gestrengem Blick auf das Treiben der Badegäste schaute.

»Immens viel Arbeit«, sagte Kräuming gelassen und ergänzte: »Sie wissen ja, dein Freund und Helfer ruht nie.«

»Mein Lieber, jemanden warten zu lassen, von dem man etwas will, ist nicht gerade höflich«, erwiderte Hinze beleidigt und strich sich eine Strähne aus dem Gesicht.

»Wem sagen Sie das!«, antwortete Kräuming betont verständnislos. »Ich habe beinah eine Woche sehnsüchtig auf Ihren Rückruf gewartet. Aber jetzt haben wir uns ja gefunden.«

Sportlich öffnete er die Tür und hatte Mühe, nicht über den sprachlosen Journalisten zu feixen, der stürmischen Schrittes ins Innere trat.

Die Fotos waren eine Enttäuschung. Momentaufnahmen der Arbeit der Spurensicherung, ein paar gelangweilte Polizisten an der Absperrung, der Abtransport der Leiche. Mehrere Aufnahmen zeigten ihn zusammen mit Gotzkofski und dem Maestro. Auf fünf Bildern entdeckte er sich kniend auf dem Boden. Nur auf drei Fotos waren Schaulustige zu sehen. Auch ohne Lupe erkannte Kräuming deutlich eine Person, auf die die Beschreibung des Tegeler Bibliothekenfreundes passte. Klein, kräftig, höchstens Mitte dreißig. Sportlicher Typ. Jeans und Tarnjacke.

Ärgerlicherweise war der überwiegende Teil ihres Gesichts vom Arm eines Neugierigen, der etwas Wichtiges zu zeigen schien, abgedeckt. Kräuming tat enttäuscht, nahm sich aber erneut eines jener Bilder, das unbedenklich war, betrachtete es ausgiebig und schüttelte dann bedächtig den Kopf.

»Sind das alle Fotos?«, fragte er, obwohl er heimlich gezählt hatte. Sechsunddreißig. Mehr Bilder passten auf keinen Film.

Hinze nickte und betrachtete das Foto, das Kräuming zum Schluss so eingehend studiert hatte.

»Sie wissen, wie der Täter aussieht. Zumindest haben Sie eine Ahnung. Geben Sie mir irgendetwas. Sich mit der Presse gutzustellen, kann durchaus von Vorteil sein.«

Über der Theke hing eine Tafel, die mit einem deftigen Frühstück warb. Strammer Max.

»Ich verstehe. Aber nach dieser Enttäuschung«, Kräuming schob entrüstet die Fotos weg, »muss ich mich erst einmal stärken. Sie auch?«

Der Wirt, der dem Blick gefolgt war, machte sich nicht die Mühe, hinterm Tresen vorzukommen. Er deutete nur auf das Schild und zeigte zwei Finger. Enttäuscht nahm er zur Kenntnis, dass nur eine Portion Mischbrot, Schinken und Spiegelei verlangt wurde.

»Machen wir uns nichts vor. Ich kann wohlwollend oder überaus kritisch über den Fall berichten. Die halbe Stadt liest den *Berlin-Blick*. Wenige freundliche Sätze meinerseits, und niemand zweifelt an Ihrer Kompetenz. Aber wenn Sie Bedenken haben ... Es liegt ganz bei Ihnen. Im Prinzip wollen wir beide doch das Gleiche.«

Ein Lächeln huschte über Kräumings Gesicht.

»Gehe ich recht in der Annahme, dass Sie mir gerade drohen? Oder mich bestechen wollen? Mediale Streicheleinheiten für exklusive Informationen?« Zögerlich legte er den Zeigefinger über die Lippen, wippte mit dem Kopf hin und her und zielte dann auf sein Gegenüber. »Herzchen, Sie haben recht. Absolut! Wir könnten ein richtig schnuckliges Pärchen sein. Leider sind Sie überhaupt nicht mein Typ. Machen wir uns nichts vor. Wir sitzen weder in einem Boot, und schon gar nicht liegen wir im gleichen Bett. Tut mir leid. Diese Romanze hat keine Zukunft.«

Beleidigt protestierte Hinze: »Sie haben mir versprochen, Informationen zu liefern.«

»Habe ich das?« Mit ernstem Gesicht zog er aus seiner Fransentasche eine angefangene Schachtel Zigaretten. Er steckte sich eine an und blies den Qualm über den Tisch. »Soweit ich mich erinnere, habe ich lediglich zugesagt, Fragen wohlwollend zu beantworten. Bisher haben Sie keine gestellt.«

»Gut, dann frage ich Sie jetzt offiziell: Gibt es einen Verdächtigen?«

Ein paar Sekunden vergingen, in denen sich Kräuming zu überlegen schien, was er antworten sollte. Mit der Zigarette zwischen den Fingern winkte er Hinze dezent heran, der sich auch sofort nach vorne lehnte.

»Derzeit erteilt die Polizei keine Auskünfte zu den Ermittlungsergebnissen, weder allgemein noch zu Detailfragen. Und unter uns, mein Schöner ...«, mit einer weichen abwinkenden Geste und einer überbetont sonoren Stimmlage ergänzte er: »Typen wie Sie gehen immer leer aus.«

Wütend sprang Hinze auf. Dass ihn Kräuming nachäffte, brachte ihn in Rage.

»Nehmen Sie mich nicht ernst, weil ich schwul bin?«

Kräuming schüttelte entsetzt den Kopf.

»Ihre Vorlieben sind mir völlig egal. Schnurzpiepe sozusagen. Da halte ich es mit dem Alten Fritz oder dem Warmen Paul oder so. Jeder soll mit seiner Liaison selig werden. Schwulsein ist keine Leistung. Und schon gar nicht hängt Seriosität von der sexuellen Orientierung ab. Hinze, ich nehme Sie nicht ernst, weil Sie eine Witzfigur sind und sich nicht an die Spielregeln halten. Und abgesehen davon, niemand fotografiert einen Polizisten ungestraft in misslicher Lage und macht sich auch noch lustig darüber. Sie haben mich mit Ihrem Foto zum Gespött gemacht. Erwarten Sie wirklich, dass ich Sie dafür liebevoll in den Arm nehme?«

Ohne ein weiteres Wort verließ Hinze beleidigt die Kneipe.

Kurz darauf wurde der Stramme Max serviert.

Statt einer Begrüßung nur eine angedeutete Geste, dass Kräuming das Haus betreten durfte. Ilse Sellmann machte keinen Hehl daraus, dass er unerwünscht war. Das kann ja heiter werden, dachte er. Das erste Gespräch war ihm als verstörend in Erinnerung geblieben.

Die Witwe führte ihn in den Raum, der als Wintergarten genutzt wurde und in dem vier Korbsessel, um einen flachen Rattan-Couch-Tisch gruppiert, knarrende Ungemütlichkeit versprachen.

»Mein Mann bevorzugte, unsere Gäste hier zu empfangen. Ich denke, das ist angemessen. Fassen Sie sich bitte kurz. Mir geht es noch immer nicht gut.«

»Entschuldigen Sie die Störung, aber es ist leider notwendig, Ihnen weitere Fragen zu stellen«, begann Kräuming mit ernstem Ton und setzte sich in den angebotenen Sessel. »Ich verstehe Ihre Verärgerung. Glauben Sie mir, bitte, wir arbeiten intensiv daran, den Mord an Ihrem Mann aufzuklären. Wir kommen voran, aber was das Motiv angeht, tappen wir leider im Dunkeln. Jede Kleinigkeit könnte uns helfen.«

»Stellen Sie Ihre Fragen. Soweit es mir möglich ist, werde ich sie beantworten.«

Erleichtert öffnete Kräuming seine Umhängetasche und zog eine Mappe heraus.

»Verdächtigt wird eine junge Frau. Kräftig, nicht besonders groß, kurze Haare.«

Er reichte eine Zeichnung über den Tisch.

»Mein Mann wurde von einer Frau ermordet?«

Ilse Sellmann schaute ihn ungläubig an und betrachtete dann aufmerksam die Skizze.

»Mit Sicherheit können wir das noch nicht sagen. Aber es spricht einiges dafür. Kommt Ihnen die Person bekannt vor?«

Sie schüttelte den Kopf. Vielleicht war es ein unbewusstes Blinzeln oder das kaum wahrnehmbare Zögern in ihrer Antwort, das Kräuming nachhaken ließ.

»Lassen Sie sich Zeit!«

Erneut betrachtete sie das Gesicht. »Der Frau bin ich noch nie begegnet.«

Enttäuscht gab sie das Blatt zurück.

»Bei der Obduktion wurde festgestellt, dass unterhalb der Achsel Ihres Mannes operativ ein Stück Haut entfernt wurde. Der Verdacht liegt nahe, dass an der Stelle seine Blutgruppe tätowiert war. Soweit mir bekannt ist, gehörte es nicht zu den Gepflogenheiten der Allgemeinen SS, von ihren Mitgliedern derartige Kennzeichen zu verlangen. Können Sie mir erklären, warum Ihr Mann sich dennoch hat tätowieren lassen?«

Ilse Sellmann schüttelte energisch den Kopf.

»Heinrich hat sich nie mit diesen Verbrechern gemein gemacht. Er besaß keine Tätowierung.«

»Kein Zweifel?«

»Absolut! Mein Mann hat im Ersten Weltkrieg nicht nur einen Teil seines Fußes verloren, sondern sich aufgrund der schrecklichen hygienischen Bedingungen mit Hautausschlag und Abszessen herumschlagen müssen. Unter anderem mit einem Axillarabszess. Der musste operativ entfernt werden. Alles andere ließ sich mit Salben behandeln. Davon stammt die verdammte Narbe. Hat ihn nach dem Krieg zwei Jahre Untersuchungshaft im Internierungslager Dachau eingebracht. Die Alliierten wollten das auch nicht glauben.«

Mit der Antwort hatte Kräuming nicht gerechnet. Er würde mit von Kirchau darüber reden, war sich aber sicher, dass Ilse Sellmann die Wahrheit sagte.

»Bei unserem letzten Besuch haben Sie auf die Frage, was für ein Mensch Ihr Mann war, geantwortet: ›Ich habe ihn geliebt. Das muss reichen.‹«

Er legte eine kurze Pause ein und schaute Ilse Sellmann ernst an. »Ich bin sicher, das Motiv für die Tat liegt in der Vergangenheit. Wenn Sie wollen, dass wir den Mörder finden, brauchen wir Ihre Hilfe. Können Sie Ihre Aussage bitte etwas genauer erklären?«

Verwundert, als würde der Kommissar Abwegiges von ihr verlangen, strich sich Ilse Sellmann eine Strähne über das rechte Ohr.

»Ich lernte Heinrich auf dem Silvesterball 1932 in München kennen. Es war der symbolische Höhepunkt des Faschings, und es hieß, im ganzen Reich gäbe es nichts Vergleichbares. Alle wichtigen Vertreter aus Politik und Wirtschaft waren eingeladen. Leider zählte das Kaufhaus Uhlfelder nicht dazu. Ehrlich gesagt hatte ich die Einladung einer Freundin zu verdanken, in deren Namen ich dort erschien.«

Sie zögerte einen Moment, als genieße sie noch einmal die feierliche Atmosphäre jener Nacht. Dann schaute sie streng auf ihre

Hände, als wäre sie erbost, weil sie sich derartige Erinnerungen gestattet hatte.

»Adolf Hitler war damit beschäftigt, seine Schreckensherrschaft vorzubereiten. Ich war dreiundzwanzig Jahre alt, ein dummes, naives Huhn, das die Gefahr nicht sehen wollte. Ende Januar wurde er Reichskanzler.«

Ihre Gesichtszüge verhärteten sich. Kräuming, der sah, wie es um sie stand, wünschte sich eins von Gotzkofskis frischgebügelten Taschentüchern. Glücklicherweise wusste er in seiner Umhängetasche eine angefangene Packung Zellstofftücher. Er schob sie über den Tisch. Dankbar nahm sie eins heraus, faltete es auseinander und tupfte sich elegant die Nase trocken.

»An jenem Abend hatte ich gehofft, dass Heinrich einmal mit mir tanzen würde. Aber das schien unmöglich. Sie müssen wissen, Dr. Sellmann war ein äußerst begehrter Junggeselle, trotz seiner Kriegsverletzung. Wenn man es nicht wusste, merkte man sie ihm kaum an.«

Sie musterte Kräuming.

»Damals sah er ein bisschen aus wie Sie. Schlank, stolz und vor Selbstbewusstsein strotzend. Auch er hatte diesen verschmitzten und dennoch offenen Blick. Etwas kleiner war er, eleganter und deutlich weniger ...« Sie deutete mit den Händen die Länge der Haare an.

»Ständig stellten ihm gestandene Kollegen ihre Töchter vor, eine hübscher als die andere, mit denen er freundlich sachliche Konversation führte. Heinrich war mit vielen Größen der Münchner Gesellschaft bekannt. Egal ob Industrielle, Künstler oder Parteigrößen. Ich war tief beeindruckt. Der einzige Gedanke, den ich hatte, war: Wenn er doch einmal mit mir tanzen würde. Und plötzlich stand er neben meinem Stuhl und hielt mir seine Hand hin. ›Haben Sie den Saal jemals von oben gesehen?‹, flüsterte er mir zu. Können Sie sich das vorstellen? Ich dachte, ich muss sterben. Eine Sekunde zögerte ich, nicht weil es mir unziemlich erschien, sondern weil ich glaubte, die Müdigkeit spielte mir einen Streich. Unsicher ergriff ich seine Hand. Sie war warm und kräftig. Niemandem fiel auf, dass wir uns heimlich aus dem Staub machten. Wir stiegen die Stufen bis zum Dachboden hinauf. Dort gab es eine kleine Luke. Oberhalb der Bühne war ein winziger Raum, und von dort konnten wir das ganze Geschehen beobachten. Wie Spielzeugfiguren sahen die Gäste aus und irgendwie alle gleich. Woher Heinrich plötzlich die zwei Gläser Champagner holte, war mir ein Rätsel. Jahre später hat er mir dann erzählt, dass er sie samt Flasche vorher schon heimlich dort platziert hatte. Es gehörte zu seinem Plan, den Abend für mich unvergesslich zu machen. Was für ein fantastischer Saal!«

Sie schwieg einen Augenblick und schob das Taschentuch in den Ärmel.

»Am 12. Dezember 1935 heirateten wir heimlich in einer winzigen Kapelle im Bayerischen Wald. Drei Monate nach den Nürnberger Rassengesetzen.«

Kräuming schaute erstaunt auf. Er wusste, was es damit auf sich hatte. Der angebliche Schutz des deutschen Blutes und der deutschen Ehre. Mit den Ariergesetzen bereiteten die Nazis den Weg zur Vernichtung der Juden vor.

»Warum betonen Sie das so ausdrücklich?«, erkundigte er sich verwundert.

»Das Kaufhaus Uhlfelder war ein jüdisches Warenhaus. Es war das zweitgrößte der Stadt. Mein Vater war Abteilungsleiter und kümmerte sich um die Sonderanfertigungen, zumeist Kürschnerarbeiten für die Damen. Er war oft unterwegs, und zuweilen durfte ich ihn begleiten. Manchmal brachte er auch ein Geschenk mit. Zu meinem achtzehnten Geburtstag habe ich von einer der Näherinnen einen Muff aus Rotfuchsfell bekommen.«

Sie lächelte bei dem Gedanken.

»Verstehen Sie? Ich bin Jüdin. Niemand weiß das. Ich selbst habe es fast vergessen. Mein Mädchenname ist Rebecca Rosenstein. Wenn Heinrich dank seiner Beziehungen 1935 nicht unbelastete Papiere für mich besorgt hätte, würde ich höchstwahrscheinlich heute nicht mit Ihnen sprechen.«

Etwas klingelte in Kräuming. Eine Ahnung, die sich nicht artikulieren ließ. Eher ein Gefühl als eine Erkenntnis. Genauso schnell hörte das Klingeln wieder auf.

»Heinrich hat meiner Familie dringend geraten, das Land zu verlassen, lange bevor ein Ausreiseverbot für Juden ausgesprochen wurde. Meine Eltern sind dem Rat gefolgt. Die Schwester meiner Mutter, ihr Mann und ihre Kinder nicht. Sie wurden nach Auschwitz deportiert. Danach verliert sich ihre Spur.«

»Aber Ihre Eltern haben überlebt.«

»Obwohl Heinrich ihnen das Leben gerettet hatte, haben sie mir nie verziehen, dass ich mit einem SS-Arzt zusammenlebte. Dankbarkeit war in meiner Familie nie sonderlich ausgeprägt. Sie machten mich für den Tod der Schwester verantwortlich. Sie wollten nicht glauben, dass Heinrich nicht helfen konnte. Nach dem Krieg wollten sie mit der Frau eines Nazis nichts mehr zu tun haben.«

In diesem Moment hätte man eine Stecknadel fallen hören können. Kräuming wusste nicht, welche Frage er als Nächste stellen sollte. Abwartend schaute sie ihn an. Offensichtlich war es seine Hilflosigkeit, die sie veranlasste weiterzusprechen.

»Noch im Januar 1936 sind wir nach Oranienburg gezogen. München wurde uns zu gefährlich. Denunzianten gab es überall. Hätte jemand meine Vergangenheit gekannt, wäre das für uns beide verheerend gewesen. Heinrich arbeitete als Truppenarzt für das gerade errichtete KZ Sachsenhausen. Um mich zu schützen, ist er in die NSDAP und die Allgemeine SS eingetreten. Er war kein Lagerarzt. Mit Häftlingen hatte er nie zu tun. Um die haben sich mitinhaftierte Ärzte gekümmert – wenn überhaupt.«

»Gab es nach dem Krieg Kontakt zu ehemaligen SS-Kameraden?«

Sie zögerte, bevor sie weitersprach: »Heinrich war ein guter Mensch. Er war nur zur falschen Zeit am falschen Ort. Wir haben in den Kriegsjahren sehr zurückgezogen gelebt und hatten auch danach wenig Kontakt. Einige haben zwar nach dem Krieg versucht, wieder in der neuen Praxis Patient zu werden, aber er hat sie nicht angenommen.«

Kräuming verstand.

»Entschuldigen Sie, wenn ich das frage: Können Sie mir erklären, wie Sie durch all die Instanzen gerutscht sind? Wenn ich mich nicht irre, mussten Sie Ihre deutsche Herkunft beweisen.«

Einen Augenblick schwieg sie und hing ihren Gedanken nach. Fast glaubte er, Ilse Sellmann würde die Frage nicht beantworten.

»Heinrich hatte die Papiere von einem befreundeten Arzt, einem ehemaligen Kommilitonen, bekommen, dessen Tochter mit ihrem jüdischen Freund heimlich ins britische Mandatsgebiet Palästina geflohen war. Sie haben dort geheiratet. Für den überzeugten Nationalsozialisten eine Katastrophe. Dr. Möller war einer von Himmlers

Leibärzten. Niemand durfte von seinem abtrünnigen Fleisch und Blut wissen. Da kam Heinrich der Gedanke, dass ich seine Tochter ersetzen könnte. Eine gewisse Ähnlichkeit war vorhanden. Der Mann war Witwer, und weitere Geschwister gab es keine. Ich habe mit falschen Papieren geheiratet. Auf seine Empfehlung hin hatte mein Mann auch die Stellung als Truppenarzt in Sachsenhausen bekommen. Damals hielten wir den Gedanken, unter Wölfen zu leben, für die beste Garantie, um nicht aufzufallen. Ich weiß nicht einmal, ob Dr. Möller meinen richtigen Namen kannte.«

Kräuming schauderte. Ein Leben in Angst, geprägt von der ständigen Gefahr, als Jüdin denunziert zu werden. Was Ilse Sellmann in all den Jahren durchgestanden haben musste, war unvorstellbar.

»Am Grab Ihres Mannes wurde ein Kranz niedergelegt, offensichtlich von einem der sogenannten alten Kameraden. Sie schienen mir sehr besorgt zu sein. Haben Sie eine Idee, von wem er stammen könnte?«

»Sie haben mich heimlich beobachtet?«

»Ich wollte die Beisetzung nicht stören.«

Abweisend verschränkte sie die Arme und schüttelte den Kopf.

»Ich habe keine Ahnung, von wem er stammt.«

»Eine letzte Frage: Sagt Ihnen die Operation oder Aktion Bernhard etwas?«

Schlagartig verflog ihre Freundlichkeit. Sie schaute ihn mit wachsamen Augen an.

»Nein, davon höre ich heute zum ersten Mal.«

Kräuming wusste sofort, dass sie log.

»Sind Sie sich da absolut sicher?«

Würdevoll erhob sie sich.

»Ich habe dem nichts hinzuzufügen.«

Als Kräuming ins Büro zurückkehrte, saß der Chef der Spurensicherung Bernd Hämmerling auf seinem Stuhl und schrieb einen Zettel. Als er Kräuming gewahr wurde, guckte er zunächst erschrocken, strahlte dann aber übers ganze Gesicht. Er zerknüllte die Notiz, versenkte sie wie ein Basketballspieler gekonnt im Papierkorb und erinnerte in seiner Freude an ein Honigkuchenpferd. Fast schien es, als würde er verbotene Substanzen auf ihre Wirkung testen.

157

»Halten Sie sich fest, Kollege, es gibt Neuigkeiten! Dank der Unterstützung des Berliner Alpenvereins kann ich einen Volltreffer vermelden. Die Reepschnur stammt von einer kleinen Firma aus Waterloo.«

»Sagen Sie nicht, dass Napoleons Truppen ihre Gefangenen damit gefesselt haben«, bemerkte Kräuming amüsiert und deutete an, dass er seinen Platz beanspruchte. Hämmerling sprang auf, schob den Bürostuhl wie ein Butler seinem Lord unter den Hintern und lehnte sich dann an die Fensterbank.

»Waterloo in Kanada, in der Provinz Quebec. Ein kleines Unternehmen, das sich auf hochwertigen Kletterbedarf spezialisiert hat, stellt Kletterseile her und solche Reepschnüre.«

Begeistert zog Hämmerling ein Foto aus seiner Aktenmappe. Es zeigte eine Markierung am Ende des Seils. »Sehen Sie den stilisierten Berg? Mount Robson, der höchste Gipfel der kanadischen Rocky Mountains. Und das Allerbeste ist: Diese Charge wurde ausschließlich für das Inland produziert.«

»Kann man diesen Knoten eigentlich mit einer Hand binden?«

»Mit etwas Übung sicherlich. Kletterer haben ja selten beide Hände frei«, antwortete Hämmerling. »Falls Sie glauben, dass unsere Verdächtige Unterstützung hatte – das können wir getrost ausschließen. Spurentechnisch gesehen gibt es keinen Hinweis, der das nahelegt.«

Dass Kletterseile eine derartige Begeisterung auszulösen vermochten, hätte Kräuming nie erwartet. Aber er freute sich über die Information, auch wenn er sich nicht im Klaren darüber war, was sie für den Fall bedeutete.

Nachdem der Chef der Spurensicherung die Tür hinter sich geschlossen hatte, schaute er sich ratlos um.

»Französischer Akzent? Kanadische Seile in Berlin? Wenn das Reepdingsda aus Kanada stammt, nur da verkauft wird und nicht gerade eine Berlinerin in Waterloo bei Quebec durch den Werksladen gelatscht ist, dann kann es sich bei unserer Verdächtigen doch nur um eine Kanadierin handeln«, erklärte er dem leeren Raum.

Als er überlegte, ob er Gotzkofski über seine Schlussfolgerungen in Kenntnis setzen sollte, klingelte das Telefon.

Kriminalrat Tröger vernahm mit Freude, dass Kräuming sich in Berlin gut eingelebt hatte und mit einer respektablen Aufgabe betraut worden war. Zumindest ließ ihn sein Schützling in dem Glauben.
»Na, Horst, wie kommen Sie denn mit meinem alten Freund Fritz Voigt klar?«, erkundigte er sich gutgelaunt.
Ein deutliches Durchatmen sorgte für erste Zweifel.
»Kripo-Voigt und ich sind ganz dicke miteinander, jedenfalls solange wir uns aus dem Weg gehen.«
Trögers Seufzen verriet, dass die gute Laune einen mächtigen Knick bekommen hatte.
»Klingt so, als wären Sie wieder in ein Fettnäpfchen getreten.«
»Gebadet trifft es eher.«
Diesmal ein genervtes Stöhnen am anderen Ende der Leitung. Offensichtlich hatte Tröger so etwas befürchtet. Kräuming bedauerte, ihn ein weiteres Mal enttäuschen zu müssen. Er mochte den alten Kriminaler, der sein Leben der Polizeiarbeit verschrieben hatte.

Ende der Sechzigerjahre, als sich auch in Deutschland das Drogenproblem verschärfte, hatte Tröger als Referatsleiter im BKA die Bekämpfung der Rauschgiftkriminalität übernommen. Auf einer der Bewerbungsmappen stand der Name Horst Kräuming, Kriminalkommissar aus Mönchengladbach. Obwohl die Karriere des jungen Beamten noch übersichtlich war, entschied sich Tröger, es mit ihm zu probieren. Es gab schließlich Herausforderungen, denen war mit dem Vorzeigen der Polizeimarke nicht zu begegnen. Man musste verdeckt ermitteln, um die Kriminellen zu überführen. Kräuming war so ein Typ. Er kannte sich mit Rauschgiften aus. Seine private Geschichte hatte ihn damit konfrontiert. Die Frau, die er geliebt hatte, war an dem Gift gestorben. Die Wut auf die, die damit schmutziges Geld verdienten, war der Grund für seine Bewerbung gewesen.

Den meisten im BKA galt Kräuming als intellektueller Spinner, ein vermeintlich Linker, dem man nicht trauen konnte. Trotz beachtlicher Erfolge änderte sich die Haltung ihm gegenüber nicht. Kräuming hingegen machte keinen Hehl daraus, dass er einige der führenden Beamten im BKA als braunes Gesindel betrachtete. Tröger sah das ähnlich, hatte aber über die Jahre hinweg begriffen, dass daran nichts zu ändern war. Es gab zu wenig Unbelastete.

»Ich möchte Sie um einen Gefallen bitten«, begann Kräuming,

und auch wenn er unbefangen klingen wollte, Tröger konnte er nichts vormachen.

»Wir müssen schnellstens wissen, ob ähnlich gelagerte Fälle im BKA oder bei Interpol registriert sind. Wir warten seit Tagen auf eine Antwort.«

Tröger ließ sich den Stand der Ermittlungen genau erklären, hörte aufmerksam zu, stellte wenn notwendig Fragen und versprach, sich darum zu kümmern.

Nach dem Telefonat lehnte sich Kräuming zufrieden zurück und überdachte die Situation. Die Dinge begannen, Fahrt aufzunehmen. Erneut überlegte er, ob er Gotzkofski informieren sollte, aber die Gefahr, ausgebremst zu werden, war zu groß.

Vielleicht war es das Gespräch mit Ilse Sellmann und ihre Erinnerungen an die Vergangenheit gewesen, aber Kräuming war sich sicher, dass er sich auf dem richtigen Weg befand. Dr. Sellmann war im Januar 1936 nach Oranienburg gezogen, um dort für die SS zu arbeiten. Die Aktion Bernhard begann erst sechs Jahre später. Die falschen britischen Banknoten deuteten dennoch auf eine Verstrickung hin. Nur welche, blieb ihm unklar. Er musste mehr über die Hintergründe der Aktion erfahren. Kräuming zog die Serviette mit der Telefonnummer der Historikerin aus der Fransentasche und wählte die Nummer ihres Büros. Nach einer Weile meldete sich eine genervte Stimme, die ihn darüber in Kenntnis setzte, dass bis Ende September noch Semesterferien waren und Frau Dr. Grabes nur sporadisch zu erreichen sei. Mit dem zweiten Versuch über ihre private Nummer war er erfolgreicher.

Zwei Stunden später traf er die Historikerin im Volkspark Wilmersdorf am Fennsee, einer eiszeitlichen Nebenrinne, auf der Barbrücke. Kräuming war die Strecke zu Fuß gelaufen und hatte in der Uhlandstraße in einer kleinen Confiserie eine Tüte Pralinen gekauft. Er war eine Viertelstunde früher am vereinbarten Platz und hielt sein Gesicht in die untergehende Sonne. Die Professorin kam pünktlich und lächelte ihn freundlich an.

»Fall schon gelöst?«, fragte sie und begrüßte ihn mit einem kräftigen Händedruck.

»Leider nicht.«

Er griff in seine Umhängetasche und zog die Tüte mit den leckeren Süßigkeiten heraus.

»Für Ihre Mühe. Selbst ausgesucht. Sind alles Pralinen, die auch mir schmecken würden.«

Interessiert betrachtete sie die Auswahl.

»Von jeder Sorte zwei? Sehe ich das richtig, dass sie für den sofortigen Verzehr gedacht sind?«

Kräuming blieb die Antwort schuldig und tat erstaunt. Amüsiert öffnete sie die Tüte und hielt sie ihm hin.

»Aktion Bernhard, was genau wollen Sie darüber wissen?«

Er entschied sich für eine Trüffelkugel mit Zartbitterüberzug. Sie tat es ihm gleich. Einladend deutete er in Richtung Uferweg.

»Lassen Sie uns ein Stückchen gehen.«

Nachdem sie eine Weile schweigend nebeneinanderher gelaufen waren, fragte Kräuming: »Wie viel Falschgeld wurde von den Nazis überhaupt gedruckt?«

Andrea Grabes betrachtete die Tüte und überlegte, ob sie eine weitere Praline spendieren solle, entschied sich aber vorerst dagegen.

»Im KZ Sachsenhausen wurden damals rund 136 Millionen Pfund hergestellt.«

»Kleckern war offensichtlich nicht angedacht.«

»Größenwahn auch auf diesem Gebiet.« Sie hielt ihm die Tüte hin.

»Um auf Ihre Frage zurückzukommen. Ist überliefert, wie die Idee zu diesem Fälscherprojekt entstand?«, fragte Kräuming und fingerte dankbar ein Edelmarzipanröllchen aus der Tüte. Andrea Grabes begutachtete ebenfalls die süße Sünde, entschied sich aber, erst zu antworten.

»Die Bezeichnung Aktion, Operation oder Unternehmen Bernhard erhielt das Projekt erst später. Der Initiator der Geldfälschungen war der SS-Sturmbannführer Alfred Naujocks.«

»Naujocks?« Kräuming verzog verzückt das Gesicht. Die Praline war wirklich köstlich. »Den Namen habe ich schon mal gehört.«

Grabes steuerte auf eine Bank zu, die in der Sonne stand und einen schönen Blick auf das Südufer bot. Sie drückte ihm die Pralinentüte in die Hand und zog aus ihrer Tasche eine Mappe. Konzentriert blätterte sie darin und nahm ein Bild heraus. Kräuming untersuchte derweil die Tüte mit den Pralinen von allen Seiten und schien zu überlegen, wie er an die Safran-Birnen-Scheiben gelangen konnte, die sich hinter Nougatwürfeln und Krokantsplittern versteckten.

»Es ist besser, wenn Sie die Tüte nehmen«, entschied er bedauernd, reichte sie der Historikerin und betrachtete das Foto, das einen streng dreinblickenden, nicht unattraktiven Mann in der Uniform der SS zeigte.

»Naujocks war maßgeblich für den Angriff auf den Sender Gleiwitz verantwortlich. Die Lüge, polnische Staatsbürger wären die heimtückischen Täter gewesen, diente Hitler als Rechtfertigung für den Überfall auf Polen.« Grabes entschied sich für Nougat.

Er nickte. Er hatte davon gehört. »Der Beginn des Zweiten Weltkriegs.«

»Genau. *Seit fünf Uhr fünfundvierzig wird jetzt zurückgeschossen!* Hitlers berühmt-berüchtigte erste Worte in der Reichstagsrede am 1. September 1939«, bestätigte sie mit vollem Mund.

»Und von diesem Kerl stammt der Vorschlag, illegal Falschgeld zu drucken?«

Sie hielt ihm die Tüte hin, zog sie aber gleich wieder weg.

»Ich liebe Nougat. Mein Lieblingskonfekt. Können wir tauschen?«

Kräuming schaute sie abwägend an, dann die restlichen Pralinen.

»Einverstanden. Ich bekomme die beiden Pistazienkugeln.«

Sie zögerte, gab aber seufzend nach. Bevor sie es sich anders überlegen konnte, sicherte er sich die Süßigkeiten und verschlang sie. Ihren vorwurfsvollen Blick beantwortete er mit einem entschuldigenden Lächeln. Vorsichtshalber platzierte sie die restlichen neben sich auf der Bank, außerhalb seiner Reichweite.

»Im Frühsommer 1939 stellte Naujocks SS-Obergruppenführer Reinhard Heydrich die Idee der Falschgeldherstellung vor, der sie präzisierte und Hitler präsentierte. Der Führer war von der Idee, England mittels gefälschter Banknoten wirtschaftlich in die Knie zu zwingen, begeistert. Zunächst wurde Naujocks zum Leiter der Fälscheraktion bestimmt. Bernhard Krüger, der eigentliche Fälscherexperte, zeichnete vorerst nur für die technische Umsetzung verantwortlich.«

Ein paar hungrige Enten landeten auf dem See und beeilten sich, Richtung Ufer zu schwimmen.

»Ein bisschen geht's mir wie den Enten. Ich bin auch total unterfüttert«, bemerkte Kräuming. »Konzentrationsprobleme. Beginnende Müdigkeit. Merken kann ich mir nur noch ganz wenig.« Er deutete auf die Tüte. »Ich leide!«
Verständnisvoll hielt sie ihm die Pralinen hin. »Zur Erinnerung! Kein Nougat!«
Er wählte eine Mokkapraline und betrachtete sie eingehend. »Koffein fördert die Aufmerksamkeit!«
Ihr Nicken bestätigte, dass er die richtige Auswahl getroffen hatte. Sie selbst ließ sich eine Marzipanpraline schmecken.

»1941 startete der erste Versuch unter dem Namen ›Unternehmen Andreas‹, benannt nach dem Andreaskreuz im Union Jack. Der anfängliche Plan, regimetreue deutsche Facharbeiter für die Operation zu gewinnen, misslang jedoch. Die Druckerei in den Räumen des Reichssicherheitshauptamtes musste schließen. Erst danach wurde Heydrichs Idee umgesetzt, das Falschgeld von qualifizierten jüdischen KZ-Insassen herstellen zu lassen. Druckmaschinen der Ullstein-Druckerei aus Berlin wurden ins KZ Sachsenhausen verlegt. Aus allen Lagern Deutschlands ließ Bernhard Krüger Typografen, Buchdrucker, Graveure, Schriftsetzer, Lithografen, Zeichner, selbst vereinzelt Uhrmacher und einen Zahntechniker nach Sachsenhausen überstellen. Insgesamt einhundertvierundvierzig Mitarbeiter.«

Sie stellte die Tüte erneut neben sich und suchte nach weiteren Fotos. Kräuming lehnte sich vor, schaute bedauernd in Richtung der Köstlichkeiten, die außer Reichweite standen, verschränkte die Arme und tat beleidigt. »Sie trauen mir nicht.«

»Ich behalte gerne die Kontrolle. Sie hatten schon fünf und ich erst drei. Geduld ist die wichtigste Eigenschaft eines Historikers. Predige ich am Anfang des ersten Semesters immer meinen Studenten.«

»Ich bin kein Student!«

»Ich weiß. Aber Sie gehören zur Gattung der Leckermäuler. Und in Pralinenangelegenheiten kann man denen absolut nicht trauen.«

Er wollte protestieren, aber allein die Kraft, die nötig war, nicht laut loszulachen, verhinderte jede Erwiderung. Kein Zweifel, die Professorin hatte ihn durchschaut.

»Es gibt Aufnahmen, die der Häftling Adolf Burger Ende des

Kriegs von den Überlebenden des Sonderkommandos gemacht hat. Geplant war, die Fälscherwerkstatt und die Häftlinge kurz vor Kriegsende nach Mauthausen zu verlegen. Daraus wurde aber nichts. Schlussendlich landete ihr Transport im Süden Deutschlands. Als sie zum ersten Mal die Baracken verließen, konnten die anderen KZ-Überlebenden des Lagers Ebensee gar nicht glauben, dass es sich ebenfalls um Häftlinge handelte. Zu gut genährt, zu gut gekleidet.«

Die Enten hatten sich inzwischen beleidigt verzogen in der Hoffnung, andere Besucher des Parks würden sich großzügiger zeigen.

»Das erklärt aber nicht, warum es eine Namensumbenennung gab.«

»Sturmbannführer Naujocks fiel in Ungnade. Er wurde zur SS-Leibstandarte Adolf Hitler versetzt und an die Front geschickt. Sein Fehler war, dass er im Berliner Bordell Kitty Diplomaten und Offiziere belauscht hatte. Angeblich kamen ihm dabei auch Heydrichs Vergnügungen zu Ohren. Der zweithöchste Mann in der SS-Hierarchie war verständlicherweise davon nicht begeistert. Naujocks wurde abgesetzt. Neuer Leiter der Falschgeldfabrikation wurde Bernhard Krüger. Aus dem Unternehmen Andreas wurde die Aktion Bernhard. Heydrich selbst erlebte die Umsetzung seiner KZ-Idee nicht mehr. Im Juni 1942 erlag er den Verletzungen nach dem Attentat in Prag. Bernhard Krüger wurde in den folgenden Jahren zum größten Fälscher der Geschichte.«

Kräuming nahm das Foto in die Hand und betrachtete es. »Ist Krüger jemals zur Rechenschaft gezogen worden?«

Sie schüttelte den Kopf.

»Obwohl er von den Amerikanern, dem Secret Service, Interpol, dem Scotland Yard und anderen gesucht wurde, blieb er lange Zeit unauffindbar. Erst als seine Familie, insbesondere seine Frau, falschen Behauptungen ausgesetzt war, stellte er sich den Behörden. Krüger wurde von den Amerikanern vier Monate lang interniert. Anschließend verhafteten ihn die Briten. Danach haben sich die Franzosen seiner angenommen. Juristisch wurde er für die Fälschungen nie belangt. Geldfälschung ist kein Kriegsverbrechen. Weil er aber vorher dem SD, dem Sicherheitsdienst, angehörte, verurteilte ihn ein Gericht zu sechs Monaten Haft. Die Strafe wurde mit den vier Jahren verrechnet, die er insgesamt in alliierten Gefängnissen verbracht hatte. Nach seiner Entlassung fand er Unterschlupf bei einem früheren Papierlieferanten der Falschgeldproduktion, der Hahnemühle in Dassel bei Einbeck. Dort arbeitete er unbehelligt als Kalkulator und wartete geduldig auf das Jahr 1955.«

Kräuming schaute sie fragend an.

»Laut Gesetz verjährte die Verantwortung für die Geldfälscheraktion in dem Jahr.«

Sie hielt ihm die Tüte hin. Erfreut griff er hinein und erwischte eine Whisky-Kirsche.

»Bernhard Krüger lebt übrigens noch.«

Erstaunt schaute er Grabes an.

»Alle Versuche, mit ihm ins Gespräch zu kommen, scheiterten jedoch. Lediglich eine eidesstattliche Erklärung hat er 1956 abgegeben.«

Kräuming ließ sich die Whisky-Kirsche schmecken und dachte über das Gesagte nach.

»Lassen Sie mich raten, er stritt jede Verantwortung ab.«

»Er sah sich als technischer Referent, nicht als Verbrecher. Abgesehen davon hielt er sich für einen Lebensretter, der *seine Juden* vor dem Gastod bewahrt hatte. Die meisten Häftlinge aus jenen Tagen attestierten ihm einen menschlichen Umgang. Es ist nicht einfach, das heute zu bewerten.«

Die Mappe mit den Fotos und die Tüte mit den restlichen Pralinen verschwanden in ihrer Tasche.

»Ich hoffe, ich konnte ein bisschen weiterhelfen.«

»Ja, das konnten Sie«, antwortete Kräuming und betrachtete die Professorin.

»Nougat also.«

Arne Pütz drehte das Seitenfenster seines Mercedes-Benz herunter, um frische Luft hereinzulassen. Mit Sicherheit würde bei einer Polizeikontrolle mehr Alkohol im Blut nachgewiesen werden als die 0,8 Promille, die das Gesetz als Obergrenze vorgab. Eindeutig zu viel Chianti. Die kühle Luft tat ihm gut. Er fuhr konzentriert, um nicht aufzufallen. Aber nicht nur deswegen. Er brauchte Zeit, um über alles nachzudenken.

Um Bittlers Einladung zur Akkreditierungsfeier rückgängig zu machen, war er direkt in der Botschaft in Bonn vorstellig geworden. Italiener bevorzugten das persönliche Gespräch. Familie und Freunde genossen einen höheren Stellenwert als bei den Deutschen. Pütz hatte fleißig Hände gedrückt, den einen oder anderen Gefallen zugesagt und die Zeit mit einem ausgiebigen Abendessen verbracht. Stundenlang wurde über Fragen des Eurokommunismus diskutiert und ob es ein Fehler der Partito Comunista d'Italia gewesen war, nach der letzten Wahl im Juni eine Linkskoalition auszuschlagen. Dass Kommunisten, wenn auch gemäßigte, mit Christlichen Demokraten zusammenarbeiteten, betrachtete Pütz als Witz der Geschichte. Der sogenannte Historische Kompromiss war für ihn nichts anderes als italienische Oper.

Aber die Italiener hatten seinem Wunsch entsprochen. Der Grund interessierte sie nicht. Paul Bittler war ihnen nicht wichtig. Der Politiker stand ohnehin nur auf der Liste geladener Gäste, weil Pütz darum gebeten hatte.

Auch wenn die Autobahn nicht voll war, überholten ihn ständig Fahrzeuge. Als ein Lkw sich bedrohlich dicht vor ihn setzte, kontrollierte Pütz seine Geschwindigkeit. Achtzig Kilometer pro Stunde. Zu wenig, um nicht aufzufallen. Er trat aufs Gas.

Er hätte sich niemals mit Dersch einlassen dürfen. Der Kerl war unberechenbar. Sicher, er hatte ihm viel zu verdanken. Kurz vor Kriegsende hatte er ihm möglicherweise sogar das Leben gerettet, zumindest aber seinen Ruf und seine Reputation. Das war dreißig Jahre her. Seitdem glaubte der Hamburger, über ihn verfügen zu können. Es waren immer nur kleine Gefallen, um die er gebeten wurde, nichts, was wirklich Probleme bereitet hätte. Aber es nahm kein Ende! Dersch wusste zu viel und machte keinen Hehl daraus, seine Kenntnis gegebenenfalls gegen ihn zu verwenden. Ihn als Feind zu wissen, konnte Pütz sich auch heute nicht leisten.

Ein lautes Hupen riss ihn aus seinen Gedanken. Offensichtlich fuhr er doch nicht so geradlinig, wie er gedacht hatte. An der Raststätte Brunautal Ost bog er ab und hielt auf dem Parkplatz. Eine Pause würde ihm guttun, ein Kaffee auch.

Das dunkle Gebräu schmeckte abgestanden, erzielte aber die gewünschte Wirkung. Nur wenige Gäste saßen an den Tischen, zumeist Lkw-Fahrer. Die meisten schwiegen. Zwei diskutierten miteinander und studierten aufmerksam eine Landkarte, Dänen, die noch eine lange Fahrt gen Süden vor sich hatten und sich uneinig waren, welche Strecke sie nehmen sollten.

Die erste Begegnung mit Konrad Dersch war kein Zufall gewesen, wie Pütz heute wusste. Es war im Frühherbst 1944. Sein Besuch der Großen Deutschen Kunstausstellung im Haus der Deutschen Kunst in München sollte dazu dienen, sich mit einigen weniger namhaften Künstlern über den Ankauf ihrer Werke zu verständigen. Seine finanziellen Möglichkeiten waren damals durchaus gut, zumal er eine Währung besaß, die begehrt war: britische Pfund. Das Risiko, an den Falschen zu geraten, war jedoch erheblich. Die Gefahr, denunziert zu werden, war groß. Er musste äußerst vorsichtig agieren. Dennoch hoffte er, das eine oder andere Kleinod erwerben zu können. Allerdings waren die gezeigten Bilder und Skulpturen von einem Naturalismus, der zwar den nationalsozialistischen Idealen entsprach, aber einfach nur langweilig war. Enttäuscht war er durch die Ausstellung geschlendert, um sich jene Werke anzuschauen, die er sich nicht leisten konnte, die schon verkauft waren oder ohnehin nicht zum Verkauf standen.

Dersch hatte ihn beim Betrachten eines Gemäldes von Hugo Gugg angesprochen. Abendstimmung in Castrovillari, Süditalien, Öltempera, ein Bild, das der Kunstmaler und Hochschullehrer in Erinnerung an seine Italienreisen geschaffen haben mochte.

»Nicht nur Landschaftsmaler verfallen Italien. Eindeutig ein Sehnsuchtsort. Habe ich recht?«

Er hatte kurz bejaht und war im Begriff, sich dem nächsten Bild zuzuwenden.

»Wirklich schade, Herr Pütz! Wahrscheinlich ist es nur noch eine Frage der Zeit, bis Schloss Labers und seine Geheimnisse den Amerikanern in die Hände fallen.«

Er hatte sich erschrocken umgeschaut. Alles, was mit dem SS-Stützpunkt in Südtirol in Verbindung stand, unterlag strengster Geheimhaltung. Pütz kannte den Mann flüchtig. Konrad Dersch, stellvertretender Leiter im Reichssicherheitshauptamt VI, Ausland, spezielle technische Hilfsmittel. Eine Abteilung im RSHA, die streng geheim war und von der kaum jemand genau wusste, was ihre Aufgabe war. Vor einem halben Jahr war er ihm auf dem Flur des besagten italienischen Schlosses begegnet. Dersch war zu einem Arbeitsgespräch nach Meran gekommen. Sie hatten sich nur höflich gegrüßt. Vorgestellt wurden sie einander nicht.

»Woher wissen Sie, wer ich bin?«

»Ich kenne nicht nur Ihren Namen und habe Kenntnis über die kleine Villa in Meran, in der Sie glücklich mit Ihrer zauberhaften Frau Signora Loretta leben, Tochter der geachteten italienischen Unternehmerfamilie Tedesco mit vielversprechenden Kontakten weit über Italien hinaus. Ich bin sogar darüber im Bilde, womit Sie einen Teil Ihres Geldes, offiziell oder inoffiziell, verdienen, Herr Kunstsachverständiger. Ob im Auftrag des Führers oder auf eigene Rechnung soll uns jetzt nicht interessieren. Sie sind gewieft und verschwiegen. Eigenschaften, denen ich Respekt zolle. Nicht jedem ist das gegeben. Dummerweise verfügte das Judenpaar, das Sie mit britischen Pfundnoten für ihre Flucht nach Palästina versorgt haben im Gegenzug für van Goghs Skizzen zur weltberühmten *Sternennacht*, nicht über das nötige Maß an Verschwiegenheit. Der Name Arne Pütz findet sich im Vernehmungsprotokoll der Gestapo. Glücklicher Zufall, dass die Anfrage zu Ihrer Person auf meinem Tisch gelandet ist.«

Der Schreck war ihm in die Glieder gefahren. Er wusste, was das bedeutete. Dersch hatte ihn einen Moment lang schmoren lassen, bevor er sich dicht an sein Ohr neigte. »Der Krieg geht verloren. Das wissen wir beide. Sie sind Realist. Ich nicht minder. Sich für die Zukunft abzusichern, ist das Gebot der Stunde. Ich denke, wir können einander helfen.«

Dersch legte eine Kunstpause ein, trat vor das nächste Bild, ein Porträt, und las die Beschreibung. *Der Thüringer Gauleiter und Reichsstatthalter Fritz Sauckel.* Mit einer abfälligen Bewegung deutete er auf das streng blickende Gesicht des Uniformierten. »Ich bin sicher, Abscheulichkeiten dieser Art werden in absehbarer Zeit massiv an Wert verlieren. Übrigens, ich habe nicht vor, mein Wissen der Gestapo mitzuteilen. Sie können beruhigt sein. Eine Bitte habe ich aber. Denken Sie über folgende Frage nach: Wenn Sie die finanziellen Möglichkeiten hätten, nicht nur Skizzen van Goghs zu erwerben, was wäre Ihnen das wert? Denken Sie in Ruhe darüber nach. Sie finden mich im Hotel Vier Jahreszeiten. Ich reise erst morgen Mittag ab.«

Die beiden Dänen hatten sich auf eine Route geeinigt. Sie stellten ihr Geschirr auf den Tisch neben der Küche und verließen schweigend die Gaststätte. Nach dem Kaffee fühlte sich Arne Pütz wieder frisch. Offensichtlich war auch der Alkoholpegel gesunken. Trotzdem suchte er die Toilette auf, um sich Hände und Gesicht zu waschen. Anschließend schaute er in den Spiegel. Er sah müde aus, alt und desillusioniert. Die Frage, ob es Angst oder Neugier war, die ihn damals veranlasst hatte, noch am selben Abend den SS-Sturmbannführer Dersch im Hotel zu besuchen, hätte er heute nicht mehr beantworten können. Wahrscheinlich eine Mischung aus beiden.

Dersch hielt Wort. Die Anfrage verschwand. Die Gestapo behelligte ihn nicht. Sein Ruf als Kunstgutachter blieb unangetastet. Schweigen bedeutete aber auch immerwährende Verpflichtung. An jenem Abend ging er ein Bündnis ein, das zu beenden nicht möglich war.

Pütz stieg wieder in seinen Mercedes. Er schaute auf die Uhr. Wenn er etwas schneller fuhr, brauchte er noch eine Stunde, bis er in Garbsen ankam. Loretta würde ihn mit einem Glas Rotwein empfangen und darauf bestehen, dass er ihr vom Besuch in der Botschaft erzählte.

Den Rest des Abends verbrachte Kräuming auf dem Sofa im Wohnzimmer mit dem Lesen einer Broschüre über das KZ Sachsenhausen.

Im Hochsommer 1936 wurde auf Befehl Heinrich Himmlers das Lager errichtet. Häftlinge der aufgelösten Lager Esterwegen im Emsland, des sächsischen KZ Lichtenburg und des KZ Columbia-Haus am Tempelhofer Feld wurden herangezogen, um das »Musterlager« zu bauen.

Für den SS-Architekten Bernhard Kuiper bestand der ideale Grundriss aus einem gleichseitigen Dreieck, in dessen Fläche er das Häftlingslager, die Kommandantur sowie das SS-Truppenlager unterbrachte. Die perfekte Konstruktion, um von einem einzigen Turm auf dem Torgebäude nicht nur den Appellplatz, sondern auch alle Häftlingsbaracken im Visier eines Maschinengewehrs zu haben. Kuiper war stolz gewesen auf seinen durchdachten Entwurf: »Das Konzentrationslager Sachsenhausen ist bis heute das modernste, schönste und größte Lager dieser Art im Deutschen Reich ..., eine an die Idyllik der Gartenarchitektur angelehnte ästhetische Signatur, die zu seinem Zweck in einem frappanten Gegensatz steht.«

Von Anfang an diente das KZ auch als Übungslager für künftige SS-Wachmannschaften. Ab 1938 befand sich dort die zentrale Verwaltung aller Konzentrationslager im Reich. Historiker gingen davon aus, dass zweihunderttausend Häftlinge nach Sachsenhausen deportiert wurden. Es gab über einhundert Außenlager, in denen die Gefangenen arbeiten mussten. Es gab ein Lagerbordell, das den männlichen Häftlingen als Anreiz zur Mehrarbeit diente. Himmler hielt es für förderlich, »... dass in der freiesten Form den fleißig arbeitenden Gefangenen Weiber in Bordellen zugeführt werden«. Er las von Gaswagen, deren Kapazität für die kommende Endlösung getestet wurde, und von einer Gaskammer, in der neue Vergasungstechniken erprobt wurden. Die Liste der Unvorstellbarkeiten war schier endlos.

Freitag, 17. September 1976

Die Frau atmete schwer und unruhig. Vom ersten Flugzeug des Tages bekam sie nichts mit. Sie schwitzte. Ihre Augenlider zuckten. Der Traum ließ sie nicht los. Der Kopf schlug hin und her.
Sie fuhr mit ihrem Auto zu ihrer Mutter. Wie immer samstags wollten sie gemeinsam einkaufen fahren. Es war ein herrlicher Wintertag. Blauer Himmel. Strahlender Sonnenschein. Postkartenidylle, wohin man auch schaute. Ein Fest für die Sinne. Sie genoss die klare Sicht und erfreute sich an der Schneepracht, die auf den Bäumen ruhte. Sie liebte den kanadischen Winter, die Reinheit der Luft, die Unberührtheit der Natur, die Ruhe und Einsamkeit. Sie zählte die eingeschneiten Fahrzeuge am Straßenrand, die geräumten Einfahrten, die Schneemänner im Garten. Irgendetwas zählte sie immer.
An ihrer Lieblingstankstelle kaufte sie selbstgebackenen Ahornsirupkuchen mit Walnüssen, um die Mutter damit zu überraschen. Süß, klebrig, mit deutlich zu vielen Kalorien, aber unglaublich lecker. Morgen würde sie ein paar Kilometer mit ihren Langlaufskiern durch den Schnee ziehen, um der kulinarischen Sünde etwas entgegenzusetzen.
Sie plauderte mit der alten Frau an der Kasse, einer Métis, Nachfahrin von frankophonen Händlern und Ureinwohnerinnen der Gegend, über Belanglosigkeiten, während ein Mitarbeiter den Wagen volltankte und die Scheiben putzte. Es war ein wunderbarer Tag. Sie ließ sich von den nachfolgenden Fahrzeugen überholen, summte Country-Songs mit, die im Radio liefen. Sie konnte der Versuchung nicht widerstehen, von dem duftenden Kuchen zu naschen. Kurz vor Drummondville bog sie ab. Langsam schlich sie die Waldstraße entlang, die nur notdürftig geräumt war. Ein Auto kam ihr entgegen. Es fuhr an den Rand. Der Fahrer nickte ihr freundlich zu. Ein Fremder. Sie hatte ihn noch nie gesehen.
Das Tor zur Auffahrt stand offen. Ihre Mutter erwartete sie. Sie parkte. Sie nahm den Ahornsirupkuchen. Ein Lächeln huschte über

ihr Gesicht, als sie prüfend ihre Haare im Rückspiegel betrachtete. Nur die Haustür öffnete sich nicht. Die Mutter trat nicht auf die Veranda, wie sie es sonst immer tat, eingemummelt in eine selbstgestrickte Jacke, um ihr fröhlich zuzuwinken.

Sie stieg aus, schaute sich um, genoss die Aussicht auf den See. Die Schneekristalle knirschten unter ihren Sohlen. Glücklich atmete sie tief die frische Luft ein. Übermütig nahm sie die beiden Stufen hinauf auf die Holzterrasse. Erst da fiel ihr auf, dass die Tür mit dem Fliegengitter zerstört war. Verwundert rief sie nach der Mutter. Keine Antwort. Nur das leise Rauschen des Waldes war zu hören. Unruhig ging sie die fünf Schritte über die ausgeblichenen Bohlen. Erneut rief sie nach ihr. Schließlich flüsterte sie besorgt ihren Namen. Nichts. Nur Schweigen.

Vorsichtig ging sie den Flur entlang. Zwölf Schritte. Sie schaute in jedes Zimmer. Stille im Haus. Keines der vertrauten Geräusche war zu hören. Zum Schluss schob sie die Tür zur Küche auf.

Zuerst sah sie die Füße. Ein Schuh lag falsch herum neben dem Hocker, der umgefallen auf den Holzdielen lag. Dann erkannte sie den Strick um ihren Hals. Ein Halbseil, das gleichzeitig zum Sichern von zwei Nachsteigern verwendet werden konnte. Die Hände auf dem Rücken mit einer Reepschnur gefesselt. Teile ihrer Kletterausrüstung. Der Kuchen fiel auf den Boden. Sie umklammerte die Beine, hob den leichten Körper der Mutter hoch. Sie spürte die Wärme, die noch in der Kleidung war. Eine Wärme, die sie nie wieder vergessen würde.

Sie war zu spät gekommen. Sie hatte sich zu viel Zeit gelassen. Das Gesicht der Mutter, ein blasses, graues, versteinertes Entsetzen. Die weit aufgerissenen, stillen Augen starrten sie vorwurfsvoll an. Zu spät! Du bist zu spät gekommen. Wo warst du, als ich dich brauchte? Wo warst du?

Ihr eigener Schrei weckte sie. Ihr Herz schlug bedrohlich, und sie rang nach Atem. Die Frau zitterte. Es war ein Albtraum. Es war der immer gleiche Albtraum.

Zwar hatte sich Kräuming vorgenommen, weniger zu rauchen, allerdings mit überschaubarem Erfolg – es half ihm, konzentriert zu bleiben. So war es auch an diesem Morgen. Seit Stunden lag er wach und grübelte. Er bevorzugte die Marke Atika, aber die Verzweiflung des cholerischen HB-Männchens, wenn etwas nicht gelingen wollte, konnte er gut nachempfinden. »Ein tiefer Zug und der Ärger löst sich in Qualm auf.« Eine alberne Lüge der Werbeindustrie, der er zuweilen gerne glaubte. Bedauerlicherweise hatte er den Inhalt der Schachtel schon am Vorabend aufgeraucht. Wollte er den Morgen durchhalten, blieb ihm nichts anderes übrig, als aufzustehen und für Nachschub zu sorgen.

Kaum hatte Kräuming das Gitter des Fahrstuhls geöffnet, lächelte ihn Alfons freudig erregt aus seiner Portierloge an.

»Ick wusste jar nich, dass so een Prominenter im Haus wohnt.«

Kräuming verstand nicht.

»Herr Kommissar sind ja ständig inne Zeitung. Letzte Woche erst, wie Se vor eener Leiche im Tegeler Wald knien. Sah bisschen aus wie unser Willy in Warschau! Nur dit auf Ihren Nacken jezielt wurde. Und heute sind Se wieder Schlachzeile.«

Er tippte auf einen Beitrag im *Berlin-Blick*.

»Nimmt die Kriminalpolizei den Mord an Dr. Sellmann nicht ernst? – Junger Kommissar offensichtlich überfordert!«

Kräuming zog die Stirn in Falten, als er den Artikel überflog. Ilse Sellmann hatte der *Blick*-Zeitung ein ausführliches Interview gegeben. So wie er Hinze kennengelernt hatte, nicht freiwillig. Die Arbeit der Polizei im Allgemeinen und insbesondere die des angeblich verantwortlichen Kommissars, Horst Kräuming, stand im Mittelpunkt. Hinze verstand sein Handwerk. Ausgewogenheit konnte man dem Artikel nicht vorwerfen. Stattdessen nährte jeder Satz Zweifel an der Fähigkeit des jungen Beamten. Gekonnt ließ er den Eindruck entstehen, dass auch Ilse Sellmann davon überzeugt war. Ärgerlicherweise hatte sie verraten, dass nach einer jungen, relativ kleinen, sportlichen Frau gefahndet wurde. Hinze musste daraufhin nur eins und eins zusammenaddieren und genau jene Person auf den Fotos vergrößern, die der Beschreibung entsprach. Auch wenn man kein Gesicht erkennen konnte, der reißerische Kommentar unter dem Bild veranlasste Kräuming, die Augenbrauen hochzuziehen. Ist das die Mörderin? Die Gemeinheit, dass er angeblich das Foto verifiziert hätte, setzte dem Ganzen die Krone auf. Obendrein hatte es sich die Witwe Dr. Sellmanns nicht nehmen lassen, ihren Mann, den geachteten Tegeler Arzt, als heroischen Lebensretter ihrer Familie darzustellen. Ein anständiger und aufrechter Mensch im dunkelsten Kapitel deutscher Geschichte. Darüber, dass der Doktor aus Liebe einer Jüdin das Leben gerettet hatte, wurde großformatig auf einer Doppelseite berichtet:

»Die unglaubliche Geschichte der Rebecca Rosenstein«. Mit diesem Interview durfte selbst der Letzte der journalistischen Zunft begriffen haben, welch Potenzial in dem begangenen Verbrechen an der Dicken Marie lag. Schlimmer noch, die Täterin war gewarnt.

Kräuming stöhnte auf. »Der Tag fängt ja gut an!«

»Soll ick den Wisch uffheben?«

»Unbedingt! Jeder sollte mal fünfzehn Minuten berühmt sein, meinte schon Andy Warhol.«

»Warhold? Ist der nich Rechtsaußen bei Wacker 04?«

Auch wenn Kräuming versuchte, sich nichts anmerken zu lassen, in ihm brodelte es. Ihn mangelnder Kompetenz zu bezichtigen, war seine Achillesferse. Gotzkofski schwitzte weiterhin sein Virus aus und stand auf der Bremse. Lott und Schley ließen ihn am ausgestreckten Arm verhungern und machten Dienst nach Vorschrift. Zu den anderen der Mordkommission hatte er keinen Kontakt. Er hatte sich weit aus dem Fenster gelehnt, und nun bestand die Gefahr, dass er ins Bodenlose fiel. Wenn er nicht schnellstens etwas Überzeugendes vorweisen konnte, würde ihn Voigt vom Fall abziehen und zu schnöder Büroarbeit verdonnern.

»Verdammter Mist!«, fluchte Kräuming, schlug mit der Hand wütend auf die Zeitung und dachte an die cholerische Zeichentrickfigur, die in einer solchen Situation gerne in die Luft ging. Um dem vorzubeugen, sollte er vielleicht doch zu HB-Zigaretten wechseln.

»Kann ich die Zeitung haben?«

»Muss dit sein? Mein Dienst fängt grade an. Die hab ick ja noch jar nich zu Ende jelesen.«

Bedauernd zuckte Kräuming die Schultern, klemmte den *Berlin-Blick* unter den Arm und ging.

»Tut mir leid, Alfons. Das Exemplar ist hiermit von Amts wegen konfisziert.«

»Von wejen! Dit is Polizeiwillkür. Mann, wat mach ick denn jetze den janzen Vormittach?«

Kräuming hatte erwartet, dass Fräulein Elfriede Stürmer ihn mit Freude zum Schafott begleiten würde. Stattdessen übergab sie ihm im Vorzimmer den Ausdruck eines Fernschreibens des BKA mit dem Hinweis, es sofort an Lott weiterzureichen.

Die Bitte um Auskunft des Kollegen hatte bei Interpol einen Treffer erbracht. Tröger hatte Wort gehalten und die Anfrage aus Berlin mit höherer Priorität bearbeiten lassen. Kräuming nahm es ohne sichtbare Regung, wenn auch erfreut zur Kenntnis und überflog neugierig die Zeilen.

»Die Meldung ist nicht für Sie bestimmt und bedarf einer sofortigen Bearbeitung!«

Es bereitete Fräulein Stürmer sichtbare Freude, Anweisungen zu erteilen und ihn zu einem Laufburschen zu degradieren. Kräuming reagierte nicht darauf.

Inzwischen wusste er, dass Kriminaldirektor Voigt für einen Tag zur Koordinierung von Maßnahmen zum Schutz der Wahlen nach Bad Godesberg geflogen war. Das BKA hatte wichtige Beamte der Landeskriminalämter eingeladen, sich mit der seit einem Jahr arbeitenden Abteilung zur Bekämpfung des Terrorismus über mögliche Bedrohungsszenarien anlässlich der Bundestagswahl auszutauschen. Voigt würde erst am Montag wieder im Büro erscheinen. Innerlich frohlockte Kräuming. Obwohl West-Berlin nicht direkt an der Wahl zum Deutschen Bundestag teilnehmen durfte, galt die eingemauerte Stadt dennoch als Hochburg möglicher Aktionen der RAF und der ihr nahestehenden Kreise.

Darüber, dass die Vollstreckung des Urteils gegen ihn nur aufgeschoben war, machte Kräuming sich keine Illusionen. Sobald Kriminaldirektor Voigt der *Blick*-Artikel vorlag, musste er Konsequenzen ziehen. Nur ein Wunder konnte daran etwas ändern.

»Fräulein Stürmer, Sie glauben nicht, wie dankbar ich Ihnen für diese Nachricht bin«, säuselte er charmant. »Ich bin zwar sicher, es lag nicht in Ihrer Absicht, mich zu retten, aber Verehrteste, das haben Sie.«

Mit einem gehauchten Luftkuss verließ er den Raum und hinterließ eine verwirrte Verwaltungsangestellte, die sich keines Vergehens bewusst war.

Weder Lott noch Schley saßen an ihrem Arbeitsplatz, und da die anderen Kollegen nicht wussten oder gewillt waren, ihm zu verraten, wo er sie finden könne, ging Kräuming kopfschüttelnd zurück in sein Büro. Er war vom BKA, und damit galt unter den Berliner Beamten automatisch das Gebot der Vorsicht und Distanz. Von Wiesbadener Kollegen wusste er, dass Probleme in der Zusammenarbeit mit West-Berlin zum Alltag gehörten. Informationen wurden nach dem Prinzip ausgetauscht, so viel wie nötig, nicht so viel wie möglich. Albernes Zuständigkeitsgerangel war auch für Kräuming ein ständiges Ärgernis und hätte längst der Vergangenheit angehören sollen, aber dem war leider nicht so.

Er überflog erneut das Fernschreiben. Lott hatte die Anfrage gestellt mit der Bitte, gleichzeitig den Sachverhalt bei Interpol zu prüfen. Gotzkofskis Mahnung, die Untersuchung entsprechend Dienstvorschrift anzugehen und wilden Spekulationen keinen Raum zu lassen, war wie ein laues Lüftchen in dessen Gehörgang verweht. Die Schritt-für-Schritt-Philosophie teilte der gewichtige Kollege offenbar ebenfalls nicht. Mit seiner Bitte um gleichzeitige Prüfung bei Interpol hatte er goldrichtig gelegen. Die Frage, ob ähnlich gelagerte Fälle bekannt waren, die dieselben Besonderheiten aufwiesen: Falschgeld platziert im Mundraum, aufgesetzter Nackenschuss, Kaliber 9 mm, Hände mit einem Kletterseil gefesselt, brachte einen Treffer. Der schwerfällige Apparat, der seinen Sitz in Lyon hatte, war zwar nicht dafür bekannt, schnell Auskunft zu erteilen, aber Tröger hatte wie versprochen seine Beziehungen spielen lassen.

»Wenden Sie sich an die Kriminalpolizei Kanton Bern. In Lützeflüh wurde am 3. August dieses Jahres ein Mann durch einen Genickschuss hingerichtet. Gleiches Kaliber. Hände auf dem Rücken mit einem Seil fixiert. Englische Pfundnoten konnten am Tatort nicht sichergestellt werden.«

Zufrieden studierte Kräuming die Zeilen und schaute auf die Uhr. Zeit für den morgendlichen Rapport. Sollte sich doch Gotzkofski um die brisante Information kümmern. Schließlich war er als Leiter der Mordkommission verantwortlich. Er zog die Visitenkarte mit der handschriftlich vermerkten Telefonnummer, die der alte Kriminaler hinterlassen hatte, aus dem Schubfach und nahm den Hörer ab. Die Wählscheibe ratterte energisch, und sobald die letzte Ziffer gewählt war, klingelte es am anderen Ende der Leitung.

»Das gefällt mir überhaupt nicht!«, moserte Kriminalhauptkommissar Gotzkofski, nachdem er sich alles angehört hatte und ergänzte in einem beleidigten Tonfall: »Sie sollten mich gestern schon anrufen. Was an täglich informieren haben Sie denn nicht verstanden?«
Er seufzte theatralisch.
»Kräuming, Sie scheinen ein Magnet für schlechte Nachrichten zu sein. Erst dieser ärgerliche Hinweis auf die Aktion Bernhard, dann die Vermutung, die Täterin stamme aus Kanada und jetzt diese Andeutung einer Spur nach Bern. Und seit wann reagiert Interpol überhaupt so schnell? Das ist mein letzter Fall. Irgendetwas mit Eifersucht, Rache oder von mir aus falsch verstandener Notwehr hätte es doch auch getan. Mann erschlägt seine Frau, weil sie schlecht kocht und er ihr Essen nicht mehr erträgt.«

Einen Augenblick war es ruhig in der Leitung, bis mit gedämpfter Stimme zu hören war: »Schatz, nein, du warst nicht gemeint. Ich liebe dein Essen. Ja, nach dem Telefonat reib ich mich sofort ein. Versprochen! Ehrenwort! Tee trinke ich auch. Sind Sie noch dran?«

Kräuming amüsierte sich. Er bejahte, bemüht, seine Stimme nicht verräterisch klingen zu lassen.

»Im Grunde genommen ist das eine gute Gelegenheit, den Fall ...«

Gotzkofski beendete den Satz nicht. Kräuming nutzte die Pause, um einen Vorschlag zu machen.

»Was halten Sie davon, wenn ich als BKA-Beamter Kontakt zu den Kollegen in Bern aufnehme? Das dürfte den bürokratischen Weg ungemein verkürzen. Vielleicht passen die beiden Morde zusammen.«

Kräumings Idee gefiel Gotzkofski erwartungsgemäß überhaupt nicht.

»Dem stimme ich auf keinen Fall zu. Das widerspricht jeglicher Vorschrift. Kanada, Schweiz, Deutschland. Internationalen Verbrechen nachzugehen, fällt nun wirklich nicht in unseren Zuständigkeitsbereich.«

Ein langanhaltendes Schnäuzen unterbrach das Gespräch. Kräuming fragte sich, wie viele glattgebügelte Taschentücher, auf Kante gestapelt, wohl neben dem Bett des Kommissars auf ihren Einsatz warteten.

»Die weitere Verfahrensweise muss ich erst klären. Behalten Sie die Information von Interpol vorerst für sich. Zu niemandem ein Wort.«

Dass ständig Vorschriften bemüht wurden, kannte Kräuming aus Wiesbaden. Warum sollte es in Berlin anders sein.

»Was ist mit dem universitären Umfeld? Haben Sie schon Kontakt mit der Ludwig-Maximilians-Universität aufgenommen?«, kam es kurz darauf wieder aus dem Hörer. »Eine Zusammenfassung reicht.«

»Im Prinzip steht das ganz oben auf meiner Liste.«

»Also nicht?«

»Hat zwar nichts mit der Universität zu tun, ist aber auch interessant. Wussten Sie, dass Ilse Sellmann ursprünglich Rebecca Rosenstein hieß? Ihr Vater war Abteilungsleiter im Kaufhaus Uhlfelder, einem jüdischen Kaufhaus mitten in der Altstadt von München.«

»Rebecca Rosenstein?«

»Ihr Mädchenname. Ich war so frei und habe ihr noch ein paar Fragen gestellt.«

»Sie haben Ilse Sellmann ohne meine Einwilligung besucht?«

»Ich dachte, es wäre in Ihrem Interesse.«

Ein Stöhnen am anderen Ende der Leitung konnte beim besten Willen nicht als Bestätigung interpretiert werden.

»Ich muss mich kurzfassen. Meine Frau drängelt. Gibt es weitere Erkenntnisse, die ich unbedingt wissen muss?«

»Auf einem Foto des Journalisten glaube ich die Täterin wiedererkannt zu haben. Leider ist ihr Gesicht auf den Aufnahmen verdeckt. Die Annahme, dass es Täter gibt, die zurück an den Tatort kehren, hat sich also bewahrheitet. Die Hoffnung, dass unsere Verdächtige auf der Beerdigung erscheinen würde, hat sich dagegen leider nicht erfüllt.«

»Über den Friedhofsbesuch haben Sie mich ebenfalls noch nicht informiert. Wann gedachten Sie denn das zu tun?«

Kräuming ignorierte den Vorwurf geflissentlich.

»Ein Kranz der Ewiggestrigen war unter den letzten Grüßen. ›*Unsere Ehre heißt Treue*‹ bla, bla. Frau Sellmann war ziemlich schockiert. Ich habe die Schleife mitgehen lassen. Lott ist dabei herauszufinden, von wem der letzte Gruß stammt.«

Gotzkofski jaulte auf.
»Störung der Totenruhe. Kräuming, Sie bringen mich noch ins Grab. Ich traue mich kaum zu fragen: Gibt es noch eine Hiobsbotschaft?«
»Haben Sie heute schon den *Berlin-Blick* gelesen?«
»Der kommt erst am späten Vormittag. Wieso?«
»Ärgerlicherweise hat Frau Sellmann Hinze ein Interview gegeben und sich negativ über die Mordermittlungen geäußert. Also hauptsächlich über mich.«
»Sie sind schon wieder in der Zeitung?« Ohne die Antwort abzuwarten, ergänzte Gotzkofski: »Was soll's! Das LKA hat keine Befugnis, international zu ermitteln. Sie sind zwar vom BKA, aber wie lange Sie noch bei uns sind, ist sowieso fraglich. Kriminaldirektor Voigt wird toben. Die Realisierung Ihrer Idee, Porträts von Touristen vor der Gedächtniskirche zu malen, scheint mir greifbar nah zu sein. Ihre Eigenmächtigkeiten haben garantiert noch ein Nachspiel.«

Das Gespräch endete abrupt. Ein technisches Problem schloss Kräuming aus. Wahrscheinlich hatte die Pädagogin die Verbindung beendet und mit einem energischen Fingerzeig auf das Döschen Tiger Balm verwiesen. Kein Zweifel, in dieser Beziehung trug sie die Hosen. Und noch etwas wurde Kräuming endgültig klar. Gotzkofski wollte den Fall loswerden. Je früher, desto besser.

Eine halbe Stunde später betrat Kräuming den Beratungsraum. Schley und Lott saßen am Tisch und verzogen keine Miene. Die übrigen Mitglieder der Mordkommission gingen anscheinend Hinweisen in ihren Büros nach oder waren unterwegs. Kräuming setzte sich auf einen freien Stuhl und schob Trögers Fernschreiben stolz über den Tisch.

»Kurzer Anruf, große Wirkung. Es ist immer von Vorteil, die richtigen Personen zu kennen«, erklärte er grinsend.

Kein Kommentar. Beide schwiegen.

»Gotzkofski hat mich zwar angewiesen, vorerst niemandem davon zu erzählen, aber damit kann er ja unmöglich Sie meinen. Es gibt einen ähnlichen Fall in Lützeflüh in der Schweiz, Kanton Bern.«

Keine Reaktion. Kräuming hatte erwartet, dass die Kollegen

sich über seine Hilfe freuen würden. Stattdessen starrte Schley stur durchs Fenster, und Lott drehte seine Kaffeetasse langsam im Kreis.

Also fragte Kräuming, ob es weitere Neuigkeiten gäbe.

»Hämmerling lässt ausrichten, dass er die Fingerabdrücke ans BKA geschickt hat mit der Bitte um Abgleich«, erklärte Lott knapp. »Interpol inklusive.«

Danach erneut betretenes Schweigen.

»Gute Idee«, bemerkte Kräuming sichtlich angespannt.

»Dank der intensiven Suche gibt es einige Hinweise, dass unsere Verdächtige gerne öffentliche Verkehrsmittel nutzt. Bisher lässt sich daraus noch kein eindeutiges Bewegungsprofil erstellen. Bester Treffer ist das Studentendorf Schlachtensee. Leider sind zur Zeit noch Semesterferien«, ergänzte Schley und starrte weiterhin stoisch aus dem Fenster. »Klingt nach einer vielversprechenden Spur«, antwortete Kräuming und bemühte sich, erfreut zu klingen. »Der sollten wir unbedingt nachgehen.«

»Sagt wer?«, fauchte Lott wütend über den Tisch. »Ich meine, wer sind Sie? Wenn ich mich recht erinnere, sind Sie kein Mitglied der Mordkommission. Die meisten der Kollegen haben hier schon Mordfälle bearbeitet, da haben Sie noch an den Nippeln Ihrer Mutter genuckelt. Offiziell gehören Sie nicht einmal zum LKA, Herr Bis-auf-Weiteres. Warum sollten wir auf Sie hören?«

Einen Augenblick lang brauchte Kräuming, den verbalen Angriff zu verdauen, bevor er antworten konnte.

»Gotzkofski hat mich gebeten, ihn bis zu seiner Rückkehr auf dem Laufenden zu halten. Das tue ich, weitgehend. Und bei allem gebotenen Respekt, die Nippel meiner Mutter gehen Sie überhaupt nichts an. Also kein Grund, neidisch zu werden.«

Genervt hob Lott beide Hände. Schley, der den Wutausbruch seines Kollegen aufmerksam verfolgt hatte, lehnte sich bedrohlich über den Tisch.

»Den Stand der Ermittlungen geben wir an Gotzkofski weiter. Täglich fünfzehn Uhr. Von Ihnen will er nur wissen, wie Sie Ihren Tag verbringen. Keine Ahnung, warum unser Chef so verfährt.«

Mehrfach hatte Kräuming sich über Gotzkofskis Gelassenheit gewundert. Der hatte zwar stets den Beleidigten gespielt, aber von

Konsequenzen abgesehen. Dass allein sein grippaler Infekt dafür verantwortlich war, konnte er nun ausschließen.

»Wie es aussieht, habe ich eine Winzigkeit beitragen können.« Er deutete auf das Informationsblatt mit der Phantomzeichnung, das an der Wand hing.

»Halten Sie uns für so minderbemittelt, dass wir nicht merken, was hier gespielt wird? Sie versuchen, sich auf unsere Kosten zu profilieren. Sie teilen Ihr Wissen nicht. Berichte? Fehlanzeige! Absprachen? Für Sie ein Fremdwort. Sie befragen Zeugen, die auf meiner Liste stehen. Sie sammeln Hintergrundinformationen, über die Sie uns im Dunkeln lassen. Sie behandeln uns wie unfähige Trottel. Was soll das? Sollte man Sie morgen abberufen, stehen wir vor einem Scherbenhaufen. Und kommen Sie nicht mit Gotzkofski. Der kocht sein eigenes Süppchen. Dummerweise ruht er sich auf seinen Verdiensten aus. Der Mann hat nur eines im Sinn: Wie kann ich unbeschadet meinen Ruhestand erreichen? Der Abrisskalender auf seinem Tisch zeigt neunundvierzig Tage. Die Wochenenden sind schon herausgetrennt. Buß- und Bettag auch. Und Sie fallen darauf herein. Mordermittlung ist ein Mannschaftsspiel. Ich weiß nicht, wie das beim BKA gehandhabt wird. Kräuming, Sie mögen ja ein brillanter Stürmer sein. Wenn Ihnen aber niemand Bälle zuspielt, stehen Sie ziemlich hilflos vor dem Tor.«

Schley lehnte sich wieder zurück. Seine Worte waren scharf und pointiert, die Stimme fest. Sie verrieten keinen Hauch von Anspannung oder Wut. Klare, deutliche Ansagen. Kräuming wusste, der behaarte Riese hatte recht. Er hatte Schley, Lott und die anderen Kollegen behandelt wie minderbemittelte Untergebene. Er war überheblich und hatte sich auf seine BKA-Zugehörigkeit etwas eingebildet. Was er zutiefst hasste, praktizierte er selbst. Er war keinen Deut besser als die Vorgesetzten in Wiesbaden, die ihn loswerden wollten.

»Es war nicht meine Absicht ...«

Energisch winkte Lott ab. »Die Reepschnur stammt aus Kanada. Hämmerling hat darauf ausdrücklich hingewiesen. Steht im Bericht der Spurensicherung. Die Täterin kommt höchstwahrscheinlich von dort. Die Hinweise auf einen französischen Akzent unterstützen diese Annahme. Interpol weist auf einen ähnlich gelagerten Mordfall in der Schweiz hin. Wunderbar! Gotzkofski klatscht vor Freude in die Hände, und sobald Voigt davon erfährt, entzieht er uns den Fall. Und dann der Mist in der Zeitung.« Lott zog den *Berlin-Blick* aus dem Papierkorb und tippte wütend auf den Artikel. »Sie haben Hinze unterschätzt. Niemand redet mit diesem Journalisten. Verstehen Sie, Ihre Arroganz fällt uns auf die Füße. Das mögen weder meine Hühneraugen noch die vom Kollegen Schley.«

Dass der Reporter vom *Berlin-Blick* es mit der Wahrheit nicht allzu genau nahm, schien jeder beim LKA zu wissen. Warum Gotzkofski ihn ohne zu warnen beauftragt hatte, dem Schreiberling auf den Zahn zu fühlen, stand plötzlich unter einem anderen Stern. Kräuming deutete auf das Fernschreiben.

»Gotzkofski will nicht, dass ich mich um Bern kümmere. Ich hatte ihm vorgeschlagen, dass ich das inoffiziell mache, um die Sache zu beschleunigen. Quasi als Mitarbeiter des BKA.«

Schley und Lott schauten sich perplex an. Ihre verärgerten Gesichter sprachen Bände. Spielball in einem manipulierten Spiel zu sein, traf sie sichtlich.

»Passt doch wunderbar. Zwei Fliegen mit einem Schlag. Fall weg und Herr Bis-auf-Weiteres ebenfalls. Und wir stehen da wie dumme Jungs.«

Schley zog die Stirn kraus und schien abzuwägen, was er preisgeben sollte. Schließlich fixierte er Kräuming mit einem Blick, der unmissverständlich war. »Nicht, dass ich auf Ihre Anwesenheit gesteigerten Wert lege. Aber wie es aussieht, sind Sie der Einzige, der nicht begriffen hat, warum Sie Gotzkofski zugeteilt wurden. Kräuming, Sie sollen scheitern! Sehen Sie das nicht? Schönen Gruß aus Wiesbaden. Der Wunsch kommt von ganz oben. Ein bisschen anecken hier, ein paar Dienstvergehen dort, gewürzt mit vermeidbaren Fehlern, und Ihre Karriere bei der Polizei ist Geschichte. Ein Disziplinarverfahren in Wiesbaden, ein zweites in Berlin. Kollege, Sie sind leicht auszurechnen. Müder Kriminalhauptkommissar, dessen vordringlichster Wunsch es ist, die Pension unbeschadet zu erreichen, trifft auf ehrgeizigen, von sich eingenommenen Möchtegern, dessen Hobby darin besteht, Regeln zu ignorieren. Die perfekte Konstellation.«

Schley schwieg einen Moment und überflog das Fernschreiben aus Wiesbaden.

»Allerdings war nie geplant, dass Sie wesentliche Puzzlestücke des Falls aufdecken.«

Ungläubig starrte Kräuming Schley an. »Woher wissen Sie das? Bis auf Voigt wusste niemand von dem Grund der Versetzung.«

»Alte Berufskrankheit. Chronisches Misstrauen. Muss ich mir beim Verfassungsschutz eingehandelt haben. Ich weiß halt gerne, mit wem ich zusammenarbeite. Und ja, ich habe so meine Beziehungen und dummerweise ein äußerst schlechtes Personengedächtnis. Ich frage mich, was macht Sie so wichtig, dass man sich derart viel Mühe gibt, Sie loszuwerden?«

Kräuming zog die Stirn kraus. Die Frage konnte er unmöglich beantworten. Dass sie allein mit der Backpfeife gegen einen perversen Bundestagsabgeordneten zu tun hatte, dessen Vorliebe darin bestand, minderjährigen Mädchen den Hintern zu versohlen, konnte er allerdings ausschließen. Nachdenklich schaute er Schley an. Eine Antwort erwartete der nicht, dennoch überlegte Kräuming, ob er lachen oder den Beleidigten spielen sollte. Egal, wozu er sich entschied, der haarige Riese würde nicht verraten, woher die Information stammte. Ihm wurde aber auch klar, dass Lott und Schley ihm weniger feindselig gegenüberstanden, als er gedacht hatte. Sie mochten ihn nicht, waren aber keine Intriganten. Er brauchte einen Augenblick, um die Tragweite des Gesagten zu verstehen. Der Arm des BKA war lang, seine Versetzung nach Berlin wurde nicht von allen gutgeheißen. Allein Trögers Intervention hatte verhindert, dass er das BKA verlassen musste. Dass man sich aber »so viel Mühe gab, ihn loszuwerden«, verblüffte ihn schon. Die Frage war: Wer und warum?

»Noch ist uns der Fall nicht entzogen worden«, murmelte Kräuming und nahm das Fernschreiben in die Hand. »Ich werde Bern kontaktieren. Vielleicht bringt uns das weiter.«

Er schaute beide abschätzend an. Dann ergänzte er: »Schlage ich vor.«

»Sie wissen, dass das nicht die übliche Verfahrensweise ist?«, gab Schley zu bedenken. »Das gibt garantiert Ärger.«

Über Kräumings Gesicht huschte ein Lächeln. »Ärger ist mein zweiter Vorname.«

»Ab sofort arbeiten wir zusammen?«, fragte Schley.

Kräuming nickte.

»Keine Alleingänge mehr?«

Zwei Finger, die einen Schwur andeuteten, hoben sich. »So wahr mir Gott helfe!«

»Gut, versuchen wir es. Vielleicht wissen die Eidgenossen ein bisschen mehr als wir. Ich kümmere mich weiter um die Fahndung«, antwortete Lott nach einigem Zögern. »Möglicherweise hilft ja der Hinweis auf Kanada. Bisher tappen wir im Dunkeln. Die Frau ist wie ein Phantom.«

Kräuming überlegte eine Weile und betrachtete Schley nachdenklich.

»Es heißt, Sie haben gute Kontakte ins Ausland. Gehört Kanada auch dazu?«

Nun war es Schley, der triumphierend lächelte. Lott reichte ihm unaufgefordert einen Zehner. Erstaunt verfolgte Kräuming, wie der Geldschein den Besitzer wechselte.

»Kleine Wette. Ich wusste, dass Sie irgendwann die Frage stellen. Kollege Lott war anderer Meinung. Alles klar, ich werde mal rumhorchen und schauen, ob sich der offizielle Weg abkürzen lässt. Versprechen kann ich nichts.«

Schley würde auch gut als Psychologe durchgehen, entschied Kräuming. Zumindest in ihm vermochte er anscheinend zu lesen wie in einem offenen Buch. Was soll's, dachte er, wichtig ist, dass wir jetzt in einem Boot sitzen.

Der Hinweis, vom BKA zu sein, sorgte dafür, dass Kräuming tatsächlich gleich zum verantwortlichen Hauptmann durchgestellt wurde. Die militärische Dienstgradbezeichnung war zwar bei den Eidgenossen üblich, sorgte dennoch für eine innere Habachtstellung. Hauptmann Mirio Röthlisberger, der sich keinerlei Mühe gab, sein Schwyzerdütsch zu zügeln, klang eher irritiert als neugierig. Erst nachdem Kräuming von dem Fall im Tegeler Forst berichtete, änderte sich der Tonfall, und er bemühte sich, Hochdeutsch zu sprechen.

»Uns liegen keinerlei Erkenntnisse vor, die auf einen Zusammenhang mit der Vergangenheit schließen lassen. Britische Banknoten wurden nicht sichergestellt.«

»Können Sie mir den Ballistikbericht zuschicken? Dann könnten wir abklären, ob es sich um ein und dieselbe Waffe handelt.«

Ein paar Sekunden war es ruhig. Der Hörer wurde zugehalten, und Röthlisberger sprach mit jemandem im Hintergrund. Nach einer Weile räusperte er sich verlegen und antwortete erkennbar verärgert: »Das muss leider erst im Haus geklärt werden.«

Es befand sich also jemand im Büro des Hauptmanns, wahrscheinlich höheren Dienstgrades, der gehörig auf die Bremse trat.

»Sie benötigen ein offizielles Amtshilfeersuchen des BKA, richtig?«

»Dienstwege sind nicht nur den Deutschen heilig«, bestätigte Röthlisberger.

Es klang so, als wäre der Hauptmann ebenfalls kein Freund der Bürokratie.

»Nehmen wir einmal an, ich lasse Ihnen unsere Ballistikuntersuchung zukommen, und Sie prüfen, ob es sich um ein und dieselbe Waffe handelt, wäre das ein Weg?«

Erneut war es ruhig. Aber diesmal wurde der Hörer nicht zugehalten.

»Viele Wege führen nach Bern. Die einen sind länger, die anderen kürzer. Sobald die Anfrage vom BKA vorliegt, können unsere Dienststellen offiziell zusammenarbeiten. Persönlich, per Telefon oder unkompliziert per Fernschreiber. Kommt direkt bei mir im Büro an.«

Das Gespräch war beendet, aber Kräuming hatte verstanden. Röthlisberger würde kooperieren.

Kräuming war gerade dabei, mit dem Leiter des Schießstandes darüber zu sprechen, ob Munition so etwas wie ein Verfallsdatum besaß, also nach einer gewissen Zeit unbrauchbar wurde, als sich ohne Ankündigung die Bürotür öffnete. Fräulein Stürmer trat mit ernstem Gesicht, wenn auch unverkennbarer Vorfreude herein, begleitet von einem Wachmann, der sich sichtlich unwohl in seiner Rolle fühlte.

»Verstehe ich das richtig?«, erkundigte sich Kräuming am Telefon. »Wenn das Zeug kühl und trocken gelagert wird, kann man Munition bis zum Sankt-Nimmerleins-Tag aufbewahren? Okay! Siebzig, achtzig Jahre. Habe ich verstanden. Danke für die Hilfe.«

Er legte auf, lehnte sich zurück, kreuzte gemütlich die Arme übereinander und wartete. Der Besuch versprach nichts Erfreuliches. Dennoch sagte er mit einem Lächeln: »Fräulein Stürmer, schön Sie zu sehen. Was kann ich ... nein, was darf ich für Sie tun?«

Ein Hauch von Lächeln erhellte ihr Gesicht. Sie atmete tief ein. Sie genoss die Situation.

»Kriminaldirektor Voigt lässt Sie herzlich grüßen. Er bittet Sie höflichst ... er legt Wert darauf, dass ich höflichst besonders betone ... am Montag um zwölf Uhr zu einem klärenden Gespräch in sein Büro. Sie können in Ruhe ausschlafen. Weiterhin lässt er ausrichten, sollten sich persönliche Dinge im Büro befinden, dürfen Sie die gerne mitnehmen. Er gibt Ihnen fünf Minuten. Ich fürchte, der Artikel im *Berlin-Blick* ist ihm schwer auf den Magen geschlagen.«

Mit einer eleganten Bewegung hob sie die Hand und schaute auf ihre Armbanduhr. »Fünf Minuten sind schnell um.«

Voigt hatte es nicht einmal für nötig erachtet, ihn persönlich von seiner Entscheidung zu informieren. Er wurde wie ein Betrüger behandelt, wie ein Verräter oder Nestbeschmutzer, dem man keine Chance mehr geben wollte, weiteren Schaden anzurichten. Kräuming nickte kurz und stand auf.

»Gedenken Sie, mir Handschellen anzulegen?«

Einen Moment lang schien Fräulein Stürmer den Gedanken sympathisch zu finden, verneinte aber mit einem Kopfschütteln. Stattdessen deutete sie auf ihre Tür.

»Das muss für Sie ja wie ein innerer Vorbeimarsch sein.«

»Herr Kräuming, so wichtig sind Sie nicht.«

Schlagartig fühlte er sich erschöpft. Er hatte mit Konsequenzen gerechnet. Aber nicht mit dieser Verachtung. Langsam erhob er sich und ließ seinen Blick über den Schreibtisch schweifen. Die Berichte türmten sich zu einem beachtlichen Stapel. Jetzt, wo sie vorankamen, nahm man ihn aus dem Spiel. Er war hier ein Fremdkörper. Er gehörte nicht dazu.

Kräuming lief den Flur entlang, begleitet von einem Wachmann, der dafür zu sorgen hatte, dass er unverzüglich das Gebäude verließ. Sein Rauswurf hatte sich schnell herumgesprochen, und einige Kollegen des LKA 1 ließen es sich nicht nehmen, seinen Abgang zu verfolgen.

Vom Mord an Dr. Heinrich Sellmann erfuhr Edgar Fendler auf dem Heimweg in der U-Bahn. Ein ihm gegenübersitzender Fahrgast studierte den Innenteil des *Berlin-Blicks*. Eher aus Langeweile las er den Anreißer auf der ersten Seite mit. *Die Geschichte der Rebecca Rosenstein.* Normalerweise interessierte er sich nicht für solche Artikel. Aber er kannte den Namen. Ungläubig überflog er die Zeilen. *Die Liebe des SS-Arztes Dr. Heinrich Sellmann rettete der damals siebenundzwanzigjährigen Rebecca das Leben. ... ihr neuer Name Ilse Sellmann ... Leiche des beliebten Tegeler Arztes wurde unweit des ältesten Berliner Baums ... der mysteriöse Tod ... Genickschuss ... hingerichtet ... fanden Beamte Geldscheine im Mund ...*

Der Fahrgast stand auf, warf seinem ungebetenen Mitleser einen kurzen Blick zu und streckte ihm die Zeitung entgegen. »Da haste! Schrecklich, wa! Da jehste nichtsahnend spazieren, und eener verwechselt dir mit de Schießscheibe.«

Fendler bedankte sich und schaute dem Mann hinterher.

Mit den Jahren hatte er geglaubt, dass sein früheres Leben vergessen war und er eine neue Chance bekommen hatte. Er war kräftiger geworden, die Haare dünn, die Haut durch die schwere Arbeit grau und faltig. Inzwischen trug er eine Brille. Es gab kaum Ähnlichkeit mehr mit jenem schmalbrüstigen Jüngling mit den kindlichen Gesichtszügen, der er einmal gewesen war. Mit Mariannes Hilfe hatte er sogar den verräterischen bayerischen Dialekt abgelegt. Er war sich sicher, keiner der damaligen Freunde und Weggefährten würde ihn wiedererkennen. Und dennoch, die Anspannung war geblieben, wenn er die Wohnung verließ. Sie war geringer geworden, aber niemals vollständig verschwunden. Gemeinsam mit Marianne lebte er ein bescheidenes Leben, einfach und unkompliziert. In gewissem Maße würde er es sogar als glücklich bezeichnen.

Statt nach Hause zu fahren, beschloss Edgar Fendler, seinen Kleingarten aufzusuchen. Er brauchte Ruhe, um nachzudenken. Zwar würde Marianne mit dem Abendessen auf ihn warten und verärgert sein, aber auf Vorwürfe würde sie verzichten. Sie war eine gute Frau. Auch sie war dankbar dafür, die Vergangenheit unbeschadet hinter sich gelassen zu haben.

Der kleine Schrebergarten, in dem Gemüse und Obstbäume

wuchsen, lag mitten in der Kolonie Spandauer Sonneneck. Eine Gartenlaube, deren Holz sorgsam gestrichen war, stand im hinteren Teil. Davor eine ebenfalls akkurat gepflegte Bank. Übermäßig Platz bot die Hütte nicht. Mehr als ein Sofa, auf dem sie die Nacht verbringen konnten, ein Tisch mit zwei Stühlen, eine winzige Kochnische und ein alter Bauernschrank passte nicht hinein. Genug, um den Alltag zu vergessen.

Fendler setzte sich auf die Bank und starrte auf den Artikel. Seit jenen Tagen im Mai 1945 am idyllischen Weiher waren über dreißig Jahre vergangen. Dennoch kam es ihm so vor, als wäre es gestern gewesen. Wäre es möglich? Ein Neuanfang? Mit einem fremden Menschen? Es hatte funktioniert. Er schaute sich um. Kein Nachbar zu sehen. Die Hütte hatte er mit eigenen Händen gebaut, Wasser und Strom verlegt, den Zaun gesetzt, die Bäume gepflanzt und die Beete angelegt. Es war ihr kleines Paradies.

Auch im Mai 1945 war es seinen handwerklichen Fähigkeiten zu verdanken gewesen, dass ihnen in Lehsen, einem Dorf in der Nähe der mecklenburgischen Kleinstadt Wittenburg, ein Zimmer im alten Schulgebäude zugeteilt wurde. Niemand hatte daran gezweifelt, dass Marianne und Edgar ein Paar waren.

Die meisten Flüchtlinge und Vertriebenen waren in einem zweistöckigen Herrenhaus untergebracht. Über der Eingangstür stand das Baujahr 1822 vermerkt und der Spruch »Musis et Amicis« – den Musen und den Freunden. Drei Tage nach dem offiziellen Ende des Krieges verspürte niemand das Bedürfnis nach freundschaftlichem Austausch. Die Verpflegungssituation war katastrophal. Die Frage, wie es weitergehen sollte, stand unbeantwortet in den hungrigen Gesichtern. Die Angst vor der Rache der Sieger war allgegenwärtig. Insbesondere als bekannt wurde, dass sich die Amerikaner auf die in der Jalta-Konferenz festgesetzte Linie zurückzogen. Laut Vertrag sammelte sich der überwiegende Teil der US-Truppen hinter Boizenburg und Zarrentin. Sie sollten in die Pazifikregion verlegt werden, um gegen die Japaner zu kämpfen. Das Dorf Lehsen befand sich plötzlich wieder knapp zwanzig Kilometer hinter der Westgrenze zur Sowjetischen Besatzungszone.

Damit war die erhoffte Sicherheit vor den Nachforschungen der Russen dahin. Andererseits wusste Edgar Fendler von einem Aushang der Amerikaner, dass sein echter Name auf einer Liste gesuchter Blockführer und Verwaltungsbeamter stand, denen Mord oder andere schwere Verbrechen im KZ Sachsenhausen vorgeworfen wurden. Hinter dem Namen »Kellerhof, Johannes« stand: »Hauptscharführer, Blockführer im Lager, Blockführer im Krematorium; 30-40 Jahre, Gesichtsausdruck: energisch, seine Tätigkeit im Lager war: Blockführer, Lagerschreibstube, Materialverwaltung, kurze Zeit Rapportführer, Leiter Standesamt, Leiter Krematorium. Gebürtig: Bayer, zuletzt wohnhaft SS-Siedlung Sachsenhausen.«

Ehemalige Häftlinge hatten die Liste erstellt. Glücklicherweise war niemand darunter, der in seinem Verantwortungsbereich hatte arbeiten müssen. Dennoch, die Alliierten suchten nach ihm. So früh hatte Fendler nicht damit gerechnet. Dass die Amerikaner sich zurückzogen, empfand er zumindest für den Augenblick als Vorteil. Andererseits wusste er, dass die Russen weit gnadenloser mit SS-Angehörigen umgingen. Marianne war es zu verdanken, dass er nicht in Panik verfiel und sich ruhig verhielt.

Nach Ende des Kriegs hatte er auf einigen Bauernhöfen des Dorfes als Elektriker gearbeitet, was ihm nicht nur zusätzliche Verpflegung einbrachte, sondern auch den Ruf eines fähigen Handwerkers. Als russische Soldaten Anfang Oktober vor dem alten Schulgebäude standen und nach ihm suchten, hatte er geglaubt, sein Ende sei gekommen. Stattdessen suchte die russische Kommandantur dringend jemanden, der sich mit elektrischen Leitungen auskannte. Erleichtert tat er, was sie verlangten. Die Prüfung der Papiere blieb ohne Beanstandung. Sie hielten ihn für einen Flüchtling aus Posen.

Dennoch blieb die Angst sein ständiger Begleiter. Die Gefahr, von einem ehemaligen Häftling erkannt oder von einem anderen SS-Mann denunziert zu werden, der einer drohenden Strafe zu entgehen versuchte, ließ ihn nächtelang wach liegen und auf jedes Geräusch mit Schrecken reagieren. Marianne, jene Frau, der er auf der Waldlichtung einen Ausweg geboten hatte, kroch schon wenige Tage nach ihrer gelungenen Flucht unter seine Decke, um, wie sie es sagte, ihren ehelichen Pflichten nachzukommen. Obwohl sie einander nur kurz kannten, glichen sie schnell einem Ehepaar, das sich kaum von anderen am Ende des Krieges unterschied.

In dem gelblichen Umschlag, den er in seinem Rucksack aufbewahrt hatte, befanden sich nicht nur die wichtigen Geburtsurkunden und der Trauschein, sondern auch die Lebensläufe jenes Paares, das bei der Schlacht um Posen umgekommen war. Marianne und er hatten alle Daten auswendig gelernt und wo nötig angepasst oder gar ausgeschmückt. Selbst kleine Episoden hatten sie sich ausgedacht, um nicht durch Widersprüche aufzufallen. Demnach hatte ihre Liebesgeschichte im alten Posener Zoo bei einer Führung begonnen. Es war ein sonniger Junitag gewesen, sie war siebzehn, er einundzwanzig.

Fendler legte die Zeitung mit dem Artikel über Rebecca Rosenstein neben sich und schaute in den Garten. Noch blühten einige Blumen. Auch wenn der Regen der letzten Tage den Tomaten nicht gutgetan hatte, es versprach eine weitere Handvoll zu werden. Marianne würde sie in dünne Scheiben schneiden, auf dick mit Butter bestrichenes frisches Brot legen und sie mit Pfeffer, Salz sowie klein gehackten Zwiebeln würzen.

Den Nachbarn galten sie als harmonisches Paar. Gegenseitige Sympathie war vorhanden, und der Wunsch nach Nähe und Wärme besorgte das Übrige. Liebe nannten sie es nie. Sachlich betrachtet führten sie eine mustergültige Ehe, eine Vernunftehe, wie es neuerdings hieß. Dass sie nur vorgetäuscht war, ahnte niemand. Über die Vergangenheit schwiegen sie. Marianne wusste nicht, was er im KZ Sachsenhausen getan hatte, und er nicht, was genau ihre Aufgaben in Ravensbrück gewesen waren. Über diese Zeit wurde kein Wort gewechselt. Dass er mit einer anderen Frau verheiratet und aus dieser Beziehung eine Tochter hervorgegangen war, verschwieg er ebenfalls. Auch dass er per Gerichtsbeschluss 1951 vom Amtsgericht Dachau für tot erklärt worden war, wusste Marianne nicht. Und erst recht nicht, dass er dafür einen hohen Preis zahlte.

Auch wenn sie sich im Frühsommer 1945 in Lehsen wohlgefühlt hatten und langsam Ruhe in ihr Leben eingekehrt war, ein kurzer Schreck genügte, dass sie weiterzogen. Ein ehemaliger Häftling aus der Lagerschreibstube warb von einem Pferdewagen auf dem Marktplatz für die Mitgliedschaft in der neu gegründeten KPD. Der Mann verkündete, dass die Ortsgruppe im Amt Wittenburg ein Zimmer bezogen hatte und er jetzt öfters vorbeischauen werde. Es wäre nur eine Frage der Zeit gewesen, bis der ehemalige Häftling den SS-Hauptsturmführer getroffen hätte.

Marianne entschied für sie beide. Berlin war unter den vier Siegermächten aufgeteilt worden. Sie beschloss, in einen der drei Westsektoren zu ziehen. Fest davon überzeugt, die Anonymität der Großstadt böte den besten Schutz, verließen sie das Dorf im Morgengrauen des nächsten Tages.

Deprimiert nahm Fendler die Zeitung in die Hand. Er faltete sie zusammen, steckte sie in seine Aktentasche und stand auf. Weder konnte er sich auf die Ermordung seines Hausarztes noch über die hinterlassenen britischen Banknoten einen Reim machen. Dass Ilse Sellmann alias Rebecca Rosenstein mit der Wahrheit ans Licht trat, war ihre Sache. Ihr gegenüber hatte er sich nichts vorzuwerfen. Das eigentliche Problem war: Ilse wusste, dass er lebte und wo.

Der neogotische Schreibtisch und der passende Stuhl dazu stammten aus dem Jahr 1840 und waren aus massivem Nussbaumholz gefertigt. Arne Pütz hatte sie günstig von einem befreundeten älteren Südtiroler Ehepaar erworben, das es vorzog, am Ende des Krieges ins Exil nach Syrien zu gehen. Überzeugte Nationalsozialisten, deren Angst vor bolschewistischen Horden groß genug war, um den lächerlichen Preis zu akzeptieren. Bezahlt hatte Pütz mit gefälschten britischen Pfundnoten. Gefahr, von Syrien ausgeliefert zu werden, bestand nicht. Das Interesse an erfahrenen Nazis, um einen künftigen Geheimdienst und andere wirkungsvolle Strukturen der Überwachung aufzubauen, war selbst in Vorderasien groß.

Wie erwartet war die Ausstellung der zehn jungen Künstler in der Villa Knut nicht nur finanziell, sondern auch medial ein Erfolg gewesen. Pütz sortierte die Belege und Rechnungen, um sich einen Überblick über die Kosten und Einnahmen zu verschaffen. Er hatte Loretta zwar versprochen, mit ihr im Gloria-Palast Alfred Hitchcocks neuen Film *Familiengrab* anzusehen, sich dann aber damit entschuldigt, geschäftlichen Angelegenheiten nachgehen zu müssen, die keinen Aufschub duldeten. Tatsächlich brauchte er Ruhe, um nachzudenken. Sie hatte mit einer theatralischen Szene reagiert und gedroht, sich einen »amente«, einen Liebhaber, zuzulegen. Auch dass er am Wochenende nach Dresden fahren wollte, um günstig

Kunstwerke und Antiquitäten zu erwerben, passte ihr nicht. Ohne direkt darauf einzugehen, hatte er nur beiläufig daran erinnert, dass er ihren Luxus und ihre Ausschweifungen finanzierte, was Loretta mit einer derben Geste und einem Schwall von Schimpfwörtern quittiert hatte. Es würde Tage dauern, bis sie sich wieder beruhigte. Der Händler, den er im Interhotel Newa zu treffen gedachte, verhökerte mit Duldung der DDR-Staatsführung Kunstgüter. Die Genossen brauchten dringend Devisen. Eine vorzügliche Möglichkeit für lukrative Geschäfte.

Pütz öffnete das große Schubfach und war im Begriff, die Belege hineinzulegen, als er die Telegramme aus der Schweiz mit dem Vermerk »Nicht zustellbar« sah. Wütend knüllte er sie zusammen und warf sie in den Papierkorb.

Begonnen hatte seine Misere Anfang Oktober 1974. Dersch hatte Müller und ihn eingeladen, nach Hamburg zu kommen. Sie trafen sich meist einmal im Jahr, um in Erinnerungen zu schwelgen, Willy Brandt und die Entspannungspolitik der sozial-liberalen Koalition zu verfluchen und sich über Einflussmöglichkeiten auf die Politik zu unterhalten. Es waren keine regelmäßigen Treffen, zu denen der Hamburger Bauunternehmer einlud. Die Orte variierten, ein schlichter Gasthof auf dem Land, manchmal ein Hotel mit angeschlossenem Restaurant, einmal fanden die Gespräche sogar im Clubraum eines Berliner Segelvereins statt. Diesmal fiel die Wahl auf das Hamburger Gewerbehaus.

Es gäbe Neuigkeiten von außerordentlicher Bedeutung, hatte Dersch, ohne Genaueres zu verraten, angekündigt und darauf bestanden, dass er den Termin einhielt.

Pütz erinnerte sich. Dersch hatte das Treffen für jenen Tag anberaumt, an dem sich auch die Mitglieder der HIAG im Remter trafen. Natürlich hatte der Bauunternehmer darauf vorher nicht hingewiesen.

Die Stimmung unter den alten Kameraden in der Gaststätte der Hamburger Handwerkskammer am Holstenwall war gereizt. Die achtzig Gäste hatten lautstark diskutiert, wie sie die Wahrnehmung ihrer Organisation in der Öffentlichkeit positiv beeinflussen könnten. Allen Teilnehmern war klar, dass die Möglichkeiten der

Hilfsgemeinschaft auf Gegenseitigkeit der ehemaligen Angehörigen der Waffen-SS e. V. begrenzt waren. Man befand sich schließlich in den Siebzigerjahren. Längst hatten die Medien den Verein kritisch durchleuchtet. Der sogenannte Traditionsverband, der die gesellschaftliche und juristische Wahrnehmung der SS-Kameraden als normale Soldaten durchzusetzen versuchte, war seit Jahren als revanchistische Organisation gebrandmarkt. Die Euphorie aus den Anfangsjahren der Bundesrepublik, als Politiker wie Konrad Adenauer, Kurt Schumacher oder sogar Helmut Schmidt noch um das Wählerpotenzial der SS-Veteranen geworben hatten, war längst verflogen.

Eine Weile hatte Pütz damals dem Klagen alter, sturer Männer zugehört und sich gefragt, was er hier tat. Daran dass Dersch den Ort und den Termin bewusst gewählt hatte, besaß er keinen Zweifel. Es war gleichzeitig Machtdemonstration und Warnung. Ich habe dich in der Hand! Würde ihn jemand von der Presse im Remter entdecken, wäre das seinem Ruf nicht zuträglich. Niemand würde ihm glauben, dass er sich hier zufällig mit alten Freunden traf. Anders als Dersch und Müller war er kein Mitglied der HIAG. Auch hatte er nie der SS angehört, was dem glücklichen Umstand zu verdanken war, dass er als Kunstsachverständiger Kontakte zur italienischen Oberschicht besaß und die Verantwortlichen in der Reichshauptstadt es für sinnvoll erachteten, diese nicht durch ideologische Ansichten zu belasten.

Auch wenn Dersch es bedauerte, seit Monaten prophezeite er, dass die HIAG künftig kaum mehr Bedeutung haben würde. Im Gegenteil, der Verein hing inzwischen eher wie ein verräterischer Klotz am Bein. Um etwas zu bewegen, bedürfe es also neuer Konzepte, predigte er bei jeder Gelegenheit. Um wirkungsvolle Politik zu machen, gelte es, die Fäden künftig unauffällig aus dem Hintergrund zu ziehen. Um die Zukunft zu gestalten, müsse man sich der Vergangenheit entledigen. Keine Verbindung zu den alten Seilschaften mehr, erst recht nicht zum umstrittenen Traditionsverein der SS.

Dersch hatte den Remter gewählt, einerseits um einen Schlussstrich zu ziehen, andererseits um ihre schicksalhafte Zusammengehörigkeit zu unterstreichen. Sein neuestes Lieblingsprojekt war die Bundestagswahl. Seine Verbündeten die Mitglieder der Gruppe

Liberales 76. Das Ergebnis der Wahl im Interesse der Bewegung zu beeinflussen – Dersch sprach noch immer von der Bewegung, als wäre die Zeit 1945 stehengeblieben –, war sein oberstes Ziel. Selbst eine geringe finanzielle Unterstützung durch die HIAG musste künftig unterbleiben. Es bedurfte neuer, stiller Finanzquellen, deren Herkunft verschleiert blieb. Dann konnte man aus dem Hintergrund die Marionetten tanzen lassen.

Konrad Dersch erwartete ihn freudestrahlend in einem kleinen Hinterzimmer des Restaurants. Was es zu bereden gab, war nicht für fremde Ohren gedacht. Minuten später traf auch Olaf Müller ein. Der bullige Berliner grüßte kurz und schüttelte jedem kräftig die Hand.

Kaum dass sie Platz genommen hatten, griff Dersch in seine Aktentasche und legte eine verblichene rote Mappe auf den Tisch. Fast liebevoll strich er über den geprägten Reichsadler, bevor er mit feierlicher Stimme zu reden begann: »Vor zwei Monaten habe ich erfahren, dass seit Jahren regelmäßig ein ansehnlicher Betrag über den Umweg einer Münchener Bank ins Ausland überwiesen wird, per Dauerauftrag. Das Geld stammt aus der Schweiz. Umgerechnet circa zwölftausend D-Mark pro Jahr mit dem Verwendungszweck: Jokell.«

Während Pütz nicht sofort begriff, was oder besser gesagt, wer sich hinter dem Verwendungszweck verbarg, war Müller vor Schreck fast das Bierglas aus der Hand gerutscht. Dersch grinste und genoss die Situation. Sorgsam betonte er jedes weitere Wort.

»Jokell war der Spitzname von Johannes Kellerhof.«

Erst da begriff er. Dersch genoss das Erstaunen in ihren Gesichtern.

»Jokell? Kann das Zufall sein?«, hatte Müller gefragt.

Dersch schüttelte triumphierend den Kopf. »Ich habe von den Zahlungen durch einen ehemaligen Nachbarsjungen von Kellerhof erfahren. Ein Spielkamerad, inzwischen Innenrevisor bei der Münchner Bank. Ihm sind die regelmäßigen Beträge und der Verwendungszweck bei einer Routineprüfung aufgefallen. In der Hoffnung, den alten Schulkameraden lebend wiederzufinden, hat er sich vertrauensvoll an den HIAG-Suchdienst gewandt.«

Die Überraschung war gelungen. Mit Pathos in der Stimme verkündete Dersch: »Kameraden, ich bin fest davon überzeugt, wir sind betrogen worden. Kellerhof hat uns hintergangen. Der kleine, unscheinbare Mann, der kein Wässerchen trüben konnte, hat uns alle ausgetrickst. Für mich besteht kein Zweifel, dass unser Geld auf das Konto einer Schweizer Bank eingezahlt wurde.«

Müller und er hatten sich ungläubig angeschaut. Wenn es stimmte, was Dersch herausgefunden hatte, gab es vielleicht eine Chance, an das Vermögen heranzukommen.

»Das Problem ist, Johannes Kellerhof ist tot. Den können wir nicht mehr befragen. Unser Geld befindet sich in der Schweiz auf einem Nummernkonto. Damit genießen wir den Vorteil, dass die Blüten längst gewaschen sind. Pünktlich im Januar wird der Betrag an die Münchner Bank überwiesen. Das Konto gehört Jokells Mutter, Hildegard Kellerhof. Von da aus wird es per Dauerauftrag nach Kanada transferiert. Seit nunmehr fünfundzwanzig Jahren. In Summe dreihunderttausend. Kaum der Rede wert, angesichts der Millionen, die auf dem eidgenössischen Konto gebunkert sein müssen. Kellerhof hatte damals zweifelsfrei einen Komplizen. Wer auch immer das war, lebt heute in der Schweiz und genießt seinen Lebensabend mit unserem Geld. Ärgerlicherweise handelt es sich um ein nachrichtenloses Nummernkonto. Es gibt keine Chance herauszufinden, wer sich hinter den Überweisungen verbirgt. Ich habe versucht, mit Kellerhofs Mutter zu reden, aber ohne Erfolg. Hildegard lebt in einem Heim und ist dement. Die Alte erkennt sich kaum selbst, die können wir vergessen. Bleibt genau eine Chance, an unser Vermögen zu gelangen. Folgen wir dem Weg des Geldes!«

Dersch hatte einen Zettel aus der Mappe gezogen und ihn über den Tisch geschoben. »Bank of Montreal, Drummondville, Kanada. Warme Kleidung empfohlen.« Müller hatte den Zettel an sich genommen, ihn studiert und kommentarlos eingesteckt. Fünf Wochen später hatten sie einen Namen: Alois Zempbauer. Wohnort: Lützeflüh, Schweiz.

In Gedanken versunken strich Arne Pütz über den Schreibtisch. Sein Gefühl sagte ihm, dass sich alles im Umbruch befand. Zempbauer war tot. Der ehemalige Truppenarzt Dr. Sellmann ebenfalls. Nichts deutete auf eine Verbindung zwischen beiden hin. Doch es musste eine geben. Pütz war sich sicher: Dass die beiden kaltblütig hingerichtet worden waren, hing mit jenem Plan zusammen, den Dersch im Hotel Vier Jahreszeiten, kurz vor Ende des Kriegs, vor über dreißig Jahren, vorgestellt hatte. Aber der Auslöser für die Morde jetzt war etwas anderes. Was immer Müller in Kanada getan hatte, es verfolgte sie wie ein Fluch.

Sonnabend, 18. September 1976

Der Brief trug keinen Absender, dennoch wusste Müller sofort, dass er aus Hamburg kam. Er öffnete ihn und legte die mit Maschine geschriebenen Seiten neben den *Berlin-Blick*. Seitdem Dersch ihn mitten in der Nacht aus Frankfurt am Main angerufen hatte, war an Schlaf nicht mehr zu denken. Aufmerksam hatte er die Ausgaben des *Berlin-Blick* der letzten Tage durchgeblättert und den Bericht über die Ermordung Dr. Sellmanns studiert. Auch die Todesanzeige mit dem Termin der Beisetzung war ihm nicht entgangen. Der Versuchung, einen Kranz im Namen der HIAG am Grab zu platzieren, hatte er nicht widerstehen können. Der letzte Gruß galt nicht dem alten Kameraden, sondern war als Warnung gedacht. Die schöne Ilse würde es verstehen.

Den Artikel über Dr. Sellmanns Ermordung und das Interview über die Liebe unter dem Hakenkreuz hatte er mehrfach gelesen. Sorgsam war alles unterstrichen, was ihm wichtig erschien. Mit der gleichen Akribie studierte er Derschs Hinweise, auch wenn die kaum mehr enthielten, als in der Presse stand.

Müller hatte den Arzt gekannt. Ein ruhiger, freundlicher, auf Distanz bedachter Vertreter seiner Zunft, der leicht hinkte. Trotz der Behinderung war Dr. Sellmann eine beeindruckende Erscheinung gewesen. Ein Bild von einem Mann, groß gewachsen, kräftig, blaue Augen, selbstbewusster Blick, gewinnendes Lächeln. Eindeutig ein Frauenschwarm. Einer, der sich dessen durchaus bewusst war und der dennoch nie durch Eskapaden aufgefallen war. Das lag an seiner Frau, die als Krankenschwester ebenfalls in seiner Praxis arbeitete, eine ausgesprochene Schönheit.

Der Tod des Doktors allein hätte Müller nicht weiter beschäftigt. Dass der ehemalige SS-Arzt per Genickschuss hingerichtet worden war, konnte noch als ungewöhnlich abgetan werden. Die Art der Ermordung des Schweizers Alois Zempbauer schloss den Gedanken an einen Zufall jedoch aus. Dersch hatte in Erfahrung gebracht, dass es sich bei dem Geld im Mund des Doktors um falsche britische Banknoten gehandelt hatte. Das irritierte ihn, denn Sellmann konnte unmöglich von Derschs Plänen gewusst haben. Er hatte mit der Fälscherwerkstatt nichts zu tun gehabt. Die Aktion Bernhard war streng geheim gewesen, und den beteiligten Häftlingen hatte ein eigener Arzt zur Verfügung gestanden. Ein Zahnarzt. Wer ernsthaft erkrankte, hatte Pech gehabt. Drei Juden wurden aufgrund von Tuberkulose erschossen. Sie ins Krankenrevier zu stecken, war strengstens untersagt. Die Fälscheraktion galt es um jeden Preis geheim zu halten. Nicht einmal der Lagerkommandant Anton Kaindl war über die Aktivitäten in den Baracken achtzehn und neunzehn genau informiert. Abgesehen von den Gefangenen kannten nur einige ausgewählte Personen das Geheimnis. Dr. Heinrich Sellmann zählte nicht dazu.

Aus der Kommode kramte Müller eine Packung Zigarillos hervor. Die Schachtel Handelsgold war neu. Offensichtlich hatte die Ohrfeige vor ein paar Tagen dafür gesorgt, dass Gerda aufmerksamer wurde. Zufrieden zündete er sich einen an und wandte sich wieder Derschs Unterlagen zu.

Leiter der Ermittlungen war Kriminalhauptkommissar Gotzkofski. Phlegmatischer Typ ohne Ambitionen. Geht Mitte November in Pension. War während seiner Zeit im Reichskriminalamt zur Bekämpfung reisender und gewerbsmäßiger Betrüger und Fälscher eingesetzt. Beförderungen? Negativ. Müller schmunzelte. Entweder hatte Gotzkofski zu jenen Beamten gehört, die es in fünf Jahren nicht geschafft hatten, ein Kind zu zeugen, wie es von den Staatsbediensteten verlangt wurde, oder er war einer jener Fachleute, die als unentbehrlich galten. Bei diesen Personen sah man großzügig darüber hinweg, dass sie nicht der SS beitraten. Er blätterte in den Unterlagen. 1939 Eintritt in die NSDAP, kaum dass das Reichssicherheitshauptamt die Führung übernommen hatte. Gotzkofski war der typische Mitläufer, schlussfolgerte Müller. Hatte gleich nach dem Krieg seinen Persilschein bekommen, eindeutig kein Jünger der NS-Ideologie. Warum die Presse ihn nicht ins Visier nahm, war Müller ein Rätsel. Möglicherweise wurde sein Assistent aus Wiesbaden höher eingeschätzt.

Kommissar Horst Kräuming. »Angeblich zur Unterstützung der

Berliner Beamten ans LKA ausgeliehen«, hatte Dersch an den Rand notiert. Keine Parteizugehörigkeit. Liebäugelt aber mit den Linken. Politisch unzuverlässig. Offensichtlich hatte ihm das einer seiner guten Kontakte beim BKA geflüstert. Kräuming schien der Einzige mit Instinkt zu sein. Ihn weiterhin im Auge zu behalten, war angeraten.

Das eigentliche Problem war aber die Mörderin. Die Möglichkeiten, ihr auf die Spur zu kommen, waren begrenzt. Dersch hatte angedeutet, dass Bittler eine Quelle beim LKA besaß. Wenn die nicht ergiebiger sprudelte, dürfte es schwer werden.

Müller spürte, wie das Blut in seinen Adern zu pulsieren begann. Ein belebendes Gefühl, das er lange nicht mehr gehabt hatte. Zuerst wollte er sich ein wenig umhören, ob den Kameraden etwas zu Ohren gekommen war. Die alten Netzwerke funktionierten noch immer. Abgesehen davon, konnte er jede Hilfe gebrauchen.

Müller betrachtete das Bild der jungen Frau, die als Tatverdächtige galt. Ein typisches Phantombild, reduziert auf das Wesentliche: Stirnpartie, Haare, Augen, Nase, Mund und Kinn. Sie kam ihm bekannt vor. Ob es am Zeichner lag oder nur Einbildung war, sie wirkte aufmerksam, fokussiert, konzentriert, als belauere sie einen. Dersch hatte den Hinweis unterstrichen, dass die Frau mit einem französischen Akzent sprach. Unruhe stieg in ihm auf. Die Erfahrung hatte Müller gelehrt, seinem Bauchgefühl zu vertrauen. Er hatte ein Gespür dafür, wenn etwas nicht stimmte. Erneut überflog er seine Notizen. Kleine Frau, circa 1,55 Meter, sportlicher Typ, dunkle kurze Haare, militärisch gekleidet. Dahinter hatte er ein Fragezeichen gesetzt. Zwar war es seit den späten Sechzigerjahren bevorzugt bei den Linken zur Mode geworden, Army-Jacken zu tragen, aber dass der Mord politische Gründe hatte, schloss er aus. Es hätte ein Bekennerschreiben gegeben. Ideologie braucht Öffentlichkeit. Rampenlicht war für das linke Gesocks so wichtig wie die Luft zum Atmen. Propaganda war zweckgerichtet, darin waren sich Linke und Rechte einig. Einfache Botschaften. Dr. Sellmanns Tod hingegen war ein einziges Rätsel. Militärische Kleidung? Müller bezweifelte das. Eher hielt er es für wahrscheinlich, dass sie eine Jacke getragen hatte, wie Jäger oder Angler sie bevorzugten, unauffällig und praktisch. Erneut betrachtete er die Zeichnung. Er hatte das Gesicht schon einmal gesehen, da war er sich sicher. Müller stand auf und lehnte das Bild an die Tischlampe. Er trat einen Schritt zurück.

»Ich kenne dich! Verdammt, ich kenne dich! Nur woher?«

Nach einer Weile zog er den Stuhl über den Teppich und schob ihn etwas zur Seite. Dann setzte er sich. Das Bild stand nun drei Meter entfernt auf dem Schreibtisch. Die Augen schienen ihn anzustarren. Traurig, vorwurfsvoll, anklagend.

»Woher kenne ich dich?«

Plötzlich ein Gefühl, als würde sein Herz einen Moment aussetzen. Schlagartig wurde es ihm klar. Er sprang auf und starrte das Bild ungläubig an.

»Das kann unmöglich sein!«

Dann setzte er sich erneut auf den Stuhl. Er rückte ihn noch etwas zur Seite. Der Winkel stimmte. »Drummondville, Kanada. Der verschneite Waldweg. Du verdammtes Miststück hast in dem Auto gesessen!«

Die beiden Polizisten waren ihr erst aufgefallen, als der jüngere auf eine Person deutete, die ihr zwar kaum ähnlich sah, aber ihre Größe hatte. Der Ältere nahm den Fahndungsaufruf in die Hand und studierte ihn eingehend. Dann schüttelte er den Kopf und flüsterte etwas, was seinen Kollegen rot werden ließ. Die Beamten schlenderten den Bahnsteig entlang und musterten die wenigen Wartenden, die den ersten Zug am Sonntagmorgen nahmen, um ins Bundesgebiet zu fahren. Am Ende des Bahnsteiges kehrten sie um, und das Prozedere begann von vorn.

Plötzlich wurde ihr bewusst, dass die Polizei nach ihr suchte. Aus dem *Berlin-Blick* wusste sie, dass nach einer Frau mit kurzen Haaren in Jeans und Tarnjacke gefahndet wurde. Sie aber trug heute einen Bojaren-Rock mit einem Gürtel, hellbraune Wildlederstiefel, eine weiße Bluse und darüber eine Boleroweste. Über dem Arm hing ein Kosakenmantel. Abgerundet wurde das Ganze von einem bunten Tuch, das Teile ihrer schwarzhaarigen Perücke bedeckte. Einschlägige Zeitungen beschrieben es als »Zigeunermode«. Glaubte man dem Modeschöpfer Yves Saint Laurent, war das der Trend des Jahres.

Der Zug wurde pünktlich bereitgestellt. Eine Fahrkarte erster Klasse und einen Fensterplatz in Fahrtrichtung hatte sie am Schalter gekauft. So war es ihr möglich, alles im Blick zu behalten. Am liebsten hätte sie sich abgelenkt, aber keine Zahl kam ihr über die Lippen. Nur nicht auffallen. Dafür berührte sie mit dem Daumen ihrer rechten Hand immer wieder rhythmisch die anderen Finger. Zeigefinger, Mittelfinger, Ringfinger, kleiner Finger, Zeigefinger ... Es ersetzte nicht das Zählen, auch nicht die Monotonie des Rosenkranzes, aber wenn sie sich auf die Berührungen konzentrierte, half es.

Die beiden Polizisten trotteten erneut den Bahnsteig entlang und schauten in die Wagenfenster. Vorsichtshalber zog die Frau eine Modezeitschrift aus ihrer Handtasche und blätterte darin. Niemand interessierte sich für sie. Kurz darauf verließ der Zug den Bahnhof Zoo. Die Fahrt sollte knapp vier Stunden dauern.

Nach dem Fiasko am Vortag hatte sich Kräuming vorgenommen, das Wochenende auszuspannen und etwas für sein inneres Gleichgewicht zu tun. Ausschlafen, Seele baumeln lassen, Tante Fannys Cocktailliste abarbeiten und keinen Gedanken an seine Zukunft oder den Mordfall verschwenden. Abgesehen davon konnte er sowieso nichts machen. Voigt hatte ihn kaltgestellt. Dennoch kreisten seine Gedanken um den Fall.

Die Suche nach der kanadischen Unbekannten war im vollen Gange. Jeder Polizist in der Stadt kannte die Beschreibung und hielt die Augen offen. Verwertbare Hinweise? Bisher Fehlanzeige. Die wichtigsten Anlaufstellen, die Universitäten, hatten noch Semesterferien, und die studentischen Aushilfen taten polizeiliche Anfragen grundsätzlich als Gesinnungsschnüffelei ab. Die beiden jungen Beamten, die Lott geschickt hatte, waren wie zwei minderbemittelte Praktikanten abgeblitzt.

Die Spurensicherung hatte inzwischen alles ausgewertet. Der Erkenntnisstand war eindeutig und umfassend, nur half das der Ermittlung nicht weiter. Selbst den Ballistikbericht hatte er auf eigene Verantwortung nach Bern gefaxt, und wenn er Röthlisberger richtig einschätzte, würde spätestens am Montagmorgen Fräulein Stürmers Faxgerät schnurren. Würde sich seine Theorie einer Mordserie erhärten, wäre Hektik im LKA 1 garantiert. Mit Gotzkofskis stoischer Ruhe dürfte es dann vorbei sein. Dennoch, Voigt würde ihn wegen des erneut negativen Zeitungsartikels und seiner Alleingänge kreuzigen. Die Rückkehr nach Wiesbaden in ein verstaubtes Archiv war genauso denkbar wie seine Versetzung zum Schreibtischdienst in die Zentralstelle Risikobewertung individualgefährdeter Personen in Berlin.

»Das Schöne an Problemen ist: Manchmal lösen sie sich von allein«, sagte Kräumings Mutter stets, wenn sie keine Lösung wusste. Sie lehnte es schlichtweg ab, sich Gedanken zu machen über Dinge, die sie nicht ändern konnte. »Ich habe Besseres zu tun, als Lebenszeit zu verschwenden.«

»Probiere ich mal«, murmelte Kräuming trotzig und zog die Decke über den Kopf.

Die Schmerzen im oberen Bauchbereich setzten plötzlich und gnadenlos ein. Utz Brunner stand auf der Leiter und schob eine Archivschachtel an ihren angestammten Platz. Krampfhaft hielt er sich fest und versuchte, gleichmäßig zu atmen. Er wusste, dass es nur eine Frage weniger Minuten war, bis der Tumor in seiner Bauchspeicheldrüse große Mengen des Hormons Gastrin bilden würde. Sein Magen wäre dann der Meinung, er müsse zusätzlich Säure absondern. Eine Fehlfunktion, die innere Blutungen auslösen konnte. Die Schmerzen würden die Speiseröhre hinaufkriechen, seine Gedärme rumoren lassen und ihn mit Durchfall plagen. Erfahrungsgemäß dauerte es Stunden, bis die Medikamente wirkten. Dummerweise hatte er die nicht bei sich, und Zeit, sie von Dunja bringen zu lassen, hatte er ebenfalls nicht. Erschöpft schaute er auf die Uhr. Kurz vor zwölf. Seit einer Stunde befand er sich im Archiv des Bankhauses Brunner & Lenz, besser gesagt im Tresorraum, und studierte alte Unterlagen. Er wusste, wonach er zu suchen hatte. Es waren Verträge aus den Jahren 1945 bis Ende der Fünfzigerjahre, Aufstellungen der Nummernkonten und ihre Zuordnung zu den Klarnamen. Sie hatten alle mit Alois Zempbauer in seiner Funktion als Inhaber der ZB-Suisse zu tun. Einige der Namen kannte Brunner, durchweg ehemalige Nazigrößen und Kriegsgewinnler, die gestohlenes Vermögen vor dem Zugriff der deutschen Justiz schützen wollten. Inzwischen hatten sie es wieder zu Ansehen und zu lukrativen Posten gebracht. »Wir sind dem Geld, nicht der Moral verpflichtet.« Brunner verzog das Gesicht bei dem Gedanken.

Das wichtigste Dokument war jener Beleg, der unzweifelhaft bewies, dass Zempbauer am Ende des Krieges britische Banknoten eingezahlt hatte, die angeblich einen Kredit bedienten, der aber nie von der Bank Brunner & Lenz gewährt worden war. Zwölf Millionen. In den Büchern hatte alles seine Richtigkeit. Geprüft und bestätigt von ihm persönlich. Mühsam schleppte sich Brunner zurück an den Schreibtisch. Er musste sich setzen. Schweißperlen standen auf seiner Stirn. Er zitterte und ihm war übel. Doch dafür hatte er jetzt keine Zeit. Die verräterischen Dokumente ließ er im doppelten Boden seines Koffers verschwinden. Um neugierige Fragen zu vermeiden, hatte er zusätzlich einige belanglose Papiere aus dem Jahr 1904 herausgesucht, Unterlagen, die seinen Vater Götz Brunner betrafen. Hausfinanzierungen und Geschäftsbeteiligungen. Höflich würde er um Kopien der Dokumente bitten und diese, gut sichtbar, in seinen Koffer legen.

Als er Schritte hörte, erhob er sich und wischte mit dem Ärmel die Stirn trocken. Sobald der Bankdirektor das Archiv aufgeschlossen hatte und eingetreten war, rief er zufrieden: »Ich habe gefunden, wonach ich gesucht habe«, und hielt lächelnd die Papiere seines Vaters hoch.

Um zwölf Uhr zwang sich Kräuming aufzustehen. Es bedurfte einigen innerlichen Zuredens. In aller Ruhe zog er sich an und beschloss, den Sonnabendmorgen mit dem längst überfälligen ausgiebigen Frühstück im Café Kranzler zu beginnen. Eine große Tasse Kaffee und dazu ein Stück Schwarzwälder Kirschtorte. Perfekt! Auf dem Weg zum berühmtesten Berliner Caféhaus deckte er sich mit den aktuellen Tageszeitungen ein.

Während er sich die Torte munden ließ, studierte er die Zeitungsartikel. Wie erwartet, berichteten auch die anderen Blätter ausgiebig über den mysteriösen Mord unter Berlins ältester Eiche. Alle schwammen im Fahrwasser des *Berlin-Blick*. Diverse Artikel beschäftigten sich mit der romantisch-gefährlichen Liebe in der Nazizeit und waren sich einig in ihrer Kritik an der Arbeit der Polizei. Alle gingen davon aus, dass er die Mordkommission leitete, und natürlich war jemand seines Alters in ihren Augen zu jung, zu unerfahren und kam zudem von auswärts. Wirklich Neues konnte keine Zeitung berichten. Kräuming war sich bewusst, dass die mediale Aufmerksamkeit seine Situation weiter verschlechtern dürfte. *Eine* Chance, hatte Voigt ihm zugestanden, und es gab keinen Zweifel, dass er es ernst meinte.

Nach dem verspäteten Frühstück beschloss er, sich am Nachmittag in einer Gruppe grölender Menschen zu betäuben. Hertha BSC spielte gegen den VfL Bochum im Olympiastadion. Nicht unbedingt ein Spitzenspiel. Lieber hätte er das Spiel der anderen Berliner Mannschaft gesehen. Bayern München gegen Tennis Borussia. Er mochte Underdogs. Der ehemalige Pingpong-Verein war ihm definitiv sympathischer als die alte Dame Hertha. Aber TeBe spielte auswärts. Dennoch, mehr als neunzig Minuten Ablenkung waren auch bei den Blau-Weißen garantiert. Grübeln konnte er später.

Es wurde ein mittelprächtiger Fußballnachmittag. 2:0 für Hertha. Die Borussen aus Berlin erlebten dagegen ein Debakel, Bayern München gewann 9:0. Gerd Müller, der Bomber der Nation, schoss allein fünf Tore.

Da Kräuming wenig Lust verspürte, sich in überfüllte Verkehrsmittel zu drängen, beschloss er, den Heimweg mit einem ausgiebigen Spaziergang zu verbinden. Den Kopf durchlüften, auch wenn es der Berliner Luft an Klarheit mangelte. Gegen zwanzig Uhr erreichte er den Kurfürstendamm und blieb vor der Diskothek Big Eden stehen. Misstrauisch beäugte ihn der Türsteher, der an Popeyes Widersacher Bluto erinnerte und etwas von »Mit abjewetzten Jeans kommste nich rin« murmelte. Obwohl Kräuming eigentlich gar nicht wollte, zückte er reflexartig den BKA-Ausweis und flüsterte geheimnisvoll »Undercovereinsatz«. Der Blutotyp sog scharf die Luft ein und trat widerwillig zur Seite. Kaum hatte Kräuming die Diskothek betreten, bereute er es schon wieder. Das Big Eden war um diese Zeit noch fast leer, vor allem aber begrüßte ihn der Discjockey mit *Fly, Robin, Fly* der Gruppe Silver Convention. An der Bar bestellte er sich einen Long Island Iced Tea, während aus den Lautsprechern Roberta Kellys *Troublemaker* schallte, gefolgt von *You Should Be Dancing* von den Bee Gees. Definitiv nicht seine Musik. Eilig kippte er den Fünf-Mark-Drink hinunter und beendete den Einsatz. Den Abend auf Tante Fannys Sofa zu verbringen und sich von Rudi Carrells *Am laufenden Band* berieseln zu lassen, kam nicht in Frage. Ihm war eher danach, seinen Weltschmerz mit härteren Klängen zu untermalen, und so steuerte er das Schlicht an, eine kleine Kneipe in der Lietzenburger Straße, die er aus der Zeit kannte, als Rita noch nicht den Drogen verfallen war.

Noch immer umfasste die Speisekarte drei Hauptgerichte. Riesen-Bockwurst, Riesen-Currywurst und Riesen-Bulette. Dazu gab es Schrippe, Kartoffelsalat oder Pommes frites. Bestellte jemand Bockwurst mit Pommes, wurde gefragt, ob man Marmelade dazu haben wolle. Sagte man ja, bekam man auch das. Die Getränke waren auf einer Tafel neben dem Tresen angeschrieben. Es gab Charlottenburger Pilsener und für die Weinfreunde Rotwein oder Weißwein – ohne nähere Bezeichnung. An Hochprozentigem war Whisky, Wodka und Weinbrand im Angebot. Wer Wasser wollte, konnte zwischen Tresen, Küche und Toilette wählen. Das stand zwar nicht an der Tafel, aber Kräuming war sich sicher, die Antwort auf diese Frage hatte sich in den vergangenen zehn Jahren nicht geändert. Die ganze Zeit lief Rockmusik plattenweise.

Kai, Wirt und voluminöses Maskottchen der Kneipe, den alle nur Kessel nannten, behauptete, jahrelang Roadie bei den großen Rockbands gewesen zu sein und jeden der Jungs persönlich zu kennen. Stundenlang konnte er Touristen Episoden von seinen Touren erzählen, faszinierende Details aus der Welt der Rockstars. Nur die Stammgäste wussten, dass nichts davon stimmte. Kessels ganzes Wissen stammte aus Musikzeitschriften, Fernsehauftritten und Büchern. In seinem Kopf wurden es seine Erlebnisse. Andererseits konnte er sich nicht mehr als drei Dinge gleichzeitig merken. Den Laden führte seine Mutter. »Kai lebt in seiner Welt«, hatte sie mal gesagt. »Er ist glücklich. Alles andere ist unwichtig.« Auch dafür wurden die alte Dame und ihr Sohn von ihren Gästen geliebt.

Als Kräuming die Kneipe betrat, vernahm er *The Crunge* von Led Zeppelin. Zufrieden bestellte er ein Bier und setzte sich in eine Ecke. Der Abend war gerettet.

Dersch war außer sich vor Wut. Ungehalten brüllte er in den Hörer: »Verdammt, Müller, du Idiot bist nicht irgendeiner Fremden auf dem Waldweg in Drummondville begegnet, sondern Kellerhofs Tochter! Elke Kellerhof!«

Ein paar unartikulierte Geräusche folgten. Es klang, als gedachte er den Hörer zu erwürgen. »Was ist los mit dir? Solche Fehler hast du dir früher nicht geleistet.«

Abermals fluchte er. »Du bist dir hoffentlich im Klaren darüber: Wenn die Polizei sie schnappt, verbringst du den Rest deines Lebens im Knast. Dann kann dir niemand mehr helfen. Es sei denn, Kellerhofs Töchterlein findet dich zuerst. Oder Pütz.«

Nach kurzem Zögern ergänzte Müller: »Oder dich!«

Einen Moment lang war es still am anderen Ende der Leitung. Die Antwort folgte mit gedrückter Stimme. Die Wut war verraucht.

»Oder mich. Ich fürchte, wir stehen alle drei auf der Abschussliste.«

»Immerhin wissen wir jetzt, nach wem wir suchen müssen. Glücklicherweise sind wir den Bullen einen Schritt voraus.«

Erneutes Schweigen. Nur Derschs tiefes Atmen war zu hören. Der bullige Bauunternehmer dachte nach.

»Woher weiß sie das? Ich meine, von unserem kleinen Vorhaben Ende des Kriegs wussten nur Pütz, du und ich. Gut, Zempbauer war auch im Bilde.« Nach einem kurzen Zögern ergänzte er: »Und Jokell.«

»Der ist seit '51 tot«, gab Müller zu bedenken.

»Für tot erklärt! Von Amts wegen. Das ist ein kleiner, aber feiner Unterschied.«

»Du meinst, er lebt?«

»Ich habe seine Leiche nicht gesehen. Du?«

»Aber wenn er noch lebt, warum hat er dann auf das ganze Geld verzichtet?«

»Kellerhof stand auf der Liste gesuchter Kriegsverbrecher. Er hatte allen Grund, kein Risiko einzugehen. Möglicherweise war Zempbauer aber nicht freiwillig so großzügig, wie er uns hat glauben lassen.«

»Er stand mit Kellerhof in Kontakt?«

Einen Augenblick war es ruhig in der Leitung, und als Müller schon dachte, die Verbindung sei unterbrochen, sprach Dersch weiter.

»Jokell wusste, dass sein Plan aufgegangen war. In den Wirren der letzten Kriegstage tauchte er unter. Seine Frau lässt ihn für tot erklären und wandert mit dem Töchterchen nach Kanada aus. Von da an zahlt Zempbauer eine jährliche Rente. Zwölftausend D-Mark. Garantiert kein Akt der Nächstenliebe. Er muss, denn dummerweise lebt Jokell. Der kennt das Geheimnis des heimlichen Banktransfers und hat ihn damit in der Hand. Ganz leer will der Hauptscharführer offensichtlich nicht ausgehen, deswegen der Deal. Eine jährliche Zahlung an die Witwe in Kanada, und niemand erfährt von dem Falschgeld auf der Schweizer Bank. Um zu kontrollieren, ob Zempbauer seiner Verpflichtung nachkommt, richtet er den Umweg über das Münchner Konto seiner Mutter ein. Wenn die Alte nicht so senil gewesen wäre, hätte sie uns glatt den Abstecher nach Kanada ersparen können. Ärgerlich, aber nicht mehr zu ändern. Bleibt die Frage: Woher weiß Elke von all dem? Woher kennt sie unsere Namen?«

»Von ihrem Vater?«

Dersch zog genervt die Luft tief ein. »Glaube ich nicht. Jokell hat seine Frau samt Tochter nach dem Krieg sitzen lassen. Der hat nicht mal seine Mutter im Heim besucht. Ich bin sicher, Elke hat keine Ahnung, wo sich ihr Alter aufhält. Der führt garantiert heute irgendeinen Allerweltsnamen.«

Müller zögerte, bevor er den Gedanken aussprach.

»Ich fürchte, du irrst dich, und der Name ist ihr bekannt. Ich bin sogar sicher, Elke kennt seine Adresse. Damals in Sachsenhausen waren Kellerhof und ich beide Patienten bei Dr. Sellmann. Und ich vermute jetzt mal ganz stark, dass Jokell das auch nach dem Krieg wieder war. Ich bin sicher, Ilse Sellmann kann uns weiterhelfen.«

Einen Augenblick lang war es ruhig in der Leitung.

»Klingt plausibel. Kümmere dich darum. Wir brauchen Informationen. Wir müssen die Verrückte finden, bevor sie uns findet. Sollten wir dadurch Kellerhof in die Hände bekommen, umso besser.«

»Elke wird mich finden. Und ich werde sie erwarten.«

»Wie du das anstellst, ist mir egal. Ich informiere Pütz. Abgesehen davon werde ich Bittler auf den Zahn fühlen. Der FDP-Heini muss noch mal seine Quelle anzapfen.«

Nachdem Dersch das Gespräch beendet hatte, strich sich Müller mit beiden Händen die Haare nach hinten. Er steckte sich einen Zigarillo an und zog genüsslich den Rauch ein. Sich selbst zur Zielscheibe zu machen, war eine neue Erfahrung für ihn. Er lauschte in sich hinein. Angst verspürte er nicht, eher eine Spannung so ähnlich wie Vorfreude. Müller stand auf, ging an den Schrank und goss sich ein Glas Korn ein. Lächelnd prostete er dem Phantombild zu und trank den Klaren in einem Zug. »Elkchen, ich bin gespannt, ob du genauso zäh bist wie deine Mutter. Es wird mir eine Freude sein, dich wiederzusehen.«

Sonntag, 19. September 1976

Ein aufgeregtes Bellen ließ Elke Kellerhof aufschrecken. Sie zuckte zusammen und versuchte, sich zu orientieren. Ein Schäferhund stand vor der Fahrertür und starrte sie an. Böse schien er nicht zu sein, eher erfreut. Schnell schaute sie in den Rückspiegel und erkannte einen korpulenten Mann, der sich einige Meter hinter ihrem Ford Escort befand und langsam auf sie zukam.

Den Wagen hatte sie am Vortag auf einem Parkplatz neben dem Hauptbahnhof in Hannover entdeckt. Mit einem Draht, dessen Ende sie als Haken geformt hatte und den sie zwischen Scheibe und Dichtungsgummi schob, ließ sich die Tür in wenigen Sekunden öffnen. Die Lenkradverkleidung abzunehmen, war kein Problem. Zündschloss und Kabel lagen frei. Mit einer kräftigen Drehung brach das Lenkradschloss. Drei Minuten später rollte sie vom Parkplatz. Nach einer halben Stunde hatte sie die Autobahn verlassen, um einen ungestörten Platz auf einem Waldweg zu suchen.

Elke Kellerhof startete den Wagen und fuhr langsam an. Lust auf ein Gespräch und auf Fragen hatte sie keine. Der Hund rannte ihr eine Weile hinterher. Der Mann rief ihm einen Befehl zu. Der Schäferhund blieb stehen und trottete enttäuscht zurück.

»Du musst vorsichtiger sein«, mahnte sie sich. »Du bist noch nicht fertig.«

In der vergangenen Nacht hatte sie kaum geschlafen. Zwar ließ sich der Sitz nach hinten schieben und die Lehne zurückklappen, aber Minuten später konnte sie schon jeden Knochen ihres Körpers spüren. Erst in den frühen Morgenstunden hatte die Müdigkeit ihren Tribut gefordert.

Nach dem gewaltsamen Tod ihrer Mutter hatte sie Kanada den Rücken gekehrt. Es gab nichts, was sie dort hielt, nur Trauer und Verzweiflung. Glücklicherweise hatte sich für das Haus schnell ein Käufer gefunden. Mit dem Preis war sie nicht unzufrieden. Einzige Bedingung: Das Haus musste leergeräumt werden.

Erstaunt war sie über die Höhe des Erbes, das ihre Mutter ihr hinterließ. Ein Konto bei der Bank of Montreal wies knapp einhundertfünfzigtausend Dollar aus. Jedes Jahr im Januar waren Zahlungen von einer Münchner Bank gekommen. Verwendungszweck: Jokell. Elke hatte keine Ahnung, was sich dahinter verbarg. Es war ein Vermögen, über das ihre Mutter nie gesprochen hatte.

Bei der Haushaltsauflösung war ihr ein Schuhkarton mit Briefen und Fotos in die Hand gefallen, der im untersten Schrankfach hinter einer provisorisch eingezogenen Holzwand versteckt war. Die Post stammte von Hildegard Kellerhof, ihrer Großmutter aus Deutschland. Elke hatte gar nicht gewusst, dass es noch Verwandtschaft gab. Überwiegend waren es Weihnachts- und Geburtstagswünsche, belanglose Zeilen. In einem der Briefe bat sie darum, neue Fotos von ihrer Enkelin zu bekommen. »Auch Jokell würde sich sehr freuen, aktuelle Aufnahmen von seiner Tochter zu sehen.« Jokell? Dann verstand sie. Jokell stand für Johannes Kellerhof! War es möglich? Lebte ihr Vater? Stundenlang hatte sie den Satz wiederholt, langsam, schnell, laut, leise, die einzelnen Worte unterschiedlich betont. »Auch Jokell würde sich sehr freuen, aktuelle Aufnahmen von seiner Tochter zu sehen.«

Der Vater war doch tot! Gefallen in Königsberg, im November 1944. Es gab keine weiteren Familienmitglieder mehr. Niemand hatte den Krieg überlebt. Es gab nur sie beide. Warum hatte sie gelogen? Warum hatte ihre Mutter sie angelogen? Warum hatte sie die Großmutter verschwiegen? Warum den Vater? »Auch Jokell würde sich sehr freuen, aktuelle Aufnahmen von seiner Tochter zu sehen.« Lebte ihr Vater wirklich noch? Wenn ja: wo? Warum hatte er sich nie gemeldet? Immerhin wusste sie jetzt: Ihre Großmutter, Hildegard Kellerhof, wohnte in München. Nichts hielt Elke noch in Kanada.

Dass der Mann mit dem Schäferhund sie gesehen hatte, passte ihr gar nicht. Kaum war sie auf die Landstraße eingebogen, gab sie Gas. Mindestens zwanzig Kilometer weg von hier. Sie schaute auf den Kilometerzähler. Jedes Mal, wenn sich die Ziffer drehte, wiederholte sie die Zahl, bis das Rädchen eine neue zeigte.

Horst Kräuming verbrachte den Sonntag mit einem prächtigen Kater und dem Schwur, eine Trockenwoche einzulegen. Er ging auf die Toilette, um sich zu erleichtern. Dunkel erinnerte er sich an ein Mädchen, das sich kurz nach Mitternacht ungefragt an seinen Tisch gesetzt und ihm unaufgefordert ihr Leben erzählt hatte. Schwere Kindheit. Vater und Mutter früh gestorben. Autounfall. Heimaufenthalt. Enttäuschte Liebe. Kind verloren. Kein Geld für den Heimweg. Ob es weit bis zu ihm nach Hause sei? Ob sie einander helfen wollten? Ob er ein bisschen Gras habe für einen Joint? Oder auch für Stärkeres. Er hatte ihr einen Zehnmarkschein über den Tisch geschoben und sie wenig einfühlsam aufgefordert, die Kurve zu kratzen. Danach musste er an Rita denken und bekam sie den Rest der Nacht nicht aus dem Kopf. Auch Kessels Hochprozentige vermochten daran nichts zu ändern.

Aus der Küche holte sich Kräuming ein Glas Wasser und trank es in einem Zug leer. Er beschloss, wieder ins Bett zu gehen. Zwei Stunden zwang er sich, mit geschlossenen Augen liegen zu bleiben. Schlafen konnte er dennoch nicht. Den Nachmittag verbrachte er mit so schnöden Dingen wie Wäsche waschen oder aufräumen. Erst am Abend verspürte er Hunger. Dass er vergessen hatte einzukaufen, wurde ihm bewusst, als er in die gähnende Leere des Kühlschranks schaute. Die einzige Option, die Wohnung nicht zu verlassen, war ein Menü aus Knäckebrot und Ölsardinen, verfeinert mit Senf. Was für ein verkorkstes Wochenende, dachte er. Kräuming war sich sicher: Ob er wollte oder nicht, der morgige Tag würde seinem Leben eine neue Richtung geben.

Mehrmals wählte er die Nummer von Andrea Grabes, aber jedes Mal verließ ihn der Mut, und er legte rasch wieder auf. Was hätte er sie fragen sollen? Darf ich ein bisschen über Sie herfallen? Hat Ihr Pyjama mehr als sieben Knöpfe? Wie wäre es mit Nougat im Bauchnabel?

Ilse Sellmann hatte das Haus nur verlassen, um sich kurz die Beine zu vertreten. Es kam ihr wie ein Spießrutenlauf vor. Ständig glaubten alte Patienten ihres Mannes, ihr Beileid aussprechen zu müssen. Sie bewunderten seinen Mut, dass er sie vor den Nazis geschützt hatte. Einige fragten, wo er seine letzte Ruhestätte gefunden hatte. Andere meinten, Episoden von ihren Praxisbesuchen erzählen zu müssen. Völlig fremde Menschen boten ihre Hilfe an. Es gab aber auch bekannte Gesichter, die sich abwendeten. Jetzt wusste man, sie war Jüdin.

Erleichtert schloss sie die Haustür auf, streifte ihre Schuhe ab und begab sich ins Wohnzimmer. Kaum dass sie den Raum betreten hatte, beschlich sie ein ungutes Gefühl. Verunsichert schaute sie sich um. Am Vorhang vor der Terrassentür stimmte etwas nicht. Die Abstände der Falten waren unterschiedlich. Eine Handbreit stand der Store offen. Und er bewegte sich leicht. Ein winziger Luftzug verriet, dass die Tür nur angelehnt war. Angst kroch ihr den Rücken hinauf. Sie war nicht allein. Vorsichtig trat sie einen Schritt zurück.

»Drehen Sie sich nicht um. Schreien Sie nicht. Versuchen Sie nicht irgendeine andere Dummheit. Setzen Sie sich auf den Stuhl und bewundern Sie Ihren Garten. Es gibt Fragen, bei deren Beantwortung Sie hilfreich sein können. Wenn Sie vernünftig sind, geschieht Ihnen nichts«, sagte Olaf Müller mit ruhiger Stimme.

Erst jetzt fiel Ilse Sellmann auf, dass einer der Wohnzimmerstühle direkt vor der riesigen Glasscheibe stand. Sie tat, was der Mann verlangte. Ängstlich starrte sie durch den schmalen Spalt zu den Blumenrabatten. Sie spürte, dass der Fremde hinter sie trat. Seine Worte klangen bestimmend, nein, bedrohlich war der richtige Begriff.

»Ich kannte Ihren Mann. Zugegeben, das ist eine Weile her. Über dreißig Jahre. An einen Besuch kann ich mich genau erinnern. Frühjahr 1944. Der Grund war eine lästige Gürtelrose. Sehr unangenehm. Dr. Sellmann hat mir Zinksalbe verschrieben zur Linderung. Selbst die Praxis ist mir gut in Erinnerung. An Sie kann ich mich ebenfalls erinnern. Schwester Ilse, Ehefrau und rechte Hand des Doktors. Wussten Sie, dass es Kameraden gab, die nur wegen Ihnen zum Arzt gingen? Sie waren jung, strahlend, der Inbegriff einer deutschen Frau.«

Müller seufzte vernehmlich und flüsterte mit enttäuschter Stimme: »Und was muss ich in der Zeitung lesen? Eine Jüdin! Gerettet von ihrem Mann – einem Helden!«

Er strich mit dem Zeigefinger sanft eine Strähne hinter ihr rechtes Ohr. Sie zuckte zusammen und zog den Kopf weg.

»Ganz ruhig! Schauen Sie aus dem Fenster. Entspannen Sie sich.«

Ilse Sellmann spürte, wie er einen Stuhl hinter sie stellte und sich setzte. Aus dem Augenwinkel nahm sie wahr, dass er die Ärmel hochkrempelte.

»Persönlich habe ich diesen Schwachsinn, Menschen anhand ihrer Kopfform oder der Physiognomie der Ohren als Juden klassifizieren zu können, nie geglaubt. Das war mir zu ungenau. Und ich will Ihnen noch etwas gestehen. Diese Besessenheit, euer Volk für das Elend Deutschlands verantwortlich zu machen, fand ich ehrlich gesagt übertrieben. War es notwendig? Selbstverständlich! Jede große Vision braucht eine überzeugende Motivation. Und jemanden, der sie gut verkauft. Einen Gefreiten aus Österreich zum Beispiel. Lassen Sie ein Volk glauben, dass es zu Höherem berufen ist, während für sein Elend nur andere verantwortlich sind, und es folgt Ihnen. Es folgt Ihnen bedingungslos. Hitler wusste: Wenn er das Volk hinter sich haben will, braucht er einen Sündenbock. Die Juden eignen sich vorzüglich dafür. Der ewige Jude und das Geld. Funktioniert immer. Die beste Triebkraft, Menschen von der Notwendigkeit ihres Handelns zu überzeugen, ist immer noch Neid. Zugegeben eine Hauptsünde, wenn auch keine Todsünde. Aber äußerst effektiv. Alles andere speist sich daraus: Missgunst, üble Nachrede, Denunziation, Verrat, Hass. In Hoffnung verpackt, lässt sich mit Neid schier Unmögliches erreichen. Der Trick ist, die Schuld auf vielen kleinen Schultern zu verteilen, geteilte Schuld ist halbe Schuld.«

»Was wollen Sie von mir? Warum sind Sie hier?« Ilse Sellmanns Stimme zitterte vor Angst.

»Sie haben recht. Wie unpassend, mit Ihnen über die Fehler der Vergangenheit zu reden.«

Müller neigte den Kopf dicht an ihr Ohr und flüsterte: »Schwester Ilse, ich darf Sie doch Schwester Ilse nennen? Ich bin hier, um Antworten zu bekommen. Leider muss ich bekennen, Geduld gehört nicht zu meinen Stärken. Ich hoffe daher sehr, dass Sie kooperativ sind. Sie werden mir doch helfen, oder?«

Ilse Sellmann nickte leicht.

»Sehr gut! Fangen wir mit einer einfachen Frage an. Was weiß dieser junge Polizist? Kräuming ist sein Name.«

Sie schluckte und bemühte sich, ihre Stimme kontrolliert klingen zu lassen. »Das kann ich nicht genau sagen. Er ist überzeugt, dass eine junge Frau den Mord begangen hat. Sportlich, mit kurzen Haaren, nicht sehr groß. Ungefähr Mitte dreißig.«

»Ist dem Kommissar der Name der Frau bekannt?«

Sie schüttelte den Kopf. »Die Polizei verfügt aber über ein Phantombild.«

Müller schnalzte mit der Zunge. »Erzählen Sie mir lieber etwas, was ich noch nicht weiß.«

»Die Beamten wissen von Ihrem Beerdigungskranz.«

Er überlegte kurz, aber diese Information war für die Polizei nicht besonders hilfreich. Er ließ sich Zeit, bevor er die nächste Frage stellte.

»Hat Kräuming sich für die Vergangenheit Ihres Mannes interessiert? Wenn ja, was genau wollte er wissen?«

»Er erkundigte sich, was Heinrich als Arzt für die SS-Wachmannschaften im KZ machen musste. Er wollte wissen, ob er auch nach dem Krieg ehemalige SS-Mitglieder aus seiner Zeit in Sachsenhausen behandelt hat. Dem war nicht so.«

Eine Weile ließ sich Müller die Antwort durch den Kopf gehen, gab sich aber vorerst damit zufrieden.

»Hat der Kommissar etwas von falschen britischen Pfundnoten erwähnt?«

Sie zögerte. »Nicht direkt. Er hat nur gefragt, ob mir die Aktion Bernhard ein Begriff sei.«

»Sonst nichts?«

Sie schüttelte energisch den Kopf.

»Mein Problem ist, ich verstehe nicht, was Dr. Sellmann damit zu tun hat. Er war nicht an der Aktion Bernhard beteiligt. Er hatte auch nichts mit jenen Aktivitäten zu tun, derentwegen ich hier bin. Warum, frage ich mich, steckt eine junge Frau Ihrem Mann Falschgeld zwischen die Zähne? Können Sie mir das erklären? Eindeutig ein Zeichen, möglicherweise eine Warnung. Aber der Grund? Darauf benötige ich eine Antwort, Schwester Ilse. Was verbindet Ihren Mann mit den falschen britischen Banknoten?«

»Ich weiß es nicht.«

Behutsam legte Müller seine Hände auf ihre Schultern und schob sie langsam in Richtung Nacken. Mit sanftem Druck ließ er sie kreisen, als gelte es, die verhärtete Muskulatur zu massieren.

»Sie sind ja völlig verspannt. Die letzten Tage müssen die Hölle gewesen sein. Tut mir aufrichtig leid. Ein kleiner Hinweis, Schwester Ilse. Behaupten Sie niemals, Sie wissen es nicht, wenn Sie es wissen. Lügen machen mich wütend. Versuchen wir es erneut. Was hatte Ihr Mann mit dem Falschgeld zu tun?«

Sie zögerte einen Augenblick. Als er aufhörte, ihren Rücken zu bearbeiten, beeilte sie sich, die Frage zu beantworten.

»Heinrich brachte im April 1945 einen Umschlag mit nach Hause. Ich habe ihn nur kurz gesehen. Er meinte, dass das Geld für unsere Zukunft sei. Ein Freund hätte es ihm gegeben. Mehr hat er nicht gesagt.«

Sie hatte Mühe, ihren Atem zu beruhigen. Die Angst hatte die Kontrolle übernommen. Müller dachte nach und schüttelte abwägend den Kopf.

»Ein Freund? Sagte er tatsächlich ein Freund?«

»Ein Bekannter! Er nannte ihn einen Bekannten. Freund ist falsch.«

Behutsam legte Müller die Hände um ihren Hals und trommelte mit den Fingern langsam einen Rhythmus.

»Ich fürchte, das reicht nicht. Sie sagten, ein Freund. Erinnern Sie sich an einen jungen SS-Hauptscharführer namens Johannes Kellerhof?«

Ein leichtes Zittern durchlief ihren Körper. Fast tonlos folgte ein »Ja«.

»Der Name ist Ihnen ein Begriff. Gut, sehr gut! Sagen Sie mir, woher kennen Sie ihn?«

»Kellerhof war damals Patient bei uns, wie Sie.«

Die kräftigen Hände begannen, ihren Hals zuzudrücken. Sie röchelte.

»Schwester Ilse, merken Sie nicht, wie ich langsam die Geduld verliere? Wollen Sie mir ernsthaft weismachen, dass Sie all Ihre Patienten Freunde nennen? Woher kennen Sie Johannes Kellerhof?«

Sie keuchte.

»Seine Mutter hat für das Kaufhaus Uhlfelder genäht.«

»Weiter.«

»Meist Sonderanfertigungen. Manchmal durfte ich meinen Vater begleiten. Johannes und ich sind uns mehrmals begegnet.«

Der Griff lockerte sich, aber Müllers Hände umschlossen weiterhin ihren Hals.

»Verstehe. Uhlfelder, das jüdische Kaufhaus in München. Jokell wusste, dass Sie Jüdin sind. Ein Wort von ihm, und der ganze Schwindel wäre aufgeflogen. Rassenverrat wurde mit Haft bestraft. Keine schöne Aussicht für den Herrn Doktor. Ihnen wäre vermutlich Auschwitz sicher gewesen. Hat Kellerhof Sie erpresst?«

»Nein, er wollte einen Neuanfang, eine andere Identität.«

Müller dachte einen Augenblick nach.

»Gehe ich richtig in der Annahme, dass Ihr Mann Ihnen auch unverfängliche Papiere besorgt hat?«

Erneut ein Nicken.

»Wann war das?«

»Kurz vor unserer Hochzeit.«

»Und weil Kellerhof davon wusste, wollte er das Gleiche für sich haben.«

»Das war 1945 nicht mehr so einfach. Aber meinem Mann gelang es, Papiere für Kellerhof und seine Frau von einem verstorbenen Paar aus Posen zu besorgen. Geburtsurkunden und die amtliche Heiratsurkunde. Keine Ausweise. Kein Dokument mit Lichtbild. Den passenden Lebenslauf gab es ebenfalls dazu. Ein befreundeter Arzt half dabei. Das Standesamt und das städtische Archiv in Posen waren bei einem Bombenangriff zerstört worden.«

Müller lachte ungläubig.

»Echte Urkunden, die nur schwer oder gar nicht zu prüfen sind, weil es keine Unterlagen mehr gibt. Clever, wirklich clever. Muss ein kleines Vermögen gekostet haben. Johannes Kellerhof hat die Papiere demnach in englischen Pfundnoten bezahlt.«

»Es waren mehrere Bündel. Dass es Falschgeld war, erfuhren wir erst später. Nach dem Krieg hat mein Mann alle Banknoten heimlich verbrannt.«

Ein tiefer Seufzer verriet, dass Müller der Gedanke an die vernichteten Scheine missfiel.

»Schwester Ilse, können Sie sich an den neuen Namen auf den Papieren aus Posen erinnern?«

Sie schüttelte den Kopf.

»Das ist über dreißig Jahre her.«

Er wartete einen Augenblick. Sie schwieg.
»Sie sollen doch nicht lügen.«
Seine Hände pressten erneut ihren Hals. Diesmal kräftiger. Ihr Körper bäumte sich auf. Aber Müller war stärker und hatte keine Mühe, sie auf dem Stuhl zu fixieren.
»Die meisten begehen den Fehler, die Luftröhre zu zerquetschen. Passiert mir nicht oder besser gesagt, nicht mehr. Die Daumen sind das Problem. Mit ihnen übt man zu starken Druck aus. Sinnvoller ist es, die Finger wie einen Schraubstock zu verwenden.«
Er verstärkte den Griff. Verzweifelt röchelte Ilse nach Luft und fing an zu strampeln. Ihre Hände versuchten, die seinen wegzuziehen. Es gelang nicht. Unvermittelt ließ er wieder locker.
»Durchatmen. Durch die Nase. Gleichmäßig tief Luft holen. Ganz ruhig. Das hilft.«
Er ließ ihr Zeit.
»Versuchen wir es erneut. Kennen Sie den neuen Namen Kellerhofs?«
Tränen liefen ihr übers Gesicht. Sie schluchzte. Hektisch versuchte sie zu atmen.
»Fendler. Ich kenne nur den Nachnamen.«
»Wenn Sie jetzt noch so gütig wären, mir die Adresse zu verraten.«
Sie zitterte und schüttelte verzweifelt den Kopf.
»Ich weiß es nicht. Er war einer von vielen Patienten. Er kam nicht oft. Ich kenne die Adresse nicht.«
Müller seufzte, zog langsam die Hände von ihrem Hals und legte sie wieder auf ihre Schultern. Er überlegte.
»Dann sind Sie ja völlig nutzlos für mich. Wirklich schade.«
»Warten Sie! Fendler war nach dem Krieg Patient bei uns. Von jedem Patienten gibt es Unterlagen.«
»Verstehe ich das richtig, Sie haben mich vorhin angelogen? Ihr Mann hat also doch ehemalige Kameraden aus seiner Zeit in Sachsenhausen behandelt. Schwester Ilse! Sie enttäuschen mich.«
Sie sackte in sich zusammen und heulte hemmungslos. Müller betrachtete sie ungerührt. Er wartete, bis sie sich beruhigt hatte.
»Ich muss Sie um einen Gefallen bitten. Wie Sie es anstellen, überlasse ich Ihnen. Besorgen Sie seine Patientenakte oder zumindest die Adresse.«

Müller stand auf und schob den Stuhl wieder an den Tisch.

»Heute ist Sonntag. Am Mittwoch melde ich mich telefonisch.« Er schwieg eine Weile, bevor er weitersprach. »Und sollten Sie auf die Idee kommen, mit der Polizei zu reden, dann haben wir beide ein sehr ernstes Problem. Glauben Sie mir, ich würde Sie ungern erneut besuchen. Das müsste ich aber. Wann auch immer. Morgen, kommende Woche, in einem Jahr.«

Ilse Sellmann verstand.

»Ich werde jetzt gehen, und Sie erfreuen sich noch ein wenig an Ihrem wunderschönen Garten. Kann ich mich auf Sie verlassen, Schwester Ilse?«

Sie nickte.

Kaum hatte Arne Pütz den Knopf der klobigen Fernbedienung betätigt, öffnete sich das Gartentor. Langsam fuhr er den Weg hinauf und parkte den Mercedes direkt vor dem Eingang. Er war zu müde, um den Wagen in die Garage zu rangieren. Die Gespräche mit dem Antiquitätenhändler in Dresden waren zäh gewesen. Das gesamte Wochenende hatte er sich im Depot Antiquitäten und Werke unterschiedlichster Künstler angeschaut und abgeschätzt, ob sich dafür in der Bundesrepublik Käufer finden würden. Dem Kerl ging es nicht um faire Abschlüsse, sondern allein darum, viel abzusetzen. Ein unsympathischer, nur auf schnelles Geld fixierter Zeitgenosse, undurchsichtig, sprunghaft und launisch. Er war der einzige Mensch, den Pütz kannte, der Monate nach dem Mauerbau freiwillig in den Osten gegangen war. Ein ehemaliger Bergmann, gewieft und ausgesprochen geschäftstüchtig. Sein Geschäftsmodell: Für wenig D-Mark billig Antikes bei den Bürgern des Arbeiter- und Bauernparadieses aufkaufen und teuer an Sammler im Westen verkaufen. Der schnelle Weg zum Millionär. Das war auch den aufmerksamen Parteigenossen der SED nicht entgangen. Statt ihn wegen Devisenvergehen zu bestrafen, schätzten sie seine Westkontakte. Sie duldeten den Handel und erhielten im Gegenzug Provision in harter Währung. Der selbsternannte Kunstexperte konnte zwar kaum Wertvolles von Gewöhnlichem unterscheiden, füllte aber die permanent leeren Kassen der klammen Genossen.

Müde stieg Pütz aus und lauschte in die Nacht. Bis auf zwei

expressionistische Drucke der Künstlergruppe Brücke war nichts für ihn dabei gewesen. Kistenweise Meissener Porzellanfiguren hätte er erwerben können, aber damit war der Markt übersättigt. Mit derartigem Nippes ließ sich derzeit kein Geld verdienen.

Vom Schwarzen See klangen die Geräusche eines aufgeschreckten Blesshuhns. Pütz drehte sich um und lauschte. Ein Fuchs auf der Jagd oder schlecht geträumt. Träumen Blesshühner? Noch einmal horchte er in Richtung See. Es blieb ruhig. Um diese Zeit schliefen nicht nur die Bewohner Garbsens.

Einen Moment lang wunderte sich Pütz, dass die Eingangstür nicht abgeschlossen war. Üblicherweise drehte seine Frau den Schlüssel zweimal herum, wenn sie allein im Haus die Nacht verbrachte. Sie war von Natur aus ängstlich. Am Wochenende begleiten wollte sie ihn nach ihrem Streit aber nicht. Er konnte sich nicht erinnern, dass Loretta jemals vergessen hatte abzuschließen.

Obwohl es vernünftiger gewesen wäre, sofort ins Bett zu gehen, beschloss Pütz, sich einen Schnaps zu genehmigen. Nach der langen Fahrt rebellierte sein Magen und verlangte nach Beruhigung. In der Bar entdeckte er eine Packung Boonekamp, auf die er normalerweise nur zurückgriff, wenn ein Festmahl zu üppig ausgefallen war. Auf dem Block neben dem Telefon stand »Dersch zurückrufen! Dringend!« Pütz schaute auf die Uhr. Es war kurz vor Mitternacht. Schlechte Nachrichten waren auch morgen schlechte Nachrichten. Nicht nur das anstrengende Wochenende in Sachsen, sondern vor allem die Morde an Zempbauer und Dr. Sellmann belasteten seit Tagen seinen Magen.

Derschs Borniertheit, keine Niederlage zu akzeptieren, gefährdete sie alle. Seine Ambition, Politik aus dem Hintergrund zu gestalten, war eine tickende Zeitbombe. Käme ans Licht, dass gewaschenes Nazifalschgeld das Ergebnis der Bundestagswahl beeinflusst hatte, würde das einen riesigen Skandal auslösen. Statt die Vergangenheit ruhen zu lassen, trat sie jetzt ins Licht. Es war doch nur eine Frage der Zeit, bis ihnen jemand auf die Schliche kam.

1959 war es dem *Stern* fast gelungen, als ein Reporter im Toplitzsee neben den Druckplatten der Aktion Bernhard auch Kisten mit Falschgeld aus der Tiefe barg. Dass ein Teil der Blüten von minderer Qualität war, blieb dabei unbeachtet. Das eigentliche Problem war, dass auch geheime Akten ans Tageslicht geholt zu werden drohten. Dersch hatte all seine Beziehungen spielen lassen, um die Tauchgänge zu unterbinden. Wie es ihm gelungen war, die Verantwortlichen beim *Stern* zu überzeugen, das Vorhaben abzubrechen, blieb sein Geheimnis.

Pütz nahm sich zwei Fläschchen Boonekamp und stieg die Treppe in den Keller hinunter. Er öffnete eine schwere Stahltür, die mit einem elektronischen Nummernschloss versehen war, und trat in einen großzügigen, klimatisierten Raum. Das Licht schaltete sich automatisch ein. Ein einzelner schlichter Sessel stand in der Mitte, daneben ein runder Beistelltisch. Der beste Ort, um Ruhe zu finden. Seufzend stellte er eine der beiden kleinen Flaschen auf die Glasplatte und setzte sich. Die Wände erstrahlten in warmem Licht und leuchteten die Gemälde perfekt aus. Pütz drehte den Verschluss auf, prostete einem Bild von Wassily Kandinsky zu und trank den bitteren Kräuter in einem Zug. Das Meisterwerk gehörte zu seinen Lieblingsbildern. Daneben das Porträt einer Dame von Otto Dix und ein Strandleben von Max Beckmann. Jedes Bild für sich war ein Vermögen wert. In den Regalen im Nebenraum lagerten Zeichnungen und Plastiken, die er hinter dem Rücken seiner Vorgesetzten in Italien mit den Blüten aus dem KZ Sachsenhausen bezahlt hatte.

Die lukrativsten Kontakte hatte Loretta vermittelt, die mit dem jüdischen Widerstand zusammenarbeitete und Flüchtlingen half, nach Palästina auszureisen. Sie alle brauchten britische Pfundnoten. Ihre verzweifelte Situation war überaus vorteilhaft für ihn gewesen. Die Preise ließen sich leicht drücken. Kunstwerke und Antiquitäten wechselten für den Bruchteil ihres Werts den Besitzer. Einen Teil davon übergab er wie vorgeschrieben dem Vertriebschef SS-Sturmbannführer Schwend im Schloss Labers. Der zahlte dafür erheblich höhere Summen. Einzelne Werke, die er als künstlerisch wertvoll erkannt hatte, fanden ihren Platz in seinem Keller.

Auch Derschs Beziehungen hatten ihren Beitrag geleistet, vor allem zum Ende des Kriegs. Vertreter des NS-Regimes und Angehörige der SS, die Angst hatten, für ihre Verbrechen zur Verantwortung gezogen zu werden, suchten verzweifelt eine Möglichkeit, sich ins Ausland abzusetzen. Zumeist waren es SS-Offiziere, die nicht zur obersten Führungsschicht zählten, aber in deren Auftrag gehandelt hatten und denen Flucht die einzige Option schien. Auch sie trennten sich für die begehrten Devisen von den zumeist gestohlenen Kunstgütern. Das Problem war, dass es erheblich mehr Bedarf gab, als er an gefälschten Banknoten aufbringen konnte. Wäre Derschs Plan im April 1945 erfolgreich gewesen, seine Sammlung wäre um ein Vielfaches größer.

Ein leichtes Knarren der Dielen verriet Pütz, dass er doch nicht allein war. Instinktiv spürte er die Anwesenheit einer anderen Person. Er hätte es wissen müssen, als er das Haus unverschlossen vorfand. Als er sich umdrehen wollte, spürte er kalten Stahl in seinem Nacken. Er wusste, dass es der Lauf einer Waffe war.

»Schauen Sie nach vorn!«

Behutsam stellte er das leere Fläschchen auf den Tisch. Die Stimme klang fest und energisch. Eine Frauenstimme. Ihr französischer Akzent irritierte ihn kurz. Dennoch gehorchte er.

»Aufstehen und Hände auf den Rücken!«

Pütz spürte, wie ein Seil um seine Handgelenke geschlungen wurde. Sie war außerordentlich geschickt.

»Auf die Knie.«

Er tat, was sie sagte. Eine Weile schwieg sie. Er hörte ihren Atem, gleichmäßig und ruhig. Auch der Lauf in seinem Nacken verriet, dass sie ihre Nerven im Griff hatte.

»Das sind schöne Gemälde. Wunderschöne Farben. Ich liebe Farben, vor allem die Rottöne. Sicherlich sehr wertvoll.«

Elke Kellerhof erwartete keine Antwort, betrachtete aber aufmerksam die Bilder.

»Haben Sie jemals den Indian Summer gesehen?«

Die Frage kam so unvermittelt, dass Pütz nicht sofort reagierte. Stattdessen versuchte er, den Kopf zu drehen, aber ein energischer Druck im Nacken ließ ihn davon Abstand nehmen.

»Meine Mutter liebte ihn über alles. Sie konnte stundenlang den Ausblick auf Ahorn, Birken, Espen und kanadische Kiefern genießen. Manchmal brannten ihr die Augen von dem fantastischen Farbenspiel.«

Ihre Stimme klang entrückt und glich einem monotonen Singsang. Sie ist verrückt. Pütz hatte keinen Zweifel daran. Er befand sich in den Fängen einer Geisteskranken.

»Ich hatte nie das Vergnügen, Kanada im Herbst zu erleben. Warum fragen Sie?«

Sie lachte bitter. »Wirklich schade. Da haben Sie echt etwas verpasst.«

»Wenn ich Ihnen oder Ihrer Familie Leid zugefügt habe, lassen Sie es mich wiedergutmachen. Ich komme selbstverständlich für alles auf.«

Sie atmete tief ein und stieß die Luft angewidert aus.

»Warum glauben Menschen wie Sie immer, Schuld ließe sich mit Geld begleichen?«

Pütz wusste nicht, was er darauf antworten sollte.

»Ich verstehe nicht, wie jemand derartige Schönheit für sich allein beanspruchen kann. Ich habe keine Ahnung von Kunst. Aber Farben beruhigen mich. Gehe ich richtig in der Annahme, dass es sich um gestohlene Werke handelt?«

»Das verstehen Sie falsch. Ich bewahre die Kunstwerke nur. Ich rette sie für die ...«

Ein gekünsteltes Lachen unterbrach ihn.

»Und ich dachte, an den Gemälden kleben Blut und Tränen. Raubkunst ist, glaube ich, der richtige Begriff dafür. Es heißt doch Raubkunst, oder? Alles im Auftrag des Endsiegs. Aber so selbstlos war die Liebe zum Führer wohl doch nicht. Einige Werke fanden unerklärlicherweise den Weg in Ihren Keller.«

»Ich bitte Sie. Jeder hat versucht, sich am Ende des Kriegs für die Zukunft abzusichern. Es waren harte Zeiten.«

Unvermittelt klopfte sie mehrmals mit dem Lauf der Waffe auf seinen Hinterkopf. »Falsch, falsch, falsch, falsch, falsch. Alles Lügen. Lügen. Alles. Lügen. Lügen. Lügen.«

Sie atmete tief durch. Der Lauf der Waffe bewegte sich den Nacken entlang. Sie korrigierte mehrfach die Position, bis sie zufrieden war.

Arne Pütz schwieg. Er schwitzte.

»Meine Mutter starb der Gier wegen. Lange nach dem Krieg.«

»Ich verstehe nicht, was ich damit zu tun habe.«

»Auch sie liebte Farben über alles. Sie sagte: ›Farben sind Gottes Lächeln.‹ Meine Mutter war gläubig. Sind Sie gläubig?«

Vorsichtig schüttelte er den Kopf. »Wer sind Sie? Sagen Sie es mir.«

»Wir kennen uns nicht. Aber Sie kennen meinen Vater. Johannes Kellerhof.«

Plötzlich begriff Pütz. Die Notiz seiner Frau fiel ihm ein, mit dem dringenden Hinweis, Dersch zurückzurufen. Er hätte sie nicht ignorieren sollen. »Um Gottes willen! Ich kannte Ihren Vater gar nicht. Wir sind uns nie begegnet. Ich war nur ein winziges Rädchen im Getriebe. Das müssen Sie mir glauben.«

Erneut versuchte er, den Kopf zu drehen. Abermals hinderte sie ihn daran.

»Ich erzähle Ihnen eine Geschichte, eine Legende der Irokesen. Sie handelt von der Jagd auf den Großen Bären. Mein Stiefvater Henri hat sie mir immer erzählt, wenn wir nachts zu den Sternen geschaut haben. Hören Sie gut zu. Henri konnte gut erzählen. Es ist eine schöne, traurige Geschichte. Ich habe seine Geschichten geliebt. Es waren einmal zwei mutige Jäger. Sie verfolgten gemeinsam mit einem Hund einen riesigen Bären. Aber der Bär war stark. Und er war schnell. Er rannte, ohne jemals anzuhalten. Tagelang folgten sie ihm. Seine magische Kraft trug ihn bis hoch in den Himmel. Die ausdauernden Jäger folgten ihm auch dorthin. Nach langer Hatz erlegten sie ihn. Sie bedankten sich und zollten ihm Respekt für seine Stärke. Das Blut des Bären tropfte auf die Erde und färbte die Blätter der Ahornbäume rot. Deswegen heißt es Indian Summer. Wenn man zu den Sternen schaut, kann man den Großen Bären erkennen, dicht gefolgt von den beiden Jägern und ihrem Hund.«

Ihre Stimme klang gedrückt. Die Erinnerung schien sie zu belasten.

»Im Herbst brachte ich meiner Mutter gerne Zweige aus dem Wald mit. Sie mochte besonders den Zucker- und den Rot-Ahorn. Rot, röter, am rötesten, sagte sie immer. Rot, röter, am rötesten. Sie war keine gebildete Frau.«

Beide schwiegen. Ein Klicken verriet Pütz, dass die Frau die Waffe entsichert hatte.

»Ich habe mit dem Mord an Ihrer Mutter nichts zu tun. Das ist alles ein Missverständnis. Glauben Sie mir, mich trifft keine Schuld. Das war Derschs Plan. Müller hat Ihre Mutter getötet. Olaf Müller. Dieses Schwein.«

»Rot, röter, am rötesten.«

»Verstehen Sie doch!«

»Rot ...«
»Ich flehe Sie an.«
»... röter ...«
»Ich bin unschuldig.«
»... am rötesten.«
»Können wir uns nicht ...«
Der Schuss hallte kurz. Abrupt verstummte Pütz und fiel nach vorn. Der Finger der Frau hatte sich gekrümmt.

»Rot, röter, am rötesten«, flüsterte Elke Kellerhof. »Ich habe sie geliebt. Rot, röter ...«

Montag, 20. September 1976

Die Nachricht über den Mord in Garbsen schlug ein wie eine Bombe. Arne Pütz war eine in Kunstkreisen geachtete Persönlichkeit, deren Gutachten zu moderner Malerei geschätzt wurden. Überregional Beachtung fand die Meldung, weil sich in den Kellerräumen erhebliche Bestände sorgsam gelagerter Kunstwerke renommierter Maler befanden. Der Verdacht, dass es sich um Raubkunst handelte, stand im Raum.

Kräuming erfuhr von dem Mord aus den RIAS-Morgennachrichten, als er sich gerade eine Tasse Kaffee kochte.

»Bei den im Keller gefundenen Kunstschätzen handelt es sich womöglich um Kunstgüter aus der NS-Zeit. Die Information, dass der Kunstsammler und Mäzen Arne Pütz in der vergangenen Nacht regelrecht hingerichtet wurde, wollten Beamte zum jetzigen Zeitpunkt weder bestätigen noch dementieren.« Kräuming stellte hastig die Tasse auf den Tisch. Die Unbekannte hatte erneut zugeschlagen, da gab es für ihn keinen Zweifel. Noch in Boxershorts setzte er sich ans Telefon, um Genaueres zu erfahren.

Eine halbe Stunde später starrte er nachdenklich auf seine Notizen. Der Anruf im LKA Niedersachsen hatte alle Befürchtungen bestätigt. Ein Beamter hatte es als zutreffend bezeichnet, dass es sich um Tod durch gezielten Genickschuss handelte und aus dem Mund des Toten britische Pfundnoten sichergestellt worden waren.

Kräumings nächster Anruf galt Hein Tröger, der die Information knapp norddeutsch kommentierte: »So'n Schiet!«

Er versprach dafür zu sorgen, dass es keinerlei Probleme in der Zusammenarbeit mit dem Landeskriminalamt in Hannover geben würde. Auf die Ankündigung seines Schützlings, dass er von dem Fall abgezogen werden könnte, reagierte er mit keinem Wort.

Fräulein Stürmer klang unerwartet angenehm am Telefon. Die Stimmlage änderte sich, als sie begriff, mit wem sie sprach. Kriminaldirektor Voigt habe ein wichtiges Gespräch beim Polizeipräsidenten Hübner und würde erst am späten Vormittag im Büro erreichbar sein. Natürlich erinnerte sie ihn an den Zwölf-Uhr-Termin, nun mit deutlich erkennbar boshaftem Unterton. Auf seine Beteuerung, es sei überaus wichtig, reagierte sie mit dem Angebot, eine Nachricht in das Fach des Leiters Delikte am Menschen zu stecken. Kräuming verzichtete fluchend und knallte den Hörer auf.

Niemand konnte jetzt noch so tun, als handelte es sich um voneinander unabhängige Mordfälle. Er war sicher, Alois Zempbauer, Dr. Heinrich Sellmann und Arne Pütz markierten eine Serie. Die Unbekannte befand sich auf einem mörderischen Rachefeldzug.

Am liebsten hätte Kräuming sich in seinen Buckelvolvo gesetzt, um nach Hannover zu fahren. Doch weder war das sinnvoll noch hilfreich. Das Einzige, was er tun konnte, war, Andrea Grabes anzurufen. Nicht die schlechteste Option. Wenn jemand helfen konnte, dann sie. Skeptisch schaute er auf die Uhr und entschied, es trotz der unchristlichen Zeit zu versuchen.

Das Café am Rüdesheimer Platz war gut besucht. Nachtschwärmer bestellten ihren letzten, Frühaufsteher ihren ersten Kaffee. Andrea Grabes winkte ihm müde zu. Zeit für eine gediegene Garderobe hatte sie sich nicht genommen. Jeanshose mit Schlag, Batik-T-Shirt und Sandaletten. Wohlfühlklamotten, entschied Kräuming, ein Hinweis auf eine frühere Hippiezeit? Selbst auf Make-up hatte sie verzichtet. Die Frisur wirkte weniger perfekt als bei den anderen Begegnungen. Die Historikerin beantwortete sein Lächeln mit einem Augenverdrehen. Sie hielt sich nicht lange mit Höflichkeitsfloskeln auf, sondern wies energisch auf den freien Stuhl.

»Normalerweise stehe ich nie so früh auf. Ich bin eher eine Eule als eine Lerche.« Gierig trank sie den Rest Kaffee aus ihrer Tasse und stellte sie bedauernd auf den Tisch. »Entschuldigen Sie mein Aussehen.«

Es gab nichts zu beanstanden. Weniger perfekt sah sie noch perfekter aus, fand Kräuming, verbiss sich aber die Bemerkung. Er bestellte bei der vorbeihuschenden Kellnerin einen Kaffee schwarz und ließ sich auf dem wackligen Stuhl nieder, der über beträchtliche Caféhauserfahrung verfügte.

»Viel habe ich in so kurzer Zeit nicht herausbekommen. Es gibt einen Hinweis auf einen A. Pütz im Zusammenhang mit dem Schloss Labers, einer Burganlage in Südtirol. Im Zweiten Weltkrieg diente es als Hauptstützpunkt für die Verteilung der gefälschten Pfundnoten. SS-Sturmbannführer Friedrich Schwend war der Vertriebsleiter der Aktion Bernhard. Schwend war Ernst Kaltenbrunner unterstellt, gab aber seine Berichte direkt an Heinrich Himmler. Durchaus eine lukrative Stellung. Ein Drittel der Blüten durfte Schwend für sich behalten. Davon musste er allerdings seine Unterhändler bezahlen. Ich bin sicher, ›A.‹ steht für Arne. Dummerweise hilft das nur bedingt. Pütz war kein offizieller Agent im Vertriebsgefüge. In den mir bekannten Dokumenten wird er nur als Kunstgutachter geführt.«

Dr. Grabes schaute sehnsüchtig zum Nebentisch, auf dem ein üppiges Frühstück serviert wurde. »Ich sterbe vor Hunger. Wenn ich nicht augenblicklich etwas zwischen die Zähne bekomme, werde ich unleidlich.«

Kräuming verstand und reichte ihr die Speisekarte.

»Essen Sie, so viel Sie wollen. Fühlen Sie sich herzlich eingeladen.«

Ohne die Karte zu beachten, erwiderte sie: »Französisches Frühstück. Zwei Croissant. Besser drei. Das Ei weichgekocht, dazu etwas Senf. Und statt Salami eine Scheibe Käse zusätzlich. Obst wäre auch schön.«

Kräuming gab die Bestellung auf, als der Kaffee gebracht wurde. Er entschied sich für ein Stück Rhabarberkuchen mit Schlagsahne.

»Der Hinweis auf die sichergestellte Raubkunst im Keller des Ermordeten hat mich stutzig gemacht«, begann Grabes zu erzählen, wobei sie hoffnungsvoll in Richtung Küche schaute. »Arne Pütz galt schon früher als renommierter Gutachter für Kunst. In dieser Funktion hat er auch für Schloss Labers Expertisen erstellt. Aus alliierten Protokollen geht hervor, dass Schwends Vertriebsorganisation diverse Kunstsammlungen mit Falschgeld bezahlt hat. Neben Goldankauf und Schwarzmarktgeschäften eine weitere lukrative Säule. Ich bin sicher, Pütz' Expertisen wurden mit gefälschten Devisen bezahlt. Nur beweisen kann ich es nicht.«

Richtig überzeugt war Kräuming nicht.

»Das erklärt aber nicht den Umfang seiner Sammlung. Ich kann mir nicht vorstellen, dass das Erstellen von Gutachten derartige

Summen einbrachte. Könnte er noch einen anderen Zugang zu den Blüten gehabt haben?«

»Es gab eine genaue Buchführung. Wie gesagt, Pütz ist darin nicht verzeichnet. Möglicherweise hat er die Zahlungen für die Kunstwerke in seinem Sinne gestaltet.«

»Er hat die SS betrogen?«

»Denkbar wäre auch, dass er im Auftrag eines Dritten gehandelt hat.«

»Sozusagen ein Vermittler?«

»Halte ich für naheliegend. Anschließend haben sie sich den Gewinn geteilt. Vielleicht war es auch eine Mischung aus allem. Pütz galt als kunstbesessen.«

»Wurde dieser Schwend gefasst?«

»Er stellte sich nach Kriegsende den US-Truppen und offenbarte Verstecke in Österreich und Südtirol. Gold im Wert von 200.000 US-Dollar wurde allein dort sichergestellt. Bis 1946 arbeitete Schwend für das CIC, das Counter Intelligence Corps, einen Nachrichtendienst der amerikanischen Armee. Noch im selben Jahr setzte er sich über die sogenannte Rattenlinie nach Lateinamerika ab.«

Das Frühstück unterbrach Andrea Grabes' Ausführungen. Während sie genüsslich das Croissant erst in das Eigelb und dann in den Senf tunkte, stocherte Kräuming missmutig im Rhabarberkuchen herum. Definitiv von gestern, entschied er und schob den Teller weg.

»Rattenlinie? Habe ich noch nie gehört.«

»Mit dem Begriff beschrieben amerikanische Geheimdienste und Militärkreise Fluchtrouten, auf denen sich führende Vertreter des NS-Regimes und Angehörige der SS nach dem Ende des Zweiten Weltkriegs mit Hilfe der katholischen Kirche absetzten. Einige führten über Italien nach Südamerika. Schwend verfügte über gute Kontakte nach Südtirol. Er hatte definitiv Unterstützer. Kurz darauf sah man ihn in Peru. Es existierte kein Auslieferungsabkommen und somit auch keine strafrechtliche Verfolgung. Der letzte Kommandant des KZ Sachsenhausen, Anton Kaindl, hat sich ebenfalls der Rattenlinie bedient. Allein nach Lateinamerika sind mit Hilfe hochrangiger Vertreter der katholischen Kirche mehr als dreihundert bedeutende NS-Funktionäre geflohen. Die Dunkelziffer dürfte um ein Vielfaches höher sein.«

Kräuming ließ sich das Gesagte durch den Kopf gehen. Er bewunderte die Professorin, die, ohne sich etwas notiert zu haben, derart umfassend Auskunft gab.

»Der Mord an Arne Pütz scheint ins Schema zu passen. Vielleicht hilft Ihnen das bei der Mordermittlung weiter.«

Mit der Gabel kratzte Kräuming die Schlagsahne ab und überlegte, ob ihn die Informationen weiterbrachten.

»Ich sehe nur nicht den Hauch eines Zusammenhangs. Alte SS-Kameraden oder NS-Kader. Genickschüsse. Hinrichtungen in Lützeflüh, in West-Berlin, in Garbsen bei Hannover. Aktion Bernhard. Falschgeld. Raubkunst. Rattenlinie. Die Ermordeten sind alle keine großen Fische. Ich bringe das nicht zusammen.« Er zögerte, bevor er weitersprach. »Muss mich vielleicht schon bald nicht mehr interessieren.«

Andrea Grabes schaute ihn fragend an.

»Zieht man Sie von dem Fall ab?«

»Offensichtlich ist die Mischung aus zu viel Neugier und mangelndem Gehorsam toxisch für eine Karriere. Ich denke, den heutigen Tag werde ich nicht überleben, beruflich gesehen.«

Die Historikerin legte das angebissene Croissant auf den Teller, schob ihn ein Stück weg und tupfte sich mit der Serviette über den Mund. Dann lehnte sie sich zurück.

»Einer meiner Lieblingsschriftsteller hat einmal gesagt: ›Historiker sind wie taube Menschen, die ständig auf Fragen antworten, die ihnen niemand gestellt hat‹. Lew Tolstoi. Könnte ein Übersetzungsfehler sein und es muss Polizisten heißen.«

Der Anflug von Selbstmitleid wich einem Grinsen. Kräuming schaute auf die Uhr.

»Ich muss los.«

Derschs weißhaarige Sekretärin wusste, wann es geboten war, Telefongespräche nicht durchzustellen. Glücklicherweise gab es keinen Termin, den sie neu vergeben oder absagen musste.

Ihr Chef war an diesem Morgen, ohne zu grüßen und mit einem grauen, verbitterten Gesicht, hektisch in sein Büro gestiefelt und hatte ihr stattdessen nur ein Wort zugeraunt: »Niemand!«

Anschließend donnerte die Tür ins Schloss, und unartikulierte

Geräusche klangen dumpf aus seinem Büro. Sie konnte hören, wie er auf die Tischplatte schlug. In all den Jahren, in den sie für den Chef der Dersch-Gruppe den Tagesablauf organisiert hatte, gehörten Wutausbrüche zum Alltag. Gründe dafür waren meist verlorene Gerichtsprozesse oder lukrative Aufträge, die er Konkurrenten überlassen musste. Verlieren nahm Konrad Dersch immer persönlich. Er war nachtragend, verzieh nichts und vergaß niemals. Bot sich die Gelegenheit, zahlte er mit Zins und Zinseszins zurück. Nach seiner Ansicht gehörte derartiges Gebaren zum Geschäft. Es verschaffte Respekt und sorgte dafür, dass man ihm mit Vorsicht begegnete.

Derschs Sekretärin kümmerten die Stimmungen ihres Chefs nicht, zumal er seine Wut nie an ihr ausließ. Trotzdem war sie erschrocken. Noch nie hatte er derart angeschlagen gewirkt wie an diesem Morgen. Ihr Instinkt verriet ihr, dass es nicht um Belange des Unternehmens ging.

Es gab keinen Sender, der in den Nachrichten nicht von der Ermordung Arne Pütz' berichtete. Reporter vor Ort informierten über alle Aktivitäten der Beamten und versuchten, das Wenige, was gemutmaßt wurde, zu bewerten. Der Polizeisprecher hielt sich zwar bedeckt, aber allein die Tatsache, dass er die Frage, ob Pütz hingerichtet worden war, weder bestätigen noch dementieren wollte, genügte Dersch als Antwort. Elke Kellerhof hatte erneut zugeschlagen. Leise, kaltblütig und effektiv. Mehr als für den Mord schien sich die Presse für die entdeckten Kunstschätze zu interessieren. Dersch machte sich nichts vor. In allen Redaktionsstuben waren Mitarbeiter intensiv damit beschäftigt, die Vergangenheit des Kunstsammlers zu recherchieren.

Seit er Pütz kannte, war es von Vorteil gewesen, dessen Gier nach hochwertigen Kunstwerken und seine Sammelleidenschaft zu kennen. Allein die Andeutung, dass sich Dritte für seine damaligen Geschäfte und insbesondere für den Inhalt seines Kellers interessieren könnten, hatte so manche schwierige Diskussion in die richtige Richtung gelenkt. Pütz nannte es Erpressung, er Loyalitätsbeweis.

Mit Pütz' Tod wandte sich das Blatt aber schlagartig, und die Sammlung von Raubkunst wurde zu einem ernstzunehmenden Problem. Wenn Pütz' Verbindung zu Schloss Labers ans Licht kam, war es nur eine Frage der Zeit, bis man auch ihn durchleuchten wür-

de. Seit Jahrzehnten waren sie beide geschäftlich miteinander verbunden. Mehrfach hatte man sie gemeinsam in der Öffentlichkeit gesehen. Den Kontakt zu leugnen, wäre dumm. Der einzige Weg, Zweifel zu zerstreuen, war, offensiv mit Pütz' Tod umzugehen.
»Du trauerst um einen Freund, einen guten Freund«, redete sich Dersch ins Gewissen. »Ja, ich war in der SS und im Reichssicherheitshauptamt. Ich hatte keinen leitenden Posten. Ja, ich habe mich in der HIAG engagiert. Tue es aber schon seit Jahren nicht mehr. Ich stehe zu meinen Fehlern. Geheimnistuerei ist mir zuwider. Alois Zempbauer? Wer soll das sein? Dr. Sellmann? Mir völlig unbekannt. Arne Pütz? Ein sehr guter Freund. Nein, von den Kunstschätzen in seinem Keller hatte ich keine Ahnung.«

Dersch kicherte hysterisch. Er würde mit Rechtsanwalt Gnatzke reden. Der wusste, was zu tun war.

Schley passte Kräuming vor dem LKA-Gebäude ab. »Kommen Sie mit. Ich bin mit Frau Dr. Dosse verabredet. Sie hat vor drei Jahren die Praxis von Dr. Sellmann übernommen.«

Kräuming schaute ihn verwundert an.

»Tun Sie sich selbst einen Gefallen, lassen Sie Gotzkofski warten. Der wird kaum, nach Ihrem spektakulären Rauswurf am Freitag, mit Ihnen sprechen wollen.«

Er verstand.

»Ich habe mit Hannover telefoniert. Eindeutig dieselbe Handschrift«, informierte Kräuming Schley, während sie zum Auto gingen.

»Ist mir bekannt. Genickschuss, britische Banknoten im Mund, Hände auf dem Rücken gefesselt. Sieht so aus, als würde Ihre Theorie einer durchgeknallten Serientäterin zutreffen. Lott und ich teilen inzwischen die Einschätzung.«

Schley fuhr einen blitzblank geputzten vier Jahre alten schwarzen Mercedes-Benz. Acht Zylinder, 170 PS, Schiebedach, Colorverglasung, Innenraum mit Vollleder ausgestattet.

Beeindruckt nahm Kräuming die luxuriöse Ausstattung in Augenschein.

»Habe ich kurz vor meinem Wechsel zum LKA günstig bei einer, ich sag mal, nichtöffentlichen Versteigerung erworben. Der Vorbesitzer, ein Mannsbild von einem Bulgaren, Spion im Auftrag der Volksrepublik, hat es vorgezogen, sein Heil in der Flucht zu suchen. Ohne Besitzer fühlt sich so ein Wagen jedoch ziemlich einsam.«

»Und da Sie über ein großes Herz verfügen, konnten Sie schlecht Nein sagen. Hat das Geschoss auch eingebaute MGs, einen Schleudersitz und drehbare Nummernschilder?«

»Das nicht, aber im Kofferraum ist ein kleiner Kühlschrank für eine Flasche Champagner, inklusive zweier Gläser. Der Typ agierte bis zu seiner Enttarnung als Romeo. Spezialgebiet einsame Frauen in wichtigen deutschen Vorzimmern. Ich habe das Auto samt einer Flasche Dom Pérignon 1971 erworben. Übrigens ein ausgezeichneter Jahrgang.«

Kräuming war tief beeindruckt.

»Wirklich? 71er Dom Pérignon?«

Schley nickte und schwieg. Erst nach einer geraumen Zeit sagte er: »Das mit dem Kühlschrank ist ein Scherz. Bitte erzählen Sie es niemandem weiter. Auch ich habe einen Ruf zu verlieren.«

Ein Anflug von Lächeln huschte über Schleys Gesicht. Dass der haarige Riese eine witzige Seite besaß, war ihm bisher entgangen.

»Dr. Sellmann hat die Praxis vor drei Jahren abgegeben«, bemerkte Schley und wechselte die Fahrspur. »Die Praxis wird jetzt von Frau Dr. Silvia Dosse geführt. Die beiden Mediziner kennen sich nur bedingt. Sellmanns Nachfolgerin stammt aus Eisleben und ist 1972 in den Westen geflohen. Ihr damaliger Freund, ein renommierter Augenarzt am Klinikum Steglitz, hat sie, kaum dass das Transitabkommen mit der DDR in Kraft getreten war, im Kofferraum über die Grenze geschmuggelt. Das gab natürlich sofort die üblichen innerdeutschen Reibereien. Glücklich über die gelungene Aktion war von offizieller Seite niemand, weder im Osten noch im Westen. Wir vom Verfassungsschutz haben nur die Hände gehoben. Für Flucht aus Liebe gab es kein Ressort.«

Schley war ein bedächtiger Fahrer und ließ sich Zeit. Stur fuhr er hinter einem Lkw her, obwohl mehrmals die Möglichkeit bestand, diesen zu überholen. Artig bremste er an jeder Ampel, sobald sie auf Gelb schaltete. Wie gelernt, hielten die Hände das Lenkrad auf Viertel-vor-drei-Position fest. Sein Blick wanderte regelmäßig zwischen den Rückspiegeln hin und her. Sollte jemand den Versuch wagen, sie zu verfolgen, würde er schon aufgrund der Schleichfahrt von Müdigkeit übermannt im Straßengraben landen. Kräuming war es recht. Nach einem Gespräch mit Gotzkofski und Kripo-Voigt, seinem vermutlich letzten, verlangte es ihn nicht.

»Soweit ich in Erfahrung bringen konnte, hat Frau Dr. Dosses Ehemann, inzwischen sind sie verheiratet, die Übernahme der Praxis Sellmann vermittelt. Beide Seiten waren sich schnell einig. Die Abfindung, die gezahlt werden musste, war sehr fair. Die meisten Patienten sind bei ihr geblieben, sodass der Start in die schöne neue Welt praktisch problemlos vonstattenging. Bei unserem Telefonat hat sie ihren Vorgänger als ausgesprochen großzügig beschrieben. Das deckt sich mit der Einschätzung befreundeter Kollegen. Etwas verschlossen, solide Kenntnisse, ohne Ambitionen.«

»Wie ist das zu verstehen?«

»Dr. Sellmann ist mehrfach für einen Posten in der Bundesärztekammer und den Marburger Bund vorgeschlagen worden, hat das aber jedes Mal freundlich abgelehnt.«

»Gibt es neue Erkenntnisse zu seiner Tätigkeit vor 1945?«

Schley schüttelte bedauernd den Kopf.

»Fehlanzeige. Darüber konnte oder wollte keiner seiner Arztkollegen Auskunft geben. Daher habe ich bei meinem alten Arbeitgeber um unbürokratische Amtshilfe ersucht. Die Informationen sind übersichtlich. Es gibt lediglich einen kurzen Vermerk über seinen Vater, der in Dachau praktiziert hat. Dr. Heinrich Sellmann hat nach seinem Studium bis zum Umzug nach Sachsenhausen bei seinem Vater gearbeitet. Interessant ist, dass Sellmann senior es rigoros ablehnte, Mitglied der NSDAP, geschweige denn der SS zu werden. Erstaunlicherweise hat er deswegen aber keinerlei Probleme bekommen.«

Von Grabes wusste Kräuming, dass viele Ärzte nicht nur die NS-Ideologie guthießen, sondern sogar ihren hippokratischen Eid ignorierten, als es um die sogenannte Bereinigung des Volkskörpers ging, was nichts anderes bedeutete als die systematische Ermordung psychisch kranker und behinderter Menschen. Die Lüge Ich-hatte-keine-andere-Wahl führte Sellmanns Vater eindrucksvoll ad absurdum.

Schley schaute sorgfältig über die Schulter und fuhr auf die Stadtautobahn. Sobald er sich eingereiht hatte, sagte er bedauernd: »An

Informationen aus dem Osten komme ich nicht heran. Eine offizielle Anfrage an das Sachsenhausen-Komitee ist bisher nicht beantwortet worden. Ich bin womöglich auch der falsche Mann für diese Dinge. Ich könnte mir vorstellen, dass die Stasi eine umfangreiche Akte von mir besitzt. Und das würde die Ermittlungen eher verkomplizieren.«

»Darf ich fragen, warum wir jetzt dort hinfahren?«

Schley grinste und tippte auf seine Nase. »Die juckt und flüstert mir ständig, dass wir irgendetwas übersehen.«

Die Praxis befand sich am Otto-Dibelius-Platz im alten Dorfkern von Tegel und war in einem schlichten Einfamilienhaus untergebracht. Kaum dass sie ausgestiegen waren, öffnete sich die Haustür. Sie wurden schon erwartet. Frau Dr. Dosse stand auf der Treppe. Sie wirkte angespannt und bemüht, sich das nicht anmerken zu lassen. Augenscheinlich war ihr Misstrauen gegenüber Beamten groß, egal ob es sich um Ost- oder Westvertreter des Staates handelte. Ihr unsicherer Händedruck bestätigte, dass sie sich unwohl fühlte. Mit ernstem Gesicht bedauerte sie den Tod ihres Vorgängers und bat Schley und Kräuming herein. Kurz darauf saßen sie im Arztzimmer.

»Die Patienten schätzten Dr. Sellmanns sachliche Art ebenso wie die Ruhe, die er ausstrahlte. Aber sein Ausscheiden haben die meisten nicht wirklich bedauert.« Sie sah aus, als würde sie sich für diesen Satz schämen. »Das lag vermutlich daran, dass er immer sehr reserviert blieb, um nicht zu sagen kühl. Ihn interessierte die Krankheit, nicht der Mensch. Einer vom alten Schlag, hat ein Patient mir mal gesagt.«

Es war ihr deutlich anzumerken, dass sie nur ungern Auskunft über ihren Vorgänger gab.

»Ich kann nicht viel über Dr. Sellmann berichten. Ich kannte ihn kaum.«

»Für uns ist alles wichtig«, antwortete Kräuming wie aus dem Schulbuch für Polizeianwärter. »Das kleinste Detail kann weiterhelfen.«

Verlegen zog sie ihren Kalender heran und blätterte darin.

»Ich weiß nicht, ob es wichtig ist. Ich glaube, einen Tag nach dem Mord an Dr. Sellmann gab es einen Einbruch in die Praxis.«

Kräuming und Schley wurden sofort hellhörig.

Dr. Dosse blätterte in ihrem Kalender und tippte mit dem Finger auf den neunten September.

»Es wurde nichts gestohlen. Kein Geld. Keine Medikamente oder irgendwelche medizinischen Instrumente.«

»Aber jemand war unerlaubt in Ihrer Praxis?«, hakte Schley nach.

»Das Fenster zum Garten war geöffnet. Angelehnt, aber nicht verschlossen. Ungewöhnlich. Bevor ich die Praxis verlasse, prüfe ich normalerweise jeden einzelnen Raum mehrfach. Das ist ein Tick von mir. Erst dachte ich, ein Junkie hat schnell verkaufbare Dinge gesucht oder Medikamente. Es fehlte aber nichts. Also warum sollte ich das melden?«

»Ist Ihnen sonst etwas Ungewöhnliches aufgefallen?«, fragte Schley.

Sie überlegte einen Augenblick und strich sich verlegen durch die Haare.

»Ich bin nicht sicher. Es ist nur so ein Bauchgefühl. Ich glaube, der unerwünschte Gast hat sich Patientenakten angeschaut.«

Eine Sekunde lang hielt Kräuming die Luft an. Schley stand abrupt auf und betrachtete die Aktenschränke. Er deutete auf die einzelnen Schubfächer.

»Wissen Sie, welche Akten interessant für den Einbrecher waren?«

Bedauernd schüttelte sie den Kopf.

»Von wie vielen Akten sprechen wir denn?«

»Von Dr. Sellmann habe ich 712 Patienten übernommen. Wie gesagt, die meisten sind glücklicherweise bei mir geblieben. Einige sind inzwischen verstorben. Drei Dutzend sind dazugekommen. Warum fragen Sie?«

»Ich fürchte, wir müssen uns alle Akten anschauen«, antwortete Kräuming. »Es ist nicht auszuschließen, dass einer Ihrer Patienten auf der Liste des Mörders steht.«

Energisch schüttelte sie den Kopf.

»Das können Sie vergessen. Schon mal von ärztlicher Schweigepflicht gehört?«

»Sensibles Gebiet«, bestätigte Schley. »Wir benötigen nur die Namen und Adressen der männlichen Patienten, die vor 1928 geboren wurden. Die danach Geborenen sind zu jung. Ihre Krankengeschichten interessieren uns nicht. Ob Ihnen Tätowierungen aufgefallen sind oder verdächtige Narben, müssen Sie uns auch nicht verraten. Wir respektieren die Schweigepflicht.«

Energisch verschränkte sie die Arme.

»Betrachten Sie es mal aus folgender Position: Sie sind Ärztin und haben einen hippokratischen Eid geleistet, um Leben zu retten. Ob Sie das mit einer Pille oder mit einem Blatt Papier und einem Stift bewerkstelligen, schreibt der alte Grieche nicht vor.«

»Mir ist da überhaupt nicht wohl dabei.«

»Rein rechtlich sind Sie verpflichtet, uns bei der Aufklärung einer Straftat zu helfen. Die Staatsanwaltschaft kann das bestätigen.«

Sie zögerte.

»Keine spezifischen Informationen, nur Name und Adresse. Bis wann brauchen Sie die Liste?«

Weder Schley noch Kräuming antworteten auf die Frage. Ihre Gesichter verrieten, dass es dringend war.

»Ich weise meine Sprechstundenhilfe an, gleich heute damit zu beginnen.«

»Schreiben Sie einen Bericht! Oder haben Sie das auch nicht auf der Polizeischule gelernt?«

Die rötlichen Flecken in Gotzkofskis Gesicht, eine Mischung aus Wut, Beleidigtsein und erhöhter Temperatur, ließen nur eine Interpretation zu. Der Kriminalhauptkommissar war kurz davor zu explodieren.

Erneut versuchte Kräuming, alle Erkenntnisse der letzten Tage seinem verschnupften Chef mitzuteilen.

»Wir müssen davon ausgehen, dass die Täterin wieder zuschlägt. Schley sieht das auch so.«

»Ich höre Ihnen nicht zu. Schreiben Sie alles auf. Voigt will wissen, was Sie wissen. Und ich auch. Mit dem Kollegen Schley rede ich separat.«

Die Stimmung im Beratungsraum war auf dem Tiefpunkt. Helmut Schley strich sich ungläubig über die Bartstoppeln. Lott und Hämmerling tauschten verstohlen Blicke aus.

»Kräuming, verdammt! Es hat einen Grund, dass es Vorschriften gibt. Ich habe die klare Anweisung erteilt, mich auf dem Laufenden zu halten. Aber Herrn Geht-mir-alles-am-Arsch-vorbei interessiert das ja nicht. Schreiben Sie nieder, was Sie in Erfahrung bringen konnten. Abgesehen davon, das ist sowieso das Letzte, was Sie in dieser Mordkommission machen werden.«

»In Dr. Sellmanns ehemalige Praxis ist eingebrochen worden. Jemand hat sich Zugang zu den Akten verschafft. Blinken da nicht alle Warnsignale bei Ihnen?«

Ohne darauf zu reagieren, schaute Gotzkofski auf seine Uhr.

»Um zwölf erwartet Sie Voigt in seinem Büro. Vorher will er Ihren Bericht auf dem Schreibtisch haben.«

Fassungslos stützte sich Kräuming auf den Tisch.

»Bis zur Pension haben Sie noch vierunddreißig Arbeitstage. Es heißt, Sie waren mal ein richtiger Terrier mit Gespür und Biss. Ich kann nicht glauben ...«

»Es sind nur noch neunundzwanzig. Drei Tage Urlaub und Überstunden für zwei weitere stehen mir noch zu, und die verbringe ich mit meiner Enkelin in den Herbstferien am Gardasee. Und erzählen Sie mir nichts von Pflichtbewusstsein und Anstand. Für Sie ist das hier doch alles nur ein Spiel. Sie sind doch nur in der Polizei, weil Sie sich schuldig fühlen.«

»Wie kommen Sie denn auf den Schwachsinn?«

Gotzkofski griff in seine Aktentasche, zog einen Bericht heraus und knallte ihn auf den Tisch.

»Juni 1967. Suizid der drogenabhängigen Rita Kerber. Einundzwanzig Jahre. Verreckt an einer Überdosis Heroin. Laut Zeugenaussagen waren Sie ihr Lover und haben Sie einen Tag vorher im Stich gelassen. Rita Kerber hat mehrfach versucht, Sie telefonisch zu erreichen. Die junge Frau brauchte Ihre Hilfe, und die haben Sie ihr versagt. Und jetzt glaubt der Herr, wenn er ein wenig Räuber und Gendarm spielt, kann er sein Versagen ungeschehen machen. Traumtänzer sind das Letzte, was die Polizei braucht. Das sieht nicht nur das BKA so. Kräuming, Sie haben Ihre große Liebe im Stich gelassen. Ihretwegen hat sich Rita Kerber umgebracht.«

Es war die pure Wut, die Kräuming reagieren ließ. Mit geballten Fäusten stürzte er sich auf Gotzkofski. Hämmerling reagierte schnell und hielt ihn fest.

»Angriff auf einen Beamten! Wunderbar! Unbeherrscht und gewalttätig.« Gotzkofski lehnte sich zufrieden zurück. »Schließt sich vorzüglich an Ihren Aussetzer im Erotiktempel Crazy Sexy an. Fürchte, das war es mit Ihrer Karriere.«

Er grinste und zog ein frischgebügeltes Taschentuch aus der Tasche und winkte Kräuming damit zu. Hinter der Maske des biederen Beamten erschien das Gesicht des Intriganten. Kräuming hatte sich von dessen Freundlichkeit und kränklichem Getue blenden lassen. Wie ein Anfänger war er plump in die Falle gelatscht. Hämmerling ließ ihn los, ohne den Blick von ihm zu wenden.

»Ich glaube, der junge Kollege ist nur gestolpert. Von einem Angriff habe ich nichts mitbekommen.«

Kräuming schaute den Chef der Spurensicherung ungläubig an. Noch immer hielt Gotzkofski sein Taschentuch hoch, wirkte jetzt aber wie jemand, der seine Situation als aussichtslos begriff. Hämmerling zuckte entschuldigend mit den Schultern und setzte sich wieder.

»Ihr wart alle Zeugen!«

Zwei behaarte Hände sortierten ungeschickt Notizen.

»Just in diesem Moment habe ich aus dem Fenster geschaut«, bemerkte Schley. »Die ersten Blätter fallen von den Bäumen. Unglaublich. Der Herbst ist schneller da, als man denkt.«

Lott lehnte sich über den Tisch und fixierte Gotzkofski mit eisigen Augen. »Du schnüffelst in Akten herum, um Kollegen in die Pfanne zu hauen? Begreife ich nicht. Du warst doch mal einer von uns.«

Gotzkofski erhob sich und tupfte sich die Nase trocken.

»Verstehe. So kann man sich täuschen. Kein Wunder, dass die Polizei zu einer Kasperletruppe erodiert.«

Erneut wandte er sich an Kräuming. »Voigt erwartet Ihren Bericht. Eine Stunde bleibt Ihnen. Und erscheinen Sie diesmal pünktlich. Sonst lasse ich Sie persönlich vorführen.«

Fräulein Stürmer lächelte, bemüht, aber sie lächelte. Es kam zwar nicht von Herzen, doch gegenüber dem sonst versteinerten Gesichtsausdruck war es eine Verbesserung. Vorfreude ist die schönste Freude, auch wenn sie im Gewand der Schadenfreude daherkommt. Sie schaute amüsiert auf ihre Uhr. Kein Zweifel, Kräuming war seit fünf Minuten überfällig. Die Kombination Stress und Nachwirkungen des übermäßigen Alkoholkonsums vom Wochenende hatten einen Toilettenbesuch erzwungen. Davon zu berichten, verkniff er sich.

Kräuming wusste, dass die nächsten Minuten über sein Schicksal entschieden. Mit ruhigen Schritten marschierte er an ihrem Schreibtisch vorbei. Bevor er die Tür des Leiters für Delikte am Menschen öffnete, drehte er sich um und fixierte Fräulein Stürmer mit einem spöttischen Blick.

»Lächeln fällt Ihnen schwer, oder? Wussten Sie, dass es dazu der Aktivität von sechsundzwanzig Muskeln bedarf? Fräulein, verausgaben Sie sich bloß nicht. Bei Ungeübten führt das schnell zu unkontrollierten Muskelverspannungen«, erklärte er, zwinkerte ihr zu und drückte energisch die Klinke herunter. Genauso abrupt entglitten dem Vorzimmerdrachen die Gesichtszüge.

Am Beratungstisch des Leiters des LKA 1 saß Gotzkofski und schaute ihn wütend an. Kräuming ignorierte ihn. Voigt saß auf seinem Stuhl und studierte seinen Bericht. Er blickte nur kurz auf und deutete auf einen freien Platz.

»Schön, dass Sie uns die Ehre erweisen. Über das Thema Pünktlichkeit zu sprechen, hatten wir ja schon Gelegenheit.«

Voigt erwartete keine Antwort, stattdessen holte er tief Luft. »Heute früh ist ein Fernschreiben von einem Hauptmann Röthlisberger von der Kriminalpolizei Bern eingegangen, Bezug nehmend auf den Ballistikbericht Dr. Heinrich Sellmann. Gerichtet an Sie persönlich. Ich zitiere: ›Projektil identisch‹. Fräulein Stürmer war so freundlich, es mir ohne Ihre Einwilligung vorzulegen.«

Voigts Miene verriet, dass er nicht glücklich über den Inhalt des Schreibens war. Aber das schien nicht der eigentliche Grund zu sein, warum er innerlich kochte.

»Das LKA Niedersachsen hat vor einer Stunde ebenfalls per Fernschreiben offiziell bestätigt, dass Arne Pütz aus nächster Nähe per Genickschuss hingerichtet wurde und dass sich zwischen seinen Zähnen britische Banknoten befanden. Auch dass sich unter der rechten Achsel keine Blutgruppentätowierung oder eine längliche Narbe befindet, wurde mitgeteilt. Ich kann mich nicht erinnern, dass eine diesbezügliche Anfrage an die Kollegen in Hannover über meinen Schreibtisch gegangen ist, geschweige denn für die Schweiz.

KHK Gotzkofski geht es da genauso. Kräuming, haben Sie beim Lehrgang ›Dienstwege einhalten‹ den Unterricht geschwänzt?«

Wütend ließ er die beiden Schreiben auf den Tisch fallen, stierte sie vorwurfsvoll an und trommelte langsam mit den Fingern auf der Tischplatte. »Drei Tote. Ein und dieselbe Mordwaffe. Hinrichtungen in Lützeflüh, Tegel und in Garbsen. Drei Morde, dreimal die gleiche Vorgehensweise. Dank Ihnen wissen wir, dass es sich um eine Frau handelt, inklusive Phantombild. Sieht so aus, als würde Ihre Theorie einer Serientäterin zutreffen.«

Gotzkofski gab zu bedenken: »Unabhängig davon, dass unser junger Kollege dienstliche Anweisungen regelmäßig ignoriert, werden Verbrechen mit internationalem Bezug und mehreren Opfern durch das BKA bearbeitet. Das übersteigt unsere Möglichkeiten.«

Voigt betrachtete seine Fingernägel. »Alle Opfer waren SS-Männer oder, was Pütz angeht, hatten mit der Organisation zu tun. Kräuming, Sie sind doch so ein Schlauer. Erklären Sie mir mal die Zusammenhänge.«

Zempbauer war auch bei der SS gewesen, nahm Kräuming erstaunt zur Kenntnis. Der Mann war Schweizer. Die Eidgenossen hatten sich neutral verhalten im Zweiten Weltkrieg. Offensichtlich stand der Hinweis in dem Schreiben, das Röthlisberger geschickt hatte. Dass Voigt ihn provozierte und von oben herab behandelte, wunderte ihn nicht, eher, dass er überhaupt zu den Details befragt wurde.

»Alles deutet darauf hin, dass der Grund für die Morde in der Vergangenheit der Opfer liegt. Es gibt Indizien, die auf eine Verbindung mit der Geldfälscheraktion Bernhard hinweisen. Ich gehe davon aus, dass alle drei darin involviert waren. Mehr kann ich noch nicht sagen. Fest steht jedenfalls: Wenn wir das Morden stoppen wollen, müssen wir begreifen, was damals passiert ist.«

»Ein weiteres Argument, den Fall möglichst schnell abzugeben. Abgesehen davon stammt die Täterin höchstwahrscheinlich aus Kanada«, gab Gotzkofski zu bedenken und hustete in seine Armbeuge.

Genervt blätterte Voigt durch die Akte, bis er die Phantomzeichnung fand.

Vorwurfsvoll deutete Gotzkofski auf Kräuming. »Dank Ihnen ist die Täterin über das Vorgehen der Mordkommission bestens informiert. Der Artikel im *Berlin-Blick* dürfte Warnung genug gewesen sein. Gratuliere, grandiose Arbeit.«

»Hinze ist Reporter. Der wird instinktiv hellhörig, wenn er nach den Aufnahmen vom Tatort gefragt wird. Das wussten Sie doch schon, bevor Sie mich losgeschickt haben.«

Grübelnd lehnte sich Voigt zurück und fixierte Kräuming. Gotzkofski rutschte unruhig auf seinem Stuhl hin und her. »Ich warne ausdrücklich davor, diesen Fall in unserer Verantwortung zu belassen. Wir bewegen uns auf verdammt dünnem Eis. Die Presse fängt an, uns auseinanderzunehmen. Diese Morde beschädigen das Ansehen des LKA. Unfähigkeit ist noch die freundlichste Formulierung, die unsere Ermittlungen beschreiben. Was, wenn es einen weiteren Mord gibt? Und wir haben ihn nicht verhindert? Fassen wir die Erkenntnisse ordentlich zusammen, schnüren ein Päckchen daraus, Briefmarke spendiere ich, und ab damit nach Wiesbaden. An dem Nazizeug und dem ganzen Serientätermist verbrennen wir uns nur die Finger. Und die Nervensäge sind wir auch ein für alle Mal los. Ich denke, Sie haben sich mit dem BKA darüber abgestimmt.«

Ein leichtes Nicken verriet, das Voigt die Situation genauso einschätzte, aber aus irgendeinem Grund zögerte er. Ungehalten haute Gotzkofski mit der flachen Hand auf den Tisch.

»Mit mir nicht. Ich bin da raus. Anfang November gehe ich in Pension. Den Mist tue ich mir nicht an.«

»Nehme ich zur Kenntnis«, erwiderte Voigt ungerührt. Einen Moment wippte er auf seinem Stuhl, bevor er weitersprach.

»Das Problem ist, Wiesbaden hat Polizeipräsident Hübner gebeten, den Fall weiterhin in der Verantwortung Berlins zu belassen. Er hat dem zugestimmt und Staatsanwältin Reichert ebenfalls. Das BKA ist nicht zuständig für Mordermittlungen. Und Hannover hat noch nicht einmal ansatzweise begriffen, um was es geht. Momentan konzentrieren sich die Kollegen des BKA auf mögliche Attentatspläne der RAF oder von den Spinnern der Bewegung 2. Juni. Da der Faktor Zeit aber eine äußerst wichtige Rolle spielt und gewichtige Indizien auf Berlin deuten, sieht man keinen Grund, daran etwas zu ändern. Wiesbaden unterstützt uns in allen Belangen, sogar mit ihrem Budget. Im Gegenzug wollen sie nur über den aktuellen Stand informiert werden. Abgesehen davon …«, Voigt schaute Kräuming an, »... sei einer ihrer talentiertesten Kollegen vor Ort. Unser oberster Dienstherr, Polizeipräsident Hübner, hat mich heute Vormittag über seine Entscheidung in Kenntnis gesetzt, gegen meine ausdrücklichen Bedenken.«

Erstaunt nahm Kräuming die Nachricht entgegen.

»Ich lehne es ab, mit diesem Herrn zusammenzuarbeiten. Seit wann lassen wir uns vom BKA vorschreiben, wie wir zu arbeiten haben?«

Voigts Blick war eindeutig. Gotzkofski hatte überzogen.

»Wir? Muss ich Sie tatsächlich an Ihre Dienststellung erinnern? Abgesehen davon kann ich nicht erkennen, dass Sie besonders viel Erhellendes zur Auflösung des Mordes beigetragen haben. Es war eindeutig ein Fehler, Sie mit diesem Fall zu betrauen.«

»Ich lag flach, mit Fieber. Was hätte ich denn machen sollen?«

»Gotzkofski, ich entziehe Ihnen die Leitung der Mordkommission, offiziell aus gesundheitlichen Gründen. Sie sind freigestellt. Ich weise Sie hiermit an, Ihre Erkältung vollständig auszukurieren. Anschließend nehmen Sie die restlichen Überstunden.«

»So viel Überstunden habe ich nicht.«

»Jetzt schon. Genießen Sie Ihre Pension.«

»Das können Sie nicht machen«, protestierte Gotzkofski ungläubig. »Ich bin seit vierzig Jahren Polizist. Zählt das denn überhaupt nicht?«

Keine Antwort.

Enttäuscht stand Gotzkofski auf, strich sich das Jackett glatt und betrachtete den Chef des LKA 1.

»Verstehe. Gesucht wird ein Sündenbock.«

Er nahm seine Unterlagen und verließ das Büro.

Voigt hatte Gotzkofski, ohne mit der Wimper zu zucken, abgesägt. Für den Bruchteil einer Sekunde empfand Kräuming Mitleid mit dem geschassten Kollegen. Er wusste aber auch: dass dessen Kopf rollte, rettete seinen.

Sobald die Tür wieder geschlossen war, sagte Voigt: »Kräuming, ich ernenne Sie mit sofortiger Wirkung zum Leiter der Mordkommission. Schley und Lott bleiben. Der Rest der Kollegen auch. Alle anderen Beamten werden angewiesen, Sie bei Bedarf zu unterstützen. Wenn Sie mehr Personal brauchen, lassen Sie mich das wissen.«

Kräuming hätte sich freuen sollen. Seine Karriere war gerettet. Dennoch blinkten bei ihm alle Warnleuchten. Er musste an Andrea Grabes denken und ihren Hinweis, Historiker und Polizisten hätten Antworten auf Fragen zu finden, die niemand stellte. Das BKA hatte sich elegant aus der Affäre gezogen und den schwarzen Peter dem LKA Berlin zugeschoben. Warum? Und welche Rolle spielte Voigt? Langsam erhob er sich und deutete auf die beiden Fernschreiben.

»Danke für Ihr Vertrauen. Ich werde mein Bestes geben.«

Sorgsam legte Voigt die Schreiben in die Akte, klappte sie zu und schob sie vorsichtig, als wäre sie kontaminiert, mit einem Finger über den Tisch.

»Bis zum Abend erwarte ich einen vollständigen Bericht über den Stand der Ermittlungen. Die Staatsanwaltschaft und Wiesbaden informiere ich. Die Kollegen der Mordkommission werden von mir morgen früh über die Veränderung in Kenntnis gesetzt. Und Kräuming, bilden Sie sich nichts ein. Mit Vertrauen hat das nichts zu tun. Ich stelle nur die Weichen, um im Falle eines Misserfolgs Ihnen und dem BKA die Schuld geben zu können.«

Gotzkofski hatte das Büro schon verlassen, als Kräuming sich, noch ganz benommen von der ungeahnten Entwicklung, auf seinen Stuhl fallen ließ. Fünf Minuten später hatte er sich wieder im Griff. Die nächsten Stunden verbrachte er damit, den Stand der Ermittlungen zu Papier zu bringen.

Voigt prüfte die Angaben, stellte einige sachliche Fragen und faxte den Bericht persönlich nach Wiesbaden. Dann verließ er das Haus. Zwei Stunden später entschied Kräuming, ebenfalls Feierabend zu machen. Er würde am nächsten Morgen früher kommen, um die erste Sitzung der Mordkommission unter seiner Leitung vorzubereiten. Er musste nachdenken. Daher beschloss er, den Buckelvolvo stehen zu lassen. Frische Luft würde helfen.

Kaum hatte Kräuming die Haustür geöffnet, schaute er direkt in das strahlende Gesicht des Portiers. Fast schien es so, als wäre Weihnachten vorgezogen worden und Alfons' sehnlichster Wunsch, eine Carrera-Autorennbahn, befände sich unter den Geschenken. Da aber bis zum Heiligen Abend noch mehr als drei Monate Zeit war,

konnte es sich nur um das Überbringen einer schlechten Nachricht handeln. Davon hatte es an diesem Tag schon genug gegeben. Sobald Alfons zum Reden ansetzte, hob Kräuming die Hand.
»Bitte! Bitte nicht! Ich will heute nichts mehr hören. Noch eine Hiobsbotschaft ertrage ich nicht.«
Eine Geste des Bedauerns. Ein gleichgültiges Schulterzucken.
»Dann möchte ick Ihnen wenigstens eenen wunderschönen Abend wünschen.«
Zwei Etagen später wusste Kräuming, dass der freundlich klingende Wunsch unmöglich ernst gemeint sein konnte. Aus Tante Fannys Wohnung klang klirrend schwermütige Musik. Tango Argentino. Die Filmdiva war aus Marokko heimgekehrt.

Verzweifelt ließ er den Kopf sinken. Er nahm sich Zeit mit der Entscheidung, ob er den Schlüssel benutzen oder klingeln sollte. Es blieb bei der Überlegung, denn überaus schwungvoll wurde die Tür aufgerissen und ein Naturereignis prächtigen Ausmaßes brach über ihn herein. »Horsti Borsti! Mein Lieblingsneffe!«

Es folgte ein Freudenjuchzer. Ekstatisches Ausbreiten der Arme, wobei die Finger spielerisch eine Tastatur zu bedienen schienen. Ein Knie schob sich leicht vor das andere. Es folgten langsam tänzelnde, wenn auch energische Schritte auf ihn zu. Dazu ein ernster Blick von unten nach oben geführt, sinnlich, fordernd, in gewissem Maße bedrohlich und für eine Begrüßung nach einem verkorksten Arbeitstag völlig unangemessen. Astor Piazzollas Bandoneonklänge drangen aus dem Wohnzimmer, begleitet von der Gitarre eines anderen Meisters.

Der Portier hatte ihn gemeinerweise telefonisch angekündigt, womöglich um einen Fluchtversuch zu verhindern oder schlicht um ihn für seine Ignoranz zu strafen.

Tante Fanny trug ein enges schwarzes Kleid mit einem beeindruckenden Schlitz auf der rechten Seite, dazu Netzstrümpfe oder Strumpfhosen, so genau wollte Kräuming das nicht wissen. Abgerundet wurde die ganze Erscheinung durch knallrote hochhackige Tanzschuhe, die entweder passend zum Lippenstift oder umgekehrt erste Wahl gewesen waren. Das Kleid war definitiv zu eng, wie das zu Wülsten geformte Hüftgold verriet. Ein spitzenumsäumtes Dekolleté, auf das das Attribut atemberaubend zutraf, näherte sich bedrohlich. Kräumings Nackenhaare reagierten mit Schrecken angesichts der beeindruckenden Fülle, die sich darbot. Auch wenn Tante Fanny von Natur aus ein Moppelchen war – das kann unmöglich alles echt sein, schoss es ihm durch den Kopf. Doch bevor er reagieren konnte, griff sie nach seiner rechten Hand, legte die andere auf seinen Rücken und presste ihn fest an sich. Kurzer Blickkontakt, dann drehte sie den Kopf temperamentvoll Richtung Wohnung, umschlang mit ihrem rotbeschuhten Bein seine Waden, pendelte elegant zurück und schob ihn mehr, als dass er führte, durch die Eingangstür.

»Ich freu mich total, dich zu sehen!«, rief sie begeistert.

»Dito«, antwortete Kräuming erleichtert, froh aus der Umarmung fliehen zu können. »Gibt es einen Grund für die extravagante Kostümierung?«

»Ich spiele eine gefallene Schwester, die aufgrund eines unehelichen Kindes die Ehre der Familie besudelt hat und ihr Glück in der Ferne suchen musste. Hat sie auch und ist dabei mächtig prächtig reich geworden. Allerdings ist das Haus ein zweifelhaftes Tango-Etablissement mit leichten Mädchen. Sozusagen eine sozialkritische Neuverfilmung der Komödie *Das Haus in Montevideo* mit Heinz Rühmann. Die perfekte Nebenrolle. Ist mir wie auf den Leib geschnitten. Eindeutig oscarverdächtig.«

Kräuming schaute sie verständnislos an.

»Tugendhafte Familie mit zwölf wohlgeratenen Kindern aus miefiger Kleinstadt erbt prachtvolles Freudenhaus in Uruguay. Einzige Bedingung, zumindest ein Kind muss unehelich sein.«

»Aha!«

»Ich spiele die Josefine, verabscheute Schwester von Professor Traugott Hermann Nägler, die als Puffmutter zu Wohlstand gekommen ist. Moral und Ordnung, gepaart mit Kapitalismuskritik. Adaptiert in die Neuzeit. Realistisches Kino. Autorenfilm. Eine Paraderolle. Wer, wenn nicht ich, sollte die gefallene Schwester spielen?«

Schmunzelnd deutete Kräuming auf ihr Dekolleté. »Da hast du aber nachgeholfen.«

Mit schmollendem Mund legte sie beide Hände unter die Brüste und ließ sie ein bisschen beben.

»Gepolsterte Büstenhebe. Ich finde sie prachtvoll. Bewirkt Wunder!«

»Du weißt schon, dass das Vortäuschen falscher Tatsachen strafbar ist, oder?«

Sie ignorierte den Einwand und drückte stattdessen den Stopp-Knopf ihres Philips-Kassettenrekorders. Mit einem kurzen Aufjaulen verstummte Piazzolla.

»Ich ziehe mich schnell um. Überleg inzwischen, wohin du mich heute Abend ausführst. Ich habe einen Mordshunger! Keine Widerrede! Du bist eingeladen. Neffe, ich brauch ein Bier und die passende Grundlage dazu. Und komm nicht auf die Idee, mich in einen Nobelschuppen einzuladen.«

Tante Fanny war das Nesthäkchen der Familie. Vierzehn Jahre jünger als seine Mutter. Die Vierzigjährige sagte von sich selbst: Ich bin eine Nachzüglerin, eine Spätgeborene, nicht gewollt, nicht geplant, völlig unerwartet, sozusagen ein Lustunfall. Die einzige Person, die sich wirklich auf mich freute, war ich selbst.

Es lag kein Vorwurf in dem, was sie sagte, eher ein gewisser Stolz. Natürlich wurde sie wie eine Tochter geliebt. Es mangelte ihr an nichts, auch nicht an Wärme und Zuneigung. Vielleicht waren das Alter ihrer Eltern und die damit verbundene Gelassenheit der Grund dafür, dass sie ohne jede Einschränkung erwachsen werden durfte. Ich bin ein Baum auf einem Feld! Ein Geschenk, für das ich euch unendlich dankbar bin, erklärte sie kaum volljährig, um dann zur Kenntnis zu geben, dass sie Schauspielerin werden würde. Die Mischung aus Selbstbewusstsein, Egozentrik und grenzenlosem Optimismus mochte Kräuming, wenn er sie zuweilen auch furchtbar anstrengend fand.

Dieners Tattersall war gut besucht. Es war Tante Fannys Beliebtheit zu verdanken, dass sie in dem über hundert Jahre alten, bodenständigen Lokal einen Tisch bekommen hatten. Für Gäste, deren signiertes Foto an der Wand hing, fand sich immer ein Plätzchen. Sie hatte sich ein Wiener Schnitzel bringen lassen, dazu eine doppelte Portion Pommes frites, und alles mit einem Heißhunger verschlungen, der Kräuming beeindruckte. Für sich selbst bestellte er Königsberger Klopse mit Petersilienkartoffeln. Auch wenn das Arrangement auf seinem Teller üppig war, mit dem seiner Tante konnte es nicht mithalten.

»Faszinierend! Und ihr habt keine Ahnung, warum die junge Dame alte Säcke abmurkst?«

Sorgfältig wischte sich Kräuming die Mundwinkel ab, bevor er antwortete. »Ja, keine Ahnung beschreibt den Stand der Ermittlungen ziemlich genau.«

Tante Fanny überlegte einen Augenblick, spießte gedankenversunken einen prächtigen Pommes auf und zielte damit auf ihren Neffen. »Sie mordet nicht, sie richtet. Siehe Billy Wilders *Zeugin der Anklage* mit Marlene Dietrich. Nur tötet eure Verdächtige nicht aus verschmähter Liebe.«

Verdutzt schaute er sie an, kam aber nicht umhin, ihr innerlich recht zu geben. Die Suche nach dem Motiv war bisher unbeantwortet geblieben. Rache war naheliegend. Das Warum blieb ein Rätsel.

»Ich denke, du gehst den Fall zu männlich an. Du suchst nach Logik im Detail und verlierst das große Ganze aus den Augen. Gehen wir mal davon aus, dieser Schweizer, Alois Zempbauer, hat auch mit der geheimnisvollen Fälschersache zu tun.«

»Wissen wir aber nicht genau.«

»Ist doch egal. Außerdem ist das dramaturgisch betrachtet logisch.«

Zwar hob Kräuming die Hand, um einen Einwand vorzutragen, aber bevor er ein Wort sagen konnte, redete Tante Fanny weiter. »Hat er, basta! Einfach mal einen Schritt zurücktreten. Was siehst du?«

»Drei Männer wurden ermordet.« Er zögerte einen Augenblick. »Gerichtet«, korrigierte er sich.

»Genau! Betrachtet man das Alter der Herren, um untreue Liebhaber handelt es sich garantiert nicht. Jeder von denen könnte der Vater der jungen Dame sein. Alte Blüten, alte Männer, alte Munition. Woher hat sie die?«

»Gute Frage.«

Tante Fanny schaute ihn lächelnd an und legte dann ihre Hand auf seinen Arm.

»Du siehst es nicht, oder?«

Was war ihm entgangen? Woran hatte er bisher nicht gedacht? Was übersah er? Dann schoss es ihm wie scharfer Meerrettich ins Hirn.

»Ihre Eltern sind dieselbe Generation. Es hat mit ihnen zu tun. Sie rächt ihre Eltern. Ist es so einfach?«, murmelte er vor sich hin.

»Woher soll ich das wissen? Du bist der Kommissar.«

Schulterzuckend nahm Tante Fanny die Speisekarte und blätterte aufmerksam darin herum.

»Ich denke, zur Feier des Tages werde ich mir noch ein Dessert in die Figur stellen.«

Dienstag, 21. September 1976

Horst Kräuming saß verkehrt herum auf dem Stuhl, lehnte die Arme auf die Rückenlehne und betrachtete die aufgestellten Wände im Beratungsraum. Obwohl er keine Müdigkeit verspürte, nippte er an der vierten Tasse Kaffee. Es war kurz vor acht. Drei Stunden lang hatte er alles, was mit den Morden in Verbindung stand, fein säuberlich angeheftet. Anschließend war er zur Bäckerei Schmonke gegangen und hatte sich mit frischem Kuchen eingedeckt.

Es war wichtig, dass alle Mitarbeiter permanent auf dem Laufenden gehalten wurden. Drei Morde in kaum zwei Monaten. Dass es weitere Opfer geben würde, daran gab es für ihn keinen Zweifel. Die Frage war, wann und wo?

Als Erstes gedachte er, die Mordkommission auf zwanzig Personen aufzustocken. Die genaue Auswahl wollte er Schley und Lott überlassen. Sie kannten die Berliner Kollegen besser. Aber vorher galt es noch etwas zu klären. Kräuming war sich bewusst, dass sein Scheitern Kalkül war. Es spornte ihn eher an, als dass es ihn hemmte. Dennoch, allein würde er es nicht schaffen.

Langsam ließ er den Blick über die Pinnwand gleiten. Fotos der drei Leichen, der sichergestellten Spuren, Kartenmaterial, Zeitabläufe, Zeugenaussagen, Notizen mit Fragezeichen, deren Beantwortung ausstand, Lebensläufe, ein Phantombild. Die Kantonspolizei Bern hatte, nachdem ein offizielles Hilfeersuchen gestempelt und unterschrieben vorlag, umgehend reagiert. Hauptmann Röthlisberger veranlasste, dass eine Kopie der Akte mit Tatortfotos, Untersuchungsberichten und einem ausführlichen Lebenslauf des Ermordeten per Kurier nach Berlin geschickt wurde.

Laut Totenschein war Alois Zempbauer am dritten August erschossen worden. Gefunden wurde seine Leiche am folgenden Morgen von einem Hilfsarbeiter, der sich als Stallbursche Geld verdiente. Zeugen für die Tat gab es keine. Der Ermordete galt als Eigenbrötler. Weder Familie noch Geschwister. Sorgsam waren alle

Angaben auf Zetteln zusammengefasst und an der Pinnwand befestigt. Zempbauers Lebenslauf hing auf gleicher Höhe mit denen von Dr. Sellmann und Arne Pütz, um leichter Gemeinsamkeiten erkennen zu können.

Aufmerksam studierte Kräuming die Biografie des Schweizers. 1911 in Basel geboren. Eltern erlagen 1918 der Spanischen Grippe. Er überlebte knapp, litt aber monatelang an den Folgen einer Lungenentzündung. Verbesserung trat erst ein, als ihn seine Tante in Heiligenschwendi, einem winzigen Ort oberhalb des Thunersees gelegen, aufnahm. Die gute Luft und die liebevoll evangelisch-methodistische Erziehung ließen aus dem körperlich schwächlichen einen strammen jungen Mann werden. Er absolvierte die Realschule, erlangte die Handelsmatura, und nach einer kaufmännischen Lehre arbeitete er bei der altehrwürdigen Privatbank Brunner & Lenz. 1939 trat Zempbauer der faschistischen Partei bei. Kurz darauf wurde er entlassen. Aus ökonomischen Gründen und wohl auch aus Überzeugung ging er 1940 nach Deutschland und meldete sich freiwillig bei der SS. Ein kurzer Fronteinsatz endete 1941. Diagnose: Verdacht auf erneute Lungenentzündung. Nach seiner Heilung erhielt er den Befehl, sich im SS-Hauptamt Berlin zu melden. Im Büro der Germanischen Leitstelle bestand seine Aufgabe darin, nationalistisch eingestellte Eidgenossen zu rekrutieren und Propaganda für die Waffen-SS zu machen. Nach dem Krieg stellte er sich freiwillig den Schweizer Behörden und schwor seiner nationalsozialistischen Einstellung ab. Da das Gericht ihm keine direkten Verbrechen nachweisen konnte, wurde er zu eineinhalb Jahren Gefängnis wegen Dienstes in fremden Heeren verurteilt, aber schon nach acht Monaten wieder entlassen. Anschließend gelang ihm eine beachtliche Karriere als Vermögensberater. Seine inhabergeführte Gesellschaft, die ZB-Suisse, wobei ZB für Zempbauer stand, war 1947 ins Unternehmensregister eingetragen worden.

Die Spurenlage am Tatort Lützeflüh war ähnlich umfassend wie in Berlin und Hannover. Die Art und Weise des Mordes stimmte überein. Hände auf dem Rücken zusammengebunden. Genickschuss. Projektil 9 mm. Laut Ballistikbericht wurde dieselbe Waffe verwendet. Die Patronenhülse besaß dieselbe Prägung.

Hier war die Berliner Spurensicherung einen Schritt weitergekommen: Die Patronen stammten aus der Metallwarenfabrik Treuenbrietzen, Herstellungsjahr 1941. Sie wiesen beim Schweizer Mordfall die gleichen Fingerabdrücke auf wie in Berlin, die Auswertung der Papillarmuster des Schweizer Erkennungsdienstes konnte aber auch nicht mit einem Treffer aufwarten. Hannover prüfte noch. Eine Übereinstimmung mit der Kartei des Landeskriminalamtes Niedersachsen erwartete Kräuming aber nicht. Dem Hersteller der Reepschnur hatten die eidgenössischen Kollegen bisher keine Beachtung geschenkt. Dafür war es ihnen gelungen, Schuhdrücke vor den Stallungen sicherzustellen. Berg- oder Wanderstiefel. Herkunft unbekannt. Schuhgröße 36.

»Garantiert kanadische Produktion«, murmelte Kräuming.

Zempbauers Foto zeigte einen freundlichen jungen Mann, der sich auf zwei Skistöcke stützte und verschmitzt in die Kamera lächelte. Was verleitet einen dazu, einer derart menschenverachtenden Ideologie zu folgen? Freiwillig. Wäre er immun dagegen gewesen? Kräuming wusste, mehr als hoffen war nicht ehrlich. Die meisten Aufrechten und Widerstandskämpfer gibt es immer nach dem Krieg.

Er hatte davon gehört, dass es im Zweiten Weltkrieg Freiwilligenverbände der SS aus anderen Staaten gab. Dass auch Eidgenossen darunter waren, war ihm neu. Nachdenklich nahm er einen Zettel von der Pinnwand: »Info-Material über SS Schweiz zusammenstellen«. Einen Augenblick zögerte Kräuming, dann zerknüllte er die Notiz und warf sie in den Papierkorb. Prüfend schaute er auf die Uhr. Auf dem Schreibtisch im Beratungsraum stand unbenutzt ein nagelneues Festnetz-Tastentelefon. FETAP 751, las er. Voigt hatte die Liste der technischen Ausstattung ohne Diskussion unterschrieben. Die Rechnung würde Wiesbaden übernehmen. Zeit, es auszuprobieren, beschloss Kräuming, nahm den Telefonhörer ab und suchte nebenbei die Nummer. Vorsichtig tippte er auf die Tasten und wusste im gleichen Moment, dass ihm das Schnurren der Wählscheibe künftig fehlen würde. Bevor er die letzte Ziffer drückte, schaute er auf die Uhr über der Tür. Bedauernd legte er wieder auf. Definitiv zu früh, um Auskunft zum geschichtlichen Hintergrund der SS-Freiwilligenverbände zu erbitten. Davon abgesehen war es ein guter Grund, Andrea Grabes wiederzusehen. Er würde später anrufen.

Zwanzig Minuten bevor der Leiter des LKA 1 offiziell verkünden wollte, dass Horst Kräuming mit sofortiger Wirkung die Leitung der Mordkommission übernahm, betraten Schley und Lott den Beratungsraum. Zwar wusste schon jeder im Haus von Gotzkofskis unrühmlichem Abgang und dem ungewöhnlichen Aufstieg des BKA-Kollegen, aber Fritz Voigt hielt es für unabdingbar, die Situation zu erklären und eventuelle Animositäten im Keim zu ersticken.

So lange wollte Kräuming nicht warten. Er hatte die beiden Kollegen um eine kurze Unterredung gebeten. Einladend deutete er auf Teller mit Apfel- und Kirschplunder, Streuselschnecken, Bienenstich, Mohnkuchen sowie Liebesknochen. Daneben standen Kannen mit frisch gebrühtem Kaffee und Tee.

»Mein ultimatives Friedensangebot. Oder betrachten Sie es als plumpes Einschleimen. Von mir aus sehen Sie darin den Kniefall eines Geläuterten. Was auch immer. Ohne Ihre Hilfe kann ich einpacken.«

Schley war der Apfelplunder-Typ, Lott der Liebesknochen-Genießer. Beide gehörten der Kaffeefraktion an und hätten im Schulfach Vortäuschung von Gleichgültigkeit die Bestnote erhalten. Aufmerksam betrachteten sie, während sie genüsslich an ihrem Kuchen knabberten, minutenlang die Stellwände.

»Netter Bestechungsversuch!«, murmelte Lott und setzte sich an den Tisch.

»Absolut durchsichtig«, ergänzte Schley und leckte sich die Finger. »Ich finde, wenn man gemeinsam Kuchen genießt, kann man auch du sagen.«

»Seh ich auch so. Hat ungefähr den gleichen Stellenwert wie ein kollektives Bordsteinpinkeln nach einem Kneipenbesuch.«

Für einen Augenblick verschlug es Kräuming die Sprache. Dann entschied er: »Okay, das reicht mir als Bestätigung.«

»Bevor die feierliche Krönungszeremonie stattfindet, kurz ein paar Informationen«, bemerkte Schley und schob mit der Fingerspitze die Krümel auf seinem Teller zusammen. »Bedauerlicherweise hat Staatsanwältin Reichert bisher eine Öffentlichkeitsfahndung nach einer kanadischen Bürgerin mittels Phantombilds abgelehnt. Ihre Begründung, es liegen nicht ausreichend belastbare Hinweise vor, kann wohl niemand von uns nachvollziehen. Solange nur Indizien auf Kanada deuten, wird sie nicht aktiv. Daher habe ich, nicht nur auf Wunsch eines einzelnen Herrn«, Schley deutete dabei auf Kräuming, »mit einem alten Freund gesprochen, Anthony Campbell, seines Zeichens Kulturattaché der kanadischen Botschaft. Wir kennen uns aus vergangenen Tagen, als ich beim Verfassungsschutz tätig war. Er schaut, was er tun kann, und hört sich ein bisschen um. Es muss einen Grund geben, warum sich eine kanadische Bürgerin in Deutschland auf einem Rachefeldzug befindet. Sobald er Näheres weiß, informiert er uns.«

»Kulturattaché?«, wiederholte Kräuming erstaunt.

Schley grinste. »Eine freundliche Umschreibung seiner tatsächlichen Aufgaben. Die Bezeichnung des eigentlichen Tätigkeitsfelds, Abteilungsleiter Gegenspionage, führt zuweilen zu Missverständnissen.«

Die Beziehungen Schleys waren legendär und geheimnisumwittert. Welches Aufgabengebiet er beim Verfassungsschutz bearbeitet hatte, wusste niemand genau. Es hieß, er sei für die Zusammenarbeit und Koordinierung mit in- und ausländischen Nachrichtendiensten zuständig gewesen. Das Gerücht ging um, ein junger Kollege, der meinte, ihn über jene Zeit ausfragen zu können, hätte die Antwort erhalten: »Wenn ich Ihnen das verrate, bleibt mir nur, Sie anschließend mit Curare zu vergiften und im Grunewald zu verscharren.«

Ob die Geschichte stimmte, wusste niemand, aber Schley kokettierte mit dem Status des geheimnisvollen Undurchschaubaren. Kräuming war es egal. Gute Beziehungen schadeten nur dem, der sie nicht hatte.

»Die Anfrage ist nicht nur absolut inoffiziell, sondern ignoriert alle jemals geschriebenen und noch nicht verfassten Vorschriften«, ergänzte Helmut Schley.

»Wenn du willst, lege ich ein Schweigegelübde ab«, versprach Lott. Kräuming verschloss derweil seinen Mund pantomimisch mit einem imaginären Reißverschluss, einem Knopf und einem Schlüssel.

Voigts Ansprache war kurz und sachlich. Gotzkofskis Ausscheiden erklärte er mit gesundheitlichen Problemen, wobei er kein Wort des Bedauerns verlor. Die ungewöhnliche Entscheidung, Kommissar

Kräuming stattdessen mit der Leitung zu beauftragen, begründete er mit der Komplexität des Falls und der Notwendigkeit, auf allen Ebenen zusammenzuarbeiten. Staatsanwaltschaft, BKA sowie das LKA Berlin seien da einer Meinung und sagten ausdrücklich ihre Unterstützung zu. Anschließend ein kurzer Appell, auf kleinliche Befindlichkeiten jeglicher Art zu verzichten, verbunden mit dem Wunsch, sie mögen gut zusammenarbeiten. Das war's. Voigt verabschiedete sich, angeblich wegen eines weiteren wichtigen Termins. Über den aktuellen Stand und alle Details werde sie der neue Leiter der Mordkommission anschließend in Kenntnis setzen.

Ein bisschen mehr Unterstützung hatte sich Kräuming schon erhofft. Andererseits, lobende Worte des Leiters des LKA 1 hätte keiner der Kollegen geglaubt. Voigts Abneigung ihm gegenüber war allgemein bekannt. Die Tatsache, dass er ihn Tage vorher in Begleitung eines Wachmanns aus dem Haus komplimentiert hatte, war ausführlich diskutiert worden. Daher wäre zumindest der Hinweis darauf, dass wesentliche Erkenntnisse dank seines Engagements vorlagen und er deswegen die Leitung übertragen bekommen hatte, hilfreich gewesen.

Kräuming stand auf und sah zwanzig aufmerksame Gesichter. Er schaute kurz zu Lott und Schley. Beide saßen mit verschränkten Armen da und grinsten.

»Echt doofe Situation. Ich sollte mich jetzt bei Ihnen wegen meines arroganten Auftretens entschuldigen. Das wäre sicherlich vernünftig und eine gute Grundlage für die künftige Zusammenarbeit. Das Problem ist nur, wenn ich das mache, müssten sich die meisten in diesem Raum auch wegen ihrer Ignoranz mir gegenüber entschuldigen. Bringt also nicht viel. Daher dachte ich, Kuchen könnte ein stabiles Fundament für eine gute Zusammenarbeit sein.«

Niemand reagierte. Alle schauten ihn abwartend an. Schließlich griff Lott zu und sicherte sich eine Streuselschnecke. Zu Kuchen konnte er offensichtlich nicht Nein sagen. »Na dann, auf gute Teamarbeit! Schlimmer kann es ja nicht werden. Hoffe ich!«

Ein Lachen schallte durch den Raum. Andere folgten seinem Beispiel. Kuchen war ein guter Eisbrecher. In den nächsten zwei Stunden brachte Kräuming alle Mitarbeiter der Mordkommission auf den neuesten Stand der Ermittlungen in Lützeflüh, Berlin und Garbsen.

Er fasste die Erkenntnisse zusammen, die ihm dank der Historikerin über die Aktion Bernhard bisher bekannt waren. Die Spurenlage wurde erläutert, Zusammenhänge benannt, wo sie schon deutlich zu erkennen waren, Vermutungen dargelegt und woraus sie sich speisten. Konzentriert beantwortete er alle Fragen und notierte sich offene Punkte. Schley und Lott verteilten detaillierte Aufgaben. Die Stimmung war gut und ernsthaft. Jeder der Mitarbeiter wusste, um was es ging. Alle waren sich einig, dass die Mordserie nicht beendet war und die Zeit gegen sie arbeitete.

Drei Tage hatte er ihr gegeben, dann drohte er wiederzukommen. Noch immer spürte sie seine Hände auf ihren Schultern. Die Hämatome am Hals verbarg Ilse Sellmann unter einem Rollkragenpullover. Sie schämte sich, obwohl sie nichts dafür konnte. Es gab keinen Zweifel, sollte sie seiner Forderung nicht nachkommen, würde der Mann seine Drohung wahrmachen.

Ihr erster Impuls nach seinem Besuch war der Gedanke an Flucht. Untertauchen, von der Bildfläche verschwinden. Ilse Sellmann hatte aber keine Idee, wohin sie sich verkriechen könnte. Sie war sich sicher, dass es keinen Ort der Welt gab, an dem er sie nicht finden würde.

Tatsächlich hatte sie, wie befohlen, eine Weile durch den Spalt in den Garten geschaut. Es dauerte seine Zeit, bis sich ihr Atem beruhigt hatte. Erst als das Brennen in ihrem Hals unerträglich wurde, stand sie auf, ging in die Küche und zwang sich, ein Glas Wasser zu trinken.

Den zweiten Gedanken, die Polizei zu informieren, verwarf sie ebenfalls. Weder konnte sie den Mann genau beschreiben, noch glaubte sie daran, dass die Beamten sie auf Dauer schützen konnten. Außerdem traute sie dem jungen Kommissar nicht zu, die Mörderin ihres Mannes zu finden. Selbst wenn es ihm gelang, es bedeutete noch lange nicht, dass die Geister der Vergangenheit verschwanden. Er hatte angedroht, sie erneut zu besuchen, wenn sie es am wenigsten erwartete. Es gab keinen Grund, ihm nicht zu glauben. Männer wie ihn kannte sie zur Genüge. Kaltblütige und skrupellose Kerle der Totenkopfverbände, die jahrelang im Vorzimmer ihrer Praxis in Oranienburg gesessen und sich freundlich gegeben hatten. Alle hatten sie in ihrer Schwesternkluft mit lüsternen Augen angeschaut. Die perfekte arische Frau. Und doch hätte kaum einer gezögert, sie ans Messer zu liefern, wäre ihm zu Ohren gekommen, dass sie Jüdin war.

Der Einzige, der ihr Geheimnis gekannt und dennoch geschwiegen hatte, war Johannes Kellerhof, alias Fendler. Trotz des Wissens um seine SS-Vergangenheit hatte ihr Mann ihn nicht abgewiesen, wohl auch aus Dankbarkeit für sein Schweigen. Ihn würde sie verraten müssen, wenn sie leben wollte.

Einen Tag lang hatte sie wie gelähmt verbracht und gehofft, der vollständige Name würde ihr wieder einfallen. Sie konnte sich dunkel daran erinnern, dass er nach dem Krieg, wenn auch nicht oft, um medizinische Unterstützung gebeten hatte. Er war nie unangemeldet in der Praxis erschienen, sondern immer pünktlich zum vereinbarten Termin. Sie hatten nur das Nötigste miteinander gesprochen. Die üblichen Fragen, ob es Beschwerden gab oder er Medikamente benötigte. Über die Vergangenheit verloren sie kein Wort. Es war ein stilles Übereinkommen, an das sich beide hielten.

Auch wenn es unnötig war, vorsichtshalber prüfte sie den Sitz des Kragens, der die Würgemale verdeckte. Es gab nur diese eine Möglichkeit. Dennoch starrte sie lange auf das Telefon. Mit zittriger Hand nahm sie den Hörer ab und wählte die Nummer ihrer alten Praxis.

Die Aufstockung der Mordkommission brachte neuen Schwung. Die Mitarbeiter waren motiviert. Alle arbeiteten hoch konzentriert. Kräuming ließ seine Tür offen und hörte sich jeden Vorschlag an, egal wie absurd er zu sein schien. Wenn er einen neuen Ansatz enthielt, stimmte er zu.

Schley hatte die Idee vorgetragen, sich bei seinem alten Arbeitgeber zu erkundigen, ob es politische oder anderweitige Unterstützung aus dem linken Spektrum gab. Er hatte sich für den Vormittag verabschiedet, um sich mit einem ehemaligen Kollegen zu treffen.

Lott hatte den Pressesprecher der HIAG ausfindig gemacht und mit ihm telefoniert. »Was die Kranzschleife angeht, die stammt eindeutig von dieser Organisation. Hilfsgemeinschaft auf Gegenseitigkeit der Angehörigen der ehemaligen Waffen-SS, kurz HIAG. 1951 in Deutschland gegründet. Die Gründerväter sind überwiegend ehemalige Offiziere der Waffen-SS.« Lott überflog seine Notizen und schlug dann die Kladde zu. »Die Schleife für den Kranz gehört zum üblichen Prozedere, wenn einer ihrer heroischen Kameraden vor seinen Schöpfer treten muss. Die Herren haben ganze Kisten davon. Die HIAG besteht überwiegend aus verbitterten alten Männern, die fest davon überzeugt sind, nichts falsch gemacht zu haben, und sich vom geliebten Vaterland unfair behandelt fühlen. Tenor des Ganzen: Mitglieder der Waffen-SS seien rechtlich Soldaten der Wehrmacht gleichzustellen. Nix mit Verbrechen. Nix böse. Nix Schuld. In ihrer Lesart war die SS eine militärische Organisation. Durchweg ehrenhafte Befehlsempfänger. Bla, bla, bla. Das Durchschnittsalter der Ewiggestrigen ist über siebzig. Rein vom Alter her ist es für sie sicherlich sinnvoll, eine größere Anzahl von Beerdigungsschleifen vorrätig zu haben.«

Kräuming freute sich über Lott, der keinen Zweifel aufkommen ließ, dass er weder den Verein noch deren Mitglieder mochte.

»Selbstredend führt die HIAG kein Buch darüber, wann welche Schleife an welchen Kranz geheftet und auf welchem Grab hinterlassen wurde. Dem Sprecher war auch nicht bekannt, dass die Beerdigung eines alten Kameraden auf dem Friedhof in Tegel stattgefunden hat. Die HIAG vertrete nur ehemalige militärische Mitglieder. Die Allgemeine SS, also Freiwillige und ehrenamtliche Nazis gehören nicht dazu. Definitiv sagen lässt sich, dass Dr. Sellmann der HIAG nicht angehörte. Zweifelsfrei steht aber auch fest, dass die Person, die den Kranz organisiert hat, Mitglied des Veteranenclubs sein muss.«

Das war interessant. Wenn der Kranz nicht dem Gedenken Dr. Sellmanns galt, dann musste er aus einem anderen Grund aufs Grab gelegt worden sein. Die Reaktion der Witwe war eindeutig gewesen. Angst. Demnach war der Kranz eindeutig als Nachricht für sie gedacht.

Nachdem alle Punkte besprochen waren, wurden die nächsten Schritte festgelegt. Helmut Schley und der Gerichtsmediziner Elmar von Kirchau erklärten sich bereit, am kommenden Tag zu den Kollegen nach Hannover zu fahren. Es galt, möglichst schnell Informationen über die Person Arne Pütz, den Mord und die gefundenen Kunstgüter zusammenzutragen. Schley wollte die Erkenntnisse beider Kriminalämter abgleichen in der Hoffnung, neue Ansatzpunkte zu finden. Der Maestro gedachte an der Obduktion teilzunehmen.

Lott übernahm die Auswahl der Mitarbeiter der aufgestockten Mordkommission, ihre Einweisung und die Koordinierung der Suche nach der Verdächtigen in Berlin. Die Anweisung, vorerst nicht öffentlich nach der Frau zu fahnden, ärgerte ihn. Sein Instinkt sagte ihm, dass sie nach dem Mord im Garbsen wieder in die eingemauerte Stadt zurückgekehrt war. Nach ihr zu suchen, war wichtig. Sarkastisch kündigte er an, ab sofort die Bemühungen auf alles zu konzentrieren, was nordamerikanisches Kolorit besaß. »Die neuen Kollegen werden sich freuen. In Berlin gibt es garantiert massenhaft Vereine, Institutionen oder Kulturgruppen, die uns weiterhelfen können. Deutsch-Kanadische-Freundschaft. Liebhaber der Canadian Hockey League. Lachsfreunde Schlachtensee. Ein Husky-Hundesport-Verein existiert bestimmt auch. Wir werden alles prüfen, was einen Hauch Ahornblatt im Logo führt. Ich bin sicher, das bringt uns nicht einen Schritt weiter. Aber bitte, wenn die Staatsanwaltschaft darauf besteht.«

»Alex, vergiss die Ahornsirupverkäufer nicht!«

Lott war zu angefressen, um Schleys Ironie herauszuhören. Wütend erwiderte er: »Was denn sonst? Ich lass mir von jedem Restaurant die Speisekarte zeigen. Und Kunden, die ihren Eierkuchen mit Ahornsirup bestreichen, werden sofort eingebuchtet.«

»Dann prüf doch bitte auch gleich, ob sie Elchsteak, Biberschwanzsuppe oder Grizzlygulasch im Angebot haben. Wenn dem so ist, arbeiten dort höchstwahrscheinlich kanadische Köche.«

Erst jetzt begriff Lott, dass er von seinem Kollegen auf den Arm genommen wurde. Unwillkürlich musste er lachen. »Mein haariger Freund, wenn ich dich so ansehe, hast du als Kind garantiert zu viel Zottelbärschinken genascht.«

Die Stimmung war ausgelassen, und zum ersten Mal, seit er in Berlin war, hatte Kräuming ein gutes Gefühl. Darüber, dass Gotzkofski abgelöst worden war, hatte niemand ein Wort verloren. Auch dass er dessen Platz eingenommen hatte, schien kein Problem zu sein. Die Aufgabenteilung war klar. Weiterer Worte bedurfte es nicht. Kräuming ging in sein Büro, um für den kommenden Tag einen Flug nach Bern zu buchen und um Andrea Grabes anzurufen.

Der Mord an dem Kunstmäzen Arne Pütz löste überregional großes Interesse aus. Das lag in erster Linie an den gefundenen Kunstwerken. Selbsternannte Experten überschlugen sich mit Schätzungen über deren Wert. Museen und Rechtsanwälte meldeten Ansprüche an. Geschichten über Enteignung und Zwangsverkäufe jüdischen Besitzes fanden sich in jedem Artikel. Einige wenige Sachverständige warnten vor zu großen Erwartungen und sagten langwierige Gerichtsprozesse voraus. Auch die Echtheit jeder einzelnen Arbeit galt es zu prüfen. Es würde Monate, wenn nicht Jahre dauern, bis die Herkunft der Werke geklärt war. Fast nahm der kaltblütige Mord an Arne Pütz nur eine Nebenrolle ein. Einige Reporter, überwiegend aus dem linken Spektrum, durchforsteten die Vergangenheit und brachten Ungereimtheiten ans Licht. Interessant war vor allem die Geschichte von Signora Loretta Pütz, geborene Tedesco, Tochter eines renommierten Industriellen, der einen beachtlichen Anteil am italienischen Maschinen- und Rüstungskonzern Gio. Ansaldo & C. besaß. Die aus Genua stammende Familie war kurz vor Kriegsende bei den Deutschen in Ungnade gefallen, weil sie jüdischen Flüchtlingen geholfen hatte, nach Palästina auszureisen. Linke Redakteure spekulierten, ob die vermeintliche Hilfe nur Kalkül gewesen war, um sich nach dem Krieg reinzuwaschen. Auch die Tatsache, dass die Tedescos sich ihre Leistungen großzügig hatten bezahlen lassen, zumeist in Antiquitäten, Schmuck und Kunstwerken, bekam angesichts der gefundenen Werke im Keller einen üblen Beigeschmack. Die kritischen Fragen der Journalisten beantwortete Loretta Pütz mit einem Schwall deftiger italienischer Flüche.

Für die Presse nicht minder interessant war die Tatsache, dass ein junger Beamter des BKA mit der Leitung der Ermittlungen betraut worden war. Die Journalisten zeigten sich überwiegend skeptisch, zumal der Kommissar gerade mal zwei Jahre Erfahrung als Mitarbeiter einer Mordkommission vorweisen konnte. Kräuming las die Artikel mit Interesse und fand die Vorstellung, ein unbeschriebenes Blatt zu sein, durchaus attraktiv.

Als das Telefon klingelte, nahm er den Hörer ab und meldete sich mit einem ambitionierten monotonen Brummen. Ein Pressevertreter bat höflich um ein Interview. Kräuming antwortete ablehnend: Bestätigen und dementieren könne er aus ermittlungstechnischen Gründen alles oder gar nichts. Nebenbei blätterte er weiter durch die Tageszeitungen. Er verwies auf die Pressemeldung der Staatsanwaltschaft, die für den späten Vormittag angekündigt worden war. Alles Relevante werde sich darin finden. Auf das Interesse an seiner Person reagierte er mit Bedauern. Es gehe um die Aufklärung eines Verbrechens und nicht um seine Vita. Nachfragen lehnte er ab. Beim Durchsehen des *Berlin-Blicks* musste er jedoch zu seiner Verärgerung feststellen, dass es Hinze gelungen war, nicht nur seinen Lebenslauf in Erfahrung zu bringen, sondern auch an Interna des Disziplinarverfahrens beim BKA zu gelangen. Der Name Ulrich Brunkau wurde zwar nicht erwähnt, dafür unterstellte Hinze Kräuming, in kritischen Situationen unangemessen zu reagieren. Der selbsternannte Retter der Informationsfreiheit hatte es sichtlich genossen, den strafversetzten Kommissar als überforderten Heißsporn zu zeichnen. Dass ein Beamter, den man aufgrund disziplinarischer Vergehen nach Berlin versetzt hatte, mit diesem sensiblen Fall betraut wurde, werfe erhebliche Fragen auf. Welche das waren, erläuterte Hinze leider nicht.

Kräuming war sich klar darüber, dass jemand geplaudert hatte. Dass ein sensationslüsterner Vertreter der Berliner Boulevardpresse über Verbindungen bis ins BKA verfügte, erschien ihm unwahrscheinlich. Daran, dass Kollegen des LKA dem Journalisten die Informationen gesteckt hatten, glaubte er ebenfalls nicht. Trotzdem gab es eine undichte Stelle. Darüber würde er mit Tröger sprechen müssen. Wenn es jemanden gab, dem er vertrauen konnte, dann ihm. Am wahrscheinlichsten schien ihm, dass der Maulwurf einem Dritten die Details zugetragen und der wiederum Hinze ins Spiel gebracht hatte. Er fragte sich, ob die, die befürworteten, dass er die Verantwortung in dem Fall übernahm, dieselben waren, die alles dafür taten, ihn scheitern zu lassen. Den einzig logischen Grund für die Indiskretion sah er darin, dass er im Begriff war, etwas hochgradig Brisantes herauszufinden.

»Wir haben den Boden noch nicht erreicht«, schlussfolgerte er.

Auf Kräumings Schreibtisch lagen diverse Zettel. Allesamt Bitten um Rückrufe. Die mit Journalistennamen knüllte er zusammen und überließ sie dem Papierkorb. Genauso verfuhr er mit den Notizen, deren Anliegen sich erledigt hatten. Der einzig wichtige Zettel verwies auf seinen Chef in Wiesbaden.

Nach dem ersten Klingeln nahm Tröger ab, und sobald er begriff, dass Kräuming wirklich zurückgerufen hatte, begann er ohne Vorgeplänkel: »Der Leiter der Operation Bernhard, Bernhard Krüger, lebt in Hamburg, ist aber polizeilich nicht gemeldet. Wahrscheinlich Untermieter. Ein übliches Verfahren dieser Herren, um sich vor dem Zugriff von Mossad, Stasi oder anderen neugierigen Zeitgenossen zu schützen.«

Trögers Information veranlasste Kräuming, bedauernd die Stirn in Falten zu legen. Auch wenn er überzeugt war, dass der ehemalige SS-Sturmbannführer mit den Morden nicht direkt zu tun hatte, so hoffte er doch auf Hinweise, die ihn weiterbrachten. Tröger schien seine Gedanken zu erraten.

»Dem BKA ist Krügers Wohnanschrift bekannt. Anfang Juli hat die Telefonzentrale einen Drohanruf registriert. Eine Frau hat sich anonym gemeldet und erklärt, dass Bernhard Krüger auf einer Liste zu jagender Nazis stehe. Selbstverständlich haben wir ihn gewarnt und zur Vorsicht aufgerufen.«

»War das unsere Verdächtige?«, überlegte Kräuming laut.

»Habe ich auch zuerst gedacht. Aber solche Drohungen gibt es für zahlreiche ehemalige Nazigrößen, und alle sind durchweg politisch motiviert. Außerdem erfolgten bei eurer Mordserie die Taten ohne Vorwarnung. Warum sollte die Mörderin von dieser Verfahrensweise abweichen? Den Hinweis auf einen französischen Akzent gab es auch nicht. Eine Vorwarnung würde sie auch ihres Vorteils berauben. Horst, ich bin überzeugt, in diesem Fall geht es nicht um eine politische Abrechnung, sondern um etwas Persönliches.«

Kräuming sah das ähnlich. »Ich bin derselben Meinung. Die Morde haben nicht direkt mit der Fälscheraktion zu tun, und dennoch haben alle Opfer einen Bezug dazu. Rache allein scheint nicht das Motiv zu sein. Ich schließe mich der Einschätzung an, Bernhard Krüger droht keine Gefahr von unserer Verdächtigen. Trotzdem, vielleicht gibt es ja neue Erkenntnisse, wenn ich mal mit ihm rede.«

Trögers Antwort kam sofort, als hätte er auf den Einwand gewartet.

»Das habe ich schon versucht. Sein Anwalt hat mich wissen lassen, dass alles, was sein Mandant zur Aktion Bernhard zu sagen habe, den Behörden vorliege. Er war Befehlsempfänger und hat sich nichts vorzuwerfen.«

Kräuming hörte erstaunt zu, weniger weil der ehemalige SS-Sturmbannführer sich einem Gespräch verweigerte, als vielmehr, dass Tröger, ohne mit ihm Rücksprache zu halten, den Kontakt zu Bernhard Krüger gesucht hatte. Er nahm das zur Kenntnis, verschwieg aber seine Verwunderung.

»Möglicherweise gibt jemand aus dem BKA Interna über meine Person an die Presse weiter. Eindeutig mit dem Ziel, mich zu diskreditieren. Nicht gerade hilfreich in der jetzigen Situation. Haben Sie eine Idee, wer das sein könnte?«

Ein paar Sekunden lang war es ruhig am anderen Ende der Leitung.

»Die Entscheidung, dass ausgerechnet Sie in Berlin die Verantwortung für die Ermittlungen übernehmen sollen, hat hier definitiv nicht jedem geschmeckt. Horst, sind Sie sicher, dass die Informationen aus dem BKA durchgesteckt wurden?«

»Kann ich nicht genau sagen. Kommt darauf an, was das LKA Berlin über mich erfahren hat.«

Mit einem Schlag war Trögers Höflichkeit verschwunden.

»Vorsicht mit Unterstellungen! Der Einzige, der über Sie mit dem Leiter des LKA 1 gesprochen hat, war ich. Und da ging es nur darum, Sie eine Weile aus der Schusslinie zu nehmen. Voigt weiß zwar, dass gegen Sie ein Disziplinarverfahren läuft, aber ich kann mir nicht vorstellen, dass er Informationen der Presse zuarbeitet.«

Erschrocken über sich selbst entschuldigte sich Kräuming. Der Gedanke, Tröger würde ein doppeltes Spiel spielen, war absurd.

»Das wirft natürlich schon die Frage auf, warum gibt sich jemand so viel Mühe, Ihnen zu schaden?«

»Oder die Ermittlungen zu torpedieren?«

»Ich prüfe das. Horst, ich lass mir was einfallen. Wenn es eine undichte Stelle gibt, finde ich sie. War übrigens nicht meine Idee, mit Bernhard Krüger zu sprechen. Ich habe nur die Bitte der Staatsanwaltschaft erfüllt.«

Es war nicht ungewöhnlich, dass die Staatsanwaltschaft eigene Ermittlungen anstellte. Dass aber Liselotte Reichert das tat, ohne sich mit der Mordkommission abzusprechen, wunderte Kräuming schon.
Nach dem Telefonat blieb er einen Augenblick sitzen. Trögers Informationen über Bernhard Krüger waren wichtig, brachten ihn aber nicht erkennbar weiter. Dennoch beschloss er, darüber mit Andrea Grabes zu sprechen.

Helmut Schley hatte seine Beziehungen spielen lassen und sich bei einem ehemaligen Kollegen im Verfassungsschutz erkundigt, ob es im Zusammenhang mit der Mörderin Erkenntnisse gab.
In den linken und anarchistischen Gruppen wurde die geheimnisvolle junge Frau zwar als Rächerin gefeiert, eine direkte Verbindung schloss sein Kontakt aber aus. Dass sie gnadenlos Nazis zur Strecke brachte, machte sie in den Augen extremer Linker zu einer Heldin, und die Propagandamaschine lief bereits auf Hochtouren. Nach ihrer Überzeugung war die Unbekannte die personifizierte Antwort auf das jahrzehntelange Versagen der deutschen Justiz bei der Verfolgung von NS-Verbrechern, die unbehelligt und ungefährdet im Nachkriegsdeutschland leben konnten. Ein selbsternannter Weltverbesserer pries sie begeistert als »eine Justitia ohne Augenbinde und Scheuklappen, die das Schwert der Gerechtigkeit mit beiden Händen zu führen versteht«. Er erinnerte in seinem Artikel an den misslungenen Versuch, den mehrfach zum Tode verurteilten ehemaligen Gestapochef von Lyon, Klaus Barbie, auch »Schlächter von Lyon« genannt, für seine Verbrechen zu exekutieren. Unbehelligt lebte Barbie als Geschäftsmann in Bolivien, arbeitete mit diversen Geheimdiensten zusammen und half bei der Strukturierung neuer Naziorganisationen. Beate und Serge Klarsfeld war es gelungen, den Verbrecher aufzuspüren. Der französische Journalist Michel Goldberg war daraufhin der Spur gefolgt. Aus Gewissensgründen hatte er es aber nicht vermocht, Barbie zu erschießen, als er sich mit ihm in La Paz zu einem Interview traf. Die Waffe blieb in der Tasche, der Tod seines Vaters, der in Auschwitz starb, ungesühnt. Der Artikel endete mit der Aufforderung »Nicht reden, handeln ist das Gebot der Zeit«. In der aufgeheizten Stimmung unter den radikalen Lin-

ken kam derartiger Pragmatismus bestens an. Schließlich galt den Vertretern einer streng kommunistischen, antiimperialistischen und extremistischen Linie die Bundesrepublik Deutschland als faschistischer Staat, den es mit allen Mitteln zu bekämpfen galt. Die Radikalisierung nahm stetig zu. Die Morde an SS-Verbrechern passten den Scharfmachern vorzüglich ins Konzept.

»Mir ist so, als hätte ich mal gelesen, Klaus Barbie hat eine Zeit lang als Informant für den BND gearbeitet?«, fragte Kräuming.

»Deckname Adler«, bestätigte Schley. »Anderer Nachrichtendienst. Die Kollegen der Auslandsaufklärung sind nicht sehr wählerisch, wenn es um Quellen geht. Moral liefert keine Informationen. Geld schon. Es gibt eine lange Liste früherer Nazis, die für Pullach tätig waren. Erfahrungen der Gestapo oder der SS waren nach dem Krieg äußerst begehrt.«

Das war keine Überraschung für Kräuming. Die Versäumnisse in den Anfangsjahren der Bundesregierung waren allgemein bekannt. Im Auswärtigen Amt hatten diverse Diplomaten mit zum Teil schwer belastender Vergangenheit gearbeitet. Der BND hatte gezielt Mitarbeiter der SS rekrutiert. Auch die leitenden Beamten des Bundeskriminalamtes setzten sich Ende der Fünfzigerjahre zu zwei Dritteln aus ehemaligen SS-Männern zusammen. Es gab Kritiker, die das BKA jener Zeit als Versorgungsanstalt für alte Nazis und Verbrecher bezeichneten. Selbst Interpol hatte bis Anfang der Siebzigerjahre einen ehemaligen SS-Mann als Präsidenten.

Schley zog vielsagend die Augenbrauen hoch und ergänzte: »Zur Ehrenrettung der Kollegen des BND lässt sich sagen, dass sie ihre Reihen 1968 nach Angehörigen, die im NS-Regime mit bestimmten Funktionen betraut waren, durchforstet haben. Fünf Jahre hat die intern gegründete geheime Organisationseinheit 85 dafür gebraucht, und am Ende wurden einundsiebzig Beteiligte an NS-Gewalttaten ermittelt. Die wurden alle entlassen. Im Verfassungsschutz gab es auch einzelne schwarze Schafe, aber die waren eher die Ausnahme.«

Bevor Kräuming fragen konnte, woran das lag, ergänzte Schley: »Das haben wir den Alliierten zu verdanken. Ihre Forderung für das neue Bundesamt war eindeutig. Mit dem Verfassungsschutz durfte auf keinen Fall eine Struktur ähnlich der Gestapo entstehen. Bewerber mit SS- oder Gestapovergangenheit hat man sofort aussortiert. Manche sind natürlich durchgerutscht, gerade unter den freien Mitarbeitern. Im Vergleich zu den anderen Behörden waren das aber nicht viele. Das Problem ist, du kannst nicht in die Köpfe hineinsehen. Ewiggestrige gibt es überall. Und die, von denen wir es wissen, sind auch nicht das Problem. Angst machen mir die, die sich nicht zeigen, die heimlich die Fäden ziehen, ohne ins Licht zu treten. Kollegen, die mit rechten Ideen sympathisieren, finden sich in allen Ämtern. Ich nenne das das Pendel der Extreme. Schlägt es mehr nach links aus, ist der Schwung nach rechts ebenfalls deutlich zu spüren.«

Kräuming fragte sich, warum der Kollege den Geheimdienst wohl verlassen hatte. Aber er war froh, ihn in seinem Team zu haben. Dass die Verfassungsschützer ihnen weder helfen konnten noch Interesse an der Kanadierin zeigten, war verständlich. Zwar wirkten die Taten politisch, aber sie waren es nicht, egal, was die Presse schrieb. Es waren kaltblütige Morde. Rache war das Motiv. Vergeltung das Ziel. Nur wofür und warum lag noch im Dunkeln.

»Wir sollten mit einem Psychologen über die Fälle reden«, schlug Kräuming vor.

»Jens Geih ist unser Kriminalpsychologe. Vielleicht kann er ja ein Täterprofil erstellen. Ob uns das weiterbringt, bezweifle ich aber«, sagte Schley. »Etwas verkopft, der Herr. Übrigens, Frau Dr. Dosse hat Wort gehalten. Ein Kurier hat am Nachmittag die Liste der Patienten gebracht, unserem Wunsch entsprechend. Achtundfünfzig Treffer. Wir prüfen das gerade.«

Das Café im Europa Center war zwar modern, versprühte aber den Charme eines Flughafenrestaurants. Zu groß, zu unpersönlich, mit einem Allerweltsangebot.

Die lockere Hippiekleidung vom Vortag war einem eleganten Hosenanzug gewichen. Die Frisur saß, das Make-up war auf einen feierlichen Abend abgestimmt. Dr. Grabes betrachtete ihn zufrieden. Ihr gefiel, was sie sah. Gebügeltes Hemd, Binder, Jackett, die Haare frisch gewaschen und gekämmt. Kräuming hatte sogar ein Deo verwendet, wenn auch kein exklusives. Offenbar hatte er das erstbeste erworben, das die Werbung empfahl.

»Mein Bac, dein Bac? Bac ist für uns alle da!«

Sein Anblick zauberte ein Lächeln in ihr Gesicht. Alles richtig gemacht, dachte Kräuming. Ihr skeptischer Blick, was die Location betraf, belehrte ihn schnell eines Besseren.

»Wenn Sie mich künftig verhören wollen, sollten wir uns eine ruhigere und angenehmere Lokalität suchen.«

Andrea Grabes schaute sich missbilligend um, senkte dann gekonnt den Blick, um ihn anschließend wieder charmant anzuschauen. »Herr Kriminalkommissar, Sie wollen mich doch verhören, oder?«

Verlegen strich Kräuming sich über die Schläfe. Er hatte seit Ewigkeiten nicht mehr geflirtet. Wie ging es weiter? Er war der Mann. Er wusste, dass im Zweifel er handeln sollte. Aber wollte er das? Viel wichtiger: Wollte sie das? Um die Situation nicht unangenehm werden zu lassen, begann er fast nebensächlich zu erzählen.

»Wie schon am Telefon erwähnt, bei dem Toten in Lützeflüh handelt es sich um einen Schweizer. Alois Zempbauer. Ein Freiwilliger der Waffen-SS. Bei ihm wurden allerdings keine englischen Banknoten gefunden«, erklärte Kräuming und gab sich konzentriert.

Die Historikerin lehnte sich zurück, fixierte ihn leicht schmollend und holte eine Packung Zigaretten aus ihrer Handtasche. Kräuming beeilte sich, ihr Feuer anzubieten. Sie zog genüsslich an ihrer Kim Blue Slimsize, von der die Werbung behauptete, dass sie für Männerhände viel zu chic sei. Er fingerte aus seiner Tasche eine ramponierte Schachtel Atika und steckte sich ebenfalls eine an.

»Ungefähr zweitausend Schweizer dienten als Freiwillige in der Waffen-SS. Zumeist lebten sie in Deutschland. Die Gründe für einen derartigen Schritt waren vielfältig. Es gab überzeugte Nationalsozialisten, die ihre Heimat in der Faschistischen Frontbewegung gefunden hatten und aus Überzeugung einen Eid auf den Führer leisteten. Fanatiker, die glaubten, es sei ihre Pflicht, gegen den Bolschewismus zu kämpfen. Andere trieb die pure Not nach Deutschland, die Hoffnung, Arbeit zu finden. Von denen traten viele erst unter Druck in die Waffen-SS ein. Es gab aber auch Einzelne, die eine militärische Karriere anstrebten. Und dann natürlich den naiven Abenteurer. Die meisten von ihnen kamen aus einfachen Verhältnissen. Sie alle waren Fremdenlegionäre. Und auch wenn man das in der sauberen Alpenrepublik nicht gerne hört, gab es zu jener Zeit eine ganze Reihe von Eidgenossen, die dem Nationalsozialismus äußerst positiv gegenüberstanden.« Genüsslich zog sie an ihrer Zigarette.

»Nach dem Krieg mussten sich alle, die in der SS gedient hatten, vor Schweizer Militärgerichten verantworten, weil Söldnerdienste seit 1927 verboten waren.«

»Sie wurden bestraft?«, fragte Kräuming nach.

»Die meisten von ihnen erhielten wegen ihres Dienstes als Söldner geringe Haftstrafen. Nur wenige, zumeist in höheren Positionen, wurden in Abwesenheit wegen Landesverrats verurteilt. Wer Dreck am Stecken hatte, verzog sich nach Deutschland. Da die Schweizer Justiz aber niemals ein Auslieferungsgesuch stellte, musste keiner der Herren seine Strafe verbüßen.«

An einem der Nachbartische wurde laut gelacht. Ein schlüpfriger Witz war erzählt worden. Mehrere Männer schienen ihren Spaß zu haben und überboten sich in ihrer lautstarken Begeisterung. Die einzige Frau in der Runde schaute verlegen auf ihre Hände. Ihr Erröten löste eine weitere Welle der Freude aus.

»Alois Zempbauer war Mitglied der Germanischen Leitstelle. Können Sie dazu auch etwas Erhellendes beitragen?«, fragte er und wandte den Blick widerwillig von der angetrunkenen Horde ab.

»Ich habe den ganzen Nachmittag im Archiv nach Hinweisen gefahndet. Fahnden ist doch das richtige Wort, wenn man polizeilich nach einer Person sucht, oder?«

Kräuming schmunzelte. »Manch eine Spur führt zuweilen ja auch zu einer unerwarteten ...«, er zögerte, um dann mit gespieltem Ernst den Satz zu beenden: » ... Erkenntnis.«

»Nur zu einer Erkenntnis? Keine Festnahme?«

Als würde sie sich ergeben, streckte Andrea Grabes die Hände über den Tisch. Noch zögerte Kräuming.

»Waren denn Ihre Fahndungsbemühungen von Erfolg gekrönt?«

Mit einem Seufzer zog sie die Hände lasziv zurück. »Alois Zempbauer ging Anfang 1940 nach Deutschland. Im Ausbildungslager Sennheim wurde ihm das militärische Rüstzeug verpasst. Versetzung als Funker an die Ostfront. Kurzer Einsatz in der Division Wiking bei der Schlacht um Rostow. Eine Lungenentzündung machte dem ein Ende. Er wurde ins Lazarett Berlin-Lichterfelde eingeliefert. Anschließend Erholungsurlaub in Sorrent. Übernahme in die Germanische Leitstelle. Seine Aufgabe bestand darin, eine ›Germanische SS‹ auch in der Schweiz zu organisieren. Das misslang. Zu wenige Eidgenossen ließen sich gewinnen. Daraufhin wurde er in die Reichsgeschäftsstelle Ahnenerbe in Berlin übernommen. Dort blieb er bis zum Kriegsende. Im Mai 1945 hat er sich in der Schweiz den Behörden gestellt. Zufrieden mit meinen Hausaufgaben?«

Er nickte und vermied einen Blickkontakt.

»Es kommt nicht oft vor, jemanden wie Sie zu treffen«, sagte Kräuming umständlich und versuchte, Zeit zu gewinnen.

Sie durchschaute ihn. Er stand sich selbst im Weg, unfähig, den ersten Schritt zu wagen.

»Das Problem von verkopften Menschen ist, dass sie ständig abwägen und dabei vergessen zu leben«, flüsterte sie und legte ihre Hände auf die seinen. Wärme durchzuckte Kräumings Nervenbahnen. Einen Moment lang spürte er, wie sich die Härchen auf seinen Armen aufrichteten. Er hielt still. Er schaute sie an. Das Gefühl, in ihren Augen zu versinken, durchströmte ihn.

»Ja, ich will«, flüsterte er in Gedanken und hätte dabei fast laut losgelacht.

Andrea küsste anders als Rita, bewusster, fordernder, gieriger. Kein Zweifel, sie nahm sich, wonach es sie verlangte, und löste jedes Bedenken in ihm auf. Sie wollte ihn, er wollte sie. Beide hatten Lust. So einfach war das.

Es hatte andere Frauen in Kräumings Leben gegeben. Alle Beziehungen besaßen ein kurzes Verfallsdatum. Meist lag es an ihm. Wurde das Verhältnis zu eng, beendete er es. Ein Psychologe hätte einen typischen Fall von Beziehungsverweigerung diagnostizieren können.

Das Hotelzimmer im Europa Center war schlicht, aber ordentlich. Eine spontane Entscheidung. Sie rauchte, während er auf dem Rücken nach Luft japste. Ich bin außer Form, dachte er, behielt den Gedanken aber für sich.

»Sorrent? Sorrent?« Sie zog genüsslich an ihrer schmalen Zigarette. »Irgendetwas verbinde ich damit?«

»Kleine Stadt im Golf von Neapel. Sehnsuchtsort von Schriftstellern und Malern. Schwarze Klippen. Blaues Meer. Man genießt das Leben mit Limoncello«, schwärmte Kräuming.

»Du warst schon mal da?«
Bedauernd schüttelte er den Kopf.
»Position zwölf auf Tante Fannys Cocktailliste. Man nehme Limoncello, Crème de Bananes, Sekt an normalen Tagen und am Wochenende selbstredend Champagner, Eiswürfel dazu und eine Scheibe Zitrone. Cocktail Bananello. La dolce vita!« Amüsiert drückte Andrea die Zigarette aus und rutschte dicht an ihn heran. »Klingt ausgesprochen sinnlich. Äußerst inspirierend.«
Sie lachte.
»Ich habe keine Ahnung, was du meinst. Ich fürchte, ohne Anleitung wird das nichts.«
»Appellierst du an mein pädagogisches Feingefühl?«
Er antwortete nicht darauf.
Sie streichelte ihn, bis sie spürte, dass es ihn erneut nach ihr verlangte. Sie richtete sich auf und setzte sich auf seinen Schoß. Er wollte etwas sagen, aber sie legte nur ihren Finger auf seine Lippen. »Schweigen hat seine Zeit, Reden hat seine Zeit, Sex hat seine Zeit«, flüsterte sie. Er spürte, wie sie ihn rhythmisch in sich aufnahm. Er kannte die Stelle aus der Bibel, die sie frei interpretiert hatte. Statt Sex, stand dort »Lieben hat seine Zeit«. Die Worte des Predigers Salomon. Es war Ritas Lieblingspredigt gewesen. Kräuming wusste sogar, wie sie begann: »Ein jegliches hat seine Zeit.« Er seufzte, verdrängte die Gedanken und ließ sich fallen. Er umfasste mit seinen Händen ihren Hintern, presste ihn fest an sich. Fasziniert betrachtete er Andrea, ihre Brüste, die bei jeder Bewegung bebten, ihr Gesicht, das sich in Ekstase verlor, ihre Lippen, aus der ihr unbeherrschtes Stöhnen drang. Andrea nahm ihn, nahm sich, was sie begehrte, vergnügte sich lustvoll mit seinem Körper. In jenem Augenblick wusste Horst Kräuming, es würde nur eine Episode sein. Diesmal würde er verlassen werden. Verzweifelt genoss er die Lust.

Dass man Menschen nicht nach ihrem Äußeren beurteilen konnte, hatte Olaf Müller schon als junger Mann verinnerlicht. Kleidung war kein Kriterium. Aussehen auch nicht. Elegant oder schlicht, nichts davon verriet, was für ein Mensch sich unter der künstlichen Hülle verbarg. Wurde die erst einmal durch Zebrakleidung ersetzt, wie es im Häftlingsjargon hieß, die Haare geschoren und jede Individualität genommen, zählte nur noch die innere Beschaffenheit. Gleiches galt auch für Uniformträger. Dennoch war er erstaunt, als er den Kommissar zum ersten Mal sah. Ein schlanker, junger Mann mit schulterlangen Haaren und wachem Blick, der mehr einem Studenten als einem Kriminalbeamten glich. Ein Bürschchen in seinen Augen, das unbedarft die Straßen entlangschlenderte, ohne auch nur einen Gedanken daran zu verschwenden, dass ihm jemand folgen könnte. Dabei folgte er ihm seit Tagen. Der Jüngling machte es ihm leicht. Müller hätte direkt hinter ihm laufen können. Inzwischen hatte er in Erfahrung gebracht, wo der Kommissar wohnte, welchen Bäcker er bevorzugte und in welcher Straße der betagte Volvo parkte.

Als Kräuming an diesem Abend vor dem Europa Center stehen blieb, war er unbemerkt an ihm vorbeispaziert und hatte sich auf einer Bank am Breitscheidplatz niedergelassen.

Dersch stufte Horst Kräuming als mögliche Bedrohung ein. Überengagiert, unerträglich neugierig und ein hoffnungsloser Idealist. Der perfekte Trottel, der über Ungereimtheiten stolpern konnte. Der Hamburger besaß ein Gespür für brenzlige Situationen. Dass es wirklich eine gute Idee war, den jungen Kommissar im Auge zu behalten, begriff Müller, als jener freundlich mit Handschlag eine attraktive Frau begrüßte. Leise pfiff er durch die Lippen. Dr. Andrea Grabes, Professorin für Geschichte an der FU. Sämtliche Alarmglocken schrillten – von ihr ging tatsächlich Gefahr aus. In diversen Gerichtsverfahren hatte sie als Gutachterin Details ans Licht befördert, die durchweg strafverschärfend wirkten oder überhaupt erst eine Verurteilung ermöglichten. Sie gehörte zu jenen Verrätern, die auf der Schwarzen Liste rechter Patrioten weit oben standen. Wenn die Zeit gekommen war, würden Kameraden sie zur Rechenschaft ziehen.

Die Dinge fingen an, aus dem Ruder zu laufen. Die Historikerin war ein echtes Problem, Dersch würde es genauso sehen. Kurz darauf verschwanden Kräuming und Grabes im Europa Center.

Um einundzwanzig Uhr beschloss Müller, nicht länger zu warten. Die Auskunft eines Kellners, das Paar zuletzt an der Hotelrezeption gesehen zu haben, bestätigte seine Vermutung. Dersch würde wissen, was zu tun war.

Es gab kaum Sterne über den Häusern zu entdecken. Sieben, zählte Elke Kellerhof. Alle anderen wurden vom Dreck der Berliner Luft und den Lichtern der Stadt verschluckt. Sie lag auf dem Dach und starrte in den Himmel. Die Sterne strahlen nicht. Sie sind erschöpft, sind krank, dachte sie. Kranke Sterne. Es machte sie traurig.

Fünf Etagen unter ihr hetzte der Verkehr die Residenzstraße entlang. Von irgendwoher drang Musik. Ein Kind schrie. Laute Stimmen übertönten einander. Ein Streit zwischen Eheleuten.

Traurig schaute Elke Kellerhof in den Himmel. Sie vermisste das Leuchten der Sterne, ihr Funkeln, als würden sie einem zuzwinkern. Der Himmel hält seine Hand über dich, hatte ihr Stiefvater immer gesagt, wenn sie zusammen in der Wildnis übernachteten und stundenlang in die Unendlichkeit starrten. Sie freute sich über jede Sternschnuppe, über jeden Satelliten, der am Firmament vorbeizog. Henri erklärte ihr die Sternbilder und erzählte Geschichten dazu. Zu jedem gab es eine. Niemand konnte so schön erzählen wie Henri.

Sie war zehn Jahre alt, als er eines Tages auf ihrem Grundstück stand. Ein Nachbar. Ein ruhiger, ausgeglichener Mann, der die Natur liebte und ihre Geheimnisse kannte wie kein Zweiter. Zuerst hatte sie geglaubt, dass er französischer Kanadier war. Erst später erfuhr sie, dass er aus einem Dorf nahe Paris stammte. Sie hatte keine Ahnung, warum er sich in ihre Mutter verliebt hatte. Vielleicht weil beide zwar gut das Alleinsein, aber nicht die Einsamkeit ertragen konnten. Zuerst hatte er nur geholfen, Haus und Grundstück in Schuss zu halten. Ein halbes Jahr hatte es gedauert, bis er eine Einladung zum Mittagessen annahm. Ihre Mutter war eine gute Köchin, wenn man herzhafte Gerichte mochte. Er liebte deftige Hausmannskost. Rouladen, Schäufele, Hackbraten. Sobald der Teller auf dem Tisch stand, leuchteten seine Augen wie die Sterne in der Nacht. Henri hatte das Beten vor dem Essen eingeführt. Nicht, um sie zu bekehren, sondern um jeder Mahlzeit etwas Feierliches zu verleihen. Segne, Vater, diese Speise, uns zur Kraft und dir zum Preise. Er hatte eine schöne Stimme, tief und klar, eine Sternenhimmelstimme.

Nach einem dieser Abende hatten sie auf der Terrasse gestanden und über die Bäume in den Himmel geschaut, während ihre Mutter in der Küche das Geschirr spülte. Henri hatte ihr das Sommerdreieck gezeigt. »Manche glauben, der gute alte Pythagoras hat sich von der Sternenkonstellation des rechtwinkligen Dreiecks zu seinem berühmten Lehrsatz inspirieren lassen. Vielleicht war der gelehrte Grieche auch der Erste, der gesagt hat, aller guten Dinge sind drei. Wäre es nicht schön, wenn du, deine Mutter und ich auch so ein Dreieck bilden würden?«

Er hatte sie mit ernster Stimme gefragt, respektvoll, voller Wärme und ehrlich. Sie hatte eine Weile geschwiegen und die Perfektion des Sternenbildes betrachtet. Drei war gut. Drei war ihre Lieblingszahl. Sie hatte genickt und dann seine Hand genommen. Mit der anderen hatte sie auf das Dreieck am Nachthimmel gezeigt und war den Sternen gefolgt. Eins, zwei, drei. Eins, zwei, drei. Eins, zwei, drei. Wortlos hatte er dem Zählen zugehört. Er konnte ihr stundenlang zuhören.

Sie war fünf, als sie das erste Mal begriff, wie wichtig das Zählen war. Da war sie kurz zu Besuch bei ihrer Freundin in Oranienburg, als die Sirenen Fliegeralarm meldeten. Ihre Mutter erledigte Besorgungen in der Stadt. Es war der 15. März 1945. Sie war mit in den Keller gegangen. 5690 Bomben warfen die Maschinen der US Army Air Forces an diesem Tag über Berlin und Umgebung ab. Das Haus wurde getroffen, sie und alle anderen verschüttet. Elke hatte in einer kleinen Kellerecke gekauert, nur geschützt von einem schweren Balken, der verhinderte, dass die eingebrochenen Trümmer sie begruben. Von ihrer Freundin und ihrer Familie hörte sie keinen Laut mehr. Sie war allein im Dunkeln mit einer Taschenlampe, die müde wurde. Staub rieselte herab. Es knackte und knirschte bedrohlich. Sie heulte. Sie schrie. Niemand antwortete. Langsam erlosch das Licht. Verzweifelt schlug sie mit der Lampe gegen die Wasserleitung. So hatten sie es im Kindergarten gelernt. Es blieb dunkel. Niemand kam. Sie zählte. Ein Schlag, eine Zahl. Eins. Schlag. Zwei. Schlag. Drei. Schlag ...

Mit drei konnte sie schon zählen. Bis zehn. Ihre Mutter hatte es ihr beigebracht. Wenn Besuch kam, musste sie immer bis zehn zählen. Die Gäste fanden das niedlich, wie sie die Finger vors Gesicht hielt und abspreizte. Eins, zwei, drei ... funf, sagte sie. Darüber lachten alle. Es war schön, Menschen lachen zu sehen. Funf, funf, funf, rief sie dann und hielt die linke Hand hoch. ... sechs, sieben ... Jedes Mal gab es Beifall.

In dem eingestürzten Keller erinnerte sie sich daran und klopfte mit der Lampe an das Wasserrohr und zählte. Eins, zwei, drei ... Es beruhigte sie. Stundenlang hatte sie gezählt, wieder und wieder, egal wie erschöpft sie war. Am nächsten Morgen vernahm die Rettungsmannschaft ein zartes Klopfen. Licht brach durch die Trümmer. Elke wurde gerettet. Zählen half. Die Freundin lag auf einer Trage, zugedeckt mit einer Decke. Daneben ihre Eltern. Eins, zwei, drei ... Einen Monat später zogen ihre Mutter und sie weg aus Oranienburg. Es war zu unsicher geworden. Seitdem zählte sie. Zählen half.

Elke Kellerhof schloss die Augen. Henri fehlte ihr. Er würde sie verstehen. Sie atmete tief ein. Morgen würde es ihr besser gehen. Morgen. Morgen. Morgen.

Mittwoch, 22. September 1976

Kräuming hatte den frühesten Flug bei British Airways gebucht, der ihn nach Frankfurt am Main brachte. Er bereute das, weil er seinen körperlichen Zustand mit sexuell total erschöpft beschreiben würde. Die Stunde nach Frankfurt schlief er. Dort nutzte er den Aufenthalt, um sich mit einer Stange Atika, einer Flasche Single Malt Whisky und einem Glas Orangenmarmelade steuerfrei einzudecken.

Die restliche Zeit bis zum Weiterflug verbrachte er damit, sich über die Hausaufgaben zu beugen, die ihm Andrea mitgegeben hatte. Eine Zusammenfassung der Ereignisse, die mit dem Fund im Toplitzsee in Verbindung standen.

In der Nacht vom 28. auf den 29. April 1945 wurden SS-Männer aus einem Außenlager des KZ-Mauthausen abkommandiert, um Kisten mit belastenden Unterlagen in dem abgelegenen See in der Steiermark zu versenken. Niemand der Männer wusste, dass es sich nicht nur um brisante Akten, sondern auch um gefälschte Pfundnoten handelte. Der vierhundertfünfzig Meter breite und zwei Kilometer lange Toplitzsee, der bis in eine Tiefe von einhundertsechs Meter hinunterreichte, schien ideal dafür geeignet zu sein, Unliebsames verschwinden zu lassen. Auch die Tatsache, dass dieser tiefste See Österreichs unterhalb von zwanzig Metern Tiefe keinen Sauerstoff mehr aufweist und zunehmend salzig wird, hielt Neugierige garantiert davon ab, nachzuforschen. Wie viele Kisten in jener Nacht versenkt wurden, ließ sich nur schätzen, da sich die Zeugenaussagen widersprachen. Den Alliierten blieb zwar die als geheim eingestufte Versenkung nicht verborgen, aber alle Versuche sofort nach Kriegsende, die Kisten von britischen Militärtauchern bergen zu lassen, scheiterten. Der See war zu tief und die lebensfeindliche Zone schwer zu durchdringen. Als auch noch ein Todesopfer zu beklagen war, gab man die Tauchgänge auf. Zwar versuchten private Abenteurer weiterhin ihr Glück, allerdings ohne Erfolg.

Der Zeitschrift *Stern* gelang es, für Juli/August 1959 eine Tauch-

und Bergungsgenehmigung von den Behörden zu erhalten. Offiziell war die Suche nach Gegenständen jeder Art mit Ausnahme von Munition gestattet worden. Für die Leitung des Projekts war der Journalist Wolfgang Löhde verantwortlich, ein ausgewiesener Kenner der Historie, der umfassend über die Aktion Bernhard geforscht und mit Zeitzeugen gesprochen hatte.

Da die Bergung mit Tauchern als zu gefährlich eingeschätzt wurde, griff man auf schwere Gerätschaften zurück. Ein mit Scheinwerfern, Kamera und Greifarm ausgestattetes Tauchboot wurde in zweiundachtzig Metern Tiefe fündig. Das Problem bestand jedoch darin, dass sich die Kisten als wenig widerstandsfähig erwiesen und einige davon während der Bergung zerbrachen. Dennoch gelang es, umfangreiche Dokumente aus der Fälscherwerkstatt zu sichern.

Kräuming überflog die Listen, die penibel alle gefundenen Papiere und Gegenstände aufzählten. Neben Druckplatten, Aufzeichnungen der Tagesproduktion, Karteikarten mit Seriennummern, Bestellformularen und Akten von Papierlieferanten fanden sich auch Einsatzpläne für SS-Agenten in verschiedenen Sprachen sowie Anweisungen für Sabotageakte, aber vor allen Dingen Unmengen von gefälschten britischen Banknoten. Insgesamt waren es mehr als zwanzigtausend Scheine, in der Stückelung fünf bis fünfzig Pfund. Hinter einer der erfassten Chargen stand mit einem Bleistift vermerkt: *Qualität auffallend schlecht*, versehen mit einem Fragezeichen.

Kräuming musste schmunzeln, als er die Notiz las. Andrea hatte ihm davon berichtet. Er schaute auf die Anzeige. Das Flugzeug war noch nicht bereitgestellt. Bis zum Boarding blieb noch Zeit.

Die Tauchgänge fanden in der Öffentlichkeit ein großes Interesse, versetzten aber jene in Alarmbereitschaft, deren Verstrickung in die Fälscheraktion bisher unbekannt geblieben war. Ein Teil der Unterlagen wurde als hochbrisant eingeschätzt, gaben sie doch Auskunft über Firmen und Personen, die noch in der Nachkriegszeit von ihrer Zusammenarbeit mit dem NS-Regime profitierten. Obwohl noch zwanzig weitere Fundstellen lokalisiert werden konnten, brach der Verleger des *Sterns*, Gerd Bucerius, die Bergung zwei Wochen vor Ablauf der Tauchgenehmigung ab. Angeblich, weil die Kosten aus dem Ruder liefen. Hinter vorgehaltener Hand wurde aber gemunkelt, dass die Verantwortlichen massiv unter Druck gesetzt worden

seien. Drohungen gegen das Verlagshaus und die Redaktion durch ehemalige SS-Angehörige, die befürchten mussten, enttarnt zu werden, hatten möglicherweise die Entscheidung beeinflusst.
Kurz darauf sperrte Österreich den See für Tauchgänge. Es war angeblich zu gefährlich.

Der Weiterflug mit einer Swissair Convair CV-440 war alles andere als angenehm. Obwohl die Flugroute nördlich der Alpen verlief, überquerten sie ein Gebiet, das mit respektablen Turbulenzen aufwartete. Zwar wollte Kräuming noch etwas Schlaf nachholen, aber nach dem dritten Aufschrei der Fluggäste betrachtete er den Versuch als gescheitert. Eine korpulente Frau, zwei Reihen vor ihm, verbrachte die Zeit nicht nur damit, ihr üppiges Frühstück, sondern vermutlich auch eine ausgiebige Portion des Abendessens der Spucktüte anzuvertrauen. Alle paar Minuten entschuldigte sie sich, so etwas wäre ihr noch nie passiert, um beim nächsten Luftloch erneut die Sensibilität ihres Magens zu beweisen.

Hauptmann Röthlisberger empfing Kräuming in der Ankunftshalle auf dem Flughafen Bern, streckte ihm die Hand freudig entgegen und begrüßte ihn herzlich mit den Worten: »Willkommen in der Schweiz!«
Die Frage, ob er einen guten Flug gehabt hatte, sparte er sich, da die blassgrünliche Gesichtsfärbung des deutschen Kollegen die Antwort vorwegnahm. Stattdessen hielt er ihm die Hand hin. »Mirio!«
Kräuming schlug ein.
Dass sich das Aussehen eines Menschen nicht an der Stimme festmachen lässt, war eine Binsenweisheit. Mirio Röthlisberger hatte sich am Telefon mit einem kräftigen Bariton Respekt verschafft, und der Gedanke, dass diese Stimme durch Gesang gekräftigt wurde, schien naheliegend. Kräuming hatte einen bedächtigen, voluminösen Kollegen erwartet, der mit Schweizer Gemütlichkeit den Dienst bewältigte. Umso mehr war er erstaunt, dass der Hauptmann schmächtig und von mittlerem Wuchs war. Mitte vierzig, schätzte er. Die unverschämt blauen Augen betrachteten ihn aufmerksam, freundlich und amüsiert.
»Mein Vorgesetzter, dessen Vorgesetzter und ein paar wichtige

Potentaten, die mir namentlich unbekannt sind, haben nachdrücklich darum gebeten, vorsichtig zu sein und dich nicht allein agieren zu lassen. Wir Schweizer werden schnell nervös, wenn es um unser peinlichstes Kapitel der Vergangenheit geht.«

Mit einem Lächeln, das deutlich machte, wie wenig der Hauptmann bereit war, sich von Hierarchien beeindrucken zu lassen, ergänzte er: »Horst, betrachte das einfachheitshalber als eidgenössische Höflichkeit. Verständnis habe ich für derartige Albernheiten nicht. Immerhin geht es um Mord. Unter uns, mein Patriotismus ist von schlichter Natur. Ich bin lediglich Mitglied im Bogenschützenverein Bern.«

Kräuming konnte sich ein Grinsen nicht verkneifen. Röthlisberger machte eine vollendet einladende Geste und ging flotten Schrittes voraus. Direkt vor dem Ausgang, das absolute Halteverbot ignorierend, parkte ein roter Alfa Romeo Alfetta. Der Hauptmann nahm eine Karte, die hinter der Windschutzscheibe klemmte, und legte sie ins Handschuhfach. Unter dem Wappen der Polizei des Kantons Bern stand: »Dringender Einsatz«.

»Um diese Zeit sind alle Parkplätze besetzt«, erklärte Röthlisberger schulterzuckend. Noch bevor Kräuming sich angeschnallt hatte, reihte sich der Wagen sportlich in den laufenden Verkehr ein.

Auf der Fahrt nach Lützeflüh berichtete er über den aktuellen Stand der Ermittlung in Berlin und Garbsen, den historischen Hintergrund und seine Befürchtung, dass mit weiteren Morden zu rechnen sei.

Dem stimmte Röthlisberger zu und gab Auskunft über die Erkenntnisse aus seinen Nachforschungen. »Nach deinen Hinweisen habe ich mich intensiver mit der Vergangenheit Zempbauers beschäftigt. Insbesondere mit seiner Firma, der ZB-Suisse.«

Er griff hinter sich und zog aus seiner Tasche eine Mappe, die er Kräuming gab.

»Das Portfolio der ZB-Suisse lässt sich mit einem Wort zusammenfassen: undurchsichtig. Seit der Gründung 1947 bot sie individuelle Dienstleistungen rund um Wertpapiergeschäfte, die Aufbereitung von Finanzinformationen, den internationalen Zahlungsverkehr und diskrete vertrauliche Finanzberatung an.«

»Das klingt nach guten alten Kontakten.«

»Interessanterweise hat Zempbauer schon ein halbes Jahr nach seiner Haftentlassung die Firma ins Handelsregister eintragen lassen. Möglich war das nur, weil ihm ein beachtlicher Kredit von einer Privatbank gewährt wurde.«

»Brunner & Lenz«, ergänzte Kräuming.

»Ganz genau. Vor seinem Engagement als SS-Freiwilliger war er in der Bank angestellt. Dennoch ist ein Kredit in zweierlei Hinsicht verwunderlich. Zum einen, Firmenkredite für Neugründungen gehören nicht zum üblichen Angebot eines Bankhauses, das sich auf Vermögensverwaltung spezialisiert hat.«

Ein abrupter Schlenker, um einem Schlagloch auszuweichen, löste ein heftiges Hupen des Gegenverkehrs aus. Nach Kräumings Geschmack fuhr der Schweizer deutlich zu schnell. Nicht nur, dass er sämtliche Geschwindigkeitsbegrenzungen ignorierte, er überholte auch bei jeder Gelegenheit, egal ob am Berg oder in der Kurve. Dabei gestikulierte er mit beiden Händen.

»Zum anderen ...«, fuhr er unbeeindruckt fort, nachdem er an einer Reihe Autos, die hinter einem Trecker auf eine Überholgelegenheit warteten, mit Gottvertrauen vorbeigerast war, »... besaß Zempbauer keinerlei Sicherheiten. Weder Grund noch Boden, kein Haus, geschweige denn Vermögen. Der Mann stammte aus ärmlichen Verhältnissen. Nach dem Gesetz war er ein Straftäter. Warum, habe ich mich gefragt, bekommt jemand wie er problemlos ein Darlehen?«

Eine Vollbremsung ließ Kräumings Herz in die Hose rutschen. In aller Ruhe trotteten ein paar Kühe über die Straße und beäugten sie neugierig. Genau vor ihnen blieb eine stehen, muhte sie inbrünstig an und erleichterte sich.

»Das sind Simmentaler. Vorzügliche Tiere. Kommen ursprünglich aus dem Berner Oberland. Mein Vater hatte solche. Gott hab ihn selig.«

Sobald die Straße frei war, beschleunigte der Hauptmann, als gälte es, die verlorene Zeit wieder einzuholen.

»Während seiner Anstellung bei Brunner & Lenz trat er der faschistischen Partei Nationale Front bei, die in den Dreißiger- und Vierzigerjahren ihre völkische Ideologie in der Schweiz verbreitete. Kurz darauf wurde er von der Bank auf politischen Druck der Kantonsverwaltung entlassen.«

Bei der nächsten Gelegenheit bog Röthlisberger rechts in einen Fichtenwald ein. Erstaunlich vorsichtig, fand Kräuming, begriff aber sofort, dass das allein dem mangelhaften Straßenzustand zu verdanken war. Der Weg, an dem der Zahn der Zeit genagt und beachtliche Löcher hinterlassen hatte, ließ nur Schrittgeschwindigkeit zu.

»Als Zempbauer sich den Nazis anbiederte, war noch der alte Brunner Chef des Unternehmens. Götz. Nach seinem Tod 1943 übernahm der Sohn die Geschäfte. Und jetzt beginnt es, interessant zu werden. Utz Brunner zeichnete für die Gewährung des Darlehens verantwortlich.«

Nach der Kurve öffnete sich der Wald, und mit Weidezäunen abgesperrte Areale wurden sichtbar. Ein einzelnes Haus stand geduckt an einem Hügel. Die Fensterflügel waren verschlossen. Nichts deutete auf die Anwesenheit von Bewohnern hin. Der Alfa Romeo hielt direkt vor der Eingangstür.

»Das letzte Stück müssen wir laufen.«

Bis zu den Stallungen waren es knapp einhundert Meter. Das Tor war versiegelt. Kräuming schaute sich aufmerksam um und versuchte, durch ein Astloch ins Innere zu blicken. Der Mord war hinter den ausgeblichenen Brettern verübt worden. Es war zu dunkel, um etwas zu erkennen.

»Bei der Tatortbegehung habe ich mich gefragt, warum Zempbauer nicht in seinem Haus ermordet wurde. Er lebte allein. Keine Zeugen. Warum solche Umstände? Die einzig plausible Erklärung, die ich habe: Ihm wurde sein letzter Wunsch gewährt. Ein Abschied von den geliebten Tieren.«

Kräuming war nicht überzeugt. Allerdings hatte er auch keine bessere Theorie zu bieten.

»Deine Frage, ob der Tote britisches Falschgeld im Mund hatte, brachte mich dazu, seine Vergangenheit etwas genauer zu untersuchen. Inzwischen bin ich fest davon überzeugt, dass jemand die Banknoten heimlich entfernt hat.«

»Gehe ich recht in der Annahme, dass du einen Verdacht hegst?«

Röthlisberger drehte sich zur Seite und deutete mit einem Kopfnicken in Richtung eines beeindruckenden Hauses.

»Weißt du, wer dieses Prachtchalet sein Eigen nennt?«

Kräuming ahnte die Antwort.

»Genau, Utz Brunner. Und wir stehen auf einem Grundstück, das laut Vermessungsamt für den Kanton Bern seit Generationen der Familie Brunner gehört hatte. Ursprünglich nur verpachtet, wurde es 1951 weit unter den üblichen Bodenpreisen an Zempbauer verkauft.«
»Hast du schon versucht, mit dem Herrn zu reden?«
»Nur einmal. Da kannte ich die Zusammenhänge noch nicht. Utz Brunner ist schwer an Bauchspeicheldrüsenkrebs erkrankt und fühlt sich, glaubt man seinem Anwalt, nicht in der Lage, nochmals mit der Polizei zu sprechen. Großzügigerweise hat er uns eine schriftliche Aussage zukommen lassen. »Über Bankkunden erteilt die Bank Brunner & Lenz grundsätzlich keine Auskünfte.«
Nachdenklich schaute sich Kräuming um. Er fragte sich, ob jemand hinter den Fenstern des Chalets stand, um sie zu beobachten.
»Ich denke, das Falschgeld sollte als Hinweis dienen. Wer auch immer es hat verschwinden lassen, wollte nicht, dass dem nachgegangen wird.«
Röthlisberger grinste. »Ich sehe, wir verstehen uns. Zeit fürs Zmittag! Ich kenne ein vorzügliches italienisches Restaurant. Dort gibt es die besten Mistkratzerli im ganzen Kanton Bern.«

Müllers Anruf erreichte Konrad Dersch am Nachmittag auf dem Golfplatz in Falkenstein. Einer der Angestellten hatte ihn aus einem Gespräch gerissen und das Adjektiv dringend mit so deutlichem Nachdruck ausgesprochen, dass er ihm sofort ins Büro gefolgt war. Müllers Information, dass die Historikerin Andrea Grabes in die Ermittlungen involviert war, verschlug Dersch die Sprache. Für einen Moment glaubte Müller, die Verbindung sei unterbrochen, dann hörte er den schweren Atem des Bauunternehmers.
»Ich bin morgen Nachmittag in Berlin.«
Dersch trat ans Fenster und schaute über den Golfplatz. Er beobachtete eine Gruppe neuer Sportfreunde, die das richtige Stehen und Ausholen mit einem Golfschläger übten. Dass das Berliner LKA mit der Historikerin zusammenarbeitete, verkomplizierte alles. Erstaunlicherweise wusste nicht einmal sein Kontakt beim BKA von dieser Verbindung. Noch bestand keine direkte Gefahr. Dokumente, die ihr Projekt Ende des Zweiten Weltkrieges enthüllen konnten,

existierten nicht. Dennoch drohten die Dinge aus dem Ruder zu laufen. Sein Versuch, Pütz vor Elke Kellerhof zu warnen, war zu spät gekommen. Dersch zuckte die Schultern. In Panik zu verfallen, brachte nichts. Es wurde Zeit zu handeln. Mit der Professorin Andrea Grabes war eine Figur auf dem Spielfeld erschienen, die überaus ernst zu nehmen war.

Die Historikerin gehörte zu den meistgehassten Personen in der rechten Szene. Menschen wie sie waren verantwortlich dafür, dass sich die Meinung innerhalb der Bevölkerung geändert hatte. Begriffe wie Tätergeneration oder Kollektivschuld waren wie Gift in die Köpfe eingesickert. Wie eine ansteckende Krankheit breitete sich der Schuldwahn aus. Statt Vergessen: Mahnung. Kaum ein Politiker traute sich heute noch, offen mit der HIAG oder anderen Verbänden zu kooperieren. Zu viel Unappetitliches war ans Licht gekommen.

Während die Amerikaner schon 1945 erkannten, dass der eigentliche Feind im Osten stand und daher den Begriff »Kriegsverbrecher« großzügig auslegten, arbeiteten sich die linksverseuchten Medien an Einzelfällen ab. Wie die Geier hatten sich Journalisten auf die Vergangenheit wichtiger Persönlichkeiten gestürzt.

Grabes gehörte zu diesen Menschen, die sich anmaßten, Fragen über die Vergangenheit zu stellen, die sie nicht ansatzweise verstanden. Alle Versuche, die Historikerin zu diskreditieren, waren ins Leere gelaufen. Bürgerliches Elternhaus. Tadelloser Lebenslauf. Laster, die gegen sie verwendet werden konnten, gab es auch nicht. Die Professorin lebte zurückgezogen. Es gab keine Angriffsflächen, die sich in der Presse hätten ausschlachten lassen, weder die Beteiligung an Studentenprotesten noch zweifelhafte Kontakte oder moralisch angreifbare Beziehungen zu Studenten waren bekannt. Die Frau forschte, galt als sympathisch und eloquent. Nicht zu unterschätzen, sie sah auch noch verdammt gut aus. Man hörte ihr zu. In einem Interview hatte sie einmal gesagt: »Fakten sind nicht laut. Lügen schon.«

Zwar gab es einige wenige akademische Kollegen, die ihr einen hohen Grad an Gerechtigkeitsfanatismus unterstellten, der lediglich gesellschaftliche Unruhe bewirke. Zumeist waren es gekränkte Männer, die ihr die Beachtung neideten. Einen Ehemann und Kinder gab es ebenfalls nicht. Darüber ließ sich also auch kein Druck aufbauen.

Von einer Journalistin darauf angesprochen, hatte sie geantwortet: »Mein Zölibat gilt der Wissenschaft und ist frei gewählt. Es erlaubt mir, mich auf das zu konzentrieren, was mir wichtig erscheint.« Möglicherweise lässt sich ja aus der Liaison zwischen dem Jungspund und der acht Jahre älteren Schlampe was machen, überlegte Dersch.

Ein albernes Lachen riss ihn aus seinen Gedanken. Eines der neuen Mitglieder des Golfclubs hatte ein Stück Rasen aus dem Boden geschlagen und war peinlich bemüht, es wieder einzusetzen. Dersch drehte sich um und schaute auf den Kalender. In zwei Wochen fand die Bundestagswahl statt. Politisch eine Ewigkeit. Bis dahin konnte viel geschehen. Auch mit Andrea Grabes.

Sorgfältig stellte er die Zahlenkombination für seinen Aktenkoffer ein und öffnete ihn. Er kontrollierte die Akten auf Vollzähligkeit, zog aus einem Fach ein paar Geldscheine, die er sich in die Hosentasche steckte, und betrachtete die eingepackte Pistole.

Bittler wurde zunehmend nervös und drohte sich abzusetzen. Die Kriminalbeamten kamen ihrem Geheimnis immer näher. Und Jokells durchgeknallte Tochter befand sich auf dem Kriegspfad. In den kommenden Tagen war es sinnvoll abzutauchen. Abgesehen davon wurde es Zeit, gefährliche Spuren zu verwischen und falsche Fährten zu legen. Das Problem Bittler würde er klären. Um den Kommissar und die Historikerin würde er sich ebenfalls kümmern. Den Fehler, Elke Kellerhof in Kanada am Leben gelassen zu haben, hatte Müller zu korrigieren. Und noch etwas bereitete Dersch Sorgen. Der Kerl wurde gierig. »Du willst, dass ich die Drecksarbeit mache? Das kostet!«, hatte er angekündigt. Ihn zu bezahlen, war zu verkraften. Das eigentliche Problem war: Der alte Kamerad wusste zu viel. Unzufrieden schloss er den Koffer und verdrehte die Rädchen.

Der Empfang in Hannover passte zum Wetter. Grau, regnerisch und deprimierend. Der Gerichtsmediziner Elmar von Kirchau und Kriminalkommissar Helmut Schley wurden von der Mordkommission um Kriminalhauptkommissar Bernd Guddat schmallippig empfangen. Dass sie den Berlinern zuarbeiten sollten, passte den Beamten des LKA Niedersachsen überhaupt nicht.

Kräuming hatte das vorausgesehen und Voigt um Unterstützung gebeten. Der wiederum hatte Hein Tröger dazu gebracht, als Mittler zu fungieren. Der gebürtige Hamburger betrat den Beratungsraum just in jenem Moment, als Schley mit düsterer Stimme sein Gegenüber anblaffte, ob er jetzt wirklich um den Schützenplatz latschen müsse, um an einem Kiosk einen Kaffee zu bekommen. Tröger zog seine Jacke aus, hängte sie über den Stuhl und setzte sich.

»Moin, die Herren! Watn n Schietwetter da draußen. Ich nehme auch einen Kaffee, schwarz, zwei Stück Zucker. Und wenn Sie schon mal dabei sind, veranlassen Sie doch bitte, dass einer Ihrer Lüd zum Bäcker geht und ein paar belegte Rundstücke besorgt. Mit vollem Bauch lässt es sich ruhiger schnacken.«

»Wer sind Sie denn?«

»Kriminalrat Tröger, Bundeskriminalamt. Und zwingen Sie mich nicht, Waldi anzurufen!«

Der Hinweis auf den Direktor des Landeskriminalamts und die angedeutete persönliche Nähe wirkten. Nur Freunde durften den Chef mit seinem Spitznamen anreden. Guddat gehörte nicht dazu. Wütend wies er einen jungen Kollegen an, sich darum zu kümmern.

»Jo! Wir können weiterhin darüber streiten, wer die größten Klöten hat, oder wir fangen an zu arbeiten.«

Niemand widersprach. Nur von Kirchau grinste. Tröger nickte. Die Hälfte aller Worte, die er normalerweise vormittags zu sagen pflegte, waren aufgebraucht. Zufrieden wechselte er einen Blick mit Schley, dessen Mundwinkel verdächtig zuckten. Die nächste Stunde berichtete der scheinbar Unrasierte über den aktuellen Stand der Berliner Ermittlungen, erläuterte Zusammenhänge, beantwortete Fragen und schaute anschließend in ungläubige Gesichter, die erst jetzt die Tragweite des Falls verstanden. Die anfängliche Abneigung wich einer professionellen Aufmerksamkeit. Einen Beitrag dazu leisteten auch die servierten Rundstücke. Die eine Hälfte der Brötchen war mit Calenberger Knappwurst, Hannoverscher Weißgekochter, Hausmacher Leber- und Bauernrotwurst, die andere mit regionalem Hofkäse belegt.

Nach diesem Frühstück verabschiedete sich von Kirchau, um seinen Termin in der Gerichtsmedizin wahrzunehmen. Guddat informierte inzwischen über die Erkenntnisse der Spurensicherung und berichtete, nun jedoch emotionslos, über den geachteten Bürger Niedersachsens Arne Pütz.

»Es soll eine Überraschung sein«, bat Elke Kellerhof mit einem Lächeln, das dem wohlbeleibten älteren Wachmann am Eingang der LEGUSS-Werke das Herz erwärmte. Sie betonte ihren französischen Akzent, wissend, dass er Männer, egal welchen Alters, zum Träumen brachte. Sie trug ein hübsches Kleid, hohe Schuhe, Trenchcoat und dazu ein Tuch, das, sobald sie es abnahm, ein beachtliches Dekolleté freigab. Ein wenig Rouge, ein paar falsche Wimpern, roter Lippenstift. Alles harmonierte perfekt mit der Perücke. Brünette Locken, die engelhaft ihr Gesicht einrahmten. Langsam und unschuldig zog sie das Tuch von den Schultern und packte es in ihre Handtasche. Dann neigte sie sich leicht nach vorn und strich kokett mit dem Finger über die obere Kante ihres Ausweises.

»Sie sind so ein netter Mann. Machen Sie doch bitte eine kleine Ausnahme für mich. Er weiß nicht, dass ich hier bin. Ich verspreche, ich werde ganz artig sein.«

Der Pförtner prüfte gewissenhaft den Ausweis, als hätte er jahrelang Erfahrung bei der Einreise von Touristen gesammelt.

»Ich bin nur einen Tag in West-Berlin! Wann ich wieder hier sein werde, ich kann es nicht sagen. Bitte!«

»Junge Frau, das ist gegen alle Bestimmungen.«

»Eine winzige Ausnahme. Bitte! Er ist doch mein Onkel. Onkel Edgar.«

Der Mann vom Betriebsschutz gab den Ausweis zurück, nahm seine Prinz-Heinrich-Mütze mit der Aufschrift »LEGUSS-Wachschutz« ab, strich sich über die verbliebenen Haare und setzte sie wieder akkurat auf. Er betrachtete die Frau wohlwollend von oben bis unten und schnalzte mit der Zunge.

»Dann will ich mal nicht so sein. Junge Frau, Sie gehen bis zur ersten Querstraße und halten sich dann links. Da sehen Sie schon das Verwaltungsgebäude. Können Sie gar nicht verfehlen. Melden Sie sich unten im Sekretariat. Sagen Sie, dass ich Sie geschickt habe. Dort wird man Ihnen weiterhelfen.«

»Merci! Sie machen mich so glücklich. Ich beeile mich. Versprochen!«

Scheinbar aufgeregt stöckelte sie die Straße entlang. Sobald sie spürte, dass der Pförtner wieder in seinem Wachraum saß, um ein Lieferfahrzeug zu kontrollieren, bog sie, statt nach links, nach rechts ab, zu den Werkhallen. Die Halle 3b lag am Ende der schmalen Straße. Überall standen Maschinenteile, Container und Fässer herum. Ein paar Männer kamen ihr entgegen, Arbeiter, die in die Mittagspause gingen. Ihnen nickte sie höflich zu, als wäre es das Selbstverständlichste auf der Welt, dass eine hübsch gekleidete junge Frau mit Stöckelschuhen auf einer verdreckten Werkstraße entlanglief. Ob es ihr Aussehen war, das Selbstbewusstsein, mit dem sie ihre Hacken auf das Pflaster schlug, oder die Tatsache, dass die Pause nicht ewig dauerte, die Männer stellten keine Fragen. Nur ihre genüsslich prüfenden Blicke galt es zu ertragen.

Vor dem Tor der Werkhalle wartete ein Hubwagen, auf dem eine riesige Holzkiste mit ausrangierten Filmrollen stand. Daneben eine kleine Stahltür für Fußgänger. Elke Kellerhof schaute in ihre Handtasche, schob das Tuch zur Seite und vergewisserte sich, dass die Pistole griffbereit lag. Langsam trat sie durch die Tür. Es war nicht dunkel in dem alten Backsteinbau, aber dennoch dauerte es einen Augenblick, bis sie sich an das diffuse Licht der Leuchtstoffröhren gewöhnt hatte, die nur unzureichenden Ersatz für das Tageslicht boten. Auf einer kleinen Lagerfläche standen gestapelt weitere Kisten, die darauf warteten, geleert zu werden. Elke Kellerhof schlich langsam zwischen ihnen hindurch. Vom anderen Ende der Halle hörte sie Stimmen. Es wurde gelacht. Dort lag ihr Ziel. Dort würde sie ihn finden. In den Kisten stapelten sich alte Negative, Röntgenbilder und Filmrollen, die niemand mehr brauchte. Alle paar Sekunden krachte es, und ein Geräusch, als würde eine Tür energisch zugeschlagen, drang an ihr Ohr. Es knirschte und knisterte. Eisen schabte über Eisen. Dann sah sie ihn. Er stand vor einem der Öfen. Edgar Fendler, dessen wirklicher Name Johannes Kellerhof war. SS-Hauptscharführer, Leiter des Standesamts und des Krematoriums im KZ Sachsenhausen. Ihr Vater.

Mit einem eisernen Haken öffnete er die Klappe und schob eine neue Ladung Filme hinein. Erneut ein Knistern, und das Zelluloid wurde Opfer der Flammen. Selbst aus einigen Metern Entfernung spürte sie die Hitze. Ihr Gesicht brannte. Auf die Asche hatte die

LEGUSS es abgesehen, auf die wertvollen Bestandteile Gold und Silber. Fendler arbeitete routiniert, entriegelte die Klappe mit einem riesigen Schürhaken und schob alte Filmrollen hinein. Klappe zu. Riegel zu. Er wartete, starrte auf die geschlossene Tür. Schnell trank er einen Schluck Wasser aus einer Flasche, dann begann die Prozedur von vorn.

»Eine Hyäne! Dieser Aasgeier kann nicht ohne Leichen leben!«
Elke Kellerhof zitterte. Sie hatte die Zeugenaussagen gelesen. Ein Mitarbeiter des Krematoriumskommandos hatte sie zu Protokoll gegeben. Einer jener Häftlinge, die für die Verbrennung der Leichen eingeteilt waren. Sie hatte es nicht glauben wollen. Er war nur einer von vielen Zeugen.

»Lebend kam der Russe ins Krematorium. Lebend schob er ihn in den Ofen!«

Ihr Atem war hektisch. Langsam zog sie die Waffe heraus. Wieder dieses Geräusch des aufflammenden Zelluloids.

»Ohne Pfanne wurde er in das Ofenloch gewürgt.« Erneut öffnete Fendler die Klappe. Feuerzungen schlugen heraus. Knistern Menschen, wenn sie verbrennen? Sie schüttelte entsetzt den Kopf. Zähle! Du musst zählen. Zählen hilft.

Fendler bemerkte sie nicht. Wie eine Maschine arbeitete er. Klappe auf, Filme hinein, Klappe zu. Klappe auf, Mensch hinein, Klappe zu. Klappe auf ... Schnell musste es gehen, damit es ökonomisch war.

Elke Kellerhof entsicherte die Waffe. Acht Schritte, dann würde sie hinter ihm stehen.

Eine Stimme drang durch den Lärm. Der Mann vor dem Filmverbrennungsofen schaute in die Richtung, aus der sie kam. »Mensch, Edgar, mach Pause! Und komm in mein Büro. Wir müssen die Aufträge der kommenden Woche besprechen.«

Fendler zog die Arbeitshandschuhe aus, die ihn vor der Hitze schützten, legte sie ordentlich auf den Schrank neben die Flasche Wasser. Dann ging er. Einen Augenblick lang zielte sie auf seinen Rücken, bis er hinter einer der Kisten verschwunden war. Mechanisch steckte sie die Waffe wieder in die Handtasche. Sie schloss die Augen, zählte leise, konzentriert, versuchte, sich zu beruhigen. Eine Hand berührte ihre Schulter. Erschrocken drehte sie sich herum. Wimmernde Geräusche entschlüpften ihrem Mund.

»Was machen Sie denn hier? Ich habe doch gesagt, Sie sollen sich links halten. Das Verwaltungsgebäude ist auf der anderen Seite.«
Elke Kellerhof schaute den Wachmann entgeistert an.
»Ist alles in Ordnung mit Ihnen? Geht's Ihnen nicht gut? Kommen Sie, ich bringe Sie besser an die frische Luft.«
Sie richtete sich auf, schob sich panisch an ihm vorbei. Sie musste weg hier. Sie lief, erst langsam, dann immer schneller. Der alte Mann vom Betriebsschutz konnte ihr kaum folgen. »Warten Sie! Nicht so schnell!«
Sie rannte die Werkstraße entlang. Seine Stimme war noch zu hören. Aber sie verstand nicht, was er rief. Weg hier, nur weg.

Bittlers Blick ruhte auf den beiden Pfeilern des Olympiastadions, zwischen denen die fünf olympischen Ringe hingen. Für ihn waren Pierre de Coubertins schöne, wenn auch naive Spiele längst zur Bühne politischer Interessen verkommen. Erst im Sommer hatten sechzehn afrikanische Länder die Olympiade in Montreal boykottiert, weil die Rugby-Nationalmannschaft Neuseelands den internationalen Sportbann gegen den Apartheid-Staat Südafrika gebrochen hatte. Große Bühnen waren ideal, um politisch Aufmerksamkeit zu erreichen. Auch wenn es nicht immer die erhoffte Wirkung brachte.
1972 in München meinten Terroristen, ein Attentat gegen israelische Sportler verüben zu müssen. Elf Athleten starben. Statt Unterstützung für die palästinensische Sache zu erreichen, erfuhr die Bestrebung nach einem eigenen Staat einen herben Rückschlag.
1956 gab es Absagen aus Spanien, den Niederlanden und der Schweiz wegen der Niederschlagung des ungarischen Volksaufstands durch die Sowjetunion. Ägypten, Libanon und der Irak boykottierten Olympia ebenfalls wegen der Suezkrise. Die Leidtragenden waren auch hier die Sportler.
Selbst 1936 hatte es Bestrebungen gegeben, die Spiele in Berlin zu boykottieren. Grund dafür war die Machtübernahme der Nationalsozialisten. Mit wenig Erfolg. Stattdessen wurde ein neuer Teilnehmer- und Besucherrekord vermeldet.
Der Wagen des Politikers stand einsam in der Mitte des Parkplatzes. Er hatte den Treffpunkt bewusst gewählt. Ein wenig Pathos schien ihm angemessen.

Bittler wusste, wann es angeraten war zu schweigen und zu warten. Sein Gesprächspartner tat sich schwer. Die Bitte um Interna über den Stand polizeilicher Ermittlungen war gewagt. Aber Dersch hatte ihm keine Wahl gelassen.

»Können Sie garantieren, dass mein Name oder die Informationen nicht an die Öffentlichkeit gelangen?«

»Wenn Sie wollen, kenne ich Sie nicht und, wie es immer so schön heißt, dieses Gespräch hat nie stattgefunden«, antwortete Bittler mit einem ironischen Unterton. Er spürte die Unsicherheit. Seinen Gesprächspartner zu drängen, war nicht angeraten, allzu viel Zeit zum Grübeln aber auch nicht hilfreich.

»Machen wir uns nichts vor, Politik ist ein dreckiges Geschäft. Da wird mit allen unlauteren Mitteln gekämpft. Das ist wie beim Fußball.«

Mit einer laxen Handbewegung deutete Bittler auf das Stadion.

»Sobald man aus dem Blickfeld des Schiedsrichters ist, kann man seinen Gegner schon mal am Trikot ziehen, den Ellenbogen einsetzen oder, wenn das nicht reicht, ihm die Beine weghauen. Nach Spielende zählt nur das Ergebnis.«

»Verdammt, behandeln Sie mich nicht wie einen Minderbemittelten!«

Bittler winkte ab. »Was erwarten Sie? Glauben Sie ernsthaft, es gibt keinen Widerstand gegen unsere Bemühungen, die FDP auf einen neuen Kurs einzuschwören? Für einige meiner Parteimitglieder, die sich in den letzten sieben Jahren bequem an die Schultern der Sozis gelehnt haben, würde eine Regierungskoalition mit der CDU das Karriereende bedeuten. Die greifen verzweifelt nach jedem Strohhalm.«

»Das mag ja alles sein. Ich verstehe dennoch nicht, was die Ermittlungen in den drei Mordfällen mit der kommenden Wahl zu tun haben. Erklären Sie mir das mal!«

Bittler überlegte einen Augenblick.

»Was ich Ihnen jetzt anvertraue, ist, gelinde gesagt, Sprengstoff pur. Sollte davon etwas vor der Wahl an die Öffentlichkeit gelangen, wäre der Traum vom Regierungswechsel geplatzt. Ich mach mir nichts vor, die Ermittlungen der Polizei werden früher oder später die Zusammenhänge aufdecken.«

»Sagen Sie mir einfach, was Sie wollen.«

»Der Kunstsammler Arne Pütz hat die Arbeit von Liberales 76 überaus großzügig mit Spenden unterstützt. Auch er wollte eine Neuausrichtung der deutschen Politik. Schluss mit der verlogenen Ostpolitik. Natürlich war sein Engagement nicht offiziell. Das Problem ist, das Geld stammt aus der Schweiz. Niemand sollte jemals davon Kenntnis erlangen, schon gar nicht die Presse. Kommt Pütz' Großzügigkeit vor dem 3. Oktober ans Licht, zerfetzen uns die Medien, und Helmut Schmidt wird erneut Bundeskanzler. Brandts Ostpolitik und das Kuscheln mit den Kommunisten gehen weiter. Niemand in der FDP wird den Finger heben und einen Koalitionswechsel unterstützen. Politischer Selbstmord ist auch unter Liberalen wenig verbreitet. Wir müssen wissen, was die Polizei weiß. Die Ermittlungen sollen nicht verhindert werden, das wäre töricht. Es geht darum, sie gegebenenfalls zu verzögern. Wie schon angedeutet, Deutscher Meister wird man nur, wenn man am Ende in der Tabelle oben steht.«

Einen Moment lang stand alles auf der Kippe. Bittler spürte das. Jetzt galt es zu schweigen und zu warten. Fast glaubte er, gescheitert zu sein, doch kurz darauf verriet der metallische Klang aufspringender Schlösser, dass er gewonnen hatte. Eine Hand verschwand im Aktenkoffer.

»Alles, was Sie wissen müssen, finden Sie in der Mappe. Sollte ich mitbekommen, dass direkt Einfluss auf die Mordermittlungen genommen wird, werde ich das zu verhindern wissen. Erfährt die Presse davon, ist das unser beider Ende.«

»Selbstverständlich! Wie gesagt, das Gespräch hat nie stattgefunden.«

Am Maschendrahttor hing ein Schild mit der Aufschrift »Kiesgrube Dersch AG«. Sobald der BMW sich näherte, sprang ein junger Mann im Tarnanzug aus dem kleinen Pförtnerhäuschen, öffnete das Vorhängeschloss, entfernte die Kette und sicherte beide Flügel mit Holzblöcken. Dann schaute er auf der Fahrerseite durchs Fenster. Sobald er Konrad Dersch erkannte, schlug er zackig die Hacken zusammen und grüßte militärisch.

Die Kiesgrube konnte von der Straße nicht eingesehen werden.

Ein ausgefahrener Weg schlängelte sich zweihundert Meter durch einen dichtgewachsenen und durch Windbruch schwer zugänglichen Wald, bevor er steil zum Boden der Grube führte. Der BMW rollte langsam durch die Schlaglöcher. Zwei Dutzend junger Männer in Wehrmachtsuniformen mit Stahlhelmen und Gewehrattrappen standen rauchend beieinander. Sobald sie den Wagen erkannten, traten sie in Zweierreihen an. Ein kräftiger, drahtig wirkender Bursche brüllte Kommandos. Die Spitzen der Stiefel wurden ausgerichtet und der Blick ernst in die Ferne gelenkt.

Dersch stieg aus. Der durchtrainierte Kerl, dessen Schulterklappen verrieten, dass er sich als Truppführer verstand, trat vor und machte Meldung. »Wehrsportgruppe Steiner vollständig angetreten.«

Zufrieden schritt Dersch die beiden Reihen ab. Es waren junge Männer, keiner älter als fünfundzwanzig, die Spaß daran hatten, Krieg zu spielen. Mitglieder deutschtümelnder Burschenschaften, Rechtsradikale, denen die NPD zu artig war, Idealisten, die sich als Bollwerk wider den Kommunismus verstanden, fanatische Militärliebhaber. Typen ohne Verstand, Gutgläubige, Versager – die übliche Palette fürs Grobe. Einige trugen lange Haare, die wirr unter dem Stahlhelm hervorquollen. Andere sahen aus, als würden sie die Straßenseite wechseln, sobald ihnen Gefahr drohte. Alle schienen froh zu sein dazuzugehören. Gemeinsam sind wir stark. Das einte sie. Dersch wusste das. In Gruppen organisierte Verlierer marschieren perfekt im Gleichschritt.

»Rührt euch! Ich freue mich außerordentlich, euch zu sehen, Männer. Ihr seid der Pulsschlag der Zukunft. In euch sprießt jener Keim, der Deutschland wieder Hoffnung schenkt. Wir alle haben längst begriffen, dass die freiheitlich demokratische Grundordnung nur eine Warze auf dem Arsch der Geschichte ist. Unter dem Deckmantel des Parlamentarismus haben linke und liberale Verräter, Schwächlinge und Egoisten unser Vaterland zu einem miefigen, besudelten Nest aus Lügen verkommen lassen. Die Deutschen sind fett geworden, faul, und ihnen mangelt es an Stolz und Ehre.«

Die Männer pflichteten ihm bei. Wie elektrisiert lauschten sie seinen Worten.

»Wir sind nicht allein!«, rief Dersch mit Pathos in der Stimme.

»Überall in unserem geliebten Land finden sich Patrioten in Wehrsportgruppen zusammen, geduldige, stolze Männer wie ihr, die nur darauf warten, aus dem Dunkel zu treten und Deutschland wieder ins Licht zu führen. Wir alle sehnen uns nach diesem Tag. Wir werden bereit sein, wenn es so weit ist. Schon heute ist es geboten, unsere Feinde zu benennen und ihnen deutlich zu machen: Wir sind nicht schwach.«

Die Männer jubelten. Dersch war zufrieden. Mit ruhiger Stimme, aber nicht weniger nachdrücklich ergänzte er: »Lange haben wir das Treiben volkszersetzender Elemente nur beobachtet. Kein gesellschaftlicher Bereich, in dem sich diese Maden nicht breitgemacht haben. Es ist an uns, dem Einhalt zu gebieten.«

Dersch zog eine Liste aus seinem Jackett und blätterte darin.

»Politiker, Journalisten, Richter, Professoren, Lehrer, Künstler, selbst Offiziere der Bundeswehr und Polizeibeamte. Wir kennen ihre Namen, ihre Adressen, ihre Gesichter. Ihre Vergehen sind registriert. Wir sind vorbereitet. Der Tag wird kommen, an dem jeder dieser Verräter uns Rede und Antwort stehen muss.«

Sie brummten zustimmend und klatschten kraftvoll Beifall.

»Männer, es ist an der Zeit, diesen Volksverrätern Grenzen aufzuzeigen. Es ist an der Zeit zu handeln. Und wir werden handeln. Wer sich mit uns anlegt, muss die Konsequenzen spüren.«

Die Stimmung war auf dem Höhepunkt. Frenetischer Applaus. Niemanden hielt es mehr in Reih und Glied. Schulterklopfen. Händeschütteln. Treuebekundungen.

»Aaaaachtung!«

Der drahtige Unteroffizier rief seine Kameraden zur Ordnung.

»Antreten! Los! Los! Los!«

Sie gehorchten. Schnell, diszipliniert, militärisch korrekt.

»Kameraden, die heutige Aufgabe zu Ehren unseres Gastes lautet: Erstürmen der Höhe Waldrand. Zug Steiner! Für Volk und Vaterland! Angriff!«

Die Männer rannten mit lautem Gebrüll los, ließen sich alle paar Meter in den Sand fallen. Lautstark wurden Schüsse imitiert.

Was für ein lächerlicher Haufen, dachte Dersch, ließ sich aber nichts anmerken. Nützliche Idioten, die keine Fragen stellten. Er verschränkte die Arme auf dem Rücken und verfolgte mit Feldherrnmiene den Versuch der Freizeitsoldaten, die sandige Böschung zu erklimmen. Aus dem Augenwinkel beobachtete er den Möchtegernunteroffizier, dem vor Stolz fast der Kragen platzte.

»Es gibt ein ernstes Problem, das unsere Aufmerksamkeit verlangt. Gehe ich richtig in der Annahme, dass Sie und ein paar Ihrer Männer in der Lage sind, die Interessen unserer Bewegung angemessen zu verdeutlichen?«

»Guten Tag, Schwester Ilse. Wie geht es Ihnen?«

Sie erkannte seine Stimme sofort, und obwohl sie den ganzen Tag mit seinem Anruf gerechnet hatte, fing sie an zu zittern.

»Es geht mir gut«, log sie.

»Das freut mich sehr. Ich höre. Was haben Sie für mich?«

»Ich kann Ihnen nicht helfen. Ich habe mich in der Praxis erkundigt. Es gibt keine Akte von Fendler. Ich fürchte, sie ist verschwunden. Es tut mir leid.«

Am anderen Ende der Leitung hörte Ilse den Mann schwer atmen. Er schwieg und schien nachzudenken.

»Was meinen Sie mit verschwunden?«

»Sie ist nicht mehr da.«

Erneut war wieder nur das Atmen des Mannes zu hören. Es klang gepresster, als würde Wut in ihm aufsteigen.

»Sehr bedauerlich. Ich bin gelinde gesagt enttäuscht.«

»Ich habe gemacht, was Sie verlangt haben. Ich habe es versucht. Bitte! Sie müssen mir das glauben. Es tut mir wirklich leid.« Sie fing an zu schluchzen.

»Schwester Ilse. Wir hatten eine Vereinbarung, die Sie nicht eingehalten haben. Sie wissen, was das bedeutet?«

Sie reagierte nicht. Ängstlich hielt sie sich am Schrank fest, unfähig zu sprechen oder den Hörer aufzulegen.

»Es gab also eine Patientenakte, und die ist plötzlich weg. Ist sie aussortiert worden? Kann sie falsch abgelegt sein? Hat sie jemand mitgehen lassen?«

Sie wollte antworten, kam aber nicht dazu.

»Das ist es. Sie hat sie gestohlen. Sie kennt Fendlers Adresse.« Er zögerte einen Augenblick, bevor er weitersprach. »Dann wird sie auch hinter ihm her sein. Fendler steht ebenfalls auf ihrer Liste.«

Vielleicht war es die Änderung im Tonfall oder die Fokussierung auf eine andere Person, die Ilse Sellmann hoffen ließ, der Mann würde seine Drohung nicht wahr werden lassen.

»Sie glauben mir?«

Er lachte. »Schwester Ilse oder sollte ich lieber Rebecca sagen? Sie wissen doch, welche Konsequenzen es hat, wenn Sie lügen.«

»Ich habe die Wahrheit gesagt.«

»Sie werden über unsere Plauderei Stillschweigen bewahren?«

»Ich rede mit niemandem darüber.«

»In Ihrem Interesse hoffe ich das. Sollte mir zu Ohren kommen, dass Sie sich nicht an unsere Abmachung halten ...«

»Ich verspreche es.«

»Vergessen Sie das niemals.«

Es knackte in der Leitung. Er hatte aufgelegt. Ilse Sellmann ließ den Hörer fallen. Alles um sie herum drehte sich. Die Beine versagten. Sie sackte auf den Teppich. Wie ein Kind rollte sie sich zusammen und fing hemmungslos an zu weinen.

Das Lorenzini in Bern war nach Kräumings Geschmack. Eine Mischung aus toskanischem Restaurant und kalifornischer Bar. Röthlisberger hatte darauf bestanden, dass er sein Gast sei. Mit dem Gestus eines Weinkenners bestellte er eine Flasche 73er-Pinot Nero aus dem Castello della Sala – Marchesi Antinori. Mit ernstem Blick betrachtete er die Färbung, roch an dem Wein mit geschlossenen Augen und kostete vorsichtig den edlen Tropfen, wobei er ihn dezent kaute. Zufrieden erteilte er dem Kellner die Erlaubnis, die Gläser zu füllen. Sobald sie wieder allein waren, erklärte er seine Entscheidung: »Eine Komposition aus reifen Him- und Erdbeeren, mit einer Nuance Waldboden, angenehm laubig, aber nicht zu moosig, mit zarten Röst- und Würzaromen, unverwechselbar mit den eingebundenen Tanninen – einfach himmlisch.«

Kräuming war beeindruckt. Röthlisberger schien zufrieden. Amüsiert lehnte er sich über den Tisch.

»Unter uns, Kollege, ich habe von Wein keine Ahnung. Pinot Nero wurde mir Anfang des Jahres vom Sommelier empfohlen. Seitdem trinke ich den immer. Die Beschreibung habe ich auswendig gelernt. Hinterlässt Eindruck – nicht nur bei männlichen BKA-Kommissaren. Mir schmeckt er ausgesprochen gluschtig. Alles andere ist dekadentes Geschwafel.«

Erleichtert, nicht den Kenner mimen zu müssen, kostete Kräuming den Wein. Unsachgemäß fasste er seinen Eindruck zusammen. »Oberleckerer Tropfen im Eingang, im Abgang vermag ich ihn noch nicht einzuschätzen.«

Beide lachten.

»Ist Zempbauer jemals anderweitig polizeilich aufgefallen?«

»Nach seiner Verurteilung 1946? Nein. Das heißt, vor einem Jahr hat ein sogenannter Pferderipper einen seiner Vollblüter erstochen. Eine trächtige Stute. Nicht genug damit, er hat dem sterbenden Tier auch noch den Bauch aufgeschlitzt, sodass Fötus und Gedärme herausquollen. Eine verdammte Sauerei.«

Kräuming verzog das Gesicht.

»Habt ihr den Täter gefasst?«

Röthlisberger schüttelte den Kopf. »Mutmaßlich ein Verrückter. Vollmond war zwar nicht, rätselhafte Sternenkonstellationen ließen sich auch nicht nachweisen, dennoch geht man von einem krankhaften Ritual aus. Genaues wissen wir nicht. Sicher ist nur, es muss jemand gewesen sein, der sich mit Pferden gut auskennt. Soweit ich weiß, ist das der einzig registrierte Fall in der Schweiz.«

»Wie hat Zempbauer darauf reagiert?«

»Bestürzt. Er hat sofort Anzeige erstattet. Und das war es dann.«

»Ich denke, er liebte Pferde?«

»Das ist ja das Problem. Zempbauer war als Pferdenarr bekannt. Nach der Anzeige hat er sich nie wieder erkundigt, wie weit der Stand der Ermittlungen war. Das hat die Kollegen schon gewundert.«

Kräuming dachte kurz darüber nach, sah aber keinerlei Verbindung zu den anderen Fällen.

»Ich bin nicht stolz darauf, wie mein Land sich während und nach dem Zweiten Weltkrieg verhalten hat«, erklärte Röthlisberger völlig unvermittelt. »Damit meine ich nicht die Neutralität. Das passt schon zu uns Eidgenossen. Aber Gewinn aus dem Elend anderer zu ziehen, das ist verabscheuungswürdig.«

Kräuming schaute sein Gegenüber erstaunt an. »Wie meinst du das?«

»Schweizer Banken haben Deutschland geholfen, die geklauten Staatsschätze der überfallenen Länder gegen harte Devisen zu tauschen. Die Goldbestände Ungarns, Belgiens oder Hollands wurden trotz des Wissens um die Besetzung dieser Länder genauso angekauft wie Goldschmuck von Juden, selbst Zahngold aus den KZs. Das war nur möglich, weil die Schweizer Regierung das gestattet hatte. Bankgeheimnis hin oder her. Die Konten jüdischer Bürger wurden eingefroren. Bis heute verweigern die Banken jede Auskunft über ihre Besitzer. Im Gegenzug schweigt man sich über die Guthaben ehemaliger Nazis aus. Das nenne ich ausgleichende Gerechtigkeit. Würde mich nicht wundern, wenn wir auch unseren Teil geleistet haben, Falschgeld zu waschen.«

Nachdenklich schwenkte Kräuming das Glas Wein. »Ist dir bekannt, in welchem Umfang Schweizer Banken an derartigen Transfers beteiligt waren?«

»Zur Ehrenrettung kann ich sagen, im großen Stil fand das offensichtlich nicht statt. Aber ich bin mir sicher, einige Bankhäuser haben sich die Chance, einen beträchtlichen Gewinn zu verbuchen, nicht entgehen lassen.«

Röthlisberger trank einen Schluck Wein, bevor er weitersprach. »Die Nazis konnten sich sicher sein. Um die Qualität der gefälschten Banknoten zu testen, wurden sie Schweizer Bankbeamten zur Prüfung vorgelegt, mit dem Hinweis, dass es sich möglicherweise um Falschgeld handeln könne, das sie angeblich auf dem Schwarzmarkt erworben hatten. Selbst die Rückfrage bei der Bank von England, ob Ausgabedaten und Seriennummern stimmen, blieb ohne Beanstandung. Das Ergebnis ließ die Deutschen frohlocken. Die Blüten wurden als echt deklariert. Der Verwendung gefälschter Noten stand nichts mehr im Weg. Ob es nun fahrlässig war oder gutgläubig, darüber wird die Geschichte entscheiden.«

Kräuming schaute seinen Gesprächspartner skeptisch an. »Mirio, ich fürchte, daraus wird nichts. Es heißt, das Schweizer Bankgeheimnis wiegt schwerer als das katholische Zölibat. Eher wird Letzteres abgeschafft.«

Einen Augenblick schwiegen beide.

»Nehmen wir einmal an, rein hypothetisch gesehen«, begann Kräuming, »Alois Zempbauer hatte Banknoten im Mund. Gehen wir weiter davon aus, dass dieses Detail als Hinweis gedacht war. Das Anwesen von ...?«

»Utz Brunner«, ergänzte Röthlisberger.

»... liegt direkt neben dem von Zempbauer. Er könnte den Mord mitbekommen haben.«

Der Schweizer nickte und spann den Faden weiter: »Denke ich auch. Das könnte bedeuten, dass Brunner sich entschließt, den Stallungen einen Besuch abzustatten. Er findet Zempbauers Leiche. Er entdeckt die britischen Pfundnoten in dessen Mund, bekommt es mit der Angst zu tun und lässt sie verschwinden.«

Röthlisberger hob sein Weinglas, stellte es dann aber wieder auf den Tisch.

»Utz Brunner hat die Leitung der Bank 1943 übernommen. Seit dem Kriegsende ist sie massiv expandiert. Auch dank der Kunden, die Zempbauer aus Deutschland vermittelt hat. Als er sich auf sein Altenteil zurückzog, hat Brunner & Lenz die ZB-Suisse gekauft. Wohl kaum, um die Bilanzsumme zu erhöhen. Ich denke, es war wichtig, keinem Außenstehenden Einblick in die Bücher zu gewähren. Zempbauer und Brunner haben gemeinsame Sache gemacht. Hast du daran Zweifel?«

Kräuming überlegte und verzog den Mund.

»Lässt sich das beweisen?«

»Die Mistkratzerli kommen«, unterbrach Röthlisberger den Einwand. »Zmittagszeit. Horst, denken können wir später.«

Dass es sich um Brathähnchen handelte, verstand Kräuming erst jetzt. Dick mit Honigmarinade eingestrichen sowie perfekt knusprig gebacken, dufteten sie verführerisch nach Rosmarin und dezent nach Knoblauch. Gierig machte er sich über das Essen her, befürchtete jedoch, dass sein Magen von der übersichtlichen Portion beleidigt sein könnte. Glücklicherweise gab es als Dessert eine süße Köstlichkeit aus dem Berner Oberland – Meringues mit Vermicelle. Das luftig, schaumige Zuckergebäck mit Maronipüree traf genau seinen Geschmack.

»Egal wie, du musst mit Utz Brunner reden. Zempbauer und er kannten sich gut, und sie verbindet mehr als nur Geschäfte.«

Röthlisberger faltete die Serviette zusammen und schob sie auf den Teller. »Das wird meinem Vorgesetzten überhaupt nicht gefallen. Niemand legt sich gerne mit den Banken an. Das kommt noch vor der organisierten Kriminalität. Obwohl ich da persönlich keinen Unterschied sehe.«

Er legte eine Pause ein und beobachtete erheitert, wie der deutsche Kollege mit seinem Löffel ausgiebig das Glas auskratzte. »Du hast beim BKA gegen die Mafia ermittelt. Sehr erfolgreich, wie mir versichert wurde.«

»Ich hatte Glück«, wiegelte Kräuming ab und schaute bedauernd in das leere Glas.

Das offizielle Gespräch mit den Schweizer Beamten fand im ehemaligen Waisenhaus in Bern statt, das als Polizeiwache genutzt wurde, und brachte keine neuen Erkenntnisse. Stattdessen Allgemeinplätze über die künftige Zusammenarbeit, die in beidseitigem Interesse stattfand, und Hinweise auf das sensible Thema sowie die komplizierte internationale Wahrnehmung der Schweiz. Man bat eindringlich darum, sich eng abzustimmen, um politische Missverständnisse zu vermeiden. Kräuming nickte ausdauernd und verwendete das Wort »selbstverständlich« siebzehnmal. Röthlisberger grinste die ganze Zeit, schaute alle paar Minuten auf die Uhr und verkündete dann bedauernd, dass er den Gast zum Flughafen fahren müsse. Händeschütteln. Dankesorgien. Ein Wettbewerb sorgenvoller Mienen. Allgemeines gegenseitiges Daumendrücken. Guten Flug!

Um zwanzig Uhr dreiunddreißig landete Kräuming mit leichter Verspätung am Flughafen Frankfurt und bekam gerade noch den Nachtzug nach Berlin.

Donnerstag, 23. September 1976

Als er endlich nach langer Fahrt und ermüdenden, wenn auch unspektakulären Grenzkontrollen die Tür zu Tante Fannys Wohnung hinter sich zuzog, entdeckte er auf dem Küchentisch einen Zettel.

Dreharbeiten sind vorgezogen. Fliege früher nach Argentinien. Ich bin in zwei Wochen wieder da. Ich glaube an dich!
Tante Fanny.

PS: Ich finde, wenn jemand in solch schwierigen Zeiten zu seiner Partnerin hält, verdient er Respekt. Ich plädiere daher auf mildernde Umstände für Dr. Sellmann.

PPS: Unbedingt ausprobieren! 150 ml marokkanischer Granatapfelsaft. 50 ml roter Wermut. Eiswürfel. Frische Minze. Meine Kreation! Ich habe ihn »As Time Goes By« getauft. Bei Bedarf mit Wodka strecken. Gute Laune garantiert.

Daneben stand eine Flasche. Auf dem Etikett sah er arabische Schriftzeichen und eine saftige halbierte Frucht. Ein Gruß aus Marrakesch. Kräuming schmunzelte. So war sie, Tante Fanny. Hielt es nie lange an einem Ort aus. Kam und ging, wann sie wollte.

Er machte sich im Bad kurz frisch, schlüpfte in seine Lieblingsjeans mit beachtlichem Schlag und zog ein neues Hemd an.

Der Taxifahrer lehnte ungeduldig an der Beifahrertür und zog genervt an seiner Zigarette. Sonderwünsche zu erfüllen, stand eindeutig nicht in seinem Beförderungsvertrag. Sobald sein Fahrgast aus der Haustür trat, schnippte er die Kippe elegant weg und öffnete einem Hotelpagen nicht unähnlich die Hintertür. Kräuming ignorierte die Albernheit, setzte sich auf den Beifahrersitz und ließ sich zum LKA fahren.

Eine halbe Stunde später traf sich die gesamte Mordkommission im Beratungsraum, um sich über den letzten Stand der Ermittlungen auszutauschen. Selbst Voigt war anwesend, machte sich Notizen, blieb aber schweigend im Hintergrund.

Kräuming fasste die Erkenntnisse im Mordfall Zempbauer zusammen und berichtete, wie Hauptmann Röthlisberger hinsichtlich des Verdachts gegen Utz Brunner weiter verfahren wollte. Dass eine Schweizer Bank in den Fall involviert sein könnte, gefiel niemandem. Glücklicherweise war der umtriebige Eidgenosse auf ihrer Seite und würde die Erkenntnisse nicht nationalen Befindlichkeiten opfern.

Anschließend berichtete von Kirchau von den Ergebnissen der Obduktion aus Hannover.

»Ich mach es kurz. Rein pathologisch gesehen war die Todesursache die gleiche wie bei den anderen Opfern. Allerdings wurde der Lauf verkantet aufgesetzt. Das Projektil trat infolgedessen durch die rechte Augenhöhle wieder aus.«

Er deutete auf zwei Fotos an der Stellwand. »Wahrscheinlich hat das Opfer den Kopf ruckartig gedreht. Auch hier kein Aufpilzen der Wunde. Teilmantel- oder Hohlspitzgeschoss daher unwahrscheinlich. Definitiv die gleiche Handschrift wie bei der Leiche im Tegeler Forst. Das Projektil ist im Labor. Ohne den endgültigen Ergebnissen vorgreifen zu wollen, tippe ich auf dieselbe Waffe. Freitag wissen wir Näheres.«

»Hände gefesselt?«, erkundigte sich Kräuming.

»Wieder mit einer Reepschnur. Eine Blutgruppen-Tätowierung oder eine Narbe wurde nicht festgestellt.«

»Das bestätigt die Informationen der Historikerin, dass er kein Mitglied bei der SS war«, ergänzte Kräuming. »Gibt es andere Erkenntnisse der Kollegen aus Hannover, die uns weiterhelfen?«

Schley holte tief Luft und fasste kopfschüttelnd die Situation am Tatort in Garbsen zusammen. »Eindeutige Spuren. Dieselben Fingerabdrücke. Definitiv dieselbe Person, die den Mord begangen hat. Keine Zeugen. Nichts, was uns voranbringen würde. Gefunden hat ihn Loretta Pütz, die Ehefrau. Sie ist von einem Geräusch wachgeworden, wahrscheinlich von dem Schuss, und ist dann ins Untergeschoss gegangen, wo sie die Tür zum Keller offen fand. Laut Protokoll hat sie um ein Uhr siebenundzwanzig die Polizei gerufen.«

»Was wissen wir über das Opfer?«, fragte Kräuming und notierte sich die Zeit.

Es dauerte einen Moment, bis Schley den passenden Notizzettel gefunden hatte.

»Der Fast-Ehrenbürger Hannovers galt als Heiliger, zumindest im Nachkriegsdeutschland. Im kommenden Jahr sollte er sich ins Goldene Buch der Stadt eintragen – eine Ehre, die nur wichtigen Besuchern und wenigen verdienstvollen Persönlichkeiten zuteilwird. Pütz zählte wohl dazu. In den letzten fünfundzwanzig Jahren hat er sich an der Hälfte aller Restaurationen in Museen, Schlössern und Galerien beteiligt. Ziemlich clevere Vorgehensweise. Er hat zu Beginn der Arbeit eine ansehnliche Summe gespendet und nochmals zur Vollendung. Die restlichen Finanzmittel, zumeist der überwiegende Teil, kamen vom Land Niedersachsen, der Stadt Hannover oder anderen Sponsoren. Industrielle, Banken, Privatpersonen. Die Ehre wurde aber regelmäßig dem Initiator zuteil.«

»Ein stiller, bescheidener, geachteter Mensch, honorabel und geschäftstüchtig«, fasste Lott zusammen.

»Dummerweise fand man aber Blüten zwischen seinen Zähnen und ein beachtliches Lager Raubkunst im Keller«, warf von Kirchau ein.

»Beim Lesen seiner Vita möchte man am liebsten aufstehen, entzückt bravissimo brüllen und Beifall klatschen«, ergänzte Schley. »Ich erspare euch die Details. Interessant ist: Arne Pütz hat 1943 Loretta Tedesco geheiratet. Der Grund dafür war eine ungewollte Schwangerschaft. Für die renommierte italienische Familie eine Katastrophe. Die Ehe mit dem Deutschen schien das geringere Übel zu sein.«

»Ist der Ehefrau in den letzten Tagen etwas Ungewöhnliches aufgefallen?«

Schley überflog seine Unterlagen. »Es gab ein paar dringende Anrufe eines Hamburger Unternehmers. Konrad Dersch. Besitzer einiger Baufirmen. Chef der Dersch-Gruppe. Pütz und er kannten einander. Um was es ging, darüber konnte sie leider keine Angabe machen. Die Hannoveraner Kollegen überprüfen das. Sie halten uns auf dem Laufenden.«

Schon Lotts Gesichtsausdruck verriet, dass die Erkenntnisse der letzten Tage weiterhin übersichtlich waren. Niemand schien die Gesuchte zu kennen. Allen denkbaren Möglichkeiten und Unmöglichkeiten, die eine Verbindung mit Kanada oder der französischen Sprache nahelegten, war man nachgegangen. Weder hatte sie eine Tätigkeit in einem Reisebüro oder einem Restaurant mit nordamerikanischer Küche ausgeübt noch als Hilfskraft auf einer Ausstellung gejobbt. Alle Messeaussteller des letzten Jahres waren befragt worden. Niemand konnte sich erinnern, ihr Gesicht auf der Grünen Woche, der Funkausstellung oder kleineren internationalen Events gesehen zu haben. Selbst der Berliner Philatelisten-Klub, dessen Mitglieder Briefmarken aus Kanada tauschten, konnte die Frau auf dem Fahndungsaufruf nicht identifizieren. Der einzige Erkenntnisgewinn bei den Briefmarkensammlern bestand darin, dass es auch ein East- und West-Berlin in Nova Scotia, einer Halbinsel an der kanadischen Atlantikküste, gab. Lott hatte die Kollegen Hotels, Pensionen, sogar Vermieter von Privatzimmern befragen lassen. Die wenigen Kanadier, die in West-Berlin lebten, konnten auch nicht weiterhelfen. Kopfschütteln allerorten. Die Frau blieb ein Phantom.

Die Beamten hatten nichts unversucht gelassen, aber mit der nicht öffentlichen Fahndung traten sie auf der Stelle. Die FU befand sich bis Anfang Oktober in den Semesterferien. Die meisten Studenten waren noch nicht zurückgekehrt, und die Befragung der Neuzugänge war unnötig.

»Ich bin dennoch sicher, die Verdächtige versteckt sich irgendwo in der Stadt«, fasste Lott den Stand der Suche zusammen.

»Warum sollte sie nach dem Mord in Garbsen wieder nach Berlin kommen?«, widersprach Schley und wiegte zweifelnd den Kopf. »Scheint mir nicht logisch zu sein.«

Kräuming dachte an die Grenzkontrolle. Die schiere Menge an Fahrgästen am Bahnhof Zoo ließ maximal einen Zufallstreffer zu. Das Interesse der Kollegen an wohlgeformten Frauenbeinen war auch nicht gerade hilfreich. Abgesehen davon war völlig offen, ob die Verdächtige den Zug genommen hatte. »Sie ist hier noch nicht fertig«, murmelte Lott.

»Interessant! Und wie begründest du das?«
»Habe ich im Urin!«
»Tatsächlich? Super Argument!«

Lott verdrehte die Augen. »Machen wir uns doch nichts vor. Kommissar Zufall ist im Urlaub. Wenn uns weiterhin untersagt bleibt, die Öffentlichkeit mit einzubeziehen, werden wir die Mörderin wahrscheinlich nie ausfindig machen.«

Der Vorwurf war an Voigt gerichtet, der aber nicht darauf reagierte. Da Lott dem nichts hinzufügte, übernahm Schley wieder.

»Wir wissen von dem Mord an Dr. Sellmann, dass die Verdächtige tagelang, wenn nicht sogar über Wochen alles ausspioniert hat. Spontan in die Schweiz fahren und einen Mord begehen? Glaube ich nicht. Ich bin sicher, sie war schon einmal in Lützeflüh, hat sich einen Eindruck verschafft und ihren Plan auf die Gegebenheiten abgestimmt. Die Schweizer Kollegen sollten dem nachgehen.«

Kräuming notierte sich den Gedanken. Darüber würde er mit Röthlisberger reden.

Der Hinweis auf die Schweiz veranlasste Voigt, sich zu äußern.

»Die Frage ist doch, woher hat unsere Hauptverdächtige ihre Informationen? Über Dr. Sellmann ist nur bekannt, was er den Alliierten von sich erzählt hat. Seine Tätigkeit als Truppenarzt der SS steht meines Wissens nicht an seinem Briefkasten. Dass Zempbauer als Freiwilliger der SS in der Germanischen Leitstelle gedient hat und in der Schweiz in Lützeflüh lebte, findet man auch nicht im Telefonbuch. Pütz ist in Kunstkreisen durchaus eine Größe. Seine Vergangenheit war der Öffentlichkeit bisher unbekannt. Woher hat unsere Verdächtige die Informationen? Kann mir das bitte mal einer erklären?«

Alle schauten Voigt verblüfft an. Die Frage war so naheliegend, dass niemand darauf gekommen war.

»Ich rede mit der Historikerin. Wenn jemand sagen kann, wie man alte Nazis ausfindig macht, dann sie«, beendete Kräuming das Schweigen.

Voigt stand auf und ging zur Tür. Er drehte sich um und schaute kurz in die Runde. »Sie wollen eine Öffentlichkeitsfahndung? Bisher höre ich nur Mutmaßungen. Alles basiert auf den Beobachtungen eines alten, verliebten Tegeler Bürgers, der eine unbekannte Frau auf der Straße beobachtet hat. In seiner Aussage sprach er von einer Entfernung von dreißig bis vierzig Metern. Der Mann ist Brillenträger. Solange die Erkenntnisse der Mordkommission so vage sind, stimmt die Staatsanwaltschaft einem derartigen Anliegen garantiert nicht zu, zumal die Verdächtige Kanadierin sein soll.«

Lott verdrehte die Augen.

»Intensivieren Sie die Suche. Denken Sie an Verbindungen, an die Sie noch nicht gedacht haben. Und, Kollege Lott, ob Ihnen meine Entscheidung schmeckt oder nicht, Verdächtigungen sind keine Beweise. Wenn die Schweizer Kollegen Ihre These bestätigen und das Gesicht der vermeintlichen Mörderin erkannt wird, rede ich mit der Staatsanwältin.«

Kräuming kannte die Argumente der Juristen, wonach eine öffentliche Fahndung nur als letzte Maßnahme ergriffen werden durfte, um einen Tatverdächtigen zu fassen. Und glaubte man den Einschätzungen der Kriminalbeamten, gehörte Liselotte Reichert eher zu den konservativ eingestellten Staatsanwälten.

Die Mitglieder der Mordkommission waren wieder unter sich. Einen Augenblick war es still im Raum. Lott schaute mürrisch auf seine Notizen. Vor den Kollegen zurechtgewiesen zu werden, ärgerte ihn, und es kostete ihn einige Mühe, sich das nicht anmerken zu lassen.

»Etwas Konkretes!«, begann er. »Gut, konzentrieren wir uns auf das, was wir wissen. Offensichtlich nutzt die Gesuchte keine Flugverbindung. Pan Am, British Airways und Air France konnten auf unsere Anfrage hinsichtlich einer allein reisenden Kanadierin keinen Namen liefern. Demnach ist sie nicht geflogen. Bleiben Zug, Auto oder möglicherweise Lastenkahn. Sollte noch jemand eine Idee haben, wie man unauffällig West-Berlin verlassen kann – ich bin für jeden Vorschlag dankbar, egal wie absurd er zu sein scheint.«

Niemand reagierte.

»Ich spreche mit Bern. Vielleicht gelingt es den Schweizer Kollegen, einen handfesten Hinweis zu finden«, sagte Kräuming und beendete die Beratung.

Der Hamburger Bauunternehmer war ein gern gesehener Gast im Hotel Seyna. Das schlichte, elegante Gebäude, das Ende der Zwanzigerjahre erbaut worden war, befand sich mitten im Zentrum West-Berlins. Ideal, um von hier aus die Probleme anzugehen. Wenn möglich, buchte Dersch immer dasselbe Zimmer mit Blick auf die Fasanenstraße. Auch diesmal war es dem Hotel gelungen, seinem Wunsch zu entsprechen und ihm das bevorzugte Zimmer bereitzustellen. Es war geräumig und verfügte über einen beeindruckenden Biedermeierschreibtisch mit abschließbaren Schubfächern und einer eingearbeiteten schwarzen Schreibunterlage in Lederoptik. Der ideale Platz für wichtige Gespräche, die besser nicht in der Öffentlichkeit geführt werden sollten. Dem bereits dort logierenden Gast, einem cholerischen Vertreter eines kleinen Unternehmens für Medizintechnik, hatte das Hotel den Umzug mit einer kostenlosen Aufwertung versüßt. Die elegante Suite beruhigte den aufgebrachten Mann.

Paul Bittler klopfte wie verabredet pünktlich um zehn Uhr an die Zimmertür und drängte auf Eile. Unbeeindruckt wies Dersch auf einen Stuhl und nahm sich Zeit, die Polizeiberichte eingehend zu studieren. Die Erkenntnisse über die Herkunft der Verdächtigen trieben ihm Sorgenfalten auf die Stirn. Noch hatte die Mordkommission keinen Namen, und die Suche war bisher ergebnislos geblieben. Das konnte sich jederzeit schlagartig ändern.

Bittler hatte die Unterlagen von seiner Quelle aus dem LKA zugesteckt bekommen. Erstaunlicherweise war es ihm gelungen, glaubhaft zu machen, dass die polizeilichen Ermittlungen das Projekt Regierungswechsel ernsthaft gefährdeten. Sorgen bereitete Dersch nicht nur die Tatsache, dass Interpol auf Lützeflüh verwiesen hatte. Auch Pütz' Ermordung machte die Sache kompliziert. Dessen Kunstsammlung würde die Ermittlungen zwar für eine Weile ablenken, aber sie war auch Anlass, tiefer zu graben. Als wirklich besorgniserregend empfand er die Unterstützung von Prof. Grabes. Je früher er darauf reagierte, desto besser.

Nachdem Dersch alles gelesen hatte, schob er die Unterlagen zurück in den Umschlag.

»Na, geht der Arsch auf Grundeis?«

Empört sprang Bittler auf und begann, hin und her zu laufen. »Auf was habe ich mich nur eingelassen? Verdammt! Ich muss verrückt sein, völlig bescheuert. Von wegen fördert meine Karriere! Sie haben mir gesagt, niemand weiß von diesem Betrug Ende 1945.«

Es klopfte an der Tür. Nach einem strengen »Herein!« betrat Müller das Zimmer. Ohne ihn zu begrüßen, zeigte Dersch auf einen der freien Stühle und verdrehte die Augen. Bittler stand am Fenster und ignorierte Müllers Anwesenheit.

»Ich bin politisch tot. In Bonn fragt man schon, warum ich ständig Gespräche mit Mitgliedern der Bundestagsfraktion der FDP führe. Die haben Lunte gerochen. Wenn rauskommt, dass es sich bei den Spenden für Liberales 76 um ehemaliges Nazigeld, Nazifalschgeld, handelt, gibt es einen Skandal erster Klasse. Da kann ich mir gleich die Kugel geben.«

»Niemand wird das herausfinden. Es sei denn, Sie erzählen es weiter. Aber so dämlich werden Sie ja wohl nicht sein.«

»Ich bin raus. Ich mach das nicht mehr mit. Meinen Posten in Bonn bekomme ich auch so, egal, welche Farbkonstellation die nächste Regierung haben wird.«

Blitzschnell zog Dersch das oberste Schubfach auf und nahm seine Waffe heraus. Energisch zog er den Schlitten durch und ließ ihn nach vorne springen. Er sprang auf und zielte auf Bittlers Kopf.

»Wenn du Schisser nicht sofort die verdammte Schnauze hältst und dich auf deinen Arsch setzt, verpasse ich dir persönlich eine Kugel.«

Bittler wurde blass und musste sich am Schreibtisch festhalten. Müller feixte und schob den freien Stuhl in dessen Richtung.

»Hinsetzen, Herr Abgeordneter! Ich rate Ihnen dringend zu machen, was er sagt.«

Bittler gehorchte. Einen Augenblick schwieg Dersch und dachte nach. Fast bedächtig ging er um den Schreibtisch herum.

»Ich verstehe nicht, wie Jokells Töchterlein tickt. Die Blüten deuten auf unseren Versuch hin, ein Stück des Kuchens von der Aktion Bernhard zu bekommen. Die Reepschnur weist zweifelsfrei auf die Ermordung der Mutter hin. Nur, was soll das mit dem Genickschuss. Irene hat am Strick gebaumelt. Das passt doch nicht ins Bild.«

Dersch blieb hinter Bittler stehen und betrachtete die Waffe. Langsam hob er sie an und zielte auf dessen Nacken.

»Was soll das? Warum ein Genickschuss? Ich begreife es nicht.«

Er korrigierte den Lauf und presste ihn fest in Bittlers Nacken, der leise zu wimmern anfing.

Dersch zögerte.

»Herr Abgeordneter, haben Sie nicht eine Idee? Sie sind doch ein cleveres Kerlchen, oder täusche ich mich?«

Bittler schwitzte, brachte aber kein Wort hervor. Dersch entsicherte die Waffe.

»Ich habe das Gefühl, Sie sind zu nichts zu gebrauchen.«

Er zwinkerte Müller zu, dann drückte er ab. Es klickte. Bittler fiel nach vorn. Er krümmte sich zusammen, zitterte und heulte hemmungslos wie ein Kind. Gleichgültig setzte sich Dersch wieder in seinen Sessel und legte die Waffe zurück ins Schubfach.

»Wenn ich das nächste Mal abdrücke, ist eine Kugel drin. Versprochen! Kommen Sie nie wieder auf die Idee, unsere Partnerschaft infrage zu stellen. Niemand steigt aus. Können Sie mir folgen?«

Ein erschrockenes Nicken verriet, dass Bittler verstanden hatte.

»Und jetzt verschwinden Sie. Sie kotzen mich an. Und, Bittler, die Zeit läuft! In zehn Tagen ist die Wahl. Sie wollen doch nicht, dass es am Wahlabend unliebsame Überraschungen gibt. Also, Finger aus dem Hintern. Hopp, hopp! Machen Sie sich nützlich!«

Kaum hatte Bittler hinter sich die Tür geschlossen, sagte Dersch: »Unter Druck wird er zusammenklappen. Der Kerl ist ein verdammtes Risiko. Sobald er seinen Zweck erfüllt hat ... «

Müller grinste. Er verstand. Darum würde er sich nach der Bundestagswahl kümmern.

»Aber bitte nicht wieder so eine stümperhafte Arbeit wie in Kanada. Diesmal ohne Zeugen, wenn es geht.«

Müller verzog keine Miene, ärgerte sich aber über die Kritik. Es war leicht, vom Schreibtisch aus Forderungen zu stellen. Eine Exekution mit einer leeren Waffe war keine Leistung. Tatsächlich abzudrücken, war etwas anderes. Müller wusste das, und der Gedanke an jene Zeit, als er den Finger gekrümmt hatte, wieder und wieder, drängte sich in sein Bewusstsein.

»Wir werden den Druck erhöhen. Die Neugier dieses Bullen und dieser Historikerschlampe geht mir gehörig auf die Nerven. Bist du mit deinem Plan, Elke Kellerhof zu schnappen, schon weitergekommen?«

»Ich warte. Ist ein reines Geduldspiel.«

»Wenn die Polizei sie vorher festnimmt, wird garantiert dein Name fallen, vielleicht sogar meiner. Zur Erinnerung, du warst in Kanada, nicht ich. An deiner Stelle wäre ich nicht so ruhig.«

Nachdenklich schaute Müller Dersch an. Noch waren sie den

Bullen einen Schritt voraus. Viel Zeit, seinen Fehler wiedergutzumachen, blieb nicht mehr. Aber Müller begriff in diesem Moment noch etwas. Dersch würde ihn, ohne mit der Wimper zu zucken, über die Klinge springen lassen. Genau wie Bittler.

Das Erste, was sie in Deutschland tat, war, ihre Großmutter Hildegard Kellerhof zu besuchen. Die alte Frau hatte sie nicht erkannt. Ihre Großmutter wusste nicht einmal mehr, dass es eine Enkelin gab. Die Demenz war schon zu weit fortgeschritten. Vier Wochen lang hatte sie sie in der Hoffnung besucht, doch etwas über ihre Wurzeln zu erfahren. Geduldig hatte sie jeden Tag erklärt, dass sie die Enkelin aus Kanada sei. Erstaunen, manchmal Freude, meistens entschuldigendes Schulterzucken. Der Kopf. Es ist nicht gut, alt zu werden. Liebevoll hatte sie ihr die von Arthrose geplagten Hände gewärmt. Es kam vor, dass Hildegard sich plötzlich an Bruchstücke erinnerte.

»Standesbeamter ist der Jokell. Ein feiner Mann. Verheiratet. Eine schöne Hochzeit war es. Wie er mit seiner Uniform vor dem Standesamt stand. Ich war so stolz. Ein guter Junge. Nie kommt er zu Besuch. Er hat viel zu tun.« Dann die hoffnungsvolle Frage, ob sie ihren Sohn kenne. Ungläubiges Staunen, als sie zum wiederholten Mal erklärte, ihre Enkelin Elke zu sein.

Hildegard war ihr keine Hilfe. Manchmal war der Sohn ihr Mann, dann ein Nachbar, an anderen Tagen nur ein Fremder. Wenn es möglich war, ging sie mit der Großmutter spazieren, kleine Runden im Park vor dem Altenheim. Die alte Frau liebte es, auf einer Bank sitzend mit den Füßen zu scharren.

Es kam vor, dass sie plötzlich unruhig wurde und nach Hause wollte. Stand Hildegard vor dem Eingang des katholischen Seniorenstiftes, schüttelte sie energisch den Kopf.

»Das ist nicht mein Zuhause. Kennen wir uns?«

Ich bin die Enkelin, die Tochter Ihres Sohnes, Elke. Erstaunen. Manchmal Freude. Zuweilen Ratlosigkeit. Der Kopf. »Jokell kommt mich besuchen. Bald! Er hat es versprochen.«

Ihr Tod kam nicht unerwartet, aber doch überraschend. Die alte Frau legte sich nach dem Mittagessen ins Bett. Bei dem Versuch, Hildegard zwei Stunden später zu wecken, stellte eine der Schwestern fest, dass Gott sie zu sich genommen hatte. Sie starb leise, unauffällig, ohne jemandem zur Last zu fallen. So wie ihr Leben war. Einschlafen, entschlafen, ein schöner Tod. Die Schwester war es auch, die Elke Kellerhof gefragt hatte, was mit den persönlichen Sachen ihrer Großmutter geschehen solle. Sie sei die einzige Angehörige. Das Regal im Keller beherberge nur einen Koffer, womöglich mit privaten Unterlagen. Ihr Sohn werde ihn abholen, habe Hildegard am Tag, als sie ins Heim gekommen war, erklärt.

In jenem Moment, als Elke Kellerhof den Koffer sah, wusste sie, dass sein Inhalt ihr Leben verändern würde. Sie hatte ihn schon einmal gesehen. Kurz hatte sie mit dem Gedanken gespielt, ihn mit der Kleidung der Großmutter verbrennen zu lassen, sich dann aber anders entschieden. Wenn es einen Hinweis gab, wie sie ihren Vater finden konnte, dann musste er im Inneren dieses Koffers sein. Halb benommen hatte sie den tröstenden Worten der Schwester gelauscht. Ein lieber Mensch sei Hildegard gewesen. Konnte keiner Seele böse sein. Stets bescheiden. Es sei so schön, dass sie am Ende ihres Lebens noch ihre Enkelin kennengelernt habe. Gott sei Dank. In all den Jahren gab es niemanden, der sie besuchen kam. Nur einmal war ein Mann gekommen. Zwei Jahre war das wohl her. Ein bulliger Kerl. Angeblich ein guter Freund der Familie. Ein Herr aus Hamburg, wie am Nummernschild zu erkennen war. Elegant gekleidet. Freundlich, aber sein Lächeln war nicht echt. Er blieb kaum zwanzig Minuten. Danach war er wutentbrannt in seinen Mercedes gestiegen und wie ein Irrer vom Parkplatz gerast. Hildegard habe lange geweint und gezittert. Tabletten hätten sie schließlich beruhigt. Glücklicherweise hatte sie die Begegnung schon am nächsten Morgen vergessen. Es war der einzige Besuch in all den Jahren.

Elke Kellerhof hatte den Koffer mitgenommen, ihrer inneren Warnung zum Trotz.

Das Büro im Friedrich-Meinecke-Institut war übersichtlich, bot jedoch einen beruhigenden Blick auf die Felder. Noch war wenig los, die meisten Studenten genossen die vorlesungsfreie Zeit. Bis auf einige Veranstaltungen zur Vorbereitung auf das neue Semester waren kaum Aktivitäten zu erkennen.

Andrea küsste ihn kurz und wies energisch auf den Stuhl vor dem

Schreibtisch. Der Raum glich einem von Bücherregalen gesäumten Gang einer Bibliothek, in der die Bibliothekare in einen unbefristeten Ausstand getreten waren. Bücher reihten oder stapelten sich chaotisch an- und übereinander. Überquellende Archivschachteln standen auf dem Boden, deren Ablagesystem sich jeder logischen Entschlüsselung entzog. Zusammengerollte Zeichnungen steckten in einem Netz neben der Tür. Ein unbekanntes System eingeklemmter verschiedenfarbiger Zettel in oder zwischen den Büchern, auf denen Buchstabenkombinationen und Nummern Wichtiges vermuten ließen, gab dem Raum etwas Surreales.

Beeindruckt setzte er sich auf den zugewiesenen Stuhl und konzentrierte sich.

»Seit unserem letzten Gespräch sind mir die Hintergründe um Zempbauer, Dr. Sellmann und Pütz nicht mehr aus dem Kopf gegangen«, begann die Historikerin. »Ich halte deine Theorie, dass die Mörderin der Polizei etwas mitteilen will, für plausibel. Aber eins nach dem anderen.«

Andrea Grabes stand auf und zog mit einer Selbstverständlichkeit, die Kräuming beeindruckte, aus dem Archivnetz neben der Tür eine Rolle aus dem Wust unterschiedlichster Dokumente. Sie breitete die kartografische Zeichnung auf dem Tisch aus, fixierte sie mit Schreibtischutensilien und tippte mit dem Zeigefinger auf das gleichschenklig konzipierte KZ Sachsenhausen.

»Falschgeld und Genickschuss. Beides spielte im KZ eine Rolle. In den Baracken achtzehn und neunzehn befand sich die Fälscherwerkstatt.«

Sie deutete auf die beiden Rechtecke im kleinen Lager.

»Die Geldfälscheraktion ist hinlänglich dokumentiert. An dem Verbrechen, dass in Sachsenhausen Tausende Häftlinge mittels einer Genickschussanlage getötet wurden, gibt es eindeutig weniger Interesse.«

Diesmal wies sie auf das andere Ende des Planes, auf dem er die Bezeichnungen *Z-Station*, *Erschießungsgraben* und *Krematorium* lesen konnte.

»Der Kommissarbefehl des Oberkommandos der Wehrmacht vom 6. Juni 1941 bedeutete den Tod von dreizehntausend, möglicherweise bis zu achtzehntausend Russen allein in diesem Lager.

Die genaue Zahl ist unbekannt. Die Genickschussanlage befand sich in einer Baracke, die vorher als Effektenlager bezeichnet wurde. Von dort aus führte ein überdachter Gang unmittelbar zum Krematorium.«

Sie dachte kurz nach.

»Effekten ist ein Begriff aus dem Finanzwesen. Wird aber auch in einem anderen Sinn verwendet. Effekten bezeichnete im Nazideutsch alle den Häftlingen bei ihrer Einlieferung ins Konzentrationslager abgenommenen persönlichen Gegenstände.«

Sie griff neben sich und studierte eine Liste.

»Es gab diverse weitere Erschießungen in der Anlage. Aber nie wieder in dieser Dimension.«

Fast willkürlich tippte sie auf einzelne Zeilen.

»Die Krüppelkrankenaktion, die Ermordung von Juden, von Homosexuellen, die der überstellten zweitausend Überlebenden des Warschauer Aufstandes, Tötungen von Franzosen, basierend auf Hitlers Nacht-und-Nebel-Erlass. Luxemburgische Polizeibeamte wurden erschossen. Dutzende Holländer. Bibelforscher. Eine schier endlose Liste.«

Kräuming schüttelte ungläubig den Kopf. »Warum Genickschüsse? Warum dieses Verfahren?«

Andrea schaute ihn aufmerksam an. »Pragmatismus. Ökonomisch gesehen ist der Genickschuss ressourcensparend. Eine Patrone pro Person. Psychologisch betrachtet macht er es dem Henker leichter, denn er muss seinem Opfer nicht ins Gesicht schauen. Und für den Delinquenten ist er angeblich auch human, denn der Tod kommt überraschend.«

Kräuming schüttelte es. »Zum Glück ist das vorbei.«

»Per Genickschuss werden noch immer Menschen hingerichtet, zumeist Schwerstverbrecher. Sogar auf deutschem Boden. Gleich nebenan in der DDR. Da nennen die Genossen es unerwarteten Nahschuss. Die letzte bekannte Erschießung fand vor vier Jahren statt. Der Delinquent war Erwin Hagedorn, ein verurteilter Sexualstraftäter und mehrfacher Kindermörder.«

Die gute Laune hatte sich verflüchtigt, Kräuming starrte gedankenschwer auf den Lageplan.

»Ich kann dir das nicht ersparen. Wenn du verstehen willst, was die Mörderin mitteilen möchte, kommst du nicht umhin, dich damit auseinanderzusetzen.«

Zwar hatte er die ganze Zeit geahnt, dass sich die Morde nur aufklären ließen, wenn sie auch herausbekamen, welche Rolle jeder der Toten in der Nazizeit gespielt hatte. Aber wie tief sie in die Vergangenheit eindringen mussten, um die Zusammenhänge zu begreifen, war ihm in dieser Deutlichkeit bisher nicht bewusst gewesen.

»Kann ich dich etwas Persönliches fragen?«

Sie nickte, ohne zu zögern.

»Warum die Nazizeit? Ich meine, warum hast du dich diesem Teil der Geschichte verschrieben?«

Diese Frage hatte Andrea nicht erwartet. Sie schwieg eine Weile, bevor sie antwortete.

»Ich denke, das liegt an meinem Vater. Er liebäugelte mit den Nazis, bis eine unbesonnene Äußerung von ihm dazu führte, dass ein Kollege ins KZ Dachau verschleppt wurde, wo er starb. Der Anlass war eine despektierliche Bemerkung über die Erfolgsaussichten, die Schlacht um Stalingrad zu gewinnen. Mein Vater gab sich die Schuld an seinem Tod. Innerlich trat er aus der NSDAP aus, aber im realen Leben fehlte ihm der Mut. Einen Monat vor Kriegsende beging er Suizid.«

Sie schwieg einen Augenblick.

»Er war ein feiner Mensch, ein liebevoller Vater und ein feiger Mitläufer. Und dennoch hoffe ich bis heute, dass der Grund für seinen Freitod nicht die Angst vor der Verantwortung, sondern die Erkenntnis über das eigene Versagen war.«

Kräuming nahm ihre Hand und drückte sie leicht.

»›Man muss einen harten Geist und ein weiches Herz haben‹, stand in seinem Abschiedsbrief. ›Ich hatte weder das eine noch das andere.‹«

Sie lächelte ihn bedauernd an.

»Das Zitat stammt von Jacques Maritain, einem französischen Philosophen. Jahre später habe ich herausgefunden, dass Sophie Scholl es gerne in ihren Briefen verwendete.«

Sie zögerte, bevor sie weitersprach. »Selbstverachtung soll nicht der letzte Gedanke in meinem Leben sein.«

Sie stand auf und sortierte einen Stapel handschriftlich verfasster Blätter, bis sie fündig wurde.

»Der Vorschlag, eine Genickschussanlage in Sachsenhausen einzusetzen, stammt vom Lagerkommandanten Hans Loritz. Bis heute ist jedoch unklar, wer der Konstrukteur dieser Vernichtungsmaschinerie war. Einzelne Hinweise deuten auf einen unbekannten Zivilisten hin, der die Konstruktion erdacht hat. Diese eine Notiz wurde im Archiv entdeckt. Offensichtlich ein Vorschlag, wie die Kapazität der Tötungsmaschine erhöht werden kann.«

Behutsam reichte sie den handschriftlich verfassten Zettel über den Tisch.

»Nadelöhr der Aktion ist unbestritten das Krematorium. Der Einbau von Gebläsen in die Krematorienöfen könnte zu einer beträchtlichen Beschleunigung des Verbrennungsvorganges führen. Die geschätzte Wirkung liegt bei zwanzig bis fünfundzwanzig Prozent.«

Schaudernd gab Kräuming ihr den Zettel zurück. Die kalte Nüchternheit, mit der die systematische Vernichtung von Menschen verbessert werden sollte, machte ihn sprachlos.

Mit ernstem Gesicht schaute Andrea ihn an. »Ein Gedankenexperiment. Stell dir vor, du bist ein überzeugter Nazi. SS-Obersturmbannführer oder höher.«

»Ist nicht dein Ernst.«

»Spielen wir das mal durch. Gewissen oder anderes humanes Beiwerk klammern wir bewusst aus. Wie gesagt, du bist ein strammer Nazi, ein glühender Verehrer Hitlers und zutiefst von dir als Herrenmensch überzeugt sowie rassenhygienisch perfekt.«

»Ich bin nicht sicher, ob mir derartige Gedankenspiele gefallen«, protestierte er. »Aber einverstanden, versuchen wir es. Ich bin blond, habe blaue Augen und seit ewigen Generationen deutsche Vorfahren.«

»Nun übertreib nicht gleich. Für die SS reichte der kleine Ariernachweis. Deine Eltern und die vier Großeltern. Was die Augenfarbe angeht, circa neunzig Prozent aller Menschen haben braune Augen. Der Rest blau, grün und grau.«

»Aha!«

»Herr Obersturmbannführer, dein Auftrag ist es, innerhalb kürzester Zeit slawische Untermenschen jüdisch-bolschewistischer Weltanschauung, allesamt Politkommissare, sozusagen den Abschaum der Menschheit, unauffällig im KZ Sachsenhausen zu exekutieren. Vorschläge?«

Kräuming schüttelte den Kopf. Das Gedankenexperiment missfiel ihm.

»Die Herausforderung: Zehntausende Russen sind hinzurichten. Versuche mit Gaswagen haben gezeigt, dass maximal fünfzig Personen pro Tag möglich sind. Rein rechnerisch würde es fast ein Jahr dauern, bis Hitlers Wunsch erfüllt wäre. Absolut inakzeptabel. Den Führer zu enttäuschen, kommt überhaupt nicht infrage. Was tust du? Er erwartet, dass das bolschewistische Ärgernis in drei Monaten vom Tisch ist. Streng dich also an, Herr Obersturmbannführer!«

Horst Kräuming zog die Stirn in Falten.

»Ich lasse zweihundert gefangene Soldaten pro Tag erschießen«, rechnete er laut vor.

»Richtig! Aber das Ganze soll im Lager stattfinden, muss unauffällig sein, effektiv und ressourcensparend. Wir sind im Krieg, und es darf unter den anderen Gefangenen keine Unruhe auslösen.«

Missmutig rutschte er auf seinem Platz hin und her.

Schließlich antwortete er: »Die Genickschussanlage wäre perfekt dafür.«

»Personal in weißen Kitteln gibt sich als Ärzte aus, sie empfangen die Delinquenten und täuschen eine Untersuchung vor. Die Größe wird vermessen. Messlatte runter. Optimale Position ermitteln. Ein Schuss. Die Leiche wird weggebracht. Gegebenenfalls ein bisschen Blut aufgewischt. Der Nächste, bitte!«

Angewidert schüttelte er den Kopf.

»Mit deutscher Gründlichkeit erfolgte die Umsetzung des Kommissarbefehls. Kurze Wege für die Gefangenen. Logistisch perfekte Durchführung. Effektive Verwertung ökonomischer Ressourcen. Pro Hinrichtung ein Schuss. Das Krematorium gleich daneben.«

Nachdenklich massierte Kräuming seine Schläfen.

»Auch wenn ich sozusagen als SS-Obersturmbannführer das Ganze organisiert hätte, ich glaube kaum, dass das spurlos an mir vorbeigegangen wäre.«

»Die Aktion wurde Mitte November 1941 eingestellt, weil eine Fleckfieberepidemie unter den russischen Gefangenen grassierte und auch Teile des SS-Personals davon nicht verschont blieben. Einige der Beteiligten an der Mordaktion bekamen großzügig eine Reise nach Neapel spendiert.«

Andrea stutzte und ballte die Faust.

»Sorrent! Ich wusste, der Ort ist mir ein Begriff.«

Verständnislos hob Kräuming die Hände.

»Du sprichst in Rätseln.«

»Erinnere dich an unsere erste Nacht im Hotel.«

Er seufzte. Andrea verdrehte die Augen.

»Ich habe dir alles über Schweizer SS-Freiwillige berichtet. Zempbauer war ebenfalls in Sorrent. Im Sommer 1942, zur gleichen Zeit, wie jene SS-Männer, die an der Erschießung beteiligt waren.«

»Zempbauer war in die Russenaktion eingebunden?«

»Nein. Es sind zwar nur ein paar Namen der Mörder bekannt, aber Zempbauer war in der Germanischen Leitstelle tätig und hatte mit dem KZ Sachsenhausen nichts zu tun.« Sie zögerte einen Augenblick. »An einen Zufall glaube ich allerdings auch nicht.«

Ungläubig schüttelte Kräuming den Kopf. Seine Laune war im Keller.

»Willst du damit sagen, dass es zwischen der Aktion Bernhard und den Erschießungen einen Zusammenhang gibt?«

»Die Russenaktion wurde im November 1941 beendet. Die Fälscheraktion begann neun Monate später. Beides fand im KZ Sachsenhausen statt. Ich bin kein Kriminalist, aber die Tatsache, dass alle drei Opfer per Genickschuss hingerichtet wurden, ist signifikant. Ich würde eine Verbindung nicht ausschließen.«

»Ich könnte jetzt einen Kaffee vertragen oder, wenn ich ehrlich bin, etwas Stärkeres«, gestand er.

Andrea blickte zweifelnd auf die Uhr.

»Tut mir leid. Manchmal muss man wie die Täter denken. Das bringt einen an die Grenzen des Ertragbaren, aber es hilft, die Dimension zu begreifen.«

Sie drehte sich um, nahm vom Fensterbrett einen in die Jahre gekommenen verbeulten Wasserkocher und hielt ihn Kräuming hin.

»Wenn du mit Kaffee türkisch inklusive Schuss einverstanden bist, am Ende des Ganges befinden sich die Herrentoiletten.«

Misstrauisch beäugte er das historische Ungetüm, das bei jeder technischen Überprüfung durchgefallen wäre.

Andrea stand auf und schob einen Hocker ans Nachbarregal. »Es ist uns zwar beiden untersagt, im Dienst zu trinken, aber besondere Herausforderungen bedürfen ungewöhnlicher Maßnahmen.« Amüsiert über seinen verblüfften Blick zog sie den Ordner *Preußischer Verfassungskonflikt 1859 – 1866* heraus. Dahinter verbarg sich eine leicht angestaubte Flasche Asbach Uralt.
Als er von der Herrentoilette zurückkam, hielt ihm Andrea den Hörer hin.
»Ein Kollege Schley. Er meint, es sei überaus dringend.«
»Admiralbrücke, Landwehrkanal, sechzehn Uhr!«
Noch bevor er etwas fragen konnte, war das Gespräch beendet. Er wäre nicht einmal erstaunt gewesen, wenn der haarige Kollege kryptische Zahlencodes verwendet hätte. Alte Schule Geheimdienst, kam er nicht umhin zu denken. Bedauernd verabschiedete er sich von Andrea, die die Flasche wieder im Ordner *Verfassungskonflikt* verschwinden ließ.

Die schmiedeeiserne Bogenbrücke war ein beliebter Treffpunkt in Kreuzberg. Kräuming kannte sie gut. Mit Rita hatte er an besseren Tagen oft am Geländer gestanden, um den Sonnenuntergang zu genießen, der alles schön golden leuchten ließ. Manchmal hatten beide ein Skizzenbuch dabei. Ihre Linien wirkten leicht, seine bemüht. Die Besuche wurden seltener, ihre Zeichnungen auch.
Während Kräuming den Weg entlanglief, starrte er auf den Landwehrkanal. Der Exkurs über die Erschießungen ging ihm nicht mehr aus dem Kopf, und er überlegte, wie die Dinge zusammenhängen könnten.
Schon von Weitem erkannte er Schley, der gierig in einen Döner biss. Das türkische Gericht, das man in einer Fladenbrottasche mitnehmen konnte, war angeblich wenige Jahre zuvor am Kottbusser Damm erfunden worden. Andere behaupteten, Döner gab es zum ersten Mal am Bahnhof Zoo. Inzwischen galt es den Berlinern als ernstzunehmender Buletten-, Curry- und Bockwurstkonkurrent. Während sich der Kollege genüsslich durch das Konglomerat von Hammel- und Lammfleisch, Zwiebeln, Rohkost und Tomatenscheiben fräste, interessierte sich der Mann neben ihm für die Schönheiten der Brücke. Konzentriert machte er Fotos von den zweiarmi-

gen Kandelabern und den Blätterornamenten des Brückengeländers. Als Schley Kräuming wahrnahm, schaute er ihn erstaunt an, erinnerte sich dann aber an den Grund des Treffens. Mit vollem Mund deutete er auf den Fotografen, der einen Deckel auf die Linse seiner Leicaflex setzte und Kräuming neugierig musterte. In seiner Aufregung war Schley entgangen, dass ein Stück Salat an der Oberlippe klebte.

»Darf ich vorstellen: Anthony Campbell, Kulturattaché der kanadischen Botschaft. Ein Freund geschichtsträchtiger Brücken mit besonderen Funktionen.«

Kräuming starrte irritiert auf das grüne Salatstück und bemerkte erst danach den Schalk, der aus Schleys Augen blitzte. Der Hinweis auf Brücken, deren Nutzung über den üblichen Zweck hinausging, erinnerte ihn an die Beziehungen, die der Kollege zu Geheimdiensten befreundeter Nationen pflegte.

»Wenn das so ist, empfehle ich Ihnen die Glienicker Brücke. Ein Muss für Brücken-Enthusiasten.«

Campbell grinste und streckte die Hand aus. »Es heißt, Berlin hat mehr davon als Venedig. Ich finde, ein guter Grund, persönlich vorbeizuschauen«, antwortete er im akzentfreien Deutsch. »Ich bin Anthony.«

»Der Herr Kulturattaché hat seine Beziehungen spielen lassen und einen befreundeten Mountie, also einen von der königlich-kanadischen berittenen Polizei gefragt, ob es in den letzten drei Jahren ungeklärte Morde in Waterloo gegeben hat. Dem war nicht so. Also hat er die Überprüfung auf die Provinz Quebec ausgedehnt«, bemerkte Schley, der inzwischen den Döner verspeist und den Salatrest abgewischt hatte.

»Im betreffenden Zeitraum gab es genau drei Morde«, ergänzte Anthony. »Der erste fand in den Kreisen der First Nations und der zweite in Montreal unter rivalisierenden Drogenhändlern statt. Ich denke, die beiden können wir vernachlässigen. Interessant für euch ist der dritte Fall. Eine Frau, eine ehemalige Deutsche, die nach Kanada ausgewandert ist und in Drummondville lebte, wurde im November 1974 brutal ermordet.«

Kräuming pfiff leise durch die Zähne.

»Das war eine regelrechte Hinrichtung. Mein Freund meint, die Frau ist vor ihrem Tod gefoltert worden. Bei der Obduktion wurden mehrere Strangulierungsnarben am Hals festgestellt, was darauf hindeutet, dass sie mehrfach aufgehängt und jedes Mal kurz vor ihrem Ende zurückgeholt wurde.«

»Stranguliert mit einem Seil?«

»Einem Kletterseil. Die Hände waren auf dem Rücken zusammengebunden.«

»Mit einer Reepschnur?«

»Kann ich nicht genau sagen. Jedenfalls mit einem dünneren Seil. Eindeutig Klettermaterial.«

Schlagartig war es ruhig auf der Brücke. Schley fand zuerst die Fassung wieder.

»Gibt es einen Namen?«

»Bei der Toten handelt es sich um Irene Kellerhof.«

Kräuming überlegte, aber der Name sagte ihm nichts.

»Wer hat sie gefunden?«, hakte er nach.

»Ihre Tochter Elke.«

»Wurde der Täter gefasst?«

»Leider nicht. Es gab zwar einige Fingerabdrücke, die konnten aber niemandem zugeordnet werden. Der Tochter war auf dem Weg zum Haus auf dem Waldweg ein Fahrzeug aufgefallen, aber ihre Angaben brachten die Beamten nicht weiter. Definitiv ein Mittelklassewagen. Farbe Dunkelgrau, Schwarz oder Blau. Den Fahrer konnte sie ebenfalls nicht beschreiben. Männlich und ihr unbekannt.«

»Wurde etwas gestohlen?«

»Glaubt man Elke Kellerhof, nein.«

»Gibt es Gründe, ihr nicht zu glauben?«

»Die Zusammenarbeit mit ihr hat sich als außerordentlich schwierig erwiesen. Im Grunde genommen konnte sie gar nichts beitragen. Der Tod der Mutter hat die junge Frau vollständig aus der Bahn geworfen. Der ermittelnde Beamte hat in seinem Bericht vermerkt: ›Elke Kellerhof fühlt sich für den Mord an der Mutter verantwortlich.‹ Beistand durch einen Seelsorger wurde abgelehnt und die professionelle Hilfe eines Psychologen ebenfalls.«

»Ist bekannt, ob sie sich in Kanada aufhält?«

»Seit zwei Jahren ist kein Wohnsitz mehr verzeichnet, auch die Zahlungen an die Sozialversicherung sind eingestellt. Das hat mich stutzig gemacht. Ich habe über meine Kanäle prüfen lassen, ob Elke

Kellerhof das Land verlassen hat.«

Anthony zog einen Umschlag aus seiner Aktentasche und reichte ihn Kräuming. »Am 27. März 1974 ist sie von Montreal nach Frankfurt am Main geflogen. One-Way-Ticket. Kopien von dem Fall in Drummondville, ich war so frei, sie gleich aus dem Französischen ins Deutsche zu übersetzen, findest du im Umschlag. Dazu das Foto aus ihrem Reisepass.«

»Das ist ja wie Weihnachten und Ostern an einem Tag!«, freute sich Kräuming und blätterte in den Unterlagen. Aus dem Foto schaute ihn eine ernst dreinblickende junge Frau an, die einige Ähnlichkeit mit seiner Phantomzeichnung aufwies. Er prüfte die Daten. Alles passte zusammen. An der Stelle, an der die Größe der Person mit 1,52 Meter angegeben wurde, konnte sich Kräuming ein zufriedenes Lächeln nicht verkneifen. Er spürte regelrecht, wie sein Gehirn unter Spannung stand. Sie waren einen entscheidenden Schritt weitergekommen. Elke Kellerhof, wiederholte er in Gedanken. Bist du für all die Morde verantwortlich? »Die Informationen sind nicht offiziell. Wenn bekannt wird, dass ich unautorisiert Unterlagen über kanadische Bürger an deutsche Behörden weitergegeben habe, war es das mit dem süßen Leben als Kulturattaché.«

Kräuming grinste: »Selbstverständlich bleibt das unter uns.«

»Eine Bitte unter Brückenfreunden. In Kanada hat der Fall wegen der Brutalität erhebliches Aufsehen erregt. Solltet ihr den Mörder finden, wäre ich euch sehr dankbar, wenn ihr mich darüber in Kenntnis setzen würdet. Es würde der kanadischen Seele guttun zu erfahren, dass kein Verbrechen ungesühnt bleibt.«

Es war die Formulierung, die Kräuming aufmerken ließ: »... dass kein Verbrechen ungesühnt bleibt«. Er rollte den Umschlag zusammen und war im Begriff zu gehen.

»Anthony, du kannst dich darauf verlassen: Du bist der Erste, der davon erfährt. Der Fall ist allerdings viel komplexer, als wir bisher geglaubt haben.«

»Sollte ich noch mehr in Erfahrung bringen, gebe ich euch Bescheid.«

Sobald sie wieder in der Keithstraße waren, trommelte der haarige Riese alle Mitarbeiter der Mordkommission zusammen. Kräuming ging in sein Büro und wählte Grabes' Nummer.

Als Kräuming den Namen Irene Kellerhof nannte, blieb es eine Weile still am anderen Ende der Leitung. Er konnte förmlich hören, wie es hinter der Stirn der Historikerin arbeitete.

»Kellerhof? Irene Kellerhof? Bist du dir sicher?«

»Die Frau wurde vor zwei Jahren brutal in Kanada ermordet. Täter unbekannt. Aber alle Indizien sprechen dafür, dass sich ihre Tochter Elke gerade auf einem blutigen Rachefeldzug befindet. Wenn ich nicht bald herausbekomme, wie die Dinge zusammenhängen, könnte es zu spät sein.«

»Gib mir eine Stunde Zeit, besser eineinhalb. Ich muss in mein Archiv, runter in den Keller. Wenn ich recht habe, hast du deine Verbindung.«

»Könntest du die Erkenntnisse im LKA vortragen? Ich schick dir auch einen Wagen, der dich abholt.«

»Dann brauch ich eine halbe Stunde mehr.«

»Wieso das denn?«

»Entschuldigung, du willst doch, dass ich vor der Mordkommission erscheine. Selbstverständlich muss ich vorher nach Hause, mich frisch machen, neues Make-up und die passenden Sachen anziehen«, antwortete Andrea ungehalten. »Das ist schon sehr knapp bemessen.«

Noch bevor Kräuming etwas erwidern konnte, war die Verbindung unterbrochen.

Sein nächster Anruf galt Kriminaldirektor Voigt. Weder sein Chef noch dessen Vorzimmerdrachen waren im Haus. Einen Augenblick überlegte er, ob er Voigt privat anrufen sollte, verwarf den Gedanken aber sofort wieder. Wenn sie etwas nicht hatten, dann Zeit zum Diskutieren. Obwohl er nicht damit gerechnet hatte, meldete sich das Büro der Staatsanwaltschaft, und nach gut einer Minute wurde er durchgestellt.

Die Zusammenkunft im Beratungsraum dauerte nur kurz. Kräuming informierte die Kollegen über den neuesten Stand der Ermittlungen und gab Anweisungen für das weitere Vorgehen. Es galt, die Kontaktdaten Elke Kellerhofs herauszufinden.

»Prüft alle Möglichkeiten. Meldeamt, Führerscheinstelle, Sozialversicherungen, Bibliotheken, Vermieter. Redet mit allen, mit denen ihr schon geredet habt. Hängt euch ans Telefon. Fahrt hin. Ladet jeden vor, den ihr nicht antrefft. Wir haben ein Foto und einen Namen. Wäre doch gelacht, wenn uns das nicht weiterhilft.«
»Ich kümmere mich um die FU. Der Chef der Universitätsverwaltung schuldet mir noch einen Gefallen«, sagte Lott und blätterte in seiner Kladde, um die Telefonnummer zu finden.
Es war Aufbruchstimmung zu spüren. Die Mitarbeiter verließen den Raum und gingen an die Arbeit. Schley und Lott waren auch im Begriff zu gehen, als Kräuming ihnen zurief: »Um neunzehn Uhr ... ich meine, neunzehn Uhr dreißig treffen wir uns noch mal. Die Historikerin Prof. Grabes gibt einen Überblick über den letzten Stand ihrer Recherchen. Bis dahin muss ich etwas Wichtiges erledigen.«

Die Frau hinter dem Schreibtisch erinnerte ihn mit ihrer Kurzhaarfrisur tatsächlich ein wenig an Bertolt Brecht. Das lag auch an ihrem anthrazitfarbenen Kostüm und dem Fehlen jeglichen Schmucks. Sie trug eine randlose Brille, die sie nur zum Lesen brauchte und sofort absetzte, als Kräuming das Büro betrat. Staatsanwältin Liselotte Reichert betrachtete ihren Gast von oben bis unten, stand auf, reichte ihm die Hand und deutete ohne den Hauch von Freundlichkeit auf den freien Stuhl.
»Sie sind also der berühmt berüchtigte Kommissar mit dem Talent, zur falschen Zeit in den falschen Zeitungen zu sein, für den Vorschriften nicht gelten und der für schlaflose Nächte und schweißnasse Hände bei seinen Vorgesetzten sorgt.«
Sie setzte sich wieder hinter ihren Schreibtisch, auf dem sich ein beachtlicher Stapel Akten auftürmte und auf seine Bearbeitung wartete. »Ich hätte erwartet, dass Ihr Vorgesetzter mit anwesend ist.«
»Ich freue mich auch außerordentlich, Sie kennenzulernen«, erwiderte Kräuming. »Ich fürchte, Meister Voigt weiß nichts von meinem Besuch hier.«
»Hierarchien scheinen Sie auch nicht zu interessieren.«
»Zuweilen halte ich sie für wenig hilfreich.«
Staatsanwältin Reichert schaute ihn halb erstaunt, halb belustigt an. Sie lehnte sich zurück und hob die Hand: »Sie haben um den

Termin gebeten. Zehn Minuten. Ich hatte einen langen Tag. Dann lassen Sie mal hören.«

»Seit einer Stunde wissen wir, dass es sich bei der Verdächtigen um Elke Kellerhof handelt. Deutsch-Kanadierin. Sechsunddreißig Jahre alt. Die Personenbeschreibung stimmt mit unseren Erkenntnissen überein.«

Kräuming legte die Kopien auf den Tisch und deutete auf das Foto. »Ihre Mutter wurde vor zwei Jahren in Drummondville, Kanada, brutal ermordet. Erdrosselt. Hände auf dem Rücken mit einer Reepschnur gefesselt. Der Mörder wurde nie gefasst. Seitdem ist Elke Kellerhof in Deutschland untergetaucht.«

Erstaunt nahm Liselotte Reichert die Papiere in die Hand und studierte sie. »Royal Canadian Mounted Police? Wie sind Sie an die Unterlagen gekommen?«

»Ich sag mal so, sind mir zugetragen worden.«

Sie zögerte. Kräuming schwieg.

»Sie wollen mir nicht sagen, wer Ihr Zuträger ist?«

»Auf keinen Fall. Die Person würde sonst erhebliche Probleme bekommen und möglicherweise auffliegen.«

»Verstehe ich das richtig? Sie wollen sich mit mir anlegen? Sie wissen, dass ich die Mittel habe, Sie dazu zu zwingen, mir Auskunft zu erteilen? Behinderung der Ermittlungen. Missachtung der Justiz. Definitiv keine Kavaliersdelikte. Ich kann Sie festnehmen und vorübergehend einsperren lassen. Ehrlich gesagt, ist mir der Gedanke nicht unsympathisch.«

»Bei allem Respekt, von mir aus tun Sie, was Sie tun müssen. Aber ich habe mein Indianerehrenwort gegeben.«

Ihre Mundwinkel zuckten unmerklich.

»Normalerweise klärt das BKA derartige Anliegen über Interpol.«

»Anfrage ist schon gestellt. Bevor wir aber die Dokumente offiziell bekommen, haben wir garantiert den nächsten Toten.«

Die Stirn der Staatsanwältin legte sich in Falten.

»Ausgangspunkt ist der Mord an der Mutter in Kanada. Elke Kellerhof befindet sich auf einem Rachefeldzug. Lützeflüh in der Schweiz, Tegel, Garbsen bei Hannover. Die Spurenlage beweist eindeutig, die Morde hängen miteinander zusammen. Das ist unsere

Verdächtige. Alles deutet darauf hin, dass mit weiteren Opfern zu rechnen ist. Wir brauchen die Öffentlichkeitsfahndung.«

Liselotte Reichert neigte den Kopf leicht zur Seite, legte die Hand hinters rechte Ohr, als wäre sie bemüht, möglichst nichts zu verpassen.

»Kommissar Kräuming, korrigieren Sie mich, wenn mir etwas entgangen sein sollte. Offiziell und ich betone: Offiziell liegen folgende Indizien vor. Sie haben von einer jungen Frau eine Phantomzeichnung angefertigt, basierend auf der Aussage eines, ich sag mal, aufmerksamen Nachbarn, der eine ihm unbekannte Person beobachtet hat, deren einziges Vergehen darin bestand, als Fremde wahrgenommen worden zu sein. Neben der vagen Erinnerung eines Bahnmitarbeiters, der glaubt, der Verdächtigen am Abend des Mordes an Dr. Sellmann eine Fahrkarte verkauft zu haben, gibt es keine weiteren Zeugenaussagen, die Ihre Theorie, dass es sich um eine Frau handelt, stützt. Und jetzt kommen Sie mit Unterlagen, deren Herkunft rätselhaft ist, die offiziell nicht existieren, die ich somit nicht verwenden darf, und verlangen von mir, dass ich einer öffentlichen Fahndung zustimme?«

Kräuming überlegte einen Augenblick und nickte. »Das fasst es ungefähr zusammen. Was die Frau angeht, könnte ich zur Unterstützung meiner Theorie noch kleine Fingerabdrücke anbieten.«

»Abgesehen davon, dass mich jeder Richter zurück ins erste Semester verweisen würde, es gibt auch übersichtliche Männer mit winzigen knuddeligen Patschhändchen. Soweit mir bekannt ist, lässt sich anhand eines Fingerabdrucks nicht das Geschlecht bestimmen. Ich fürchte, Mutmaßungen sind nicht ausreichend, mich zu überzeugen. Und ersparen Sie mir einen Kommentar zu diesem Schnappschuss im *Berlin-Blick*. Es ist ja nicht mal sicher, ob auf dem Foto eine Frau zu sehen ist. Erwarten Sie ernsthaft, dass ich meine Prinzipien über Bord werfe und Ihrer dünnen These folge? Zumal die Unbekannte aus dem Ausland stammt. Mit diesen nichtoffiziellen Unterlagen kann ich nichts anfangen. Bringen Sie mir gerichtsfeste Beweise. Böse Zungen könnten sonst schnell von einer Verschwörungstheorie sprechen.«

Es kam nicht oft vor, dass Kräuming sprachlos war. Liselotte Reichert war es mit wenigen Sätzen ohne Schwierigkeiten gelungen.

Er wusste, dass seine Argumente auf tönernen Füßen standen. Mit Bauchgefühl und Konjunktiven würde er nichts erreichen. Ob es ihm passte oder nicht, er war auf das Wohlwollen der Staatsanwältin angewiesen. Ihr Blick war unnachgiebig. Hier vertrödelte er nur seine Zeit. Er war im Begriff aufzustehen.

»Geben Sie schon auf? Ernsthaft? Ich dachte, Sie hätten mehr Biss als Ihr Vorgänger Gotzkofski. Kommissar Kräuming, Sie enttäuschen mich!«

Es dauerte einen Augenblick, bis er reagierte. »Gut, verstehe. Sie stehen auf Fakten.«

»Ich liebe Fakten. Überzeugen Sie mich. Bitte! Sie haben noch sieben Minuten.«

»Wir sind uns wohl einig, über einen schnöden Anfangsverdacht sind wir längst hinaus. Drei Tatorte, dieselbe Waffe, die gleiche Art der Hinrichtung. Die Fingerabdrücke sind identisch. Das Falschgeld darf man getrost als Unterschrift betrachten. Das beweist, es handelt sich um ein und denselben Täter. Ist es eine Frau? Niemand in der Mordkommission hat daran Zweifel. Ist es Elke Kellerhof? Dafür würde ich meine Hand ins Feuer legen. Ich gebe Ihnen recht. Die Zeugenaussagen sind dürftig, aber nicht von der Hand zu weisen. Mit den Informationen aus Kanada haben wir definitiv eine heiße Spur. Sie können das ignorieren oder darauf warten, dass der nächste Mord überzeugendere Argumente liefert. Und der kommt, so wahr ich morgens aufs Örtchen muss. Bei allem gebotenen Respekt, wette ich, Sie zweifeln daran auch nicht.«

»Was macht Sie da so sicher?«

»Der Kriminalpsychologe hat auf meine Bitte hin ein psychologisches Täterprofil der Verdächtigen erstellt. Danach handelt es sich um eine Person, die erst aufhören wird, wenn sie ihr Vorhaben komplett in die Tat umgesetzt hat.«

»Eine Einschätzung nach Aktenlage. Soweit ich mich erinnere, ist es ein vorläufiges Profil. Dr. Jens Geih weist schon in seinen einleitenden Worten auf einen hohen Grad an Unsicherheit hin.«

»Okay! Alle Opfer stammen aus einer Generation, die mit dem Krieg zu tun hatte. Alle drei sind durch das Falschgeld mit der Aktion Bernhard verbunden, auch wenn sie nicht direkt in die größte Fälscheraktion involviert waren. Pütz war durch Kunstexpertisen und somit in den Vertrieb der Blüten involviert. Zempbauer hat das Falschgeld in die Schweiz gebracht. Sellmann hat SS-Männer der Aktion Bernhard in seiner Praxis behandelt. Alle drei wurden von ein und derselben Person hingerichtet. Genickschuss! Das Projektil stammt aus derselben Waffe. Der Einschusswinkel ist annähernd gleich und deutet auf eine Person von geringer Größe hin. Unsere Tatverdächtige ist nach Überzeugung dreier Gerichtsmediziner maximal 1,50 bis 1,55 Meter groß, was mit der Beobachtung des Zeugen übereinstimmt und den Angaben aus Kanada. Elke Kellerhof, eine junge Frau, die, wenn man so will, der Tochtergeneration angehört, passt ins Profil und läuft Amok. Auslöser: der Mord an ihrer Mutter. Protokolle der Befragungen durch die kanadische Polizei deuten darauf, dass sie ernste psychologische Probleme hat. Sie rächt den Tod ihrer Mutter. Kann ich irgendetwas davon beweisen? Sobald wir sie haben, ja, da bin ich mir absolut sicher. Ohne öffentliche Fahndung wird das nur verzögert. Vor einer halben Stunde hat uns der Chef der Universitätsverwaltung bestätigt, dass Elke Kellerhof eine Zeit lang im Studentendorf Schlachtensee gewohnt hat. Leider hat sie keine neue Adresse hinterlassen. Die Semesterferien sind auch nicht gerade hilfreich. Momentan ist dort tote Hose. Wir brauchen diese Öffentlichkeitsfahndung. Sollte ich nicht recht haben und mein Verdacht stellt sich als Irrtum heraus, gibt es eine Menge Vorgesetzte, die sich über mein Scheitern freuen werden. Und was die Frage der Nationalität angeht, bisher dachte ich, jemand wie Sie duckt sich nicht vor der Politik.«

Ein winziges Blitzen in den Augen der Staatsanwältin verriet, dass sein letzter Satz nicht gut ankam. Dennoch wusste Kräuming in diesem Moment, dass er gewonnen hatte. Er hatte Liselotte Reicherts Test bestanden.

Eine kurze Pause folgte, bevor sie sachlich weitersprach. »Sie bekommen Ihre öffentliche Fahndung unter der Bedingung, dass Sie auf den Hinweis, dass die Verdächtige aus Kanada stammt, verzichten. Die Presse wird das zwar trotzdem herausbekommen, aber somit gewinnen Sie etwas Zeit. Können wir uns darauf einigen?«

»Kein Problem. Ich denke, eine Belohnung anzubieten, wäre hilfreich.«

»Das lässt sich einrichten.«

Sie stand auf. Die Unterredung war beendet. Energisch reichte sie ihm die Hand und hielt sie einen Augenblick fest. »Ich werde Sie unterstützen und, soweit es geht, Ärger von Ihnen fernhalten. Kommen Sie aber nie wieder auf den Gedanken, meine Unabhängigkeit infrage zu stellen.«

Punkt neunzehn Uhr dreißig betrat Dr. Andrea Grabes mit einem dezenten Lächeln den Beratungsraum. Der Beamte, der sie begleitete und allgemein als griesgrämig bekannt war, wirkte wie der Klassenprimus, der einer neuen Lehrerin eilfertig die Tür zum Klassenraum aufhielt. Zwar stand von der Mordkommission keiner artig neben seinem Platz, dennoch spürte Kräuming, dass die Kollegen vom Charme der Professorin sofort verzaubert waren. Sie trug einen perfekt sitzenden anthrazitfarbenen Hosenanzug mit weißer Bluse, ihre hübsche Kette mit der antiken Münze und hochhackige Schuhe. Ein dezenter Lidschatten, etwas Rouge und ein unaufdringlicher Lippenstift rundeten ihre Erscheinung perfekt ab. Einen Augenblick wusste er nicht, ob er Andrea siezen sollte oder das vertrauliche ›du‹ verwenden durfte. Er war Leiter der Mordkommission. Welch alberner Gedanke.

»Danke, dass du es einrichten konntest.«

Er stellte kurz die wichtigsten Mitarbeiter vor. Man schüttelte einander die Hände. Andrea Grabes gab einen allgemeinen historischen Überblick über die Aktion Bernhard und beantwortete ausführlich alle Fragen. Zum Schluss fasste Kräuming die Erkenntnisse zusammen, die sie dank ihrer Hilfe über die Opfer gewonnen hatten, und benannte die offenen Punkte, auf die noch keine Antworten gefunden worden waren.

»Kellerhof, Irene. Kannst du uns da weiterhelfen?«

Mit ernstem Gesicht zog Andrea Grabes eine Konferenzmappe aus ihrer Tasche heraus und legte sie vor sich auf den Tisch. Einen Augenblick blätterte sie darin.

»In der Kürze der Zeit war es mir nicht möglich, einen vollständigen Lebenslauf zu rekonstruieren, geschweige denn alle Aspekte umfassend zu betrachten. Definitiv sagen kann ich, dass es sich bei Irene Kellerhof um die Ehefrau von Johannes Kellerhof handelt. SS-Hauptscharführer Kellerhof war Leiter des Standesamts im KZ

Sachsenhausen und Leiter des Krematoriums. Auf Bestreben seiner Frau wurde er 1951 beim Amtsgericht Dachau für tot erklärt. Irene ist zwei Jahre vorher mit der gemeinsamen Tochter Elke nach Kanada ausgewandert.

Zweifelsfrei steht auch fest, dass Johannes Kellerhof bei den im Herbst 1941 durchgeführten Erschießungen von russischen Politkommissaren in der sogenannten Genickschussanlage für die Logistik der Kremierung zuständig war. Darüber hinaus oblag es seiner Verantwortung, die Waffe zu reinigen und zu verwahren. Auch gibt es Indizien, dass die Konstruktionsverbesserung der Messlatte, durch die der tödliche Schuss abgegeben wurde, aufgrund seines Vorschlags erfolgte. Aus einem ursprünglichen Loch wurde ein Langloch. Eine kleine Änderung, die den Vorgang der Eliminierung erheblich erleichterte und sicherer machte. Fehlschüsse wegen mangelnder Präzision konnten damit vermieden werden. Eine entsprechende Notiz wird demnächst von einem Schriftsachverständigen geprüft.«

Die Historikerin zog einige Fotos aus der Akte und schob sie über den Tisch. Sie zeigten Details der Anlage mit dem Nebenraum, aus dem SS-Mörder auf ein Zeichen hin den tödlichen Schuss abgaben. Die Messlatte war abgebildet und der Raum, in dem die Leichen bis zu ihrer Verbrennung aufbewahrt wurden. Ein weiteres Foto zeigte Gebläse, die an den Verbrennungsöfen installiert worden waren.

»Der gleiche Zeuge behauptete auch, dass der Einbau dieser Lüfter ebenfalls vom Leiter des Krematoriums veranlasst worden war, um die Anzahl der Leichenverbrennungen zu erhöhen.«

Schley stöhnte auf. »Ist ja ein feines Bürschchen.«

»Bürschchen trifft es ziemlich genau. Kellerhof war gerade einmal ein Meter fünfundsechzig groß und von zierlicher Statur. Dass er überhaupt in die Schutzstaffel aufgenommen wurde, lässt sich nur damit erklären, dass er schon Anfang 1931 einen Antrag gestellt hatte. Erst später legte Himmler Mindestkriterien für eine Mitgliedschaft fest. Neben einem ›rassisch eindeutigen‹ Erscheinungsbild zählte ein sportlich-durchtrainierter Körperbau dazu und eine Mindestgröße von einem Meter siebzig. Für Personen, die vor 1933 der SS beigetreten waren, galt das nicht. Mit zunehmender Dauer des Kriegs und aufgrund von Personalmangel wurden die Anforderungen dann wieder zurückgeschraubt.

Kellerhof trat im April 1933 den SS-Wachverbänden bei und diente als Wachmann in dem gerade eröffneten Konzentrationslager Dachau. Im Sommer 1936 wurden daraus die SS-Totenkopfverbände. 1939 erfolgte die Versetzung nach Oranienburg. Dort blieb er bis zum Ende des Kriegs. Eine Verbindung zur Fälscheraktion Bernhard konnte ich aber bisher nicht feststellen.«

Sie klappte die Aufzeichnungen zusammen und schaute in die Gesichter der Beamten. »Johannes Kellerhof wurde 1951 von seiner Frau für tot erklärt. Ich würde Ihnen empfehlen, dahinter ein Fragezeichen zu setzen.«

Die Mordkommission beschloss, eine kurze Pause einzulegen. Es würde spät werden, und einige wollten ihre Familien informieren. Alle spürten, dass sie in eine wichtige Phase der Ermittlungen eingetreten waren.

Kräuming zog sich mit Andrea Grabes in sein Büro zurück. Kaum hatte er die Tür hinter sich geschlossen, drückte er sie an sich und küsste sie leidenschaftlich.

»Du bist unglaublich«, flüsterte er. »Am liebsten würde ich die Tür abschließen, die Tischplatte mit einer Handbewegung abräumen und über dich herfallen. Aber ich muss erst meinen Chef informieren.«

Mit beiden Händen griff sie sein Jackett und schob ihn energisch an den Schreibtisch, sodass er halb drauf saß. Sie küsste ihn genauso leidenschaftlich. Dann knabberte sie zärtlich an seinem Ohr und flüsterte: »Klingt überaus verführerisch. Dummerweise stehen Räumlichkeiten der Universität und des Kriminalamtes auf meiner Tabuliste. Für exotische Vorschläge bin ich ansonsten durchaus offen, Herr Kommissar!«

Sie ließ ihn los. Der Leiter der Mordkommission nahm wieder eine respektable Haltung an und zupfte ungeschickt an seinen Sachen.

»Leider habe ich heute Abend noch einen außerordentlich wichtigen Termin, den ich nicht verschieben kann. Ein Professor der Yale-Universität. Der Kollege ist nur heute in der Stadt. Morgen kümmere ich mich weiter um Kellerhofs Vergangenheit und natürlich um dich.«

Es war spät geworden. Kräuming war gerade dabei, seinen Schlüssel aus der Tasche zu holen, um die Haustür aufzuschließen, als er eine Bewegung wahrnahm. Der Schlag kam ohne Warnung. Eine Faust traf ihn am Hinterkopf. Er verlor das Gleichgewicht und schlug der Länge nach hin. Es waren drei Männer. Instinktiv zog er die Beine an und verschränkte die Arme vor dem Gesicht. Tritte trafen seinen Oberkörper. Sie bearbeiteten ihn von beiden Seiten. Jemand versuchte, seinen Kopf zu treffen. Er wurde angeschrien, verstand aber nur einen Teil. »Kommunistenarsch!«, »Scheißbulle!«, »Judenfreund!«, »Kümmere dich um deinen eigenen Mist.«

Jemand brüllte aufgeregt. Eine Stimme, die ihm bekannt vorkam. Die Angreifer ließen von ihm ab und rannten weg.

»Mensch, Meester! Wat machen Se denn?«

Er schaute in Alfons betroffenes Gesicht. Kräuming tastete die Stellen ab, an denen ihn die Stiefel getroffen hatten. Bis auf ein paar schmerzhafte Prellungen und Abschürfungen war er glimpflich davongekommen. Nur das rechte Auge schmerzte.

»Können Se uffstehen? Soll ick die Polizei anrufen oder nen Krankenwagen bestellen?«

Mit Alfons' Hilfe erhob er sich und winkte ab.

»Halbstarke waren dit. Die hab ick hier noch nie jesehen.«

Verwundert betrachtete er den Portier, der in ausgebeulter Jeans und einer Trainingsjacke vor ihm stand und einen halben Besenstiel in der Hand hielt.

»Mensch, bloß jut, dass ick noch ma vorbeijekommen bin. Die Krause, zweete Etage links, fährt in Urlaub und hat verjessen, dit Licht auszumachen. Und wen ruft die da an? Mir.«

»Mit dem Stock wollten Sie mich verteidigen?«

»Den hat mir der Arzt verschrieben, wegen meiner Rückenprobleme. Ick soll jeden Tach Übungen machen. Knüppel vor'n Körper, anne Enden anfassen, langsam mit jestreckten Armen hochheben und uff'n Rücken wieder runter. Echter Komiker. Bin ick vom Zirkus Krone? Aber janz umsonst war dit Teil zum Glück ooch nich, oder?«

»Haben Sie gesehen, wohin die drei verschwunden sind?«

»Nee, tut mir leid, jing allet zu schnell.«

»Danke für Ihre Hilfe.«

»Dit war garantiert ne Warnung«, fluchte Alfons. »Keen Wunder bei dem janzen Zeuchs, dit die Zeitungen über Se so schreiben. Und wat machen Se nu?«

Die Kollegen zu rufen, war sinnlos. Die Männer waren längst verschwunden. Erkannt hatte er niemanden. Offensichtlich rückte die Mordkommission jemandem dichter auf den Pelz, als diesem lieb war. Die Nerven lagen blank. Wer auch immer die Schläger geschickt hatte, begann, Fehler zu machen. Einen Polizisten anzugreifen, war ein solcher. Kräuming strich sich über das Auge. Es war geschwollen.

»Alfons, haben Sie eine Ahnung, wo ich um diese Zeit noch eine schöne Scheibe rohes Fleisch herbekomme?«

Freitag, 24. September 1976

Kriminaldirektor Voigt fing Kräuming auf dem Flur ab. Eine Sekunde lang starrte er dessen blaues Auge an, verkniff sich aber eine Bemerkung und deutete auf sein Büro. Kaum, dass er die Tür hinter sich geschlossen hatte, sagte er: »Staatsanwältin Reichert hat mich gestern Abend freundlicherweise darüber in Kenntnis gesetzt, dass sie meinem Wunsch einer Öffentlichkeitsfahndung nach Elke Kellerhof entsprechen wird. Mir war zwar bis dato nicht bewusst, dass ich ein derartiges Anliegen vorgetragen habe, und da ich unter Vergesslichkeit nicht zu leiden pflege, muss ich wohl davon ausgehen, dass Sie erneut eine Weisung meinerseits ignoriert haben.«

Er legte kurz eine Pause ein, betrachtete das Schreiben in seiner Hand und reichte es Kräuming.

»Das Dilemma ist, eine öffentliche Rüge würde zwar meine Autorität stärken, aber dummerweise auch meine Kompetenz in diesem Mordfall in Frage stellen. Reagiere ich nicht auf Ihre Unverfrorenheit und gehe großzügig über Ihre Ignoranz hinweg, ist das Ergebnis das gleiche. Egal wie ich entscheide, es bleibt ein Dilemma. Ich komme aber auch nicht umhin, den Fortschritt der Ermittlungen anzuerkennen. Daher haben Staatsanwältin Reichert und meine Wenigkeit beschlossen, dass der Fahndungsaufruf offiziell von mir veranlasst wurde. Ich würde Ihnen raten, sich dieser Lesart anzuschließen.«

Kräuming nickte. Er verstand. Liselotte Reichert hatte ihm ihre Unterstützung zugesagt, inklusive ihn vor sich selbst zu schützen. Dass sie so weit gehen würde, hatte er nicht erwartet.

»Sieht schlimm aus«, ergänzte Voigt. »Rohes Fleisch hilft. Kühlt und lindert den Schmerz. Verdammt, jetzt ist man nicht einmal mehr auf dem Kurfürstendamm sicher. Angriffe auf Polizeibeamte nehme ich sehr ernst. Haben Sie schon eine Anzeige aufgegeben?«

Nach einem kurzen Zögern schüttelte Kräuming den Kopf. »Das halte ich für keine gute Idee. Für die Presse wäre es ein gefundenes

Fressen. Mein Bedarf an Presseartikeln ist für diesen Monat gedeckt. Wer auch immer hinter diesem Überfall steht, wird sich fragen, warum keine Reaktion erfolgt.«

Einen Augenblick überlegte Voigt.

»Ihre Entscheidung. Ab sofort tragen Sie wieder eine Waffe. Das ist eine Anweisung. Ich werde noch heute Vormittag alles Notwendige veranlassen.«

Sobald Kräuming sein Büro betreten hatte, zog er die Stirn kraus. Dass er wieder eine Waffe tragen sollte, missfiel ihm. Aufmerksam studierte er den Fahndungsaufruf: »Die Staatsanwaltschaft und das Landeskriminalamt Berlin bitten um Ihre Mithilfe!« In dicken Lettern stand darunter: »Mord. Die abgebildete Person ist dringend tatverdächtig, am 3. September 1976 im Tegeler Forst den 76-jährigen Dr. Heinrich Sellmann erschossen zu haben.« Es folgte das Foto der Gesuchten. Daneben ein paar Daten: »Elke Kellerhof, vierunddreißig Jahre alt, 1,53 Meter groß, sportlich. Wer kennt diese Frau und/oder kann Angaben zu ihrem Aufenthaltsort machen? Wer kann weitere Hinweise zur Tat geben?«

Staatsanwältin Reichert hatte sich nicht lumpen lassen und die Belohnung für sachdienliche Angaben mit fünftausend D-Mark festgelegt. »Hinweise bitte an die Mordkommission in Berlin oder jede andere Polizeidienststelle.«

Zufrieden nahm er den Fahndungsaufruf und ging in den Beratungsraum. Bevor er sich mit den Kollegen traf, um sich über den letzten Stand der Ermittlungen abzustimmen, blieb noch Zeit für einen Kaffee.

Auch wenn der Überfall bei den Kollegen ernsthafte Sorgen auslöste, ein paar witzige Bemerkungen hinsichtlich des beachtlichen Veilchens gab es trotzdem. Blaue Augen seien in diesem Jahr Mode. Wegen mangelnden Erfolgs sei er gerade noch mit einem blauen Auge aus Voigts Rapport herausgekommen. Oder eine von Maestros Leichen wäre gar nicht tot gewesen und hätte sich den Weg aus der Gerichtsmedizin freigeboxt. Dumm nur, dass er im Weg stand.

Kräuming meinte nur lässig: »Ihr müsstet mal den anderen sehen.«

Schley betrachtete besorgt das blaue Auge. »Ein Steak hätte geholfen.«

»Dachte ich bis gestern ebenfalls, aber ich bin eines Besseren belehrt worden. Eiswürfel im Handtuch tun es auch.«

»Ich denke, das war ein Einschüchterungsversuch. Geübte Schläger waren das nicht«, bemerkte Lott, der den Bluterguss ebenfalls interessiert studierte. »Du solltest es trotzdem ernstnehmen.«

»So viel Aufmerksamkeit für einen kleinen Kommissar. Warum? Da scheint jemand nervös zu werden. Aber wer waren die Burschen, die mich gestern überfallen haben? Sicherlich keine Mitglieder der HIAG, dafür waren sie eindeutig zu jung. Ich fürchte, eine Ebene des Falls ist uns bisher verborgen geblieben«, sagte Kräuming. Er entzog sich der Begutachtung der beiden Kollegen und setzte sich an den Beratungstisch.

»Sehe ich genauso«, sagte Schley. »Der Verfassungsschutz beobachtet seit 1970 diverse lockere Gruppierungen rund um die NPD. Wehrsportgruppen. Rechtsextreme Untergrundzirkel, Schießklubs. In sich abgeschlossene Organisationen. Ohne Referenzen kommt man da kaum rein«, erklärte er. »Sehr wahrscheinlich stammen diese Typen aus diesem Milieu. Junge verblendete Männer, die glauben, den ›Volkskrebs Demokratie‹ bekämpfen zu müssen. Im vergangenen Jahr haben ein paar Spinner sogar eine neue NSDAP gegründet, Führer inklusive. Ein Frührentner aus NRW. Inzwischen trifft sich der harte Kern der Rechten unverblümt bei Sieg-Heil-Rufen, singt inbrünstig das Horst-Wessel-Lied und träumt von einer Staatsform mit Führerstruktur.«

Kräuming verzog das Gesicht. Horst Wessel. Horst. Er hasste diesen Namen. Dass seine Mutter ihn nach jenem Sturmführer der SA benannt hatte, der von KPD-Mitgliedern in Berlin getötet worden war und der den Text für die Parteihymne der Nazis geliefert hatte, ärgerte ihn außerordentlich. Angeblich der Wunsch seines Vaters. In der Schulzeit hatte er sich immer einen Spitznamen gewünscht. Egal, welchen. Lulatsch, Bohnenstange, Schlacks. So sehr er sich auch bemühte, die Freunde nannten ihn weiterhin Horst. Er hatte seiner Mutter deswegen nie einen Vorwurf gemacht. Aber in diesem Moment ärgerte er sich besonders darüber.

»Alexander hat recht. Du hast Glück gehabt«, bemerkte Schley. »Bei derartigen Überfällen ist normalerweise ein längerer Krankenhausaufenthalt fest eingepreist.«

Die Umfragewerte waren beunruhigend. Sorgen bereitete Paul Bittler vor allem die Tendenz, dass es für eine absolute Mehrheit der CDU am Wahlabend reichen könnte. Das käme einer Katastrophe gleich. SPD und FDP abgewählt. Keinerlei Einfluss der Liberalen auf die Bundespolitik. Die Partei würde sich zwar neu aufstellen und die SPD-Befürworter um Genscher an Macht verlieren, er persönlich dürfte aber in die Bedeutungslosigkeit abrutschen. Seit Tagen stiegen die Zahlen der Union. Wochenlang hatten die Demoskopen vorausgesagt, dass die CDU zwar Wahlsieger werde, aber ohne Koalitionspartner nicht regieren könne. Das war das Szenario, auf das er hingearbeitet hatte.

Das Mädchen, das er am Bahnhof Zoo aufgegabelt und in seine Wohnung mitgenommen hatte, war zu zugedröhnt, um es ihm zu besorgen. Sie hatte sich ausgezogen, wie ein Brett aufs Bett gelegt, die Beine gespreizt und war weggetreten. Eine Weile hatte er auf der Bettkante gesessen und sie betrachtet. Fast noch ein Kind. Schlank, jungenhaft, kaum ausgebildete Brüste. Die Einstiche im Arm waren entzündet. Eindeutig Heroin. Sie hing an der Nadel. Das allein störte Bittler nicht. Es verlangte ihn nach jungem Fleisch, je hilfloser, desto besser. Am Bahnhof Zoo gab es genug davon. Dass er sich nicht mit ihr vergnügte, lag an der Gleichgültigkeit, mit der sie bereit war, ihren Körper für einen weiteren Schuss zu verkaufen. Bittler holte seine Polaroid Kamera SX-70 aus dem Schrank und machte ein paar Fotos von ihr. Wie alt mochte sie sein? Dreizehn? Vierzehn? Wie eine Leiche, dachte er und verpasste ihr eine Backpfeife. Sie stöhnte kurz, wachte aber nicht auf.

Angewidert goss er sich einen Whisky ein und setzte sich in einen Sessel.

Dersch hatte ihn in der Hand. Der Hamburger Bauunternehmer brauchte nur den kleinen Finger zu bewegen, und seine politische Karriere gehörte der Vergangenheit an. Die Ausladung der italienischen Botschaft war ein deutliches Signal. Wer nicht nach Derschs Pfeife tanzte, musste mit den Konsequenzen leben. Das Büro des Ambasciatore hatte es nicht einmal als notwendig erachtet, mit ihm persönlich zu sprechen, geschweige denn sein Bedauern zu äußern. Ein kurzer amtlicher Brief der Botschaft, in dem auf eine Namensverwechslung hingewiesen wurde, genügte. Es gab keinen Zweifel, wer dahinterstand. Pütz hatte nur den Auftrag seines Meisters erfüllt.

»Wie du mir, so ich dir«, hatte Bittler nach dem Lesen des Schreibens geflucht und beschlossen, sein Wissen eidesstattlich zu Papier zu bringen und einem Anwalt zu überlassen. Derschs Idee, Gespräche mit Parteifreunden, die einen Wechsel der FDP unterstützen wollten, heimlich mit einem Rekorder aufzunehmen, um gegebenenfalls Wackelkandidaten an ihr Einverständnis zu erinnern, hatte Bittler kurzerhand gegen den Bauunternehmer verwendet. Seit Dersch ihm unverhohlen im Brauhaus Bönnsch gedroht hatte, war das Gerät sein ständiger Begleiter gewesen. Anfänglich nur als Spaß gedacht, war ihm beim erneuten Anhören klar geworden, welche Brisanz die Aufnahmen besaßen.

»Sollte ich früher aus dem Leben scheiden als biologisch erklärbar, leiten Sie diese Unterlagen an Vertreter der Presse weiter.«

Der Anwalt hatte Bittler erstaunt angeschaut, die drei gefütterten Umschläge in den Safe gelegt und sich Fragen oder Bemerkungen verkniffen. Als Adressaten waren Journalisten angegeben, die das politische Feuilleton bedienten.

Energisch stellte Bittler das Glas auf den Tisch, griff nach dem Hörer, wählte die Nummer des Seyna-Hotels und ersetzte die letzte Ziffer mit der Zimmernummer. Kaum, dass Dersch sich gemeldet hatte, drückte er die Wiedergabetaste.

Stimmen waren zu hören. Männer stritten darüber, wer von den künftigen Bundestagsabgeordneten der FDP ihre Position teilen würde. Schließlich mischte sich Dersch ein. »Meine Herren! Sollte die Überzeugungsarbeit von Liberales nicht fruchten oder ein angebotener Karriereschub leichtfertig abgelehnt werden, könnte Geld helfen. Sollte das auch nicht zum Ziel führen, besteht immer die Möglichkeit, Druck auszuüben.«

Die Wiedergabe stoppte. Bittler genoss Derschs Schweigen am anderen Ende der Leitung.

»Ich habe mehrere Bänder mit dem Nonsens, den Sie so von sich geben. Dürfte nicht nur für Journalisten interessant sein. Ich gehe davon aus, dass Sie sich künftig nicht mehr in meine Angelegenheiten einmischen, geschweige denn mir drohen.«

»Sie leben sehr gefährlich«, antwortete Dersch, und der Ärger, einen derart plumpen Fehler gemacht zu haben, war deutlich zu spüren.

Bittler lachte albern.

»Ich dachte mir schon, dass Sie so etwas sagen würden. Natürlich existieren mehrere Kopien. Sollte ich unerwartet ermordet werden oder einen Unfall erleiden, gibt es Anweisungen, wie damit zu verfahren ist. Mein lieber brauner Freund, ich denke, wir verstehen uns. Kommen Sie nicht auf komische Gedanken, dann sind die Bänder lediglich eine Erinnerung an eine aufregende Zeit.«

Ohne sich zu verabschieden, legte Bittler auf. Dersch mochte zwar ein genialer Stratege sein, aber was Intrigen anging, konnte er ihm nicht das Wasser reichen.

Das Mädchen auf dem Bett richtete sich benommen auf und schaute sich erschrocken um. Als sie sich ihrer Nacktheit bewusst wurde, zog sie schnell die Decke über ihren Körper. Mitleidig betrachtete Bittler sie. Er zog zwei Scheine aus dem Portemonnaie und warf sie auf den Nachtisch.

»In fünf Minuten bist du verschwunden.«

Dersch starrte wütend auf sein Telefon. Er hatte Bittler unterschätzt. Hinter der glatten, biederen Fassade des Karrieristen verbarg sich ein machthungriger, berechnender Politiker, der alles dafür tat, seine Ziele zu erreichen. Langsam stopfte er seine Pfeife, schaute aus dem Fenster auf die Straße, betrachtete die vorbeifahrenden Autos und überdachte die neue Situation.

Das Problem war, dass er nicht genau wusste, was der FDP-Heini alles gegen ihn in der Hand hatte. Ob die Bänder strafrelevant waren, war zweifelhaft. Gute Rechtsanwälte würden die Verwendung der Aufnahmen als illegal bezeichnen, abgesehen davon ließ sich der Inhalt unterschiedlich interpretieren. Prozesse können langwierig sein, überlegte Dersch. Andererseits käme eine Veröffentlichung für den FDP-Hoffnungsträger einem politischen Selbstmord gleich. Auch Bittler wusste das. Solange beide stillhielten, bestand keine Gefahr. Patt, dachte Dersch. Niemand kann gewinnen. Niemand muss verlieren. Er zündete die Pfeife an und lehnte sich zurück. Die anfängliche Wut war Pragmatismus gewichen. Die Zeit spielte ihm in die Hände. Sollte Bittler ruhig an seine Lebensversicherung glauben.

Waldemar Gotzkofski stand vor den Aufstellern und studierte die Details. Aufmerksam betrachtete er jedes einzelne Foto, die Skizzen, las Notizen und überflog die Informationen zu den Tatorten. Erst nach einer Weile bemerkte er, dass Horst Kräuming den Beratungsraum betreten hatte. Verlegen räusperte er sich und nahm seine Aktentasche.

»Ich habe meine privaten Sachen geholt. Voigt hat mich gebeten, das zeitnah zu erledigen. Ich gebe zu, ich war neugierig. Alte Berufskrankheit. Natürlich interessiert mich brennend, ob ihr vorankommt. Einmal Bulle, immer Bulle.«

Statt zu antworten, schob Kräuming die Tür unmissverständlich weiter auf.

»Verstehe. Das habe ich mir selbst zuzuschreiben. Auch wenn es als Entschuldigung nicht taugt, ich habe Sie falsch eingeschätzt.«

Er ging an Kräuming vorbei, blieb dann aber stehen und deutete auf die Fotos der Leichen. »Vielleicht ist es ja ohne Bedeutung. Ist Ihnen aufgefallen, dass alle Opfer nur indirekt mit dem Unternehmen Bernhard zu tun hatten? Niemand besaß eine Position mit Verantwortung für die Fälscheraktion. Bei den Toten handelt es sich ausschließlich um Männer aus der zweiten Reihe. Ist doch verwunderlich, oder?«

Ohne eine Antwort zu erwarten, ging er, müde und enttäuscht. Langsam schloss Kräuming die Tür hinter ihm und trat an die Wand. Er betrachtete die Fotos der Toten. Gotzkofski hatte recht. Dem alten Kommissar war etwas Wichtiges aufgefallen. Keines der Opfer war in einer bedeutenden Position. Was sie verband, waren der Genickschuss, die britischen Blüten, keine direkte Verbindung zur Fälscherwerkstatt und eine junge Frau, die gnadenlos den Abzug betätigt hatte. Kräuming heftete den öffentlichen Fahndungsaufruf an die Pinnwand. Er war sicher, in wenigen Stunden würde Lott glühende Ohren bekommen.

Er schaute auf das tickende Ungetüm über der Tür.

Die bundesweite Fahndung nach Elke Kellerhof war eingeleitet. Interpol war ebenfalls eingeschaltet worden und sorgte dafür, dass spätestens am kommenden Morgen auf jedem Flughafen nach der Verdächtigen gefahndet wurde. Nach seiner Einschätzung befand sich Elke Kellerhof weiter in Berlin. Zumindest ließen die wenigen

Hinweise darauf schließen, die Lott erreicht hatten. Das würde sich bald ändern. Bis zur Beratung blieb noch Zeit, Röthlisberger anzurufen, um ihn auf den neuesten Stand zu bringen.

Wie erwartet standen die Telefone der Mordkommission an diesem Morgen nicht mehr still. Lott war in seinem Element und koordinierte die Verfolgung der Hinweise. Die Gesuchte war mehrfach auf der Strecke U6 gesehen worden, aber eine wirklich heiße Spur gab es bisher nicht.

Eine Studentin, die aus den Semesterferien zurückgekehrt war, meldete sich und gab an, mehrmals versucht zu haben, Elke Kellerhof für politische Aktionen zu gewinnen. Erfolglos, wie sie eingestand. Einzig eine Broschüre über die NS-Vergangenheit deutscher Professoren fand ihr Interesse.

Auch der Hinweis eines Mitglieds des Berliner Alpenvereins, der meinte, er wäre der Gesuchten im Frühjahr am Kletterturm auf der Nordseite des Teufelsberges im Grunewald begegnet, klang vielversprechend. Der Mann erinnerte sich deswegen so genau an sie, weil sie ohne Sicherung eine der schwersten Routen geklettert war. Sehr überzeugend und technisch perfekt. Dennoch, ein verdammter Leichtsinn.

Verschiedene Hinweise konzentrierten sich auf die Gegend rund um die Falkenseer Chaussee in Spandau. Mehrere Zeugen behaupteten, der jungen Frau in der gleichnamigen Wohnanlage begegnet zu sein. Die Beobachtungen lagen Wochen zurück. Einige Anrufer schworen, die Gesuchte bei Bolle in Lankwitz erkannt zu haben. Wieder andere nannten Kreuzberg, Moabit und Schöneberg. Lott schickte jeweils Beamte in die Gegend, um Genaueres zu erfahren. Der alles entscheidende Hinweis blieb jedoch aus.

»Nur eine Frage der Zeit, bis wir dich finden«, murmelte Lott und ergänzte ein paar Stecknadeln auf der Karte.

»Es gibt einen neuen Hinweis auf eine bayerische Kneipe. Die Kellnerin schwört, unsere Verdächtige sei Gast im Weißen Röss'l gewesen«, meldete ein junger Beamter und reichte Lott einen Zettel.

»Am Wolfgangsee in Österreich?«

»Nein, knapper Kilometer vom Teltowkanal entfernt in Lichterfelde. Oktoberfest! Saufen, fressen, schunkeln.«

»Hat also nichts mit dem Film mit Peter Alexander zu tun«, bemerkte Lott bedauernd. Er hielt den Zettel dicht vor sein Gesicht, studierte die Adresse, und fast schien es, als gedachte er den Wahrheitsgehalt der Information durch Schnuppern zu ergründen. Abrupt stand er auf und zog sein Jackett über. »Dem Hinweis gehe ich selbst nach.«

Bevor Kräuming Einspruch einlegen und darum bitten konnte, einen weniger wichtigen Kollegen dem Tipp nachgehen zu lassen, platzte Schley dazwischen: »Die Überprüfung der Patientenliste von Frau Dr. Dosse ist abgeschlossen. Unter den achtundfünfzig Personen befinden sich vier ehemalige SS-Männer, zwei KZ-Häftlinge, zwei Dutzend Wehrmachtsangehörige, und der Rest ist über die uns vorliegenden Listen nicht zuordenbar. Keiner von ihnen war im KZ Sachsenhausen. Wir haben trotzdem mit jedem gesprochen. Niemand kennt unsere Verdächtige. Von der Aktion Bernhard haben einige schon mal gehört, meist aus der Artikelserie vom *Stern* 1959, *Geld wie Heu*. Einer erinnerte sich, einen Spielfilm, *Der Schatz vom Toplitzsee*, gesehen zu haben, der aber langweilig war. In Verbindung mit der Geheimaktion will niemand gestanden haben. Ob das stimmt, können wir momentan nicht prüfen.«

Schley reichte Kräuming die abgearbeitete Liste und zuckte mit den Schultern. »Kein Treffer. Eindeutig ein weiteres Dokument unserer Fehlbarkeit.«

Der nächste Anruf galt Andrea. Sie hielt sich nicht lange mit einem Vorgeplänkel auf und informierte ihn über den aktuellen Stand ihrer Nachforschungen.

»Glaubt man den Zahlen des Häftlings Oskar Stein, eines tschechischen Antifaschisten, Ingenieurs und Vorarbeiters in der Fälscherwerkstatt, wurden fast neun Millionen Exemplare unterschiedlicher Werte gedruckt. Stein führte eine heimliche Liste über die gefertigten Banknoten, fein nach den einzelnen Werten getrennt. Demnach gab es die Fünf-Pfund-Note am häufigsten. Ihm ist zu verdanken, dass überhaupt die Größenordnung des Betruges bekannt ist.«

»Im *Stern* steht nichts darüber, wie viele Kisten Falschgeld im Toplitzsee versenkt wurden.«

»Es gibt zwar Augenzeugenberichte, die sind aber leider sehr vage. Alle sprechen von einer großen Menge Kisten, die Ende April in dem See versenkt wurden. Das war garantiert aber nur ein Bruchteil. Hohe Summen hat SS-Sturmbannführer Friedrich Schwend im Schloss Labers über seine Agenten in den Vertrieb gebracht. Darüber, wo der Rest der Blüten geblieben ist, existieren nur Mutmaßungen. Höchstwahrscheinlich vernichtet. Interessanterweise gibt es heute Antiquitätenhändler, die britische Pfundnoten als falsch deklarieren, obwohl sie echt sind. Bringt mehr Geld. Da niemand in der Lage ist, die echten von den gefälschten zu unterscheiden, ein äußerst lukratives Geschäft.«

Ein paar Sekunden war es ruhig in der Leitung. Kräuming überlegte, ob er ihr von dem gestrigen Überfall erzählen sollte, entschied sich aber dagegen, um sie nicht zu beunruhigen.

»Sagst du mir, was du trägst?«

»Du willst wissen, was ich anhabe?«

»Ich bin zutiefst neugierig. Ein Augentier. Und was ich nicht sehe, muss ich mir vorstellen.«

Sie lachte.

»Du erinnerst dich an die goldene Kette mit der Münze?«

»Auf der einen Seite war irgendein Kopf, auf der anderen ein Pferd. Ja, warum?«

»Nicht irgendein Kopf, du Banause. Die Münze zeigt Tanit, die punische Göttin der Fruchtbarkeit und Schutzgöttin von Karthago. Aber egal. Momentan liege ich wie Tizians Venus von Urbino lasziv auf dem Sofa, nur bekleidet mit dieser Kette, und spüre das kalte Metall der Münze auf meiner samtigen Haut.«

Ein verführerischer Seufzer folgte.

»Du bist nackt?«

Erneut lachte sie.

»Natürlich nicht. Herr Kommissar, ich bin eine anständige Frau. Ich sitze in einer abgetragenen Jeans und einem ausgebeulten Rollkragenpullover am Tisch und blättere seit zwei Stunden *Die Berliner Illustrierte Zeitung* durch. Jahrgänge '43 bis '45. Das einzig Erfrischende, das meine Hand umfasst, ist ein Glas kaltes Wasser mit Holundersirup. Anschließend verlasse ich die Wohnung und begebe mich in die FU. Etwas sagt mir, dass dieser Sehnsuchtsort an der Adria, Sorrent, wichtig ist.«

»Ich würde dich gerne heute noch sehen«, bat Kräuming, der

das Bild der sich sinnlich rekelnden Historikerin mit Münze nicht aus dem Kopf bekam. »Über den aktuellen Stand der Ermittlungen berichte ich meiner Venus vom Rüdesheimer Platz nur persönlich.«

Sie zögerte einen Augenblick, kicherte albern und antwortete mit strenger Stimme: »Ich gewähre Ihnen in meinen Privatgemächern eine nächtliche Audienz, Herr Kommissar. Schnurrr!«

Als Kräuming, ohne zu klopfen, das Vorzimmer betrat, schaute ihn Fräulein Stürmer erschrocken an. Langsam ließ sie eine kleine Flasche im Schubfach verschwinden. Bevor sie etwas sagen konnte, wedelte er sich genüsslich Luft zu. Er neigte leicht den Kopf über den Schreibtisch und schloss verzückt die Augen.

»Toska! Richtig?«

Verblüfft nickte sie, und zum ersten Mal, seit er ihr begegnet war, huschte die Andeutung eines freundlichen Lächelns über ihr Gesicht.

Ein leichter Seufzer entfleuchte seinen Lippen. »Ich mag diesen Duft ungemein. Erinnert mich an meine Mutter.«

Das Lächeln erstarb. Amüsiert deutete Kräuming auf die Tür.

»Bemühen Sie sich nicht, ich finde den Weg allein.«

Staatsanwältin Reichert saß schweigend am Tisch, und ihr Gesichtsausdruck kündigte Probleme an oder Ärger, wahrscheinlich beides.

Unaufgefordert nahm Kräuming Platz und überlegte, welche Ungeheuerlichkeit er diesmal begangen haben könnte. Voigt schien darüber nachzudenken, ob die Selbstverständlichkeit, ungefragt am Tisch des Leiters für Tötungsdelikte Platz zu nehmen, zu einem mündlichen Rüffel berechtigte. Schließlich entschied er, ein dezentes Hochziehen der Augenbrauen als Zeichen deutlichen Missfallens genüge. Allein Kräuming schien derart feine Nuancen nicht zu verstehen.

Voigt deutete auf die Staatsanwältin: »Es wird politischer Druck auf das BKA, die Staatsanwaltschaft und auch auf Polizeipräsident Hübner ausgeübt. Tenor ist, den Fall an das LKA Hannover abzugeben. Man ist der Meinung, die Ermordung von Arne Pütz habe eine höhere Priorität, schon allein durch die internationale Beachtung, die durch den Fund der Raubkunst dem Fall zuteilwird. Staatsan-

wältin Reichert erwartet eine Stellungnahme von mir. Der Gedanke ist nachvollziehbar und, ich gebe zu, mir nicht unsympathisch.«
»Sie wollen den Fall abgeben?«
Voigt ignorierte die Frage.
»Es gibt Interventionen aus allen Richtungen«, erklärte Liselotte Reichert. »Selbst Ihr persönlicher Freund, dem Sie einen Satz warme Ohren verpasst haben, meint im *Bonner Anzeiger*, dass Sie zwar ein äußerst engagierter Beamter seien, der jeden Respekt verdiene, dessen einziges Manko aber leider fehlende Berufserfahrung sei.«
»Sie kennen meine Akte?!«
»Ich bin die ermittelnde Staatsanwältin. Es wäre erfreulich gewesen, wenn Sie mich über die Probleme in Wiesbaden vorher informiert hätten. Überraschungen liebe ich überhaupt nicht. Zurück zu Ihrem Freund. Nach seinem Empfinden konzentrieren sich die Ermittlungen zu sehr auf die Vergangenheit und zu wenig darauf, die Täterin dingfest zu machen. Seiner Meinung nach dürfte die Gruppe junger Kanadierinnen mit französischem Akzent in Deutschland übersichtlich sein.«

Dass der Abgeordnete Ullrich Brunkau jede Gelegenheit nutzte, ihm eins auszuwischen, war für Kräuming nachvollziehbar. Die Ohrfeigen waren kräftig gewesen. Er lehnte sich zurück und grinste.

»Da stellt sich doch sofort die Frage: Woher weiß der Herr CDU-Abgeordnete von dem französischen Akzent der Verdächtigen? Steht weder im Fahndungsaufruf, noch hat die Presse das erwähnt.«

Fritz Voigt und Liselotte Reichert brauchten einen Augenblick, bevor sie verstanden.

»Möglicherweise hat Brunkau nur geraten?«, gab Voigt zu bedenken. »Elke Kellerhof stammt aus Kanada.«

»Unwahrscheinlich. Erstens: Drei Viertel der kanadischen Bevölkerung sprechen Englisch. Zweitens: Dass sie Staatsbürgerin Kanadas ist, wurde der Öffentlichkeit ebenfalls vorenthalten. Der Hinweis auf einen französischen Akzent ist viel zu konkret«, widersprach Kräuming.

»Wenn das stimmt, haben wir eine undichte Stelle. Entweder im BKA, bei der Staatsanwaltschaft oder bei uns in der Mordkommission«, schlussfolgerte Voigt und war alles andere als begeistert.

»Warum mischt sich ein Politiker in die laufenden Ermittlungen ein? Er ist doch gar nicht involviert?«, überlegte Kräuming laut.

»Brunkau engagiert sich stark im konservativen Unternehmerverband der CDU«, erklärte die Staatsanwältin. »Motto: So viel Marktwirtschaft wie nötig und so wenig Soziales wie möglich.«

»Ist es denkbar, dass einigen der Herren Unternehmer bei dem Gedanken mulmig wird, was die Ermittlungen so alles aufdecken könnten?«, gab Kräuming zu bedenken.

»Das ist reine Mutmaßung. Bisher sehe ich dafür keinerlei Hinweise«, widersprach Voigt.

»Tatsächlich? 1959 wurden die Tauchgänge des *Stern* am Toplitzsee plötzlich eingestellt. Zur Erinnerung, aus den Tiefen des Sees wurden nicht nur Kisten mit Falschgeld geborgen, sondern auch Akten. Österreich sperrte den See aus fadenscheinigen Gründen für Tauchgänge. Angeblich zu unsicher. Diesen Standpunkt vertritt man bis heute.«

Nachdenklich trommelte Liselotte Reichert mit den Fingernägeln auf den Tisch. »Ich sag es nur ungern, aber die Morde bringen Geheimnisse ans Licht, deren Konsequenzen wir gar nicht absehen können. Das Problem ist, wenn ihr das BKA über eine mögliche undichte Stelle in Kenntnis setzt, wird Wiesbaden auf die Abgabe nach Hannover bestehen, und die Staatsanwaltschaft wird dem zustimmen. Also, wie wollen Sie damit weiter verfahren?«

Bedächtig hob Voigt beide Hände. »Vorsicht! Wir reden hier über die bewusste Zurückhaltung von Informationen. Ich bin nicht gewillt, meinen geliebten Posten aufgrund von Mutmaßungen und unbewiesenen Legenden aufs Spiel zu setzen.«

»Ohne den historischen Hintergrund hätten wir nie verstanden, was der Grund der Morde ist.«

»Ach, Sie kennen das Motiv?«, reagierte Voigt genervt.

»Wir verstehen es jeden Tag ein bisschen mehr.«

»Also doch nicht.«

Kräuming verdrehte die Augen. »Wenn wir die Zusammenhänge begreifen, kennen wir auch das Motiv.«

»Sehr beeindruckend! Klingt wie aus dem Schulbuch. Und, haben Sie einen konkreten Verdacht, Kommissar Kräuming?«

»Wir haben den Namen der Täterin.«

»Der vermeintlichen! Können Sie auch garantieren, dass Sie Elke Kellerhof in den nächsten Tagen fassen werden?«

»Natürlich nicht.«

»Gehe ich richtig in der Annahme, dass Sie auf einen weiteren Mord warten, in der Hoffnung, der bringt Sie der Täterin ein Stück näher?«

»Worauf wollen Sie hinaus?«

»Herr Kräuming, Sie haben einen ganzen Gabentisch voller Indizien und Hinweise. Nur bringt uns das gerade nicht einen Schritt voran.«

Voigt hatte recht. Sie traten auf der Stelle. Jeder in der Mordkommission wusste, dass es weitere Opfer geben würde. Die Fragen waren: wer und wann. Seit Stunden versuchten Lott und die anderen Kollegen, die Anschrift der Mörderin herauszufinden. Das Ergebnis war gleich null. Egal, was sie taten, die Ermittlungen liefen ins Leere. Letzte gemeldete Adresse: Studentendorf Schlachtensee.

»Falschgeld der Nazis. Eine Verrückte, die sich auf einem gnadenlosen Rachefeldzug befindet. Ein Maulwurf in den Reihen der Polizei. Undurchsichtige Verbindungen zur Politik. Klingt wie ein perfektes Drehbuch für einen erfolgreichen Thriller. Mehr aber auch nicht. Sie müssen es beweisen! Nach dem jetzigen Stand bleibt mir gar nichts anderes ...«

Wütend sprang Kräuming auf.

»Das können Sie nicht machen. Wir sind verdammt nah dran. Seit heute früh läuft die Öffentlichkeitsfahndung und bringt ständig neue Hinweise. Die Kollegen schieben Überstunden. Jeder reißt sich den Arsch auf. Es ist wie die Suche nach der Nadel im Heuhaufen. Ich bin sicher ...«

»Kräuming, Sie wissen ja nicht einmal, in welcher Scheune Sie suchen müssen. Abgesehen davon, meine Sympathie für Sie hält sich in Grenzen. Warum sollte ich das Risiko eines Misserfolgs eingehen?«

Ein kurzer Blick zur Staatsanwältin verriet Kräuming, dass diese ihn nicht unterstützen würde. Sie sah ihn nur abwartend an, nahm ihre Tasse und nippte daran.

»Weil ich weiß, dass unter Ihrer verdammt glatten frust- und ärgerabweisenden Lotusschicht noch immer das Herz eines Bullen schlägt. Den Fall loszuwerden, mag Ihrer Karriere förderlich sein.

Nur zu! Der Teppich ist ausgerollt. Fragen Sie sich aber auch, was die Entscheidung, aufgegeben zu haben, mit Ihnen machen wird, wenn Sie wissen, dass der nächste Mord hätte verhindert werden können? Nur etwas mehr Arsch in der Hose wäre echt hilfreich.«

Voigt erblasste. Kräuming ließ nicht locker.

»Elkes Vater, Johannes Kellerhof, lebt möglicherweise unbehelligt irgendwo in der Stadt. Wie es aussieht, ist der Mann ein gesuchter Kriegsverbrecher. Momentan bin ich die beste Chance, den Amoklauf seiner Tochter zu beenden. Sie wissen das und die Staatsanwaltschaft auch. Und ja, das gelingt mir nur, wenn ich mich in dieser Drecksvergangenheit suhle. Und wenn Köpfe ehemaliger Nazis rollen? Umso besser. Ich bitte Sie! Sie müssen mich nicht mögen, aber eins und eins zusammenaddieren, das erwarte ich schon.«

Statt zu explodieren, lehnte sich Voigt zurück. Langsam wippte er mit dem Oberkörper und betrachtete abwechselnd die Staatsanwältin und Kräuming. Schließlich atmete er tief durch.

»Dass Sie sich Sorgen um mein Seelenheil machen, nehme ich Ihnen nicht ab. Sie sind wie ein nerviger Tinnitus, belastend, ständig störend, und man wird Sie einfach nicht los.«

Liselotte Reichert wollte etwas sagen, aber Voigt hob energisch die Hand. Sie verzichtete auf den Kommentar.

»Der Hinweis auf die undichte Stelle bleibt unter uns. Wiesbaden wird davon nichts erfahren, noch nicht. Die Kritik des BKA hinsichtlich der Ermittlungsschwerpunkte weise ich in aller Deutlichkeit als unbegründet und Einmischung zurück. In meiner Stellungnahme gegenüber der Staatsanwaltschaft werde ich die Übertragung an das LKA Hannover aus ermittlungstaktischen Gründen ablehnen.«

Die Staatsanwältin erhob sich und ging zur Tür.

»Ich bin seit fünf Minuten weg, und die letzten Sätze habe ich nicht gehört. Unabhängig davon werde ich mich der Ablehnung uneingeschränkt anschließen.«

Sie nickte Kräuming kurz zu.

»Das verschafft Ihnen etwas Spielraum. Ich fürchte, damit wird die Angelegenheit nicht vom Tisch sein. Ihre Zeit läuft oder besser gesagt, unsere.«

Lott strahlte über das ganze Gesicht.

»Ich habe Glück gehabt! Ich habe mit einer Kellnerin aus dem Weißen Röss'l gesprochen. Elke Kellerhof ist ihr negativ aufgefallen.«

»Erzähl!«, forderte Kräuming den Kollegen auf, füllte Kaffee in eine Tasse und setzte sich an den Tisch.

»Wenn jemand zum Oktoberfest geht und weder Bier trinkt noch Weißwurst verdrückt, dann fällt er negativ auf. Die Kellnerin, die dort abends servierte, hatte das Gesicht unserer Verdächtigen sofort erkannt. Eine echt stramme Maid. Vorbau wie eine Amme. Kräftige, rosige Arme. Berliner Schnauze. Die kann zehn Bierkrüge problemlos mit einem Mal transportieren.«

Neugierig setzte Schley sich dazu, nahm sich ebenfalls eine Tasse und stellte bedauernd fest, dass die Kanne leer war.

»Können wir uns bitte auf das Wesentliche konzentrieren?«, mahnte Kräuming.

»Für mich ist das ein überaus wichtiges Detail! Na egal!« Lott schlug seine Kladde auf. »Ich zitiere: ›Die Kleene hatt'n Sprung inne Schüssel. Die stand die janze Zeit neben de Einjangstür, hat Jäste beobachtet und vor sich hinjezählt. Mit französischem Akzent. Die hat nich ma uff meene Frage, ob se wat trinken will, reagiert. Hat einfach weiterjezählt, und jeglotzt hat se wie ne Kuh, wenn der Besamer kalte Hände hat.‹ Zitat Ende.«

Angesichts der Wortwahl mussten Kräuming und Schley lachen.

»Ist bekannt, wen sie beobachtet hat?«

»Die Frage habe ich auch gestellt. Immerhin habe ich die Polizeischule mit gut bestanden. Antwort: ›Menschen! Ick kiek mir ja ooch jerne Leute an, aber nicht so ufffällig.‹«

»Das ist alles?«

»Mehr ist ihr nicht aufgefallen. Ehrlich gesagt, die ...«, statt die Brüste zu benennen, deutete Lott mit beiden Händen das Volumen an, »... ich glaube, das waren alles Muskeln. Dafür braucht man doch eigentlich einen Waffenschein, oder?«

Kräuming verdrehte die Augen.

»Kollege Lott, Brüste, ob durchtrainiert oder nicht, sind kriminaltechnisch gesehen grundsätzlich nicht als Waffe einzuordnen. Jedenfalls nicht im klassischen Sinne.«

»Horst, sag doch nicht so was. Es sollen schon Männer in ihrer Wollust zwischen selbigen erstickt sein, habe ich gehört«, mischte sich Schley ein und hob den Finger: »Es gab da mal einen Fall in den Fünfzigerjahren. Ein Mann kam beim Liebesakt ums Leben. Laut gerichtsmedizinischem Gutachten wurden die Atemwege blockiert. Hat sich quasi angesaugt und dabei ist ein Unterdruck entstanden. Die Frau hat das dummerweise zu spät bemerkt. Der pikante Tod wurde allerdings vom Richter als Unfall eingeordnet.«

Kräuming und Lott schauten den haarigen Riesen ungläubig an. Es dauerte eine Weile, bis sich die Vorstellung des bedauerlichen Todesumstandes in ihren Köpfen auflöste.

»Die Frage ist doch«, formulierte Kräuming nachdenklich, »was Elke Kellerhof da gewollt hat? Und seit wann pflegt man in Berlin denn bayerisches Volkstum?«

»Ist groß im Kommen«, bemerkte Lott mit unverhohlener Freude. »Nicht nur da, sondern auch unter dem Funkturm. Wen sie beobachtet hat, wissen wir nicht. Noch nicht. Ich war nämlich so frei, die Vorbestellungen aller Gäste aufzuschreiben. War allerdings nur eine Handvoll. Die meisten Gäste kommen so vorbei.«

»Gibt es eine Übereinstimmung mit der Patientenliste von Frau Dr. Dosse?«

Bedauernd schüttelte Lott den Kopf. »War auch mein erster Gedanke. Leider nicht. Von den Gästen stehen nur die Nachnamen im Kalender und die vorbestellte Anzahl der Plätze.«

Schley räusperte sich vernehmlich. »Hilft uns also auch nicht weiter.« Ein Lächeln lag auf seinem Gesicht, während er über die dunklen Bartstoppeln strich, die seit der Morgenrasur wieder energisch dem Licht entgegenstrebten.

»Während du dich mit den beiden Gaudinockerln im Biergarten amüsiert hast, haben andere richtige Polizeiarbeit geleistet. Wir wissen inzwischen, dass Elke Kellerhof sich nach ihrer Einreise in Deutschland vier Wochen lang in München aufgehalten hat. Sie hat jeden Tag ihre Großmutter besucht und sich gekümmert. Die Heimleiterin meinte, die junge Frau sei liebevoll, aber eigenwillig gewesen. Sie hatte den Eindruck, dass sie nach ihrem Vater suchen würde. Jedenfalls hat die junge Frau ihre Oma Hildegard ständig nach ihm befragt. Sie selbst habe höflich darauf verwiesen, dass sich sonst nie ein Familienmitglied nach der alten Dame erkundigt habe. Elke hatte das mit einem Lächeln zur Kenntnis genommen, als wüsste sie es besser. Ich denke, sie weiß, dass ihr Vater noch lebt.«

Lott verschränkte beleidigt die Arme und starrte auf die Tischplatte, die vollständig mit Zetteln bedeckt war.

»Richtige Polizeiarbeit! Ihr? Das nehme ich persönlich.«

Zwei Stunden später saß Horst Kräuming in seinem Buckelvolvo und war auf dem Weg nach Wilmersdorf. Fünfzehn Minuten würde er brauchen und mit ein bisschen Glück gleich einen Parkplatz vor ihrem Haus finden.

Andrea Grabes wohnte im vierten Stock, und ihre Wohnung bot einen fantastischen Blick auf den Rüdesheimer Platz, einen der schönsten in Berlin. Er freute sich und kam sich wie ein Student vor, der von seiner überaus aparten Professorin Unterlagen abholen durfte und sich auf dem Weg zu ihr erotischen Tagträumen überließ.

Er klingelte. Andrea öffnete die Tür, bekleidet nur mit einem knappen Badetuch. Sie war frisch geduscht, ihr Haar nass, sie roch nach Apfelshampoo. Statt einer Begrüßung ließ sie das flauschige Nichts langsam herabgleiten.

Kräuming grinste bei dem Gedanken. Zu einfach. Das war es noch nicht. Er bog von der Kurfürstenstraße in die Nürnberger Straße ein und schlich auf der rechten Spur entlang.

Er klingelte. Andrea öffnete die Tür. Es duftete herrlich nach etwas Exotischem. Sie hatte gekocht. Wein atmete in einem Dekanter. Kerzen warfen warmes Licht auf das samtene Tischtuch. Schnell legte sie die Schürze auf den Sessel. Darunter trug sie ein elegantes Kleid, passend für einen Galaempfang.

Eindeutig zu artig. Sie war Professorin, selbstbestimmt, unabhängig, keine Hausfrau, die sehnsüchtig auf ihren Gatten wartete. An der Ampel Tauentzienstraße wurde er von dem nachfolgenden Fahrzeug wütend angehupt, weil er das Umspringen der Ampel auf Grün nicht sofort bemerkte. Mit aufbrausendem Motor überholte der Mann den Buckelvolvo auf der Kreuzung, als wäre das verspätete Anfahren eine schwere Beleidigung. Kräuming interessierte es nicht. Gemächlich fuhr er weiter.

Er klingelte. Andrea öffnete die Tür. Sie war in ein schwarzes

Lacklederoutfit gekleidet, das ihre Körperformen prächtig betonte. Sie schaute ihn streng an, dann auf die Uhr. Sie zeigte mit dem Finger auf das Sofa. »Du lässt mich warten? Ich werde dich Anstand lehren!«

Den Gedanken verwarf Kräuming sofort wieder, auch wenn er die Historikerin durchaus als dominant empfand. Erneut hupte jemand. Sein Wagen blockierte in der Mitte zwischen zwei Spuren die Nachfolgenden. Ruckartig zog er nach rechts. Du musst dich konzentrieren, ermahnte er sich und verbot sich weitere pikante Szenarien. Tatsächlich fand er einen Parkplatz vor dem Haus.

Er klingelte. Die Tür öffnete sich nicht. Kräuming trat auf die Straße. Keines der Fenster in der vierten Etage war erleuchtet. Verwundert schaute er auf die Uhr. Sie war eine Eule, keine Lerche. Dass Andrea um diese Zeit schlief, schloss er aus. Er stieg wieder in seinen Volvo. Bis zur FU brauchte er maximal fünfzehn Minuten.

Langsam strich Andrea Grabes über den Rücken eines kleinen hölzernen Elefanten. Sie schaute auf den Chronometer, der im Regal stand. Zweiundzwanzig Uhr siebzehn. Ein Geschenk ehemaliger Studenten. Die Zeiger drehten sich falsch herum. Eine Anspielung auf ihre Äußerung, manchmal wünsche sie sich, die Uhr zurückdrehen zu können. Nachdenklich betrachtete sie den Dickhäuter. Den Wunsch, Historikerin zu werden, hatte sie im Alter von zwölf Jahren verspürt, als sie einen Artikel über Hannibals Überquerung der Alpen las. Der karthagische Feldherr hatte im Zweiten Punischen Krieg das Hochgebirge mit siebenunddreißig Kampfelefanten überquert, um Roms Legionen zu besiegen. Ihr kindliches Interesse galt dabei den Elefanten. Dass Männer sich wegen der Vorherrschaft im Mittelmeerraum gegenseitig die Köpfe einschlugen, interessierte sie nicht. Alles, was sie an Büchern über diese Zeit bekommen konnte, hatte sie mit wachsender Neugier verschlungen. Sie kannte jede Theorie über die mögliche Route der Überquerung der Alpen. Von den zwanzig wahrscheinlichen hielt sie die, die am Matterhorn vorbeiführte, für die richtige – aus einem einzigen, aber überzeugenden Grund: Auf einer der punischen Münzen fand sich eine Abbildung des Massivs. Schließlich las sie, dass alle Elefanten bis auf einen den folgenden Winter nicht überstanden hatten. Nur Surus, der Lieblingselefant des Feldherrn Hannibal, überlebte. Traurig über den Tod der Tiere brachte sie alle Bücher zurück in die Bibliothek. Doch von Stund an war sie mit dem Bazillus, sich mit Geschichte zu beschäftigen, infiziert.

Den abgegriffenen Elefanten aus schwarzem Ebenholz hatte sie damals von ihrem Taschengeld in einem Antiquitätenladen erworben. Der rechte Stoßzahn fehlte, und es war eher eine schlichte Schnitzarbeit. Für sie war es Surus, jener Dickhäuter, der die Alpen überquert hatte. Wenn sie nachdenken wollte, nahm sie ihn regelmäßig in die Hand. Über die glatte Oberfläche zu streichen, half ihr, sich zu konzentrieren. Als sie sich nach dem Studium auf die Geschichte Deutschlands im Nationalsozialismus spezialisiert hatte, war sie auf einen Satz von Bertolt Brecht gestoßen:

»Das große Karthago führte drei Kriege. Es war noch mächtig nach dem ersten, noch bewohnbar nach dem zweiten. Es war nicht mehr auffindbar nach dem dritten.«

Seufzend stellte sie die Figur an ihren Platz und ließ den Elefanten aus dem Fenster schauen. Sie stand auf und sortierte in ihren Zettelkasten die Kärtchen wieder ein, die sie Stunden vorher herausgesucht hatte. Schließlicht steckte sie auch jene zurück, auf denen *Sorrent* stand.

Die Idee, all ihr Wissen kleinen Karteikärtchen anzuvertrauen, war ihr bei einem Vortrag des Soziologen und Systemtheoretikers Niklas Luhmann gekommen, der an der Universität Bielefeld über die Schwierigkeit sprach, komplexes Wissen in ein Beziehungsgeflecht von Erkenntnissen und Quellenangaben zu erfassen. Sein schon seit den Fünfzigerjahren liebevoll »Zettelkasten« genanntes System hatte sie für ihre Forschung übernommen. Grabes konnte auf fast fünfundsiebzigtausend Karteikarten zugreifen, die in fünf verblichenen Buchenholzkästen mit jeweils vier Einschüben seitlich neben ihrem Schreibtisch standen. Tausende Details aus der NS-Zeit waren vermerkt und über Querverbindungen mit Hinweisen auf Dokumente oder Bücher verknüpft. Mein zweites Gehirn, pflegte sie zu sagen. Auch wenn sie ein fotografisches Gedächtnis besaß, die Komplexität der Materie überforderte selbst sie.

Aufmerksam hatte sie die Notiz studiert. Sorrent diente im Zweiten Weltkrieg den Nazis als Kriegslazarett. Die Stadt lag auf halber Strecke zwischen Berlin und der afrikanischen Küste, fernab aller Kriegsschauplätze.

Zempbauer war aufgrund des heilsamen Klimas 1941 für vier Wochen zur Kur eingewiesen worden. Zu jener Zeit wimmelte es auf den Straßen der Stadt von deutschen Soldaten und Offizieren. Es gab eine Ortsgruppe der Nationalsozialistischen Partei, eine Zelle der Hitlerjugend und eine italo-germanische Vereinigung, die im Bereich der Kulturpropaganda aktiv war. Zempbauer war Mitarbeiter der Germanischen Leitstelle. Auch er war für Propaganda zuständig gewesen. Der Hinweis brachte sie aber nicht weiter. Beim überwiegenden Teil der Patienten handelte es sich um verletzte Offiziere und Soldaten, die eingeflogen wurden. Zuweilen erholten sich auch SS-Leute in Sorrent.

Einen Hinweis hatte sie mit dem KZ Sachsenhausen in Verbindung bringen können. SS-Männer durften nach der Russenaktion, möglicherweise sogar als Auszeichnung für die begangenen Morde, mehrere Wochen die Annehmlichkeiten des Seebades zur Erholung genießen und sich für kommende Aufgaben stärken. Eine Verbindung zwischen Zempbauer und Kellerhof ließ sich nicht nachweisen. Darüber, dass sich beide dort getroffen und freundschaftlich verkehrt hatten, hegte sie keinen Zweifel. Offensichtlich verstanden sie sich gut. Zumindest reichte es aus, um fünf Jahre später gewissenlose Betrüger zu betrügen. Eine These, die zu beweisen ihr nicht gelang.

Andrea Grabes nahm ihre Tasse, ihr Schlüsselbund und begab sich auf die Damentoilette, um das Geschirr abzuspülen. Ein wenig hatte sie gehofft, dass Horst sie abholen würde. Sie mochte sein jugendliches Ungestüm. Er gab ihr das Gefühl, ebenfalls jung zu sein. Müde betrachtete sie sich im Spiegel. Die Augenringe verrieten, dass sie es mit der Arbeit übertrieben hatte. Dennoch verzichtete sie darauf, ihr Make-up zu erneuern. In einer halben Stunde würde sie ins Bett fallen. Der Gedanke an die Neuigkeiten, die er der Venus vom Rüdesheimer Platz berichten wollte, ließ sie lächeln. Sorgsam spülte sie ihre Tasse aus und griff nach dem Handtuch.

Plötzlich erstarrte sie. Es war nur ein winziger Windhauch, den sie verspürte, ein paar Sekunden Zugluft, die über ihren Nacken strich. Erst glaubte sie, Horst hätte doch Zeit gefunden, sie abzuholen. Intensiv lauschte sie in die Stille. Sie hörte Schritte. Leise Schritte, nicht weil sie weit entfernt waren, sondern weil jemand versuchte, unauffällig die Treppen hinaufzusteigen. Das war nicht Horst. Andrea Grabes spürte ihr Herz klopfen. Vorsichtig drehte sie den Hahn zu und schaltete das Licht aus. Die Schritte kamen näher. Jemand ging den Flur entlang, allem Anschein nach ein Mann. Sie versuchte, durch den Spalt zu erkennen, um wen es sich handelte. Es war zu dunkel. Nur das Licht aus ihrem offenen Büro erleuchtete den Gang. Sie hörte, wie er in ihr Büro hineinging. Eine Zeit lang war es ruhig. Offensichtlich wartete er auf sie.

Ich muss hier weg, dachte Grabes. Ich muss sofort weg hier. Langsam öffnete sie die Tür. Aufs Dach, entschied sie. Aufs Dach und von dort die Feuerleiter hinunter. Ihr Autoschlüssel befand sich in der Handtasche. Egal, erst einmal weg. Sie trat auf den Flur und begriff sofort ihren Fehler. Er stand im Türrahmen und starrte in ihre Richtung. Der Mann war keine zwanzig Meter weg von ihr. Und er sah sie. Noch bevor sie losrennen konnte, setzte er sich in Bewegung. Lauf los! Verdammt, lauf! Die Tasse glitt ihr aus der Hand und zersprang auf dem Boden. Sie rannte den Flur entlang und stieß die Tür zum Treppenhaus auf. Anfänglich nahm sie zwei Stufen auf einmal. Gleichzeitig fingerte sie an ihrem Schlüsselbund herum. Einer von den beiden war der richtige. Oben angekommen, versuchte sie, ihn ins Schloss zu schieben. Ihre Hände zitterten. Der Mann war noch eine Etage hinter ihr. Er war außer Form. Der Schlüssel passte, aber er ließ sich nicht drehen. Verdammt, es war der falsche. Aufgeregt steckte sie den anderen hinein, drehte ihn einmal herum, klinkte. Die Tür blieb verschlossen. Jemand hatte zweimal herumgedreht. Sie selbst tat das nie. Endlich, die Tür ging auf. Sie spürte seine Hand auf ihrem Rücken. Der Mann hielt sie an ihrer Jacke fest, zog sie nach hinten. Sie schrie, schlug um sich, traf sein Gesicht, hörte ihn aufstöhnen. Sie rutschte aus den Ärmeln. Endlich draußen. Sie rannte los. Die Feuertreppe war links. Sie hörte seine Schritte, die ihr folgten, Flüche, die sie nicht verstand. Er kam näher. Bis zum Zugang der Feuertreppe waren es nur noch wenige Meter.

Sofort, als Kräuming in den Flur der FU einbog, entdeckte er die zerschlagene Tasse auf dem Boden. Die Tür zum Arbeitsraum der Historikerin stand offen. Es war ruhig. Schlagartig spürte er, wie sein Herz zu hetzen begann. Verdammt! Sie waren auch hinter ihr her. Wieso hatte er das nicht kommen sehen? Er hätte sie warnen müssen.

Hektisch zog er seine Waffe aus dem Halfter. Voigt hatte nach dem Überfall darauf bestanden, dass er eine trug. Aufgeregt versuchte er, seinen Atem ruhig zu halten. War Andrea etwas zugestoßen? Vorsichtig schlich er an der Wand entlang und schaute in ihr Büro. Es war leer. Sie war nicht da. Kräuming spürte die Anspannung. Etwas stimmte nicht. Sollte er sie rufen und damit den einzigen Vorteil, den er hatte, verspielen? Schweigend lief er den Flur hoch, betrachtete kurz die Scherben. Die Tasse war leer gewesen, als sie zu Boden fiel. Auf der rechten Seite entdeckte er einen Durchgang zum Treppenhaus. Er öffnete die Glastür und lauschte. Nach oben? Nach unten? Er spürte einen Windhauch. Ein Fenster oder eine Tür, dachte er. Er rannte die Treppen hinauf. Die Nottür zum Dach war offen. Er sprang hinaus. Die Waffe im Anschlag. Niemand zu sehen. Am anderen Ende entdeckte er eine vergitterte Tür. Der Notausgang. Er sprintete über das Dach, griff nach der Klinke. Die Tür war zu. Unsicher schaute er sich erneut um. Nichts. Er war allein. Besorgt warf er einen Blick über den Sims, um sich zu orientieren. Lag da etwas auf dem Boden? Es war zu dunkel, um Genaueres zu erkennen. Nur langsam gewöhnte er sich an die Dunkelheit. Mit zusammengekniffenen Augen schaute er hinunter. Zwischen der Hauswand und ein paar Büschen glaubte er, die Konturen eines Körpers auszumachen. Kräuming hielt den Atem an. Ein Arm schien verdreht zu sein. Der andere war verdeckt. Den Unterkörper verbargen Zweige.

»Andrea!«

Erst flüsterte er ihren Namen, dann brüllte er ihn, zerrte an der vergitterten Tür. Sie gab nicht nach. Er rannte zurück, die Treppen hinunter, den Flur entlang, hetzte aus dem Eingang zu jener Stelle, an der er ihren Körper vermutete. Mühsam zwängte er sich auf allen vieren durch die dichte Hecke. Zweige zerkratzten sein Gesicht und die Hände. Ängstlich tastete er den Boden ab. Als seine Fingerspitzen Wolle berührten, hielt er entsetzt inne. Aus der Hosentasche zog er sein Feuerzeug. Es flackerte kurz, ging aber nicht aus. Vor ihm lag eine Strickjacke. Andreas Jacke. Jemand hatte sie vom Dach geworfen. Zehn Minuten später wimmelte es auf dem Gelände von Polizeibeamten. Blaulicht verwandelte den Campus in eine unwirkliche Welt. Obwohl weiträumig nach Andrea Grabes gesucht wurde, blieben alle Bemühungen erfolglos. Die Nachricht, dass sie auch nicht in ihrer Wohnung war, ließ Kräuming das Schlimmste befürchten. Er machte sich Vorwürfe. Seine Bitte um fachliche Unterstützung hatte sie in Gefahr gebracht.

Sonnabend, 25. September 1976

Elke Kellerhof fühlte sich müde und erschöpft. Ein Flugzeug donnerte über das Haus in Richtung Flughafen Tegel. Ungewöhnlich um diese Zeit. Nach Mitternacht konnte es sich nur um einen Rettungsflieger oder eine Militärmaschine handeln, überlegte sie.

Der Lärm war nicht der Grund dafür, dass sie wach lag und die Decke anstarrte. Sie konnte nicht schlafen. Um zu entspannen, hatte sie sich auf ihre Atemübungen konzentriert. Henri hatte es ihr beigebracht, wenn er sie nachts in ihrem kleinen Zimmer zählen hörte.

»In dir drin ist ein Freund, ein überaus fleißiger, der manchmal nicht merkt, dass du Ruhe brauchst.«

Ging es ihr schlecht, hatte Henri sich neben sie gesetzt, ihre Hände genommen und sie auf ihren Bauch gelegt. »Konzentriere dich. Atme gleichmäßig. Entspanne deine Muskeln. Sag ihm, danke, es reicht.«

Anfänglich hatte sie darüber gelacht, aber es half. Heute wusste sie, dass Henris Übungen eine Form der Autosuggestion waren, eine Mischung aus Meditation und autogenem Training, um die Störungen im vegetativen Nervensystem zu beeinflussen.

Elke lag auf dem Rücken, die Hände auf dem Bauch und atmete gleichmäßig. »Es reicht. Hörst du? Es reicht.«

Trotz ihrer Bemühungen fand sie keine Ruhe. Die Übungen versagten. Alle Gedanken wiederholten sich, begannen von Neuem. Als würde man sich im Kreis drehen und nicht mehr aufhören können. Die Zweifel ließen sich nicht wegatmen, nicht wegzählen, nicht wegfluchen. Sie waren erdrückend. Sie waren stärker als sie. Elke hasste diesen Zustand. Schon einmal hatte sie das erlebt.

Nach dem Tod der Großmutter hatte sie bei zugezogenen Vorhängen ratlos im Zimmer ihrer Münchner Pension die Zeit verbracht, unfähig zu entscheiden, wie es weitergehen sollte. Der Traum, ihren Vater wiederzufinden, war kurz davor, sich in nichts aufzulösen. Hildegard hatte ihr nicht helfen können. Der Kopf. Die Erinnerungen waren schon gestorben. Die einzige Hoffnung war der Koffer, der bis zum Schluss auf seinen Besitzer gewartet hatte.

Die Heimleitung hatte sich freundlich routiniert um die Beerdigung gekümmert. Für den Fall ihres Heimgangs hatte die Großmutter vorgesorgt und passend zu ihrem einfachen Leben als letzten Wunsch ein schlichtes Begräbnis erbeten.

Stunden später hatte Elke auf dem Holzboden des Zimmers gesessen und den Koffer angestarrt.

Öffne ihn nicht! Niemals!

Sie hätte darauf hören sollen.

Es war ein alter, schäbiger Koffer, wie sie einen früher auf Reisen begleitet hatten. Braune, zerkratzte Vulkanfiber mit verblichenen genieteten hölzernen Zierleisten und abgewetzten Schutzecken. Die Nähte an dem ledernen Griff begannen, sich aufzulösen. Die Messingteile waren längst stumpf. Kaum erkennbar kleine Aufkleber. Hotel Goldener Hirsch, Reichshotel Hamburg, Kurhaus Bad Kissingen. Auf dem Deckel ein angeleimter vergilbter Zettel mit einem verblichenen Stempel. Darunter ein mit Kopierstift eilig hinterlassenes Namenskürzel.

Elke kannte den Koffer. Sie war ihm schon einmal begegnet, da war sie neun Jahre alt gewesen. Sommer 1949. Es war warm gewesen. Die Luft stickig. Sie hatte an einer Treppe vor dem Bahnsteig gestanden, in einer Reihe aufgeregter Menschen, die auf einen Zug warteten. Mit der einen Hand hielt sie mühsam den viel zu großen Koffer, mit der anderen die Hand der Mutter. Auch sie beladen mit Gepäck. Es war ihre letzte Reise in Deutschland, bevor sie mit einem Schiff nach Kanada fuhren. Niemand wusste, wann der Zug kommen würde. Fast drei Jahrzehnte war das her.

Die flüchtige Erinnerung an einen streng dreinschauenden Beamten mit einem violetten Farbfleck an der Unterlippe, der sie und den Koffer genau musterte. Stirnrunzeln. Ein dünnes Lächeln. Die Mutter reichte ihm ihre Fahrkarten. Ein prüfender Blick. Dann benetzte er die Spitze des Stifts mit den Lippen. Ein flinker Schnörkel in der rechten unteren Ecke der gelblichen Pappkarte. Die Bedeutung schon damals ein Rätsel. Sie durften auf den Bahnsteig.

Elke hatte ewig in dem Zimmer der heruntergekommenen Pension auf dem Boden gesessen und gehofft, endlich Ruhe zu finden.

Öffne ihn nicht!
Niemals!
Verloren hatte der Koffer auf den Dielen mitten im Zimmer gestanden. Er wirkte kleiner als in ihren Erinnerungen.
Schwer war er gewesen, zu groß für ein neunjähriges Mädchen. Sie hatte im Zug auf ihm gesessen, damit niemand ihn stehlen konnte. Geschlafen hatte sie darauf, wenn die Müdigkeit ihren Tribut forderte. Mit einer dünnen roten Kordel am Handgelenk war sie an ihn gebunden, damit sie ihn nicht vergaß.
Spiel nicht mit den Schlössern. Verhalte dich still! Unauffällig! Lass ihn keinen Augenblick aus den Augen!
Stolz war sie damals, für etwas derart Wichtiges die Verantwortung zu haben. Der Koffer gehörte dem Vater, einem Mann, an den sie sich kaum erinnern konnte. Zum letzten Mal hatte sie ihn gesehen, da war sie fünf Jahre alt gewesen. Den Koffer hatten sie nach Memmingen gebracht, zu einer Frau, die sie nicht sehen durfte. Heute wusste Elke, dass es ihre Großmutter Hildegard war. Ihr zu begegnen, hätte Aufmerksamkeit bedeutet, Misstrauen und Fragen, Fragen nach dem Sohn, dem Vater, dem SS-Hauptscharführer, dem Kriegsverbrecher. In den letzten Tagen des Kriegs war er verschollen. Niemand sollte daran zweifeln.
In der schäbigen Pension war sie längst nicht mehr das kleine Mädchen, das an das Wunder glaubte, der Vater kehre zurück. Auf den Dielen sitzend, wusste Elke, betätigte sie die Schlösser, würden Dinge unweigerlich in Bewegung geraten. Sie hatte keine Ahnung, was für Dinge das sein könnten, aber jede Zelle in ihrem Inneren sträubte sich dagegen.
»Du darfst ihn niemals öffnen«, hatte die Mutter verlangt, damals, als sie den Koffer zur Großmutter nach Memmingen gebracht hatte. »Versprich es!« Es war ihre letzte Chance, den Vater zu finden.
»Auch Jokell würde sich sehr freuen, aktuelle Aufnahmen von seiner Tochter zu sehen.«
Sie saß auf den Dielen. Vor ihr stand der Koffer. Bei drei! Sie zählte die Atemzüge. Eins. Zwei. Drei. Vorsichtig schob sie die matten Metallknöpfe zur Seite. Kurz die Hoffnung, die Schlösser würden verschlossen bleiben, sich nicht rühren. Aber sie reagierten. Gleichzeitig sprangen die Laschen auf, als hätten sie nur darauf

gewartet. Langsam klappte sie den Deckel hoch, verharrte in der Bewegung.

Elke lag auf dem Rücken und lauschte. Es war ruhig. Der Flughafen Tegel schien wieder zu schlafen. Die Hände lagen auf dem Bauch, und sie atmete gleichmäßig. Es half nicht.

Die immer gleichen Gedanken.

Öffne ihn nicht!

Niemals!

Als Kräuming wieder am Rüdesheimer Platz ankam in der Hoffnung, Andrea wäre inzwischen in ihrer Wohnung, war es kurz nach Mitternacht. Er bremste scharf und parkte seinen Buckelvolvo mitten auf der Straße. Ein älterer Herr, der wohl noch nicht schlafen konnte, schaute ihn durchdringend an, lief dann aber weiter. Er humpelte ein wenig. Kräuming ignorierte ihn und hetzte die Stufen zum Eingang hinauf. Vom Siegfriedbrunnen klang das Lachen einiger Gäste, die sich nicht um die Nachtruhe der Bewohner scherten. Eine Flasche klirrte. Albernes Johlen. Er drückte den Klingelknopf mehrfach, aber wie befürchtet blieb die Tür verschlossen. Verzweifelt trat er zurück auf die Straße und schaute nach oben. Kein Licht zu sehen.

An der Ecke fand er eine Telefonzelle. Er rief in der Zentrale an. Keine neuen Informationen. Die Tatsache, dass ein Mensch verschwunden war, der wesentlich in die Ermittlungen zu einer Mordserie involviert war, wurde zwar sehr ernstgenommen, war aber auch nur einer von vielen Vorfällen, die sich in der Nacht ereignet hatten.

Ratlos ging Kräuming zu seinem Wagen und ließ sich die Situation durch den Kopf gehen. Er fingerte eine Zigarette aus der Tasche, steckte sie an und inhalierte kräftig den Rauch. In unmittelbarer Nähe ihres Büros befand sich Andrea Grabes nicht. Die Beamten hatten die Gegend abgesucht, ohne Erfolg. Die Anfrage an die Krankenhäuser nach einer kürzlich eingelieferten Frau war veranlasst und würde erst am kommenden Morgen vollständig beantwortet sein. Auch wenn er es sich verbot, das schlimmste Szenario anzunehmen, er musste pragmatisch denken. Wer hätte Interesse am Tod der Historikerin? Elke Kellerhof schloss er aus. Sie ging akribisch ihrem mörderischen Plan nach, jene zu bestrafen, die in ihren Augen schuldig waren. Dass eines der künftigen Opfer für die Tat infrage kam, entbehrte jeder Grundlage. Für eher wahrscheinlich hielt er es, dass jemand die Gefahr sah, entdeckt zu werden, der bisher nicht in Erscheinung getreten war. Eine Person, die gute Gründe hatte, die Vergangenheit im Dunkeln belassen zu wollen. Aber warum?

Kräuming schaute aus dem Seitenfenster. Die Gruppe der Feiernden war im Begriff, sich zu verabschieden. Man umarmte einander, erinnerte sich dann an eine vergangene Begebenheit. Die Leute lachten, gingen auseinander und winkten sich aus der Ferne erneut zu. Die Verabschiedungszeremonie dauerte fast fünf Minuten.

War es möglich, dass Andrea entführt worden war? Oder hielt sie sich versteckt? Vielleicht bei einer Freundin, überlegte er. Gegen den zweiten Gedanken sprach, dass sie sich nicht bei der Polizei gemeldet hatte. Aber warum sollte jemand sie entführen? Anthony Campbell hatte von Folter gesprochen und von mehrfachem Erhängen. Was war der Grund? Wurden Antworten gesucht, oder sollten sie verhindert werden? Kräuming wurde schlecht. Angewidert stopfte er die Kippe in den Ascher, der überzuquellen drohte. Momentan konnte er nichts anderes machen als abwarten.

Die Portierloge leer zu sehen, enttäuschte Kräuming beinahe. Aber der gute Alfons konnte unmöglich vierundzwanzig Stunden am Stück arbeiten. Müde drückte er den Knopf und wartete, bis der Fahrstuhl drei Etagen heruntergefahren war. Zum Laufen war er zu erschöpft. Als er oben ankam und das Gitter öffnete, ging das Flurlicht aus. Er tastete nach dem Lichtschalter, begriff aber im selben Moment, dass er nicht allein war, auch wenn er nichts sehen konnte. Instinktiv zog er seine Pistole. Er spürte, wie sich seine Nackenhaare aufstellten. All seine Sinne waren aufgedreht, und er versuchte, sich zu orientieren. Im selben Moment, als er glaubte, einen bekannten Duft wahrzunehmen, ging das Licht wieder an. Andrea stand vor ihm. Erschrocken senkte er die Waffe.

»Ich habe dich kommen sehen.«

Erleichtert nahm er sie in die Arme.

»Als jemand das Haus verließ, konnte ich hineinschlüpfen«, erklärte sie, obwohl er gar nicht danach gefragt hatte. Er war nur froh, dass ihr nichts passiert war.

Sie betrachtete sein Gesicht. Die Schwellung des Auges war deutlich erkennbar. Der Bluterguss zog sich bis zum Wangenknochen.

»Was ist passiert?«

»Ich habe dich unnötig in Gefahr gebracht. Ich hätte es voraussehen müssen.«

»Dich trifft keine Schuld.«

Er schloss die Wohnungstür hinter sich zweimal ab und sicherte sie mit der Türkette. Beide setzten sich aufs Sofa. Gefasst erzählte sie, was geschehen war.

»Wie bist du ihm entkommen?«

»Die Tür zur Feuertreppe war nur angelehnt. Ich hatte Glück. Er ist über einen Blitzableiter gestolpert, der sich quer über das Dach zieht und ist gestürzt. Genug Zeit für mich, die Tür abzuschließen und den Schlüssel abzubrechen.«

»Würdest du ihn wiedererkennen?«

Sie nickte ohne Zögern.

»Ungefähr deine Größe. Doppelte Körperfülle. Kräftige Statur. Dünnes Haar. Hohe Stirn. Ausgeprägte Geheimratsecken. Markantes Kinn. Er sah aus wie ein zufriedener Pensionär.«

Ungläubig schüttelte Kräuming den Kopf.

»Verdammt! Ich bin ihm vor deiner Wohnung begegnet.«

Entsetzt schaute sie ihn an, nahm seinen Arm und legte ihn um ihre Schulter. Andrea presste sich an ihn. »Halt mich fest. Mehr nicht. Halt mich einfach nur fest.«

Es war nur eine Schürfwunde. Die Bänder waren gezerrt, das Knie geprellt. Schmerzhaft, aber nichts Ernstes. In wenigen Tagen würde alles wieder in Ordnung sein. Ärgerlicher die abgewetzte Stelle und der Riss. Olaf Müller untersuchte seine Hose, entschied dann aber, sie Gerda nicht mehr zum Flicken zu überlassen.

Ungläubig strich er über die Schwellung. Er war nur eine Sekunde unaufmerksam gewesen. Fast hätte er die Historikerin erwischt. Es fehlten wenige Zentimeter, und über Dr. Grabes wäre nur noch in der Vergangenheitsform gesprochen worden. Eigentlich hatte es nur eine Warnung werden sollen. Ein längerer Krankenhausaufenthalt. Er hätte ein paar Antworten aus ihr herausgeprügelt und ihr klargemacht, nicht weiter in fremder Leute Angelegenheiten herumzuschnüffeln. Der verdammte Blitzableiter, der quer über das Dach verlief, war ihm zum Verhängnis geworden. Er war gestrauchelt, hatte das Gleichgewicht verloren und war lang hingeschlagen. Während er sich mühsam aufrappelte, gelang es dem Miststück, die Feuertreppe zu erreichen. Sie besaß sogar die Nerven, hinter sich abzuschließen. Wütend hatte er ihr die Jacke hinterhergeworfen. Verdammt, er war zu alt, um nachts auf Dächern Flüchtige zu jagen.

Müller stand auf, belastete das Bein. Er würde das Knie kühlen müssen. Fluchend holte er sich ein Bier aus dem Kühlschrank und trank einen kräftigen Schluck. Anschließend nahm er das Geschirrhandtuch, kippte Eiswürfel hinein und setzte sich wieder auf seinen Sessel. Alles war schiefgegangen. Nicht nur, dass die Historikerin sein Gesicht gesehen hatte, auch dieser Kommissar war ihm am Rüdesheimer Platz begegnet. Derschs Idee, den Druck zu erhöhen, hatte das Gegenteil bewirkt. Jetzt waren sie in der Defensive, die Polizei gewarnt.

Müller schaltete den Fernseher an, um die Spätnachrichten zu sehen. Ein Beitrag über das ungeklärte Problem deutscher Raubkunst fand sein Interesse. Die Gemäldesammlung Pütz wurde von einem Experten mit einem hohen zweistelligen Millionenwert eingeschätzt. Müller glaubte, sich verhört zu haben, und schaltete wütend den Fernseher aus. Aufgebracht trank er erneut einen Schluck aus der Flasche.

Wenn es um die Drecksarbeit ging, war er gut genug. Ihm hatte Irene Kellerhof den Namen Alois Zempbauer verraten. Jokells Frau hatte sich nicht einmal gewehrt, als er nach der Herkunft der Schweizer Zahlungen gefragt hatte. Ihre Angst konnte er regelrecht riechen. Bereitwillig hatte sie Auskunft gegeben und wollte ihm sogar all ihre Ersparnisse überlassen. Aber mehr als den Namen des Eidgenossen kannte sie nicht. Um sicherzugehen, hatte er sie mehrfach baumeln lassen. Todesangst war die effektivste Methode, die Wahrheit zu erfahren.

Zempbauer zu finden, war kein Problem gewesen. Ihn davon zu überzeugen, die gestohlenen Millionen in Derschs Projekt zu stecken, die Bundestagswahl zu manipulieren, schon. Anfangs hatte der Kerl sich geweigert. Ein sturer Hund, der sich von Drohungen nicht beeindrucken ließ. Erst als er einen der geliebten Vollblüter bei lebendigem Leibe ausgeweidet hatte, stimmte der Schweizer zu. Dersch hatte instinktiv erkannt, dass Pferde Zempbauers Schwachpunkt waren. Der Hamburger war ein Sadist, auch wenn er sich niemals die Finger schmutzig machte. Derartige Schweinereien überließ er ihm. Müller hatte kein Problem damit, hatte er nie gehabt. Dass der Deal mit dem Schweizer aber nur dazu dienen sollte, künftig politisch Einfluss zu nehmen und nicht, seine eigene Lage zu verbessern, hatte ihn bitter enttäuscht. Nicht zum ersten Mal machte sich in ihm das Gefühl breit, beschissen worden zu sein. Zempbauer hatte ein schönes Leben in einem Chalet in der Schweiz verbracht und sich an seinen Pferden erfreut. Pütz war es vergönnt, in einem edlen Einfamilienhaus in Garbsen zu residieren und sich als Kunstmäzen feiern zu lassen. Dersch prahlte bei fast jeder Begegnung damit, den Tag mit einem unverbauten Blick auf die Elbe beginnen zu können. Die Villa nannte er sein »jüdisches Filetstück«. Selbst Jokell schien nach dem Krieg wieder auf die Füße gefallen zu sein und genoss offenbar unter einem neuen Namen unbekümmert sein Leben. Frau und Tochter hatte er eine sichere Existenz ermöglicht. Sie alle besaßen Geld, waren reich geworden, lebten fett und zufrieden in den Tag hinein. Er dagegen hauste in einer beschissenen Zweizimmerwohnung im heruntergekommenen Kreuzberg mit einer vertrockneten alten Schachtel. Müller trank die Flasche in einem Zug leer, betrachtete sie und schmiss sie mit voller Wucht gegen die Wand. Es war an der Zeit, die Rechnungen zu stellen. Aber vorher musste er noch das Miststück erwischen, das Jagd auf sie machte.

Als Horst Kräuming erwachte, schaute er direkt in Andreas Gesicht. Sie hatte ihn gebeten, über Nacht das Flurlicht anzulassen. Trotzdem schlief sie unruhig. Die Augenlider zuckten. Womöglich träumte sie. Vorsichtig strich er ihr die Haare aus der Stirn und ergriff ihre Hand. Nach einer Weile hörte das Zucken auf. Sie atmete ruhig und gleichmäßig. Böse Geister mögen kein Licht, hatte sie erklärt. Eine Wahrheit aus ihrer Kindheit. Kräuming schaute auf den Wecker und stellte fest, dass er kaum zwei Stunden geschlafen hatte. Es war kurz nach vier Uhr. Erschöpft starrte er an die Decke.

Andrea hatte Glück gehabt. Der Mann, der sie verfolgt hatte, war zwar von kräftiger Statur, aber es fehlte ihm an Kondition. Sein Sturz hatte ihr das Leben gerettet. Noch in der Nacht war es ihm gelungen, dank ihrer und seiner Erinnerungen ein Phantombild zu zeichnen. Sobald er im Büro war, würde er den Kerl zur Fahndung ausschreiben.

»Du kannst nicht schlafen?«

Er drehte den Kopf und betrachtete sie aufmerksam. »Ich dachte, du wärst tot. Als ich über die Dachkante schaute, glaubte ich, deinen Körper am Boden zu erkennen. Es stellte sich dann heraus, dass es nur deine Jacke war. Das waren die schlimmsten Minuten meines Lebens. Die Vorstellung, dich zu verlieren ...«

Sie rückte dicht an ihn heran und hielt sich fest. »Sie haben Angst. Was immer sie verbergen, sie haben Angst, du könntest es herausfinden. Du musst näher dran sein, als du glaubst.«

Kräuming schwieg. Er war sich nicht mehr so sicher. Vielleicht war er doch nicht der richtige Mann für diese Aufgabe. Die Dinge hatten ein Eigenleben entwickelt, und er rannte den Ereignissen hoffnungslos hinterher. Erst hatte man ihn überfallen, dann Andrea. Egal, wie sehr er sich bemühte, er verstand die Zusammenhänge nicht. Wer hatte ein Interesse daran, die Ermittlungen zu erschweren? Und warum? Wer zog im Hintergrund die Fäden? Etwas sollte verschleiert werden. Aber was?

Andrea atmete wieder ruhig.

Zwei Stunden später wachte sie auf, hielt aber die Augen geschlossen und lauschte auf die Geräusche aus der Küche. Ein Gefühl von Vertrautheit überkam sie. Sie fühlte sich geborgen, sicher. Vorsichtig stellte er eine Tasse auf das Nachtschränkchen. Der Duft zauberte ein zaghaftes Lächeln in ihr Gesicht.

»Versprich mir, dass du die Wohnung nicht verlässt, bevor ich mit meinem Chef gesprochen habe.«

Sie nahm die Tasse und schnupperte daran. »Ich verspreche es. Aber beeile dich, bitte. Ich muss wissen, ob etwas aus meinem Büro fehlt.«

Kräuming schaute sie hilflos an. Er war auf Andreas Nachforschungen angewiesen. Die Erkenntnisse der Historikerin brachten die Ermittlungen voran.

Sie nahm seine Hand und küsste sie. »Sie gewinnen nicht! Menschen wie die dürfen nicht gewinnen.«

Zwar steckte ihr noch der Schreck in den Knochen, aber sie war pragmatischer Natur und Aufgeben keine Option. Mehr als um ihre Gesundheit machte sie sich Sorgen um die Unterlagen, die sie im Büro zurückgelassen hatte. Kräuming fühlte sich schlecht, weil er verstand, dass er nur mit ihr gemeinsam eine Chance hatte, dem Spuk ein Ende zu bereiten.

Noch in der Nacht hatte sie ihm von dem Hinweis erzählt, der mit Sorrent zu tun hatte. Es gab eine Verbindung zwischen Zempbauer und Kellerhof. Beide waren zur Erholung am Golf in Neapel gewesen.

Sie musste weitergraben. Er wusste es. Sie wusste es. Keine Diskussion. Er bestand jedoch darauf, dass sie in den nächsten Tagen Polizeischutz bekam. Sobald er die Wohnung verlassen hatte, setzte Andrea sich auf und überlegte, wie sie vorgehen wollte. Sorrent war ein wichtiger Hinweis.

Voigt stimmte sofort dem Vorschlag zu, Andrea Grabes unter Polizeischutz zu stellen. Aufgrund der Ereignisse in der vergangenen Nacht war er früher als üblich ins LKA und zuerst in Kräumings Büro gekommen. Er hörte sich die Einzelheiten an und ließ sich auf den aktuellen Stand der Ermittlungen bringen. Er stellte konkrete Fragen. Die Ernsthaftigkeit, mit der er das tat, erstaunte Kräuming. Bisher hatte sich der Chef des LKA 1 eher zurückgehalten. Offensichtlich war aber eine Grenze überschritten worden.

»Mir gefällt das nicht. Erst wird Ihnen aufgelauert. Vermutlich Neonazis, die Sie zusammenschlagen. Nun der Angriff auf die Historikerin. Das Interesse an der Mordserie unserer jungen Frau zieht ungewöhnliche Kreise. Nicht, dass ein derartiger Rachefeldzug unbeachtet bliebe, im Gegenteil, die Presse ist begeistert. Aber was mich wirklich wundert, ich bekomme einen Anruf von einem sehr bekannten Rechtsanwalt, der mit kryptischen Andeutungen Informationen erbittet.«

»Ich verstehe nicht«, sagte Kräuming.

»Kanzlei Gnatzke. Der Chef persönlich. Er vertrete eine Reihe renommierter Mandanten, die sich angeblich berechtigte Sorgen um ihren guten Ruf machen, wenn Details aus der Vergangenheit aus dem Zusammenhang gerissen in der Öffentlichkeit bekannt werden würden.«

»Nachtigall, ick hör dir trapsen«, entschlüpfte es Kräuming.

Voigt zog die rechte Augenbraue hoch.

»Erst nötigt mich das BKA, Sie als Leiter der Mordkommission einzusetzen und den Fall in Berlin zu belassen. Wider Erwarten finden Sie mehr heraus, als man Ihnen zugetraut hat. Dann wird politischer Druck auf die Staatsanwaltschaft und den Polizeipräsidenten ausgeübt, damit der Fall dem LKA Hannover übertragen wird. Völlig fremde Kollegen der Abteilung Wirtschafts- und Finanzkriminalität in Wiesbaden bieten mir aus heiterem Himmel ihre Hilfe an. Bisher war ich überzeugt davon, es gehe um Mord. Am meisten verblüfft hat mich aber, dass sich ein Politiker aus Bonn gemeldet hat, der angeblich einen Untersuchungsausschuss vorbereite, der strukturelle Unzulänglichkeiten zwischen den Landeskriminalämtern und dem BKA aufdecken soll. Was das mit den Morden an Zempbauer, Sellmann und Pütz zu tun habe, konnte er mir allerdings nicht erklären.«

Überrascht schaute Kräuming über den Tisch. »Kann es sein, dass es sich um den Bundestagsabgeordneten Brunkau handelt, den Hellseher aus Bonn? Der kennt ja auch Details, die nicht öffentlich sind.«

»Wie gesagt, das gefällt mir nicht. Und wenn mir etwas nicht behagt, werde ich unleidig.«

Voigt stand auf. Nachdenklich ging er zur Tür, fixierte Kräuming und wies in einem Ton, der keinen Widerspruch duldete, an: »Stellen Sie ein paar Kollegen ab, die das Finanzgebaren der Opfer untersuchen. Walter Gnatzke ist Konrad Derschs persönlicher Anwalt. Hat Dersch nicht Pütz am Abend seiner Ermordung um einen dringenden Rückruf gebeten?«

Um Elke Kellerhofs habhaft zu werden, blieb Olaf Müller nur, sich unauffällig auf die Lauer zu legen. Er machte sich keine Illusionen. Als Beute war er in der schlechteren Position und musste auf einen

Fehler oder eine Nachlässigkeit hoffen. Dass er auf Elkchens Todesliste stand, war unstrittig. Die Frage war nur, wann sie ihn zu besuchen gedachte. Heute? Morgen? In einem Monat? Später? Sein Gefühl sagte ihm, dass es nicht mehr ewig dauern würde, aber bei der Verrückten konnte man nie wissen. Zempbauer hatte sie aus dem Schlaf gerissen, Dr. Sellmann im Wald aufgelauert, und Pütz war in seinem Haus zum Opfer geworden. Es war völlig unklar, wann Elke zuschlagen würde. Sein erster Gedanke war, sie in seiner eigenen Wohnung zu erwarten und zu überrumpeln. Aber nächtelang wachbleiben würde er nicht durchhalten. Blieb die Alternative, technisch aufzurüsten. Bewegungsmelder, Kamera und ein Türalarm. Ziemlich sicher war sich Müller, dass Elke ihn nicht auf offener Straße erschießen würde. Sie folgte einem Schema. Sie hatte einen Plan. Der einzige Vorteil, den er für sich sah, war: Er wusste, dass sie kommen würde. Seine beste Chance bestand darin, sie vorher zu entdecken und den Spieß umzudrehen. Im *Berlin-Blick* stand, dass sie Tage vor dem Mord die Gegend erkundet hatte. »Sie wird mich finden«, hatte er Dersch versprochen.

Seit einer Woche saß er, wann immer die Zeit es zuließ, im Café Crema und beobachtete seinen eigenen Hauseingang. Wenn das Miststück zu ihm wollte, würde sie durch diese Haustür gehen müssen. Der Tisch, den er gewählt hatte, lag in der zweiten Reihe und war von außen nicht zu erkennen. Müller hatte sich so platziert, dass er sowohl durch die Scheibe über die Straße sehen konnte als auch den Eingang des Cafés im Blick hatte. Es war möglich, dass Elke auf dieselbe Idee kam, vorausgesetzt sie hatte ihn nicht längst ausspioniert.

Nachdem der Kellner ihn am ersten Tag alle zehn Minuten gefragt hatte, ob er noch etwas wünsche, brachte Müller ihn großzügig mit einem Zwanzigmarkschein zum Schweigen. »Wenn ich etwas wünsche, winke ich Ihnen. Ansonsten bitte ich Sie, mich nicht weiter zu belästigen.«

Seitdem kam der Kellner nur an seinen Tisch, wenn er ein Zeichen bekam.

Müllers Geduld wurde belohnt. Er erkannte Elke sofort. Obwohl sie eine Perücke und eine Sonnenbrille trug, hatte er keinen Zweifel. Zufrieden leerte er sein Wasserglas. Sie blieb vor der Klingelanlage stehen und studierte die Namen. Ihr Finger verharrte einen Augenblick. Er wohnte unter dem Dach. Unentschlossen wartete Elke und schaute sich um. Sie blickte auch in seine Richtung, entschied sich dann aber doch dafür, nicht ins Café zu gehen.

»Braves Mädchen! Sehr vernünftig. Zeugen brauchen wir keine«, flüsterte Müller.

Erneut prüfte sie die Liste der Bewohner und schien zu überlegen, ob sie einen der anderen Knöpfe drücken sollte, um sich Einlass zu verschaffen. Sie entschied sich dagegen, lief ein paar Schritte an der Hauswand entlang und kehrte erneut zurück. Eine Zeit lang saß sie an der Haltestelle. Als ein Polizeiwagen mit Martinshorn die Straße entlangfuhr, drehte sie sich weg und schaute dem Wagen misstrauisch hinterher. Sie weiß, dass sie gesucht wird, stellte Müller fest und erhob sich. Er humpelte an den Tresen, ignorierte die Verabschiedung des Kellners und wartete. Er war hoch konzentriert. Vorsichtig trat er auf den Bürgersteig. Elke Kellerhof war dreißig Meter vor ihm und entfernte sich zügig. Müller folgte ihr. Er achtete darauf, genügend Abstand zu halten und dass andere Passanten sich zwischen ihnen befanden. Er tat unbeteiligt und vermied es, allzu deutlich in ihre Richtung zu schauen.

Es war nur so ein Gefühl, aber Elke Kellerhof hatte gelernt, auf ihre innere Stimme zu hören. Sie blieb scheinbar neugierig stehen und betrachtete eine Schaufensterauslage. Zumindest musste jeder das glauben, der sie beobachtete. Tatsächlich schaute sie in die sich spiegelnde Front, ob ihr jemand gefolgt war. Ihr fiel nichts Ungewöhnliches auf.

Elke ging weiter, beherrscht, unauffällig. Wann immer es möglich war, blickte sie in die Rückspiegel der parkenden Autos. Das Gefühl blieb. Es waren zu viele Menschen auf dem Gehweg, ideal, um unerkannt zu bleiben. Litt sie an Verfolgungswahn? Gewundert hätte es sie nicht. Genauso wusste sie aber auch, dass sie sich auf ihren Instinkt verlassen konnte. Vorsichtshalber beschloss sie, an der nächsten Ecke rechts abzubiegen, dort zu warten, bis fünf zu zählen und abrupt zurückzugehen, als hätte sie etwas vergessen oder verloren.

Sein Gesicht war nur für den Bruchteil einer Sekunde zu sehen, bevor es wieder in der Masse verschwand. Sie erkannte Olaf Müller sofort. Ihr Gefühl hatte sie nicht betrogen. Er folgte ihr. Einen Augenblick lang glaubte sie, den Boden unter den Füßen zu verlieren. Er hatte sie aufgespürt.

Instinktiv machte sie sich kleiner, als sie schon war. Sie schaute sich um, suchte einen Ausweg. Ein Bus hielt an der Haltestelle. Sie rannte über die Straße. Reifen quietschten. Aufgebrachte Rufe. Kurz bevor die Türen schlossen, stieg sie ein. Sie starrte auf die andere Straßenseite.

Müller stand am Bordstein und verfolgte mit den Augen kalt lächelnd den Bus. Er hob die Hand, spreizte Zeigefinger und Daumen und zielte auf sie. Es änderte alles. Das Schwein war gewarnt. Hatte sie zu leichtfertig agiert? Müller musste ihr aufgelauert haben, als sie die Gegend erkundet hatte, in der er wohnte. Sie war in seine Falle getappt. Er hatte auf sie gewartet und den Spieß umgedreht. Aber wusste er auch, wo sich ihre Wohnung befand?

Elke zählte sieben Haltestellen und stieg dann aus. Niemand folgte ihr. Sieben war ihre Glückszahl. Sie setzte sich auf die Bank und wartete, bis der Bus hinter der nächsten Kurve verschwand. Um ihre Spuren zu verwischen, beschloss sie, in einem großen Bogen zu ihrer Wohnung zu laufen. Unruhig schaute sie sich um. Ein Plakat im Wartehäuschen bat um Aufmerksamkeit. Einen Moment dauerte es, bis sie begriff. Sie sah direkt in ihr eigenes Gesicht, das ernst und etwas jünger wirkte. Dann las sie die Überschrift, die fett und unterstrichen darüberstand. »Die Staatsanwaltschaft und das Landeskriminalamt Berlin bitten um Ihre Mithilfe! ... dringend tatverdächtig.« Erschrocken sprang sie auf. Sie wurde offiziell gesucht. Auch wenn sie Perücke und Sonnenbrille trug, jeden Moment konnten Passanten sie erkennen. Nicht nur Müller, auch die Polizei war ihr auf den Fersen.

Bis zur Residenzstraße brauchte sie zwanzig Minuten. Die Sachen, die sie benötigte, standen griffbereit. Damit, dass die Beamten irgendwann ihren Unterschlupf ausfindig machen würden, hatte sie gerechnet, aber nicht damit, dass sie ein Foto von ihr besaßen. Sie kannte das Bild. Es war das gleiche wie in ihrem kanadischen Pass. Woher hatten sie das? Was wussten sie? Abrupt blieb sie stehen. Was, wenn die Polizei schon vor ihrer Tür wartete? Unsicher schaute sie sich um. Bleib ruhig, sei vorsichtig! Dass man ihr Gesicht kannte, verkomplizierte ihr Vorhaben. Es würde sie aber nicht aufhalten. Nichts würde sie aufhalten. Sie war noch nicht fertig. Wenn sie die Adresse kannten, würden sie den Hauseingang beobachten, sicherlich auch die Rückseite. Sie würde wachsam sein müssen.

Elke Kellerhof hielt sich nicht lange in ihrer Wohnung auf. Jede Minute erhöhte das Risiko, entdeckt zu werden. Bis auf ein paar Kleinigkeiten stand alles bereit. Sie nahm zwei Reepschnüre und wickelte sie um die Hand. Sie würde entschlossener handeln müssen und schnell. Sie starrte an die Wand und fixierte Müllers Bild.

»Zeit für dich, zu sterben!«, flüsterte sie. »Zeit für dich ...«

In einer direkten Konfrontation konnte sie nicht bestehen. Sie war zwar jünger und wendiger, er aber kräftiger. Das Überraschungsmoment war verspielt.

»Zeit für dich, zu sterben. Zeit für dich ...« Sie verstummte mitten im Satz. War es das? Sie ließ sich noch einmal ihren letzten Gedanken durch den Kopf gehen. Eine Möglichkeit gab es doch, ihn zu überraschen.

Lotts Gespür hatte sich als richtig erwiesen. Ein halbes Dutzend Hinweise deuteten auf den Schäfersee in Reinickendorf. Da alle Beamten unterwegs waren, entschloss er sich kurzerhand, dem selbst nachzugehen. Trotz seines Gewichts war er wie ein Jagdhund um den See gehetzt, hatte Spaziergänger befragt und sich zur Residenzstraße vorgeschnüffelt. Innerhalb einer Stunde wusste er nicht nur, dass Elke Kellerhof gelegentlich im Bella Biscotti speiste, sondern auch, dass sie bevorzugt am späten Abend Trainingsrunden um den Schäfersee absolvierte. Er hatte in Erfahrung gebracht, wo sie ihre Einkäufe tätigte und dass sie stets allein unterwegs war. Es gelang ihm sogar, den Wohnblock einzugrenzen, in dem sie vermutlich lebte. Als Postbote getarnt, prüfte er sämtliche Namensschilder, allerdings ohne Erfolg. Der Name Kellerhof stand an keinem der Klingelknöpfe. Auch die Anfrage beim zuständigen Briefträger, der ihm Mütze, Jacke und Fahrrad geborgt hatte, blieb ergebnislos. Offensichtlich bekam sie niemals Post. Eine alte Frau, die die Treppen des Hauses wischte und den Eimer mit dem dreckigen Wasser in den Straßengully kippte, bestätigte seine Ahnung.

»Oberste Etage links, da wo der olle Köpcke jewohnt hat. Der is aber jetze im Heim. Bisschen wirr im Kopf, der Alte. Seit jut eem Jahr lebt da so ne junge Schnepfe. Grüßt nich, wüscht nich die Treppe, und Betten hat die ooch noch nie rausjehangen. Nich mal dit Namensschild hat se jewechselt. Abjesehen davon hat die ooch nich alle beisammen. Wenn andere Leute schlafen tun, da brennt bei der noch dit Licht.«

Volltreffer, war sich Lott sicher und versuchte, Kräuming zu erreichen. Schließlich war Schley es, der die frohe Botschaft entgegennahm.

Unweit des LKA 1 gab es einen Kiosk, der glücklicherweise die Zigarettenmarke Atika anbot. Da Kräuming noch nichts gegessen hatte, verlangte er eine Bulette mit reichlich Senf und eine Schrippe dazu.

»Um die Zeit is Bulette alle. Lauwarmen Brühpulla kann ick anbieten. Schrippe is ooch nich. Ick geb dir zwee Scheiben Brot, wenn de willst.«

Kräuming ging auf das Angebot ein, bereute es aber schon beim ersten Bissen. Die Bockwurst schmeckte fade, und die Brotscheiben waren hart und verbogen.

Missmutig ging er zurück und starrte gedankenversunken in Richtung LKA-Eingang. Schley stand davor und winkte aufgeregt, als befände er sich schon viel zu lange auf einer einsamen Insel.

Sobald Schley ihn informiert hatte, musste alles ganz schnell gehen. Voigt segnete den Einsatz ab, ohne auch nur eine Frage zu stellen. Dreißig Minuten später stand das SEK bereit und wartete auf den Einsatzbefehl.

Kräumings Plan bestand darin, Elke Kellerhof vor dem Hauseingang zu überwältigen, wenn sie die Wohnung verließ. Er wusste nicht, wie die räumlichen Gegebenheiten aussahen, und wollte kein unnötiges Risiko eingehen. Die Kollegen des SEK einem Schusswechsel auszusetzen, gedachte er unter allen Umständen zu verhindern. Elke Kellerhof war gefährlich. Sie war im Besitz einer Waffe, und es musste damit gerechnet werden, dass sie die unter Druck einsetzen würde. Von allen Varianten hielt er Warten für die erfolgversprechendste. Lott war anderer Meinung, und auch Schley hielt einen schnellen Zugriff durch die Spezialeinheit für vertretbar. Voigt überließ Kräuming als Einsatzleiter die Entscheidung. Als gegen zwanzig

Uhr immer noch kein Licht brannte, stimmte Kräuming dem Einsatz des SEK zu. Zehn Minuten später konnte er die Wohnung betreten.

»Sie können reingehen, das Vögelchen ist ausgeflogen. Alles sicher!«, informierte der Beamte die Mitarbeiter der Mordkommission und schüttelte dabei den Kopf. »Ich habe ja schon eine Menge Verrücktes gesehen, aber sowas noch nie.«

Zwar hatte das SEK auch die Rückseite des Hauses überwacht, aber ärgerlicherweise war die Tatverdächtige durch den Keller verschwunden. Die Zeichnungen, die ein Beamter aus der Hausverwaltung besorgt hatte, stammten von 1928. Dass im Zweiten Weltkrieg Kellerdurchbrüche vorgenommen worden waren, damit sich im Falle eines Bombentreffers Verschüttete retten konnten, hatte kein Sachbearbeiter darauf vermerkt. Während die Polizeibeamten stundenlang den Eingang im Auge behielten, war Elke Kellerhof unbeobachtet den langen Gang entlangspaziert, um fünf Häuser weiter unbemerkt auf die Straße zu treten und das Weite zu suchen. Zwar hatte Kräuming sofort Polizeieinheiten in der Gegend zusammenziehen lassen, aber jeder Beamte ahnte: Es war zu spät. Elke Kellerhof war durchs Netz geschlüpft. Die Frage war, wann. Hätte ein früherer Einsatz des SEK die Flucht verhindern können?

Enttäuscht betrat Kräuming die Wohnung. Schley folgte ihm. Das Erste, was beiden auffiel, waren die verdorrten Pflanzen im Wohnzimmer, die einmal prachtvoll gewesen sein mussten. Rechts lag die Küche. Links führte ein Durchgang in einen weiteren Raum, das Schlafzimmer. Aus einem für Kräuming nicht ersichtlichen Grund fehlte die Tür. Es war das größte Zimmer der Wohnung. Die Vorhänge waren zugezogen. Er war sich sicher, dass das schon seit ihrem Einzug so war. Unter dem Fenster lag eine Matratze. Elke Kellerhofs Schlafplatz. Auf dem Boden entlang der Wände lagen Berge gestapelter Unterlagen. Im ersten Moment erkannte Kräuming nicht, was sich an den Wänden befand. Ungläubig schaute er sich um. Dann begriff er, dass es schier unendliche Lagen aufgeklebter Papiere waren. Nebeneinander, übereinander, versetzt. Fotos wechselten sich mit Skizzen, Landkarten oder Zeitungsartikeln ab. Textpassagen, die aus Büchern gerissen waren, befanden sich neben amtlichen Aktenvermerken, in denen Sätze unterstrichen waren. Scheinbar wahllos waren mit Klebeband Vermerke angebracht worden, manche mehrfach durchgestrichen oder umkreist oder beides. Listen mit Namen konnte er erkennen. Fotos von Gebäuden, die Gaststätte Zum Weißen Röss'l, die Dicke Marie, Straßenzüge, die er nicht kannte. Alles schien willkürlich zu sein. Vereinzelte Postkarten neben Schnipseln aus Reisekatalogen und einem zerknüllten Einkaufszettel. Auf Zeitungsränder geschriebene Namen, Telefonnummern und Zeitangaben. Er erkannte Passagen aus Prozessakten. Unterstrichene Gesetzestexte waren mit Bibelzitaten überklebt, Kalendereinträge mit Zahlen überschrieben worden. Teilweise waren lange Bahnen abgerissen, sodass sich nur noch erahnen ließ, was auf ihnen gestanden haben mochte. Ob aus Wut oder Platzmangel, war völlig unklar. Zerrissene Zettel waren mit Klebestreifen wieder zusammengesetzt worden. Über alles zogen sich wie ein Gespinst dicke Bleistiftstriche, die Verbindungen zwischen scheinbar zusammenhanglosen Notizen aufzeigten. Manchmal verloren sie sich unter neuen Bildern oder Zetteln. Einige waren durchgestrichen, einzelne teilten sich auf. Kraklige Vermerke waren kaum zu erkennen, weil sie von Berechnungen überlagert waren. Vorsichtig berührte Kräuming die Wand. Es mussten unfassbar viele Lagen Papier sein, die hier miteinander verklebt waren. Manche Bereiche waren zentimeterdick und erinnerten ihn an die Schichten von Werbeplakaten an Litfaßsäulen, die sich manchmal nach einem starken Regen an den Rändern aufwölbten. Zwischen dem Wirrwarr von Informationen entdeckte er eine Aufnahme von Zempbauers Haus. Daneben ein Ausdruck mit Zugverbindungen. Mit Mühe ließ sich ein Foto des Schweizers erahnen, das durchgestrichen war. Eine mit Bleistift gezogene Linie zeigte einen halben Meter entfernt davon auf den mit Backstein gemauerten Eingang einer Firma.

»Sieht aus wie eine Collage des Wahns«, sagte Schley. Kräuming neigte den Kopf und schaute sich aufmerksam jedes Detail an. »Erinnert ein bisschen an den sprichwörtlichen Heuhaufen«, erwiderte er.

»Gibt's auch den Kräuming'schen Magneten, der uns hilft, die vermaledeite Nadel zu finden?«

Statt auf eine Antwort zu warten, strich Schley mit beiden Händen über die Wand. »Collage trifft es ziemlich gut. Das Ganze erinnert aber auch ein wenig an Schichtmalerei. Farbschichten überdecken einander, bis das Ergebnis stimmt. Die unteren wesentlichen Bereiche wirken nur noch dort, wo sie nicht übermalt wurden. Egal wie oft das Motiv verändert wird, alles zusätzlich Aufgetragene dient nur dazu, das Eigentliche zu verstärken.«

Als er vorsichtig die Wand entlangstrich, verharrte er in der Bewegung. »Hier ist kaum etwas überklebt.«

In einem Abstand von jeweils einem halben Meter waren die Fotos einzelner Männer zu sehen. Die ersten drei waren durchgestrichen.

»Alois Zempbauer, Heinrich Sellmann, Arne Pütz«, sagte Kräuming und deutete auf das nächste Foto. »Den Mistkerl habe ich vor Grabes' Wohnung gesehen.«

Schley griff in seine Hosentasche und zog ein Taschenmesser heraus. Vorsichtig löste er mit der Spitze die Zettel, die halb über das Bild geklebt waren, und klappte sie zur Seite. An einer Haltestelle stand ein Mann, Anfang sechzig, großgewachsen, mit ernstem Gesicht, der offensichtlich wartete.

Kräuming tastete die Kante ab. Das Foto war direkt auf die Tapete geklebt worden.

»Gib mir mal das Messer.« Vorsichtig löste er es vom Untergrund. Zum Glück war es nur an den Rändern mit Leim bestrichen worden. Mit einem beherzten Ruck riss er es ab. Ein Teil der Tapete überstand seine rabiaten Bemühungen nicht. Er drehte das Bild um. Auf der Rückseite stand ein Name. Olaf Müller.

Tief durchatmend trat Kräuming einen Schritt zurück, um sich die freigelegten Fotos aus einiger Entfernung anzuschauen.

»Die Spurensicherung muss sich darum kümmern. Sofort! Hämmerling ist gefordert. Lott soll ihm helfen.«

Kräuming drehte erneut das herausgetrennte Foto um und hielt es Schley entgegen. »Wenn sie sich an die Reihenfolge hält, ist Müller ihr nächstes Opfer.« Aufmerksam betrachtete er erneut die Wand, entdeckte aber keinen Hinweis, der weiterhalf. »Wir brauchen dringend die genaue Adresse dieses Herrn. So schnell wie möglich. Ich fürchte, sonst haben wir noch einen Toten.«

Teil 3

Sonntag, 26. September 1976

Edgar Fendler saß im Wohnzimmer an einem Sekretär und betrachtete ein kleines Schwarz-Weiß-Foto im müden Licht der Schreibtischlampe. Marianne schlief tief und fest. Daran, dass er nachts aufstand, um seinen Gedanken nachzuhängen, hatte sie sich längst gewöhnt.
Es war die letzte Aufnahme, die er aus Kanada geschickt bekommen hatte. Das Bild zeigte seine Tochter Elke, wie sie auf einer Schaukel saß und lachte. Zwölf Jahre war sie alt. Sie trug ein blaues Kleid und streckte schwungvoll die Beine nach vorn. In dem Brief hatte Irene mitgeteilt, dass sie einen anderen Mann kennengelernt habe und ihn bitte, jeglichen Kontakt einzustellen. Wie alle Briefe aus Kanada hatte er auch diesen nach dem Lesen verbrannt. Nichts, was Auskunft über seine Vergangenheit geben konnte, bewahrte er auf.
Er legte das Foto auf die Zeitung neben den Fahndungsaufruf, mit dem die Polizei nach Elke Kellerhof suchte. Kein Zweifel, ihre Gesichtszüge glichen den seinen. Müde strich er sich über die Augen. Die Zeit hatte ihn eingeholt und seine Tochter als Racheengel geschickt.

Im Frühjahr 1939 hatten Olaf Müller und er die Gelegenheit genutzt, sich nach Sachsenhausen versetzen zu lassen. Das KZ brauchte erfahrenes Personal und lockte damit, jedem Ehepaar in der SS-Siedlung Oranienburg ein Haus zur Verfügung zu stellen. Sie hatten Glück und bekamen zwei nebeneinanderstehende Häuser. Ihre Frauen, Gerda und Irene, waren überglücklich. Gemeinsam gestalteten sie den Garten, in dem sie Möhren, Kohlrabi, Radieschen und anderes Gemüse anbauten. Selbst ein kleines Gewächshäuschen auf der Grundstücksgrenze, das er zusammen mit Olaf aus alten Fenstern gebaut hatte, betrieben sie gemeinsam.
Ihr erster Wochenendausflug führte sie in eine Gaststätte am

Lehnitzsee. Eine SS-Musikkapelle spielte zum Tanz in den Mai auf. Sie waren glücklich, hatten Pläne. Es waren gute Zeiten. Er schwieg über die Arbeit, die er im Lager verrichtete, und Irene akzeptierte das. Nur einmal beschwerte sie sich. An den süßlichen Geruch in der Luft würde sie sich niemals gewöhnen. Auch befürchtete sie gesundheitliche Schäden für Elkchen. Das war im Herbst 1941, als innerhalb weniger Wochen mehr als zwölftausend Leichen von erschossenen Russen verbrannt werden mussten. Er schob die Geruchsbelästigung auf bauliche Mängel des Krematoriums, verbot ihr aber, darüber mit anderen zu sprechen.

In der Bevölkerung war Misstrauen aufgekommen, und der KZ-Kommandant Hans Loritz hatte bei einer eigens einberufenen Versammlung alle SS-Leute angewiesen, die Vernichtung von sowjetischen Häftlingen zu dementieren. Die Bewohner Oranienburgs lebten mit dem Lager und waren geübt im Wegschauen. Dennoch galt es, Unruhe zu vermeiden.

Keiner der Kameraden erzählte in den eigenen vier Wänden von den Aufgaben, die ihnen übertragen worden waren. Jeder SS-Mann war an den Verbrechen, die hinterm Stacheldraht verübt wurden, beteiligt. Ob aus Überzeugung oder Gehorsam, spielte keine Rolle. Zwar versuchten die meisten, sich damit zu beruhigen, dass sie Befehle befolgten, aber die Angst vor der Verantwortung nahm mit jedem Kilometer, den die Alliierten näher rückten, zu. Niemand sprach es aus, aber jeder dachte es: Gnade uns Gott, wenn wir den Krieg verlieren.

Erneut betrachtete Edgar Fendler das Foto aus Kanada und strich mit dem Finger darüber.

Elke wurde an einem warmen Tag Ende Juni 1940 geboren. Die Schwüle war kaum zu ertragen. Vielleicht lag es auch daran, dass die Geburt neun Stunden dauerte.

Olaf war gerührt, als Irene und er ihn baten, Elkes Patenonkel zu werden. Damals hatte sich die Freundschaft zwar schon merklich abgekühlt, aber ihn nicht zu fragen, wäre unklug gewesen. Heute wusste Fendler, dass er schon in jenen Tagen Angst vor Müller hatte.

Glücklicherweise zog der sich zunehmend zurück und vermied den Kontakt nicht nur zu ihm, sondern auch zu den anderen Kameraden. Von Gerda wusste er, dass Olaf mehr trank, als ihm guttat. Er behandelte sie nicht korrekt. Sie sprach nicht darüber, aber es war nicht zu übersehen, dass er sie manchmal schlug.

Im Spätsommer 1942 kam es zum Bruch. Er untersagte Gerda sogar den Kontakt zu Irene. Das kleine Gewächshaus, in dem sie im vergangenen Jahr rekordverdächtige Mengen an Tomaten gezüchtet hatten, verwaiste.

Erst kurz vor Ende des Kriegs begriff er, dass das an jener Aufgabe lag, die Olaf übertragen worden war. Er gehörte zu einer Handvoll Wachmännern, die in den Baracken achtzehn und neunzehn ausgewählte jüdische Häftlinge zu bewachen hatten. Keiner in der Kommandantur wusste, was genau in dem abgeschirmten Bereich vor sich ging. Neugier war nicht angeraten. In dem als streng geheim eingestuften Projekt herumzuschnüffeln, garantierte erhebliche Probleme, zumindest drohte der Einsatz an der Ostfront.

Daher kam es völlig überraschend, dass Müller ihn im Januar 1945 mit SS-Sturmbannführer Konrad Dersch bekanntmachte. Der stellvertretende Abteilungsleiter im Reichssicherheitshauptamt stellte einen verwegenen Plan vor, um für die Zeit nach dem Krieg abgesichert zu sein. An jenem Abend erfuhr er zum ersten Mal von der Aktion Bernhard und den Millionen perfekt gefälschter britischer Pfund. Dersch war freundlich, eloquent und versprach eine goldene Zukunft. In dem Umschlag, den er ihm reichte, befanden sich fünfhundert Pfund. Eine Anzahlung. Auch wenn der SS-Sturmbannführer mit keiner Silbe andeutete, wie er auf eine Ablehnung seines Vorschlags reagieren würde, begriff er sofort, dass ein Nein seinen Tod bedeutet hätte. Seinen Vorgesetzten über den Bestechungsversuch zu informieren, wäre kaum aussichtsreicher gewesen. Denn auch der suchte verzweifelt nach einem rettenden Strohhalm. Also tat er begeistert, brachte Ideen ein, machte sich insgeheim aber keine Illusionen, dass er dadurch nur Zeit gewann. Dersch und Müller würden sich nicht von Zeugen erpressbar machen lassen.

Auch er plante schon für die Zukunft. Dr. Sellmann hatte Papiere besorgt, die Irene und ihm einen Neuanfang erlaubten. Noch wusste sie nichts davon.

In der folgenden Nacht hatte er lange wach gelegen und sich Derschs Idee immer wieder durch den Kopf gehen lassen. Ohne seine Hilfe funktionierte der Plan nicht. Solange das so war, hatte er nichts zu befürchten. Davon abgesehen meinte der Zufall es gut mit ihm. Greif zu!, schien er zu flüstern. Es ist eine einmalige Chance. Wenn er es intelligent anstellte, würde er von der Bildfläche verschwunden sein, bevor die anderen überhaupt verstanden, was los war. Er musste nur zugreifen. Und er kannte den richtigen Mann, der ihm helfen konnte.

Zum letzten Mal hatte er Irene in ihrem Haus in Oranienburg am 19. April 1945 gesehen. Die Nacht davor hatte es einen schrecklichen Streit gegeben.

Die Russen marschierten auf Berlin zu. Die Schlacht an der Oder war verloren, Schukows Armee kaum hundert Kilometer entfernt. Schonungslos hatte er Irene klargemacht, dass er als Kriegsverbrecher behandelt werden würde. Zahllose Bündel britischer Pfundnoten lagen auf dem Küchentisch. Daneben die Urkunden, die Dr. Sellmann aus Posen besorgt hatte und die ihnen ein neues Leben ermöglichten. Von einem Kind, geschweige denn einem fünfjährigen Mädchen, stand kein Wort in den Papieren. Seine Mutter würde sich um Elkchen kümmern und sie großziehen. Es würde ihr an nichts fehlen.

Irene hatte verzweifelt den Kopf geschüttelt. Für sie brach eine Welt zusammen. Ohne die Tochter wollte sie keinen Neuanfang. Sie verstand nicht, warum ihre Flucht notwendig sein sollte. In seiner Verzweiflung hatte er in jener Nacht von den Untaten berichtet, die im KZ Sachsenhausen begangen worden waren und die auch er hatte begehen müssen, auf Befehl des Führers. Sie hatte den Kopf geschüttelt, geweint, sich erschrocken den Mund zugehalten. Aus Angst hatte er sich in Rage geredet und nichts ausgelassen. Der Damm war gebrochen. Die Jahre des Schweigens entluden sich. Irene hatte geheult, geschrien, sich auf den Boden geworfen. Sie dachte, er sei der Standesbeamte des Lagers, der den Schriftkram zu bewältigen hatte und für den Betrieb des Krematoriums verantwortlich zeichnete. Keine schöne Arbeit, aber eine, die getan werden musste. Nie hätte sie für möglich gehalten, dass er an den Verbrechen beteiligt war. Zum Schluss hatte sie nur noch gewimmert.

Am nächsten Morgen war sie mit Elke zu ihren Eltern nach Dachau gefahren. Schweigend waren sie auseinandergegangen. Trotz alledem hatte sie seiner Bitte entsprochen und einen Koffer mitge-

nommen. Über den Inhalt verlor er kein Wort, nur dass es seine Lebensversicherung sei und sie ihn weder verlieren noch öffnen dürfe.
Zwei Tage später gab die Kommandantur des KZ Sachsenhausen den Befehl »Sonneburg« aus. Das Konzentrationslager wurde aufgelöst und die Häftlinge auf ihren Todesmarsch geschickt.
Der Zufall wollte es, dass er auf seiner Flucht einer Hundeführerin aus Ravensbrück begegnete, die dankbar den fremden Namen annahm. Edgar und Marianne Fendler. Auch sie hatte alles verloren.
Sorgfältig steckte er das Foto seiner Tochter zwischen die Lohnabrechnungen der LEGUSS und schob den Ordner an seinen angestammten Platz. Diesmal würde er zur Rechenschaft gezogen werden. Müde lehnte er sich zurück. Er war es leid wegzulaufen.

Olaf Müller schaute auf die Uhr. Angespannt begrüßte er den neuen Tag, mit einem kräftigen Schluck Korn aus der Flasche. Gerda hatte ihn günstig bei Bolle erworben. Ihr Faible für Rabattgutscheine war zwar gut fürs Familienbudget, dennoch nervte es Müller. Unter Androhung einer Ohrfeige hatte er ihr erst in der letzten Woche verboten, aus seiner Zeitung Angebote herauszuschneiden, solange die nicht im Papierkorb lag. Ohne ihn zu fragen, meinte sie, einen Coupon für ein Pfund Eduscho-Kaffee ihrer Sammlung hinzufügen zu müssen. Dummerweise fehlte dadurch ein halber Artikel über den Fahrbericht des neuen VW Golf Diesel. Der war angeblich kein Stinker mehr und zudem äußerst sparsam.
Gerda verbrachte mit ihrer Schwester ein verlängertes Wochenende in Sankt Peter-Ording. Ein Geburtstagsgeschenk von Ruth. Dort werde ihre Schönheit wieder aufblühen, versprach der Prospekt. Für ihn eindeutig rausgeschmissenes Geld. Aber da die Schwester alle Kosten übernahm, hatte er mürrisch zugestimmt. Ein paar Tage Ruhe waren auch nicht zu verachten.
Nur weil Ruth nach dem Krieg eine gute Partie geheiratet hatte, den Sohn eines Industriellen, dessen Vermögen durch Hitlers Straßenbau exorbitant hoch war, konnte sie sich derart überzogene Geschenke leisten. Dass Gerdas Schwester meinte, etwas Besseres zu sein, klang bei jedem ihrer Worte durch. Sie machte keinen Hehl daraus, was sie von ihrem Schwager hielt. Das beruhte auf Gegenseitigkeit. Sie hasste ihn. Er hasste sie. Beide hatten ihre Gründe.

Andererseits war es von Vorteil, dass Gerda nicht hier war, ihn nervte und dusslige Fragen stellte. Er hatte wahrhaft andere Probleme. Vor Antritt der Fahrt hatte sie, wie von ihm verlangt, vorgekocht. Donnerstag und Freitag hatte es Erbsensuppe mit Bauchspeck gegeben. Für Sonnabend waren Kohlrouladen vorbereitet, und selbst die Kartoffeln lagen, wenn auch ungeschält, neben dem Herd. Heute sollte er sich Eier in die Pfanne hauen und dazu den Rest der Kartoffeln braten. Für Müller war Kartoffelschälen Frauenarbeit. Damit fing er gar nicht erst an. Noch immer hing der kalte Duft von geschmortem Kohl schwer in der Wohnung. Krautwickel, wie seine Frau sie nannte, gehörten nicht unbedingt zu seinen Lieblingsgerichten. Gerda hatte sich bei Bolle mit Sonderangeboten eingedeckt und mit einem Gutschein Hackepeter für den halben Preis bekommen. Das Kraut hatte er feinsäuberlich abgekratzt und das Hackfleisch mit reichlich Senf verzehrt. Die Kohlreste lagen zusammengekratzt im Topf. Darum konnte sich die Alte kümmern, sobald sie wieder da war. Statt Blumen, dachte Müller hämisch. Für Gefühlsgemüse gab er nie Geld aus.

Ärgerlich, dass Elke Kellerhof ihn entdeckt hatte. Einen Fehler konnte er bei sich nicht erkennen. Er war ihr vorsichtig gefolgt, hatte sich unauffällig verhalten, und dennoch musste sie ihn bemerkt haben. Wenn er einen Vorwurf gelten ließ, dann den, dass er in Kanada aus Überheblichkeit eine Zeugin am Leben gelassen hatte. Jetzt blieb nur die Option, auf Elkchen zu warten.

Von einem Bekannten, der einen Laden für Sicherungstechnik betrieb, hatte sich Müller eine professionelle Türsicherung einbauen lassen. Sobald sich jemand am Türschloss zu schaffen machte, wurde das mit einem Warnlicht und einem unauffälligen Ton angezeigt. Ihn zu überraschen, würde ihr nicht gelingen. Ein bisschen war es wie ein Duell zweier Scharfschützen. Wer zuerst sein Versteck preisgab, war tot. Er lachte lautlos und freute sich schon auf ihren überraschten Gesichtsausdruck, der bei der Erkenntnis, versagt zu haben, in Verzweiflung umschlagen würde.

»Okay, du Miststück«, murmelte er und setzte sich in den Sessel gegenüber der Eingangstür. »Dein Patenonkel freut sich schon auf dich.« Er legte seine Walther PPK neben einen kleinen Kasten, der ihn warnen würde, sobald sie sich an der Tür zu schaffen machte.

Dann schaltete er das Licht der Stehlampe aus. Das Kabel mit dem Schalter legte er griffbereit auf seinen Schoß. Er war ein sicherer Schütze. Ein gezielter Schuss würde sie handlungsunfähig machen. »Schnell wird dein Tod nicht sein«, schwor sich Müller. Kein Genickschuss, der überraschend kommt und den sofortigen Tod bedeutet. Nein, er würde es auskosten, wie bei ihrer Mutter. Genüsslich ließ er sich die Situation durch den Kopf gehen. Er war bereit. Langsam begannen sich seine Augen an die Dunkelheit zu gewöhnen.

Kräuming hatte den Einsatz beendet, die Beamten des SEK nach Hause geschickt und war ins Büro zurückgekehrt. Die vergangenen Stunden waren eine einzige Katastrophe gewesen. Momentan konnte er in der Wohnung der Verdächtigen nichts machen. Hämmerling war zwar alles andere als begeistert, eine zusätzliche Nachtschicht einzulegen, sah aber die Notwendigkeit ein. Eine halbe Stunde später traf er in der Residenzstraße ein. Lott hatte sich ebenfalls ohne Diskussion bereiterklärt, die Nacht in der Wohnung zu verbringen, und sobald sie einen Hinweis fanden, der ihnen weiterhalf, Kräuming zu informieren.

»Allein im aktuellen Telefonbuch stehen sieben Olaf Müller. Und das sind nur die, die ihre Vornamen mit angegeben haben«, stöhnte Schley. »Siebzehn weitere haben nur den ersten Buchstaben spendiert. O kann für alles stehen. Otto, Oskar, Olaf, Odin oder Olivia, Ophelia, Oxana.«

Kräuming schaute ihn erstaunt an.

»Oxana?«

»Ist die ukrainische Nebenform von Xenia. Weiblicher Vorname mit O? Ich liebe Kreuzworträtsel.«

»Es kann auch gut sein, dass unser Müller nicht im Telefonbuch steht. Zugriff auf die Meldeadressen bekommen wir erst morgen früh. Bis wir alles durchgesehen haben, ist es Mittag«, überlegte Kräuming laut.

Einen Moment spielte er mit dem Gedanken, Ole Hedin aus dem Bett zu klingeln, damit der seine Computer zum Einsatz brachte, entschied sich dann aber dagegen. Es würde ebenfalls zu lange dauern. Schley hatte recht, systematisch kamen sie nicht schnell genug ans Ziel. Und auf einen Zufallstreffer zu hoffen, war sinnlos. Die Zeit lief ihnen weg.

Nachdenklich betrachtete Kräuming abwechselnd das Foto Olaf Müllers und die Karte, in der alle Sichtungen Elke Kellerhofs mit einer Stecknadel eingetragen waren. In einigen Quadranten gab es Häufungen, in anderen gar keine.

»Helmut, ich brauche die Postleitzahlen. Schnell!«

Erstaunt schaute Schley über das Telefonbuch hinweg und folgte Kräumings Blick. Dann verstand er.

»1000 Berlin 20.«

»Moabit. Ein Treffer.«

»1000 Berlin 33.«

»Grunewald, Kletterturm. Weiter!«

»1000 Berlin 12«

»Nichts«

Schley las alle Einträge aus dem Telefonbuch vor. Nachdem er fertig war, stand er auf und starrte ebenfalls auf die Karte. Nach einer Weile deutete Kräuming auf ein Gebiet, das im Norden von der Mauer begrenzt wurde. Im Osten endete es an der Lohmühleninsel mit dem Flutgraben, im Süden lag der Landwehrkanal.

»Fünf Hinweise.«

»Kreuzberg. Der ärmere Teil. Lief früher unter SO 36«, erklärte Schley und schaute auf das tickende Ungetüm über der Tür. In zwanzig Minuten war es zwei Uhr.

»Wir fahren da jetzt hin. Helmut, veranlasse bitte, dass uns ein paar Beamte der Bereitschaft begleiten.«

Müller zwang sich, wach zu bleiben. Er dachte an seine Kindheit in Memmingen. Er war in einer streng katholischen Familie aufgewachsen. Gottesfurcht und Frömmigkeit gehörten zum Alltag. Sonntags ging es in die Sankt Josef-Kirche zum Gottesdienst. Mit sieben Jahren erhielt er seine Erstkommunion, und auf Geheiß der Mutter musste er als Messdiener helfen. Sein Vater, ein starker und jähzorniger Mann, betrieb ein Fuhrunternehmen. Zehn Pferdegespanne, die für die Brauereien der Umgebung die Fässer an die Gasthöfe lieferten. Seit er denken konnte, war er in das Tagwerk eingebunden gewesen. Ställe reinigen, die verschwitzten Pferde mit einem Strohwisch abreiben, die Futtertaschen mit Hafer auffüllen. Er hatte die Arbeit gehasst. Erfüllte er die Aufgaben nicht zur Zufriedenheit des Vaters, gab es Watschen, und er musste in seinem Zimmer stundenlang niederknien, zu Gott beten und um Verzeihung bitten. Der Herr im Himmel hatte indes Wichtigeres zu tun, als das Flehen eines unglücklichen Kindes zu beachten. Nur die Stunden in der Schule empfand er als befriedigend. Kräftiger als die anderen, war er der uneingeschränkte König des Schulhofs. Mit siebzehn war ihm klar, dass er Gott und seinen Eltern den Rücken kehren würde. Er trat in die HJ ein, fand Gleichgesinnte und lernte, nicht die andere Wange hinzuhalten, wenn ihm Unrecht geschah. Als sein Vater an seinem achtzehnten Geburtstag die Hand hob, entlud sich Müllers angestauter Frust. Wäre die Mutter nicht dazwischengegangen, er hätte seinen Vater krankenhausreif geschlagen.

Bei dem Gedanken musste Müller schmunzeln. Von Stund an hatte sein Alter ihn zufriedengelassen. Ob aus Respekt, Angst oder Scham, ihm war es egal.

Im Treppenhaus waren Schritte zu hören. Müller richtete sich auf. Er lauschte. Seine Sinne waren angespannt. Kurz darauf fiel eine Tür ins Schloss. Fast enttäuscht stand er auf und schaute aufmerksam durchs Fenster.

Er versuchte, sich an jene Nacht zu erinnern, die alles verändert hatte.

Die Verbrennung der Kisten war für zweiundzwanzig Uhr geplant. Dersch hatte den Transport aus dem RSHA, dem Reichssicherheitshauptamt, organisiert. Zwei junge SS-Männer begleiteten den stellvertretenden Leiter der Abteilung F und luden die Kisten im KZ Sachsenhausen auf dem Industriehof ab. Sobald das erledigt war, schickte Sturmbannführer Dersch sie wieder zurück zur Prinz-Albrecht-Straße.

Jokell hatte sie schon erwartet. Gemeinsam brachten sie die Kisten ins Krematorium. Es waren fünf, die den Flammen überlassen werden sollten. Nennwert zwanzig Millionen der Kategorie C, minderwertige oder fehlerhafte Scheine. Tatsächlich waren es aber tadellose Blüten der Kategorie A, die von den echten Banknoten nicht zu unterscheiden waren.

Dersch hatte die nächtliche Aktion als streng geheim deklariert.

Niemand hinterfragte das. Weder das übliche Wachpersonal noch irgendwelche Gefangenen waren anwesend. Wie geplant hatte Jokell schon Tage vorher in einem separaten Raum des Krematoriums fünf Kisten mit wertlosen Akten des Standesamts gelagert. Sie waren von denen aus dem RSHA kaum zu unterscheiden. Der Austausch dauerte keine fünf Minuten. Anschließend verbrannten sie die Kisten mit den unwichtigen Dokumenten. Drei Stunden später waren sie fertig. Alles andere oblag Kellerhofs Verantwortung.

Sobald Dersch und er das Krematorium verlassen hatten, begann das Krematoriumskommando wieder seine Arbeit. Von Jokell wussten sie, dass in jener Nacht noch Dutzende Leichen verbrannt werden mussten.

Warum sie eine derart lange Pause einlegen durften, war den Mitgliedern des Kommandos egal. Die vier Häftlinge stellten keine Fragen. Sie hatten andere Sorgen. Würden sie den Krieg überleben? Oder würden sie noch kurz vor dem Ende als Letzte durch die Öfen gehen?

Teil zwei des Plans war, angeblich wichtige Personalakten inhaftierter Gefangener aus dem Standesamt des KZs nach Nürnberg zu überführen. Der Transport der brisanten Kisten war für den kommenden Tag geplant. Jokells Job. Die passenden Papiere hatte Dersch besorgt. Pütz war instruiert. Das Umladen sollte in einer Scheune erfolgen. Ein perfekter Plan.

Müllers Kopf kippte nach vorne. Erschrocken riss er die Augen auf.

Wäre Dersch nicht so engstirnig, besäße er ausreichend Finanzmittel, um sich nicht nur einen kleinen VW-Stinker zu leisten. Aber dem Herrn Bauunternehmer war es wichtiger, politisch Einfluss zu nehmen. Ein Spinner, der von einer nationalsozialistischen Welt träumte.

Verärgert streckte Müller die Beine aus und zog sie mehrmals ruckartig an. Anschließend ließ er die Schultern kreisen, bis die Muskulatur zu brennen begann.

»Unsere herrliche Idee ist nicht tot, sie hat viel zu starke Wurzeln«, predigte Dersch bei jeder Gelegenheit mit den Worten von Magda Goebbels. Der Verrückte glaubte an seinen persönlichen Endsieg. »Schaut euch doch um! Alles nur eine Frage der Zeit, bis das Volk der Demokratie überdrüssig ist und nach einer ordnenden, führenden Hand verlangt.«

Ob Dersch sich selbst als diese sah, ließ der Herr Bauunternehmer offen. Aber den Hang zum Größenwahn besaß er schon immer. Sicher, Müller brauchte sich nur in seinem heruntergekommenen Viertel umzuschauen und wusste, dass Dersch recht hatte. Aber dennoch, mit leeren Händen dazustehen, nachdem sich Zempbauer als wahrer Goldesel erwiesen hatte, war nichts anderes als ein verdammter Betrug. Statt ihn ordentlich zu melken, hielt Dersch es für eine grandiose Idee, den Schweizer zu zwingen, großzügig Wahlkampfhilfe zu leisten.

Für die Drecksarbeit war er gut genug. Das Schreien der Stute, als er ihr den Bauch aufgeschlitzt hatte, war selbst Müller bis ins Mark gekrochen.

Sobald er begriffen hatte, dass er nur mit Almosen abgespeist werden sollte, hatte er gedroht, das kleine Stachelschwein, wie der Führer einst die Schweiz verächtlich genannt hatte, erneut aufzusuchen. Er wollte dem eidgenössischen Dukatenscheißer auf den Zahn fühlen und sich eine angemessene Abfindung für sein Schweigen zahlen lassen. Wieder hatte er auf Dersch gehört. »Was du nach der Bundestagswahl machst – deine Sache. Aber bis dahin hältst du still.«

Müllers Kopf kippte erneut nach vorne. Erschrocken riss er die Augen auf. Nur nicht einschlafen.

Er könnte sich mit dem Geld den Rest des Lebens an der Côte d'Azur versüßen. Ab und an ein blondes Seite-eins-Luder gebucht, die die Patina seines Ständers aufpolieren durfte, und das Leben wäre perfekt. Er seufzte wohlig bei der Vorstellung. Gerda konnte sich gerne bis zum Ende ihrer Tage weiter an Rabattaktionen berauschen und sich von ihrer Schwester aushalten lassen.

Gegen zwei Uhr morgens schlief Müller kurz ein, Sekunden nur, aber die Anspannung forderte ihren Tribut. Trotzdem war er über seine Schwäche erstaunt und verärgert. Er lauschte in die Dunkelheit und versicherte sich, dass er allein war. Müller ermahnte sich zur Gelassenheit. Er hatte alles dafür getan, nicht überrascht zu werden. Sollte Elkchen versuchen, die Tür zu öffnen, es würde ihm nicht entgehen. Reiß dich zusammen, beschwor er sich. Behalte die Tür im Blick! Konzentrier dich! Einige Minuten später schlossen sich seine Augen wieder.

Elke Kellerhof hatte nicht damit gerechnet, das Fenster nur angelehnt vorzufinden. Ihr sollte es recht sein. Zwar war sie Klettern in großer Höhe gewohnt, aber das alte Regenrohr wirkte wenig vertrauenerweckend. Geschickt hangelte sie sich zum Fenstersims im vierten Stock und schob den linken Fensterflügel vollständig auf. Vorsichtig stieg sie ein. Auch wenn es dunkel war, erkannte sie an den Konturen der Schränke, dass sie in der Küche stand. Ihr Instinkt verriet ihr, dass Müller sie erwartete. Dass sie nicht durch die Wohnungstür kommen würde, konnte er unmöglich ahnen. Leise schlich sie zur Küchentür, lauschte und vernahm ein gleichmäßiges Schnarchen. Olaf Müller schlief. Vorsichtig drückte sie die Klinke herunter.

Er saß in der Ecke auf einem in die Jahre gekommenen Sessel. Auf dem Clubtisch lag eine Waffe. Langsam schlich sie über den Teppich. Unter ihren Füßen knarrte eine der Dielen. Müller schreckte auf. Das Licht der Stehlampe ging an. Er griff instinktiv nach der Waffe und zielte auf die Tür.

Er begriff zu spät, dass die Gefahr nicht von dort kam. Den Bruchteil einer Sekunde zögerte er, dann korrigierte er die Richtung der Waffe. Doch noch bevor er entsichern konnte, wurde ihm klar, dass er es vermasselt hatte.

Elke schoss, ohne zu zögern, und zählte: eins, zwei, drei, vier, fünf. Zwei der Kugeln schlugen in die Wand ein. Die Dritte streifte den linken Oberarm. Die beiden Folgenden trafen die Lunge und den Bauch. Dann hielt sie inne. Müllers Gesicht verzog sich zu einer Grimasse. Ein schmerzhaftes Stöhnen entwich seinen Lippen. Er beugte sich nach vorn. Die Waffe rutschte ihm aus der Hand. Ungläubig schaute er auf seinen Körper. Er hustete Blut. Bei jedem Atemzug ein bedrohliches Pfeifen. Dunkle Rinnsale sickerten aus den Wunden. Instinktiv drückte er die Hände auf den Bauch. Noch lebte er. Elke trat langsam hinter ihn und setzte den Lauf der Pistole auf seinen Nacken.

Müller hörte ihren Atem, gleichmäßig und ruhig. Auch der Lauf in seinem Nacken verriet, dass keine Anspannung ihre Nerven strapazierte.

»Sag mir, wie oft hast du den Finger gekrümmt, Patenonkel?«
Müller verstand die Frage nicht. Unter Schmerzen versuchte er, den Kopf zu drehen, aber ein energischer Druck im Nacken ließ ihn davon Abstand nehmen.
»Vorsicht! Die Waffe ist ein bisschen zu oft benutzt worden. Der Abzug ist empfindlich. Du kennst sie. Eine Walther P 38. Erinnerst du dich? Spätsommer 1941.«
Müller brauchte eine Weile, bis er begriff.
»Hat der Idiot die Knarre aufgehoben?«
Er lachte bitter, bereute es aber sofort. Die Schmerzen ließen ihn unkontrolliert aufstöhnen. »Verdammt, was sollen die alten Geschichten. Es war Krieg. Das ist ja schon alles nicht mehr wahr.«
»Ich weiß, was ihr getan habt. Vater und du und die anderen. Damals im KZ. Es ist in meinem Kopf. Es frisst sich durch die Träume. Kein Tag, an dem ich nicht daran denke. Keine Nacht, in der ich euch nicht lachen höre. Sag, wie oft hast du den Finger gekrümmt? Wie oft? Sag mir, wie oft? Wie oft hat Vater geschossen? Wie oft du? Wie oft?«
Müller zögerte, entschloss sich dann aber, auf Zeit zu spielen. Die Schüsse mussten gehört worden sein. Die Polizei würde jeden Moment eintreffen. Wenn sich schnell ein Arzt um ihn kümmerte, bestand eine Chance. Erneut ließen die Schmerzen ihn aufstöhnen.
»Bringt wahrscheinlich nicht viel zu behaupten, dass ich nichts damit zu tun habe. Ich bin nie vor Gericht gestellt worden.«
»Mangels Beweisen! Müller ist ein Allerweltsname.«
Mühsam verzog er das Gesicht zu einer Grimasse.
»Was ich nicht begreife: Ich dachte, es geht um das Scheißfalschgeld?«
»Es ging nie um das Falschgeld. Die Blüten sind nur die Krumen auf dem Weg. Es hat verraten, wer für den Tod meiner Mutter verantwortlich ist.«
»Elkchen, willst du wirklich deinen lieben Patenonkel umbringen?«
Ihre Mutter hatte sie immer Elkchen genannt. Selbst als sie erwachsen war. Früher hatte sie den Namen Elke als schön empfunden. Er war althochdeutscher Herkunft und bedeutete »von edlem Wesen«. Elke war eine Kurzform von Adelheid. Seitdem sie den verstaubten Koffer geöffnet hatte, hasste sie diesen Namen.

»Nenn mich nicht so!«

»Du hast auf meinem Schoß gesessen. Ich habe Hoppe, hoppe Reiter mit dir gespielt. Du mochtest deinen Patenonkel. Manchmal haben wir zusammen gebetet. ›Eh der Tag zu Ende geht, spreche ich mein Nachtgebet.‹ Das zählt wohl gar nichts?«

»Du Schwein hast meine Mutter kaltblütig getötet. Sie hat dir nichts getan. Sie alle haben dir nichts getan. Du Mörder! Ich kann ihre Gesichter sehen. Es gibt Fotos von den Ermordeten. Jedes einzelne Gesicht kann ich sehen.«

»Deine Mutter wusste, dass ich an der Russenaktion beteiligt war. Dein Vater muss es ihr erzählt haben. Sie drohte mir, alles den Behörden zu melden. Sie könne meine Beteiligung beweisen. Ich wollte doch nur Fragen stellen und dann wieder verschwinden. Sie sollte nur verraten, von wem das Geld kam. Verstehst du? Dein Vater schuldete uns ein Vermögen! Nachdem sie mir den Namen Alois Zempbauer gesagt hatte, konnte ich sie unmöglich am Leben lassen. Bedauerlich. Und es tut mir aufrichtig leid.«

Elke schüttelte energisch den Kopf. Fast schien es so, als wäre sie blockiert, unfähig, die Sache zu Ende zu bringen. Müller hörte sie zählen. Wirre Ziffern, ohne erkennbaren Sinn. Zehntausendeinhundertzwölf. Zehntausendeinhundertdreizehn. Zehntausend...

»Elkchen! Du brauchst dringend Hilfe. In deinem Kopf stimmt etwas nicht. Man kann dir bestimmt ...«

Ein verächtliches Lachen unterbrach ihn. »Es ist an der Zeit, deine Schuld zu begleichen.«

Müller verstand. Er stand vor keinem Richter, den er mit Unwahrheiten, Ausflüchten, Winkelzügen oder Schweigen an der Nase herumführen konnte. Dies war kein Gericht, das sich der Schwäche der Rechtsstaatlichkeit beugen musste. Im Zweifel für den Angeklagten. Das galt in dieser Nacht nicht. Das Urteil war gesprochen. Elke Kellerhof, seine Patentochter, hatte über ihn gerichtet. Es bedurfte nur noch der Vollstreckung. Er wusste es, und dennoch hing er plötzlich an diesem kleinen, misslungenen Leben. Unwillkürlich fing er an zu beten. Worte, die er seit Jahrzehnten nicht mehr gesagt hatte, kamen ihm über die Lippen.

»Herr, der du bist im Himmel ...«

»Sag mir, wie oft hast du den Finger gekrümmt? Wie viele starben?«

»… geheiligt sei dein Name …«

»Du verdammter Mörder!«

»Um Gottes willen, ich habe nur Befehle ausgeführt«, flehte Müller, und seine Stimme überschlug sich vor Angst. Wie oft hatte er das bei anderen gehört. »Ich musste das tun. Mir blieb keine Wahl. Gott ist mein Zeuge. Ich wollte es nicht. Ich wollte nie ein Mörder werden. Ich wollte auch deine Mutter nicht töten. Es waren die Umstände …«

Elke lachte. Ein hysterisches, kurzes Lachen. »Gott hat dich nicht abgehalten. Willst du dich damit herausreden? Ist Gott an allem schuld? Hat Gott dir den Massenmord befohlen?«

Nur ein Wimmern kam aus Müllers Mund.

Monoton begann sie zu sprechen. »Du wirst alle Völker vertilgen, die der HERR, dein Gott, dir geben wird. Lass dir nicht grauen vor ihnen; denn der HERR, dein Gott, ist unter dir, der große und schreckliche Gott. Er, der HERR, dein Gott, wird diese Leute ausrotten vor dir, einzeln nacheinander.«

»Du hast doch keine Ahnung! Was weißt du denn von jener Zeit?«

Unbeeindruckt sprach Elke weiter. »Dazu wird der HERR, dein Gott, Angst und Schrecken unter sie senden, bis umgebracht sein wird, was übrig ist und sich verbirgt vor dir. Lass dir nicht grauen vor ihnen; denn der HERR, dein Gott, ist in deiner Mitte, der große und schreckliche Gott.« Elke dachte einen Moment nach. »Fünftes Buch Mose. Willst du dich darauf berufen, Patenonkel? Gott hat den Massenmord gutgeheißen?« Erneut zögerte sie. »Wohl kaum. Wir Menschen interessieren ihn nicht. Es war ihm egal.«

Müller schwieg. Er verstand. Mit Flehen würde er sich nicht retten können. Zu oft hatte er das erlebt. Verzweiflung war stärker als Hoffnung. Gnade durfte er nicht erwarten.

Plötzlich ein leiser Piepton, ein Signal, das beide verharren ließ. Die kleine Lampe auf dem Kästchen blinkte. Jemand machte sich an der Tür zu schaffen. Müller erkannte seine Chance, und mit letzter Kraft rief er: »Hilfe! Hilfe, sie ist hier!«

Er versuchte, sich nach vorne fallen zu lassen. Elke Kellerhof war schneller und riss ihn zurück. Die Schmerzen explodierten in seinem Körper. Fast ohnmächtig hörte er die dumpfen Schläge gegen die Tür donnern. Holz zersplitterte. Mehrfach vernahm er ein Klicken.

Wieder und wieder krümmte Elke den Finger. Nichts geschah, der Abzug klemmte.

Fluchend rannte sie in die Küche, stieg auf das Fensterbrett und hangelte sich zum Regenrohr hinüber. Unter ihr hörte sie Schritte, die über den Hof eilten. Aufgeregte Rufe. »Da oben! Sie will aufs Dach.« Taschenlampen wurden auf sie gerichtet. »Bleiben Sie, wo Sie sind!«

Sie starrte auf die Polizisten, die Deckung zwischen den Mülltonnen genommen hatten. Bis zum Dach waren es zwei Meter. Ein Beamter schaute aus dem Fenster. Rollkragenpullover, Jackett. Weiche Gesichtszüge. Lange Haare. Kaum älter als sie. Eine Sekunde betrachtete sie den Mann. Er zielte mit der Waffe auf sie.

»Kriminalpolizei! Geben Sie auf! Wir wissen alles!« Im gleichen Moment begriff Kräuming, wie albern das klang. Niemand wusste alles.

Elke Kellerhof starrte verwundert in den Lauf, dann in die Augen des Polizisten. Ein kurzes Zögern. Flink und geschickt kletterte sie weiter. Sie streckte sich wie ein Puma und erreichte mit den Fingerspitzen die Regenrinne. Das verzinkte Metall knarzte unter ihrem Gewicht, hielt aber. Ein kurzes Anspannen der Muskeln. Elegant rollte sie über den Dachfirst. Aus dem Hof wurden Schüsse abgegeben. Sie schlugen neben dem Fenster im Putz ein.

Kräuming sprintete aus der Küche und rannte die Treppe zum Dachboden hinauf. Eine Stahltür versperrte den Weg. Sie war abgeschlossen. So sehr er sich auch dagegen warf, sie ließ sich nicht öffnen.

»Warum hast du nicht geschossen? Verdammt, du hattest sie«, fluchte er. »Du hättest es beenden können!«

Wenige Minuten später wurde Müller ins Krankenhaus gebracht, starb aber auf dem Weg dorthin aufgrund des hohen Blutverlustes. Obwohl die ganze Gegend sofort weiträumig abgesperrt wurde, blieb die Suche nach Elke Kellerhof erfolglos.

Als Kräuming zurück ins LKA kam, wurde er schon von Fritz Voigt erwartet. Auch den Leiter des LKA 1 hatte man über den Mord an Müller und den misslungenen Polizeieinsatz informiert. Kräuming hatte mit Vorwürfen gerechnet, stattdessen reichte Voigt ihm ein Schreiben.

»Elke Kellerhof wurde um siebzehn Uhr zehn von mindestens vier Zeugen am U-Bahnhof Osloer Straße gesehen. Leider gibt es keine Aussage darüber, in welche Richtung sie gefahren ist. Tatsache ist, der gestrige SEK-Einsatz war von Anfang an zum Scheitern verurteilt. Der verspätete Zugriff hat keine Konsequenzen.«

»Danke, das wird die Kollegen freuen.«

»Dass Elke Kellerhof Ihnen durch die Lappen gegangen ist, wird uns noch Kopfschmerzen bereiten. Rechtlich gesehen befanden Sie sich in einer Grauzone. Vereitelung einer Flucht? Wäre denkbar. Besteht die Gefahr der Fortsetzung eines Verbrechens? Sehr wahrscheinlich. Wurden Sie unmittelbar bedroht? Eindeutig nein. Ein Schuss, und der Fall wäre zu den Akten gelegt worden. Vielleicht wäre es besser gewesen. Aber selbst im polizeifreundlichen Bayern hätte es nicht als finaler Rettungsschuss gegolten. Sie haben gestern Nacht ausgesprochen besonnen reagiert. Das rechne ich Ihnen hoch an. Machen Sie sich aber darauf gefasst, dass das nicht alle so sehen. Vorsichtshalber habe ich Staatsanwältin Reichert aus dem Bett geklingelt. Wir sind da klar einer Meinung. Eine angeschossene und in den Tod gestürzte kanadische Nazijägerin wäre für das internationale Ansehen Deutschlands verheerend gewesen. Zumal sie offensichtlich nicht alle Tassen im Schrank hat. Die Presse wird sich begeistert auf uns stürzen, ein mediales Festmahl. Ignorieren Sie die Anfragen. Geben Sie keinen Kommentar ab. Darum kümmere ich mich.«

Verwundert schaute Kräuming den Chef des LKA 1 an. »Sie scheinen doch nicht so ein ... zu sein, wie ich gedacht habe.«

»Doch, genauso ein ... bin ich. Sie können beruhigt sein. Es geht ums LKA, nicht um Sie.« Voigt drehte sich weg und verschwand in seinem Büro. Auch wenn er versuchte, sich nichts anmerken zu lassen, ein kurzes Blinzeln der Augen verriet ihn. Noch war es weit weg von einem Lächeln, aber mit Fantasie war eine dezente Andeutung erkennbar. Abgesehen davon war es das erste Mal, dass Voigt Anerkennung ausgesprochen hatte. Mehr als das zählte die dargebotene Hand. Der Chef des LKA 1 war bereit, ihm den Rücken freizuhalten.

Als Kräuming in sein Büro trat, um die Ereignisse der vergangenen Stunden für die morgendliche Beratung der Mordkommission aufzubereiten, fand er Lott mit grauem Gesicht am Schreibtisch sitzend. Vor ihm lag ein alter Koffer.

»Ich habe von dem Einsatz in Kreuzberg gehört. Echte Katastrophe. Nur ein paar Minuten früher. Verdammt!«

Forschend suchte Kräuming im Gesicht des Kollegen nach einem Vorwurf. Doch er las nur Bedauern um die vertane Chance darin.

»Ich kann nicht sagen, ob ich geschossen hätte.« Lott zögerte einen Augenblick. »Ist eine einsame Entscheidung. Wer darauf eine Antwort hat, lügt.«

»Du brauchst dringend eine Runde Schlaf, Alex. Du siehst völlig fertig aus.«

»Ich kann jetzt unmöglich schlafen.«

Nach einer Weile des Schweigens nickte Kräuming. »Wie weit seid ihr in der Nacht gekommen?«

»Hämmerling hat sich die Wand nur einmal kurz angeschaut und dann Bork hinzuzitiert. Die beiden haben gearbeitet wie Archäologen mit Pinsel, Pinzette, Spachtel und geheimnisvollen Flüssigkeiten. Ein Zettel ab, beschriften, erfassen, eintüten, nächster Zettel. Es sind Hunderte von Fotos oder Notizen. Vielleicht Tausende. Hämmerling meint, mit dem Verfahren lässt sich herausfinden, wann Elke Kellerhof die Bleistiftlinien gezogen hat und wohin. Vor einer Stunde mussten sie die Arbeit unterbrechen. Bork sind die Filme ausgegangen.«

»Habt ihr die Krankenakte Fendler gefunden?«

Lott schüttelte den Kopf und starrte auf den Koffer. Langsam öffnete er ihn und klappte den Deckel zurück. Neben verschiedenen amtlichen Unterlagen befand sich ein Umschlag mit britischen Pfundnoten darin.

»Wir haben den Koffer im Schrank gefunden.« Langsam nahm Lott ein abgegriffenes Buch heraus und schob es auf den Schreibtisch. Daneben legte er einen Stapel Fotos.

»Das meiste sind Hochzeitsbilder, Kinderbilder von Elke Kellerhof, Familienfotos von Ausflügen, Geburtstagen und Weihnachten, Urlaubserinnerungen. Alles durcheinander. Der stolze Bräutigam ist Johannes Kellerhof.«

Er deutete auf eine weitere vergilbte Schwarz-Weiß-Aufnahme. »Scheint bei einem Volksfest aufgenommen worden zu sein.«

Kräuming betrachtete das Foto und wunderte sich, dass Lott es ausgesucht hatte. Es zeigte zwei Männer, die, jeweils mit einem Kescher bewaffnet, mitten in einer Stadt standen. Hinter ihnen ausgelassene Menschen, die auf einer Brücke warteten. Einen der beiden Männer erkannte er als Elkes Vater.

Lott deutete auf den anderen. »Der hier ist Olaf Müller.«

»Woher weißt du das?«

»Ich kann mir Gesichter einprägen und sie wiedererkennen, selbst wenn sie um Jahre gealtert sind. Müller und Kellerhof kannten sich.«

Lott schob das abgegriffene Buch über den Tisch. »Hiervon kann ich keine Zusammenfassung geben. Geht nicht. Das musst du selbst lesen, Horst. Wäre gut, wenn du das gleich machen würdest. In die betreffenden Seiten habe ich Zettel gelegt.« Er stand auf. Ohne ein weiteres Wort verließ er das Büro.

Kräuming nahm das Buch in die Hand. Es war abgenutzt und verdreckt. Vorsichtig schlug er es auf. Auf der ersten Seite stand in einer schönen Sütterlinschrift der Name: Johannes Kellerhof. Es war sein Tagebuch.

30.04.1933 Abkommandierung ins Schutzhaftlager Dachau. Die Zimmer sind einfach und sauber. Alle Kameraden sind guter Dinge. Morgen früh beginnt die Ausbildung zum Wachmann durch die bayerische Ordnungspolizei.

17.06.1939 Das neue Haus in Oranienburg ist fantastisch. Irene ist begeistert. Sie liebt den Garten und schmiedet schon mit Gerda Pläne. Bis zur Arbeit sind es kaum zehn Minuten. Ich werde als Leiter Schutzhaftlagerführer Schreibstube eingesetzt. Keine Wachdienste mehr. Jetzt wird alles besser.

15.09.1939 Wurde mit Nachdruck aufgefordert, mich nicht ständig vor unangenehmen Aufgaben zu drücken. Weitere Weigerungen hätten Konsequenzen. Heute Vormittag meldete ich mich daher freiwillig zum Erschießungskommando. Wollte eigentlich danebenschießen. Ging aber leichter als befürchtet. Was soll's! Eine unnütze Bibelbiene weniger.

25.06.1940 Ich habe eine Tochter. Elke. Sie ist so klein und unschuldig. Es ist das Schönste, was ich je sehen durfte. In ihr findet sich all das Gute und Schöne wieder, was Irene und ich weitergeben können.

01.01.1941 Was wird das neue Jahr bringen? Lebensmittelmarken, Bezugsscheine, Kohlenknappheit, Verdunkelung. Laut Rede des Führers soll dieses Jahr der Krieg zu Ende sein.

25.06.1941 Elkchen feiert heute ihren ersten Geburtstag. So ein kleines liebes Mädchen. Sie hat uns viel Sorgen im ersten Jahr gemacht. Dank Dr. Sellmann, der uns mit notwendigen Medikamenten unter der Hand versorgt hat, konnte sie die schwere Zeit überstehen. Sie ist und bleibt unser Sonnenschein.

29.08.1941 Heute wurden die ersten zweihundert Russen erschossen. Jeder Schuss ein Russ, wie es in einem alten Lied heißt. Keine angenehme Arbeit. Wie angekündigt, wird der Kommissarbefehl nur in den Abendstunden umgesetzt. Genickschussanlage ist noch nicht ausgereift. Sie ignoriert, dass Russen unterschiedlich groß sind. Alle lassen sich anstandslos vermessen. Schweine auf dem Schlachthof wissen, wann ihre Zeit gekommen ist. Sie quieken, dass einem die Nackenhaare zu Berge stehen. Der Iwan hält artig still.

17.10.1941 Werde vorschlagen, dass ein verdecktes Langloch in die Messlatte eingearbeitet wird. Erleichtert die Arbeit ungemein, und die Kameraden müssen sich nicht immer verrenken, um den richtigen Winkel zu finden.
  Olaf, der mir als Letzter die Waffe zum Reinigen und Verwahren übergeben hat, findet die Idee phänomenal. Abgesehen davon geht mir sein Gefluche auf die Nerven. Er hasst kleine Räume. Die Kammer, in der er warten muss, empfindet er als Zumutung. Er meint, je eher wir mit der Arbeit fertig sind, desto früher ist Feierabend. Olaf arbeitet wie ein Uhrwerk.
  Staune, wie naiv die Russen sind. Etwas laute Musik, ein weißer

Kittel, der einen Arzt und medizinische Betreuung vortäuscht, und schon gehorcht das verlauste Pack. Was mich wirklich aufregt, ist die Musik. Es ist nicht einmal die Lautstärke, die stört. Die Lagerleitung hat einen Plattenspieler zur Verfügung gestellt. Wir dürfen wählen: Klassik oder Marschmusik. Alle zwanzig Minuten dreht jemand die Scheibe um. Derartige Folter wünscht man seinen schlimmsten Feinden nicht. Wenn die Aktion schneller zu Ende gebracht werden soll, müssen die mobilen Krematorien leistungsfähiger werden. Momentan stapeln sich die Leichen in der Leichenhalle. Das Krematoriumskommando kommt kaum hinterher. Werden wohl nur alle zwei Tage Erschießungen vornehmen können. Ich denke, mein Vorschlag, zusätzliche Lüfter in die Öfen einzubauen, findet Beachtung.

12.10.1941 Dr. Sellmann hat Flecktyphus diagnostiziert und mich ins Lazarett Berlin-Lichterfelde überwiesen. Ich hoffe, ich habe Irene und Elkchen nicht angesteckt. Bin nicht der Einzige. Den Mist haben wir uns beim Iwan eingehandelt. Derzeit wird nachgedacht, ob die Russenaktion vorfristig beendet werden muss. Offensichtlich will man sie dem Hunger und der Erschöpfung überlassen. Eins steht fest: Den Krieg verlieren dürfen wir nicht.

23.06.1942 Was für ein Paradies! Sorrent, malerisch gelegen am Golf von Neapel. Das Hotel ist nur einen Steinwurf vom Meer entfernt. Ich habe einen herrlichen Blick vom Balkon auf das blaue Wasser. Bei guter Sicht kann man den Vesuv sehen. Momentan ist es zu diesig. Die Kameraden sind prächtiger Laune. Die Mühsal des letzten Herbstes ist vergessen. In der Taverne Azzurra habe ich einen urigen Eidgenossen kennengelernt. Alois Zempbauer. Witziger Geselle. Arbeitet bei der Germanischen Leitstelle, um Schweizer Freiwillige zu rekrutieren. Wünschte, Irene und Elkchen wären auch hier.

Kräuming schob das Tagebuch angewidert zurück auf den Tisch. Ihm war schlecht. Das Gefühl, alles in ihm krampfe sich zusammen, ließ ihn vorsichtig atmen. Eine Minute lang war er unfähig, einen klaren Gedanken zu fassen. Verdammt, du bist Polizist. Du musst das sachlich angehen, befahl er sich. Die Eintragungen galt es, schnellstmöglich auszuwerten. Die Einzige, die das konnte, war Andrea. Zwar handelte es sich um Beweismittel, aber Zeit, Kopien zu erstellen, hatten sie nicht.

Er wählte die Nummer von Tante Fannys Wohnung, aber noch bevor es klingelte, legte er wieder auf. So sehr er sich danach sehnte, Andreas Stimme zu hören, momentan war es ihm unmöglich. Stattdessen bat er einen der Beamten, den er auf dem Flur traf, die Unterlagen der Historikerin zu bringen.

»Fahren Sie bitte bei mir vorbei, und geben Sie Notizbuch und Umschlag mit den Fotos Frau Prof. Grabes. Klingeln Sie sie aus dem Schlaf. Das kann einen Moment dauern.«

Kräuming schrieb die Adresse auf einen Zettel.

»Soll ich irgendetwas dazu sagen?«

»Sobald Frau Grabes sieht, um was es sich handelt, weiß sie, was zu tun ist. Sagen Sie ihr nur, es ist dringend.«

Der Polizist war im Begriff zu gehen, als Kräuming noch etwas einfiel. »Zeigen Sie ihr auch das Bild von Olaf Müller, das wir in Elke Kellerhofs Wohnung gefunden haben. Ich will wissen, ob er es war, der sie verfolgt hat.«

Im Beratungsraum erwarteten ihn schon die Mitglieder der Mordkommission. Kräuming hatte darum gebeten, dass alle, die an dem Fall arbeiteten, anwesend wären. Da nicht genug Stühle vorhanden waren, standen die meisten der inzwischen vierzigköpfigen Kommission an der Wand oder saßen auf den Tischen. Einige lehnten an einem Stapel Kisten, in denen Hunderte von Beweistüten aufbewahrt wurden, allesamt Teile der riesigen Collage, wie Schley die verklebte Ansammlung spontan genannt hatte.

Kaum stand Kräuming an seinem Platz, verstummten die Gespräche. Verunsichert suchte er in den Gesichtern der Kollegen einen Vorwurf, fand aber keinen. Bevor er die Ereignisse der gestrigen Nacht zusammenfassen und erklären konnte, warum er nicht geschossen hatte, begann Schley zu sprechen.

»Niemand hätte in deiner Situation sein wollen. Es war deine Entscheidung, die tragen wir mit.«

Dankbar schaute Kräuming in die Runde. Dann konzentrierte er sich auf das Wesentliche. Um alle auf den aktuellen Stand zu bringen, fasste er die letzten vierundzwanzig Stunden in Kurzform zusammen. Fragen ließ er nicht zu. Sie hatten keine Zeit.

»Wenn wir davon ausgehen, dass die Mörderin der Reihe nach vorgeht, dann ist der Hamburger Bauunternehmer Konrad Dersch der Nächste auf ihrer Liste. Die Information verdanken wir der Nachtschicht der Spurensicherung und dem Kollegen Lott. Das LKA Hamburg ist informiert. Wir haben keine Ahnung, in welcher Beziehung Konrad Dersch zu den anderen steht. Das Problem ist, der Herr Bauunternehmer hat sich für ein paar Tage abgemeldet, und nicht einmal seine Sekretärin weiß, wo er steckt. Glaubt man ihr, und es gibt keinen Grund, das nicht zu tun, ist das bei ihm nichts Ungewöhnliches.«

Aufmerksam schaute Kräuming auf seine Notizen. »Wissen wir etwas über diesen Mann?«

»Die Hamburger Kollegen sind gerade dabei, alle Informationen zusammenzutragen. Der Bericht steht noch aus«, informierte Lott.

Ein Kollege, von dem Kräuming nur wusste, dass er vom Dezernat Wirtschaftskriminalität zur Mordkommission versetzt worden war und sich mit den Finanzen der Opfer beschäftigte, stand auf.

»Konrad Dersch ist Geschäftsführer der Dersch-Gruppe. Hoch- und Tiefbau sowie Straßenbau, alles, was Baumaschinen braucht. Definitiv kein kleiner Fisch. Der hat überall seine Finger im Spiel. Wenn nicht mit Arbeit, dann mit Geld. Kein großes Bauvorhaben in Deutschland, in das er nicht involviert ist. Wir sind im Zuge der Finanzermittlungen rund um den Steglitzer Kreisel auf ihn aufmerksam geworden. 1974 musste die Bauträgergesellschaft Insolvenz anmelden. Dersch hat das nicht gejuckt, da der Senat eine Bürgschaft in Höhe von zweiundvierzig Millionen Mark übernommen hatte. Er hat sein Geld bekommen. Gegen die Architektin wurde zwar wegen des Verdachts auf Betrug ermittelt, aber schon im vergangenen Jahr wurden die Akten ergebnislos geschlossen. Unangenehmer Typ.«

»Ich brauche alle Informationen darüber und auch was Dersch vor 1945 gemacht hat«, wies Kräuming den jungen Mann an. »Stimmen Sie sich mit Hamburg ab. Geben Sie die Frage nach seiner Vergangenheit an Frau Prof. Grabes weiter. Und finden Sie heraus, wo wir ihn erreichen.«

Einen Augenblick überlegte Kräuming, bevor er weitersprach.

»Der Abstand zwischen den Morden wird immer geringer. Elke Kellerhof weiß, dass wir hinter ihr her sind.« Er deutete auf die Kisten. »Wir müssen alle Notizen und jedes Foto durchgehen. Das übernimmt die Gruppe Lott. Macht eine Liste der Orte und Personen, die sich zuordnen lassen. Woher stammen die Dokumente? In welcher Zeitung stand der Artikel? Prüft jede Telefonnummer. Wenn es eine neue Spur gibt, egal wie unwahrscheinlich sie erscheint, fahrt hin, schaut euch um, befragt die Leute, zeigt den Fahndungsaufruf.«

Ungläubig starrte Lott Kräuming an.

»Das ist unmöglich. Das dauert Wochen, bis wir die Informationen zusammenhaben. Allein die Post verlangt für das Überprüfen jeder Telefonnummer einen Antrag. Da brauch ich mehr Zeit und Männer.«

»Männer ja. Mehr Zeit ist nicht drin. Nimm Kontakt zu Ole Hedin auf. Er hat ein internationales Recherchebüro. Er soll seine Computer zum Glühen bringen.«

Kräuming notierte Name und Telefonnummer und reichte sie Lott.

»Bestell einen schönen Gruß von mir. Wir brauchen seine Hilfe sofort. Und ja, es ist ein offizieller Auftrag. Wir erwarten aber Rabatt.«

Lott betrachtete ungläubig den Zettel. Ihm war deutlich anzusehen, dass er alles andere als begeistert war. »Binden wir jetzt die Privatwirtschaft in die Ermittlungen ein?«

»Soll ich einen anderen bitten?«

Ganz Buchhalter und Polizist in einem, knurrte er: »So weit kommt's noch! Wenn jemand Ungereimtheiten finden kann, dann ja wohl ich. Klar wühle ich mich durch den Müll. Wer denn sonst, verdammt.«

Vor dem Gebäude in der Oranienstraße hatte sich eine Traube Schaulustiger versammelt. Kräuming kostete es einige Mühe, sich durch die Reihen zu drängeln. Kaum hatte er die Absperrung hinter sich, blieb er stehen und wandte sich um. Er betrachtete die Gaffer, entdeckte aber nicht das Gesicht, das er suchte. Am Tatort im Tegeler Forst hatte Elke Kellerhof sie noch beobachtet. Unwahrscheinlich, dass sie den gleichen Fehler zweimal begehen würde.

Müllers Wohnung lag im vierten Stock. Still trat Kräuming durch die eingetretene Tür, die ein Kollege der Bereitschaftspolizei mit einem wuchtigen Tritt aus den Angeln befördert hatte. Die Stimmung war gedrückt. Die Spurensicherung erledigte wie immer akribisch ihren Job.

Aufmerksam betrachtete Kräuming das Wohnzimmer, dem er gestern Abend keine Beachtung geschenkt hatte. Es war altbacken eingerichtet. Schränke mit Glastüren, wie sie in den Fünfzigern modern waren. Dahinter prachtvolle Kristallgläser und Sammeltassen. Neben dem Durchgang zur Küche hing ein schlichtes Kreuz. Auf dem Esstisch lag eine mit Blumenranken verzierte Kreuzstichdecke. Über dem Sofa hing das Bild eines röhrenden Brunfthirschs im Morgengrauen an einem romantischen Bergsee.

»Das dürfte Sie interessieren«, sagte Bork. »Haben wir im Sekretär gefunden.«

»Wo ist denn Bernd Hämmerling?«

»Der ist noch dabei, die restlichen Puzzleteile aus der Wohnung der Mörderin einzusammeln. Sobald er fertig ist, kommt er her.«

Bork wandte sich wieder seiner Arbeit zu und begab sich in die Küche, um Fotos von den Einschusslöchern der Polizisten zu machen.

Es war ein Notizblock, in dem verschiedene Papiere lagen. Kräuming überflog die ersten Seiten. Sein Name stand dort und der von Andrea Grabes, ihre Adressen, wer welches Auto fuhr, sogar Zeiten und Strecken, die sie regelmäßig nutzten. Selbst das Treffen im Europa Center war vermerkt. Den Namen Ilse entdeckte er und daneben umkreist den Vermerk: Anschrift. Er blätterte durch die Papiere. Dossiers über ihn, Gotzkofski, Dr. Sellmann und Andrea. Zwischen den Zeitungsartikeln fand er eine Bleistiftzeichnung. Es dauerte einen Moment, bis er begriff, was er sah. In der Hand hielt er eines der Bilder, die er mit den Angaben des Bibliotheksromeos erstellt hatte. Fassungslos starrte er auf die Phantomzeichnung. Wie war Müller in ihren Besitz gelangt?

Ein Polizist, der am Eingang wartete, winkte ihm aufgeregt zu. Verwirrt steckte Kräuming die Unterlagen in seine Umhängetasche und trat zu ihm.

»Die Ehefrau des Toten ist eingetroffen. Reden Sie mit ihr?«

Nach einer siebenstündigen Fahrt war Gerda Müller gemeinsam mit ihrer Schwester Ruth von ihrem Schönheitswochenende zurückgekehrt. Den Tag davor hatten sie in Hamburg mit Einkäufen verbracht. Kurz vor Mitternacht waren sie in den Nachtzug gestiegen und gut erholt am Morgen am Bahnhof Zoo angekommen. Beide waren bester Laune, bis ihnen klar wurde, dass der Bereich vor dem Haus, in dem Gerda mit ihrem Mann wohnte, von der Polizei abgesperrt worden war.

Da ein junger Beamter offensichtlich mit der Situation überfordert gewesen war, entschloss sich eine Nachbarin, die neugierig aus dem Fenster geschaut hatte, die Sache in die Hand zu nehmen. Energisch stürmte sie auf die Straße, mischte sich in das Gespräch ein und schob die beiden Schwestern kurzerhand in ihre Wohnung. Den Polizisten schickte sie die vier Etagen hinauf, um Meldung zu machen.

Kräuming bedankte sich für ihr resolutes Einschreiten und das Angebot, die Küche nutzen zu dürfen. Dann schloss er die Tür hinter sich, zur Enttäuschung der hilfsbereiten Nachbarin.

Gerda Müller saß wie ein Häufchen Elend auf der Küchenbank. Im Gegensatz zu ihr wirkte die Schwester sehr gefasst. Kräuming stellte sich kurz vor.

»Ist er tot?« Die Frage kam ohne Ankündigung von Ruth.

»Es tut mir leid. Olaf Müller ist gestern Nacht erschossen worden.«

Gerda fing an zu weinen. Leise, bescheiden, als fürchtete sie, andere damit zu belästigen. Ruth nahm sie in den Arm und drückte sie an sich.

»Es ist vorbei. Sei froh. Du musst nie wieder Angst haben.«

Kräuming guckte verwundert. Tröstende Worte klangen anders.

»Schauen Sie mich nicht so an. Der Kerl war ein Schwein.«

»Bitte hör auf! Er war mein Mann. Über Tote soll man nicht schlecht reden. Die Vergangenheit geht niemanden etwas an«, versuchte Gerda, ihre Schwester zu beschwichtigen. Aber es half nicht. Jahrelang angestaute Wut brach sich Bahn.

»Du willst ihn verteidigen? Ständig hat er Befehle gegeben und herumgebrüllt, wenn ihm etwas nicht gepasst hat. Wie oft hat er dich geschlagen? Wegen Nichtigkeiten! Oder aus purer Freude! Er spielte sich noch immer auf, als würde er KZ-Häftlinge zum Morgenappell treiben. Dein Mann war ein widerliches, sadistisches Schwein! Er hatte dich nicht verdient.«

Kräuming registrierte aufmerksam jedes Wort. Beiden war bekannt, dass Müller Wachmann im KZ gewesen war. Das schien zwar bedauerlich zu sein, mehr aber auch nicht. Er fragte sich, ob sie wussten, dass er Hunderte Häftlinge erschossen hatte. Die Frage würde er nicht stellen. Nicht jetzt.

Gerda wischte sich die Tränen aus dem Gesicht und legte ihre Hand auf den Arm ihrer Schwester. »Bitte, Ruth, hör auf! Es ist doch schon besser geworden.«

Wütend schob sie die Hand weg, um sie gleich wieder zu umfassen. »Wie kannst du ihn nur verteidigen? Geschlagen hat er dich! Ob besoffen oder aus Langeweile. Grün und blau. Glaubst du ernsthaft, ich habe die Blutergüsse nicht gesehen?! Wie oft warst du beim Arzt? Ein Wunder, dass du noch lebst. Du hast immer die Schuld auf dich genommen. Treppensturz? Auf dem nassen Boden ausgerutscht? Vom Fahrrad gefallen? Jedes Mal hast du ihn verteidigt. Er war kein guter Mensch. Sei froh, dass er tot ist.«

Die große starke Schwester brach zusammen, konnte die Tränen nicht mehr zurückhalten. Der ganze Schmerz entlud sich. Jahrelang hatte sie versucht, ihrer Schwester die Augen zu öffnen. Vergeblich.

Helfen kann man nur, wenn sich jemand helfen lassen will, das wusste Kräuming aus eigener Erfahrung. Seine Beziehung mit Rita war daran zerbrochen.

Häusliche Gewalt wurde oft verschwiegen. Der Staat hielt sich aus dem Privaten heraus, und die Justiz sah zu. Man tat es schlicht als persönliches Pech ab, manche gingen sogar so weit zu behaupten, dass Gewalt eine verständliche Reaktion auf eine von den Frauen falsch geführte Ehe war. Kräuming hatte gelesen, dass im November ein autonomes Frauenhaus in Berlin eröffnen sollte, das erste in Deutschland. Aber eines allein würde wohl nicht ausreichen.

Einen Moment betrachtete er die beiden Schwestern. Sie würden einander brauchen. »Ich kann veranlassen, dass sich ein Seelsorger um Sie kümmert.«

»Nein, das ist nicht nötig«, antwortete Ruth. »Aber wenn Sie uns ein Taxi bestellen würden, wäre ich Ihnen dankbar. Sie finden uns im Hotel Kempinski.«

»Elke Kellerhof war Kletterguide«, sagte Schley, als er den Beratungsraum betrat. Die Kollegen, die sämtliche Informationen zusammentrugen und mit den anderen abglichen, schauten neugierig auf. Schley warf ein Fernschreiben auf den Schreibtisch und setzte sich verärgert auf einen Stuhl. »Höhenangst ist ihr fremd und Adrenalin ihr zweiter Vorname.«

Kräuming blickte erst den Ausdruck, dann den haarigen Kollegen erstaunt an.

»Hat Interpol endlich auf unsere Anfrage reagiert?«

Schley winkte genervt ab. »Wir haben Wochenende. Was glaubst du denn? Anthony war so freundlich, Informationen über Elke Kellerhof zusammenzutragen. Leider zu spät. Obwohl, den Mord an Müller hätten sie auch nicht verhindert.« Verärgert strich er sich durch die Haare. »Okay. Die Zusammenfassung. Wer mehr wissen will, kann das Fernschreiben später lesen.«

Niemand widersprach.

»Aufgrund gesundheitlicher Defizite, anfänglicher Sprachprobleme und einer angenommenen zurückgebliebenen Entwicklung wurde Elke Kellerhof in der Schule zwei Jahre zurückgestuft. Nach Aussagen ihrer Lehrer war sie eine stille, verschlossene Schülerin mit geringen sozialen Kontakten, deren schulische Leistungen aber ihre tatsächlichen Fähigkeiten bei Weitem nicht widerspiegelten. Dumm ist sie demnach nicht. Freunde gab es keine. Die einzigen Bezugspersonen waren ihre Mutter und ihr Stiefvater Henri Halévy. Elke hat einen mittelmäßigen Schulabschluss. Ihr Interesse liegt eindeutig im Bereich Natur und Sport. Anthony hat in Erfahrung gebracht, dass sie kräftig, durchtrainiert, geschickt und ausgesprochen ehrgeizig ist. Was sie sich vorgenommen hat, zieht sie durch. Ein paar Jahre hat sie im La Mauricie National Park in der Nähe von Quebec gearbeitet.«

»Daher die Klettererfahrung«, stellte Kräuming fest.

»Richtig! Der Park befindet sich nur knapp eine Stunde vom Haus der Mutter entfernt. In dem Park war sie die einzige Frau. Muss am Anfang eine harte Schule gewesen sein, aber offenbar hat sie sich durchgesetzt. Anthony meint, ihre ehemaligen Kollegen zollen ihr Respekt, trotz aller Vorbehalte.«

»Was für Vorbehalte?«

»Sie hat Ticks. Zählt ständig, prüft die Ausrüstung bis zu fünfmal. Manchmal spielt sie mit den Fingern. Ticks halt. Nennt sich Arithmomanie. Zählzwang. Fällt unter die Rubrik Zwangsstörungen. Wahrscheinlich hat das jeder schon mal an sich beobachten können. Ein typisches Verhalten in der Kindheit. Autos zählen, Gehwegplatten, was auch immer. Das verliert sich später. Glaubt man den Psychologen, lässt sich so ein Zwang gut therapieren. Wenn ich mich richtig entsinne, hat doch die Kellnerin aus dem Röss'l auch davon berichtet.«

Lott, der aufmerksam zugehört hatte, hob beide Unterarme, als gälte es, gewichtige Gegenstände zu heben, und verdrehte verzückt die Augen.

»Kann Anthony mit Henri Halévy sprechen?«, wandte sich Kräuming an Schley. »Vielleicht hat der ja eine Idee, wo unsere Verdächtige sein könnte.«

»Ist leider tot. Spätfolgen einer Tuberkulose. Halévy war französischer Jude, und nach dem Krieg wollte er auf keinen Fall mehr in seine alte Heimat zurück. Im Juli 1942 ist er in einem kleinen Ort nahe Paris verhaftet worden. Nachbarn hatten sein Versteck verraten. Er kam ins Lager Beaune-la-Rolande, einhundert Kilometer von Paris entfernt. Anschließend Deportation Richtung Osten. Verschiedene KZs. Majdanek, Stutthof und zum Schluss Auschwitz.«

»Das ist alles wirklich interessant«, unterbrach Lott das Schweigen, und es war deutlich herauszuhören, dass er es nicht sarkastisch meinte. »Die Frage, die mich umtreibt, ist die, wo sich Elke Kellerhof aufhält. Hier und heute! Ist das niemandem aufgefallen? Seit ihrer Flucht über die Dächer Kreuzbergs kein einziger aktueller Hinweis mehr. Nichts! Nicht einer! In ihrer Wohnung kann sie nicht sein. Hat sie Berlin verlassen? Versteckt sie sich in irgendeinem Drecksloch und wartet darauf, dass sich die Wogen wieder glätten? Persönlich glaube ich ja, sie sitzt in einer hübschen Bar und trinkt auf uns. Verdammter Mist! Wir sind immer einen Schritt zu spät. Egal was wir machen. Sie muss einen Schutzengel haben.«

Die Situation war festgefahren. In den Gesichtern spiegelte sich Erschöpfung und Müdigkeit wider. Die Stimmung begann zu kippen. Kräuming spürte das. Einige Kollegen waren seit sechsunddreißig Stunden fast unentwegt im Einsatz. Ihn eingeschlossen. Er schaute auf die Uhr. Es war Sonntag. In wenigen Minuten war es elf Uhr.

»Schluss für heute. Feierabend. Wir brauchen alle Schlaf«, wies er an. »Ich kann auch nicht mehr klar denken.«

Niemand protestierte.

Die Hoffnung, von Andrea ein paar Streicheleinheiten zu bekommen, wurde enttäuscht. Kräuming fand eine Notiz auf Tante Fannys Küchentisch.

»Bin in meinem Büro und werte Kellerhofs Tagebuch aus. Ich beeile mich. Dicken Kuss! Andrea

PS: Olaf Müller war der, der mich verfolgt hat.«

Es war leichtsinnig von ihr, wunderte ihn aber nicht. Eine unmittelbare Gefahr für Andrea Grabes ließ sich nicht mehr begründen. Dennoch war ihm bei dem Gedanken, sie allein in ihrem Büro zu wissen, nicht wohl. Obwohl Kräuming todmüde war und er unbedingt schlafen musste, wählte er die Nummer in der FU.

Statt einer liebevollen Begrüßung hörte er ein besorgtes: »Geht's dir gut?«

»Ich komme mir vor wie eine Nudel, die zu lange gekocht wurde.«

»Deinen Humor hast du zum Glück nicht verloren.«

»Andrea, es wäre mir lieber, du wärst nicht allein im Büro. Ein Anruf genügt, und wir schicken dir sofort jemanden vorbei.«

»Danke, aber nein. Polizeischutz kommt nicht infrage.«

»Ich kann nicht garantieren ...«

Sie unterbrach ihn, freundlich, wenn auch in einem energischen Tonfall. »Ich bin in diesem Leben wegen meiner Haltung und der Arbeit, der ich mich verschrieben habe, so oft bedroht worden, dass ich schon vor Jahren aufgehört habe zu zählen. In meinem Regal stehen Ordner voll wüster Beschimpfungen. Anonyme Briefe, manchmal nur ein handgeschriebener Zettel, zuweilen Kunstwerke aus säuberlich ausgeschnittenen Illustriertenbuchstaben. Es gibt nichts, was man mir nicht schon angedroht hat. Von akademischen Knüppeln, die man mir zwischen die Beine werfen will, über Vergewaltigung, Finger oder sonstige Knochen brechen bis hin zum Mord ist alles dabei. Wäre mein Fachgebiet Linguistik, könnte ich ein

Wörterbuch der Fäkalsprache herausgeben. Ich bin verfolgt worden, man hat mich angespuckt, mir ins Gesicht geschlagen, mein Auto mit Hundescheiße beschmiert und den Briefkasten mit einem Judenstern verziert. Nachts rufen mich wildfremde Menschen an und legen mir nahe, wenn ich Deutschland so hassen würde, wäre es doch besser, das Land zu verlassen. Ich kenne das ganze Scheiß-Nazi-Einschüchterungsprogramm.«

Kräuming wusste nicht, was er sagen sollte. Vor ein paar Tagen hatte er so eine Situation selbst glimpflich überstanden. Seitdem war seine Unbefangenheit weg. Jetzt drehte er sich um, wenn er die Straße entlangspazierte, und abends schloss er die Tür ab.

»Diese Menschen wollen, dass ich schweige. Ein Leben in Angst ist aber kein Leben. Und deswegen stehe ich jeden Morgen auf, setze mich an meinen Schreibtisch und sorge dafür, dass die Wahrheit nicht vergessen wird.«

»Ich liebe dich!«

Einen Augenblick schwieg sie.

»Von allen Drohungen ist das die einzige, die mir wirklich Furcht einflößt. Mach dir keine Sorgen. Ich bin nicht allein. Einige meiner Studenten helfen mir. Schlaf dich erst einmal aus. Der Morgen ist schlauer als der Abend.«

Montag, 27. September 1976

Der Polizeipsychologe Dr. Jens Geih wiederholte Kräumings Frage und betonte dabei jedes Wort einzeln. Eine Eigenart, die ihm unter den Polizeibeamten den Spitznamen Papageih eingebracht hatte. Dennoch zweifelte niemand seine Urteile an. Im Gegenteil: Ein Seelenklempner, bei dem nicht alle Schrauben fest angezogen waren, wirkte kompetenter.

»Können Schuldgefühle so weit gehen, dass sich jemand für die Schuld eines anderen verantwortlich fühlt?«

Der Psychologe ließ sich den Gedanken eine Weile durch den Kopf gehen, bevor er die Frage beantwortete. »Jeder Mensch hat schon einmal Schuld wegen etwas verspürt, für das er nicht die Verantwortung trägt. Man spricht auch von einer unbewussten Fehlreaktion. Es handelt sich um eine Fehlemotion, die meist mit Vernunft reguliert werden kann. Aber manchmal hilft kein Argument, und die Schuldgefühle werden übermächtig. Mir ist ein Fall bekannt, in dem jemand, der seit seiner Kindheit unter Reuegefühl litt, Jahre später Selbstmord beging. Zwei Brüder, der jüngere war elf, der ältere vierzehn, hatten auf der Wiese hinter dem Haus Fußball gespielt. Der Ball war in einen Graben gerollt, in dem am nächsten Tag eine Wasserleitung verlegt werden sollte. Zwanzig Zentimeter breit, ein Meter fünfzig tief. Unerreichbar, um mit den Händen den Ball greifen zu können. Der Ältere beschloss darauf hin, in den Schuppen zu gehen, um eine Harke zu holen. Weil es warm war, holte er vorher aus der Küche eine Limonade und trank einen Teil davon. Er war nicht einmal zwei Minuten weg. Der jüngere, vielleicht wollte er Anerkennung von seinem Bruder, kletterte in den Graben. Die Seitenwände gaben nach. Er wurde verschüttet.

Der große Bruder versuchte alles, um ihn freizubekommen, wühlte mit den Händen die Erde weg, aber sie sackte ständig nach. Niemand konnte ihm helfen. Er war allein. Der kleine Bruder erstickte. Obwohl nicht dafür verantwortlich, dass jener in den Graben geklettert war, fühlte er sich schuldig. Seine Eltern haben ihm deswegen nie Vorwürfe gemacht. Es war ein tragischer Unfall. Aber der Junge konnte sich nicht verzeihen, dass er eine halbe Flasche Limonade getrunken hatte. Später studierte er, hatte eine gute Stellung, liebte eine hübsche Frau, mit der er eine Familie gegründet hatte, ein weiteres Kind war auf dem Weg. An einem völlig normalen Tag, die Frau kehrte vom Besuch bei ihrer Mutter zurück, fand sie ihn mit aufgeschnittenen Pulsadern in der Wanne. Im Abschiedsbrief stand, dass er mit der Schuld am Tod seines Bruders nicht länger leben konnte.«

Dr. Geih schwieg einen Moment. »Schuldgefühle können sehr stark sein. Allerdings richten sie sich zumeist gegen den, der sie empfindet. Wie in dem besagten Fall der beiden Brüder. Wenn sich derart extreme Reuegefühle auf andere fixieren, dann spielen definitiv weitere psychische Probleme eine Rolle. Die Psychologie kennt den Begriff des Schuldwahns. Zählt zu den Denkstörungen, so wie Verfolgungswahn, Größenwahn, Beziehungswahn. Manchmal ist das ein Anzeichen für eine Psychose. Die Betroffenen sind fest davon überzeugt, für das Leiden anderer verantwortlich zu sein. Auch wenn das nicht den Tatsachen entspricht – für sie ist es die unerschütterliche Wahrheit.«

Kräuming strich sich über die Augen.

»Schuldwahn wird zuweilen auch als Versündigungswahn beschrieben. Manche Betroffene glauben, sündig zu sein und gegen göttliche oder moralische Prinzipien verstoßen zu haben. Oft wird sogar erwartet, dafür bestraft zu werden.«

»Oder zu bestrafen?«, erkundigte sich Kräuming.

»Oder zu bestrafen? Wäre denkbar. Damit Strafen moralisch sind, müssen sie zum Verbrechen passen. Ein Grundsatz, seit es Menschen gibt. Ein Teil eines Rechtssatzes der Thora sagt: ›So sollst du geben Leben für Leben, Auge für Auge, Zahn für Zahn, Hand für Hand, Fuß für Fuß, Brandmal für Brandmal, Wunde für Wunde, Strieme für Strieme.‹ Im Grunde genommen bedeutet das, Körperverletzungsdelikte können nur mit einem angemessenen Schadensersatz aus der Welt geschaffen werden. In der Bibel gibt es eine ähnliche Passage. Der Koran kennt ebenfalls das Prinzip, Gleiches mit Gleichem zu vergelten. Die Frage ist, mit welchem Adäquat sühnt man systematischen Massenmord?«

»Wir wissen, dass das auslösende Moment für Elkes Rache ...« Kräuming zögerte einen Augenblick, »... Rache ist der falsche Begriff – sagen wir: Bestrafung, der bestialische Mord an ihrer Mutter war. Allein den Mörder zu richten, genügt ihr aber nicht. Ihre Mutter starb, weil sie die einzige Person war, die Auskunft über den Verbleib der gefälschten englischen Banknoten geben konnte.«

Kräuming stand auf und trat ans Fenster. »Elke Kellerhof ist letztes Jahr nach Deutschland gekommen. Kollege Lott hat herausgefunden, dass sie die ersten drei Monate in einer kleinen Pension in München gelebt hat. Sie hat in dieser Zeit täglich ihre demenzkranke Großmutter besucht. Ich denke, Elke ist ursprünglich nicht ins Land ihrer Eltern zurückgekehrt, um den Mörder ihrer Mutter zu suchen. Sie hatte gar nicht vor, ihn zu töten. Nein, sie ist nach Deutschland gekommen, weil sie ihren Vater finden wollte.«

»Eine starke Motivation. Die Suche nach dem Vater ist immer auch die Suche nach der eigenen Identität. Besonders in solch einem Ausnahmefall«, bestätigte Dr. Geih.

»Von der Leitung des Pflegeheims wissen wir, dass man Elke die Sachen ihrer Großmutter übergeben hat. Das waren eine Bibel, ein abgegriffener Rosenkranz und ein alter Koffer. Was sich in dem befunden hat, wissen wir. Aus war der Traum vom verständnisvollen, liebenden Vater. Elke erfährt, dass sie das Kind eines Kriegsverbrechers ist. In den Unterlagen aus Kanada steht, dass sie sich für den Tod der Mutter außerordentlich schuldig fühlte, weil sie sich Zeit gelassen hatte. Was, wenn dieses Gefühl, um ein Vielfaches gesteigert, sie seitdem komplett beherrscht hat? Ein Schuldgefühl, das sich zu einem Schuldwahn gesteigert hat. Kann das sein?«, wandte sich Kräuming an den Psychologen.

»Schwer zu sagen. Kann das sein? Ich denke, die Psyche des Menschen ist unergründlich.«

Als Kriminalrat Tröger Kräumings Büro betrat, setzte bei dem die Koordinierung von Hand, Kaffeetasse und Lippen aus. Der frisch gebrühte Kaffee schwappte auf seine Finger, was die Tasse nur noch mehr ins Schwanken brachte. Er bekleckerte sich großflächig Hemd und Hose. Statt einer Begrüßung fluchte Kräuming und stellte die Tasse auf dem Tisch.

»Wie komme ich denn zu der Ehre?«

Tröger schaute sich um und entdeckte im Regal eine angefangene Packung Servietten. Er warf sie Kräuming zu und setzte sich dann auf den freien Stuhl.

»Offiziell bin ich nicht hier. Ich habe mir drei Tage Urlaub genommen, um Familienangelegenheiten zu klären. Horst, ich bin hier, um Sie zu warnen.«

Zwar beeilte sich Kräuming, die Flecken von seinem Hemd und der Hose zu wischen, aber das Ergebnis blieb bescheiden. Seufzend warf er die Serviette in den Papierkorb.

»Familienangelegenheiten? Klingt sehr überzeugend. Gibt es etwas Neues hinsichtlich meines Disziplinarverfahrens, oder werde ich darüber durch die Presse informiert?«

»Wer auch immer diesem Journalisten vom *Berlin-Blick* die Interna gesteckt hat, will Sie weghaben. Den Maulwurf kriegen wir schon. Wie, erkläre ich Ihnen später. Ihre Ermittlungen haben verdammt viel Dreck aufgewirbelt.«

»Ist das so?«

»Horst, Sie sind in aller Munde. Niemand hat damit gerechnet, dass Sie so tief graben würden. Es sind einige Leute nervös geworden.«

»Gibt es Bestrebungen, uns den Fall zu entziehen?«

»Zumindest steht ihr unter erheblichem Zeit- und Erfolgsdruck. Der einzige Grund, warum man euch weiter ermitteln lässt, ist die Sorge vor einem weiteren Toten. Entzieht man euch die Ermittlungen, und es gibt einen weiteren Mord, war die Entscheidung falsch. Belässt man die Verantwortung hier, und die Mörderin schlägt erneut zu, ist man zwar ebenfalls in den Arsch gekniffen. Aber man hat einen Schuldigen vorzuweisen! Es geht schlicht um Schadensbegrenzung.«

Die Zeit spielte gegen sie. Kräuming wusste das. Dass er Spielball politischer Abwägungen war, war ärgerlich, ließ sich aber nicht ändern.

Tröger stand auf und lehnte sich ans Fensterbrett.

»Das BKA mischt sich nicht in Mordermittlungen der Landeskriminalämter ein. Gehört nicht zum Aufgabengebiet. Es unterstützt, mehr nicht. Dennoch gibt es auch erheblichen Druck aus Wiesbaden und den Versuch, Sie kaltzustellen. Für die Verantwortlichen im BKA ein echtes Dilemma.«

»Vielleicht ist es die Angst, was die Ermittlungen an Belastendem aus der Vergangenheit ans Licht bringen könnten«, schlug Kräuming vor.

»Ich denke, die Vergangenheit ist nur die eine Seite der Medaille. Horst, wenn Sie Antworten wollen, müssen Sie die richtigen Fragen stellen. Warum will man Sie loswerden? Worauf sind Sie gestoßen? Für wen sind diese verdammten Ermittlungen so gefährlich?«

Ratlos schaute Kräuming Tröger an. Die Fragen stellte er sich auch ständig. Viele Ansatzpunkte gab es nicht.

»Denken Sie nach!«

»Was ich mich die ganze Zeit frage, ist: Woher weiß ein Bundestagsabgeordneter vom französischen Akzent der Täterin?«

»Die Richtung stimmt. Ich fürchte nur, der Abgeordnete Brunkau wird sich auf seine Immunität berufen. Von ihm werden Sie keine Antwort erhalten. Horst, manchmal führt der direkte Weg nicht zum Ziel.«

Als hätte Kräuming den Einwand erwartet, hob er die Hände und war im Begriff, sie bedauernd fallen zu lassen. Mitten in der Bewegung hielt er inne.

»Sie meinen ...?«

»Stellen Sie die richtigen Fragen.«

»Wer hat ein Interesse daran, Ulrich Brunkau zu schützen? Und warum?«

Ein Nicken verriet, dass Tröger mit dem Gedanken einverstanden war. Konzentriert sprach Kräuming weiter.

»Wer hat veranlasst, dass der Vorfall im Erotiktempel Crazy sexy gegen den Herrn Saubermann unter den Tisch gekehrt wurde?«

Tröger verschränkte die Arme. »Die Entscheidung kam aus dem Führungsstab Staatsschutz.«

»Und Sie wissen, wer?«

Ein breites Grinsen verriet: Tröger kannte die Antwort.

»Helge Bergedorn.« Er setzte sich wieder auf seinen Stuhl. »Ein politischer Freund des Abgeordneten. Sein Aufgabengebiet: politisch motivierte linke Kriminalität. Ein Vertreter eines harten Kurses. Recht und Ordnung sind für ihn nicht verhandelbar. Er befürwortet drastische Gesetze und harte polizeiliche Maßnahmen zur Bekämpfung von Kriminalität, Drogenkonsum und Gewalt. Selbstredend auch politisches Engagement, wenn es den eigenen Vorstellungen widerspricht. Bergedorn nennt es: kompromisslos in der Sache.«

»Der Mann ist mir schon unsympathisch, obwohl ich ihm noch nicht einmal begegnet bin.«

»Die Interne kümmert sich um ihn.«

Kräuming hob die Augenbrauen und starrte auf sein Hemd.

»Bleibt die Frage nach dem Warum? Warum schützt jemand aus dem Führungsstab Staatsschutz Ulrich Brunkau?«

»Ich habe das Gefühl, Sie sind dicht dran.«

Kräuming überlegte laut. »Ein Führungskader des BKA. Ein Abgeordneter der CDU. Ein windiger Bauunternehmer. Ein zweifelhafter Kunstmäzen. Wie mir scheint, ein illustrer Verein. Was verbindet die Herren miteinander? Was verbergen sie? Worauf, verdammt, bin ich gestoßen?«

»Horst, das sind die Fragen, die es zu beantworten gilt.«

Tröger legte die Hand auf die Türklinke.

»Ich werde jetzt Fritz Voigt meine Aufwartung machen. Zum einen, um nicht den Verdacht aufkommen zu lassen, ich würde mich hinter seinem Rücken in die Ermittlungen einmischen. Und zum anderen bin ich gespannt, wie er die Leistungen meines Schützlings einschätzt.«

Kräuming verzog beleidigt das Gesicht. Dass Tröger sich als Mentor aufspielte, passte ihm gar nicht.

Nur vereinzelt fiel der Regen auf die Zeltbahn. Elke Kellerhof saß auf dem Boden, den Rucksack im Rücken, und zählte die Tropfen. Seit Stunden zogen graue Wolken über die Stadt und schienen unentschlossen zu sein, ob sie sich ihrer Last entledigen sollten. »Gouttelette« hatte Henri solchen Niederschlag tadelnd genannt. Kleiner Tropfen. Fauler Regen. Ein träger, lustloser Geselle ohne Ambitionen. Regen muss kräftig sein, die Kleidung durchnässen und auf der Haut ein Schaudern auslösen. Erst dann spürst du, dass du lebst. Als sie zwölf war, hatte Henri ihr von den Gebrüdern Regen erzählt. Zwei waren es. Der ältere hieß Fleißiger Guss. Der jüngere Fauler Regen. Dem großen musste man mit Respekt begegnen. Ein kräftiger, ausdauernder Kerl, der Flüsse über die Ufer steigen lassen konnte und auf den man hören sollte. Dem kleinen war ständig langweilig. Ein mürrischer Geselle, der sich einen Spaß daraus machte, die Tropfen zu teilen, bis nur noch Niesel durch die Luft tanzte. Fauler Regen ist wie klitschiger Kuchen. Auf beides kann man verzichten. Sie liebte Henris Geschichten. Er hatte sie verstanden. Stundenlang konnten sie durch die kanadischen Wälder wandern, ohne ein Wort zu wechseln. Oft pfiff er traurige Chansons, die ihr fremd waren. Mit ihm tat Schweigen nie weh. Er kannte die Pflanzen, bestimmte jede noch so unscheinbare und konnte den Ruf der Tiere nachahmen. Von ihm lernte sie, in der Natur zu leben. Ehrfurchtsvoll, nicht ängstlich. Dankbar, nicht gierig. Selbstbewusst, nicht arrogant. Henri hatte sie akzeptiert, wie sie war. Ihr Zählen störte ihn nicht. Manchmal erkundigte er sich beiläufig, an wie vielen Bäumen sie vorbeigegangen waren oder welche Anzahl an Bächen sie überquert hatten.

Sie erinnerte sich an die Nummer auf seinem linken Unterarm. Die Tätowierung der KZ-Häftlinge. 120563. Er hatte nie darüber gesprochen. Nur einmal sagte er, jede dieser Nummern erinnere Gott an sein Schweigen.

Nach seinem Tod erfuhr sie, dass die Ziffern mit einem Stempel, der mit groben flachen Nadeln versehen war, in die Haut gepresst worden waren. Anschließend wurde Tinte in die Wunde gerieben. Alle Häftlinge trugen dieses Zeichen. Nur bei Säuglingen und im Lager geborenen Kindern fand sich die Tätowierung auf den Oberschenkeln, weil ihre Unterarme nicht ausreichend Platz boten.

Sie dachte an Olaf Müller. Aus dem Radio wusste Elke, dass er tot war. Verstorben auf dem Weg ins Krankenhaus. Eine gute Nachricht. Fast wäre er schneller als sie gewesen.

Sie lauschte aufmerksam. Nur das Rauschen der Autobahn und zuweilen vorbeidonnernde Züge waren zu hören. Nicht vergleichbar mit dem Flugzeuglärm über dem Dach. Ihr Versteck lag in einem kleinen abgelegenen Wäldchen, zu dem kein Weg führte. Hier würde die Polizei sie nicht suchen.

Elke hatte erwartet, dass es ihr nach Müllers Tod besser gehen würde. Dem war nicht so. Die Unruhe quälte sie weiterhin, auch der

Hass und das Verlangen, es zu beenden. Sie wusste, dass es falsch war. Aber es musste getan werden.

Der Polizist mit den langen Haaren hatte sie angeschaut, die Waffe im Anschlag. Es wäre ihm ein Leichtes gewesen abzudrücken. Er hatte gezögert. Zeit genug für sie zu fliehen.

Müller war tot. Nur das zählte. Dass ihre Pistole Ladehemmung gehabt hatte, war ärgerlich. Eine Patrone hatte sich verklemmt. Wahrscheinlich ein Fremdkörper, etwas Schmutz. Die Feder war müde und mehrere Schüsse ein Problem für sie. Die Waffe hatte ihrem Vater gehört. In ein Tuch eingewickelt, hatte sie die Walther P38 mit einer Schachtel Patronen unter dem Tagebuch und den falschen Geldscheinen in dem verdammten Koffer gefunden. Müller war tot, der Mann, der ihre Mutter getötet und Hunderte weitere Menschen auf dem Gewissen hatte. Der Freund ihres Vaters. Ihr Patenonkel.

Es hieß, ein unbekannter Zivilist hätte sich die Genickschussanlage ausgedacht. Ihr Vater hatte sie perfektioniert. Er war nicht besser als Müller. Ihn würde sie als Letzten zur Rechenschaft ziehen. Aber vorher musste sie sich um den Mann kümmern, der für alles verantwortlich war. Konrad Dersch glaubte sich sicher im Hotel Seyna. Elke lachte. Egal wo du dich versteckst, ich finde dich.

»Wer Menschenblut vergießt, dessen Blut soll auch durch Menschen vergossen werden; denn Gott hat den Menschen zu seinem Bilde gemacht.« Der Satz stammte aus dem Alten Testament. Erstes Buch Moses. Henri hatte ihn in seiner Bibel unterstrichen. Er war überzeugt, er sei eine Warnung. Aber das stimmte nicht. Sie wusste es besser. Es ging um Gleichgewicht.

Henri war an einem Tag gestorben, als der Fleißige Guss stundenlang an die Fenster klopfte. Es hätte ihm gefallen.

Elke zog den Rosenkranz aus ihrem Rucksack. »Sei geduldig, ein paar Tage nur, bis sich die Aufregung gelegt hat«, flüsterte sie und strich liebevoll über die Holzperlen. Eins, zwei, drei, vier ...

Das Foyer im Hotel Adler war nur von wenigen Gästen besucht. Die meisten Touristen schauten sich die Sehenswürdigkeiten Berns an. Geschäftsleute gingen hektisch ihren Verpflichtungen nach. Das Personal des Hotels bereitete den Abend vor. Die Ecke, in der Utz Brunner Hauptmann Mirio Röthlisberger erwartete, war mit Ledersesseln bestückt, die Patina vortäuschten, aber neu waren. Auf einem kleinen, stylischen Glastisch stand ein Glas Whisky, daneben lag lieblos zusammengefaltet die Schweizer Boulevardzeitung *Die Tat*. Kaffee hatte Hauptmann Röthlisberger erwartet, Hochprozentiges und sozial-liberale Lektüre nicht.

»Ich hätte schwören können, Sie lesen die *Basler Nachrichten*. Wir haben miteinander telefoniert.«

Utz Brunner blieb sitzen, schüttelte die dargebotene Hand und wies auf den freien Sessel. Sein Blick glitt über den zerknitterten Anzug des Kriminalbeamten, der eindeutig von einem Billiganbieter stammte und täglich getragen wurde. Sobald beide saßen, deutete der alte Bankier amüsiert auf die *Tat*.

»Wäre es nicht dumm, sich nicht mit den Ansichten derer zu beschäftigen, die einen zutiefst ablehnen? Ich teile die politische Ausrichtung dieses Blattes wahrlich nicht, halte die meisten Positionen, die seine Schreiber vertreten, für ignorant, aber die Lektüre macht einem stets bewusst, dass Neid eine überaus gefährliche Antriebskraft ist.«

Beide betrachteten einander mit einem Lächeln und jener Aufmerksamkeit, die unauffällig nach Schwächen sucht. Brunner setzte die Lesebrille ab. Passend zum Etui gab es ein farblich abgestimmtes Putztuch. Mit spitzen Fingern nahm er es und rieb sorgfältig über die Gläser. Nach einer Weile hielt er sie gegen das Licht. Er schien zufrieden zu sein.

Daran, wie ein Mann seine Brille putzt, lässt sich der Charakter bestimmen, hatte Röthlisberger einmal gelesen. Akkurat, penibel, nachdrücklich waren die Adjektive, die ihm zu Brunners Art des Putzens einfielen und die er sich einprägte. Er selbst gehörte zu jener Sorte, denen ein Hemdzipfel genügte, um der gröbsten Verschmutzungen Herr zu werden.

Utz Brunner hatte ein Gespräch in seinem Haus oder auf der Polizeiwache abgelehnt und stattdessen vorgeschlagen, die Fragen im Hotel Adler zu beantworten.

»Herr Röthlisberger, erzählen Sie mir etwas über sich. Lassen Sie einen alten gebrechlichen Mann neugierig sein. Was ist Ihnen heilig, was verabscheuen Sie?«

Eine Sekunde lang wirkte der Hauptmann verunsichert. Er war

gekommen, um hinter die Kulissen eines Verbrechens zu schauen und nicht, um Einblick in sein Seelenleben zu gewähren. Konzentriert suchte er nach den richtigen Worten. Zu viel stand auf dem Spiel. Wenn Brunner dicht machte, würden die Ermittlungen zum Fall Zempbauer möglicherweise ins Leere laufen. Es war seine Chance, die Wahrheit ans Licht zu bringen. Noch bevor er sich erklären konnte, hob der Banker die Hand.

»Hauptmann, verstehen Sie mich nicht falsch. Sie müssen mir nichts verkaufen. Glauben Sie mir, ich würde das schon im Ansatz merken. Es ist außerordentlich wichtig für mich zu wissen, ob Sie der sind, für den ich Sie halte. Wenn ich Ihnen sensible Informationen verrate, die garantiert dieses eidgenössische Märchenland erschüttern werden, dann möchte ich vorher wissen, welchem Teufel ich die Hand schüttle. Und ich benötige die Garantie, dass die Beweise nicht unter den Teppich gekehrt werden.«

Röthlisberger verstand. Er war nicht hier, weil der Banker ihn sympathisch fand oder helfen wollte, den Mord an Alois Zempbauer aufzuklären. Das war dem alten Mann völlig egal. Er war hier, weil Brunner erwartete, dass er ihm ein Denkmal errichtete. Aufmerksam betrachtete er sein Gegenüber. Brunner nippte genussvoll an seinem Whisky.

Trotz seiner vierundsiebzig Jahre und Krebs im Endstadium sah Brunner noch immer beeindruckend aus. Ein exzellent gekleideter älterer Herr in einem Anzug, den ein Meister seines Fachs geschneidert hatte.

»Sie wollen wissen, was ich über mich denke; nicht, was andere von mir halten?«, fasste Röthlisberger die ungewöhnliche Bitte zusammen. Er ließ sich Zeit mit der Antwort. »Wie wäre es mit: Tatsachen sind mir heilig, Anstand der Gott, den ich anbete. Würden Sie mir das abnehmen?«

Brunner ließ sich die Worte durch den Kopf gehen und starrte in seinen Whisky.

»Sie glauben an Tatsachen, nicht an Wahrheiten. Genau darum geht es. Ich möchte, dass Sie die Tatsachen erfahren, wie sie sind. Sachlich, ungeschönt und wertungsfrei. Mir bleibt nicht mehr viel Zeit.«

Er deutete auf die Frau, die am anderen Ende der Loggia saß und in einer Modezeitung blätterte.

»Dunja, meine Krankenpflegerin. Ich bin ihr völlig egal. Ob ich heute sterbe oder in zwei Monaten, juckt sie nicht. Sie bedauert höchstens den Lohnausfall. Dunja weiß es noch nicht, aber ich habe sie in meinem Testament großzügig berücksichtigt.«

In einem Zug trank er den Whisky aus und stellte das Glas auf den Tisch. »Vorwürfe sind ihr völlig fremd. Das Gleiche erwarte ich von Ihnen auch.«

Die Frau schaute auf. Brunner gab ihr ein Zeichen. Sie trat an den Tisch, nickte gelangweilt statt eines Grußes und half ihm auf. Erst jetzt wurde Röthlisberger bewusst, wie sehr den alten Mann das Treffen beanspruchte.

Brunner deutete auf eine dicke Mappe, die auf dem Tisch lag.

»Bleiben Sie sitzen. Ersparen Sie mir Ihr Mitleid, sonst bereue ich es doch noch, Hauptmann. Alles, was Sie wissen müssen, steht in diesen Unterlagen – eidesstattlich beglaubigt. Mein Anwalt wird der Presse und dem Steueramt gleich morgen früh Kopien übergeben. Genug Zeit für Sie, alles durchzusehen. Wenn Sie die Dokumente gelesen haben, werden Ihre Fragen beantwortet sein.«

Gegen siebzehn Uhr traf sich die Mordkommission wieder, um sich über den aktuellen Stand auszutauschen. Kräuming spürte die Unzufriedenheit. Obwohl jeder Spur akribisch nachgegangen wurde, waren sie keinen Schritt weiter.

»Ich habe nichts Erbauliches beizutragen«, begann Schley. »Die Frage, ob Elke Kellerhof Aktenzugang zu den Sachsenhausen-Prozessen in Bonn, Köln und Berlin beantragt hat, wurde mir positiv beantwortet. Gleiches gilt für die Archive, die uns von Andrea Grabes genannt wurden.«

Hämmerling fasste kurz die Erkenntnisse der Spurensicherung am Tatort in Olaf Müllers Wohnung zusammen. Keine der sichergestellten Spuren brachte einen neuen Ansatz.

Auch die Gerichtsmedizin konnte nichts Erhellendes beitragen. Der Obduktionsbericht bestätigte den Tathergang. Dann verlor sich der Maestro in medizinischen Details über die einzelnen Schusswunden. Ursächlich für den Tod war der Lungenschuss. Die Arteria pulmonalis, die Lungenarterie, war getroffen worden, was zu einem beträchtlichen Blutverlust führte. Auf dem Weg ins Krankenhaus fiel trotz ärztlicher Bemühungen die Lunge zusammen. Das war's. Exitus.

Wie die Morde abgelaufen waren, war hinlänglich bekannt. Weder Schleys Nachfragen in den Gerichten und Archiven noch die Ergebnisse der Spurensicherung oder die Erkenntnisse der Gerichtsmedizin brachten die Mordkommission weiter. Natürlich war es wichtig, alles zu dokumentieren, um es gerichtsfest zu machen.

»Möglicherweise ist Elke Kellerhof nicht mehr in Berlin«, gab Lott zu bedenken.

Müde strich sich Kräuming über die Schläfen. Alle schwiegen. Die Mordkommission war an einem toten Punkt angekommen.

»Bisher hat die Verdächtige sich völlig atypisch verhalten«, widersprach er. »Sie hat weder besonders unauffällig agiert, noch hat sie sich darum geschert, welche Spuren sie hinterlässt. Sie ist jedes erdenkliche Risiko eingegangen. Und dennoch tut sie alles, um nicht von der Polizei gefasst zu werden. Die Frau ist in einer psychologischen Ausnahmesituation.«

»Wäre ich nie draufgekommen«, kommentierte Schley bissig.

»Der Polizeipsychologe meint, die Verdächtige könnte unter einer bipolaren affektiven Störung leiden. Dr. Geih hält es für wahrscheinlich, dass sie manisch-depressiv ist und dass ihr Schuldwahn zu einer schweren Psychose geführt hat. Nichtsdestotrotz ist sie in der Lage, ihre Situation einzuschätzen. Ihr Konflikt ist der Zwang, ihren Plan zu beenden, und gleichzeitig der Wunsch, aufgehalten zu werden. Ein Dilemma, das sie nicht auflösen kann.«

»Wir gehen davon aus, dass es noch zwei Personen auf ihrer Liste gibt«, ergänzte Schley.

Kräuming stand auf und betrachtete die Karte von West-Berlin, in der jeder Hinweis mit einem Punkt markiert war. »Glaubt man der Collage, sind das der Bauunternehmer Konrad Dersch und ihr Vater, Johannes Kellerhof. Dersch ist auf Geschäftsreise. Angeblich will er sich bei uns melden. Kellerhof gilt als tot. Ist er aber nicht.«

Er zögerte einen Augenblick, bevor er weitersprach:

»Irgendwo hier lebt der Kerl. Solange Elke Kellerhof nicht fertig ist, verlässt sie die Stadt nicht.«

Lott notierte etwas in seine Kladde, während Schley nachdenklich seine Stirn massierte. Beide hatten dem nichts hinzuzufügen.

Als sich die Beratung auflöste, betrat Tröger den Raum und wartete, bis der Letzte gegangen war. Dann schloss er die Tür.

»Und, wie war das Elterngespräch? Hat sich Kripo-Voigt über mich beschwert?«

»Horst, Ihre Kopfnoten könnten unterschiedlicher nicht sein. Fleiß und Mitarbeit sehr gut. Betragen ungenügend. Ordnung, insbesondere Sorgfalt, Pünktlichkeit, Einhalten von Regeln und Absprachen ... Sie kennen Ihre Schwächen.«

»Das hat er gesagt?«

Tröger setzte sich. »Niemand erwartet, dass Sie beide den Bund fürs Leben eingehen.«

Amüsiert zog Kräuming eine Packung Zigaretten aus der Tasche und bot Tröger eine an. Der schüttelte den Kopf.

»Stimmt es, dass Sie Voigt einmal das Leben gerettet haben?«, fragte er und zündete sich seine an.

»Das ist ja schon nicht mehr wahr.«

»Erzählen Sie! Ich bin überaus neugierig.«

»Da gibt es nicht viel zu erzählen.«

»Na, dann bitte ausführlich die Kurzform. Bitte, bitte, bitte!«

»Horst, Sie schaffen mich!«

Kräuming schaute Tröger an wie ein Enkel seinen Großvater in Erwartung einer spannenden Gutenachtgeschichte.

»Es war nach einer Sturmflut in Hamburg 1946. Fritz Voigt stolperte am Fischmarkt über ein Holzbrett und fiel ins Wasser. Dummerweise konnte er nicht schwimmen. Ich habe das zufällig mitbekommen und bin an einer Leiter hinuntergestiegen, habe ihn am Ärmel erwischt und herausgezogen. Nichts Dramatisches.«

»Toll! Sie sind ein Held!«, rief Kräuming begeistert aus und zog an seiner Zigarette.

»Und Sie sind ein nerviges Etwas! Übrigens, ich bin Nichtraucher.«

»Und weil Sie Polizist waren, wollte er auch Polizist werden.«

»Wie kommen Sie denn darauf?«

Nachdenklich schüttelte Kräuming den Kopf.

»Wenn Sie das erzählen, klingt das viel zu nüchtern. Sie müssen das ein bisschen ausschmücken.«

»Was meinen Sie mit ausschmücken?«

»Na, spannender erzählen.«

Kräuming lehnte sich zurück und schaute in eine imaginäre Ferne. Er zog an seiner Zigarette, inhalierte den Qualm und drückte den Rest in den Aschenbecher.

»Es war in jener Nacht, als Hamburg von den Sturmfluten der Nordsee überrollt wurde. Die Dämme brachen. Eiskalte Gischt umspülte die Häuser. Die Sirenen heulten. Das Wasser kommt! Rette sich, wer kann!«

»So ein Quatsch. Der Sturm war schon längst weitergezogen. Ein typischer Frühjahrssturm. Nicht ein Deich ist gebrochen. Das war nur ein bisschen Hochwasser. Voigt ist lediglich gestolpert.«

Kräuming winkte ab.

»Das weiß doch keiner. Also noch mal. Rette sich, wer kann! Das Wasser kommt! In Panik flohen die Menschen auf die Dächer. Der Wind heulte. Sturmböen peitschten das wütende Nass. Ganz leise, kaum wahrnehmbar die Hilferufe eines verzweifelten Menschen in der Dunkelheit. Aufmerksam sah ich, also Sie, mich um. Wieder diese verzweifelte Stimme. Hilfe! Hilfe! Mitten im tobenden Wasser, hundert Meter vom rettenden Ufer entfernt, an eine Heringskiste geklammert, ein Mann. Der Sturm war gnadenlos. Die Strömung stark. Jeden Moment konnte ihn die Kraft verlassen. Ich, also Sie, schaute in die Augen des Mannes, in denen alle Hoffnung zu schwinden schien. Die Nacht breitete ihr schwarzes Totentuch ...«

»Es war um die Mittagszeit, und der Pegel der Elbe sank schon wieder. Und wenn der Mann hundert Meter weg war, was glauben Sie denn, in seinen Augen lesen zu können?«

Beleidigt brummte Kräuming. »Das ist eine Heldengeschichte. Die Tat zählt, nicht die schnöden Tatsachen. Also, der Sturm heulte und der Mann auch. Verzweiflung in den Augen und das Flehen um sein Leben. ›Retten Sie mich, und ich werde auch Polizist‹, flüsterte er mit schwindender Kraft. Gewaltige Brecher bäumten sich auf und rissen ihn von der Heringskiste weg. Ich, also Sie, stürzte in die sprudelnde See, zerteilte mit kräftigen Zügen das Wasser und erwischte im letzten Moment den Ärmel des Mannes.«

»Ich hatte nicht mal nasse Hosen.«

»Das weiß doch keiner. Das Wasser war eiskalt. Die Elemente bäumten sich auf. Aber der Mann ward gerettet. Und heute ist er Kriminaldirektor, Leiter des LKA 1 – Delikte am Menschen.«

»Horst, Sie haben einen mächtigen Knall! Ich erzähle Ihnen nie wieder was.«

»Menschen brauchen Helden. Für mich sind Sie einer.« Er zögerte, bevor er weitersprach. »Voigt kann nicht schwimmen? Ist ja der Hammer.«

Dienstag, 28. September 1976

Es war kurz nach sechs Uhr, als das Telefon klingelte. Dersch, der gerade im Begriff war, seinen Bademantel zu schließen, schaute verblüfft auf die Uhr. Vor dem dritten Klingeln nahm er ab.

»Wir sind aufgeflogen.«

Auch wenn sich der Anrufer am anderen Ende der Leitung nicht mit seinem Namen meldete, Dersch wusste sofort, wer ihn zu so früher Stunde anrief. Ullrich Brunkau, Bundestagsabgeordneter der CDU.

»Ich bin gerade auf dem Weg ins Schwimmbad«, reagierte Dersch ungehalten.

»Du gehst um die Zeit schwimmen?«

»Jeden Morgen! Was meinst du mit aufgeflogen?«

»In der Schweiz bahnt sich ein Skandal ungeahnten Ausmaßes an. Utz Brunner ist mit den Zahlungen an Liberales 76 an die Presse gegangen. Erste Meldungen gehen schon über die Nachrichtenticker.«

»Der Banker?« Verblüfft setzte sich Dersch an seinen Schreibtisch.

»Offensichtlich hat ihn nicht nur der Krebs zerfressen, sondern auch sein Gewissen. Er hat brisante Bankunterlagen an die Presse und an die Kripo Bern gegeben.«

»Was für Unterlagen?«

»Nummernkonten aus der Nazizeit mit Namen und Adressen. Verträge mit Zempbauer und der ZB-Suisse. Eidesstattliche Erklärungen über unkoschere Zahlungen am Ende des Krieges. Alles, was das Journalistenherz begehrt. Einige unserer Freunde sind äußerst nervös. Sie haben Bedenken, dass ihr Name in der Öffentlichkeit genannt werden könnte. Betroffenen Personen empfiehlt man, sich beim Fiskus zu melden und sich selbst anzuzeigen.«

»Woher hast du das?«

»Auch ich habe meine Kanäle, und die reichen bis ins Eidgenössische Finanzdepartement. Ein politischer Freund hat mich gewarnt. Ich rate dir dringend, alle Unterlagen, die Rückschlüsse auf Liberales 76 und auf eine Zusammenarbeit zwischen uns erlauben, zu vernichten. Ist nur eine Frage der Zeit, bis sie auf die illegalen Zahlungen stoßen.«

»In fünf Tagen ist Bundestagswahl. So kurz vor dem Ziel wirst du doch nicht kalte Füße bekommen. Glaube nicht, dass ich das ...«

»Hast du es noch nicht verstanden? Der Verein ist Geschichte. Sobald die Zeitungen über Liberales 76 berichten, wird sich die Staatsanwaltschaft einschalten.«

»Weiß Bittler schon Bescheid?«

»Bittler ist unwichtig. Der ideale Sündenbock, der für alles herhalten muss. Ich für mein Teil habe weder Kenntnis über illegale Spendengelder, noch ist mir bekannt, dass ein Berliner FDP-Abgeordneter Einfluss auf das Wahlverhalten seiner Parteimitglieder ausgeübt hat. Selbstredend verurteile ich derartige politische Machenschaften. Würde ich dir auch raten.«

In Derschs Kopf arbeitete es. »Beruhige dich. Es wird nicht alles so heiß gegessen, wie es gekocht wird. Warten wir erst einmal ab. Zeitungen berichten vieles. Dem Geschwätz glaubt doch niemand.«

Am anderen Ende der Leitung erklang ungläubiges Lachen.

»Das ist das Problem mit euch Nazis. Der Russe steht vor Berlin, und ihr glaubt immer noch an den Endsieg. Träum weiter! Zeit für dich, baden zu gehen.«

Brunkau hatte aufgelegt. Wütend starrte Dersch auf den Hörer und knallte ihn ebenfalls auf. Die Ankündigung eines medialen Unwetters war besorgniserregend. Auch wenn ihn die Feigheit Brunkaus zur Weißglut trieb, im Kern musste er ihm recht geben. Der Kampf war verloren, Liberales 76 zu einem Rohrkrepierer geworden. Die Idee, allein Bittler die Verantwortung zuzuschieben, klang naheliegend. Das Problem waren die Bänder, die auch ihn belasteten. Der FDP-Heini würde sie gegen ihn verwenden. Es sei denn ...

Langsam zog Dersch das Schubfach des Schreibtisches auf. Unter der Waffe, mit der er Bittler zum Schein exekutiert hatte, befanden sich diverse Akten. Auf einer stand Liberales 76. Mit dem richtigen Schachzug ließen sich zwei Probleme mit einem Mal aus der Welt schaffen. Elke Kellerhof lief weiterhin unbehelligt herum, und er stand auf ihrer Liste. Müllers Tod kam ihm durchaus gelegen. Mit ihm war der letzte Mitwisser verschwunden, der eine Gefahr darstellte. Der Vorteil bestand darin, dass er jegliche Verantwortung von sich weisen und alles Müller in die Schuhe schieben konnte. Tote widersprachen nicht.

Dersch verzichtete auf das Morgenbad und ließ sich stattdessen Frühstück aufs Zimmer bringen. Nach der anfänglichen Aufregung war er wieder ruhig geworden und wärmte sich seine Hände an der Kaffeetasse. Er überlegte, wie er weiter verfahren sollte. Nichtstun würde unweigerlich seinen Tod bedeuten. Elke Kellerhof wusste mit Sicherheit detailliert über ihn Bescheid. Zumindest kannte sie seine Adresse in Hamburg, und es war naheliegend, dass sie auch von seiner Vorliebe Kenntnis hatte, im Hotel Seyna zu übernachten. Bei dem Gedanken schreckte er hoch und lauschte. Alles war still, keine Schritte auf dem Flur zu hören.

Abwägend starrte er auf die Dossiers, die er angelegt hatte, um sich abzusichern und gegebenenfalls Druck auf Abtrünnige auszuüben. Details über Personen, die ihm gefährlich werden konnten. Polizeiliche Unterlagen, die Bittler von seiner Quelle bekommen hatte. Protokolle der Beratungen mit Liberales. Belastende Dokumente, Informationen über die einzelnen Mitglieder und eine Liste jener Politiker, die Bittler auf ihre Seite gezogen hatte. Papiere, die problemlos jede Karriere beenden konnten.

Kriminalkommissar Kräuming war ihm dichter auf den Leib gerückt, als er erwartet hatte. Zwischen Pütz, Müller und ihm gab es zu viele Verbindungen. Gemeinsam mit der verdammten Historikerin hatte er Schicht für Schicht freigelegt. Noch durchschauten sie die Zusammenhänge nicht vollständig, aber das war nur eine Frage der Zeit. Müllers Leichtsinn in Kanada hatte einen Brand ausgelöst, der sich nicht mehr löschen ließ. Es war an der Zeit, das Ganze neu zu strukturieren. Nebenbei durchforstete er den Stapel Akten. Was ihm nicht nützte, sortierte er aus. Übrig blieb die Mappe, auf der Liberales 76 stand. Brisantes Material, das ihm als Sicherheit dienen würde.

Darüber würde er mit Gnatzke sprechen müssen. Er war sich sicher, es gab nichts, was ihn mit dem Mord an Irene Kellerhof in Verbindung brachte. Bei aller Kaltblütigkeit – an zwei Tagen hintereinander würde die Verrückte nicht zuschlagen. Zufrieden genoss er sein Frühstücksei. Danach wählte er die Nummer seines Rechtsanwalts.

»Wir warten noch auf den Chef der Spusi. Hämmerling ist jeden Augenblick hier.«
Lott schien bester Laune zu sein und strahlte übers ganze Gesicht.
»Meine Herren, bevor der Hauptgang serviert wird, vorab eine kleine Vorspeise. Wenn Ihr bitte Platz nehmen würdet.«
Kräuming und Schley tauschten gespannt Blicke. Nachdem sie sich gesetzt hatten, hob Lott theatralisch einen Stapel Endlospapier vom Boden auf, blätterte darin und zeigte auf einen Absatz.
»Müller wurde 1947 als Zeuge im Sachsenhausen-Prozess in Berlin vor ein sowjetisches Militärtribunal gegen den ehemaligen SS-Oberscharführer Wilhelm Schubert vorgeladen. Er erschien aber nicht. Angeblich unbekannt verzogen. Der Spitzname des Angeklagten war Pistolen-Schubert. Nachweislich an den Russenerschießungen beteiligt. Der hat gerne mit seiner Waffe herumgefuchtelt und willkürlich Häftlinge erschossen. Dein Freund Ole hat einen Artikel in seiner Wunderkiste gefunden. *Der Freiwillige. Kameraden entlasten Kameraden.* Früher nannte sich die revisionistische Nazischrift *Wiking-Ruf.* Klang den alten SS-Heinis wahrscheinlich zu albern. Ihre Götter hießen nicht Odin und Thor, sondern Adolf und Hermann. In dem Artikel beschreibt Müller den SS-Oberscharführer Schubert als anständigen Kameraden, der von Natur aus kein Sadist war. Der Angeklagte habe nur seinen Dienst getan.«
Verständnislos schüttelte Kräuming den Kopf, konzentrierte sich aber weiter auf Schleys Ausführungen.
»Wenn Kellerhof es nicht in sein Tagebuch geschrieben hätte, wüssten wir gar nicht, dass Müller an den Erschießungen beteiligt war. Erstaunlicherweise kam Pistolen-Schubert, der von dem sowjetischen Militärtribunal zu lebenslanger Zwangsarbeit im eisigen Workuta verurteilt worden war, 1956, kaum ein halbes Jahr nach Konrad Adenauers Besuch in Moskau, zurück nach Deutschland. Wie andere Kriegsgefangene wurde er in den Zug gesetzt. Einziger Makel: Sein Status wurde mit ›nicht amnestierter Kriegsverbrecher‹ angegeben. Um die Sowjets nicht zu verärgern, drängte Adenauer

die Justizbehörden, mit ihm nicht viel Federlesens zu machen. 1959 wurde Schubert in Bonn erneut zu einer lebenslangen Haftstrafe verurteilt.«

Lott blätterte um und deutete auf eine weitere unterstrichene Passage.

»Noch ein Artikel ist interessant. Olaf Müller wurde Mitte der Sechzigerjahre wegen Beihilfe zum Mord in einem Fall zu einem Jahr und zehn Monaten verurteilt. Er hatte eingeräumt, die Ankunft der Transporte am Bahnhof in Oranienburg mit beaufsichtigt zu haben. Zu seinen Aufgaben habe unter anderem gehört, Widerstand oder Fluchtversuche der Deportierten mit Waffengewalt zu verhindern. Härte habe er angewendet, erschossen aber nie jemanden. Sein Verteidiger war übrigens Rechtsanwalt Gnatzke. Die Strafe wurde nach einem Jahr zur Bewährung ausgesetzt. Für seine Freilassung hat sich die HIAG stark gemacht, insbesondere ein Herr Konrad Dersch.«

Erfreut legte Kräuming die Arme übereinander. »Ich kann es gar nicht erwarten, diesen Herrn kennenzulernen.«

»Seine Zusage, Müller während der Bewährungszeit zu betreuen, führte zusammen mit einer positiven Sozialprognose zu seiner frühzeitigen Freilassung.«

Kräuming überflog die Zeilen. Darin wurde Müllers vorzeitige Entlassung gefeiert. Nachdem er in einem Satz die Worte Unrecht, Treue, Vaterland und Gesinnung gelesen hatte, schob er den Artikel weg, nippte an seinem Kaffee und deutete auf den Ausdruck.

»Ich sage dir, Alex, dieses Computergedöns ist die Zukunft. Erzähl weiter. Ich glaube kaum, dass du dich damit zufriedengegeben hast.«

Bevor er antworten konnte, öffnete sich die Tür, und Bernd Hämmerling trat ein. Er strahlte übers ganze Gesicht, nickte kurz zur Begrüßung und drückte Lott eine Beweismitteltüte in die Hand.

»Ich hoffe, ihr sitzt bequem«, begann Lott und erhob sich. »Die gute alte Ermittlungsarbeit wird mitnichten durch blinkende Dioden, Lochbänder und knatternde Drucker ersetzt. Spitzt die Öhrchen, meine technikgläubigen Freunde, und lauscht den Weisheiten eines hart arbeitenden Kriminalisten.«

Es belustigte Kräuming, mit welcher Begeisterung Lott die kommenden Erkenntnisse ankündigte. Der Vorwurf, sich mehr für die Gaudinockerln einer Kellnerin zu interessieren statt für echte Ermittlungsarbeit, wirkte noch immer nach.

»Die Spurensicherung hat in Müllers Wohnung ein Flugticket sichergestellt.« Mit einer Geste, als hätte er den Hauptpreis gewonnen, hielt Lott den Beweis hoch. »Diente Müller als Lesezeichen. Meister Hämmerling hat sogar das Buch notiert. Ein Bestseller aus dem letzten Jahr. *Albert Speer: Spandauer Tagebücher.* Nazis lesen natürlich Naziliteratur. Für uns interessant: Müller flog am 13. November 1974 nach Kanada.« Zufrieden legte er das Ticket auf den Tisch. »Mit der Lufthansa von Frankfurt nach Montreal.«

»Zwei Tage vor dem Tod Irene Kellerhofs«, überlegte Kräuming laut.

»Bingo! Vom Aéroport international de Montréal-Dorval bis nach Drummondville, dem Haus, in dem sie ermordet wurde, fährt man mit dem Wagen keine zwei Stunden. Ich war so frei, Anthony ein Foto von Müller und dank meines Freundes hier«, er deutete auf Hämmerling, »seine Fingerabdrücke zukommen zu lassen. Beides hat er über die kanadische Botschaft an die Ermittlungsbeamten in Montreal gefaxt. Volltreffer! Müller hat bei einer kleinen Autovermietung einen Ford Fairmont gemietet. Gefahrene Kilometer laut Abrechnung zweihundertvierundsechzig. Entspricht genau der Strecke Drummondville hin und zurück.«

»Wissen wir, wie Müller an die Adresse von Irene Kellerhof gelangt ist?«, erkundigte sich Kräuming.

»Auf der Überweisung aus München stand: Bank of Montreal, Drummondville.« Erneut hielt er einen Ausdruck hoch und legte ihn akkurat neben das Ticket. »Das grenzt den Bereich deutlich ein. Rufnummer und Adresse stehen aber auch im örtlichen Telefonbuch. Last but not least: Blieb noch die Frage, wann der Mörder von Irene Kellerhof zurückgekehrt ist. Also habe ich heute früh in der Tankstelle angerufen, in der er gearbeitet hat. Der Inhaber war so freundlich, die Unterlagen zu wälzen. Olaf Müller war ganze vier Tage weg. Von einer Reise über den Großen Teich wusste er nichts. Hin und Rückflug abgerechnet zwei Tage Aufenthalt. Wer, bitte schön, fliegt für zwei Tage nach Kanada?«

Zufrieden breitete Alexander Lott die Arme aus und begann, trotz seiner Körperfülle elegant wie ein Grieche, Sirtaki zu tanzen.

»Und die kanadischen Kollegen haben seine Fingerabdrücke am Tatort identifiziert. Müller ist der Mörder von Irene Kellerhof. Campbell ist begeistert. So, meine Herren, sieht echte, handgemachte, qualitativ hochwertige Ermittlungsarbeit made by Lott aus. Fragen?«

»Alexander, du bist ein Genie! Wasserdicht und elegant gelöst«, lobte Kräuming überschwänglich. »Ich bin begeistert.«

Schley und Hämmerling klatschten albern. Lott verneigte sich und genoss den Augenblick.

»Wenn du mir noch eine Frage gestatten würdest?«

Eine großzügige Geste forderte Kräuming zum Reden auf.

»Wann dürfen wir Unbedarften denn mit der neuen Anschrift von Elke Kellerhof rechnen?«

Schlagartig war Lotts gute Laune verschwunden.

»Immer aufs Schlimmste«, murrte er. »So viel Kuchen kannst du gar nicht spendieren, um derartige Gemeinheiten wieder gutzumachen.«

Kaum war Kräuming wieder in seinem Büro, klingelte das Telefon. Er hörte Mirio Röthlisbergers voluminöse Stimme und war gerade im Begriff, ihm die neuesten Erkenntnisse mitzuteilen, als er abrupt unterbrochen wurde.

»Ruf mich privat zurück. In einer Viertelstunde.«

Das Gespräch war beendet. Der Schweizer Hauptmann hatte angespannt gewirkt, nichts von der Unbekümmertheit, die er an dem Schweizer so mochte.

Fünfzehn Minuten später nahm Röthlisberger schon nach dem ersten Klingeln den Hörer ab.

»Horst am Apparat. Was ist denn los?«

»Utz Brunner hat mir gestern die Ehre einer Audienz gewährt.«

»Klingt so, als hättest du ihn doch vernehmen können.«

»Vernehmen ist das falsche Wort. Der Herr Bankier hat mich eher zur Konversation zitiert. Der Mann hat ein Ego, da passt die kleine Schweiz gleich mehrfach hinein.«

Kräuming lachte kurz.

»Sicherlich nicht freiwillig.«

»Vor ein paar Tagen ergab sich die Gelegenheit, mit seiner jugoslawischen Krankenpflegerin allein zu sprechen. Zugegeben etwas maulfaul die Dame, aber nach dezentem Druck hat sie doch bereitwillig Auskunft gegeben. Die kleine Andeutung, dass ein Entzug der Arbeitsgenehmigung oder eine Ausweisung wegen persönlicher Verstrickung in ein Verbrechen möglich sei, muss sehr überzeugend geklungen haben. Utz Brunner hat in der Nacht, in der Alois Zempbauer ermordet wurde, das Haus verlassen. Sie habe so getan, als schliefe sie, denn an nächtlichen Sonderwünschen des Kranken war sie nicht interessiert. Dunja Petrović, so heißt die Pflegerin, hat ausgesagt, dass sie kurz aus dem Fenster geschaut und gesehen hat, wie Brunner im Pferdestall verschwunden ist. Dreißig Minuten später sei er völlig erschöpft wieder ins Bett gekommen.«

»Er ist in ihr Bett gekrochen?«

»Nein, sie lag in seinem. Eindeutig Pflegestufe mit erweiterter persönlicher Betreuung.«

»Verstehe.«

»Da Brunners Aussage in direktem Widerspruch zu der seiner Pflegerin stand, habe ich seinen Anwalt vor die Wahl gestellt, per Gerichtsbeschluss mit einem Amtsarzt und einem Pulk neugieriger Journalisten zur Befragung vorbeizuschauen oder einem schlichten Gespräch zuzustimmen.«

»Lass mich raten! Er hat sich für die zweite Option entschieden.«

»Deine Menschenkenntnis ist fantastisch.«

»Verrätst du mir, was die Plauderei mit Brunner gebracht hat?«

»Ich glaube, der Mann hat mich mit einer göttlichen Instanz verwechselt, um mit mir über sein Seelenheil zu verhandeln.«

»Ich verstehe kein Wort.«

»Utz Brunner hat eine allumfassende Beichte abgelegt. Mir liegen jetzt die britischen Banknoten vor, die er aus Zempbauers Mund stibitzt hat. Das ist zwar erfreulich, aber noch lange nicht alles. Ich hoffe, Horst, du sitzt. Brunner hat die illegalen Machenschaften mit Zempbauer zum Ende des Krieges eingeräumt und darüber hinaus auch die durch die ZB-Suisse an die Bank Brunner & Lenz vermittelten Kontakte offengelegt. Seitenweise Namen, Adressen, Kontonummern. Vermögen von ehemaligen Nazis und von Firmen, die mit ihnen Geschäfte machten, deutsche wie schweizerische. Wusstest du, dass die Baracken im KZ Sachsenhausen von einer Schweizer Firma geliefert wurden? Aber offensichtlich meinte der Herr Bankier, das reiche noch nicht aus, um einen Platz an Gottes Frühstückstisch zu bekommen. Es gibt Listen von jüdischen Bürgern, die ihr Vermögen der Bank anvertraut hatten und die in den Lagern von der SS umgebracht wurden. Guthaben, die niemandem mehr gehören, erst recht nicht einer Privatbank. Das ist ein Frontalangriff auf das Schweizer Bankgeheimnis. Brunners Anwalt hat heute in aller Herrgottsfrühe die Presse und das Steueramt informiert. Kannst du dir vorstellen, was hier los ist?«

»Nicht ansatzweise.«

»Seit Stunden finden auf höchster Ebene Gespräche zwischen den Banken und Vertretern der Regierung statt, in der nur eine Frage diskutiert wird, ob die Veröffentlichung aus Gründen der Sicherheit verhindert werden kann. Dummerweise gibt es aber die Bundesverfassung der Schweizerischen Eidgenossenschaft, und die sieht nicht vor, die Medienfreiheit einzuschränken.«

Dass belastete Privatpersonen und Firmen aus Deutschland kurz nach dem Krieg ihre Vermögen in die Alpenrepublik transferiert haben, war allgemein bekannt. Das Schweizer Bankgeheimnis schützte sie bisher vor Verfolgung. Die Nennung von Namen und die Höhe der Bankguthaben garantiert aber auch hier einen Skandal. Kräuming war sich sicher, sobald das publik würde, hätten einige Herren schlaflose Nächte.

»Es gibt noch etwas, was du wissen solltest. Zempbauer hatte auch ein Nummernkonto bei Brunner & Lenz. Der alte Brunner hat in den Auszügen Zempbauers auffällige Banküberweisungen markiert. Demnach gingen die anonymen Zahlungen an Arne Pütz. Und da ist mir ein Licht aufgegangen. Bei der Durchsuchung von Zempbauers Anwesen haben wir zwar Rechnungen einer Galerie mit dem Namen Villa Knut entdeckt. Und die gehört ...«

»Arne Pütz«, ergänzte Kräuming.

»Richtig! Auf einer stand der handschriftliche Vermerk Liberales 76. Es gab aber keinen Bezug zum Mordfall an Zempbauer, also haben wir dem anfänglich keine Bedeutung beigemessen. Die Überweisungen stimmen mit den Rechnungen der Villa überein. Ich bin mir aber absolut sicher, dass die Zahlungen über Pütz an Liberales 76, was immer sich dahinter auch verbirgt, geflossen sind. Sieht für mich nach Geldwäsche aus. Wir Schweizer sagen dazu: Geld bleichen! Pütz hat Gemälde geliefert. Völlig überteuert. Auf das Konto seiner Galerie gehen die Zahlungen. Wollen wir wetten, dass das Geld dann an Liberales transferiert wurde? Laut einem Gutachter handelt es sich bei den gelieferten Bildern um künstlerisch dilettantisches Geschmiere, garantiert absolut wertlos.«

»Kräuming pfiff in den Hörer. Tatsächlich hatte er von einer Gruppe namens Liberales 76 noch nie gehört.

»Anfänglich habe ich das nicht verstanden. Dann fiel der Groschen. Die Zahlungen begannen, nachdem ein Pferderipper die trächtige Stute aus Zempbauers Stall bestialisch abgestochen hatte. Und da begriff ich den Zusammenhang. Der Mann wurde erpresst. Dir als Mafiaexperte hätte das schon eher auffallen können.«

Röthlisberger hatte recht. Die Parallele zu Mario Puzos weltberühmter Szene aus dem Paten, in der ein Pferdekopf im Bett eines Filmproduzenten gefunden wurde, um Gefälligkeiten zu erpressen, hätte ihn stutzig machen müssen. Aber zu diesem Zeitpunkt waren ihm die Zusammenhänge noch nicht klar gewesen.

»Von höchster Stelle ist es mir strengstens untersagt, dich oder die deutsche Polizei über Brunners Geständnis, geschweige denn über Details in Kenntnis zu setzen. Horst, wenn du von dem, was ich dir erzählt habe, etwas zu früh verwendest und es sich zu mir zurückverfolgen lässt, war es das mit meiner Karriere. Dann kann ich nur noch Simmentaler Rinder züchten. Auch schön, aber mein Herz hängt an diesem verdammten Job. Ich bin gerne Hauptmann.«

»Deswegen der Anruf bei dir privat«, stellte Kräuming fest.

»So viel kann ich dir aber doch verraten. Von einem guten Freund, einem Redakteur bei der *Neuen Zürcher Zeitung*, weiß ich, dass es sich unbedingt lohnt, morgen einen Blick in die Ausgabe zu werfen. Die Artikel werden gerade verfasst. Ich muss wieder zurück, damit niemand Verdacht schöpft.«

Mirio Röthlisbergers Informationen waren Sprengstoff. Die ganze Zeit hatte er geahnt, dass es noch eine weitere Ebene hinter den Morden gab. Und die würde morgen sichtbar werden. Kräuming überlegte, was er tun sollte. Hausieren gehen konnte er damit noch nicht.

Der Kollege, der vom Dezernat Wirtschaftskriminalität zur Mordkommission hinzugezogen worden war, um sich mit den Finanzen der Opfer zu beschäftigen, blätterte kurz in seinen Unterlagen. Die fünf Werte, die er auf einem Taschenrechner addierte, stimmten auf den Pfennig genau mit dem Betrag aus der Schweiz überein.

»An wen hat Pütz die Gelder überwiesen?«

»An ein und dieselbe Person. Paul Bittler. Zahlungsgrund: Spende.«

Kräuming konnte sich ein Grinsen nicht verkneifen.

»Kann ich kurz Ihr Telefon benutzen?«

Nachdem Schley die Bürotür geschlossen hatte, richtete sich Kräuming auf und musterte den haarigen Riesen.

»Was ich dich jetzt frage, ist absolut inoffiziell. Weder kann ich verraten, worum es geht, noch woher ich das weiß.«

Schley schaute ihn erstaunt an. »Willst du mir Konkurrenz machen? Bisher dachte ich, die Rolle des Geheimnisvollen ist mir auf den Leib geschneidert.«

»Deswegen wende ich mich ja an dich. Hast du jemals von einer Gruppierung oder einer Organisation Liberales 76 gehört?«

Bedauernd schüttelte Schley den Kopf. »Sollte ich darüber etwas wissen?«

Unsicher schaute Kräuming zum Fenster. Er dachte nach.

»Reden wir noch über den aktuellen Fall?«

Kräuming nickte. »Zempbauer hat seit Mitte letzten Jahres beträchtliche Summen über Arne Pütz an einen Herrn Paul Bittler überwiesen. Allerdings nicht freiwillig. Die Zahlungen haben begonnen, nachdem jemand eines seiner geliebten Pferde bestialisch abgeschlachtet hat. Ich bin fest davon überzeugt, dass das Müller war.«

»Der Paul Bittler? Der Posterboy der FDP?«

»Genau der. Helmut, da stinkt etwas gewaltig.«

»Was erwartest du von mir?«

»Siehst du eine Möglichkeit, von deinem alten Arbeitgeber Informationen über Liberales 76 einzuholen, ohne dass davon irgendetwas nach außen durchsickert?«

»Bis wann brauchst du die?«

»Wenn mich nicht alles täuscht, platzt morgen eine Bombe. Früher wäre sehr von Vorteil.«

Ole Hedin stand ohne Ankündigung vor Tante Fannys Tür. In der einen Hand hielt er einen Beutel mit Bierflaschen, und mit der anderen jonglierte er zwei Pizzakartons.

»Hat dein Computer etwas über Liberales 76 ausgespuckt?«, fragte Kräuming. Auf eine Begrüßung hatten beide verzichtet.

»Gemach! Gemach! Du schuldest mir noch eine Erklärung, du blauäugiger Mafiajäger!«

Ohne die Antwort abzuwarten, drückte er Kräuming die Pizzen in die Hand, betrachtete den inzwischen gelblich-grünen Bluterguss, schüttelte den Kopf und stürmte an ihm vorbei.

»Scheiß Nazigesocks!«

Kräuming verdrehte die Augen. Er wusste, Ole würde nicht eher Ruhe geben, bis er beide Storys kannte.

»Hat dir das mit dem Veilchen dein Freund der Computer verraten?«

»Lott heißt der gute Mann. Er hat mir von dem Überfall erzählt. Komischer Typ. Denkt wie ein Computer, weigert sich aber, eine Tastatur anzufassen.«

Mit einer Selbstverständlichkeit, als würde er schon ewig in Tante Fannys Wohnung hausen, bestückte er den Kühlschrank mit den Flaschen. Acht Bier, acht Brauereien. Bierverkostung nannte er das, getreu dem Motto, das Leben ist zu kurz, um nur eine Sorte zu genießen.

Die restlichen beiden stellte er auf den Tisch, klappte die Kartons auf und schnupperte genüsslich daran.

»Pizza Margherita und Pizza Capricciosa. Du mochtest die mit Salami.«

Es war sinnlos, Ole zu erklären, dass er einen anstrengenden Tag hinter sich hatte, müde war und sie nicht mehr in einer WG lebten. Andererseits war er froh, den Abend nicht allein verbringen zu müssen. Andrea hatte behauptet, sie brauche Zeit, um unausweichliche Angelegenheiten zu klären. Darüber, welche das waren, verlor sie kein Wort.

Kräuming ließ es sich schmecken, öffnete eine Flasche Saigon Export und hielt sie Ole hin, der mit Zwönitzer Rauchbier anstieß.

Auf das lädierte Auge deutend und mit vollem Mund murmelte

Ole: »Wenn du willst, höre ich mich um. Ich kenne einige Größen, die über alle Aktivitäten im Kiez informiert sind.«

Es war eine Anspielung auf jene kriminellen Kreise, die ihn während seiner Zeit im Gefängnis vor der Willkür der Strafvollzugsbeamten geschützt hatten. Ein Totalverweigerer stand bei den treuen Staatsdienern auf gleicher Stufe wie ein Kinderschänder. Auch wenn er sich mit den schweren Jungs nicht gemein gemacht hatte, dass er unbeschadet aus dem Gefängnis gekommen war, verdankte er ihren unmissverständlichen Worten.

»Danke für dein Angebot. Das waren nur Handlanger. Irgendwelche übermotivierten Freizeitnazis. Lohnt sich nicht, dem nachzugehen.«

»Gut, bleibt noch die Geschichte mit der Mafia.«

Kräuming winkte ab und schnappte sich ein Stück Margherita.

»Da gibt es nicht viel zu erzählen. Es war kein Schlag gegen die klassische Mafia. Weder die neapolitanische Camorra noch die kalabrische 'Ndrangheta hatten damit zu tun. Bei den beiden angeblichen Mafiabossen handelte es sich schlicht um italienische Möchtegernverbrecher, die das große Geld mit Rauschgift machen wollten. Organisiert ja, gefährlich auch, aber keine gewachsenen familiären Strukturen wie in New York. Ihr Fehler war, dass sie zu gierig agierten. Ich habe lediglich Misstrauen gesät und beiden in Aussicht gestellt, Zugang zu den Universitäten zu bekommen. Ein riesiger Markt, weitaus lukrativer als das Bahnhofsviertel in Frankfurt. Hein Tröger hatte die Idee, das Problem des zunehmenden Rauschgifthandels mit dem Angebot der Expansion anzugehen. Und so stieg ich zum einflussreichen Studentenvertreter auf, einem linken Wirrkopf, der den Staat inständig hasste, unter Geldnot litt und über Vertriebskanäle in den Studentenclubs in Hessen, NRW und Rheinland-Pfalz verfügte. Exklusiv.«

»Und da du noch immer wie ein Studiosus aussiehst, hat man dir das abgenommen.«

»Abgetragene Hose, Hemd mit Blumenmuster, Fransenweste.«

Ole lachte schallend. »Das personifizierte Klischee.«

»Gier macht blind. Die Aussicht auf hohe Rendite gutgläubig. Das Angebot, einen neuen Absatzmarkt mit traumhaften Zuwachsraten zu besetzen, war zu verführerisch. Wer kann da schon Nein sagen? Seit Ende der Sechzigerjahre mied die Polizei die Universitäten, um keine politischen Auseinandersetzungen mit den Studenten zu provozieren. Ideal für illegale Geschäfte. Ein Probelauf an der Goethe-Universität Frankfurt brachte angeblich traumhafte Verkaufszahlen. Tröger galt unter den Kollegen zwei Wochen lang als der uneingeschränkte König der Dealer. Die italienischen Traumtänzer wähnten sich im siebten Himmel. Doch plötzlich flogen ihre Geschäfte auf. Lieferungen wurden abgefangen, Mittelsmänner festgenommen. Es musste nur noch das Gerücht gestreut werden, dass die andere Gruppe der Polizei Tipps gibt, um die unliebsame Konkurrenz auszuschalten.«

»Das hätte aber ernsthaft schiefgehen können.«

»Funktioniert auch nur einmal. Jedenfalls schwärzten sich die beiden Möchtegernbosse gegenseitig bei der Polizei an. Festnahmen folgten. Die Händlerringe wurden zerschlagen und das Rauschgift knapp auf den Straßen. Trögers Idee war aufgegangen. Als die Presse davon Wind bekam, wurde ich zum Helden stilisiert, der Mann, der der Mafia die Stirn bot. Das perfekte Märchen, das mit den Fakten wenig gemeinsam hatte.«

Ole hob seine Flasche. »Auf den bescheidenen Helden, den Kämpfer gegen das Verbrechen. Und auf die neue Mission: Nazis jagen!«

»Ich sammle die Krumen auf, die mir die Täterin hinterlässt. Mit anderen Worten, ich habe keine Ahnung, wohin uns das führt.«

»Na dann, möge das Glück dir hold sein. Morgen sieht die Welt schon ganz anders aus. Prost, mein Freund!«

Kräuming grinste. Wenn du wüsstest, dachte er, verriet aber nichts über Röthlisbergers Bombendrohung. Kraftvoll stieß er gegen die hingehaltene Flasche und entschied, es in der nächsten Runde mit einer etwas weniger exotischen Sorte zu probieren.

»Und was hat dein Computer über Liberales ausgespuckt?«

»Nichts! In der Presse gibt es darüber keinen Vermerk.«

Mittwoch, 29. September 1976

Am Flughafen Tempelhof erwarb Kräuming gleich mehrere aktuelle Ausgaben der mit dem ersten Flug aus Zürich gelieferten *Neuen Zürcher Zeitung*. Röthlisbergers Ankündigung bewahrheitete sich. Die Schweizerische Eidgenossenschaft sah sich einem riesigen Bankenskandal gegenüber, der sie in ihren Grundfesten erschüttern würde. Schnell blätterte Kräuming die *NZZ* durch, bis er jenen Beitrag fand, der für ihn von so immenser Wichtigkeit war. Aufmerksam überflog er den Artikel und rollte dann zufrieden die Zeitung zusammen.

Helmut Schley wartete vor dem Eingang seiner Wohnung in Schöneberg. Sein Gesicht verriet, dass er weder ausgeschlafen noch guter Laune war. Kräuming hielt direkt neben ihm und stieg aus.

»Hast du eine Ahnung, wie spät es ist?!«

Ein entschuldigendes Lächeln huschte über Kräumings Gesicht.

»Kollege, Schlaf wird komplett überbewertet. Hast du etwas über Liberales 76 in Erfahrung bringen können?«

Schley schüttelte verständnislos den Kopf. »Ein unscheinbarer Verein, der sich als konservativer und wirtschaftsliberaler Arbeitskreis definiert. Eine kleine, in sich geschlossene Gemeinschaft. Ein Vermerk besagt, dass Paul Bittler wohl die Fäden in der Hand hält. Der überwiegende Teil der Mitglieder gehört vermutlich der CDU, CSU oder FDP an. Dazu eine Handvoll Wirtschaftsbosse und selbsterklärte Patrioten. Sie unterstützen eine mehr konservative Politikausrichtung.«

Unvermittelt begann Kräuming einen Siegestanz.

»Jetzt passt alles zusammen. Zempbauer – Pütz – Bittler. Zempbauers Finanzspritzen sind verdeckte illegale Wahlkampfhilfen. Und wir können es beweisen.«

Das Erstaunen in Schleys Gesicht freute Kräuming. Er drückte ihm die *NZZ* in die Hand. »Um Punkt neun Uhr öffnet das Büro von Herrn Saubermann. Ich würde ihm gerne unsere Aufwartung machen.«

Paul Bittler war kein Unbekannter. Aufstrebender Liebling der Liberalen. Gern gesehener Gast in Funk und Fernsehen. Ein strahlendes Gesicht auf billigen Frauenzeitschriften. Schwiegersohntyp. Intelligent und glatt wie ein Aal. Dass dieser Karrierist nun im Fokus der Ermittlungen stehen würde, löste bei Schley eine gewisse Schadenfreude aus.

Punkt neun Uhr standen Kräuming und Schley vor dem Büro Paul Bittlers im Schöneberger Rathaus und zeigten einem Wichtigtuer im zerknautschten Anzug ihre Polizeimarke. Erstaunt und verunsichert bat der junge Mann die Beamten, ihm zu folgen. Von allen Wänden strahlten Wahlplakate der FDP. Genscher schaute freundlich, wenn auch scheinbar verkatert, auf das Wahlvolk. »Leistung wählen« war der Slogan. Von Bittler gab es ebenfalls ein Plakat mit einem perfekten dynamischen Lächeln.

»Der Kerl könnte Werbung für Colgate machen: ›Mutti, Mutti, er hat überhaupt nicht gebohrt!‹«, flüsterte Schley albern.

Paul Bittler, der gerade dabei war, einer Mitarbeiterin energisch Anweisungen zu erteilen, änderte augenblicklich seinen Tonfall, als er die Kriminalbeamten kommen sah.

Kräuming drückte die Hand, die ihm gereicht wurde, etwas fester als üblich und zeigte seinen Dienstausweis.

»Ich freue mich außerordentlich, Sie begrüßen zu können. Wie kann ich der Polizei behilflich sein?«, säuselte Berlins liberale Hoffnung.

»Die Freude ist eindeutig auf unserer Seite«, erwiderte Schley, schüttelte beidhändig die gereichte Hand und grinste dabei unverfroren übers ganze Gesicht.

Entweder überschätzte Bittler seine Wirkung auf andere, oder er bekam nicht mit, dass der freundliche Kriminalbeamte ihn auf den Arm nahm.

»Danke, dass Sie sich so kurzfristig Zeit für uns nehmen. Ehrlich gesagt, erhoffen wir uns von Ihnen Antworten, um das Dunkel zu erhellen«, übernahm Kräuming das Gespräch. »Wir ermitteln derzeit in mehreren Fällen, die nach unserer Einschätzung alle miteinander zusammenhängen. Eine der Personen, die dabei eine wichtige Schlüsselrolle spielt, ist Alois Zempbauer, ein honoriger Schweizer Unternehmer, leider tot und mit einer unschönen Vergangenheit. Kennen Sie den Herrn?«

Keine verräterische Reaktion, nur ein nachdenkliches Kopfschütteln. Entweder verstand Bittler die Kunst der Beherrschung perfekt, oder er hatte mit der Frage gerechnet. Kräuming tippte auf das Zweite. Als würde er sich gerade erst daran erinnern, zog er ein Foto aus seiner Umhängetasche und reichte es über den Tisch. Es zeigte das Gesicht des erschossenen Eidgenossen.

»Ein anderes konnten die Kollegen aus Bern bisher leider nicht zur Verfügung stellen«, log er, ohne mit der Wimper zu zucken.

Zufrieden stellte er fest, dass Bittlers Gesicht um einige Nuancen ernster und blasser wurde.

»Ich glaube nicht, dass ich die Person jemals gesehen habe. Ist er ermordet worden?«

»Ja, die Umstände deuten darauf hin. Schon erstaunlich, dass Sie gleich auf Mord tippen.«

»Sie sind von der Mordkommission. Wäre er friedlich eingeschlafen oder einem Unfall zum Opfer gefallen, dann wären Sie wohl nicht hier.«

»Recht hat er«, bemerkte Schley und zog die Stirn in Falten, als wäre ihm das vorher nie aufgefallen. »Mordkommission gleich Gewaltverbrechen«, wiederholte er und zeigte dabei abwechselnd mit den Zeigefingern auf die imaginären Begriffe.

Kräuming hatte davon gehört, dass Schley bei Vernehmungen zuweilen den Kasper spielte und einen Verdächtigen allein durch übertriebene Naivität zur Weißglut bringen und unüberlegte Bemerkungen provozieren konnte. Es amüsierte ihn außerordentlich.

»Möglicherweise kennen Sie aber Arne Pütz.«

Erneut reichte er Bittler ein Foto. Es zeigte das Gesicht des Toten mit der zertrümmerten Augenhöhle.

»Lassen Sie sich Zeit, und schauen Sie sich die Fotos in Ruhe an. Manchmal dauert es einen Augenblick, bevor die Erinnerungen zurückkommen. Eine kleine Hilfestellung: In den Monaten Januar bis Juli dieses Jahres sind jeweils hohe fünfstellige Beträge über den Kunsthändler Pütz auf das Konto des Vereins Liberales 76 eingegangen. Soweit wir informiert sind, gehören Sie dieser Organisation an, besser gesagt, Sie sind der führende Kopf.«

Bittler wollte die Fotos zurückgeben, da aber weder Schley noch Kräuming Anstalten machten, sie ihm abzunehmen, legte er sie ungehalten auf den Tisch.

»Wir bekommen von Firmen genauso wie von Privatpersonen finanzielle Unterstützung. Ich kann unmöglich sagen, woher jeder einzelne Betrag stammt. Üblicherweise prüfen wir erst ab einer bestimmten Größenordnung.«

»Ihnen ist es demnach egal, woher die Gelder kommen, selbst dann, wenn die Spenden von ehemaligen Nazis stammen?«, gab Schley mit besorgter Miene zu bedenken.

»Das habe ich nicht gesagt.«

»Natürlich nicht!«, bestätigte Kräuming. »Woher sollten Sie das wissen? Arne Pütz hat für die SS in Italien gearbeitet und Geschäfte mit Falschgeld getätigt. Alois Zempbauer war Mitglied im SS-Freiwilligenverband Schweiz, Mitarbeiter der Germanischen Leitstelle in Berlin. Nach dem Krieg hat er es aus unerklärlichen Gründen über Nacht zu beträchtlichem Reichtum gebracht. Wenn jemand mit solch einer Vergangenheit plötzlich wohlhabend ist, dann werden Leute wie wir immer schrecklich hellhörig. Erbschaft oder Lottogewinn können wir ausschließen.«

»Berufskrankheit!«, ergänzte Schley, tippte erneut in die Luft und murmelte leise: »Nazigeld und Wahlhilfe. Liberales 76 und Bundestagswahl. Karriere und Bittler.« Er lehnte sich langsam über den Tisch und schaute Berlins liberale Hoffnung dabei besorgt an. In einem Ton tiefster Überzeugung formulierte er: »Dass ein Mitglied des Abgeordnetenhauses zufällig Geld von Ermordeten mit einer braunen Vergangenheit bekommt, das kann doch nun wirklich mal passieren.«

Mit der Beherrschung war es bei Bittler schlagartig vorbei. Ungehalten fragte er: »Werde ich verdächtigt, die beiden umgebracht zu haben?«

»Sie? Mord? Nein! Was Zempbauer und Pütz und ...«, Kräuming zögerte einen Augenblick, zog dann aber aus seiner Tasche ein Foto des ermordeten Olaf Müller und legte es neben die beiden anderen, »... und diesen Herrn angeht, verdächtigen wir Sie nicht. Das ist hier ja auch kein Verhör. Warum sollten Sie damit etwas zu tun haben?«

Bittler starrte ohne Regung auf das Foto. »Wer soll das sein?«

»Olaf Müller kennen Sie also auch nicht. Dachte ich mir schon«, erwiderte Kräuming.

Noch immer über den Tisch geneigt, ergänzte Schley: »Für die Berliner Polizei sind Sie möglicherweise, eventuell, also höchstens, wenn überhaupt vielleicht ein Zeuge in den besagten Mordfällen. Vorausgesetzt, Sie sind gewillt, Erhellendes beizutragen.«

Keine Reaktion. Bittler schwieg.

»Und was die Überweisungen angeht, werden Sie das bestimmt der Presse plausibel erklären können«, ergänzte Kräuming und zuckte bedauernd mit den Schultern.

Unruhig schaute Bittler auf die Fotos und zögerte kurz, bevor er nuanciert seine Worte wählte. »Bisher höre ich nur Unterstellungen und unhaltbare Mutmaßungen. Ich kenne Alois Zempbauer nicht, bin ihm nie begegnet. Von Arne Pütz habe ich aus der Zeitung erfahren. Den Namen Olaf Müller höre ich zum ersten Mal. Sie werden auch nicht das Gegenteil beweisen können. Mir sind keine Gründe bekannt, warum ein Schweizer Patriot über einen Kunsthändler den Verein unterstützt hat.«

»Parteinahe politische Gruppierung zur Unterstützung einer neuen Zukunftspolitik in Deutschland«, unterbrach Schley Bittlers Ausführungen, der ihn daraufhin ungehalten anschaute. »Steht so in Ihrer Satzung.«

»Meine Herren, Sie sind auf dem Holzweg. Sie können mich gern an einen Lügendetektor hängen. Abgesehen davon, keine Partei des Bundestags verlangt eine Gesinnungsprüfung bei Spenden. Warum sollte das dann ein Verein tun? Ich kann zumindest für Liberales erklären: Sollten uns zweifelhafte Fälle bekannt werden, reagieren wir umgehend darauf.«

»Sie schauen eindeutig zu viele amerikanische Filme. Lügendetektoren gibt's nur beim FBI. Wir sind vom LKA. Und alles andere wird sich zeigen.«

»Herr Kommissar, ich empfehle Ihnen, mit derartigen Unterstellungen äußerst vorsichtig zu sein. Sollten Sie Ihre Mutmaßungen in der Presse lancieren, garantiere ich Ihnen erhebliche Probleme. Sie würden nicht nur Ihre Schweigepflicht als Beamter verletzen, sondern darüber hinaus auch manipulativ in Belange der Bundespolitik und den Wahlkampf eingreifen. Ich hoffe, Sie sind sich dessen bewusst, was das für Ihrer beider Karriere bedeuten würde.«

Schley schaute Bittler beinah bewundernd an und nickte verständnisvoll bei jedem betonten Wort. Kräuming war sich sicher, würde eine weitere Phrase aus dessen Mund kommen, der Kollege wäre aufgesprungen und tosender, nicht aufhören wollender Beifall würde folgen, verstärkt von Bravorufen. Stattdessen lehnte Schley sich zu ihm hinüber und wisperte hinter vorgehaltener Hand. »Chef, ich glaube, das war eine Drohung. Darf ich ihn jetzt festnehmen?«

»Nein, ich denke, das war keine Drohung, eher ein gut gemeinter Rat«, wisperte Kräuming zurück.

Mit den ungeduldigen Worten: »Ich sehe, wir verstehen uns. Und jetzt entschuldigen Sie mich. Ich habe noch andere Verpflichtungen«, beendete Bittler das Gespräch.

»Selbstverständlich! Von mir oder von meinem Kollegen erfährt die Presse kein Wort.«

Schley presste daraufhin energisch die Lippen zusammen und legte den Zeigefinger darüber. Dann deutete er mit der freien Hand schweigend auf Kräuming.

»Einen Moment noch, Herr Abgeordneter. Wie mein Kollege schon so überzeugend andeutete: Wir halten uns an die gesetzlichen Bestimmungen. Aber Sie haben sicherlich Verständnis dafür, dass die Mordkommission keinen Einfluss darauf haben kann, was die *Neue Zürcher Zeitung* über die Verquickung von Kapital und Politik in ihrer heutigen Ausgabe berichtet.«

Mit bedauerndem Schulterzucken schob Kräuming die aktuelle Ausgabe über den Tisch. Die Schlagzeile war dick unterstrichen. *Erhalten Teile der bundesdeutschen Liberalen illegale Wahlkampfhilfen aus der Schweiz?*

»Sie glauben nicht, was für eine Freude es uns ist, Ihnen die brandneue Ausgabe der *NZZ* überlassen zu können. War gar nicht so einfach, sie zu bekommen. Der Kiosk im Flughafen Tempelhof ist definitiv Berlins beste Adresse für taufrische Informationen. Für Sie habe ich mir sogar den Wecker gestellt. Ihr Name steht auch in dem Artikel.«

Die Maske des selbstbewussten Politikers fiel. Dahinter kam die pure Verzweiflung zum Vorschein. Kräuming stand auf und war im Begriff zu gehen.

»Die Zeitung dürfen Sie behalten. Die Fotos Ihrer Gönner ebenfalls. Vielleicht fällt Ihnen doch noch eine Kleinigkeit ein, die unsere Ermittlungen voranbringen könnte. Und sollten Sie das Bedürfnis haben, sich mit Herrn Konrad Dersch abzustimmen, den Sie selbstredend natürlich auch nicht kennen, grüßen Sie ihn schön von uns. Wir warten auf seinen Rückruf.«

Es war nur ein Schuss ins Blaue, den Kräuming abgegeben hatte. Aber Bittlers Augenzucken verriet, dass er richtiglag. Die Herren kannten einander.

Schley tat es ihm gleich, erhob sich ebenfalls, schaute Bittler dabei durchdringend an und wackelte warnend mit dem Zeigefinger, als hätte die Berliner Hoffnung der FDP heimlich aus einem Marmeladenglas genascht.

Nachdem er Schley vor dem LKA abgesetzt hatte, fuhr Kräuming nach Dahlem zum Friedrich-Meinecke-Institut. Andrea wartete schon in ihrem Büro. Dunkle Augenringe verrieten, dass sie sich nur wenige Stunden Schlaf gegönnt hatte.

»Utz Brunner hat gestanden, die Blüten aus der Aktion Bernhard im April 1945 heimlich in seine Bank transferiert zu haben«, berichtete Kräuming. »Röthlisberger hat eine eidesstattliche Erklärung vorliegen.«

»Ich wusste es!«, rief Andrea begeistert und drängte ihn, sich zu setzen.

»Dank der Hilfe einiger meiner Studenten ist es mir gelungen, genau zu rekonstruieren, was damals geschehen ist.«

Sie schob das Foto mit den beiden jungen Männern über den Tisch, das Lott aufgefallen war.

»Die Aufnahme stammt vermutlich aus dem Jahr 1931 oder 1932. Das Fischerfest in Memmingen. Dein Kollege hat recht. Bei den beiden handelt es sich um Johannes Kellerhof und Olaf Müller.«

Vom Fensterbrett nahm sie ein Buch und wies auf den Beitrag.

»Quer durch die bayerische Stadt fließt ein kleiner Bach, der einmal jährlich gereinigt und dann abgelassen wird. Vorher müssen aber alle Forellen gefangen werden. Offensichtlich ein Riesenspaß

441

für junge Männer. Frauen sind nicht zugelassen. Das Ziel ist, die schwerste, die sogenannte Königsforelle zu fangen. Der Sieger darf sich Fischerkönig nennen. Das Traditionsfest gibt es seit 1597.«
Schnell legte sie das Buch wieder zurück.
»Ich denke, die beiden warteten auf den Böllerschuss, der den Start verkündete, um dann in die Memminger Ach zu springen.«
Mit schlafwandlerischer Sicherheit zog sie ein beschriebenes Blatt aus einem Stapel.
»Bei der Durchsicht des Tagebuchs bin ich auf ein wesentliches Detail gestoßen. In der Kürze der Zeit war es aber nur möglich, einen Teil der Informationen zu verifizieren. Ich garantiere dir jetzt schon, du wirst begeistert sein. Müller und Kellerhof sind in die gleiche Schule gegangen. Die Bismarckschule in Memmingen. Müller war ein Jahrgang höher. Interessant daran ist, dass er in die katholische Knabenschule ging und Kellerhof in die evangelische.«
»Zwei Konfessionen unter einem Dach? Klingt sehr modern«, wunderte sich Kräuming.
»Das war eher dem Platzmangel geschuldet.«
»Gibt es einen Hinweis, woher die beiden sich kannten?«
Andrea schüttelte bedauernd den Kopf.
»Nein. Ich denke, es muss ein Ereignis gegeben haben, das sie zusammengeschweißt hat. Auf dem Foto erkennt man, dass Müller körperlich Kellerhof absolut überlegen war. Jedenfalls entwickelte sich in den Jahren eine enge Freundschaft, die weit über die Schulzeit hinausging.«
Aufgeregt blätterte sie in den Unterlagen. »Kellerhof und Müller zählten zu den ersten fünftausend, die in die SS eingetreten sind. Ihre Mitgliedsnummer unterscheidet sich nur in der letzten Ziffer. Das heißt, sie haben sich gemeinsam gemeldet. Das Datum kennen wir. 4. Januar 1931. Im April 1933 wurden beide ins Schutzhaftlager Dachau abkommandiert, um mit der Ausbildung zum Wachmann zu beginnen.«
Auf dem Boden lagen diverse Akten. Diesmal fand sie die richtige nicht auf Anhieb. Beim dritten Versuch war es dann ein Treffer. Aufmerksam studierte sie die gefundene Seite. Schließlich unterstrich sie mit dem Finger die betreffende Stelle.
»Johannes Kellerhof von der SS-Standarte I, Oberbayern, be-

antragte am 26. September 1934 bei seinem Vorgesetzten die Genehmigung zur Verlobung mit der Buchbinderin Irene Franke aus Dachau. Damals musste selbst ein Eheversprechen vom Vorgesetzten genehmigt werden.«

»Ist nicht dein Ernst!«

»Irene Franke musste einen Arzt benennen, von dem sie sich auf ihre Eignung zur geplanten Hochzeit mit einem Arier untersuchen lassen musste, sowie zwei Personen, die für sie bürgten. Einer der beiden war Olaf Müller.«

Kräuming stutzte. »Steht in deiner Akte auch, welcher Arzt die arische Vollkommenheit festgestellt hat?«

Ein Lächeln verriet, dass Andrea die Frage erwartet hatte. Sorgsam blätterte sie eine Seite weiter und schüttelte den Kopf. Aber es war kein Ich-weiß-es-nicht-, sondern ein Ich-glaube-es-nicht-Kopfschütteln.

»Dr. Heinrich Sellmann!«

Begeistert, als hätte er eine schier unmöglich zu spielende Kugel beim Billard über drei Bande im Loch versenkt, ballte Kräuming die Faust. »Weiter! Ich bin ganz Ohr!«

»Die Genehmigung der Verlobung erfolgte am 4. Oktober 1934 durch das Rasse- und Siedlungshauptamt der SS. Folgerichtig beantragte Johannes Kellerhof die Heiratsgenehmigung. Die Eheschließung erfolgte am 11. Juni 1935. Einer der beiden Trauzeugen war?«

»Olaf Müller.«

»Richtige Antwort! Übrigens, für die Ehe musste sich auch der Bräutigam einer ärztlichen Untersuchung unterziehen. Laut amtlichem Schreiben wurde eine ›Fortpflanzung im völkischen Sinne‹ ausdrücklich als ›wünschenswert‹ vermerkt. Und nun rate mal, wer zu dieser Einschätzung gelangt ist?«

»Dr. Heinrich Sellmann!«

Andreas Augen glühten. »Kellerhof und Dr. Sellmann kannten einander.«

Kräuming spürte, dass die Dinge plötzlich zusammenpassten. Dank der Historikerin wurden die Zusammenhänge deutlich.

»Es wird noch besser. Kellerhof und Müller sind zur gleichen Zeit nach Sachsenhausen versetzt worden. Müller war nicht nur Trauzeuge, sondern auch Patenonkel der einzigen Tochter. Ich habe eine weitere Aufnahme entdeckt, in der Müller ein Kind hochhebt. Elke Kellerhof. Da war sie höchstens drei Jahre alt. Die beiden Männer verband eine Freundschaft, die fast bis in die letzten Kriegstage hielt.«

»Ja, bis Kellerhof Müller betrogen hat«, erwiderte Kräuming und strich hörbar über seine Bartstoppeln. Ein bisschen kam er sich wie Schley vor, allerdings konnte der schon nach einem halben Tag mit einer derartigen Pracht aufwarten, während er dazu ganze drei brauchte.

Etwas in Andreas Gesicht verriet, dass sie noch nicht fertig war. Mit einer deutlich erkennbaren Freude begann sie den nächsten Satz. »Das Beste kommt jetzt. Müller war Wachmann für die in den Baracken achtzehn und neunzehn untergebrachten Häftlinge der Fälscherwerkstatt. Er war die Verbindung zu Kellerhof, seinem alten Freund, der inzwischen als Leiter des Krematoriums fungierte.«

Andrea zog ein vergilbtes Blatt aus einer Mappe, drehte es um und deutete auf das Schreiben.

»Einem meiner Studenten ist etwas äußerst Interessantes aufgefallen. »Befehl Goldkehlchen«! Am 9. April 1945 sollten auf Anweisung des SS-Wirtschafts- und Verwaltungshauptamtes alle sensiblen Akten, die Auskunft über den Tod prominenter Gefangener im KZ Sachsenhausen geben konnten, an das Hauptamt SS-Gericht München überstellt werden. Die Abteilung, die die Akten übernehmen sollte, war ausschließlich mit der Aufklärung und Verfolgung in Konzentrationslagern begangener Delikte wie Unterschlagungen und Korruption betraut. Warum also sollten die sich um Verwaltungsakten prominenter Häftlinge kümmern?«

»Der Befehl ist eine Fälschung?«

»Es wurden nicht nur Banknoten gefälscht. Kopfbögen amtlicher Schreiben und Stempel nachzubilden, war das geringste Problem. Die Frage ist: warum?«

Auch wenn ihm der Kopf zu platzen drohte, begann er ein klareres Bild zu sehen. Andrea legte den »Befehl Goldkehlchen« unter die Schreibtischlampe, schaltete sie an und reichte ihm eine Lupe.

»Kannst du dich daran erinnern, was ich dir über einen Teil der Banknoten, die aus dem Toplitzsee geborgen worden sind, erzählt habe?«

»Sie seien von einer erstaunlich schlechten Qualität gewesen.«
»Hast du dir die Unterschrift angesehen?«
Neugierig schaute er durch die Lupe.
Als würde ein Stromschlag seinen Körper durchdringen, zuckte Kräuming zusammen. Konrad Dersch.
»SS-Sturmbannführer Dersch war von 1943 bis zum Ende des Kriegs einer von zwei Stellvertretern der Abteilung VI im Reichssicherheitshauptamt, Ausland, spezielle technische Hilfsmittel, und direkt Bernhard Krüger unterstellt. In dieser Funktion hatte er Zugang zum Tresorraum, in dem sich die Kisten mit dem Falschgeld befanden.«
Kräuming pfiff leise durch die Zähne. Andrea war in ihrem Element.
»Dersch pflegte nicht nur Beziehungen zu Arne Pütz, dem Kunstgutachter, der für das Schloss Labers tätig war. Als stellvertretender Leiter der Aktion Bernhard kannte er garantiert auch den Wachmann Olaf Müller. Und der wiederum war mit dem Leiter des Krematoriums befreundet, Johannes Kellerhof.«
Kräuming wollte etwas sagen, wurde aber mit einer energischen Geste zum Zuhören verdonnert.
»Erster Akt: Dersch manipuliert die Kisten im Tresor des Reichssicherheitshauptamts. Er etikettiert sie um. Aus Banknoten höchster Qualität werden minderwertige.
Zweiter Akt: Dersch veranlasst, dass die angeblich wertlosen Banknoten im KZ Sachsenhausen verbrannt werden. Werden sie aber nicht. Kellerhof tauscht die wertvolle Fracht aus. Belanglose Akten werden dem Feuer überlassen.
Dritter und letzter Akt: Der falsche »Befehl Goldkehlchen«. Kellerhof überführt angeblich brisante Personalakten nach München. Vermutlich sollte Pütz dort das gestohlene Falschgeld übernehmen. Dummerweise kommt der Lkw nie an.«
Alle Puzzlestücke lagen an ihrem Platz. Dank Andrea Grabes war ein Betrug aufgedeckt worden, der zum Kriegsende niemandem aufgefallen war. Kräuming hob den Finger.
»Epilog: Kellerhof ahnt, dass sein Weiterleben nicht vorgesehen ist. Sobald Pütz die Blüten übernommen hätte, wäre sein Todesurteil unterzeichnet gewesen. Zeugen, die über den Betrug Auskunft geben

konnten, waren unerwünscht. Also entwickelte er seinen eigenen Plan.«

»Alois Zempbauer!«, ergänzte Andrea.

»Genau, ein Schweizer SS-Freiwilliger aus der Germanischen Leitstelle, die Urlaubsbekanntschaft aus Sorrent mit guten Kontakten in die Heimat. Und er brachte das Geld in die Schweiz?«

Andrea Grabes schüttelte den Kopf.

»Du irrst. Es war nicht Zempbauer. Es muss Brunner gewesen sein mit seinen guten Verbindungen ins Reich, selbst in den letzten Kriegstagen. Jemand, der problemlos zwanzig Millionen Pfund unbemerkt in einer Bank verschwinden lassen konnte.«

»Chapeau!«

Wie ein Student klopfte Kräuming auf den Tisch.

Andrea lächelte ihm wohlwollend zu, als ob sie das Ganze von Anfang an durchschaut hätte. Fast amüsiert ergänzte sie: »Alles andere waren die üblichen Taschenspielertricks eines Bankiers. Aus dem Falschgeld wurde Vermögen. Nicht einmal die Bank of England zweifelte die Ehrlichkeit Schweizer Geldinstitute an, zumindest nicht öffentlich. Und als sie kurz nach dem Krieg hektisch jedes jemals gedruckte Pfund Sterling gegen neue eintauschten, wuschen sie nebenbei auch jene, die den Rest ihrer Tage eigentlich auf dem Grund eines kleinen Sees in der Steiermark fristen sollten. Ironie des Schicksals. So gelangten auch die erstaunlich schlechten falschen Pfundnoten in den Toplitzsee.«

»Klingt wie ein schönes Gaunermärchen. Dersch konnte aber unmöglich wissen, dass die Kisten in diesem See versenkt werden sollten«, gab Kräuming zu bedenken.

»Musste er auch nicht. Dersch hatte schon Monate vorher begriffen, dass das Falschgeld in den letzten Kriegstagen entweder vernichtet werden müsste oder über dunkle Kanäle an ranghöhere SS-Offiziere gehen würde. Offensichtlich rechnete er allerdings nicht damit, dass die Bank of England jemals von der Fälschungsaktion erfahren und in der Folge sämtliche Banknoten entwerten würde. Hätten die Häftlinge der Aktion Bernhard wie vorgesehen nicht überlebt, wer weiß, ob von der größten Fälscheraktion aller Zeiten überhaupt etwas bekannt geworden wäre? Zumindest erst erheblich später. Pütz pflegte dank seiner Frau und der Familie Tedesco gute

Kontakte zu italienischen Industriellen. Und die waren, als sich das Kriegsende andeutete, genauso in Sorge um ihre Zukunft wie die Deutschen. Wer sich absetzen wollte, brauchte Devisen. Dafür lieferten sie Pütz Kunstwerke oder wertvolle Antiquitäten. Mit der britischen Entscheidung, alle Banknoten zurückzurufen, war es jedoch schlagartig vorbei mit dem lukrativen Geschäft. Die Enttäuschung blieb Dersch erspart. Johannes Kellerhof hat sie alle gelinkt. Sein Plan war definitiv der bessere.«

Kräuming schüttelte den Kopf. Nachdenklich sagte er: »Seit Tagen frage ich mich, warum sollte Alois Zempbauer freiwillig Geld nach Kanada schicken? Als Menschenfreund war der Eidgenosse nicht gerade bekannt.«

Andrea zuckte die Schultern. »Und hast du darauf jetzt eine Antwort?«

»Zempbauer muss gewusst haben, dass sein Kumpan lebt. Garantiert hat Kellerhof sich nach dem Krieg bei ihm gemeldet, um seinen Anteil zu fordern. Aber kannte er auch dessen neuen Namen?«

Als Kräuming mit schnellen Schritten ins LKA stürmte, wurde er von Schley auf halber Strecke zum Büro aufgeregt abgefangen. »Ich war gerade dabei, Zucker im Kaffee zu versenken, da klopft es an der Bürotür. Und wer steht davor? Konrad Dersch persönlich, samt Rechtsanwalt Gnatzke. Entweder kann er Gedanken lesen, oder er hat massives Muffensausen. Vor Schreck hab ich vergessen, wie viel Stück Zucker schon in der Tasse waren. Zwei sind zu wenig und vier zu viel. Egal, der Herr und sein Anwalt warten seit einer Dreiviertelstunde im Vernehmungszimmer, und sie wollen nur mit dir reden.«

Irritiert fragte sich Kräuming, ob das gut oder schlecht war. Er entschied sich für gut.

Der Mann, der am Tisch saß, wirkte wie ein glücklicher Pensionär, der auf ein erfülltes Leben zurückblicken konnte. Gut gekleidet, der Anzug gediegen, modern, aber nicht übertrieben. Dersch trug kurze gepflegte Haare, deren Farbe von einem Friseur aufgefrischt worden war. Seine Gesichtshaut glänzte, offensichtlich das Ergebnis intensiver Pflege vor dem Schlafengehen. Als würden sie einander kennen, stand er auf und reichte erst Kräuming, dann Schley freundlich die Hand.

»Konrad Dersch. Bauunternehmer. Ich kann Ihnen zu den ermordeten Personen Hintergrundinformationen geben. Da das ein wenig unangenehm ist, habe ich meinen Rechtsanwalt mitgebracht.«

Noch immer erstaunt, setzten sich Kräuming und Schley auf die freien Stühle.

»Sind Sie einverstanden, wenn ich Ihre Aussage gleich aufnehme? Erspart uns allen doppelte Arbeit.«

Die gönnerhafte Handbewegung genügte Kräuming. Er erwähnte den Tag, die Uhrzeit und die Namen der Anwesenden.

»Ich möchte betonen, dass Herr Dersch aus freien Stücken hier ist«, gab der Anwalt als Erstes zu Protokoll. »Mein Mandant hält es für seine Bürgerpflicht, Sie über einige Details in Kenntnis zu setzen, die mit den jüngsten Verbrechen in Beziehung stehen«, bemerkte der Anwalt in einem Ton, der fast feierlich klang.

Dersch räusperte sich, als gedachte er vor einem Auditorium einen bedeutenden Vortrag zu halten.

»Ich denke, ich fange am besten mit jenem Teil der Geschichte an, der wahrscheinlich Auslöser der Morde war.«

»Schön laut und deutlich wäre nett«, bemerkte Schley wenig beeindruckt und korrigierte den Stand des Mikrofons.

»Zum Ende des Zweiten Weltkriegs machte sich Panik unter den Offizieren der Wehrmacht und der SS breit. Längst glaubte nicht mehr jeder an den Endsieg. Vertrauensbekundungen zum Führer waren meist nur noch Lippenbekenntnisse.«

Kräuming unterbrach ihn. »Könnten Sie uns bitte die Kurzform liefern. Wir haben nicht ewig Zeit!«

Offensichtlich war Dersch es nicht gewohnt, unterbrochen, geschweige denn belehrt zu werden. Auch wenn er sich bemühte ruhig zu bleiben, seine Gesichtsfarbe änderte sich in grau-aufgebracht.

»Wie Sie wollen. Auch wenn mich keine persönliche Schuld an den Verbrechen jener Zeit traf, wusste ich doch, dass ich als Mitläufer Verantwortung würde tragen müssen. Ich gebe zu, dass ich mich damals in einer Art Kurzschlusshandlung habe überzeugen lassen, ein paar Kisten mit Falschgeld anders zu deklarieren, als es ihrem Inhalt entsprach. Verantwortlich für diesen Betrug war SS-Hauptscharführer Johannes Kellerhof.«

»Verstehe ich das richtig? Sie waren nur Handlanger eines weit unter Ihnen stehenden Dienstgrades?«

»So kann man das nennen. Für diesen Gefallen sollte ich mit einer angemessenen Summe entlohnt werden.«

»Ach, Sie waren jung und brauchten das Geld!«, platzte es aus Schley heraus.

Kräuming konnte sehen, dass Dersch der ironische Tonfall und die laxe Bemerkung gar nicht gefielen. Gereizt schaute er zu seinem Anwalt, der ihm zu verstehen gab, dass es besser sei, ruhig zu bleiben.

»Herr Dersch, seit meiner Kindheit liebe ich Märchen außerordentlich«, mischte sich Kräuming ein. »Meine Mutter hat mir jeden Abend eins vorgelesen. Manche waren gut, andere langweilig. Die Prinzessin auf der Erbse, total öde. Der Gestiefelte Kater, zehn Punkte. Wichtig war, jede Geschichte musste ein klar erkennbares Schema besitzen. Gut und Böse. Liebreizende Prinzessin und fürchterliche Hexe. Goldmarie und Pechmarie. Ihre ist, gelinde gesagt, vorhersehbar. Und sie unterscheidet nicht zwischen bösen Nazis und ganz bösen Nazis. Ehrlich gesagt, momentan bin ich noch ein wenig unsicher, welcher Kategorie ich Sie zuordnen soll.«

»Das muss sich mein Mandant nicht von Ihnen sagen lassen.«

Kräuming grinste. »Aber er wird! Er hat nämlich die Hosen gestrichen voll. Habe ich recht? Ihr Mandant weiß, da draußen läuft eine völlig durchgeknallte Killerin herum. Dummerweise steht sein Name als nächster auf ihrer Liste.«

Erneut wollte der Anwalt intervenieren, wurde aber diesmal von Dersch zurückgehalten. »Sprechen Sie ruhig weiter.«

»Machen wir es kurz. Der Einfachheit halber gebe ich Ihnen einen kleinen Überblick über das, was wir wissen. Und Sie können raten, ob das alles ist oder ob wir möglicherweise noch Weiteres in der Hinterhand haben.«

Dersch machte eine einladende Geste, die gleichgültig wirken sollte, aber nur seine Anspannung verriet.

»Wir wissen, dass Sie als stellvertretender Leiter der Aktion Bernhard für die Lagerung der gefälschten Banknoten verantwortlich zeichneten. Des Weiteren wissen wir, dass Sie mit Pütz, Müller und Kellerhof geplant hatten, qualitativ hochwertige falsche britische Banknoten abzuzweigen, um nach dem Krieg ein unbekümmertes Leben führen zu können.«

»Das sind alles Mutmaßungen«, unterbrach Rechtsanwalt Gnatzke die Ausführungen. Kräuming winkte ab.

»Pütz war der perfekte Hehler, weil er über vorzügliche Kontakte in die italienische Wirtschaft verfügte. Dummerweise ahnte Kellerhof, dass Ihr Betrug für ihn tödlich enden sollte. Gemeinsam mit dem Schweizer Alois Zempbauer zog er völlig unkameradschaftlich sein eigenes Ding durch. Was für ein Ärgernis! Krieg verloren, Reputation sowieso und dann ist auch noch das schöne falsche Geld weg. Ich bin sicher, Sie waren ein wenig vergnatzt.«

»Soll ich jetzt beeindruckt sein?« Dersch stellte die Frage direkt und verzog das Gesicht zu einem bedauernden Lächeln.

»Gratuliere! Eine schöne Geschichte. Interessiert nur niemanden. Und selbst wenn das so stimmen würde, was ich selbstverständlich nicht bestätige, das ist alles längst verjährt. Kein Staatsanwalt und kein Richter werden sich die Mühe machen, einen Blick auf diese historische Begebenheit zu werfen.«

»Ich dachte mir schon, dass Sie so etwas sagen würden. Dann schlage ich doch vor, wir wenden uns der Neuzeit zu«, meinte Kräuming.

»Ich höre Ihnen zu.«

»1974 ist etwas geschehen, was Sie am Tod Kellerhofs hat zweifeln lassen. Irene Kellerhof hat jahrzehntelang Geld aus der Schweiz über den Umweg ihrer Schwiegermutter in München überwiesen bekommen. Noch wissen wir nicht genau, wie Sie davon erfahren haben, aber glauben Sie mir, das bekommen wir auch noch raus. Ich spekuliere mal, einem Ihrer Kameraden in der HIAG ist das aufgefallen. Richtig? Und plötzlich sehen Sie die Chance, doch noch an das Vermögen zu kommen. Nicht dass Sie es brauchen, aber mit schwarzen Spendengeldern lässt sich vorzüglich politisch Einfluss nehmen. Sie schicken Müller nach Kanada, und der foltert Irene Kellerhof so lange, bis sie den Namen Alois Zempbauer verrät. Anschließend bringt Ihr Mann fürs Grobe sie um. Nur an das Töchterchen hat er dummerweise nicht gedacht.«

Dersch schaute ihn amüsiert an.

»Bisher höre ich weiterhin nur Mutmaßungen und Dinge, die längst bekannt sind. Ja, ich habe von Kellerhofs Frau erfahren. Und ja, ich habe Müller davon erzählt. Immerhin kannten sich die beiden seit frühester Kindheit und waren miteinander befreundet. Wussten Sie, dass er Elkes Patenonkel war? Müller hatte die Idee, Kontakt zu ihr aufzunehmen und sie zu besuchen. Dass sie tot ist, höre ich heute zum ersten Mal.«

»Sie haben ihn nicht geschickt?«

»War nicht meine Freundschaft. Ich kannte Kellerhofs Frau nicht.«

»Dachte ich mir. Nur hatte Müller gar nicht das Geld für einen derart teuren Flug. Haben Sie ihm das Geld vorgeschossen?«

»Er hat mich seinerzeit um einen Kredit gebeten. Unter alten Kameraden fragt man nicht, warum.«

»Natürlich nicht!«, erwiderte Kräuming. »Sie sind auch nie auf die Idee gekommen, dass er den Namen des Schweizers unter Anwendung von Gewalt erfahren hat?«

Dersch schüttelte mit einer Selbstverständlichkeit den Kopf, die Kräuming fast zum Lachen zwang.

»Ich lehne jede Form von Gewalt ab. Ich verstehe mich als politisch agierender Bürger. Selbstredend unterstütze ich die Partei meines Vertrauens.«

»Die NPD?«, erkundigte sich Schley.

»FDP, ich bin Unternehmer!«, reagierte Dersch ungehalten. »Herr Kommissar, möglicherweise bin ich ja naiv. Aber was immer Müller in Kanada getan hat, ich kann Ihnen da leider nicht weiterhelfen.«

»Müller ist tot und kann sich dazu nicht äußern. Sehr vorteilhaft für Sie«, ergänzte Kräuming.

Ein bedauerliches Schulterzucken. Dersch wusste, dass es nicht gelingen würde, ihn als Urheber des Verbrechens zu belangen.

»Können Sie uns etwas zu Alois Zempbauer sagen?«

»Ich habe ihn kurz kennengelernt. Unangenehmer Typ. Ich glaube, ein etwas unbedarfter Kunstliebhaber. Hat wohl Bilder von Arne Pütz gekauft. Mehr als drei Worte haben wir nicht miteinander gewechselt.«

»War das zufällig am 15. März 1975?«

»Warum fragen Sie, Herr Kommissar?«
»In der Nacht davor wurde eines von Zempbauers Pferden bestialisch umgebracht. Bei lebendigem Leibe ausgeweidet.«
»Im Reisepass meines Mandanten sind alle Ein- und Ausreisen in die Schweiz dokumentiert. Ein Stempel der schweizerischen Grenzbehörde mit diesem Datum befindet sich nicht darunter«, bemerkte Gnatzke.
»Auf jede Frage die perfekte Antwort. Sie sind gut vorbereitet«, knurrte Schley.
»Es ist mein Job, gut vorbereitet zu sein. Ich bin Anwalt.«
Gleichmütig wechselte Kräuming das Thema.
»Ihr Freund Arne Pütz hat beträchtliche Zahlungen von Zempbauer erhalten. Und wir wissen, dass diese Beträge an Liberales 76 gegangen sind. Sie kennen den Verein?«
»Pütz war Kunsthändler. Ich habe keine Kenntnis darüber, was für Geschäften er nachging. Mehr möchte ich dazu nicht sagen.«
»Können Sie nicht oder wollen Sie nicht?«
Bevor Dersch antworten konnte, mischte sich Rechtsanwalt Gnatzke ein. »Ich habe meinem Mandanten geraten, sich zu derartigen Fragen nicht zu äußern. Er besteht auf sein Aussageverweigerungsrecht.«
Wie in den Nachkriegsprozessen, dachte Kräuming. Sich nicht erinnern können, Unwissenheit vortäuschen, die Schuld auf andere schieben, sich kleinmachen und nur zugeben, was nicht rechtsverwertbar ist.
»Ich sehe, Sie wissen Bescheid. Offensichtlich haben Sie schon ausgiebig Schweizer Zeitungen studiert. Oder haben Sie von anderer Stelle davon erfahren?«
»Dazu wird sich mein Mandant nicht äußern.«
»Dachte ich mir. Herr Dersch, warum sind Sie heute hergekommen? Sie hätten Ihre Aussage auch in Hamburg oder Hannover tätigen können. Aber Sie wollten mich persönlich sprechen. Warum eigentlich?«
»Mein Mandant benötigt Polizeischutz!«
»Versteh ich nicht. Er hat sich nichts zu Schulden kommen lassen. Da muss er doch nichts befürchten.«
»Da draußen läuft eine Mörderin frei herum, und wie Sie schon

selbst erwähnten, Herr Dersch könnte der Nächste auf ihrer Liste sein«, betonte Gnatzke.

Kräuming schaute Schley bedauernd an und zwinkerte ihm unauffällig zu. Der schaltete den Rekorder aus und stellte das Mikrofon daneben.

»Ich fürchte, mir sind die Hände gebunden. Der gescheiterte Betrug mit dem Falschgeld ist verjährt. Müller hat ohne Ihr Wissen den Mord an Irene Kellerhof begangen. Die zweifelhaften Transaktionen an Liberales 76 sind auch nicht auf Ihrem Mist gewachsen. Ich sehe keinen Grund, warum Elke Kellerhof ihn ermorden will.«

»Wir können uns auch an Ihren Vorgesetzten wenden.«

»Das Recht haben Sie selbstverständlich. Aber ich bin sicher, wenn Sie dem nicht mehr bieten als mir, wird er Ihnen auch nicht helfen. Und der kann mich nicht mal leiden.«

Dersch und Gnatzke wechselten die Blicke. Ein kurzes Nicken genügte, und der Anwalt lehnte sich zurück.

»Nehmen wir an, mein Mandant könnte im Fall der Schweizer Zahlungen hilfreich sein. Als Zeuge. Gehen wir weiter davon aus, rein hypothetisch gesehen, er verfügt über belastende Dokumente, die für die Staatsanwaltschaft von immensem Interesse sind. Würde das Ihre Meinung ändern?«

Donnerstag, 30. September 1976

Eigentlich hatte Kräuming nur vor, in der Bäckerei Schmonke eine Tüte gebackene Nervennahrung zu erwerben. Der Tag drohte lang zu werden. Seine Wahl: Mini-Sahnewindbeutel. Sozusagen die stündliche Belohnung für ermittelnde Süßschnäbel. Als die Verkäuferin die Tüte auf den Tresen legte, um das Wechselgeld herauszugeben, studierte er den aufgedruckten Slogan: Die süßeste Art Luft zu essen. Darunter schwungvoll eingekreist die Adresse der Bäckerei.

Als sie ihm das Wechselgeld reichte, bemerkte die Verkäuferin: »Dit is die perfekte Medizin. Dit Zeug hilft jegen fast allet.«

»Daran habe ich keinen Zwei…«

Kräuming beendete den Satz nicht. Stattdessen griff er hektisch in seine Umhängetasche und zog Müllers Notizblock heraus, den ihm Bork am Tatort übergeben hatte. Neben dem Namen Ilse stand ebenfalls schwungvoll eingekreist: »Anschrift«.

»Verdammt! Sie weiß, unter welchem Namen er heute lebt.«

Ohne die Tüte mit dem Gebäck oder das Wechselgeld an sich zu nehmen, rannte er aus dem Laden.

»Hab ick wat falschet jesagt?«, rief die Verkäuferin verunsichert hinterher. Da die Frage unbeantwortet blieb, nahm sie die Tüte und legte sie unter den Tresen. Das Geld steckte sie in die Schürze und wandte sich dem nächsten Kunden zu. »Keene Sorge, der kommt wieder! Und wat kann ick Ihnen jutet tun?«

Der Sender Freies Berlin informierte als Erster in seinen Nachrichten über die Entwicklung in der Schweiz. Von einem Skandal war die Rede, der massiven Einfluss auf die kommende Wahl haben dürfte. Von illegalen Wahlkampfspenden wurde berichtet, über die Beeinflussung von Politikern und zweifelhaften Hinterzimmergesprächen. Die Vorwürfe richteten sich an Paul Bittler, Mitglied des Berliner Abgeordnetenhauses. Ein Statement wurde eingespielt. »Ich verspreche Ihnen, ich habe nichts mit derartigen Machenschaften zu tun.«

Elke Kellerhof scherte sich nicht um die politischen Querelen der Stadt. Sie interessierte sich nur dafür, ob etwas über ihre Person oder die toten SS-Männer berichtet wurde. Fast war sie gewillt, das Radio wieder auszuschalten, um die Batterien zu schonen, als der Kommentator den Namen Konrad Dersch nannte.

»Der Hamburger Bauunternehmer hat sich zu einer umfassenden Zusammenarbeit mit der Staatsanwaltschaft bereiterklärt. Der Ort seines Aufenthaltes ist aufgrund des Zeugenschutzes nicht bekannt.«

Es dauerte eine Weile, bis sie begriff, dass Dersch unerreichbar geworden war. Verzweifelt presste sie ihren Schlafsack vors Gesicht und schrie ihre ganze Wut hinein. Aufgeregt suchte sie einen anderen Sender, der über die Sache berichtete, fand aber nur Musikprogramme. Zur vollen Stunde kamen die Nachrichten. Sie wartete. Sie dachte nach. Verzweifelt begann sie zu zählen. Schnell und undeutlich. Gedanken schossen ihr durch den Kopf. Dersch ist unerreichbar. Er entkommt. Er entkommt. Er entkommt. Sie vergaß, bei welcher Zahl sie war. Sie begann von neuem. Eins, zwei, drei ... Wieder verlor sie den Rhythmus. Die Zahlen gehorchten ihr nicht mehr. Mit aller Kraft drückte sie die Hände gegen den Kopf, presste unartikulierte Geräusche aus dem Mund. Nicht einmal der Rosenkranz half. Sie bewegte die Perlen schneller, als sie zählen konnte. Wütend zerriss sie die Schnur und warf die Holzperlen aus dem Zelt. Etwas geschah mit ihr. Sie spürte es. Wurde sie verrückt? Der Gedanke erschreckte sie. Es muss enden. Sie zog die Waffe aus dem Rucksack. Ihr Blick fiel auf ein paar Karteikarten, die mit einem Gummi fixiert waren. Patientenakte Edgar Fendler. Es muss enden. Sofort. Es muss sofort enden.

Kräuming wartete nicht, bis er hereingebeten wurde. Ilse Sellmann gab sich zwar alle Mühe, ungehalten zu reagieren, als Kräuming aber auf einen freien Sessel im Wohnzimmer zeigte und »Setzen Sie sich!« fauchte, hielt sie es für angebracht zu schweigen.

Kräuming merkte sofort, dass etwas anders war als bei seinem letzten Besuch. Wie erwartet war sie elegant gekleidet. Schwarze Hose, dunkler Rollkragenpullover, dezenter Schmuck. Passend für eine Witwe in Trauer. Dennoch stimmte etwas nicht.

»Ist Ihnen der Name Jokell bekannt?«

Ilse Sellmann überlegte kurz, schüttelte dann den Kopf.

»Vielleicht kennen Sie ihn unter seinem richtigen Namen. Johannes Kellerhof.«

Kräuming registrierte ein leichtes Zucken in ihrem Gesicht, ehe sie wieder die Maske der Ahnungslosigkeit aufsetzte.

»Ich bin mir nicht sicher. Mein verstorbener Mann könnte den Namen erwähnt haben. Wenn ja, ist das ewig her.«

»Johannes Kellerhof war der Leiter des Standesamts und des Krematoriums des KZ Sachsenhausen. Klingelt da etwas bei Ihnen?«

Sie überlegte, länger als für eine Erinnerung notwendig war.

»Nein, sagt mir nichts. Sollte es das?«, fragte Ilse Sellmann schulterzuckend und hielt sich damit die Hintertür offen.

»Sie haben mir erzählt, dass Ihr Vater Abteilungsleiter des Kaufhauses Uhlfelder war. Weiter haben Sie berichtet, dass er für die Änderungs- und Spezialaufträge verantwortlich zeichnete und diese persönlich bei den Näherinnen abgeholt hat. Kellermanns Mutter war eine dieser Näherinnen und die Einzige, die Kürschnerarbeiten für das Kaufhaus Uhlfelder übernahm.«

Das Gesicht Ilse Sellmanns wurde blass.

»Erinnern Sie sich? Von Kellerhofs Mutter haben Sie zu Ihrem achtzehnten Geburtstag einen Muff aus Rotfuchsfell bekommen. Aus Resten, aber immerhin. Johannes war an diesem Tag auch anwesend.«

»Daran kann ich mich doch heute nicht mehr erinnern. Das ist über fünfzig Jahre her.«

»Können Sie nicht oder wollen Sie nicht?«

Keine Antwort.

Kräuming zögerte einen Augenblick, bevor er weitersprach. »Kellerhof wusste, dass Sie Jüdin sind. Welch ein Schreck muss das für Sie gewesen sein, als sich eines Tages der SS-Hauptscharführer zur Untersuchung in der Praxis meldete. Wussten Sie, dass Ihr Mann jener Arzt war, der ihn und die zukünftige Irene Kellerhof in Dachau hinsichtlich der arischen Eignung untersucht hatte? Welch Ironie des Schicksals. Jahre später findet er die Tochter eines Abteilungsleiters eines jüdischen Kaufhauses an der Seite seines Arztes wieder. Ein Wort über Ihre tatsächliche Herkunft, und Ihre Tarnung wäre aufgeflogen.«

Unruhig erhob sich Ilse Sellmann und begann auf dem Tisch die Illustrierten zu sortieren.

»Ich verstehe nicht, was das mit dem Mord an meinem Mann zu tun hat.«

»Ich weiß, Sie sind Kellerhof nach dem Krieg mehrfach begegnet.«

Ihr zögerliches Nicken verriet, dass er auf der richtigen Spur war.

»Ende 1948 stand er vor unserer Praxis in Tegel.«

»Was wollte er?«

»Wie alle SS-Männer die verräterische Blutgruppentätowierung chirurgisch entfernen lassen.«

Noch bevor Kräuming nachhaken konnte, sprach sie weiter.

»Mein Mann hat ihm geholfen, auch wenn ihn das sehr belastet hat.«

»Ihr Mann wusste, dass Johannes Kellerhof an der Erschießung der Russen 1941 beteiligt war. Und Sie wussten es auch.«

Ilse Sellmann schaute ihn verzweifelt an, widersprach aber nicht.

»Er hat mir davon nach dem Krieg erzählt. Kellerhof hatte sich bei der Russenaktion mit Fleckfieber angesteckt und musste für drei Monate ins Krankenhaus. Was sollte er denn tun? Einerseits war Heinrich ihm unendlich dankbar, weil er in all den dunklen Jahren das Geheimnis meiner Herkunft verschwiegen hatte. Andererseits war er sich bewusst, dass es durch seine Unterstützung einem Kriegsverbrecher gelungen war, mit einer neuen Identität unterzutauchen.«

Kräuming zog ein Foto aus seiner Umhängetasche. Es zeigte den ermordeten Olaf Müller. »Kennen Sie diesen Mann?«

Mit Abscheu betrachtete sie die Aufnahme. Auch wenn sie das Gesicht noch nie gesehen hatte, sie war sich sicher, es zu kennen. Unruhig griff sie sich an den Hals.

»Ich weiß es nicht. Ich müsste seine Hände sehen.«

Verblüfft über die Antwort suchte Kräuming unter den Fotos der Gerichtsmedizin eines heraus, auf dem die Hände zu erkennen waren.

Kaum dass er ihr das Bild gereicht hatte, sah er, wie sie erstarrte. Sie nickte.

»Was macht Sie da so sicher?«

»Der Ehering. Ich habe ihn schon einmal gesehen.«

Langsam schob sie den Rollkragen herunter. Ovale Blutergüsse waren zu sehen.

»Hat er Ihnen das angetan?«

Sie nickte erneut.

Kräuming holte den Block mit Müllers Notizen aus seiner ledernen Fransentasche und deutete auf eine Zeile mit ihrem Namen und dem umkreisten Vermerk: »Anschrift«.

Energisch schüttelte sie den Kopf. Noch immer wirkte Müllers Drohung, mit niemandem darüber zu sprechen.

»Olaf Müller kann Ihnen nichts mehr tun. Er ist tot. Sie brauchen keine Angst mehr zu haben. Sagen Sie mir den Namen.«

Langsam fand sie ihre Fassung wieder.

»Johannes Kellerhof heißt jetzt Fendler. An den Vornamen kann ich mich nicht mehr erinnern. Das ist alles schon so lange her. Er verlangte, dass ich ihm den vollständigen Namen gebe und die Adresse. Aber das war unmöglich. Ich habe mit der Sprechstundenhilfe von Frau Dr. Dosse gesprochen und sie gebeten, mir die Adresse für einen Patienten herauszusuchen, angeblich um mich bei ihm für die Beileidswünsche zu bedanken. Aber die konnte mir nicht weiterhelfen. Unterlagen über einen Herrn Fendler existierten nicht.«

Fassungslos starrte Kräuming Ilse Sellmann an. Er wusste nicht, auf wen er mehr wütend sein sollte. Auf die vor Angst erstarrte Witwe oder auf Dr. Dosses Sprechstundenhilfe, die offensichtlich keinen Gedanken daran verschwendet hatte, ihre Chefin oder einen Beamten der Mordkommission über das Telefonat zu informieren. Aber jetzt hatten sie einen Namen: Fendler.

Kräuming und Schley fanden Lott vor einem Stapel Endlospapier, der ohne Zweifel aus dem Recherchebüro Hedin stammte. Mit einem Bleistift umkreiste er die wichtigsten Angaben. Zuweilen übertrug er sie auf einen Zettel und winkte einen seiner Mitarbeiter an den Tisch.

Die Information, dass Kellerhof jetzt den Namen Fendler trug, hatte Lott unbeeindruckt zur Kenntnis genommen und routinemäßig alle weiteren Schritte eingeleitet. Das Einwohnermeldeamt versprach, die Melderegisterauskunft sofort zu bearbeiten. Parallel dazu ließ er alle Adressen im Telefonbuch überprüfen, weniger, weil er einen Treffer erwartete, als vielmehr, um den Kreis der betreffenden Personen einzugrenzen. Ausschlussverfahren nannte er das. Für ihn war es nur eine Frage der Zeit, bis sie den Richtigen fanden. Nur die Zeit war knapp, das wusste jeder.

Dennoch war die Stimmung in der Mordkommission gut, von der Resignation des vergangenen Tages nichts mehr zu spüren. Auch wenn Kräumings Hinweis vielversprechend war, es änderte nichts an der Tatsache, dass sie Elke Kellerhof zuvorkommen mussten.

»Bist du in dem Chaos fündig geworden?«, fragte Kräuming und deutete auf die Liste.

»Den überwiegenden Teil können wir ignorieren. Ist wie Beifang. Dank Hedins Unterstützung ist alles in drei Blöcke sortiert. Der erste umfasst Informationen aus Prozessakten, Archiven, Bibliotheken und diversen Organisationen, die Auskunft über die Vergangenheit der Opfer geben können. Der interessantere Teil, weil aktueller, ist Nummer zwei. Er enthält Adressen von Anwälten, Vermietern und Firmen, die für unsere Mörderin von Interesse waren. Der dritte umfasst den Rest, den wir noch nicht zuordnen können.«

Lott schwieg einen Augenblick, konnte sich dann aber die Bemerkung doch nicht verkneifen. »Erstaunlich, was Elke Kellerhof alles zusammengetragen hat. Mal unabhängig davon, dass sie sich auf einem Rachefeldzug befindet, ich zolle ihr Respekt für diese Leistung.«

»Du bewunderst sie?«

»Nein, aber wenn sich jemand mit solch einer Hingabe etwas derart Schrecklichem verschreibt, dann verlangt mir das Achtung ab.«

»Prof. Grabes beschäftigt sich ständig mit dieser Materie. Soweit mir bekannt ist, hat sie deswegen niemanden umgebracht.«

»Sie ist ja auch nicht direkt involviert. Wenn du solch eine Lebensgeschichte wie Elke Kellerhof hättest, bist du dir sicher, dass du nicht den Boden unter den Füßen verlieren würdest?«

Lott wandte sich wieder den Listen zu.

»Dein Freund Ole hat den entscheidenden Hinweis gegeben. Nach anderen Kriterien sortieren! Also habe ich das Ganze von den Füßen auf den Kopf gestellt und sämtliche Erkenntnisse den Opfern zugeordnet. Ich nenne es Opfer-Tatort-Korrelation. Ergo muss das, was übrigblieb, all denen zugerechnet werden, die zwar auf der Todesliste stehen, aber noch mopsfidel sind. Bleiben zwei Personen. Dersch und Fendler. Der Hamburger Saubermann steht unter Polizeischutz. Wir konzentrieren uns jetzt ausschließlich auf Elkes Vater.«

Niemand bemerkte, dass Fräulein Stürmer den Beratungsraum betreten hatte. Erst als sie sich räusperte, schauten sie auf.

»Herr Kräuming, Staatsanwältin Reichert und Kriminaldirektor Voigt erwarten Sie.«

»Haben sie gesagt, um was es geht?«

Sie schüttelte den Kopf und betrachtete aufmerksam die Stellwand mit den Fotos, die nicht zugeordnet werden konnten. Sie zeigte auf eines der Bilder.

»Das ist ein Nebeneingang der LEGUSS-Werke am U-Bahnhof Rohrdamm. Da gehe ich jeden Tag auf dem Weg zur Arbeit dran vorbei.«

Während Kräuming Fräulein Stürmer folgte, stand Lott auf, nahm das Foto von der Wand, beschriftete es und winkte einen Beamten zu sich.

»Der Generalbundesanwalt hat den Fall übernommen.«

Kräuming schaute Liselotte Reichert fassungslos an. »Ist nicht Ihr Ernst!«

Besonders verwundert schien sie nicht zu sein. Aufgrund der politischen Dimension hatte sie es offensichtlich erwartet.

»Als Grund werden die illegale Wahlfinanzierung durch einen Schweizer Bürger und die zweifelhaften Dokumente des ehemaligen Inhabers des Bankhauses Brunner & Lenz angegeben.«

»Zweifelhaft?«

»Die Angaben können nicht geprüft werden. Der Vorstand von Brunner & Lenz verweist auf die geltenden Schweizer Gesetze und hält es nicht einmal für notwendig, die Vorwürfe zu bestätigen oder zu dementieren. Dafür verweisen sie nachdrücklich auf die Persönlichkeitsrechte ihrer Kunden, die, sollten ihre Namen veröffentlicht werden, in jedem einzelnen Fall wegen Verleumdung Schadensersatz beanspruchen könnten. Die sogenannten Brunner-Papiere sind daher auch nur in Auszügen gedruckt worden.«

»Ach, jetzt gibt es schon einen Namen dafür«, bemerkte Kräuming sarkastisch. Davon ließ sich aber die Staatsanwältin nicht aus dem Konzept bringen.

»Offensichtlich scheut die eidgenössische Presse eine gerichtliche Auseinandersetzung und hat vorerst auf die Nennung der Namen verzichtet. Lediglich eine Zeitung hat einen Auszug der Nummernkonten und die Höhe der Guthaben abgedruckt.«

Genervt winkte Kräuming ab. »Das ist zwar ärgerlich, aber doch für unsere Ermittlungen nicht von Bedeutung. Oder täusche ich mich?«

»Das ist eine Schweizer Angelegenheit und hat für uns keine Relevanz. Zwischen der Schweiz und Deutschland existiert kein Rechtshilfeabkommen. Dennoch muss der Generalbundesanwalt dem Verdacht der Wahlbeeinflussung nachgehen.«

»Ich glaub es nicht. Das stinkt doch zum Himmel.«

Frustriert hob er die Arme. Liselotte Reichert lehnte sich zurück. Was immer sie dachte, es war ihr nicht anzusehen.

»Kommissar Kräuming, machen wir uns nichts vor. Den meisten Personen ist juristisch nicht mehr beizukommen. Einzig Steuerhinterziehung könnte noch greifen. Aber da mach ich mir ebenfalls wenig Hoffnung. Seit gestern früh werden die Finanzämter von Anwälten besucht, die aus unerklärlichen Gründen für ihre Mandanten reinen Tisch machen wollen und nicht deklarierte Schweizer Vermögen nachmelden. Gegen die betreffenden Personen liegen keine Anzeigen vor. Damit wäre der Sachverhalt der Steuerhinterziehung auch vom Tisch. Sie wissen, was das bedeutet?«

»Die Brunner-Papiere sind durchgesickert, bevor sie offiziell den deutschen Behörden übergeben wurden.«

Nicht nur Dersch wusste davon, begriff Kräuming und verzog das Gesicht zu einer Grimasse. »Heißt das …?«

Sie nickte bedauernd. »Sieht so aus, als hätte ein Schweizer Regierungsbeamter einem deutschen Regierungsbeamten Informationen zugesteckt, und der hat die große Buschtrommel gerührt. Alle schwarzen Schafe sind gewarnt. Was sich natürlich nicht beweisen lässt.«

»Natürlich nicht, ist pure Spekulation.«

»Ich sehe, Sie lernen dazu.«

»Und niemanden stört, wie die feine Gesellschaft zu ihrem Geld gekommen ist?«

»Alles verjährt.«

»Gelinde gesagt finde ich das zum Kotzen.« Einen Augenblick überlegte Kräuming. »Was ist mit den illegalen Zahlungen an Liberales 76?«

»Vorsichtig mit einer Vorverurteilung! Ob dem so ist, wird erst untersucht. Der Verdacht auf Wahlmanipulation erlaubt eine erstinstanzliche Strafverfolgung von Delikten gegen die innere Sicherheit der Bundesrepublik Deutschland. Mit anderen Worten, der perfekte Grund, um uns kaltzustellen. Wir sind raus, der Fall geht an den Generalbundesanwalt, und der hält es für sinnvoll, die Ermittlungen dem LKA Hannover zu überlassen. Wie schon erwähnt, von allen Morden ist der an Arne Pütz politisch der brisanteste.«

Mit angespannter Stimme ergänzte Voigt: »Es wird erwartet, dass wir kooperativ sind und die Ermittlungsakten schnellstmöglich zur Verfügung stellen.«

Kräuming lachte, obwohl ihm nicht danach war.

»Da gibt es aber leider ein Problem. Da draußen läuft noch immer eine Mörderin herum. Ich fürchte, auf den politischen Kram wird Elke Kellerhof kaum Rücksicht nehmen. Es wird erst aufhören, wenn sie ihr Ziel erreicht hat. Und ihr zukünftiges Opfer lebt nicht in Hannover-Herrenhausen, der Südstadt oder in Misburg Nord, sondern hier in Berlin. Sie wird hier zuschlagen.«

Voigt reagierte nicht darauf. Stattdessen sagte er: »Da die meisten Beamten derzeit unterwegs sind, werden Staatsanwältin Reichert und ich morgen früh um neun Uhr in der Dienstberatung offiziell der Mordkommission den Fall entziehen.«

Er zögerte, bevor er weitersprach. »Wie ich Ihnen schon an Ihrem ersten Tag im LKA vorgeschlagen habe: Es ist besser, wenn wir uns aus dem Weg gehen.«

Es dauerte ein paar Sekunden, bis Kräuming verstand. Er schaute ungläubig die Staatsanwältin und seinen Chef an. Wortlos ging er aus dem Büro. Offensichtlich hatte er beide falsch eingeschätzt. Voigt war ein Schlitzohr. Natürlich wussten beide, dass Kräuming der Einzige war, der den Überblick besaß und das Ruder noch herumreißen konnte. Die Chance, den nächsten Mord zu verhindern, hatten sie nur mit ihm.

Wütend riss Paul Bittler den Netzstecker des Fernsehapparats aus der Steckdose. Gierig trank er einen Schluck Whisky und füllte das Glas sofort wieder nach. Die Vierzehn-Uhr-Tagesschau war ihm auf den Magen geschlagen. Einem eingesperrten Tier nicht unähnlich, lief er aufgeregt in seiner Penthouse-Wohnung im dreißigsten Stock des Ku'damm-Karree-Hochhauses hin und her. Alles war schiefgegangen. Der Artikel in der *NZZ* hatte seinen politischen Tod eingeleitet. Keiner der Parteifreunde war bereit gewesen, sich hinter ihn zu stellen. Die Kameras der Pressekonferenz waren gnadenlos auf ihn gerichtet, zeigten sein Gesicht in Nahaufnahme, wie er schwitzte, wie er zitterte, wie er unruhig statt stark wirkte.

»Ich verspreche Ihnen, ich habe nichts mit derartigen Machenschaften zu tun.« Dem Statement zu seiner Verteidigung folgte ein Bericht über die erdrückenden Beweise aus der Schweiz. Seine Worte waren als Falschaussage entlarvt. Eine Boulevardzeitung nannte ihn bereits »Lügen-Paul«.

Müde schaute Bittler auf den Fernseher. Sein verzerrtes Spiegelbild beobachtete ihn. Hastig trank er den Whisky in einem Zug. Dann schleuderte er das mit Goldrand verzierte schwere Glas mit voller Wucht in den Bildschirm, der zischend implodierte.

»Du bist tot«, brüllte er. »Du bist verdammt tot, du blödes Arschloch.«

Erneut nahm er einen gierigen Schluck, diesmal aus der Flasche. Er spürte, wie ihm übel wurde. Er vertrug keinen Hochprozentigen. Bittler ging zum Fenster und öffnete es. Er brauchte frische Luft. Unten schlichen die Fahrzeuge über den Ku'damm. Passanten betrachteten abschätzend die Schaufensterauslagen. Am Sonntag in drei Tagen war die Wahl zum achten Deutschen Bundestag. Tränen liefen über sein Gesicht. »Ich schwöre«, hatte er vor laufender Kamera behauptet. »Ich schwöre bei Gott, dass ich die Wahrheit sage!«

Vorsichtig stellte er die Flasche Glengoyne auf den Boden. Ein Mitbringsel aus Schottland. Fünfundzwanzig Jahre alt. Ein ausgesprochen edler Tropfen.

Paul Bittler drehte sich um, betrachtete lächelnd die Penthouse-Wohnung, von der einmal eine Journalistin geschrieben hatte: »Hier vereint sich Pragmatismus mit Moderne. Im dreißigsten Stockwerk scheint Weitsicht Programm zu sein. Ein außergewöhnliches und geschmackvoll möbliertes Ensemble, sympathisch und vielversprechend wie sein Bewohner.«

Bittler musste lachen. Er selbst hatte der Journalistin die Sätze diktiert. Müde schloss er die Augen. Dreißig Stockwerke. »›Tief gefallen‹, wird die Presse schreiben«, war sein letzter Gedanke, bevor er auf dem Ku'dammpflaster aufschlug.

Noch benommen von Voigts Ansage, den Fall am nächsten Morgen abgeben zu müssen, betrat Kräuming den Beratungsraum. Er hatte keine Ahnung, wie er es den Kollegen beibringen sollte. Gerade als er sich bemerkbar machen wollte, sprang Lott wie von der Tarantel gestochen auf, nahm den Telefonapparat und klemmte den Hörer zwischen Kopf und Schulter. Er trat dicht an die Karte und folgte mit dem Finger der AVUS.

»Kolonie Hundekehle. Hinter dem Bahnausbesserungswerk. Habe ich.«

Er winkte Kräuming hektisch zu und deutete auf den Punkt. Aufgeregt legte er den Hörer auf.

»Ein Eisenbahner hat im Unterholz ein Zelt entdeckt. Am Ende des Bahngeländes. Ist mit Zweigen getarnt. Er hat während der Mittagspause Pilze gesammelt und ist sozusagen darüber gestolpert. Angeblich wachsen in dem kleinen abgeschlossenen Waldstück massenhaft Maronen und Birkenpilze. Seine Geheimstelle. Der Mann wartet auf uns.«

»Es könnte die Bleibe eines Penners sein.«

»Er hat Frauenkram gefunden.«

»Frauenkram?«

Lott machte eine hilflose Geste und suchte nach den passenden Worten. »Na, was Frauen so brauchen, einmal im Monat.«

Das Versteck passte ins Schema. Elke Kellerhof war es gewohnt, in der Natur zu leben. Ob kanadische Wälder oder verwunschenes Berliner Bahngelände, für sie machte das vermutlich keinen Unterschied. Abgesehen davon lag das Gebiet zwischen zwei Bahngleisen und der Autobahn. Umzäunt und von allen Seiten schlecht einzusehen. Purer Zufall, dass jemand über das Versteck gestolpert war.

»Das schauen wir uns an. Verdammt, es wäre wirklich schön, wenn sich das Glück entschließen könnte, die Seite zu wechseln.«

Der junge Polizeibeamte, den Lott zum Nebeneingang der LEGUSS-Werke geschickt hatte, stieg im gleichen Augenblick vor dem Portal des LKA aus dem Streifenwagen, als Kräuming und Schley hinausstürmten.

»Es gibt einen Vorfall, der wichtig sein könnte. Vor zehn Tagen hat sich eine junge Frau am Wachschutz vorbeigemogelt. Statt aber den Weg in die Verwaltung einzuschlagen, ist sie direkt in die Werkhalle gegangen, in der alte Filme verbrannt werden.«

»Erzählen Sie das Lott! Wir haben keine Zeit«, unterbrach Kräuming den frisch von der Polizeischule gekommenen Beamten und wandte sich an Schley. »Soll ich fahren?«

Der schüttelte energisch den Kopf und zog den Autoschlüssel aus der Tasche.

»Es ist wichtig. Sie müssen sich das sofort anhören.«

»Junger Mann! Was an keine Zeit haben Sie denn jetzt nicht verstanden?«, blaffte Schley den beharrlichen Kollegen an, während er den Mercedes aufschloss. Vom Rüffel beeindruckt, drehte der Beamte sich um und war im Begriff zu gehen, entschied sich dann aber dagegen.

»Ist es wichtig, ist es wichtig! Predigt Lott immer.«

»Verdammt, steigen Sie ein, und erzählen Sie unterwegs, was angeblich nicht warten kann«, beendete Kräuming die Diskussion.

Sobald sie saßen, fuhren sie los.

»Sie haben also mit dem Wachschutz der LEGUSS-Werke gesprochen. Haben Sie dem Pförtner das Foto von Elke Kellerhof gezeigt?«

Schley bog auf die Kurfürstenstraße und beschleunigte, dass es Kräuming unerwartet in den Sitz drückte. Ehrfürchtig betrachtete er den haarigen Riesen. Der gefürchtete betuliche Fahrstil blieb aus.

»Das ist das Problem. Angeblich sah sie anders aus, weiblicher. Lange Haare, geschminkt und sie trug ein hübsches Kleid. Ich war schon drauf und dran, dem keine Bedeutung beizumessen. Schließlich habe ich ihn dann aber doch noch gefragt, ob ihm etwas Besonderes an ihr aufgefallen ist.«

»Und?«
»Die Frau sprach mit einem französischen Akzent.«
Schley trat die Bremse voll durch und wendete ohne Rücksicht auf den Gegenverkehr den Wagen.

Zwanzig Minuten später brachte sie der Pförtner zur Verwaltung. Eine verunsicherte Angestellte, die im Begriff war, das Büro abzuschließen, sah sich außerstande zu helfen. »Ohne Erlaubnis meines Chefs gebe ich keine Informationen heraus. Und der hat außerhäuslich zu tun.«
Nachdem Kräuming ihr daraufhin unverhohlen damit drohte, dass die Behinderung der Ermittlungen den Tatbestand der Beihilfe zum Mord erfülle, änderte sie ihre Meinung. Drei Minuten später hatte er die Wohnanschrift von Edgar Fendler.

Jemand hatte sich gewaltsam Zutritt zur Wohnung der Fendlers verschafft. Das Türschloss war aus der Zarge getreten. Der Türbeschlag hing verbogen nur noch an einer Schraube. Kräuming und Schley zogen ihre Waffen und schoben die Wohnungstür vorsichtig auf. Wortfetzen waren zu hören. Noch war es nicht zu spät. Langsam schlichen sie den Flur entlang. Die Stimmen kamen aus dem Wohnzimmer. Durch den Türspalt konnte Kräuming erkennen, dass Edgar Fendler auf dem Teppich kniete, die Hände mit einer Reepschnur auf den Rücken gebunden. Auf seinen Nacken war eine Pistole gerichtet. Auf dem Sofa saß Marianne Fendler, die sich die Tränen aus dem Gesicht wischte. Angst ließ sie schlottern. Elke Kellerhof war nicht zu sehen, nur ihre Hand, die die Waffe hielt.
»Erkennst du dich in mir wieder?«
Sie klang beherrscht, fast so, als wollte sie ein freundliches Gespräch führen. Als ihr Vater nicht gleich reagierte, tippte sie den Lauf gegen seinen Nacken.
»Antworte!«
Ihre Stimme wirkte erschreckend teilnahmslos.
»Ich habe nur Befehle ausgeführt. Sie haben mich dazu gezwungen. Damals gab es keine Möglichkeit, die Geschehnisse in irgendeiner Art zu beeinflussen.«

»Du hättest dich versetzen lassen können.«
»Versteh doch: Das Schicksal meinte es nicht gut mit uns. Es waren schwere Jahre. Ich musste für die Familie sorgen. Ich habe euch geliebt.«
»Ich habe dein Tagebuch gelesen. ›Jeder Schuss ein Russ‹. Du hast Hunderte Menschen auf dem Gewissen, vielleicht tausende.«
Aus heiterem Himmel begann sie, den Lauf der Waffe auf seinen Kopf zu hauen, nicht übermäßig kräftig, aber doch mit so viel Nachdruck, dass das Geräusch bis in den Flur zu hören war. »Ich will nie wieder was von Schicksal hören, nie, nie, nie wieder, verstehst du? Niemals! Nie wieder! Nie mehr!«
Kräuming entsicherte seine Waffe. Aber genauso schnell, wie Elkes Wut gekommen war, verflog sie.
»Ich weiß jetzt, wie man zu einem Monster wird. Man muss nur den Finger krümmen. Es ist ganz einfach. Nur den Finger krümmen. Richtig? Habe ich recht? Antworte, Vater!«
Kräuming spürte, dass Elke Kellerhof erneut anfing, die Kontrolle zu verlieren. Durch den Spalt konnte er sehen, wie sie von einem auf das andere Bein wechselte. Dann hörte er, wie sie leise zu zählen begann.
»Du bist meine Tochter. Mein Fleisch und Blut. Du kannst mich unmöglich töten.«
Sie lachte. Ein unbeherrschtes, unkontrolliertes, hysterisches Lachen. Kräuming und Schley wechselten besorgte Blicke. Wieder war die Waffe auf den Nacken gerichtet.
Marianne schüttelte entgeistert den Kopf. Es half nichts. Unartikulierte Geräusche drangen aus ihrem Mund. Elke lachte erneut, diesmal ungläubig.
»Sie weiß es nicht? Sie weiß nichts davon? Darf ich vorstellen, des Teufels Heizer! Mein Vater! Durch seine Öfen sind Zehntausende Menschen gegangen. Zehntausende! Alle durch seinen Schornstein. Manchmal zweihundert am Tag. Manchmal zu zweit. Und manchmal waren sie noch nicht einmal tot. Du hast es ihr nie gesagt?«
Elke zögerte, dachte nach, nahm die Waffe hoch, setzte sie wieder an. Dann fiel ihr ein, was sie fragen wollte.
»Wusste Mutter von der anderen Frau? Wusste sie es?«

Fendler schien keine Angst mehr zu haben. Mit stoischer Geduld beantwortete er die Fragen.

»Er will Zeit gewinnen. Er weiß, dass wir hier sind«, flüsterte Schley.

»Ein Jahr nach dem Krieg, nachdem sich alles beruhigt hatte, habe ich Postkarten und Briefe geschrieben. Immer mit dem Kürzel Jokell. Irene wusste, dass ich außer Gefahr war. Sie war einverstanden damit, dass ich unter falschem Namen mit einer anderen Frau zusammenlebe. Ich habe ihr geraten, nach Kanada auszuwandern, um ein neues Leben zu beginnen. Auf meine Bitte hin hat sie mich für tot erklären lassen. Der Preis dafür waren die Zahlungen aus der Schweiz. Für deine Mutter war nur wichtig, dass es dir einmal besser geht.«

»Schweig! Du lügst. Du lügst. Du lügst. Kein Wort mehr.«

Kräuming konnte an der Stimmlage hören, dass Elke Kellerhof sich kaum noch im Griff hatte. Sie begann zu schreien, wütend, unbeherrscht.

»Dieses Geld war vergiftet. Es war vergiftet. Es hat Mutter getötet. Du hast sie getötet. Dieser Mann ist gekommen. Müller! Olaf Müller! Mein Patenonkel. Einer wie du. Er hat sie ermordet! Dreimal hat er sie getötet! Du hast sie dreimal getötet! Erhängt hat er sie. Dreimal. Dreimal hat er sie erhängt. Einmal, zweimal, dreimal. Dreimal ist sie gestorben, wegen der Gier. Wegen dieses verdammten Falschgelds. Wegen eines Namens. Wegen eines verdammten Schweizer Namens. Der Name deines Freundes, Alois Zempbauer. Du bist ein Mörder! Ein verdammter Mörder. Du bist Mutters Mörder! Du bist mein Mörder!«

Marianne Fendler sackte auf dem Sofa zusammen. Sie hielt sich die Hände vor das Gesicht.

»Elke! Ich habe das nicht gewollt. Ich wusste nicht, dass Dersch und die anderen nach so vielen Jahren noch immer nach dem Geld suchen.«

»Dreimal gestorben ist sie. Dreimal.« Mit der freien Hand zeigte sie ihm die Finger. »Dreimal! Du bist schuld. Du hast sie auf dem Gewissen.«

Sie hielt inne. Ihr Gesicht verzerrte sich vor Schmerz. Langsam ließ sie die Hand sinken.

»Nein! Das ist nicht wahr. Ich habe sie auf dem Gewissen. Ich bin zu spät gekommen an jenem Morgen. Ich bin schuld. Ich. Ich habe Mutter allein gelassen. Ich bin wie du. Dein Fleisch und Blut. Wir haben sie auf dem Gewissen. Gemeinsam. Wir sind schuld. Es muss ein Ende haben. Heute! Jetzt!«

Kräuming riss die Tür auf, brachte seine Waffe in Anschlag. Schley folgte ihm.

»Tun Sie es nicht! Sie sind nicht wie er. Elke, Sie brauchen Hilfe. Ich kann Ihnen helfen.«

Erstaunt schaute sie Kräuming an, beließ aber die Waffe dort, wo sie sie aufgesetzt hatte.

»Ich kenne Sie! Sie haben aus dem Fenster geschaut, als ich über den Dachfirst geklettert bin. Sie hätten schießen können. Warum haben Sie es nicht getan? Es ist ganz einfach. Nur den Finger ...«

Kräuming hob die freie Hand. Rede, forderte er sich auf, rede mit ihr.

»Ich weiß, was Sie durchgemacht haben. Ich kann verstehen, wie es Ihnen geht. Wenn Sie jetzt schießen, haben Sie verloren. Dann war alles umsonst. Wir ziehen ihn zur Verantwortung. Er kommt vor Gericht. Man wird ihn für seine Taten verurteilen.«

Sie lächelte Kräuming an, mitleidig, wohlwollend, dankbar, wissend, dass er log. Fast unmerklich sank die Waffe. Wenige Sekunden füllte Schweigen den Raum. Nur der Zeiger der Uhr war zu hören. Tick, tick, tick. Ihre Lippen bewegten sich tonlos. »Ich kann die Uhr hören. Eins, zwei, drei.«

Sie lächelte.

»Es muss ein Ende haben!«

Ihr Finger entsicherte die Waffe. Sie setzte den Lauf erneut auf den Nacken auf.

Kräuming drückte ab.

Sein Schuss durchdrang ihre rechte Schläfe. Elkes Kopf zuckte zur Seite. Ihr Körper sackte zusammen. Die Waffe rutschte ihr aus der Hand. Schley stürmte hinein und trat sie mit dem Fuß weg. Er rief Kräuming etwas zu. Aber der reagierte nicht.

Edgar Fendler starrte mit leerem Blick auf die Leiche. Marianne Fendler brach zusammen, presste ihr Gesicht in die Hände und wimmerte. Ihr Körper zitterte. Kräuming hörte auch sie nicht.

Schley nahm seinem Chef die Waffe ab und steckte sie weg. Schritte der herbeieilenden Kollegen waren im Treppenhaus zu hören. Aufgeregte Stimmen.

Schley nahm Kräuming in den Arm und hielt ihn fest. »Horst, es ist vorbei. Du musstest es tun! Verstehst du?! Dir blieb nichts anderes übrig.«

Freitag, 1. Oktober 1976

»Mach die Tür zu und setzt dich! Ich habe mit dir zu reden.«
 Scheinbar verwundert verzog Hämmerling das Gesicht und nahm auf dem zugewiesenen Stuhl Platz. Kräuming zog die Zeichnung, die er in Derschs Notizblock gefunden hatte, aus dem Schubfach.
 »Warum?«, fragte er und schob das Phantombild über den Tisch.
 »Ich weiß nicht, was du meinst?«
 »Voigt, Gotzkofski und ich waren die Einzigen, die von den unterschiedlichen Phantomzeichnungen wussten. Abgesehen davon habe ich sie gezeichnet. Gotzkofski ist unpolitisch, Voigt Mitglied der CDU und ich, na ja, bin von uns allen hier eher links zu verorten. Soweit ich weiß, gehörst du der FDP, Ortsgruppe Schöneberg, an, der gleichen, in der auch Paul Bittler seine Karriere begann.«
 Einen Augenblick schwieg Kräuming und bemühte sich, ruhig zu bleiben.
 »Bernd, du hast die Zeichnung mitgehen lassen, als du angeblich in unserem Büro auf mich gewartet hast, um mir deine Erkenntnisse über Reepschnüre aus Waterloo mitzuteilen.«
 Der Chef der Spurensicherung erblasste. Er zögerte einen Moment. Kräuming konnte sehen, dass er einen Ausweg suchte. Es gab keinen.
 »Ja, ich habe die Zeichnung weitergegeben. Verdammt, ja! Ich konnte doch nicht ahnen ... Bittler hatte mir erzählt, dass er einen Fehler begangen und sich auf unlautere Finanzunterstützung aus der Schweiz eingelassen hatte. Wäre das ans Licht gekommen, es hätte seinen politischen Tod bedeutet. Das Geld sei über Pütz auf dem Konto der Gruppe Liberales 76 eingegangen. Bittler meinte, er habe nur zufällig davon erfahren. Erst später sei ihm klar geworden, dass die Spenden von einem Berner Finanzier stammten, der sein Vermögen durch Falschgeld erworben hatte. Und als dann Dr. Sellmann mit falschen englischen Pfundnoten im Mund gefunden wurde, da deutete alles darauf hin, dass man Bittler schaden wollte. Es stand einfach zu viel auf dem Spiel.«

»Was stand auf dem Spiel?«, blaffte Kräuming ungehalten.
Hämmerling schwitzte. Nervös strich er sich durch die Haare.
»Die Wahlen standen vor der Tür und somit die Chance, diese verlogenen Sozialdemokraten abzuwählen. Aussöhnung, Gewaltverzicht, Unverletzlichkeit der Grenzen, die Regelung von Streitfragen mit friedlichen Mitteln, das war doch nichts anderes als der Verrat an der freien Welt. Mit einem Regierungswechsel rückte die Revidierung der Ostverträge in greifbare Nähe. Willy Brandt hat die deutschen Interessen aufgegeben! Der Kniefall in Warschau war der Kotau vor dem Kommunismus. Diese Verträge sind das Papier nicht wert, auf dem sie stehen. Kein Wort über das Selbstbestimmungsrecht der Deutschen! Die Grenzverträge mit Moskau? Ein einziger Verrat an den Vertriebenen. Ich sage nur Oder-Neiße-Friedensscheiße! Schießbefehl an der innerdeutschen Grenze? Mit keinem Wort erwähnt!«

Wandel durch Annäherung, wie Willy Brandt es formuliert hatte, schien für Hämmerling undenkbar zu sein. Dass jemand aus seiner Generation die Realitäten nach dem Zweiten Weltkrieg derart negierte, hatte Kräuming nicht erwartet.

»Was hattest du davon, die Informationen weiterzugeben? Hast du Geld dafür bekommen?«

Hämmerling lachte auf. »Für wen hältst du mich?« Er war ernsthaft sauer. »Ich erzähl dir mal was, Kollege Saubermann. 1946. Mein Vater, strammer Kommunist, zurückgekehrt aus dem Exil, um beim Aufbau des Sozialismus im Osten zu helfen. Keine drei Wochen auf deutschem Boden, wurde er verhaftet und im sowjetischen Speziallager Nr. 7 interniert, in jenem Lager, das unter der Bezeichnung KZ Sachsenhausen bekannt wurde. Sein Vergehen? Er galt als ein politisch Missliebiger! Irgendwer hatte ihn denunziert, weil er Zweifel an Stalins Politik gehegt haben soll. Angeblich hatte er sich abfällig über den Hitler-Stalin-Pakt geäußert. Nichts davon stimmte. Tausende sind in Sachsenhausen gestorben. Nach dem Krieg! Verreckt an Unterernährung, Krankheiten, psychischer und physischer Entkräftung. Mein Vater hatte Glück. Er hat das Lager überlebt. Nach seiner Entlassung ist er in den britischen Sektor, nach Spandau gegangen. Gebrochen, krank, enttäuscht. Er, ein überzeugter Kommunist, musste erkennen, dass er sein Leben einer Lüge verschrieben hatte. Die schöne neue Welt war eine Illusion. Er hat sich nie wieder erholt. Vier Monate später war er tot. Verstehst du, die eigenen Genossen hatten ihn verraten.«

Kräuming wusste von den Verbrechen nach dem Krieg. Ob Nationalsozialisten oder Kommunisten, ihre Ideologien kosteten Millionen Menschen das Leben. Aber gegeneinander aufrechnen konnte man die Opfer nicht.

»Deswegen hast du die Ermittlungsergebnisse weitergegeben?«

»Es ging nie darum, die Aufklärung der Morde zu verhindern. Nur ein paar Tage Zeit gewinnen. Ich hatte gehofft, es würde dem Regierungswechsel helfen. Bittler hätte im Innenministerium als Staatssekretär die Fäden ziehen können.«

»Deine liberale Hoffnung ist Geschichte. Bittler ist tot. Und der Quatsch von ‚Der Feind meines Feindes ist mein Freund' ist etwas für pubertierende Abenteuerromanleser. Mensch, Bernd, du bist Polizist! Du beschützt die Demokratie!«

»Demokratie? Was dieses Land braucht, ist eine Politik der klaren Kante, eine, die rote Linien zieht. Bis hierher und nicht weiter. Eine Politik, die nicht vor den Kommunisten kuscht, verstehst du? Sonst geht West-Berlin nämlich den Bach runter!«

Hämmerling stand mit dieser Haltung nicht allein. Die Hälfte der Westdeutschen teilte sie, und viele Mitglieder der CDU hatten kein Verständnis dafür, dass es selbst aus den eigenen Reihen Befürworter der Ostverträge gab.

»Paul Bittler hat mit Altnazis kooperiert! Genau den Herrenmenschen, die deinen Vater, wenn sie ihn geschnappt hätten, ins KZ gesteckt hätten.«

»Die kannst du doch heute nicht mehr ernstnehmen. Die waren nur Mittel zum Zweck.«

»Diesen Fehler hat Deutschland schon einmal gemacht. Begreifst du das nicht? Die größten Verbrechen werden aus Idealismus begangen.«

Der Leiter der Spurensicherung winkte ab. Es war ein müdes Abwinken, eines, das Resignation ankündigte. Seine Augen verrieten, dass er längst nicht mehr überzeugt war, das Richtige getan zu haben.

»Ich weiß, dass ich verdammten Mist gebaut habe. Wäre es möglich, ich würde es ungeschehen machen. Aber ich bin so wütend, so unendlich wütend.«

Er zögerte einen Augenblick.

»Lieferst du mich ans Messer?«

Kräuming atmete tief durch, schüttelte dann den Kopf. Er nahm das Phantombild vom Tisch und legte es zurück in die Mappe.

»Du bist ein verdammt guter Spurensicherer. Aber das kann ich dir nicht verzeihen. Ich erwarte von dir, dass du den Polizeidienst in Berlin quittierst. Such dir ein anderes Kriminalamt in einem anderen Bundesland und vor allem jemanden, mit dem du reden kannst. Bernd, Hass frisst Seele. Von deiner fehlt schon ein Stück.«

Misstrauisch beäugte Fräulein Stürmer abwechselnd die Schachtel und Kräuming.

»Was ist da drin?«

»Machen Sie es auf! Es ist eine Überraschung. Kuchen mögen Sie ja nicht.«

»Nehmen Sie mich wieder auf den Arm?«

»Nichts liegt mir ferner. Es ist ein Dankeschön. Immerhin haben Sie den entscheidenden Hinweis gegeben.«

Behutsam stellte sie die Schachtel auf ihren Schreibtisch und zog langsam die Schleife auf, ohne Kräuming aus den Augen zu lassen. Dann hob sie vorsichtig den Deckel an. »Schweizer Lakritze. Woher wussten Sie das?«

»Fräulein Stürmer, das bleibt mein Geheimnis. Und verstehen Sie das bitte nicht falsch. Süßholzraspeln werde ich auch künftig nicht.«

Er deutete auf Voigts Tür.

»Er wartet schon seit zehn Minuten auf Sie.«

Kriminaldirektor Voigt schien zu überlegen, ob er die Verspätung kommentieren sollte. Stattdessen lehnte er sich zurück, betrachtete Kräuming zweifelnd und schüttelte den Kopf.

»Ich bin mir sicher, eines Tages werde ich das bereuen.«

Ohne darauf einzugehen, setzte Kräuming sich auf einen der freien Stühle und schaute seinen Chef entschuldigend an.

»Sie sind jetzt fast einen Monat bei uns.« Er zögerte. »Wir würden uns freuen, wenn Sie der Abteilung erhalten bleiben.«

»Wir?«

»Der Vorschlag kommt von Schley und Lott.«
»Und Sie unterstützen das uneingeschränkt?«
»Ich habe nichts dagegen.«
»Entschuldigung, ich bin doch kein Nachtisch, den man auf Kosten des Hauses umsonst bekommt.«
Voigt verdrehte die Augen. »Ich unterstütze den Vorschlag uneingeschränkt.«
Einen Augenblick überlegte Kräuming. »Sie meinen das ernst?«
»Sie sind ein guter Polizist. Männer wie Sie kann das LKA 1 gebrauchen.«
»Verstehe ich das richtig? Sie bieten mir einen Job in der Mordkommission an?«
»Als Leiter. Einzige Bedingung: Die Haare müssten Sie etwas kürzen.«
Kräuming schüttelte entsetzt den Kopf. »Nur wenn Sie Ihren Schnauzbart abrasieren.«
»Das ist mein ganzer Stolz.«
»Ehrlich gesagt, finde ich, Sie sehen damit aus wie ein drittklassiger Pornodarsteller.«
»Kräuming, ich bin Ihr Chef!«
»Okay! Drittklassig war gemein.«
»Warum lasse ich mich auch auf dieses Gespräch ein!«
»Sie mögen mich.«
»Niemand mag Sie!«
»Ich denke doch«, widersprach Kräuming und blinkerte unschuldig mit den Augen. »Stimmt es, dass Sie nicht schwimmen können?«
»Kräuming, raus aus meinem Büro!«

Es war wahrscheinlich die kleinste Parzelle, die Kräuming in seinem Leben gesehen hatte. Wenn es hochkam, fünf mal zehn Meter. Geduckt in der Ecke stand ein schmaler hölzerner Schuppen für Gartengeräte, Gießkannen und einen Klappstuhl. Die windschiefe Tür war aufgeklappt und mit einem Haken gesichert. Davor befand sich eine kleine Terrasse, kaum groß genug für zwei Stühle und einen winzigen Tisch. Umrandet wurde sie von allerlei Keramiktöpfen, in denen prachtvolle Astern blühten. Der Rest des Schrebergartens bestand aus gleich großen Beeten und provisorischen Wegen.

Obwohl es nicht warm war, saß der Gerichtsmediziner auf einem Stuhl und las ein Buch. Noch bevor Kräuming mithilfe eines beachtlichen Türklopfers am Zaun Einlass begehren konnte, schaute von Kirchau auf und erhob sich erfreut.

»Da bin ich ja froh, dass Sie nicht im hinteren Teil des Gartens am Werkeln waren. Wer weiß, ob Sie mein Klopfen überhaupt gehört hätten.«

Von Kirchau schaute sich erstaunt um, begriff dann aber, dass er auf den Arm genommen wurde.

»Mir wurde gesagt, Sie hätten einen schönen Garten direkt an Ihrem Haus im Lindenhof. Ich frage mich, was es mit diesem Flecken hier auf sich hat.«

»Dieses winzige Stück Erde gehörte meinen Eltern. Sie waren begeisterte Schrebergärtner. Es ist im letzten Jahr frei geworden, und da sich niemand fand, wurde meinem Wunsch entsprochen. Man hat es mir zugeteilt. Die Albernheit am Tor, der gusseiserne Klopfer, hat nicht nur den Krieg überstanden, sondern auch alle Wetterunbilden. Wollen Sie sich nicht setzen?«

Kräuming schüttelte den Kopf. »Ich kann nicht lange bleiben. Ich bin nur kurz vorbeigekommen, um einige Dokumente vorbeizubringen.«

Er öffnete seine Fransentasche und zog mehrere Schreiben heraus.

»Sie haben mir bei unserer ersten Begegnung in der Pathologie vom Bruder Ihres Vaters erzählt, Bruno von Kirchau, Onkel Bruno, dem Bibelforscher. Prof. Grabes hat im Tagebuch Kellerhofs einen Eintrag entdeckt und ist dem nachgegangen. Ich denke, es ist wichtig für Sie. Der Vermerk auf dem Totenschein ist falsch. Ihr Onkel wurde hingerichtet. Johannes Kellerhof war persönlich bei der Erschießung anwesend. Ich wollte Ihnen das vorbeibringen.«

Elmar von Kirchau schaute ungläubig auf die Schriftstücke. »Das haben Sie nicht vergessen?«

»Kellerhof hat gestanden, dabei gewesen zu sein. Natürlich behauptet er, danebengeschossen zu haben. Das Tagebuch beweist das Gegenteil. Darüber wird ein Gericht befinden. Die Historikerin hat herausgefunden, dass Ihr Onkel hingerichtet wurde, weil er sich weigerte, den Wehrmachtsausweis zu unterschreiben. Für seinen pazifistischen Glauben ist er in den Tod gegangen. Es war kein Selbstmord.«

Von Kirchau nickte bedächtig. Als Kräuming sich umdrehte, um die wenigen Schritte bis zum Tor zu gehen, erwähnte er fast nebenbei: »Kommissar, ich habe frisch gebackene Picarones im Schuppen. Frittierte Süßkartoffel-Kürbis-Ringe. Mit Orangensirup sind sie unwiderstehlich. Das Lieblingsrezept meiner Frau. Selbstgebacken. Es wäre unverzeihlich, sie nicht zu probieren.«

Als Kräuming die Stufen in die zweite Etage hinaufstieg, wurde ihm bewusst, dass er zum ersten Mal Andreas Wohnung zu Gesicht bekommen würde. Bisher hatten sie sich in Gaststätten, in der Hochschule, im Hotel oder in Tante Fannys Wohnung getroffen. Er fragte sich, ob ihr Appartement mit jenem sympathischen Chaos aufwarten würde, das ihr Büro in der Uni auszeichnete. Schnell wickelte er den Strauß Rosen aus, der ein kleines Vermögen gekostet hatte, und prüfte den Sitz seiner Kleidung. Einen Augenblick spielte er mit dem Gedanken, eine Rose quer zwischen die Zähne zu nehmen, verwarf die Idee jedoch schnell wieder.

Er hatte Regale mit Büchern erwartet, Bilder an den Wänden, Garderobe auf Bügeln, eine Reihe Schuhe. Stattdessen schaute er in einen leeren Flur, an dessen Ende zwei Koffer standen. Andrea schloss die Tür hinter ihm, nahm die Blumen, schnupperte an ihnen und ließ sie dann sinken. Mit belegter Stimme sagte sie. »Genau das habe ich befürchtet. Horst, du bist so ein schrecklich hoffnungsloser Romantiker! Verträumt, ehrlich, süß. Einer, der an die große Liebe glaubt. Historisch betrachtet eine aussterbende Gattung.«

Kräumings Blick ging zwischen den gepackten Koffern und Andrea hin und her. Er begriff gar nichts. »Ich habe eine Professur an der Yale-Universität in den USA angenommen. Man möchte, dass ich mich mit Fragen der Nachkriegszeit beschäftige. Thema Kooperation zwischen amerikanischen Diensten und ehemaligen Nazis im Nachkriegsdeutschland. Ich bekomme Zugang zu den gerade freigegebenen Archiven, die seit dreißig Jahren gesperrt waren. Wusstest du, dass Yale mit zwölf Millionen Büchern eine der größten Bibliotheken in den USA ist? Die Bezahlung ist generös. Alles zusammen ziemlich überzeugende Argumente. Mir bleiben nur zwei Wochen, um mich dort einzurichten.«

»Das freut mich für dich«, hörte Kräuming sich sagen. »Wann geht dein Flug?«

»Heute Abend.«
Er schüttelte ungläubig den Kopf.
»Das ist nicht fair!«
Andrea trat einen Schritt vor und drückte ihn liebevoll an sich.
»Vielleicht bereue ich das eines Tages. Aber ich kann nicht anders.« Er atmete tief ihren Duft ein und küsste sie kurz auf den Hals. Dann befreite er sich von ihr. Sie ließ die Hände sinken.
»Warum hast du mir nichts davon erzählt?«
»Ich wollte jede Stunde mit dir genießen. Es war unmöglich für mich, dir das früher zu sagen.«
Beide schwiegen eine Weile.
»Glaube nicht, ich sage jetzt so etwas wie ›Du bist die Liebe meines Lebens‹ oder ›Ich warte auf dich‹«, sagte Kräuming und kämpfte mit den Tränen.
Sie verschränkte die Arme.
»Kein lebenslanges Schmachten nach der unerfüllten Liebe? Das Herz nicht mal angebrochen? Kein ›ohne dich‹, kombiniert mit ›sinnloses Leben‹? Du enttäuschst mich! Das wäre doch das Mindeste.«
»So einen Lover wie mich bekommst du nie wieder, du Miststück!«, antwortete er theatralisch und zog die Nase hoch.
Sie nickte. »Garantiert nicht! Du wirst mir fehlen. Freunde?«
Auch wenn er es nicht wollte, musste er lachen.
»Das ist wie aus einem schnulzigen Film. Und dann bringt der Kerl sie auch noch zum Flughafen.«
»Wir haben zwei Stunden Zeit. Taxi ist bestellt. Sekt steht im Kühlschrank. Die Matratze war unverkäuflich. Abzüglich duschen, anziehen und schminken ...«
»Ich will, dass du nur die Kette mit der Münze trägst«, verlangte Kräuming, schaute auf die Uhr und begann flink, die Knöpfe ihrer Bluse zu öffnen.

Epilog

Sechs Monate später

Auch wenn ihm die letzten Tage mehr zugesetzt hatten, als er sich eingestehen wollte, Konrad Dersch hielt nichts davon, den Tagesrhythmus zu ändern. Morgen war der Termin vor dem parlamentarischen Untersuchungsausschuss des Bundestags. Die geballte Bonner Medienmacht garantierte Aufmerksamkeit. Er war als Zeuge geladen. Nach dem Freitod Paul Bittlers war die Staatsanwaltschaft zur Ansicht gelangt, dass es sich nunmehr um einen politischen und nicht um einen juristischen Sachverhalt handelte. Den Vorsitz des Ausschusses hatte ein SPD-Hinterbänkler inne, der vor Ehrgeiz fast platzte. Auf die meisten Fragen gedachte Dersch nicht zu antworten und bedauernd auf Gedächtnislücken zu verweisen. Er war wieder im Spiel und wusste, seine Gefälligkeiten würden in Zukunft hilfreich sein.

Auf seine Bitte hin hatte die Bonner Hotelleitung angewiesen, das Schwimmbad schon um sechs Uhr zu öffnen. Dersch genoss es, das Becken für sich allein zu haben, um in aller Ruhe seine Bahnen ziehen zu können. Er war ein guter Krauler. Seine Armbewegungen waren zwar nicht schnell, aber kraftvoll, und da er flach im Wasser lag, benötigte er nur zwanzig Armzüge, um ans andere Ende zu gelangen. Im Wasser sah man ihm sein Alter nicht an. Das lag einerseits an seiner Kondition, andererseits an der Atemtechnik, die er in all den Jahren perfektioniert hatte.

An diesem Morgen war es ihm schwergefallen, den inneren Schweinehund zu überwinden. Er verspürte ein leichtes Unwohlsein und eine Schlappheit, die er auf den schlechten Schlaf der vergangenen Nacht schob.

Nachdem er fünf Bahnen ohne Enthusiasmus geschwommen war, hielt er sich das erste Mal am Beckenrand fest. Sein Puls war ungewöhnlich hoch. Etwas stimmte nicht. Ihm war übel. Einen Augenblick überlegte er, ob er am Vorabend zu üppig gegessen hatte. Dem war nicht so. Besorgt stieß er sich wieder ab und ließ sich auf dem

Rücken treiben. Seine Arme zogen ihn langsam vorwärts. Dersch starrte an die Decke und lauschte in sich hinein. Vielleicht hatte er nur Hunger, oder er hatte sich einen Virus eingefangen. Die Deckenbeleuchtung tat seinen Augen weh. Erschöpft schloss er sie. Er bekam Kopfschmerzen. Obwohl das Wasser angenehme Temperaturen hatte, begann sein Körper zu zittern. Erst in diesem Moment wurde Dersch klar, dass er sich in Lebensgefahr befand. Alle Symptome deuteten auf einen Zuckerschock.

Du musst raus aus dem Wasser. Du brauchst Insulin. Er schaute sich um. Der nächste Einstieg war zehn Meter entfernt. Dersch streckte energisch den Arm aus, kam aber nicht richtig voran. Kraftlos zog er ihn zurück. Gestern Abend hatte er seinen Blutzucker zum letzten Mal gemessen. Er war etwas erhöht gewesen, nicht übermäßig. Er hatte die notwendige Menge Insulin gespritzt. Eine Routineangelegenheit. Dersch paddelte wie ein Hund. Zwischen seinen Fingerspitzen und dem Geländer der Leiter war höchstens noch ein Meter. Er musste aus dem Wasser, bevor er das Bewusstsein verlor. Am Beckenrand stand ein Mann, den er vorher nicht wahrgenommen hatte. Er war vollständig bekleidet und trug festes Schuhwerk. Niemand darf in Straßenkleidung die Schwimmhalle betreten, ging es Dersch durch den Kopf. Der Mann hielt ihm eine Stange mit einem Ring entgegen, mit der man Nichtschwimmern beibrachte, sich über Wasser zu halten. Er sah sie auf sich zukommen.

»Herr Dersch, greifen Sie zu.«

Woher kannte der Mann seinen Namen? Niemand wusste von der Absprache mit der Hotelleitung. Wer war der Kerl? Fragen, die Dersch stutzig machten. Aber die Angst unterzugehen war stärker. Er griff nach dem Ring. Doch statt ihn an die rettende Leiter zu ziehen, drückte der Mann ihn unter Wasser. Dersch verschluckte sich, hustete. Er ließ los, konnte sich aber kaum noch über Wasser halten. Der nächste Ausstieg am gegenüberliegenden Beckenrand war unerreichbar. Ihm wurde schwarz vor Augen. Sie brauchen mich nicht mehr. Die Bewegung sieht mich als Gefahr. Er wollte um Hilfe rufen, aber auch das gelang ihm nicht. Kraftlos ließ er es geschehen.

Sie brauchen mich nicht mehr.

Ende